归乡事

/ 余文飞 /

著

中国言实出版社

图书在版编目(CIP)数据

归乡事 / 余文飞著 . -- 北京 : 中国言实出版社,
2024. 12. -- ISBN 978-7-5171-4393-2

Ⅰ. I247.7

中国国家版本馆 CIP 数据核字第 20249ND883 号

归乡事

责任编辑:佟贵兆
责任校对:王战星

出版发行:中国言实出版社
　　　　　地　　址:北京市朝阳区北苑路180号加利大厦5号楼105室
　　　　　邮　　编:100101
　　　　　编辑部:北京市海淀区花园北路35号院9号楼302室
　　　　　邮　　编:100083
　　　　　电　　话:010-64924853(总编室)　　010-64924716(发行部)
　　　　　网　　址:www.zgyscbs.cn　　电子邮箱:zgyscbs@263.net

经　　销:新华书店
印　　刷:成都市兴雅致印务有限责任公司
版　　次:2025年1月第1版　　2025年1月第1次印刷
规　　格:710毫米×1000毫米　　1/16　　20.5印张
字　　数:353千字

定　　价:78.00元
书　　号:ISBN 978-7-5171-4393-2

故土，其实我一直都在

我不敢学着诸多伟人、名流的口吻说"我是农民的儿子"，但我的父亲母亲、爷爷奶奶、外公外婆是地地道道的农民，我是地地道道的农村娃。农村和土地哺育了我的童年与少年，土地磨炼了我的肌理和意志。当然，我并非觉着城里和农村有什么隔膜和沟壑，刻意画一条什么直线或圆圈。故土，于任何人而言，该是不分城里和乡下的。只是我的故土就在乡下，农村——我的一本大书，摊开在我的面前，我百读不厌。

学习、工作和生活让我离开我的村庄数十载，但我的心一直都在那片故土，或者说一直就没有离开。它深埋在我的意识里，比如脑的海，比如心的底。

我僻居滇东北的寻甸小县城。我的文学创作一直都在乡村记忆中挣扎、突破、突围。我的小说创作一直饱含着丰富的田野调查，在农村广阔的土地上实践着。

我的乡村记忆原本就很简单，简单到就是一些简单的人的鸡毛蒜皮的小事的重叠、交织、衍生、切磋、整合、融汇、凸显。我认为，这些恰恰是最本真的乡土人性生活写照。经过小说技巧的加工与打磨，与真实的乡土生活、社会、环境息息相关，是对乡土生活的一种总结与梳理，是一种合理状态下的，对生活、社会、环境的一种审视、想象、组合与再现。

乡土的语境是多姿多彩的。我时常考究着一些充满趣味的乡土语言："房前不种桑，屋后不插柳，院里不植刽子手，院外不栽鬼拍手。"因为"桑"与"丧"谐音，出门见丧，不吉利。农村多用"柳杖"出丧，柳枝扬"招魂幡"，更有不"留"后的谐音之意。另外在民间"鬼拍手"是指杨树，杨树树高兜风，叶子被风一吹，会发出"哗哗啦啦"的响声，像是鬼拍手一样，迷信的人认为会招来鬼魅；从科学角度来说，夜晚高卧，风吹树响也不利于睡眠。

这样的语言蕴含着的就是农村丰富多元的文化血脉。再如，当我读到"红皮的萝卜紫皮的蒜，抬头的婆娘低头的汉"中的后半句，鲜活的人物形象跃然眼前。这句话是描摹男女走路姿势的。传统看法，女人低着头走路，是温顺、贤淑的标志；男人低头走路，多为爱思考、城府深。换一种形象，抬头走路的女人一定是胆大泼辣、好胜心强的人；低头的汉子则是老谋深算、城府极深的厉害人物。人们以"红皮萝卜""紫皮蒜"的辛辣为喻，由此来判断男人与女人的性格，借这句话来比喻男女的要强与厉害。这样有趣的语言很多，"花椒要麻，辣子要辣，开水要烫，婆娘要胖"，"井里的砖，猫鼻子尖，光棍的被窝三九天"，等等。我的乡土文学创作对乡土语境的再现尤为偏爱。

我喜欢低调倾听。平素朋友小聚、回老家探亲、采风活动、培训学习，我总是喜欢默默地找一个不显山不露水的地儿，微笑着，默默地看着热闹，听着别人天南地北、碗大鞋小地侃。揣摩别人说的哪怕是鸡毛蒜皮的小事，继而审视说话人的心理活动，读说话人话里的人和事。心有疑虑，赶紧一问，疑虑消除，自然隐身。我觉着，除了阅读书籍之外，善于倾听是我文学创作取得成果的最大帮助。听禄劝的吴明泽讲乡村留守的窘迫现状，我创作了《年关》；听东川的彭玉泰讲金沙江畔格勒村独特的"鸡鸣两省四州县"，我创作了《妮妮会说话》；听老家老辈人的唠叨家长里短，我创作了《磨盘屯人物志》《十八般兵器》；陪着存文学看六哨的斗牛，我读牛读斗牛人，创作了《牛抬头》……此类创作历程多了，我的《土地深红》《地下九千尺》《第一百零一个问题》《三王》《偷水》《没有证据的证据》《牛市》等作品的素材来源都是默默地读人、读人说的故事、读人的本性心理读来的。我认为，文学创作的真谛，就是解释人性的真谛。要深入挖掘人性，就要善于读人，读出人的本真。

我觉着，小说创作没有贴地在场的记录意识，触及灵魂的深度、广度、厚度思考，作品的生命力就不够茁壮。在小说里，我不弘扬、针砭什么。我的初衷，只是把人性的冲突纠结娓娓道来，把人性的一些微妙剖析出来，抛开下脚料，留下肉和骨，做个展示，在观者心中能涌起波涛的涌起波涛，能荡起涟漪的荡起涟漪，就算是一镜水，无波无漪也无伤大雅。

我不过是说了些掉渣的故事，普普通通，没有光环，没有色彩，或许撩拨不到你心底的柔软。但我想说出来，它们像泥土一样在时光里不紧不慢地发酵。我想起小时候家里盖的土坯房，挖来些泥，和成稀糊状，加些草茎，用模子脱胎成土基，砌成我小小的围城，任岁月的烟火对它烟熏火燎，黑漆漆的像老祖母的牙齿，像爷爷烟锅里掏出的烟屎。

"君自故乡来，应知故乡事。"我心心念念的故土一直都在我脚下，我即是故乡，也熟稔故乡之事，只是工作让我和故土隔着一个城池、几条柏油马路、几座山、几摆田的距离。我一直没走出故乡，一直都在"归乡"，乡事是我沉甸甸的行囊，忽而背上，忽而打开，周而复始。

当把这洋洋三十万余字的作品捧出来，真要给自己写几句勉励的话的时候，突然语塞了。我只有一个心愿，把我扎根农村听到的看到的经历的故事打磨成一篇篇小说，说给读者。

2024 年 4 月 1 日于南云居

目录

没有证据的证据

一

己是立冬，行道上的法国梧桐纷纷谢顶，掉落地上的枯黄叶片被环卫工人用竹扫把划拉着、移动着、聚拢着，像一群不受待见的俘虏，不情愿地连同那些肮脏的垃圾聚成一堆一堆，像一家家小小的坟，埋葬着冬天的落寞。

吃过早点，北风没有稍停的意思，追着脚跟，你快它也快，你慢它也慢，像一条亦步亦趋的巴儿狗。我裹紧外套，匆匆往单位赶。

单位门口的两棵雪松依然苍翠健硕。粗壮的枝条伸展开来，墨绿的尖刺应是老叶，青绿的尖刺该是壮年，嫩黄的尖刺像是初生的婴孩，却一枚枚都不是省油的灯，叶尖上显着锋芒。阳光曦暖，黄嫩嫩地洒将下来，那些小小的针叶，抹了蜂蜜一般。忽然想起一个诗人的两句诗："我的爱狭隘、偏执，像针尖上的蜂蜜。"这是我的新单位，昨天下午组织上的领导刚把我送来，宣读了我的职务任命书。我想爱它，但愿不是针尖上的蜂蜜那样的爱。

门卫看见我，赶紧从办公桌前跳起来，冲我颔首微笑。他的脸红扑扑的，烤火过了的缘故。我闻见一股扑鼻的香味，似乎是烧透的香肠。一低头，一个大功率的"五面烤"正在勤奋地工作着。一根发热管五百瓦的那种烤火器，前后左右连同上面共十一根管子。原单位的工作需要，经常在村委会和村干部一起烤过这玩意儿，熟悉得很。五六个人围坐在烤火器前，上头的一面烤些洋芋、卤翅、腊肉、青苞谷……就着乡亲们自家酿的烈酒，和村干部一起说着酒话，聊着事情。酒喝好了，过后甭管公事私事，一准给你办，办成率高高的。"五面烤"的三个面全亮着，热浪袭人。向上的一面红亮的三根发热管有些刺眼，两根火腿肠像一对小情侣一般并排卧着，烤得吱吱冒油。看见我注意到他的烤火器及附属内容，他尴尬地笑了一下，赶紧弯下腰，按着开关，吧嗒吧嗒关火。

我赶紧说："那个……谁……不好意思，还不知道您的名字呢，别关别关，天气冷，烤着火才坐得住……就是要经常检查线路和插座，注意安全，别引发火情就行。"

"谢谢领导，谢谢领导！叫我老王就行。会注意的，会注意的。"老王点头哈腰，脸上窘迫的神情还是很浓。

为了不让老王持续紧张尴尬，我点点头，摆摆手，赶紧抽身朝办公室走去。身后感觉老王的目光一直护送着我走进办公楼。

八点半，上班时间到了，我借着上厕所和涮洗杯子的机会楼上楼下瞄了一下。除了几个办具体业务的办公室开着门，里面传出电脑启动的叮零咚隆声响，几个副职的办公室门还在紧闭着。昨天我嘱咐办公室小李，通知今早九点半开个班子会议，我了解一下单位近期的重要事务。刚把茶泡上，小李敲门进来了，汇报说九点半的会议都一一通知了，问需要准备些什么材料，若没有其他事情，他马上去准备会场。

我稍稍思考了一下，今天也就是个见面工作会，熟悉新单位而已。昨天的欢迎会上关注点是人，张三李四王二麻子的套路，具体工作还没有了解过。既然到了新单位，还是领导，就算我不打算玩所谓的新官上任三把火，也得摸摸单位的底数路子。再说昨天组织部的领导有些意味深长的话，我还没有咀嚼到深味。我点点头，吩咐小李不用准备什么，就拉拉家常的工作会而已。小李应着声，刚要出门，我又想起有必要事先了解一下单位的细枝末节，他是办公室主任，应该清楚明了，便叫住他坐下聊一聊。

小李犹豫了一下，侧着身子坐在我办公桌对面，脸上挂着貌似空姐的笑容，看上去不卑不亢，丝毫没有紧张的神情。

我呷了口茶。开始问起单位的琐碎：有多少职工，男的多少，女的多少，年纪大的多少，准备生养二胎的多少？每年办公经费预算情况，办公室情况，各科室情况等。小李如数家珍。问题不痛不痒的，问着问着就没了。原本想打听一下几个副职的工作态度，今天看着他们大清早玩闭门羹的情况，我多少有些不悦。但一想初来乍到，也不便一下子就让人生畏生厌。再说，我原先所在的扶贫办，有些领导能几天一见就是太阳打西边出来了。这种事见怪不怪，问多了就算手里没拿紧箍儿，人家也会把你当唐僧看。

我挥挥手让小李去忙。小李一脸恭敬地立起身，轻轻地退了出去。

九点半的会，我九点二十就坐在会场。小李也先后脚到了，他抱着个大记事本，应该是要做会议记录。一抬头看到我，愣了一下，随即堆着笑，赶紧给我的杯子续满水。

雨后春笋一般，会议室里领导班子很快就齐了。昨天是第一次见面，多少记不齐整人脸和人名，寒暄中，又加深了印象。坐在我左边的分别是赵副主任、李副主任、工会姜主席，右边的依次是孙副主任、马副主任、小李。

会议开始，一些官话套话家常话的就免了，小打小闹，无关痛痒。直奔主题吧。

我问道："单位当下最迫切的事是什么？最难办的事是什么？我刚到单位，需要得到大家的配合，做些实事才行。"

原本轻松的会场忽然就严肃起来。大家都绷着脸，抿着嘴，面面相觑一番，一个个表情复杂又单一。

空气似乎都凝固起来，我左右看看，没有眼神交流。如若像那些无厘头的影视作品一般，时间可以反复倒流穿梭，再怎么穿越，整个办公室也是一个模样。从窗子射进来的阳光在桌上挪动了几厘米，三两只苍蝇在窗台前舒展着翅膀，飞起，落下，却也没有制造嗡嗡的噪声。一切都像被画家的笔固定在纸上一般。

我忽然隐约感觉到有些不对劲。这单位是不是有什么棘手得不能再棘手的事情等着我，我被赶鸭子上架了？我一个扶贫办刚提起来的副职，也就是一般科室的负责人，自我感觉也就是在接访工作中，对那些被别人抛过来踢过去的所谓皮球事多了些耐心，做了些让群众满意、让领导省心，我认为也就是些体现一下人文关怀即可的小事，有些小小的口碑而已。实职副科也就履职了一年半，呼啦一下就正科了。组织部的领导找我谈话的时候，表情不温不火，语气却又语重心长的场景忽然跳跃在眼前。难不成拆迁办有什么过不去的坎？肩头忽然有重量感。昨晚，组织部的领导说的一句话沉甸甸的："你现在的担子重了！"我默数了一下，一共八个字，一个肩头上四个字。我忽然对早上与小李的攀谈不满意起来，早上怎么就不先问一问这两个问题，多多少少心里有些底。这样想着，我看向小李，他手里的笔早就停止书写了，笔尖和纸始终保持着一厘米左右的距离，身子微微前倾，木然地看着记事本，一副随时准备着记录一二三四五六七八九的模样。

只好先拿小李开刀了。

"小李，你是办公室主任，承载着上情下达、下情上报的重任，如果一个单位是一辆性能优良的汽车，办公室就相当于动力十足的发动机。对单位的事，肯定了若指掌，你先来说说看。"这样官腔味十足的语言一出口，我都有些惭愧。

小李看了看我，又看了看几个副职，目光又回到我脸上，眼神慌乱而不安，旋即眼皮子耷拉了下去。从视线上推测，应该是看着我握在手中的茶杯。如此一改他给我的第一印象。

"领导，我……我……"

"怎么啦？有什么不便吐露的？单位的事就是大家的事，我初来乍到，有什么难题说出来，大家合计一下不就解决了，再说就算解决不了，不是还有上级嘛。天塌下来，不是还有高个子顶着吗？"

说话的工夫，我快速扫视了一番。几个副职都直勾勾地看向小李。小李额头上布满了细密的汗珠，被阳光一照，晶莹剔透。

"领导！"小李的腮帮子蠕动了几下，显现了几下牙槽骨和咬肌的暗纹，似乎下了莫大的决心，"也……没多大的难事，也就是……修磨隆县道的时候遇到了点困难。一家当路的农户……不愿意拆迁，工程耽搁下来了。"

"什么磨隆县道？"

"就是磨盘屯到隆兴村的一段。"

"磨盘屯？磨盘屯就是我的老家啊！"我一下子没转过弯来，"这条道不是早修了两年多了吗？去年春节前通的车，我回老家都走过多少回了。路修得很好啊！宽敞平整。"

"文主任，是这样的。"赵副主任插出话来，"这路修得早了，您老家的一段按照工期早修好了，但是修到隆兴村一段的时候冒出个二愣子，他的破房子就在路中间，死活不肯搬迁。"

"是赔偿不到位？还是赔偿标准低了？"

"不是的。文主任，这二愣子压根不要赔偿，也拒绝搬迁。明面上、私底下做了多少工作，都已经说上这个赔偿标准了。"马副主任伸出一个手掌比画了一下，看我不明白的神情，又解释道，"比别的拆迁户赔偿标准翻了五倍，还不行。年前县委书记去看了，当场拍了桌子，不对，拍的是门扇，十倍赔偿。这家伙还在门缝里吼人，就是拒绝搬迁。"

"我早说过几回了，就是半夜等他睡死了，一条绳子捆了，拉到百十公里外，扔到荒郊野岭，噼里啪啦把破房子端了省事。等他回来，把钱给他，爱要不要。"孙副主任说话的时候，脸上的横肉一颤一颤的，不愧兼任着单位拆迁突击队队长，我不禁对上一任安排单位事务的负责人肃然起敬。孙副主任这架势，往人前一站，双手交胸一抱，不用说话，立马就能让人感到有些威慑力。

大家哄地笑了一下，又赶紧忍住，一个个脸上莞尔不已。

"咳咳咳！"我赶紧打住，再让孙副主任说下去，指不定又要闹出什么不规不矩的言辞来，"孙副，这肯定不行，我们是党的干部，代表着党和政府形象，虽说出发点是把事办了，但简单粗暴不是我们办事的方式。"

"主任，我知道，这些道理我都懂，可是对待文明人用文明的方法，问题总能迎刃而解，对待刁民不用些非常手段咋行呢？你跟他讲道理，他跟你耍流氓……"

"那你跟他耍流氓，他又跟你讲道理该怎么办呢？"我赶紧把孙副主任的话掐断。

这个反诘语出无奈，却收到效果。孙副愣了愣，闭了嘴。其他人也愣了愣，意欲的讪笑和起哄没了，会场安静下来。

我看到小李在笔记本上写写画画，便叫住他说："这些话就不必记录在案，都是些气话闲话，当不得真。"

小李立即明白了，停了笔，想了想，又拿起笔胡乱涂抹，该是把记录的一些东西涂黑抹去。孙副主任扭过脸，狠狠地瞪了小李两眼。

"那我想问问，是不是我们的思想工作没做到位？"看着会场气氛又尴尬起来，我不得不继续找出话题。话一出口，立马就后悔起来。这事的思想工作肯定做了不少，连县委书记都出面了，小小拆迁办咋会不冲锋在前。我这样问，岂不是把上一任以及在座的各位都小瞧了，否定了他们为这事做的努力？当然，他们做了些什么努力、怎样努力我虽然不甚了解。

果然一石激起千层浪。一直没有说话的工会姜主席率先说话了，语气生硬："文主任，就这事，我都磨破嘴皮了，就差给人家磕一个了。如果磕一个能解决问题，我磕一百个，响的。"

"是呀！"李副主任接上话。左右扫视了一遍，"在座的各位绞尽脑汁，好话气话软话硬话说了几箩筐几车皮，大到县委书记、县长、县里分管城建的领导，小到村委会的支书、主任、村小组长，和他说得上话的长辈谁都尽心尽力了。那家伙，死活一个'不'字。"

"也不是没计划过极端的方式。"孙副主任瓮声瓮气，"县里出动了警力，打算用违建临建的由头办了，可人家那房子有合法手续，他更是一手提着斧头，一手拎着一桶汽油要往自个儿身上浇。差点让在场的大大小小领导都出名啦！"

"那绕过他的住房不行吗？惹不起还躲不起，大不了多出点预算。"

"绕不过去，主任。"小李干脆把笔套上，不记录了，"他的住房就在山槽子口，紧挨着原先的一条乡村便道，便道一侧是陡崖，另一侧是连绵的高山，若绕道，一绕就几十公里，那修路费用不成天文数字了。"

"他怎么能占道路呢？这不对呀！原先他建房的时候村里人不管吗？"

"他也没占道路，原来的便道也就够一般的拖拉机过，他的房刚好建在路边，现在要拓宽道路，就得把他的破房子拆了。"看来小李对这事了解够详细。

"文主任，这事棘手得很，说句不该说的话，上一任主任就是因为这事悬而不决办不了被降职调离的，您得想想辙。"赵副主任一脸关切。

我忽地后背心一阵发凉，拆迁办主任，这位子不好坐。难怪我一个脾气耿直、性情飒爽，不会溜须拍马，不会鞍前马后的主儿，居然破天荒地从一个扶贫办的小角色一跃就当上了正科级领导，居然没有听到不和谐的声音。欢送会和接收会上的祝词，现在细细想来，分明就是些站着说话不腰疼的秋风之辞。

咋办呢？只得先去看看情况再说。看来这个会只得打住了，我象征性地说了几句场面话，便嘱咐小李安排一下，明天周六和我一道去实地看看。

孙副主任看了看小李，又看了看我，问道："主任，要不我陪你们一起去？这家伙要犯浑，好歹有个照应。"

我犹豫了一下，婉言谢绝了。孙副主任一起去，指不定咋咋呼呼闹出什么事端来。

几个副职也纷纷请缨，我一想，拒绝了孙副主任，其他的也不便同去，分寸不对，一不小心就弄出些不和谐的亲密疏紧来，这不是我初来乍到愿意看到的，也一并拒绝了。

二

车子是小李开着。单位有专职驾驶员的，我不喜欢前呼后拥的气派，问了小李会开车，开得也不错，就让驾驶员在单位休息。

磨盘屯不远，离着县城二十多公里，213国道新铺了柏油三年多，平整宽敞。小李兴奋地踩足油门，路边的行道树飞快地后移，风在车外呼啸着，车子像要穿越时空似的。我适时提醒小李慢一些，路边都是些乡村岔口，车辆行人很多，交通规则意识不强，注意安全。小李应着声，速度慢了下来。我打开车窗，目之所及都是熟悉的乡村景象。远山黛绿，间杂着些秋黄。绿的是青松、棵松、山茶，黄的是青枫栗、水冬瓜、鸡嗉子和大树杜鹃，零星的一抹红是山茶开花了。这是云南大部分地方的特色，四季不是很分明，一年四季五彩缤纷，总是能见绿、红、黄……大自然时刻显现着丰富多彩的生命力。近处是些农田，稻谷、玉米、大豆早已收干净，种着些蚕豆、豌豆、冬小麦、油菜，已经纷纷出苗了，嫩嫩的、绿绿的，一阵阵蚕豆苗、豌豆苗、麦苗、油菜苗混杂的芬芳扑进车里。这是我喜欢的味道。阡陌的田间错落着些村子，外围都是些新建的砖混小别墅、小庭院，把农村翻天覆地的富态展现了出来。村子中心还有些老屋吧！我努力找了找，偶尔升起一缕两缕炊烟，该是哪一户慈祥的老妈妈在烧火做饭了。

窗外的行道树像两行威仪的士兵，快速地朝着与车子行进相反的方向跨一步立正站好。

看小李开车稳健，我便放心地随口问问拆迁困难户的情况。

他们口中的二愣子叫黄二，估摸着黄二也是个外号，隆兴村人，独自一人，不拆迁，也不说理由。一看见村里的干部开口就凶，就撵人。村里沾亲带故的前去劝说，要么也像凶村干部一样撵，要么做个闷头葫芦一言不发，三锤打不出两个屁。一看见领导去做工作就激动，要么一副拼命的样子，要么一副自杀的样子。

听着听着，我的头皮紧绷起来。眼前的柏油马路像一条巨大的黑黝黝的毒蛇，烙铁头毒蛇，我踩着它的滑溜背脊拼命地跑，潜意识流里反反复复地念叨着两句话：还有这样的人？竟然还有这样的人？

"主任，您看，您是先回趟老家还是直接去隆兴村？"

回过神，我一看，已经到磨隆线岔口，车子停在路旁，打着双闪。右转过去三公里就是磨盘屯村，我的老家。远远看去，磨盘屯已经和周边的黄家屯、余家庄、古城、甸心、白楼房、甜荞地、黄土坡、大坟、夸基等村庄连成一片。曾经村子与村子中间大片大片的田地不见了，取而代之的是一幢幢一排排一溜溜拔地而起的砖混小洋楼。

父母去世十余年了，没了父母的家，根就断了。老家的概念也就是挂在嘴上的闲话而已，有人问及老家哪里的，回答说磨盘屯的，对方就不再说话，只应一声。若不是老家的兄弟姐妹、亲戚朋友有重要事情邀约回家，家就是一段淡淡的过往，老家的路越走越陌生。像今天这样不年不节，亦不遇红白喜事、人丁添口、乔迁就学等，回老家去，一句话就尴尬了："飞龙，今天有空回来啊！有事吗？"好像没事就不能回来一般。哪像父母在时，一进院子就一迭声喊着："妈！妈！"母亲眉开眼笑地抢出屋，接过手中的东西："我儿回来了，赶紧的，你爹家里呢！"却不放手，紧紧拉着，左左右右上上下下前前后后地打量一番，嗔怪道："你看看你，又瘦了。"其实哪里瘦了。一进屋，叫一声爸，父亲嗯一声："回来了。"歇下手中的烟筒，就到院子里去了，一会儿就有鸡的惨叫，父亲的声音跑进屋来："阿龙啊，拿个碗，放点盐，半碗清水，来接鸡血。"我赶紧跑出门，想阻止父亲杀鸡。父亲一只手抓着鸡，一只手拿着菜刀："赶紧的，啰唆，你妈说你都瘦了，快来接鸡血。"阻止得急了，父亲瞪着眼："你不吃还不许我和你妈吃呀！"一回头，母亲在一旁咕咕地笑，父亲也笑了，我只好去拿碗。母亲的灶台上热气腾腾起来。

唉！父母在世，人生尚有来处，父母去后，人生只剩归途。

"主任，主任！"

"哦！去隆兴村吧！我们是来办公事的，公事要紧。"

小李噢了一声，眼里透出一丝诧异，目光朝着磨盘屯方向使劲看了看。车子一个左转，朝隆兴村方向驶去。

隆兴村离着主干道213国道十余公里，是典型的山村，再出去就是高明县地界。磨隆线道路随着山势按照三级路标准修筑，蜿蜒盘旋，双向两车道。新修的路，柏油新鲜，黝黑发亮。说话间，远远就看到山腰上的隆兴村。

一路上我都在琢磨怎样开展工作，是让村干部带着一起去做工作，还是我单枪匹马去摸摸底？黄二硬邦邦的情况让我心里发怵，却又不得不去面对。想着想着，又再想组织部，想拆迁办主任头衔的莫名。路边茂密的丛林风光，山谷秀色、危崖陡瀑也顾不上细瞧欣赏。

车子快进村了，我下定决心，有必要先详细地了解一下情况，叮嘱小李不要透露我的身份，我好不动声色地摸摸底。小李犹豫了一下，说自己来过许多次，村里的人几乎都认识他，怕不好遮掩。我琢磨了一会儿，叫小李停车，我来开车，若是村里人问起，就说是单位新来的开车司机。小李一脚急刹，停下车，愣愣地看着我，说不出话来。我拉开门下车，走到左前门，一把拉开车门，拍了拍小李的肩膀，"赶紧的，就照我说的做。"小李唯唯诺诺地下了车，去副驾驶坐好，一脸惊魂未定的样子。

车子进村了。隆兴村不大，也就四五十户人家。大多是新建的砖混小楼，带着庭院。外墙体粉刷得白白净净的，画着一些欢庆喜气的墙画，一派富足气象。这些年的扶贫工作力度空前，这样的场景随处可见。小李指着路，其实也就是沿着县道从村头走到村尾，一幢两层的建筑矗立在路旁，一溜围墙围起了五六亩见方的场院。一棵高大的麻栗树紧挨着东北角围墙。

大门敞开着，车子就进去了。

小李说这是村里的公房，也是村小组办公的地方。

停下车，我习惯性地打量了一番。这个公房占地面积好大，比我的老家磨盘屯的公房占地面积大一倍不止。按照家户估计，这个村子也就磨盘屯的五分之一而已。

小李得意地说："主任，这个公房，还是我们拆迁办协调资金帮助他们建起来的。"

"哦！是吗？"

"主任，当时为了修这条县道，拆迁了十余户人家的房子，开初怀有抵触情绪的人很多。"小李忽地压低声音，"其实就是农户漫天要价，想要狠敲一笔。后来，撮合着村委会、村小组领导，拆迁办帮助他们建了这所公房，那些日鼓冒天的气焰才消停下去，拆迁也很顺利。"

我微微一笑，点点头。当下农村工作不好做，这是事实。在扶贫办多年的劳碌，农村工作做得多了，我已经深深体会到，金钱的光泽已经让皇天后土的诚实变得虚妄。利益是把双刃剑，富足了人心，却也阉割了诸多的中华千百年传统美德。

正看着，二楼西边最后一间房里探出一个头，冲下面看了看，满脸堆笑："领导好，领导好。"先是过道，接着楼梯间，次第响起踢踏踢踏的脚步声。脚步很急，像小李急促的话语，结结巴巴："主……主任，这就是村小组组长张天明，也是隆兴村的村长。您真的要……要装作……司机……"

"刚才不是说好的嘛！怎么又提，就按我说的办。"我下意识地后退两步，把小李让在我前面一个身位。张天明已经迎到面前来，一把攥住小李的手，嚷道："兄弟啊！来了也不先打个招呼。"小李和他该是已经熟识了，连忙寒暄："张哥好，张哥好，顺路歪进来一趟啦。"张天明看了看我，问小李："这位领导是？"小李愣愣地看着我两秒，嘴皮子有些哆嗦："这是……"

"我是新来的司机。"我赶紧圆上话，"我家是磨盘屯的。"

"磨盘屯！老乡嘛！"张天明已经握住我的手，感觉得出，他的手很有力，钳子一般，像军人一样。一问，果然当过三年兵，转业回来后被安排在县红砖厂。现在因为环保问题不准烧红砖了，砖厂就倒闭了，他每个月领着不多的安置费，回到村里，被推选为村小组组长。

"走走走，先上去喝水。"张天明把小李和我往楼上让。一边说着，一边掏出手机，掐响个电话，"喂！赶紧的，去村里捉个红脸的小母鸡炖上，拆迁办的李兄弟来。对了，顺便叫叫村小组的几个。"说完，把手机捏在手里，也不挂电话，让着人上楼。依稀听那头喂喂了两声，嘟哝了一句："这死老鬼。"听口气，是他家里的。一低头，我这才弄明白刚才夸张的踢踏声，来自他脚上一双厚底的水晶塑料拖鞋。

说话间，就到了张天明的办公室。

办公室很杂乱，一组沙发上胡乱摆着些新档案盒子、纸头、烟盒、塑料袋子、几本红皮小册子、报纸、杂志等杂七杂八的东西。茶几上几个用过的纸杯里有发霉的茶叶、馊味的茶水，几个贴着标签的档案盒码放得倒也整齐。办公桌上一台电脑开着，一个烟灰缸里满满都是烟蒂，白的烟灰和板栗色的桌面格格不入，像星星点点令人生厌的头皮屑。一台打印复印一体机亮着指示灯，上面堆着厚厚一叠各种表册材料，参差不齐。张天明抢进办公室，赶紧把沙发上的杂物一股脑推到沙发一角，想了想，又一股脑抱到角落的一个纸盒里，胡乱塞了进去。拿起一块毛巾，把沙发象征性地擦了一遍。

趁着村长收拾之际，小李和我交换了一下眼色。小李说："张大哥，告诉嫂子，不要张罗饭了，我们来一下就走。"

"走什么走！"张天明正收拾着自己的办公桌，噗地一口气吹去桌上的烟灰，烟灰跳起来，有一粒生动地跳进了他的右眼。他赶紧眯起眼，使劲揉，鼓捣出几滴眼泪，烟灰也顺着眼泪出来了，眼睛却红红的。"来到我这里不吃饭，看不起哥啊？"

小李尴尬地看了看我，我只得就着坐下去当口，偷偷点点头。多年的基层工作经验告诉我，强扭的瓜不甜。在农村基层没那么多原则，叫你吃饭，让你喝酒，就是给你面子，哪怕围坐火塘剥一个火烧洋芋就一碗酒，或是煮一锅土鸡，或是煮一锅老腊肉花豆，或是切一方油腻腻的白肉，效果都是一样的。你给了他面子，他才给你面子，事情才说得顺溜。

小李如释重负，坐了下来，"那好吧！张大哥别乱精神了，又不是外人。"看样子小李在这里没少吃过饭。

张天明不收拾了，眯着眼睛看了看饮水机的指示灯，绿灯亮着，他翻出两个纸杯，从茶桶里撮出两撮茶，给我们泡了两杯茶。而后又揉了揉眼睛，这回连左边的眼睛也一并揉了，眨巴着，两只眼睛都通红通红的。

我说："张村长，用点清水冲洗一下吧！"

"不用，不用，揉一揉，滴几滴猫尿就好了。嘿嘿！"

逗得我和小李也笑了起来。

"办公室乱糟糟的，让你们见笑了。今年脱贫摘帽任务重，这段时间县里、乡里、村委会又催得紧，今天填这种表，明天填那种表，今天仿这样填，明天仿那样填，弄得人都神经兮兮的，脚底板都翻了天了。"

"没事，没事。农村工作嘛，最基层的事，哪里不是这样的？乱一阵子就好了。"我安慰他道。

"是吗？"我的话让张天明倍感温暖，他看我的眼神都温暖了许多，"十多天前来了两个县乡领导，张牙舞爪的，一张口就这那的，癞蛤蟆打哈欠一般。我一生气，就说有啥本事，自己来干。说得几个领导一愣一愣的，有个领导还叫嚣着要停我的职，处分我。我扭头就走了。后来也没收到停我职的通知，村委会主任来找过我一回，叫我以后收敛些，脱贫任务艰巨，领导也急，相互谅解，这事就不了了之了。哈哈！"

正说着，门口探出一个头，打量着我们。

"瘪老四，干什么呢？有什么事嘎？"张天明厉声吼道。

"村长，没干什么，没什么事，就是来看看。"

"看啥看？好吃懒做的，活计不去做，整天窝在家里等着天上掉馅饼。"

"嘿嘿！村长，这两位领导是？"

"拆迁办的，你家的房子要拆嘎！"

"哪能呢！我家才新盖的房子。"说着，倏地没了影。

我和小李出门一看，那个叫瘪老四的早到了院里。

院里多了十几个人，看上去都是些老头妇孺，有几个还扒着我们的车窗往车里看。

"干什么呢？"张天明也出来了，冲着下边一拨人吼道，"要不要脸？人家是拆迁办的领导，你们新建的小洋楼想拆嘎！赶紧滚回去，该种地种地，该放牲口放牲口，一日到晚闲得慌。"

从张天明的大嗓门出去的话沉甸甸的，爆竹一样抛下去，炸开，攀着车窗看的几个立即撤开。大家都不约而同地往后躲了躲，往上看了看，渐渐散去。有两个嘟囔的声音大了点，话随着清风飘了上来，"原来是拆迁办的，肯定又是来找黄二的。"

看着人散了，张天明招呼我们进屋。

"唉！人心啊！让两位见笑了。这些家伙，政府补助帮他们把房子建起来了，路修好了，一拉开关灯就亮，一拧龙头水就来，隔三岔五这里捐赠些米来，那里捐送些油来，捐被褥的、赠农具的、送种子的，倒是养起懒人来了。田地不好好地盘，牲口不好好养，鼓励年轻人出去打工赚钱，求爷爷告奶奶一般。致富不靠自己的勤劳，整天想着哪里又送来一大坨，天上又掉下几背篓。唉！人心不古啊！我这个当村长的，丢人啊！"

我不好说什么安慰的话。我刚刚从扶贫办过来，许多事情亲身经历过，所见所闻，与我的思维都对不上号，我都还等着谁来安慰一下隐藏在内心深处的阴影，只好琢磨着用什么方式岔开话题。

"噢！对了，兄弟，你是为黄二这二愣子来的呗！"

小李看看我，我眨眨眼，小李赶紧接上话头："是呀，是呀！"

"对了，张村长，路上听我们办公室李主任说，这事一直办不下去。"我看出小李的拘谨，只得自己探询。

"是呀！这个人，吃了秤砣铁了心了，死活不拆迁。"

"黄二不答应拆迁是什么原因，探听过吗？"

"老乡，你不知道，我们村组长嘴皮子都磨破了。这家伙就是一根筋，不拆就不拆。"

"哎呀，领导！是呀，是呀！我们先前去做工作，还开得开门，坐得下来。后来全村百十号人，谁去都不好使，一律拒之门外。"这时鱼贯进来三个人。李天明介绍，一个是村组李副组长，一个是村组文书，姓黄，还有一个是村组治保主任，也姓黄。说话的是李副组长。

大家打了招呼坐下。李天明继续介绍道："喏，黄文书黄主任和他还是亲戚呢！一个是大爹家的，一个是叔叔家的，亲大爹和亲叔叔的，论起来还是堂兄堂弟。你们问问，连门都不给上。"

黄文书和黄主任点点头，浮起一脸的愤慨。

"那你们做了那么多工作，黄二究竟是什么要求？他不明说吗？"

"说什么？问是不是嫌补偿的钱不够，摇头。给他说补偿的钱加上政府扶贫资金，都可以盖起一大幢小洋楼，还有余钱，娶个媳妇都绰绰有余，摇头。说实在看不起村里人，所有的钱筹集一下，足够到县城买一套百多平方米的房子，摇头。又问他到底有什么要求，要怎么样才同意拆迁，还是摇头。真想拎着菜刀，剁猪食一样一刀切了他。"黄主任咬牙切齿地说道。

"这个黄二是不是平素里就不爱说话？"我赶紧把黄主任的话打断，阻止他一个劲儿说气话，气话说多了就过了，成浑话了。

"也不是呀！年轻时候，常常兄弟几个一起玩的，很随和的一个人。"黄文书说着，看看黄主任。黄主任点点头。

"是呀！村里就那么百十号人，低头不见抬头见的，黄二原来也不是这样的人。记得小时候一起去挑柴，我年纪要小他几岁，看我挑不动，他自己一路小跑把自己的柴挑到前面，歇下担子，又来帮助我挑，很实在的一个人。"李村长叹了口气。

"是不是生活上遇到什么变故，或者遭受过什么打击？"

李副组长挠了挠头，说："就是被关了一年多回来才这样不爱说话的。"

"关了一年多？为什么？"

"据说是因为强奸罪，可后来也没定什么罪呀！"

"李副，别乱说，现在的黄二虽然固执得像个棒槌，可我哥是个什么样的人，我们还是相信他的人品的，他咋会做这种事？都是上吊的留翠不明不白地死害了他。"黄文书有些生气。

"我没说他就是强奸犯呀，后来不是一年多就回来了。强奸罪！在那个年月里，不被枪毙请吃铜花生米会歇得掉吗？放回来了，不就是没犯事嘛！"

我赶紧追问："到底怎么回事，咋会不清不楚地摊上这档子事？"

"唉！说来话长。"黄主任瞪了李副组长一眼，继续说道，"黄二有名字的，和我们一辈，字辈排到存字，叫黄存友。他的父亲是我亲二叔，村里人都叫他黄二。二叔一家为人淳善，打我有记忆起，就从未听说他和村里人有红脸黑脸的事。二叔家就一个独子，却也管教严格。村里人都说，黄存友和他爹一个模子里拓出来的土基，脾性好。我二叔就成了老黄二，我的这个堂哥也成了小黄二。黄二黄二的就这么叫开了。堂哥为人坦诚、实在，吃得亏，我们黄姓的兄弟姐妹都喜欢他。堂哥喜欢李老栓家的留翠我们是知道的，但那种喜欢是纯洁的喜欢，留翠也喜欢他。我们有时候瞎起哄，撮合他们，拉个手都不敢，你说堂哥去强奸留翠，说了谁信？你信吗？"黄主任看着李副组长，质问道。

"你看你，不就是说事嘛！谁信呀！"

"既然黄二，不，黄存友没有强奸的事，怎会被关押了一年多了？"

"领导，你不知道。就因为看一场电影回来，路上我们兄弟几个瞎起哄，撮合我这个堂弟和留翠独处一回。谁知道后来堂弟红着脸跑回来了。我们还取笑他，抱都抱了，还不亲一口，屃包一个。第二天，在村尾的弯腰树上，留翠自个儿上吊了。警察来了，问了情况，核实留翠确实被人强奸过，事发当晚，就我堂弟和留翠独处过。堂弟更是一个劲儿喃喃自语，不打自招，说是自己害了留翠，就这样被带走了。"

黄主任接上黄文书的话尾，继续说道："后来，二叔和二婶去探了几回监，回来后相继一病不起，念念叨叨地说，傻儿子哟。留翠一家也知道堂哥的为人，并没有来纠缠二叔一家。可二叔和二婶迈不过这个坎，不久就前后脚过世了，丧事都是家族门内张罗完的。一年多后，堂哥被放回来了。跑到父母坟前大哭一场，到留翠家门口咚咚咚磕了几个响头。自家的房子也不要了，找到村长，坚持着要搬到村外自个儿住。当时村长是我爹，我爹可怜这个侄儿，便由着他的性子，帮着他批下地基。堂哥自个儿张罗着搬到村尾盖了两间土坯房，一间自己住，一间关牲口，囫囵着生活。前些年，也和村里人来往，却很少说话，见面微笑点个头算是打过招呼了。自从修县道一事后，与村里人也不再来往。"

我锁紧了眉头，问道："那你们做工作时，有没有就这个事找找突破口，是不是因为这事耿耿于怀呢？"

"问过了，不说话，就是摇头。"李天明说道，"村小组几个合计了一回，黄二的两间房子旁边就是留翠的坟。"

"哦！有这事？"我赶紧追着话题。

"是呀！留翠不是年纪轻轻就上吊嘛！这是进不了祖坟堂的，当时从弯腰树上解下她，看着不远处有块空地，征得她父母同意，就胡乱下葬在那里。黄二回来后，就在那旁边建房子。村里老一辈人教育年轻人婚姻要专一，年轻人谈情说爱时，还以黄二的痴情做榜样说事。谁知道这家伙到底是不是真的情种。"

"村小组合计，干脆试试把留翠的坟迁走，看看黄二会不会松口。谁知和黄二一说，他抄起斧头就奔人而来。"

我暗暗想，这里面肯定有戏，看来突破口就在这里了。

再往后问，有价值的线索没了。

找到了突破口，中午饭的酒喝得乱七八糟的，当然是我怂恿小李放开喝。我开车，滴酒不沾。趁着他们吆五喝六的时候，我溜出村尾，远远地看了看黄二的房子，就立在县道尽头、一条乡村便道旁，看上去有些破败。房子右边的山坡上有个土堆，应该是留翠的坟茔吧！

<h2 style="text-align:center">三</h2>

不得不做做功课了。

回到单位后，我立即联系公安局的朋友，打听黄二，不，黄存友的事。公安局的朋友四处托人查，一番周折，几天后有了好消息，找到了当时的卷宗。朋友说，卷宗很简单，几页发黄纸，几张手写的问卷，歪歪斜斜的签字、手印，当事警察的签名，一页结论。卷宗我却看不到，不允许，朋友拣着紧要的抄了些。我想见见当事的警察，朋友说有相关规定，不便透露，只是告诉我当事警察有两个，其中一个已经过世了，一个退休在家。我只好从朋友抄来的卷宗里先拣了几个重要问题咀嚼了一番。

"电影散场后，你和李留翠独自走在后面，是吗？"

"是的。"

"还看见有其他人吗？"

"没有。"

......

"你到底有没有和李留翠那个？"

"哪个？"

"就是男女之间那个？"

"没有。"

"之前呢？"

"也没有。"

......

"你把李留翠往地上一摔，撒腿就跑？"

"是的。"

"那你看清楚过来的一束手电是谁了吗？"

"没有。"

"是一个人还是一群人过来了，你知道吗？"

"不知道，只听得有人出声。"

......

"你跑了，李留翠追上来了吗？"

"不知道。"

"你跑回去，就睡觉去了？"

"是的。"

"你会睡得着？"

"好累的，一躺下就迷糊了。"

......

结论：鉴于当事人只有两个，李留翠已经自杀，确有被人奸污痕迹。黄存友的一面之词不足采信。黄存友承认是自己害死了李留翠，但是怎样害又证据不足，说不清楚，害人动机存疑。经核实，黄存友和李留翠是恋人关系，即将婚配，两人一直谨守本分，不存在强奸动机。案情存疑，先劳改，儆效尤，观后效。

简简单单的审讯结果，看不出所以然。那天在酒桌上我打听清楚了，黄存友二十七年前被劳改的地方在嘉丽泽。那里原先是个劳改农场，我得去看看，能不能找到些线索。

小李自告奋勇要跟我去。我知道那天让他冲锋在前有些难为他了，单位驾驶员也一脸乞求。三个人就一起去了。

嘉丽泽劳改农场建于1952年。1952年8月，云南省公安厅派人与中共嵩明县委联系在嘉丽泽筹建劳改农场，同年9月办理了筹建手续。经云南省人民政府经济委员会批准，1952年9月30日，云南省公安厅公安大队长带领12名军转干部押解110名军法犯犯人进入嘉丽泽，同年10月24日，划定场界，打下界桩，嘉丽泽劳改农场正式成立。后来，劳改农场几易其名，1995年10月4日正式定名为云南省林杨监狱。嘉丽泽劳改农场却一直没有在老一辈人的记忆中抹去。最早只是关押军法犯，后来，许多犯罪的都收押在这里。黄存友也在这里度过了一年多的劳改羁押。后来，随着监狱建设的规范迁移，大片用于犯人劳动改造的农场荒废了，也被开发商盯上了，开发成楼盘和休闲旅游景区。

车一到嘉丽泽，看着眼前的高楼大厦、沼泽水景，我忽地心头一凉。看来是白跑一趟了。

车子停在停车场。我想，既然来了，还是第一次来，就四处走走看看。

小李去租了一辆可以四个人骑的观光自行车，我们仨蹬着自行车，沿着新修的观光便道信马由缰地骑行起来。嘉丽泽是个宽阔的沼泽地带，地产商一番打造，有湖有岸、有田有地，还有高尔夫练习场。我们选择骑行的一段是沼泽风光，岸边是齐刷刷的芦苇丛，已经白头的芦苇不时被呼啸的北风扬起芦絮，像被揉碎的白云浮在空中。水中浮荡着净化水质的水葫芦，绿油油的，一片一片，挨挨挤挤，成为初冬里最养眼的风景。远处的草丛里不时飞出一两只白鹭，假意地飞一下停一下，逗着游客的兴致。忽然看到芦苇丛里斜出一艘猪槽船，一个老汉正收起一只网兜，船里是一些塑料袋、矿泉水瓶等垃圾。他抄起船头的缆绳，一个箭步跳下船，把绳子系在一根木桩上。我下意识地赶紧要他们停下。跳下自行车，凑上去打招呼："大爷，捞得那么多垃圾。"老汉看看我，说道："可不是吗，现在这些人乱丢垃圾，每天都要捞很多。"

"辛苦了，辛苦了！"我赶紧递上一支烟，老汉犹豫了一下，接了过去，摸出个火机，点上。

"你们是来玩的？"

"是的，是的。"

"大爷，您高寿了。"

"嘿嘿，七十四啰！刚刚迈过一个坎，老辈人都说，七十三，八十四，阎王不请自己克（去）。看来我又蹦跶得几年啰！哈哈！"

"哎哟，看不出来嘛！看您的精神头也就六十冒头，享福的年纪了，咋还那么辛苦？"

"哈哈，看你说的。儿孙都要我享清福啰。闲不住啊！二十多岁就帮劳改农场看大门。一把老骨头了，一离开这个劳改农场就不舒坦。儿孙都到县城里去住了，我就喜欢守在这里，自在。"

我抑制不住内心的狂喜："您老守了这个农场几十年？"

"是呀！从最初的劳改农场，后来的第五劳改队、第一劳动改造管教队、第一劳改支队、林杨监狱，我一直在这里看大门，直到退休。"

"那您老会不会对一些来这里劳改的人有深刻印象？"

"你是谁？干什么的？"老汉忽地警觉起来，嘴里的烟倏地咬得过紧，呈四十五度角上翘。

小李赶紧解释道："这是我们凤梧县拆迁办文主任，因为修路，就是从凤梧县修到你们高明县的县道。在修磨隆段的时候，拆迁一户农户遇到些困难，听说这个人二十七年前在这里劳动改造过一年多，回去后就性情大变。现在对拆迁工作拒不配合，工期也拖了快两年了。特地来访问访问。"

"哦！那么长时间，怎会记得？"老汉看了我许久，似乎看出了我的诚意。

"大爷，这个人叫黄存友，凤梧县隆兴村的。对了，可能人们喜欢叫他黄二。"

"哪个？黄二，隆兴村那个黄二？"

"是呀，是呀，大爷您认识他？"

"这个娃儿蒙着冤哟！想起来了，当时劳改农场的许多人都同情着他。诚实本分的一个小伙。你说，未过门的媳妇，他吃饱了撑的做那种事。"

"是呀，我也觉着他蒙着冤。许是心里觉得不平衡，这次拆迁他拒不配合，多少人做工作都油盐不进，我就想了解一下他的情况，看看他是不是心里有疙瘩解不开。"

"小伙子啊！你们是应该帮他解解疙瘩。记得他当年在劳改农场一进来就想自杀。"

"什么？自杀？"

"是呀！整天呆呆傻傻的，嘴里嘟囔着是他害死了留翠。是叫留翠吧？"

"是的。"

"半夜里，他趁着大家睡熟了，解下裤带拴在梁上就上吊。幸亏同室的一个劳改犯尿急起夜，看到梁上吊着一个人，吓得哇哇大叫，救了他一命。因为上吊，他还被抽了一顿好鞭子，罚三天不给吃饭。"

"后来，好像他的父母来探过几回监，老实巴交的两个庄稼人。黄二就不自杀了，但是不辩解，成了闷头葫芦一个。每天拼命干活，双手磨出瘆人的大血泡，大血泡炸了又长小血泡，直到长出厚厚的老茧。劳改队的人都说他傻，有些劳改犯就欺负他，把自己的活计偷偷让他做，抢他的稀饭窝头，他也不吭声，只知道埋头干活。肚子饿了，田间地头看到能吃的野菜，掐了就送嘴里。后来，领导看着他可怜，就让他帮忙做饭，我虽然看大门，做饭也有我的份儿，算是兼职，就熟悉他了。真是个好小伙，劈柴、担水、生火、洗菜、炒菜、洗碗……不用别人指挥，眼力见好得很，因为有他，我和其他的几个伙房都轻松不少。听和他一个监房的人说，听到父母去世的消息，两个多月里他常常夜里哭醒，是个孝子。"

"好像劳改了一年半左右吧，听说他强奸罪名不清不楚，就放了。临走时，还冲着我和伙房的几个熟人咚地磕了个响头，谢谢我们不嫌弃他。其实，整个劳改农场，除了欺负他的那几个二痞子，谁也没有嫌弃过他。我对他印象深得很。他现在咋样了，一切都好吧？"

我不得不穷尽自己的了解与理解，向老汉报了他的平安。

老汉听完了，唏嘘不已。至于黄二为什么不愿意拆迁，他也说不上来，只是摇着头叹息，可惜了一个好后生。

回程的路上，我致电公安局的那个朋友，希望他告诉我还在世的那个当事警察，我想拜访一下，再了解一下当时的情况。朋友还是不答应，说他帮我找这些资料已经很艰难了，他也不能不讲原则。临了不忘告诫我，从这里找突破口就打住了，二十七年前的事情，二十七年前的时局，别去找钉子碰。

我一想，也是，隔了那么多年，物是人非。再说，从村里人的言语和看门老汉的嘴里可以知道，这一年多的劳改生涯应该只是改变了黄二的心性而已，与他拒不配合拆迁一事关联不大。

四

彻夜失眠。

窗外有呼啸的风，深夜淅淅沥沥下了一场冬雨。寒意贴在窗上、贴在墙上，也悄悄地摸进屋里，贴在我的脸上、手上，趴在被子上。

看来，情况都摸得七七八八了，还是找不着门道，得亲自会一会黄二才行。

用什么由头呢？直接去敲门，说明来意，肯定吃闭门羹，说不好被一把斧头或是一把锄头吓一跳；拣菌子装作路过，时节不对，大冬天哪来的菌子？路过，明明走过去就是乡村泥泞的旧便道，相当于没有路了，谁吃饱了撑的去路过那里？走亲戚，后面都没有村子了，最近的村子都到十多公里外的高明县境内了，谁信？钓鱼，对了，听李村长说，沿着便道上去，山后有个水库，这个借口不错，看能不能借此接近一下黄二。小李当然不能去了，司机也不能去了。单位的车喷着"公务用车"字样，不能直接开到黄二房子旁边，也不能开到村里的公房场院上，免得惹黄二怀疑。最好不开车，骑个摩托去，直接冲到黄二房子旁的路上，再打扮得像个常年钓鱼的人才好。

清晨，按时上班，单位的领导干部意外的齐整。几个副职都来询问有无突破，我摇摇头，又都一个个表情复杂地走开了。我叫小李过来，嘱咐他帮忙找辆摩托车，钓鱼的一应行当我有。小李小心问清楚用途，担忧起来。我说不怕，掏出驾驶证，"C1 E"照。刚工作那会儿，骑摩托车飞着呢。小李说不用找，他弟弟就有一辆，只是不太骑了，拿去检查修整一下即可。

下午，小李把摩托车骑来了。我忙着准备好钓鱼包。单位来了个通知，说是县委紧急召集各相关部门商议修县道的协调会，要我务必参加。我皱了皱眉头，协调个鬼，当道的房子拆迁不了，开会有个什么用？不就是听着一个个部门领导打哈哈，最后把责任一股脑儿推到拆迁办身上，动动嘴的活计谁不会做？我的任务是赶紧找到黄二拆迁的突破口。想了想，我决定还是按部就班地实施自己的计划，协调会让小李通知赵副主任去开，领导问起，就说正在努力寻找突破口。

小李弟弟的摩托车还是八成新的五羊车，车况不错，力量也不错。我拾掇停当，便往隆兴村赶。

这次计划好了的，我一口气骑到新修的县道尽头，恰恰停在黄二门口，装作若无其事地整理钓鱼工具。黄二的门虚掩了一下，我分明看见晃出一只眼睛，盯着我的一举一动。

锁好摩托车，我背着渔具就顺着便道往上走，嘴里装模作样地吹着轻快的口哨。身后传来门的吱呀声，我不敢回头看，感觉黄二一直盯着我的背影，背脊像有两棵刺扎着。

村长说得不错，往上爬了六七十米，拐个弯，果然有个水库。水库不大，水却清澈。水库左边倚着山就是那条县道，往高明县方向延伸出去，已经修成了柏油路。其实这条路仅仅隔着黄二家上来这一百米左右没有修通。我不禁低低地骂了一句："这个黄二，忒务俗。"骂归骂，今天来的目的是找机会接近黄二。我四处看了看，来这里钓鱼的不只我一个，好几个湾角都蹲着人，我一看，他们的车子都停在路边，该是从高明县那边过来的钓友，不认识更好。

早十年前，我是个痴迷的钓鱼爱好者，县城周边大大小小的水库坝塘、河流水湾我都去钓过鱼，技术还不错。后来升到扶贫办当了个不大不小的领导，事情和应酬多如牛毛，就歇下了。我先不忙着钓鱼，轻手轻脚地走到那些钓友身边，问了问他们的垂钓情况。别看水库小，鱼还挺多，我放心了，第一次能钓到鱼，就有借口来第二次、第三次……车子停在黄二家门口，他看来看去，就连人带车看顺眼了，就有接近的机会。

俗话说："春钓浅滩，夏钓树荫，秋钓坑潭，冬钓朝阳。春钓深，冬钓清，夏池秋水黑阴阴。春钓雨雾夏钓早，秋钓黄昏冬钓草。"这样的口诀我烂熟于心。我四处打量了一下，找了一个向阳的水面较清澈有水草的地儿，垂下钓竿。

天气不错，收获也不错。

两个多小时，钓起了七八条，最大的一条草鱼约莫着有两公斤，其他几条鲤鱼、鲫鱼个头也不小，分量都在半斤以上。几条小的扯起来一看还小，就放生了。几个钓友见我收获颇丰，找到我这边，问这问那地讨求经验。我也不吝啬，给了些指点。

借着钓鱼闲暇，我把接近黄二的路径理了一遍，想了好些方案。讨水喝，问路等等，都不是很理想。最后想了一招合适的，就等着机会了。

第二天照例先去单位报个到，赵副主任找到我办公室絮絮叨叨一回。其实县委协调会议结束后，他就打电话要给我汇报了。因为水库边人多嘴杂，我不便多说，便叮嘱了几句就挂了电话。他来找我抱怨是意料之中的事，无非就是各个部门矛头直指拆迁办，县委书记拍了桌子，县公安局局长又提出暴力拆迁的话题，赵副用我顶孙副主任那一句话"那你跟他耍流氓，他又跟你讲道理该怎么办"给顶了回去，说得一干领导一愣一愣的。最后，县委书记黑着脸拍板了，上头开会下了最后通牒，高明县段已经竣工，就我县磨隆段拖拉不决，就十天的时间，县里也给十天时间，看拆迁办的能耐。实在不行，只有采取非常规手段了。赵副的絮絮叨叨我明白，无非就是这种场合把他推到风口浪尖去得罪人，有些埋怨。我安慰他说："不管怎样，只要我在期限内把工作做通了，你就立了功了。若是我一天忙着去应付这些咋咋呼呼的会议，工作谁去做？事情真的走到暴力拆迁那一步，我们拆迁办问心无愧即可。"赵副点点头，表态说工作我去做，县里类似的会议他去顶着。几天的观察了解，我对赵副主任还是放心的，是个有些门道、能说会道的领导。

今天我准备了干粮，决定就在水库边解决午餐。一来多了解一下那些钓友，从他们口中看看是否了解黄二。二来，我得多钓点鱼。昨天我发现我拎着一网兜鱼下来骑车的时候，站在场院边的黄二一脸惊奇、羡慕。

车照例骑到黄二家门口，停好。黄二这次没有从门缝里看人，我看见他打开了门，看着我背好东西。我冲着他微微笑了一下。

我选好鱼窝子，几个钓友围拢来，寒暄了一下，就在隔着我不远处下钩。艳阳高照，正是鱼儿撒欢之时。一个早，就钓得五六公斤鱼，钓友们也收获不错。中午就有人提议聚在一起都不回了，随便吃点干粮。备有干粮的不在少数，都纷纷同意了。我更是有备而来，扯开干粮袋子，各种袋装小吃、面包卤肉，一应俱全，还准备了两瓶苦荞酒。钓友们眼睛亮了，大家凑上各自带来的食品，一起嘻嘻哈哈喝起了小酒。我制止了几个开车的讨酒喝。我自己也带头不喝，"喝酒不开车，开车不喝酒"的原则我懂。

吃着喝着侃着，我合时宜地说道："刚才从下边上来，看见有户人家，好像是独居户，不如我们去他家给他点小钱，借上锅灶，煮一锅鲜鱼，岂不更有滋味。"

马上就有人接上话了："去不得，去不得，听说这人是个独人，性格孤僻，我在这里钓鱼，经常看见他从这里过，跟他打招呼，不搭理人。"

我赶紧问："他从这里过去干什么？"

"有时候背着一背柴，有时候背着一背猪草，有时候背着一背苞谷或是一背洋芋，有时候好像是赶集回来，背着些采购的东西。"

"对对对，前几天我还看见他大清早的经过这里，好像赶集回来。也奇怪，那么早，农村人家都还没上集去呢，他就赶集回来了，怪人一个。"

"原来吧，经常看得到他的，好像他家的地就在水库下边，很勤快的一个人，一天跑几趟，有时忙着收割，有时忙着下种。他还养着两头猪，经常看见他到水库边放猪。近两年很少见到他了。"

"对了，早几年，他还来水库边钓鱼哩！钓鱼技术还挺不错的。只是不喜欢搭理人，和他搭讪，只是偶尔微笑一下，你说十句话，他还不回一句哩！"

我装作不在意的样子，听着这些钓友说黄二，心里描摹着黄二生活规律的蛛丝马迹。

我忽然觉着，黄二为了对抗拆迁，两年来昼伏夜出地生活着，我不禁可怜起他来。

下午收竿，我足足钓了十多公斤鱼。钓友们相互祝贺着，依依惜别。

我收拾停当，背着行当，拎着十多公斤鱼。那些鱼儿离开水，拼命挣扎，网兜里噼里啪啦乱响，重量增加了一倍一般，拎得我手酸脚麻。虽是得到预期的收获，看上去却狼狈得紧。

挨近黄二的房子，我不得不高高提起网兜，使着暗劲抖动几下，让鱼儿更加欢快起来。走到摩托车旁，我把鱼儿夸张地倒进后货架上绑着的一只桶里，把网兜罩住桶口，桶里叮咚哐啷都是鱼儿跳动的声响。眼睛却乜斜着看黄二家里的动静。从昨天他羡慕的神情，我估摸着他也是个喜欢弄鱼的主儿。

果然，门开了，黄二走到我车旁，羡慕地看了看我的鱼桶，轻轻说了句："钓这么多呀！厉害。"

我微微一笑，看了看黄二，他眼里有一些慌乱。按照我的推算，黄二在十八九岁时被劳改，现在大约奔五的年岁。眼下的模样像个六七十岁的小老头，乱蓬蓬的胡须，眼里有些浑黄，蓬头垢面的，许是好久没洗过。脸上、额头上布满了深深浅浅的皱纹。手掌粗大，指节粗壮，龟裂着许多结痂的血口子。衣服破破烂烂，俨然一个要饭的叫花子。

我不敢看久了，免得他生疑，赶紧说道："你好，还想着从你这里讨两瓢水养着鱼的，又不好意思张口。"

其实我偷偷打量过了，黄二屋后有一眼小泉，挖成一个小潭，肯定是黄二日常生活的取水点。如果黄二不出来，我还打算用塑料袋装作四处找水，刻意去水潭里盛一些来养鱼，顺便靠近一下他的房子看看。

"你是哪里人？咋会来这里钓鱼？"黄二不置可否。

我一指山下："喏，磨盘屯的。听说这个水库里有鱼，就来钓钓试试，果然鱼很多。"

黄二似乎放下了戒心，说道："我给你提点水去，鱼要活着才好，不然就不好吃了。"趁着黄二去提水，我赶紧从桶里抓出最大的一条鲤鱼，想了想，又换了一条中号点的，估摸着有一公斤。在路边扯个根蕨藤，穿住嘴，打个活结提着。

黄二不一会儿就出来了，提着半桶水。我赶紧接过水，顺手把手中的鱼递给他，说："见面就是缘分，钓了那么多，反正也吃不完，送你一条煮着吃。"

他慌乱地后退两步，摆着手，着急地说："不……不要……不要。"

我放下水桶，抢上前，把蕨藤硬塞到他手里。

那鱼儿死命地挣扎，差点掉地上，他动作敏捷，一把抠住鱼鳃。果然是个抓鱼的老手。

"老哥，也不知道你姓什么叫什么，天天把摩托车停在你门口，有些过意不去，送你条鱼而已，无非就是水库里胡乱扯上来的，又不要钱，也不值钱，别推辞了。不然以后都不好意思把摩托车停在你家门口。我也不好意思来这里钓鱼了。"

黄二哆嗦了一下，把鱼接下了。我赶紧把水倒进桶里，罩上网兜。把他提来的桶递给他，把他手里的鱼顺势滑进桶里，让他提着。黄二凑近我的鱼桶看了看，似乎是在打量我送他的鱼是不是最大的，免得受之有愧。我暗暗庆幸刚才拿了条中号的鱼送他。

"走了啊！老哥。谢谢你。"我赶紧骑上车，蹬开脚架，打着火，一溜烟走了。隐约听到黄二说了声谢谢。

五

早上，九点，县委书记办公室。

赵副主任电话里和我说："书记发火了，要你务必去见他。"听得出电话那头赵副的沮丧、退缩、愤慨、胆怯。书记发的火，许是烧着他了。

第三天，鱼有些小，我送了黄二两尾，一尾鲤鱼、一尾草鱼。他没有太多的推辞。

第四天，钓到一条四公斤左右的大鲤鱼。我送给黄二。他瞪大着眼睛，嚷着吃不完，死活不要，只要一条一斤左右的鲫鱼。我说："吃不完的先腌着，改天油炸，我提两瓶酒来，我们干一个，不醉不休。"说罢，骑上车就跑了。听到后头大鲤鱼的折腾声与黄二呵呵的笑声。

晚上刚回到家，赵副的电话就响了，说了一句话，就挂了。

八点半我就踩着上班的点到县委大院里。县委办副主任是我的老同学，也是发小。他一把把我拉进办公室，冲着过道里两边看了看，轻轻地把门虚掩上，劈头就责怪："你是怎么回事？你刚去拆迁办，我就叮嘱过你的。尽人事，尽人事，尽人事就行，多少大大小小的领导摆弄不平的事，要你硬着肩膀去扛，提着脑袋去钻。你只要做些表面文章，让大家看到你的尽心尽力就行，你倒好，昨天已经是第三次协调会了，你让个副职来会上遮遮掩掩，书记都差点掀桌子了。"

"我不是一直在用我的方式去努力嘛，我估计进展顺利着呢！"

"顺利，顺利啥！谁看见你的努力了？你得有大局意识、大局观念，懂不懂？书记办公会，县委书记，你的顶头上司，多少人屁颠屁颠在会上讨好，表现自己。你呢？三番五次避会，跑去做工作，就算你做的工作有效果、有进展，可你让领导面子上挂得住不？你多大个领导哟！会想事的说你勤奋工作，不会想事的说你当个正科级就翘尾巴，就拿俏了。"

"大不了不干了，做一般干部得了。"

"胡说！老同学，好兄弟，祖宗哟！这话跟我撒撒气就得了，出去可不能乱说。你以为你是武侠小说里动不动仗剑天涯的大侠呀！有那么好撂的挑子？你才上任几天，下来了。怎么下来的？谁管你？流言蜚语的大风都能把你刮飞，唾沫星子都能把你淹死。就算你不计较，弟妹呢，孩子呢，你的亲朋好友呢？别傻了。

"本来昨天会后就要电话你的，叫你好好谋划一下，今早怎么跟书记解释清楚，消除误会。可昨晚一忙就忘了。你今早什么也别乱说，拿出十二分诚恳的态度，道歉就行。这事棘手，全县领导基本知道，听说已经顶不住上头的压力了，打算强硬对付。你别再瞎操心，当好你的领导就行。领导！懂不懂？"

看着这个发小苦口婆心、絮絮叨叨，过早光秃的头顶都激动出细密的汗珠。我憋不住笑出声来。

"笑，笑个鬼！嬉皮笑脸的，我说的这些，你到底听进去没有？"

我点点头，忽地心头一凛，脱口就道："欸！难不成我从扶贫办副科小干部忽然成了拆迁办正科主任，你举荐的吧！你又是书记面前的红人。"

他冲我胸口就是一拳。

门忽地被推开了，砰地撞到墙角的门吸上，被吸住了。

"小郑，大清早关着门干什么？今早若有人来找，你给我拦一下。"县委书记进来了。

"好的，书记。"老同学赶紧从座位上弹起来，腰矮下了半分，脸上堆着笑，让我心头一酸。

我也赶紧站起来，不由自主地说了句："书记早。"

"欸！文主任！是吧！你来了，就等着你小子，跟着我过来。"书记愣了愣，脸倏地铁青了起来，背着手，率先走出门去。

我跟了出去，一回头，老同学伸出右手食指，点点自己的脑壳，冲我着急地眨眨眼。

一进门，书记用硬邦邦的语气吩咐我："关门！"

关上门，书记也没叫我坐下。我只好站着。

"文大主任！是吧！你是不是对我、对县委工作有意见！"

"没有，没有，书记，就是我知道拆迁的事情很急，不得不忙着去做黄二的工作。"

"就你急，我们不急？"书记的脸上表情越来越生硬，铁板一样。

书记噌地站起身，挥舞着手，不时跷起食指指着我，吼道："十天时间！十天！上头给的最后期限，已经第五天了，多少事情！啊！多少事情等着协调？你倒好，弄个滑头来顶着，敷衍着，你来个老将不会面，你，你能耐啊！"

　　我咬咬牙，伸出三个手指："书记，您先消消气，再给我三天，不，两天时间，我一定弄个水落石出，找到症结所在，我有信心。"这个决定是我昨夜辗转反侧想好的，今天去钓鱼，我就决定拎着酒去，和黄二畅饮一回，看昨日的情形，他应该不会拒绝，就着酒性，我旁敲侧击地走进他的内心。这样一个孤僻的人，不求钱财，不求热闹，似乎无欲无求，只要找到切入点，许多问题肯定能迎刃而解。一天喝不够、说不完，就两天。若是两天还是攻不破黄二的内心，估计事情就没戏了。古代不是有"一鼓作气，再而衰，三而竭"的说法吗？我不愿意去尝试"三而竭"，那是黔驴技穷了，热脸贴冷屁股的勾当，我不屑。给书记打包票用三天时间，不，两天时间，也是我早就想好的，与其等着书记发一通火，这火还指不定让我说出什么别的话来。我一个直性子，老同学千叮万嘱，就是熟悉我的秉性，受得了莫大的苦楚，受不得腌臜的闲气。我得一语惊人，把书记一肚子的火化解在萌芽状态，灭在他肚子里。

　　书记停止了愤怒，挥舞的手臂停在空中三秒以上，才缓缓放下来。我得到了预料之中的效果。

　　"你说什么？再说一遍？"

　　"给我两天时间，我已经有所突破，两天后我保证把事情弄个水落石出，找到黄二不近人情的问题所在。我有信心。"

　　书记脸色从铁黑色转成铁青色，从铁青色转成紫青色，从紫青色转成酱紫色，从酱紫色转成赤红、玫红、青白，直到恢复正常肤色，有了微微的笑意："好小子，你说的，行，这两天我和全县领导干部等着你。反正你拉稀摆带了，还有三天时间。若是你最后拿不出个说服人的结果出来，你看着办！还有，今后若有协调会，重新派一个副职来，不说话都行，别只会打马虎眼，闹心。"

　　我唯唯诺诺地答应着。

　　书记平复下来，坐在办公桌后，怔怔地许久也不说话。

　　过了良久，我小声说："书记，那我先走了，我还得赶紧去隆兴村。"

　　书记摆摆手。

　　我退出来，打开门，老同学贴着墙，立在门旁。我看着他，苦笑了一下。

　　他狠狠地瞪着我，从嘴唇翕张的口形上看，他是咬牙切齿地埋怨着说：

"你呀你，混球一个。"

"对了，小文，顺便给我把小郑叫进来。"

我冲着老同学伸了伸舌头。他大气不敢出，蹑手蹑脚地回到自己办公室门口。我知道个中道道，回头答应说："好的，书记。"故意哂哂哂哂走到老同学办公室前，清了清嗓子，叫道："郑副，郑副，书记找你。"

老同学提高嗓音道："好的，来了，来了！"

我赶紧做贼一样，逃了出去。

后来，据当上了县委办主任的老同学酒后攀着我说，那天书记还是训了他一顿的，说他瞎举荐，若是事情搞砸了，要连带着两人一起处分。不过书记又说，这样愣头愣脑，做事有冲劲、有干劲的人不多了，是个人才，像年轻时候的他，以后让老同学多举荐这样的干部，说得老同学一身冷汗一身热汗的。

我买了酒和几样下酒的袋装小吃。一开始只拿了两瓶小锅酒，酒劲绵密后劲十足。想想也不知道黄二的酒量，干脆拿了六瓶，六瓶三公斤，就算黄二酒量是个公斤级的，也足够把他喝翻了。我把这些东西结结实实地绑在摩托车后货架上，马不停蹄地赶去隆兴村。

摩托车一停下，黄二迎了出来："来了……你看看你……昨天非要……拿那么大一条鲤鱼……怎会吃得完……我腌上了一半多。"黄二说话有些迟钝，许是久不与人说话导致的。说着，他指了指门口的柴垛子上。我走近一看，鱼肉上搓着盐、花椒、辣椒，卧着几根除腥的葱白，还有一股淡淡的酒香。一看就是个会料理鱼的人。

我赶紧奉承道："老哥腌得好鱼呀！还没吃呢，一闻味道，就流口水。"

黄二嘿嘿地笑。我第一次看见他笑，笑容朴实、灿烂、纯真、无邪。

"老哥，中午我懒得回去了，若是不嫌弃，来你这里叨扰一顿。"

"你……你不嫌弃我……"

"嫌弃你什么？老哥，我一看你就是个厚道人。"

"咳……咳……我……我……那好吧！只是你……你一个人来……"

"老哥，我看你应该也喜欢钓几竿子吧，我有好几根竿子的。要不一起上去，多钓几条？"

我看到黄二浑浊的眼睛里一亮，随即又暗淡下来："原来……原来，不……不了……我做着饭……你，你，你一会儿……下来。"

"真不去？"

"真……不去了。"

"好吧！老哥，那车上多余的东西我就不拿上去了，背着钓鱼的东西就行。"我不敢说多了，说多了怕黄二起疑，背着行当就去水库边。

天高云淡，虽然有些小风，却是西南方向刮来的，不冷。煦暖的阳光照耀着，舒服。我一到，钓友们照例围拢来，七嘴八舌地交流一通，早上见书记的不快情绪顿时没了。

想着马上就和黄二面对面接触，一会儿得拎着一条大鱼下去，得让黄二对我生发出十足的崇敬。越想大鱼上钩，却都是些小鱼，虽说扯上来两条两斤有余的，我却不满意，换了好几个窝子，收获还是不尽如人意。有些气馁之时，旁边的钓友扯到一条大鱼，却手忙脚乱地扯不上来，大呼小叫唤我帮忙。我赶紧冲了过去，钓到大鱼是兴奋的事，钓友们都放下竿，聚拢来，抄网的、盯梢的、出主意的，有个更是扒了衣服，要下水去扑。我叫大家不要急，鱼竿、绞盘在我手里灵活得像条蛇，一会儿放线，一会儿收线，一会儿呛水，一会儿遛弯。折腾了半个多小时，鱼终于疲惫了，眼尖的钓友赶紧一网兜抄住，两三个人合力，把鱼拖了上来。近十公斤的大草鱼，放进装鱼的网兜里，挣扎不已，搅得水花啪啪乱响。大家唏嘘一番、赞赏一番，钓到大鱼的钓友更是对我感恩戴德。人群散去，我又坚持钓了一会儿，扯到一条三公斤有余的大鲤鱼，还是不满意。我不得不向钓到大草鱼的钓友靠拢，商量着把鱼买下来。钓友头摇得拨浪鼓一般。不得已，我说明了事情的原委，钓友还是不同意。几番软磨硬泡，钓友终于点头了。我也不得不满足他的两个条件，一是不管我的事办得成办不成，必须坚持到这里十天，把我的钓技毫无保留地教给他。二是我今天所有的渔获给他，这倒是小问题，这几天钓回去的鱼一家人都吃腻了，后期的渔获基本都是送朋友了。我叮嘱他，不得把我来这里的目的告诉任何人，他亦答应了。

挨到中午时分，我拎着大鱼下来了。

果然不出所料，黄二一看见我手中鲜活扑腾的大鱼，啧啧有声，眼睛都直了。

我一迭声嚷道："今天烧高香了，弄到这么个大家伙，那些小的我都放生了（其实是放生在那个钓友的网兜里了），一会儿就拿这家伙下酒。"

"拿……拿它……咋吃……吃得完？"

"没事！吃不完的，再腌上，慢慢吃。"

黄二一脸兴奋，又一脸担忧。拉着鱼兜看了又看："你……你都放生……只有这一条了。"

"是呀！老哥，帮把手，手都要拎断了。"

黄二双手齐出，伸进网兜里，一只手抠出大鱼的一边腮。我褪出网兜，大鱼吃痛，扑腾了几下，垂下身子，老实多了。我一屁股坐在门前的柴堆上，喘着粗气。

"那好……那你先……先进屋，我弄……鱼……去……"

黄二把我让进屋，他把大鱼按进一个猪槽盆里，拿了一把菜刀，吱呀拉开一扇后门，到水潭边弄鱼去了。

我顾不上腰酸背痛，赶紧四处打量着黄二的房子。房子很简陋，却收拾得井井有条。我不禁诧异，他在外蓬头垢面的，咋还会把家里打整得这么细致。房子有两间，左边一间是正屋，人住的，右边一间是堆杂物关牲口的。只有一层，墙抬梁结构，进深也就五米左右。墙用条状的土基砌的，没有糊墙，偶尔有墙缝隙不严实的地方，漏进来些光亮，一束一束的，像小小的手电筒卡在墙缝里。两间房子使了七根立柱，中间的一根是中柱，都砌在墙里，却露着向里屋的一面。墙上，立柱上，钉着些木楔子、钉子，挂着杂七杂八的农具和一些蛇皮口袋、塑料口袋。木楔子、钉子的挂点似乎是拉线量过一般，一排一排，整整齐齐的，那些挂物也整整齐齐的。正屋东北角是灶台，屋顶有两片亮瓦，漏下明亮的光线探照灯一般打在灶台上。一口大锅微微冒着热气，盖着锅盖，应该是在温着什么，冒出一股混杂的肉香。灶台边的墙角整齐地码放着一垛子柴。锅洞里隐约冒着微弱的火光。灶台边的墙上顺着墙悬着一根横木，横木上挂着四五刀已经风干的腊肉，三只老火腿，两个热水袋样的东西，凝目一看，是两只风干的猪肚。

床铺在西北角，紧擦着后墙直摆，扎着一笼蚊帐，被褥油条状叠放着，铺面整齐，光线昏暗，看不出干净与否。顺着床角卧着一个老式木柜，装粮食和杂物的那种。柜子上有一盏黑乎乎的煤油灯，有些年头了。记得小时候我家也用过，用装补胎胶水的那种圆柱形的小铁桶子，盖子上凿一个洞，插上一根比筷子稍细的铁筒，从铁筒中穿出一根棉线头，另一头浸在胶水桶里，翘起盖子，在胶水桶里装上煤油，盖好，煤油沿着棉线被毛细现象吸上来，一点就着。要灯火大一些亮一些，只需要把棉线头挑高一点；要灯火小一些暗一些，用剪刀剪去些许棉线头即可。母亲做家务活，总是把灯火调暗，说是省油，一旦我在灯下做作业，母亲总是把灯火挑亮，说不要伤了眼睛。

床头立着一个老式橱柜。橱柜倚着房子中间隔断的夹墙，夹墙不高，只砌到横梁下。橱柜的台面辟成供桌，墙上挂着一张暗红的中堂。正中写着"天地国亲师位"，左右各写着几行小字，有些斑驳，依稀看得清楚字大一些的，右边是"九天东厨司命灶君之神位"云云，左边是"黄氏堂上祖宗"等。中堂前供着一尊瓷像，是一尊观音像，观音坐在莲花座上，左手托着玉净瓶，右手捏着加持手印。左右供着两个牌位，应该是黄二的父母牌位。牌位前有一个小香炉，香炉里袅着几缕青烟，是刚烧尽的柏木香。小时候见母亲烧过，把干透的扁柏劈成小条块，火柴棒长短，点着后吹灭明火，撒上几把香面，香味醇厚，萦萦袅袅的要烧个把小时，足够母亲念好一阵子经文，祷告一通。香炉左右各点着一只儿臂粗细、尺长的蜡烛，火苗堂堂正正地烧着，偶尔跳动两下，是烛芯烧欢快了。

两间屋子中间有一道门，门敞开着。杂物间有一个猪圈，没有猪，圈里堆着些麦秆草。排开一个鸡栅，没养着鸡。猪圈和鸡栅上头横担着几块木板和木棒，搭成个阁楼的样子，上头堆些玉米棒子、口袋包子，怕是今年新打下的粮食吧。墙角堆着一堆柴草，两三只背箩倚在一旁，一只背箩里还满满地装着新剥好的玉米。柴草上卧着几床破旧的草席子，晒粮食用的。

堂屋正中摆着一张八仙桌，桌上摆着两套碗筷，一个土罐子。我打开一闻，一罐子酒，好像是苞谷烧，酒味冲鼻，却又有清香，该是有些年头了。正屋有两道木格子窗，正门两边左右各对称着一道，却没开，厚实的花布遮着。我猜得到遮着的目的。正门是单扇门，我偷偷去瞄了一下，门后果然靠着一把寒光闪闪的斧头、一把锄头、一只铁桶。我闻了闻，不是小李他们说的汽油，是老式的水火油（煤油）。

我扒着后门看了看，鱼虽然大，但黄二手法利索，已经开膛破肚了。我问道："我来打打下手吧？"

"不用，不用，马上……就好。"听得出，他的语气很欢快。

我想起来了，赶紧到车上把酒和零食卸下来，抱进屋里。黄二也弄好鱼进屋了，他看了看我手里的酒和零食，嚷了起来："什么……都准备……好了，你还……拿那些东西……干什么？"

"不不不，"我赶紧解释道，"昨天不是说好了，我带酒，这个机会你得给我，不然我怎么好意思拿筷子。"

"你……你……你……唉！随你便……"

鱼真的好大，黄二叫我先拎一下，自个儿去找砧板。我往砧板上一放，砧板不见了，八仙桌的一半都给大鱼占领了。

黄二问我咋吃。我说随他。黄二甩了甩手腕和胳膊，满脸汗水，看来开剥大鱼把他累得够呛。他用衣袖擦了一把脸上的汗，用手背敲了一下额头："这么……好的鱼，清汤……一盆，再……红烧一盆，剩下的……都腌上。"

我说好呀，便帮着他打下手。

黄二刀法娴熟，鱼头、鱼骨、鱼脊、鱼尾、鱼鳍、鱼肉，在他刀下有条不紊地乖乖分解开来，进了对应的锅碗瓢盆里。

我不失时机地问道："老哥，看您的刀法，做鱼厉害嘛！"

黄二嘿嘿笑了笑："都是……那年……跟着一个……老哥学的。"

"您钓鱼、拿鱼肯定也很厉害。"

"一般……一般啦！哪有……你厉害，嘉丽泽也……有大鱼的……没……拿过……这么大……的。"

黄二越说越兴奋："记得……我和老哥……他们……几个，偷偷划着船……他们喜欢用……网扣子……我喜欢钓。把一颗……钉子烧红了……用砍刀……砍出倒须……弯成鱼钩，磨……尖了……串上苞谷秆芯……做鱼漂，有一回……钓了一条七八公斤……重的大鲤鱼……大伙……七手八脚……差点……把船整……翻了。嘿嘿！今天……这么大的……第一次见……你……厉害！厉害！"

"你去过嘉丽泽？"

"去……去过。"黄二忽然警觉，该是想起了曾经的不快，看了看我，忽然不说话了，把刀使得重了起来。我赶紧忙前忙后打下手，不再问了。

鱼分解好了。黄二长叹了口气，坐在一旁看着我腌鱼。

"兄弟，你……真的是……磨盘屯的？"

我说："当然啦！我姓文，叫文飞，你不信，去磨盘屯问问，一说我的小名飞龙，都知道我。"

"我相信……我相信……我家有一亲戚……在磨盘屯的，磨盘屯村……文姓是大姓……我知道，小时候……我和爹……走过亲戚的……还去磨盘屯……看过……电影的。"

我赶紧追问道："你家亲戚是哪一家呀？说不好还是转转亲哩！"

"记不得……了……我小时候……就去过……两次，几十年……不来往了……早忘了。"

"兄弟……我姓黄……叫黄……存友……人家都叫我……黄二。虽然……我可能大……你二十来岁……也不管了，就……哥弟……相称吧！"

"好啊！好啊！"我赶紧应承。

黄二忽然哇地哭出声来。

我慌了神："哥！哥！你咋了？"

"几十……年了，都……没人……对我这么……好过。"

"谁欺负你了，弟弟帮你出气。"

"不……不……不，兄弟……你看我……我失态了。是……高兴……高兴。不说了……弄菜……弄菜。"

黄二胡乱抹了一把眼泪，走到灶台前。揭开锅盖，锅里热气腾腾，卧着一盆蒸鱼，应该是腌制的鲤鱼过油炸酥了又蒸，香味扑鼻。一盘青椒火腿，一盘白切老腊肉，一盘小葱洋芋片，一碗淡青菜，一碗水萝卜。一道道菜要颜色有颜色，要香味有香味。

我不禁喝了一声彩："哥，看不出来，你好手艺。"

黄二嘿嘿地笑，扭捏起来，像个孩子："兄弟……去洗洗手，该腌的让他……腌着……就行，来……把这些端……桌上去，把……把鱼……拿过来，先红烧……再清……炖。"

"哥！哥！这些足够吃了，其他的就别弄了。就我俩，吃不完呀！哥！"

"你……别管，兄弟呀！今天高兴……高兴……高兴啊！"

没办法，我只得继续打着下手，心里惶恐不已。

六

一觉醒来！一看表，已是十点钟了。

我一看眼前昏暗的场景，吓得一咕噜翻爬起来。我怎么在黄二，不，黄存友，不，黄哥的床上躺着。

"兄弟，醒了。"

黄哥来到床边，我揉揉眼睛，确实不是在做梦。门大开着，窗上的厚布也拉开了，屋里亮堂堂的。

"哥！我这是怎么了？我怎么会在这里？"我蒙头蒙脑的。

"嘿嘿！你不在这里在哪里？昨天一台酒喝到深夜，四瓶半小锅酒都喝完了，你还要一个劲儿喊着倒，就是武松在世也喝翻了。"

"哥！你怎么说话利索了？"

"我也不知道，就是和兄弟一边喝酒，一边说话，说着说着就利索不打咯噔了，怪了。"黄存友憨厚地挠挠头，头发湿漉漉的。

我仔细一看，他换了一身衣服，脸上的胡子也不见了，刚洗了头。

"你怎么？"

"哈哈！兄弟，我听你的。这两间破房子，拆就拆了。老挡着人家修路，我还叫个人吗？"

"听我的？我说什么了？"我使劲敲着脑袋，却什么也想不起来。

"兄弟啊！你瞒得哥哥好苦。要不是昨天晚上弟妹打电话来，你醉醺醺地说话，我还被你蒙在鼓里。你竟然是拆迁办主任，我服了你了。"

拆迁办主任！我心头一紧，吓出一身冷汗，头脑也清醒了不少。完了，完了，我是来做工作的，在打听黄存友拒不配合拆迁的理由的，理由没找到，工作还没顺利开展，身份暴露了。我忽然记起自己在县委书记办公室给书记打的包票。我的天呀！我在心里把自己骂了无数遍。若不是黄存友就站在我面前，搀扶着我，我大耳刮子都落到自个脸上了。

"兄弟，赶紧起来，哥给你烧了酸汤鱼，喝完汤醒醒酒。"

"不是！哥，我昨天到底胡言乱语什么了？"

"什么胡言乱语，兄弟，你说的每句话都在理哩！哥一定听你的，你容哥收拾收拾，马上搬走，房子你们随便拆，赶紧叫人家来修路。"

"拆房子？修路？哥，你不是？"

"是什么呀！这几十年哥糊涂，你昨晚，昨晚已经骂过哥了。哥听得进你的骂，你把哥骂醒了。"

"啊！"

第二天，拆迁工作非常顺利。黄存友暂时搬到村里的公房住一段时间。公房旁边还有一块空地，县里特事特批，作为他的宅基地，已经找好了施工队，择日开始建房。黄存友坚持和其他人的补偿款一样，加上相关扶贫政策落实下来的拆旧建新补助款，建一间半一楼一底的住房绰绰有余。挖机、装载机呼啸着冲上前，摧枯拉朽一般，两间房子就被夷为平地。修路的施工队也上来了，路也开修了。县里一干领导都来了，拉了横幅，该讲话的讲话、该照相的照相、该采访的采访、该摄像的摄像。书记把我叫上前，表扬了我一番，但叫我说几句，我还在被酒折腾得晕晕乎乎的，只得作罢。黄存友攀着我的肩膀，其实使着暗劲扶着我。我脚软。我们站在留翠坟前，看着热火朝天的现场。李留翠的坟也征得其父母亲友的同意，打算择日迁移，重新下葬在挨近李氏祖坟的空地上，也算得到些祖宗的庇佑。黄存友问我："兄弟，还没醒酒？"

我虚弱地点点头。

我努力地想记起那天怎么喝的酒，说了些什么话，可断片了就是想不起来了。

我又请了十天公休假，每天来水库边钓鱼，当然黄存友也一起的。目的却变成了两个，一是履行自己的承诺，教那个钓友钓鱼的技巧，确确实实倾囊相授。二是不断朝黄存友旁敲侧击，打听我那天的所作所为所说，黄存友嘿嘿地笑。他钓技出众，好家伙，每天比我钓起的鱼还大还多。那十来天，守建筑工地的老刘和村小组的几个干部都纷纷表示，吃鱼吃怕了，喝酒也喝怕了。

七

时间能默默地流逝记忆，也能淡淡地唤醒记忆。

黄存友偶尔纸包不住火的零星片语，以及对妻子几个电话内容的追溯询问，加上我脑海里努力的搜索，那一天一夜的记忆碎片渐渐被找回、拼接、粘贴，成了一帧一帧忽而模糊、忽而清晰的影像。

黄存友的菜烧得真好，推让了一回，还是喝我带来的小锅酒。一开始喝酒，我还是谨慎的，不敢问露骨的话语。倒是黄存友不打自招，竹筒里倒豆子一般，讲着他心酸的往事。

他们那一夜是去番营村看露天电影。番营村我知道，隔着我们磨盘屯四五摆田。那些年月，露天电影是很受欢迎。除了行政性的电影下乡活动外，一般都是大户人家娶亲、做寿或是应什么好事，才出大钱请县、乡的放映队到村里放电影。一听说哪里放电影，远近十里八村都会赶着去看。尤其青年男女，平素里在父母的督促下忙着农活，难得有自由恋爱的机会。逢看电影，像遇到赶大集一样，有相好的就约着一起去幽会，没有相好的就到电影场去碰运气，找找另一半。除看电影外，更是去凑热闹、结人缘。电影看完了，回来的路上几个小伙伴就瞎起哄，哄完了，一个个识趣地先一步走了，把空间和时间留给了黄存友和李留翠。

那一天月色如水，走着走着，黄存友红着脸大胆地拉了拉留翠的手，留翠颤抖着缩了一下手，又主动伸出柔黄。两人拉着手就一路走着，说着不咸不淡的话，不知不觉就到了村口。两人依依不舍，又绕着村子外边的田间小路走了一圈。走第二圈时，到了村尾，黄存友心里猫抓狗咬一般，哆哆嗦嗦表示想亲一下留翠。留翠开始不答应，央不过黄存友的渴求，似乎心里也有些渴望，扭扭捏捏地说："你是不是真的喜欢我？"黄存友急了，赶紧竖着右手三根手指，赌咒发誓。留翠调皮地说："那得检验一下你的真心，你只要有本事横抱着我，坚持五分钟不摇不动，就让你亲一口。"黄存友心里有些嘀咕，留翠胖乎乎的，抱着亲一下可以，真要横抱在怀里，不摇不动，确是难为他了。他尚未多想，留翠就轻轻撒起娇来。在一蓬稻草堆前，黄存友也是心猿意马，拦腰就抱起留翠。留翠开心极了，倚在他的怀里，微微发着抖，却一个劲儿叽叽咕咕地笑。开始的一分钟，两人调笑着，也不觉着累。留翠开始认真地数起秒。第二分钟，黄存友开始冒汗，手微微颤抖起来。李留翠身体壮实，黄存友身子单薄，能抱起来就很不容易了。第三分钟，黄存友大汗淋漓，双脚不由自主地筛糠一般抖起来，却惹得留翠嗤嗤地笑，把他脖子搂得更紧了。第四分钟，黄存友感觉自己已经死去一般，脑袋里一片空白，感觉自己就是正在接受唐僧念叨紧箍咒的孙悟空，浑身汗毛都竖立起来。好不容易第四分钟时间到了，留翠开始嘻嘻哈哈地小声数第五分钟。黄存友牙齿咬得哒哒响，摇摇晃晃，几欲跌倒，灵魂飘出身体一般，只机械地听着留翠一五一十地数秒声，一板一眼。忽然，村子里亮起一道手电光，直直地朝这边射过来，隐约传来说话声。

"有人来了，羞死人了，赶紧把我放下来！"留翠急了，胡乱推了黄存友一把。

黄存友又累又急，几欲昏厥，不容多想，扑通把留翠扔在稻草堆前。也不知哪来的力气，灵魂忽然归位，撒腿就跑，一溜烟从村外的小道跑家里去。回到家，羞得满脸通红，噌噌噌就钻被窝里去了。

第二天，村尾弯腰树上垂着一根麻绳，留翠挂在上面。黄存友哭得昏厥过去。

谁奸污了留翠，成了悬案。警察掐着当晚的时间节点，询问了那晚打手电的人，不过是老眼昏花的黄九爷陪着他五岁大的孙子上厕所罢了。找凶手，无凭无据，有凭有据的黄存友背上了黑锅，摊上了一年多的劳改生涯。

在劳改队里，好心人帮他分析，是不是急急忙忙的那一搡，把留翠搡晕了，便宜了强奸犯。听到这个分析，黄存友想到了自杀，幸好未遂。

从劳改队回来后，黄存友心灰意冷，走上了封闭自我的道路。

我问道："过去的二十五年里，你勉强自给自足地过日子。后来这两年抗拆迁，你提心吊胆的不敢出去，怕被人强拆，那你怎么生活？"

黄存友忽地话粗起来："我没办法，把两头差不多八九十公斤的猪杀了，十多只鸡也背到集市上卖了。每天昼伏夜出，白天守在家里，夜晚摸黑去田地里盘生产，我的五六亩地都是连夜种、连夜收的。卖点淘换的粮食，家里缺油盐、煤油、日用品了，都是连夜绕着山路，路上小心翼翼，怕熟人看见。早早就到集市，早早买卖了东西，赶紧就回来守着。这两年，哥过得像个孤魂野鬼一样。"

有句谚语说得不错：麂子是狗撵出来的，话是酒撵出来的。

酒喝到尽兴处，我也放下了伪装，单刀直入地质询黄存友为什么不同意拆迁。黄存友的一席话让我穷尽了有限的思维。

黄存友说，他蒙上不白之冤，他忍；害得父母忧伤过度，早早离开人世，他忍；被人戳脊梁骨，被人非议，他忍。他相信人心是肉做的，人血是红色的，人是有良知的，那个奸污了留翠的人，迟早有一天会幡然悔悟。他光明正大也好，偷偷摸摸也罢，他一定会回到隆兴村，找到留翠的坟，磕上几个忏悔的头，烧一炷香，挂一挂纸钱。人就应该是人，不是畜生，偶尔做出畜生一样的错事，是会悔悟的。他坚持住在那里守着留翠的坟，就是等着犯罪的人出现。几十年过去了，强奸犯若来了，他不想打他，不想骂他，不要他道歉，就要他出现，当着自己的面，对留翠忏悔一次。

我当时就劈头盖脸叱责黄存友："你的善良啥也不是，万一这个强奸犯死了呢？万一这个强奸犯不懂得忏悔呢？留翠用她的死，表达着对你的忠贞不渝，她愿意看到你鬼一样地活着吗？对于你的父母，虽然有种种原因，你不能尽孝，但你确实不孝，要是你的父母去探看你的时候，你好言相劝，你重拾生活的信心和希望，他们会过早地伤心绝望而去世吗？对于留翠，你对得起她以死明志的爱情吗？对于村里人，你疏远大家，他们逗你惹你、欠你吃你了？党和政府费尽心力帮助你们脱贫致富，修路搭桥，通水通电，你不要人家的电，不要人家的水，不要人家帮你建房。你和政府对抗，和大伙的利益对抗，修路是惠民的大事，你装聋作哑，你良心被狗吃了？我不要和你这个不忠不孝不仁不义的人一起喝酒。拿酒来，我自己喝自己的。"

黄存友就夺我的酒碗。昏暗的煤油灯下，两条汉子你一碗我一碗地喝酒……

碎片整理完了，我对黄存友不由然肃然起敬。

我帮他分析留翠的死。那着急忙慌的一摔肯定摔晕了留翠，要不然，忠贞的留翠一定会奋力反抗强暴者，她的大嗓门闹个动静还不简单，村里人肯定出来打坏人。强暴者趁着留翠晕过去，得手后跑了。留翠醒来，一看自己失了身子，想不通就寻了短见。强暴者指定不是村里人，若是村里人，他也按捺不住黄存友二十七年的等待。黄存友回忆说，那一年，周边村子里游荡着一个流浪汉，有几回还到村里来讨饭，草堆里、大树下、墙角边，偶尔看见他或者捉着破衣扪虱子，或是蜷缩着身子呼呼大睡。留翠自杀后，就好像再没有见过他。莫不是？

我心里忽地酸楚不已，却又不便往深处去想，便安慰他道："别瞎猜，你有证据吗？"

"没有！"

"没有证据的事，说了谁信。"

"是呀！我不就是吃了没凭没据，好像又有凭有据的亏嘛。"

"想明白了就好。"

"兄弟，你是国家公职人员，身份比我高了去了，你还愿意把我当哥吗？"

"说什么屁话！"我生气了，"你这个二十七年来不忠不孝不仁不义的人，老子不把你当哥，把你当什么？我要把你的故事写成一部小说。"

"写你的，老子怕你，没凭没据的。"

黄存友后来笑话我，想不到兄弟一表斯文，骂起人来厉害得很，骂得酣畅淋漓，横沫子乱飞；骂得他冷汗直冒，脸一阵红一阵白，却又发不起火；骂得他服服帖帖。说得我后来都不敢再提那一夜的酒话。

八

清晨，还走在上班的路上，电话响了。县委办的老同学打电话来："小子，你成红人了。你在拆迁办混不成了，昨天听书记在办公会点名，要把你调回扶贫办当主任。你小子偷着乐去吧！请不请老子喝台酒，你掂量着办。"

"说什么？你又把我往刀尖上推。"

"我推什么呀！这次是书记力排众议，要用你的干劲带动全县脱贫。"

我啪地挂断电话。

抬眼望去，行道树上的法国梧桐全部谢完顶了，光秃秃的，一个个像被迫卸掉盔甲的士兵，想张牙舞爪，又凸显无力，只好无可奈何地站着，等着朔风的检阅。

街角的几堆落叶连着那些垃圾被点燃了，火苗子羞羞答答越烧越旺，给清冷的早晨带来一丝象征性的温暖，却又给人空落落的感觉。阵阵北风吹过，吹旺了火苗，也把烧透的叶灰裹挟着扬上空中，又落下来，又飞起来，像一只只失魂落魄的蝴蝶。

我四处看看，没有环卫工人来收拾这里的残局，可能过一会儿吧，等着这些蝴蝶真正意义上地死去，安眠在地上，变成一些微不足道的尘土。忽然想到我刚要完成的小说，似乎没有结局，我在犹豫，需要有个结局的结局吗？不需要有个结局的结局吗？

我糊涂了。

牛抬头

一

五黑眯着眼半梦半醒，均匀地吸气吐气，它知道这是养精蓄锐最好的方法，松脂的清香、苦荞花的幽香，新翻开的土地捧出光溜水滑、红皮黄心的大洋芋的同时，也渗出泥土的芬芳。吐纳之间，便感觉这一路的风尘仆仆与疲劳随着清风与朝露烟消云散了。

太阳两竹竿子高了，五黑不用眼看也揣摩得八九不离十，背脊像温度计般一点点升温甚至开始有些发烫，若不是两竹竿子以上高的太阳是没有这个效果的。温热让它惬意无比，忍不住又转了个身，把身子右面朝向太阳。阳光的热情充满着诱惑，那些螨蚊蝇虻趁机大呼小叫地围拢来，大咬小咬地招呼着人和畜。五黑最讨厌的就是这些小东西，吸了血不算，还嗡嗡嗡地吵得心烦，它有时就狠狠地想：要血老子有的是，吸了快走，别咋咋呼呼地烦人。可这些小家伙不理解它的想法，血照吸，吵闹照旧。五黑便和其他人畜一样，和这些吸血鬼卯上了，用它强有力的尾巴刷，用耳朵拍，在树干上、岩石上、草丛里使劲蹭。每当看到被它弄得皮开肉绽的蚊泥虻尸血糊糊的样子，它总是开心不已，有时还"哞"上几声，以示庆贺。

又得大开杀戒了，五黑叹了口气，用皮肤的痒痛感知着蚊虻落嘴的地方，待那家伙咬得正欢时，出其不意地给它一尾巴、扇它一耳朵、尥它一蹄子。这个技巧是五黑自己发明的，以往蚊虻来袭，它也和其他牲畜一样，拼命驱赶，往往顾此失彼，对着这边一扬尾巴，那些精明的家伙早就飞到那边去了，恨得五黑牙痒痒。后来五黑干脆就先让吸血鬼们咬结实了，吸高兴了，舍不得松口了，才狠狠地出其不意给它一击，让吸血鬼们一个个在得意忘形的时候见了阎王。五黑把这个技巧告诉过小花，小花睁大眼睛听完又睁大眼睛看着五黑表演完，满脸不屑地说："五黑真混球，血都喂饱了蚊虻，杀死它们有甚用。"五黑急了，辩解说："总比让它们吸了血还逃之夭夭逍遥快活强吧！对这些吸血鬼杀一个是一个，杀两个赚一双。"小花扑闪着一双水汪汪的大眼睛，笑着说："五黑，你真可爱，是个有血性的。"说着就把湿漉漉的嘴唇向五黑凑了凑，慌得五黑忙把一片嫩得掐得出水的青草让给小花，傻呵呵地看着小花小口小口地吃得精光。

想到第一次见小花就把自己的技巧毫无保留地讲给它，五黑觉得有些窘。小花确实太漂亮了，浑圆的屁股、性感的尾巴、黄缎子般的毛发，四蹄、嘴唇和肚皮上恰到好处的一小片白，牛奶般的，整个就是年轻而富有活力的天使，让自己几乎忍不住想要多靠近一下。

一只虻子误打误撞地钻进五黑的鼻孔乱咬，把五黑弄醒了。它慌忙喷了个响鼻，噗的一下把那只虻子和一坨黏糊糊的鼻涕喷在地上。那只倒霉的虻子拼命挣扎，想要飞起来，可鼻涕黏住了它的身体，怎么也扯不开。五黑发怒地扬起前蹄，狠狠地踩了下去，心里低低地骂了句：打搅老子的好梦。骂毕，忽地心头一乐，对自己的小题大做忍俊不禁，"哞"一声笑了出来。

四黑听得牛叫，连忙放下手中的酒碗，几步迈到牛面前。摸摸五黑的头，一合掌，"啪"地打死了一只盘旋在它眼角处的虻子，抱着它的脖子，贴着它的耳朵小声说道："五黑！五黑！好兄弟，还早哩！别乱，别乱！休息好，先稳住，稳住！是不是饿了？天顺，天顺，上料！"

叫声刚落，天顺跌跌撞撞地拎着一条蛇皮口袋过来，喷着酒气。四黑接过口袋，卷起袋口，半袋金子粒般的苞谷子在阳光的映照下金灿灿地晃得人眼慌。"好兄弟，吃吧，吃饱了有精神头，今天可就看你了。"

天顺拍了拍五黑的脊背，酒精毫不客气地麻木了他的舌头，弄得一向伶牙俐齿的他结结巴巴起来："好……好小子……好好干，拿……拿了……第一，我家那头小花牛……就给你……给你做……做媳妇……"

"天顺，开什么玩笑！我家五黑可是通灵性的，别在这里瞎嚷嚷分它的神。灌你的黄汤去。"

四黑看到牛儿低下头来吃了一口苞谷，满意地嘿嘿一笑，推搡着歪歪斜斜的天顺又回到羊汤锅摊子上去了。

看着天顺高一脚低一脚的狼狈相，五黑有些忍俊不禁，却又异常兴奋。巴不得马上回到家，邀上小花到竹林边的草地上，把自己昨天新发现的一片嫩草地让给它，最好能和小花一起小口小口地把它们啃个精光，然后趁着机会把天顺说的话一股脑儿说给它听。可该怎样讲呢？天顺也真是，说话赤裸裸的，遮拦都没有，万一小花刨根问底起来，自己又怎开口哩？照着天顺的话传达，小花还不白自己几十眼。要是它一赌气扭身走了，自己可就无地自容了。

想得正出神，忽地舌头一阵刺痛，五黑哎哟一声，差点叫出声来，竟然嚼到舌头了。五黑吁了口气，缓解了舌头的疼痛，继而有些自嘲，随即暗暗自责自己的分心，马上就要进入战斗，自己却还儿女情长，脸顿然有些发烫，赶紧给自己下了命令，静下心来。

闭上眼，长舒了几口气，五黑感觉舌头的疼痛渐渐消散，自己原本不想进食的，早上的鸡蛋拌玉米糊还在它肚子里鼓胀胀地兴奋着。特别是那几坨四黑硬塞进它嘴里的老腊肉，油腻腻的煞是恶心，可四黑苦口婆心地说这是从石林县那边学来的技巧，提精神头哩。五黑只好强行咽下肚去，现在回味起来口里还直泛酸。

四黑早就听人们闲聊时说过石林县的斗牛，说那些斗牛都是精心喂养，从不干活，它们的任务就是打斗，取悦观众。说到它们的身价，四黑咂着舌，伸出十个手指头僵着不动，天顺涎着脸问："多少？五千？两个五千"四黑一脸不屑，瞪着圆滚滚的眼珠子，喷出一口唾沫和一句话："十万！还要往上翘哩！啊！"四五个闲聊的汉子不约而同地"咕咚"咽下一口唾沫。

那是多少钱啊？五黑只知道有一回听女主人和胜男说自己是三百块钱外搭一只老火腿从后山的娘家买来养大的。那十万块和三百块外加一只老火腿是多少钱来着？五黑想问问四黑，可讲不出人话，不过"哞"的一声却逗乐了屋里的大伙，都哈哈地笑得很肆无忌惮。大家都不约而同地围拢来，目光在牛栏里扎来扎去，这个摸摸腿，那个捏捏背，唤作老六叔的那人更过分，硬掰开自己的嘴，数了数它的牙齿，边数还边唔唔地点头。后来屋里的空气就从轻快走向郁闷。老六叔说："四黑呀，我看牛儿不错，就拉去斗斗，保准斗个头彩。"一屋子的附和声后，大家都把目光线条一样地缠在五黑身上。四黑黑着脸，一迭声嚷道："不行不行，五黑还小，万一有个三长两短，我……"老六叔皱了眉，抢着说道："怕啥！瞅瞅情形不对，认输还不行吗？试都不敢试，老四，这可就不对啰！再说，这几年，村里的牛能斗的都上了，每次都败得一塌糊涂。我看，五黑说不定是个争气的主儿，今年咱村的荞麦保准好得很。"

第一次上斗牛场，五黑就露足了脸，两个俯冲就挑跑了弯竹箐来的板栗黄……最后一场异常惨烈，遇到了三冠王，那头从大贝单过来的黑牯子，还没等主持人宣布开始，便挣脱主人冲过来，把四黑吓得丢了绳头愣在当场。五黑急了，为了救主，引着那头黑牯子撒腿就跑，身矫步健的五黑就在主持人刚要宣布黑牯子获胜的当口，杀了个回马枪迎了上去。两只牛殊死顽斗，互有进退，最后当两只牛都精疲力竭的时候，五黑利用有利的地势，挑破了黑牯子的鼻子，而自己的额头也挂了彩。那黑牯子也血性得紧，对五黑说："我的伤势比你重，我认输，约好了，明年再来斗过。"说毕，落荒而走。而第二年，那头黑牯子却没再来，五黑悄悄问过从大贝单来的牛，黑牯子因为斗输了，回去被主人打骂，干活稀拉了起来，被主人一生气卖了。每当五黑一想到黑牯子，心里便有些惴惴不安。

斗牛赢了，整个村子沸腾了起来。从场上就戴着回来的绸布扎的大红花，全村的男女老少都来摸摸，许多人搂着五黑又是亲又是抱的，弄得五黑怪不好意思的。四黑媳妇心疼地给五黑的额头上草药，又是哭又是笑。四黑也被村里人灌得醉醺醺的，大家都说，感谢四黑喂得好牛，给村里争了脸，今年的荞麦收成全拜五黑所赐。四黑抹着满嘴的油腻，斜着眼看着五黑，高一句，低一句地说道："好兄弟，知道为什么叫你五黑吗？嘿嘿，咱松棵村啥都不好，就是山好，喏！一仰头，最高那座叫大黑山，紧挨着那座叫二黑山。二黑山过去一点，看到没，露出大半个身子那座——三黑山，我爹给我取名四黑，其实就是要我像山那样壮实，你！也一样，要比我更壮实，记住，咱们是山的兄弟……"

那一夜，四黑一歪头就在牛栏边陪着五黑睡觉，谁都不忍心唤醒他……

好兄弟！五黑舌头不再痛了，便努力地嚼了几口苞谷，觉得胃里饱胀得难受，差点反刍，又强忍着咽了下去，眼睛不由自主地看向四黑。

四黑咯吱咯吱地嚼下一团羊蹄筋，刚端起碗想张罗着大伙再干一气。身后几个也在蹲羊汤锅的汉子的对话引起了他的注意，便侧耳倾听起来。

"听说今年弯竹箐下了血本，村里人凑份子买来一头大牛。"

"是呀，那牛据说是从禄劝那边过来的，斗牛王，壮得像头象。"

"你见过？"

"见过，见过！好家伙，我这个头要伸手才能摸到它的脊背。"

"你摸过？"

"摸啥！谁敢摸，那牛回头眼睛一瞪，像电视里的牛魔王，你去摸摸试试……"

四黑讶然的表情没能逃过老六叔的眼睛，他略一凝神，也听到了几个汉子的对话。略一皱眉，便端起酒碗招呼四黑："老四，怕啥？"随即提高声调嚷道，"大啥呀？箐沟里越大的困木越是泡柴，没用！"

几个酒客从老六叔的话里听出些火药味，扭头刷地站起身，有个平头一捋袖子就要发作。邻桌的一位老汉似乎认识四黑他们，连忙站起身："娃儿们，来看牛打架呀，喏，松树底下那头黑牛，小名五黑，连续四届冠军哩！"一抬下巴点点四黑他们，"就是他们的牛。"

酒客惊诧不已，满眼羡慕，免不了对牛和四黑他多看了几眼，继续坐下喝酒，酒话也随之兴奋了起来。

"想不到那头不起眼的黑牛竟然连拿四届冠军，啧啧。"

"今年有看头，四连冠和斗牛王，谁会赢？"

"赢啥？那副身架就肯定输，聪明的少挂点彩，傻不愣青的要老命的！"

"嘘，小声点！"

"怕啥，黑牛赢了，晚上的酒肉我全包，输了，你们埋单！"

"嘿，老赵，赌上了！刺激点，看俩牛谁挂的彩多，一道彩一百元！"

"行……"

听着闷话，酒越喝越闷，四黑眼前满是血淋淋的身影，便再也抑制不住心里的惶恐与不安，对老六叔招招手。

两人走到五黑身边，瞅瞅周围没人，四黑小声地对老六叔说："村长，你看要不今年咱五黑休息一年，明年再斗，好不？"

老六叔倏地板起脸来，斥道："说些啥话？那主都还没见哩，就拉稀了。"

"不是，村长，这几年看着五黑在斗牛场上玩命，我心里……真不好受。再说，人家玩过火了，咱惹不起，还躲不起吗？"

"看你那没出息的样儿，咱五黑是大山的兄弟呀！这几年啥大风大浪没经历过，比它个头大的不知斗翻了多少，不都胜了，你咸吃萝卜淡操心个啥呀。"看着四黑闷头不说话，老六叔又开导道，"你看，这几年，咱村的荞麦不都长得比别村的好，特别是你家的，高别家一个头，这还不都是咱五黑争气。"

四黑嘟囔道："尽说好听的，咱家的长得好是五黑肯出力，地犁得深，肥送得勤……"

"说啥？"老六叔涨红了脸，"咱老祖宗世世代代传下来的规矩，每年立秋斗牛，用胜败来预兆来年的荞麦丰收，咋到你嘴里就变了味了？你还是不是咱村人？嗯？"

四黑慌忙解释道："村长，我不是那意思，只是自己的牛自己疼，五黑都斗了四年了，也该歇口气了。"

老六叔转怒为喜，微笑道："叔答应你，斗完今年让五黑休养一年，后年再来。"

"叔！你看要不就歇今年，明年再来。"

"说啥？"老六叔铁青了脸，"你咋没牛出息哩？你想想，半夜三更的，天顺、布卡他们就陪着你吆牛前来。二三十里的山路，为了让牛不劳累，大家硬是陪着走走停停、停停走走，没说半句二气的话，你忘了全村的男女老幼黑灯瞎火地到村口送咱们上路？"顿了顿，老六叔又接着说道，"晌午后，村里有人一定还会来看热闹，揪心揪肺地看五黑夺得彩头哩。你牵着牛溜了，大家能答应吗？你就不怕脊梁骨被戳破？"

"叔，今年弯竹箐那主让人心虚，就怕五黑吃亏，五黑有个三长两短，我……我也……不活了！"四黑说毕，一矮身倏地蹲下来，咿咿唔唔地呜咽出声来。

"你……你混球呀！那么多人看着，你丢得起这个人？！"老六叔赶紧敞开麻布小褂，蹲下来竭力遮掩住四黑，"快擦了眼泪，咱村人可以被尿憋死，可不能让眼泪淹死呀！你叫叔咋说你哩！得得得，你拉稀就拉稀吧！"

说完，老六叔长叹口气，似是自言自语又似有意说给四黑听："本来嘛，乡里的领导找我打过招呼的，叫你家五黑一定要参战，夺个五连冠。我说一定来，还觍着脸皮跟领导商量，多加几百块奖金，好让你拿回去，供你那出息的胜男丫头念书。人家二话不说，答应把奖金比去年翻了两番，三千元呐！咱卖洋芋头头得挖多少天哩！唉，算了，我去瞅瞅，厚着老脸给领导说说，就说牛病了，大不了被领导训一顿。嘿嘿，谁叫牛是咱的命根子……"老六叔说着，慢慢地站起身，摇摇头，背抄着手转身就走。

"叔——"四黑抹了眼泪，却再也说不出话来。

五黑从主人和老六叔的对话中依稀听出了个大概，今年要遇到个大个头的硬茬子，心里又是畏惧又是兴奋又是好奇。忍不住转着头四处张望，想看看让主人和老六叔都提心吊胆的那家伙在哪儿。山坡上七零八落地有二三十头牛，有的闭目养神，有的急躁不安地刨蹄子，有的四处张望，有的被蚊虻弄得手忙脚乱，有的使劲扯索子似乎想要逃走……

五黑看了好久，都没发现有显眼的家伙。那些牛大多都认识，有些是自己的手下败将，或是手下败将的手下败将。有几个新面孔瞅着也是成不了大气候的主儿。五黑心里暗暗纳闷，到底是哪头牛让主人惊惧不安呢！想到主人，五黑便无心再搜索目标，回头依偎到主人怀里，用宽大的舌头去舔主人的脸，舔去他脸上的泪痕。五黑想告诉四黑，兄弟，怕啥？管它哪里来的，我定会挑它个人仰马翻。

四黑任由五黑舔舐着自己的脸颊，伸手抱住它的脖子，风儿顿时凝在了树梢，松涛呜呜地响着。听得牛儿哞哞地叫唤，四黑喃喃地说道："兄弟，咱回家，现在就走！"说着，摆脱了五黑的纠缠，就去解开牛绳。

"老四，老四，你看你看，乡里的领导来了。"老六叔老远就招呼着。

四黑回头一看，一个打着红领带的黑西装径直朝自己走来，老六叔屁颠屁颠地跟在其身后咋呼着。

黑西装走到四黑面前，伸出手来。四黑慌忙丢下牛绳，伸出手去，感觉不对劲，又连忙收回手来，胡乱地在身上擦了擦，手已经被黑西装攥住。黑西装满脸堆笑："你就是四黑啊，养得好牛！"说着，紧紧地握着四黑的手晃了晃，随即松开手，绕着牛走了一圈，不住点头，"好牛，好牛！"随即看了看四黑，皱了皱眉头，"可惜啊，听张村长说牛拉稀了，这对牛来说确实不是好事，得赶紧找人看看，实在斗不了就算了。四黑啊，你家的困难听老张说过，原本想你能拿个头彩，即便是第二名也好，得一千五百元奖金，补贴补贴你孩子在昆明上大学的生活费也好。可牛病了，也只能爱莫能助了。"

"傻小子，这是李副乡长。"老六叔总算插上了话，"他听说咱们五黑是头好斗牛，二话没说，就冲着这五连冠把奖金翻了一番，你看你，你个木疙瘩脑壳。"

"啥……木……疙瘩脑壳啰！"天顺他们几个看见这头热闹，便停了碗筷凑了过来。

李副乡长看了看大伙，狐疑地看看老六叔。

老六叔连忙介绍："都是一村的，吆牛来的。"

李副乡长笑了笑说："可惜了啊，大伙白忙活了，牛生病了，原本想看这黑牛的重头戏，算了，算了。"说完，向牛深情地看了看，摇摇头。

天顺他们不依了，眼睛瞪得溜圆："说啥，牛病了？今早不都还好好的？"一个个围着五黑，这儿摸摸，那儿瞧瞧。

四黑瓮声瓮气地说道："病了就是病了，对不住大伙了，我们……我们先走了。"说完，扒开众人，拽着牛绳就要走。

五黑把大伙的话听得一清二楚，心里蛮不是滋味。四黑咋说自己病了，拉稀了呢？这几日吃的那些鸡蛋、玉米糊，还有早上的那几坨老腊肉，一个劲儿在自己胃里翻滚，鼓胀胀的，积蓄着力气哩。只要一攒蹄子，一低头，就有用不完的力气，碗口粗的小松树也能咔嚓一声把它撞断。可主人咋会这么心虚那头还在哪个沟沟坎坎里蹭痒痒的莫名家伙呢！

再说，四黑不是正愁钱吗！小主人听说是到昆什么明的省城里去上大学。这可是小村子里未曾有过的凤凰哩，一个村子都闹得沸沸扬扬，东家几个蛋，西家半袋粮，好不容易把小主人送去读书去了。主人却苍老了许多，腰也日渐佝偻起来。大八车那两亩地，平日里半晌午就犁翻，可今年却犁犁停停，硬是折腾了一个早上。不就是斗场牛嘛，打个架对自己来说早已稀松平常。同样是出汗，打架出些汗就有钱拿，总比翻弄那些红土地来得容易吧。这样想着，五黑就想斗一斗，为着那些花花绿绿的钱，让四黑闲暇下来，卷袋叶子烟惬意地看着自己在田间地头吃草，在草地上撒欢，与小花眉来眼去。于是，五黑便四脚生了根，心里盘算着怎样告诉那个黑西装自己根本就没病，一定可以气派地戴上大红花。

四黑使足了劲，可五黑就是一动不动，两只眼睛亮汪汪地看着自己。四黑挠了挠头，凑到五黑耳朵前小声地说："好兄弟，别耍脾气了，咱们走，今年遇到硬茬子了，我也是为你好呀！"可五黑却晃动着脑袋，昂起头来，哞哞地直叫唤，还扬起前蹄，啪啪地刨了几下地。

"四黑啊！牛是不是病得不轻啊？"李副乡长关切地凑过来，"哥几个，赶紧和四黑一起把牛张罗到乡兽医站去看看，可别误了牛啊！来来来，帮把手！"

天顺他们也慌了神，赶紧围过来，拖的拖、赶的赶、推的推。可牛硬是一动不动，倒累得大家一头汗。

四黑黑了脸，四处望了望，捡起一根栗木棒子，顿了顿又抛下了。胡乱抓起一根苞谷秆子，照着牛屁股啪啪就是几下，牛没打痛，那苞谷秆子却断成些碎絮热热闹闹地四处飞扬。

忽地，五黑一扬尾巴，噗突突地屙出一堆屎来。

李副乡长看了看地上的牛屎，脸色一再向铁青色转变，一扭头打量着身旁有些哆嗦的老六叔。

"不是的，乡长……都是四黑……他……他……担心弯竹箐的那头大牛。"老六叔结结巴巴地语无伦次起来。

"四黑，你是咋了？"李副乡长两道目光比麦芒还扎人，"丢咱山里人的脸，不就是斗个牛吗，斗不赢就认输呗。咱山里人可以站着被人用刀砍，也绝不像狗样地夹着尾巴逃。今天米的都是些啥？本乡的、外乡的，本县的、外县的，市里的、省里的，你看看，秋场上是里三层外三层，还不都是闻说咱们立秋节斗牛斗得好，来凑热闹，找看头。你倒好，动不动就扯白拉稀。要走你走，牛留下，我看这牛才真是有咱山里人的精神头，你看它眼里那股子不服输的寒光。"顿了顿，李副乡长又说，"你要是不放心，牛有个闪失，我按市价给你买下了。"

四黑心里一发紧，豪气顿生，嚷道："谁说要卖的？你就是给我金山银山我也不稀罕。嘁，不就是斗个牛吗！"

"那同意斗了。"李副乡长脸上有了笑意，"今天县民政局的领导也来了，回头我给他说说，看能不能用扶贫款的名头给你那娃儿读书支持个三五千块，那边还有领导要招呼，我走了。"

走了几步，李副乡长又回过头来："四黑呀，不管牛斗输斗赢了，我个人再奖励你五百元，算给娃儿的。"

老六叔赔着小心送走了李副乡长，回来劈手就给了四黑肩上一巴掌："你这混小子哟！"

"村长，你看。"四黑目送着黑西装挤入人群又把担心写在脸上，"要不，看看斗的情形不对，咱们认输，拉牛就走。"

"你看你，当然啰！长长的日子大大的天，能拿冠军当然不错，拿不了得个第二名也不错，今年不行，来年再来过。"老六叔舒展开眉头，对天顺他们嚷道，"听好了，看看情形不对，大家赶紧帮忙拉开牛。嘿，你看，四黑，牛儿摇头摆尾，那高兴劲儿，满脸昂扬斗志，看来冠军还是它的。"

五黑低头看了看地上自己的杰作，把村长和主人想要阻止自己上场的计划破坏，心里免不了有些得意。随即眨巴着眼睛依次看看老六叔、天顺、布卡他们，最后把目光定格在四黑身上。

主人眼神中的忐忑不安没能逃得过自己的眼睛。五黑叹了口气，便上前几步把头往主人怀里拱，给了主人一些宽慰。眼前不由自主地闪现出这几年那些花花绿绿的纸，村长、主人和天顺他们吐着唾沫星子数的场景。冠军三千元，第二名一千五百元，五黑懵懵懂懂地知道铁定是三千元多，平日里四黑数钱，都是先数一，然后二，才到三，那花纸也一张一张多起来，三肯定比一多，应该就像自己吃草一样，吃三口比吃一口多两口。一定要拿冠军，五黑给自己下定了决心，眼里闪过一丝寒芒，一仰头，哞哞哞地一阵叫唤。山坡上的那些牛儿闻得五黑斗意拳拳的叫声，许多也附和着叫唤起来。

霎时，整个立秋场上一股金戈铁马的肃杀之气顿生，掩盖住了熙熙攘攘的吵闹声。人群中不知谁带头忽地鼓起掌来，顿时噼噼啪啪地响起了一阵热烈的掌声。许多见过五黑叱咤雄姿的观众更是连吼带叫为它加油，秋场上又热热闹闹起来。

五黑听惯了，也见惯了，只是感觉热血沸腾，便把头扬得更高，叫声更加响彻云霄。

二

日头升到中天，丝毫没有减退烈烈夏日带来的暴戾热气，一团团火洒落下来，炙烤得大地像一个被烧熟的大洋芋，腾腾地冒着火热的气息。斗牛场周围的人们大多都耐受不了酷热，却又不舍得离开早已选好的理想观看位置，准备了太阳伞的便庆幸地撑开伞，找得一片阴凉；没有伞的就脱下衣服顶在头上，拽着衣摆呼啦呼啦给自己扇风，造得一丝微风；实在受不了的就挤出人群，钻进人群后的松树林里，想想又错过了斗牛的场景，便挖空心思地攀上树去，总算能看个依稀，那些个苍翠的树丛间便五颜六色起来。好在入了秋，不时有习习的风吹来，缓解了人群的不耐，但也抑制不住人们焦躁的情绪，便有人带头吆喝起来，无非就是敦促赶紧开场，云云。

终于，在一阵热烈的掌声中，几个青年歌舞队陆续出场，伴着音乐翩然起舞。五黑和四黑没太多的心思去欣赏歌舞，四黑又卷巴起歪在一旁的蛇皮口袋，把那些金亮亮的苞谷亲手捧到五黑嘴边。五黑不好拂了四黑的盛意，便象征性地含了一口，眯着眼睛嘎巴嘎巴地嚼了起来。

老六叔他们早就往人堆里凑去了。特别是那些还没有结婚的小青年，挤不进人群就使劲垫着脚尖，抻着脖子往场子里看，那探头探脑的样子宛如一只只刚出了笼子的鹅，那一双双贼亮亮的眼睛直往那些花花绿绿的女孩子身上瞄来瞄去。

一阵风般，舞蹈结束了。高音喇叭激昂地宣布清场了。五黑两耳一竖，把嘴里早嚼成一口黏液的苞谷糊糊咽回肚里，双眼倏地张开，精光闪耀，四处张望，寻觅那头充满神秘色彩的斗牛。

弯竹箐的那头大牛一出场，五黑和四黑都倒吸了一口凉气。只见那牛高近六尺，体形彪悍异常，浑身黑得像一块炭，却光溜水滑、四蹄粗大，走起路来甩着八字方步，梆梆作响，宛若一辆坦克车在前进。更惊异的是进了斗牛场地，那牛儿在主人的引导下，竟饶有兴致地表演起来。先是颠着小碎步，昂头挺胸地绕着斗牛场小跑一圈。然后走到场中心半屈右前膝，分别向东南西北轻跪，意为答谢观众。接着俯胸低首，把两只犄角分别在地上犁了两下，蹭了些红泥在角上，挑些彩头。最后一仰头，"哞"的一声长唤。周围的许多观众哪见过这电影电视明星般的表演，惊愕片刻，掌声雷动，都忍不住喝起重彩来。

山坡上的牛们瞪直了眼睛，有些胆小的双股竟然忍不住瑟瑟发抖。

四黑揽着五黑的脖子，微微有些颤抖。五黑心底忍不住赞了一声好家伙，却瞬即把仅有的一丝恐惧，一仰头"哞"的一声长唤抛到九霄云外去了。

那大牛听到了五黑的叫唤，回过头来，两道电芒直射过来。五黑也不示弱，一低头，晃了晃头上两把尖刀般的犄角，扬起右前蹄使劲刨了几下地面。大牛闻到了火药味，也甩甩头，一低头，把顶上的两支寒芒迅疾地一抬，哞哞地叫了两声，又做势就要冲过来，慌得牵它的那些人连忙连斥带骂地拽住。

五黑从大牛的举动上读到了些胜利的信息，冲动的家伙不足为惧，便高兴地把头在四黑怀里蹭了又蹭。老六叔、天顺他们从大牛一进场就眼睛都看得直了，一回过神来，都急慌慌地围拢来，叽叽喳喳地问四黑咋办。四黑抱着五黑，咬咬牙，低声对五黑说："兄弟，横竖都要干了，斗不过就回头走，咱认输就得，别硬撑。"看到它一双明亮的眼睛眨巴眨巴地看着自己，喷了个响鼻，微微点了点头，四黑心头急促的怦怦跳动平和了许多。

抽签的场面沸沸扬扬，代表各村寨的老少爷们东一簇、西一堆地把自己乱摆在场地里。五黑懒得去看，只顾仰头看着拴在树梢上的高音喇叭，听着广播里沸腾的咋呼，心里默默地祷念着最好第一轮就和那大牛碰上，自己现在休整到了最佳状态，血管里汩汩搏动的都是力气。一下场，它将要立即全力招呼上去，给那家伙一个下马威，然后和它斗智斗勇，迂回作战。招数都想好了，硬碰硬肯定占不了多少便宜，利用地势，尽量占领高地。那家伙初来乍到，对场地肯定还不熟悉，这场地看似很平整，其实风吹雨打了些年头，土层随着山势走，有了微微的坡度。这细微的坡度被那些小草掩盖掉了，伪装起来了，若不是在上面摸爬滚打了这些年，还真是察觉不了。想到这，五黑低头仔细看了看场地，再一次把早已定好的几个进攻点又默念了一番。对头，就借助地利，用泰山压顶的气势占得先机，更主要的是把那家伙激怒，以退为进地消耗掉它的气力，再慢慢收拾它，让它输得心服口服好还是不明不白好？五黑越想越胸有成竹，忍不住想手舞足蹈起来。

四黑把手举在额头搭成帽檐状，正目不转睛地看着斗牛场中心的老六叔他们。方才通知各村寨牛主参加抽签，老六叔和天顺他们生拉硬拽，四黑死活都不去抽签，他担心自己手气背，第一轮就抽到与那头大牛对决，一个斗不过，第一轮就被淘汰掉了，那好歹拿个第二名的期望就破灭了，一千五百元的奖金也打了水漂。一千五百元可不是个小数目，够女儿一个学期的开支。一想到胜男放假回来要钱那种想开口却欲言又止的神情，四黑心里酸酸的。女儿考上大学那会儿，全村人都来祝贺，大家都说："四黑哟，胜男这丫头是咱村响当当的人物了，今后放假回来该做的不该做的家务事都不能让她做了。大学生嘛，该有大学生的样子，细皮嫩肉、白白净净，别到了城里让同学一看，一个山旮旯里的土疙瘩，土头土脑惹人笑话，问起是哪里的，咱全村每个人脸皮上就没了二两肉了。"四黑和媳妇对着大伙赌咒发誓，绝不会让胜男再干脏活累活了。谁知胜男每个假期回来，仍然和先前一样，担水背柴、牧牛割草，上山下地、灶前灶后，越干越起劲。土缝缝里刨食的山里人家，多把手就是多了财富，多张嘴就是多了贫穷。再说四黑的家里属于那种滚个草墩进屋碰不到个物件，只会满屋子滴溜溜转的穷苦人家，能有女儿搭把手，可谓瞌睡遇到软枕头的好事。收假的时候，看着女儿红里发黑的脸，一双粗糙的手掌，四黑和妻子总把泪花强行收回湿漉漉的眼眶里。四黑还从妻子嘴里隐隐约约知道，胜男在学校也没闲着，学习之余还勤工俭学弥补用度。每次当把一学期的学杂费交给女儿，女儿都不会细数，一股脑儿揣进母亲特意缝制的衣服夹袋里，满面春光。四黑知道，那些钱肯定不够，女儿又该精打细算地对付一学期了。这两年多亏了五黑呀，每年都能拿个好彩头。当自己把那些挺括括的大钞交给女儿，一家人总是不约而同地把感激的眼神投给牛圈里嘎巴嘎巴地嚼着草料的五黑。

广播里宣布抽签结果出来了，第一轮五黑没有遇上那头大牛。四黑倍感侥幸却也多少有些意外，一颗悬在嗓子眼上噗噗跳动的心又落回到肚子里，激动地抱住五黑的头叭叭就是两个亲吻。五黑有些失望，原本想一鼓作气的激情荡然无存，看到主人的高兴劲儿，也不好拂了他的好意，一伸舌头没头没脑地舔了他几下。

"哟哟哟，用得着那么亲热吗？"天顺酒醒了不少，老远就咋咋呼呼嚷起来。老六叔笑眯眯地紧跟着，布卡他们也蹦蹦跳跳地窜了上来。"好运气，还真是应了那句老古话，吃亏就是占便宜。"老六叔人到话也到，"抽了号，一开始抽对手，好家伙，除了弯竹篙那伙动手，其余的都傻愣着，谁也不想先抽，生怕一来就逢上弯竹篾的大牛。大伙都指望着我们的五黑打头阵，先挫了那家伙的锐气，怂恿着我们先抽。我都还没同意，天顺醉醺醺地自告奋勇就动手，你猜咋的……没抽上，倒把这愣头青的酒抽醒了。"

天顺有些不好意思，挠着头傻傻地笑着说："我也没细想，反正觉得这么久没近过婆娘，手气肯定大，就莽莽撞撞地去抽。拿出乒乓球一看写了个'6'，当时人群轰地一下笑了，我感觉闯祸了，难不成就有那么巧的事儿，依稀记得那头大牛就是'6'号来着，老六叔给了我后脑勺一巴掌，酒也吓醒了。负责抽签的乡里的领导拿过乒乓球一看，说是抽中了'9'号，我愣了半天。"天顺解释说，"我抽中的确实是'9'，他们为了区分'6'和'9'，分别在两个数字的下边画了一横，我抽中的那个数字，一横在尾巴尖下，而一横在圆圈下边的才是'6'号。"四黑一把拽住天顺的手，喉咙一热，再也说不出话来。老六叔双手叉腰，呵呵笑道："后面的签都让天顺这小子去抽，保准一抽一个准，咱们五黑今天最起码也要拿个第二名。"

"村长，拿个啥第二名，五黑肯定能撂倒那大块头，第一名还是咱们的。"布卡说得激昂，一抡胳膊，把手中遮凉的衣服啪地往地上一掼，双手紧紧握成拳头，一身的肋骨顿时历历可数。

三

头一个对手解决得很轻松，去年见过，五黑眼睁睁看着这家伙第一轮像个炮弹炸倒小树般一上场就顶翻了对手。满以为肯定是个硬茬子，就留了些小心，谁知第二轮就淘汰掉了，被一头看上去有些病恹恹的花脖子牛几个退步缓冲后发制人，打得落荒而逃。五黑还为它惋惜得紧，空有一身蛮力，却公鸡屙屎头截硬，颇有些老六叔们冲壳子（吹牛）时说的那《隋唐演义》里的程咬金，三板斧过后就拉稀。若小子能善用气力，多些巧力，也不失一条汉子。

五黑一下场，就看到了它从山坡上走下来。虽颇有些意外，却又兴奋不已，心想一年过去了，小子肯定摸爬滚打历练了些经验，这样的对手很喜欢，有实力再有些技巧，斗起来有味道。谁知那牛刚走下坡来，一攒蹄，挣脱了拽着它的四五个汉子，拖着牛绳一溜烟就朝自己冲过来。五黑长哞一声，身边的四黑和老六叔们赶紧扯开牛绳飞也似的跑开了。布卡一边跑还一边冲主席台高声叫嚷："那牛犯规，那牛耍赖！"说时迟那时快，五黑心下有些气苦，却也不敢托大，脑瓜里电光石火般地一闪，便一低头作势要硬迎上去。只听得嘭的一声闷响，地上溅起了一团红雾。五黑的身后四五米的一段地面新犁开了两道深沟，沟的尽头，两只犄角深深地插在土里，还汩汩地冒着血浆，斗牛场像被泼辣婆娘抓伤脸皮的老实汉子，两道红艳艳的伤痕触目惊心。

红雾散去，那牛却仰面倒在地上，顿了顿，一翻身跳将起来，哀叫着向主人奔去。五黑却分明看见，那家伙四蹄瑟瑟发抖，越走越抖得厉害，终于迎到主人面前，扑通一声跪倒在地，噗噗地喷着响鼻。它的主人愣了许久，哆嗦着想要摸摸牛儿血糊糊的头顶，却又不忍，忽地一软身坐在地上，哇地哭出声来。几个帮伙赶紧扶起牛和人，默默地走出斗牛场。五黑看到几个穿着白大褂的人迎了上去，长舒了一口气，哞的一声长唤，愣了许久的全场忽地发疯般地鼓起掌来，声如雷动。人们纷纷交头接耳，一个劲儿询问刚才到底咋回事。

五黑被簇拥到休息地，天顺他们早已按捺不住了，搂着抱着地围着五黑问刚才到底是咋弄的。

五黑摇头摆尾，怪不好意思地冲着四黑喷着响鼻。

天顺他们回过神来明白自己问错对象了，便又缠着四黑。四黑傻呵呵地笑了笑，奚落道："你们几个呀，就知道没命地跑，连五黑怎样斗赢了都不知道。"

"谁说的！谁说的！"布卡嚷道，"我还提醒主席台的领导，那牛儿犯规哩！"

"那你知道五黑咋斗赢了？"老六叔似笑非笑地看着布卡。布卡涨红了脸："我……不是……忙着提醒……领导……那牛犯规了嘛！那你看清了？"布卡话锋一转，倒把老六叔打算追回的一点自尊问瘪气了。

老六叔一拍四黑的肩头："我没看太清楚，还是让四黑说说吧！"众人一阵哄笑，便又紧张地看着四黑。四黑咽了口唾沫的工夫，四周早黑压压地围满了人，大家抻着脖子，竖着耳朵，凝着目光，连一根松针掉落在四黑发梢的细节都没有放过。四黑抹去发梢的松针，讲开了。

原来就在五黑一低头迎了上去的当口，他早已下意识地停住脚步，关切地转头看着它。一看它的架势，暗叫一声不好，这样硬碰硬它肯定吃亏，那牛老远冲过来，单是那股子冲力，碗口粗的小树都能被拦腰撞断。自己刚想叫五黑躲避，却喉头一苦，说不出话来。眼看就要迎头碰上的一刹那，五黑忽地一扭身，让过那牛，一扬蹄子啪地踩住拖在地上的牛绳。只见那牛被绳子一扯，头噗地栽倒在地，两只角深深地犁进土里，随即一个鹞子翻身，整个身子翻着骨碌飞了出去……

"牛神呀！"静寂的人群中忽地有人高呼。

"对呀！对呀！这哪是牛呀，比人精还精哩！"

"弯竹箐买来了斗牛王我看也白搭，人都斗不过神，牛会斗得过？这回可是热脸凑上冷屁股啰！"

……

听着大伙越说越离谱，老六叔皱了皱眉头，一抱拳团团作揖，高声嚷道："大伙散了啊，散了啊，牛儿刚出了大力，要休息一下，大家看下一场去，谢谢啦！啊！散了，散了！"天顺他们一看村长张罗，也忙着劝解，大伙方才熙熙攘攘、津津有味地说道着走开了。

看着人群散开，天顺眉开眼笑地一把抱住五黑，嘿嘿笑道："好家伙，真有你的，这种招儿都想得出来，我可差点就尿了一裤裆了。"

四黑深情地看了看五黑，随即踮起脚尖往对面坡头眺望，嘴里嘟嘟囔囔地说道："也不知那牛咋样了，想不到吃了这么大的亏，今后定是斗不了了！"

老六叔看出了四黑的心思，宽慰道："老四啊，你就别操那份闲心了，每年斗牛场上也没少见这情况，扭断角的、挑破肚皮的。就大前年，你忘了，猫猫箐那头黑牛还被弄瞎一只眼呢！那牛折了双角，都说不上是祸是福，兴许今后不上斗牛场了，它那一身蛮力能安安心心地用在犁田耙地上不也好吗！"

四黑叹了口气，陪着小心地对老六叔说道："六叔，你可要答应我，我家五黑斗了今年就算完了，以后就不再来了。你不是经常说那隋唐英雄们'瓦罐井边破，好汉阵前亡'，看着五黑拼死拼活的，我的心里特不是滋味。"

老六叔心里一紧，板着脸训斥道："得得得，瞧你那样，又在小和尚念经，自个儿念给自个儿听。明年也好，今年也罢，五黑来不来斗牛，我说了算数吗？你得先问问咱一村人，还得问问乡里的大领导答不答应。"

四黑浑身一哆嗦："村长，你咋说话不算话呢？"

"我说什么？我一个指甲盖大的小村长，就是自己撒泡尿照着自己也照不出个啥样来。"

天顺他们一看两人僵住了，赶紧围过来打圆场，劝解四黑好好准备斗好今年再说。

老六叔看到四黑一脸无辜的样子，重重地叹了口气："老四啊！不是叔不心疼五黑，牛是咱山里人家的命根子，谁不亲儿子一样地待见？得了，等明年立秋前，咱在全村大会上讲讲，再靦着脸皮跟乡里的领导说说，看能不能换换其他的牛来参加。只是……只是今年你可得上些心思，胜男那鬼丫头还有两年半才毕业吧！山里人哪，挣一分钱都像背扇石磨上大黑山，掉下的汗珠子都比镍币大哟！天顺，眨巴着眼睛干啥？走，场边候着，等着第二轮抽签，今天就指望你的发财手哩！"老六叔说完，背抄着手，碎颠颠地向人群拢去。

布卡他们支吾几声都跑到人群中挤去了。老六叔的话头虽然听着有些滑头滑脑，却是一个唾沫一个钉的，四黑心里有了些安慰。眼看着布卡他们一个劲儿往年轻漂亮的花衣服从中挤，不禁莞尔一笑，眼前浮现出认识妻子那会儿，自己也和布卡他们一样，趁着赶秋场的机会东钻西窜，在人群中寻觅自己喜爱的女孩子。定了对象，晚上便相约在树林里对歌，随手采摘的树叶就是乐器，秋虫唧唧和鸣，月色如水，歌声如潮，唱和上了心意，便手牵手私订了终身，交换了信物，等着回家央求父母找上媒人上门提亲。对了，自己和妻子就在东山边那棵鸡嗦子树下唱的歌。记得妻子百灵鸟般的歌喉迎来了好几个村寨的小伙子，大家都跃跃欲试上前对歌，却一拨又一拨地败下阵来，凑热闹的同伴们都败下阵来，只剩自己没开过腔，硕果仅存了。同伴们便一个个怂恿自己也试试，也是鬼使神差般地，自己略一思索，信口唱开：

> 清早起来放早牛，
> 妹在房中梳早头；
> 哥在高山招招手，
> 妹在房中点点头。

妻子那边静默了许久，同伴们都等得不耐烦了，咋咋呼呼地扯着自己走人了，别丢人现眼。就在这时，妻子忽然朝自己走来，把一个香包塞到自己手里，当时因为家穷，压根就没有什么拿得出手的礼物。事后，自己还不止一次地自嘲，那天自己肯定是鬼神附体了，竟然把手中刚刚吹奏的一片信手摘下的鸡嗦子树叶当作信物递给妻子。再后来提了亲，妻子也不嫌弃家徒四壁，就嫁过来了。新婚当夜，自己缠着妻子问那晚的事，妻子说那些对歌的一个个都媚俗得很，假惺惺的，就自己唱的那段才最能体现一对相约白头偕老的恋人情感，说得自己眼泪汪汪的。那一夜，妻子央求自己一遍遍地唱着那首情歌，直到窗外婆娑的月光变成明媚的阳光。想到妻子的甜蜜，四黑心里隐隐地酸楚起来，这么多年来，日子虽然男耕女织地过着，可妻子受了多少累、吃了多少苦啊！二十多年过去了，二十多个象征着一家人欢乐和喜悦的立秋节，妻子仅仅来过几回。就说今年，原本商量好的，妻子要和自己一起来看五黑参加斗牛，可临走时，妻子却牵挂着家里的猪中午没人喂，病卧在床的婆婆要人服侍。母亲挣扎着起床下地，坚持要媳妇也去凑凑热闹，妻子却死活不肯来了，硬说不能让婆婆操劳。四黑知道，妻子还牵挂着山凹子地里那半亩苞谷，等到晚上回去，堂屋里估计早就堆满苞谷棒子了。四黑想着想着眼眶里湿湿的，下意识地摸了摸掖在胸口夹袋里的小包。那是刚才他趁着老六叔他们赶去抽签的时候，到羊汤锅摊子上切的三两凉片。妻子最喜欢吃羊肉了，记得胜男两岁多的时候，一家四口来赶秋场，母亲说好些年没吃过羊肉了，有些馋了，一家人便凑到羊汤锅摊子前。要了一碗杂碎，一碗清炖，切了几两凉片，妻子抱着孩子随便吃了几口，便一个劲儿拎着一只羊脚呷摸。母亲督促她多吃些，妻子答应着，却尽把羊肉让给婆婆和自己，而她就夹些筋筋拉拉的吃。后来闻说羊汤是免费的，就央求老板盛了几碗，喝得津津有味。再后来，四黑就留上了心，只要有机会赶集、赶秋场，他就背着人偷偷地买点羊肉回家，晚上在妻子和母亲的嗔怪中，看着她们吃得眉开眼笑。

四黑把蛇皮口袋又撸了撸，凑到五黑嘴边，看着它含了一口，嘎嘣嘎嘣地嚼着，心里兴奋了不少，不由得出神地自言自语起来：“这一次四黑要是好歹拿个第二名，奖金的一千五百元加上李副乡长答应给五百元，那该是两千元了。就称三两凉片哪够母亲和妻子吃呀。等拿到奖金，干脆再称二两凑足半斤。嗨，称一斤也不过分。还有老六叔他们，老规矩了，斗牛赢了，拿了奖金，几个人一定是要请一顿的。还好布卡那几个小子三口两口，一抹嘴就准会往树林子里钻，能省下不少。天顺这个酒袋子就难伺候了。最好是两百来块钱就解决了，剩下一千七八，给给赊欠的化肥钱、药钱，再帮妻子买一块花头巾。她那块早破得不成样子了，每次去苞谷地里干活，那些毛辣子都往脖子里乱钻，扎得人生疼。剩下一千四五，应该够胜男应付一学期的了。”

松风阵阵，五黑眯着眼睛又开始养精蓄锐，可一双耳朵没闲着，竖得笔直地听着主人絮絮叨叨。家里的情况其实自己一清二楚，可从主人嘴里放电影般地数道出来，仍旧感觉心里一阵阵酸痛。嘴里的苞谷早就咽下肚里，只把牙帮子嚼得生疼。

人群忽然轰的一下笑了起来。五黑和主人都从沉静中惊觉，抬眼望去，只见场地中弯竹箐的那头大牛仰天长哞，一头花脖子牛正没命地向场外跑去。那头花脖子牛五黑见过，去年曾用巧力淘汰掉今天自己的第一个对手，想不到输得落荒而逃。

四黑正诧异得紧，天顺和老六叔一前一后走了上来，老六叔愁苦着脸，眉头像挂了一把锁。

不待四黑询问，天顺老远就嚷开了：“那头笨牛，真是不成器，只打个照面，对手一声吼叫，就吓得夹着尾巴溜。”

"啥？"四黑愣住了，"那牛就那么不争气？"随即把不相信的眼光投向老六叔。老六叔点点头。

"老四，你是没看见，我倒是瞧仔细了。那牛一声吼叫，两只眼睛冷得像龙潭底，花脖子牛和它一对上眼睛，激灵地打了个寒战，扭头就跑。那牛的气势用凶神恶煞来形容也丝毫不过分。"

四黑还想问点什么，却又觉得无从问起，心里直嘀咕，这咋斗？这咋斗？

五黑仔细地听着大家的对话，为那头花脖子牛的逃跑既感可悲又感可喜。悲的是那牛失了作为一头斗牛的颜面，多少该有些碰撞，输也该像个斗士一样输得轰轰烈烈。喜的是它蛮识时务，眼看着鸡蛋碰石头，就干脆溜之大吉，保住了自己，它的主人也应该在责怪中庆幸吧！毕竟第一场自己就给全场的牛和人一个血淋淋的教训。"兔死狐悲，物伤其类。"老六叔平日里摆古说的这些话，咀嚼起来还是有些感悟的。不过，那大牛真就那么不可一世么？五黑心头涌起一股热血，巴不得立马就和它大干一场，分个优劣高下。想到这，五黑把目光投向斗牛场，那大牛正在它主人的牵引下漫步走出场地。那家伙踱着八字步，头扬得高高的，五黑从它的神情里读到了许多的不屑。

四

四黑闷闷地蹲在五黑身边，双手交互抱在膝上，把头埋进手肘里，忐忑不安的心又提到了嗓子眼。第二轮抽签没遇上，第三轮抽签没遇上，第四轮抽签没遇上，下一轮就不用抽签了，因为五黑已经是第四轮首个胜者。场上那头大牛的胜与负，就直接关系着最后决胜局了。最好是大牛一个不留神被打败，或是出个什么意外，比如失了蹄，比如一阵风吹来沙尘迷了眼，最好天上掉下个什么物件砸在它身上……四黑越想越快，脑子里嗡嗡作响，拳头捏得嘎嘣响。场上响起一浪浪欢呼，四黑知道场上正在发生着惊心动魄的故事。那头花石头梁子来的黄牯子可是去年的第二名，五黑是经历了一番苦斗才取得微弱优势打退它的。四黑又庆幸地想，幸亏天顺这家伙今天真是邪了门了，每次抽签都抽个好签，若是五黑逢上黄牯子，一番恶斗可要消耗掉它不少气力，最后的决战可就……虽然四黑一直希望它感觉不对劲就认输逃走，可打心眼里还是希望它最好拿了冠军，那翻了番的奖金尚属其次。关键是看着一村人都在夸奖五黑，把那些诸如"咱村这一年的收成就全拜你所赐了""你让咱们村一年风调雨顺"等赞誉之词加注在五黑身上，这些都让四黑一家比喝着苦荞酒，嚼着壮羊肉倍感喜悦与自豪。

五黑正屏息凝神地看着场上的苦斗。从第二轮开始，五黑就留意起那大牛在场上的一举一动，希望从中找到一些破绽。可那家伙除了身体和气力上明显的优势外，应付对手还细微得紧，对于强悍的对手它避实就虚，对付弱者它凌威交加，几场对决下来，都应付得游刃有余、滴水不漏。五黑只好把希望寄托给黄牯子了，盼望它能多耗去大牛一些气力，最好它能和大牛势均力敌，这样才有更多的胜算。几个来回后，黄牯子败绩已显，步步为营变成步步倒退。五黑看出了它终究在气力上弱了大牛许多。不过黄牯子也不是省油的灯，五黑领教过，机警、善用巧力，去年的冠亚军争夺，自己虽然赢了，但左边脸颊却是挂了彩的。正想着，人群中忽地一浪高呼，凝神看去，只见黄牯子不知咋弄的就挑破了大牛的右眉骨部位，弄得大牛右眼血糊糊的，本有着一鼓作气势如虎的大牛吃了痛，禁不住松了劲，倒退了几步。五黑颇感意外，刚想为黄牯子的优势吆喝一气，只见那大牛忽地稳住脚步，猛地喷了喷响鼻，一低头排山倒海般地向黄牯子招呼过去。黄牯子却像着了魔似的，略一抵抗，便忽地没有了刚才的硬朗，摧枯拉朽般一屁股被推坐在地……

直到黄牯子被主人牵着踽踽走出场，五黑和主人才揣摩清楚，那黄牯子哆哆嗦嗦的样子，定是遭到一股不可思议的大力，早已精疲力竭，好似被一场咆哮的泥石流推倒掩埋住的人畜，没了挣扎与抗拒的气力。原来那大牛一直有所保留，它保留气力的目的是什么？俨然已成秃头上的虱子——明摆着的。四黑怔怔忧郁地看着五黑。

倒是五黑想清楚了大牛的意图，顿觉无所谓了。其实大牛肯定也一直在用自己看它的眼神揣摩自己的每场比赛，自己保留积攒的气力没有过早地透支，但大牛已透支了一些，这是个好兆头。刚才推倒黄牯子后的那几秒钟，大牛分明重重地喘了几口粗气，随即强自用仰天的长哞来掩饰疲劳，这样的小细节五黑没有放过。

五黑忽地想到皮球，屋后的小学校就有个巴掌大的篮球场，孩子们常玩着一个会漏气的皮球。刚开始打足了气，皮球在孩子们的嬉笑声中蹦跶得老高，有一次还飞过篱笆墙，冲自己落来，吓了自己一大跳，忙不迟疑地躲开。随即便对这个圆鼓鼓的东西感了兴趣，用角去拨弄了一下，谁知把那皮球再添了一个大得夸张的窟窿。再后来皮球已经充不了气了，蹦跶不起来了，孩子们依然兴致不减，噗噗地只会抛摔着玩。大牛就是个鼓胀胀的皮球，却已经被黄牯子的鏖战猛地戳了个小洞，嘶嘶地放了些气。虽然不清楚大牛的皮球瘪了多少，但肯定是对它的蹦跶有些影响。想着那只泄了气的皮球，五黑心里异常兴奋。

<h2 style="text-align:center">五</h2>

　　大牛从山坡上走下来了，它闲庭信步般的样子让五黑有些意外。牵引它的那帮子人甚至还吆喝着催促了它几声，出力拽了牛绳，它似乎毫不为之所动，依然迈着八字步，一步一个脚印地走下来。五黑还注意到它的来势，身后竟然连灰尘都没有过多地溅起，那些随着蹄痕微微扬起的一点灰雾，风还没吹，就悄然散去。这让五黑莫名地紧张起来，原本预料中大牛定会很冲动、很生气、很蛮横、很无理地一下场就奔自己而来，自己该怎样躲闪、怎样避实就虚、怎样翻身冲杀都想得胸有成竹了，现下只好看一步走一步了。想到这，五黑回头看了看已经在被维持秩序的工作人员拦在安全区域的主人他们，微微点了点头，示意他们放心。

　　大牛依然走得不紧不慢，还不时扭头看看天空、看看树林、看看人群，目光甚至还追逐了一只掠过的麻雀几秒钟，那神情仿佛不是来斗牛的，而是来玩的。来玩的？五黑忽地心头一紧，它干吗一反常态，没有前几场忽而趾高气扬、忽而气势汹汹的样子。它这样做的目的是什么？消耗我的斗志，肯定是这样。五黑倏地惊出一身冷汗，对大牛不仅又高看一眼。心底也有些抱屈起来，这规矩制定得真苛刻，干吗非得自己先出场，要是大牛先出场多好，自己也一步三摇地磨蹭它的斗志，甚至要比大牛做得更彻底。想着想着，五黑有些微讪，自己是上届冠军，大牛才是挑战者，这场地是自己的地盘，自己不先下场守护谁守护？想清楚这一层，五黑真想给自己一个善意的巴掌。

　　那三四条地埂长的路程，大牛磨磨蹭蹭地居然只走了一半，五黑看得眼睛都有些发酸，刚想刨几下蹄子发泄一下心中的不耐，忽地强行按捺住，绝不能让大牛发现自己一丝一毫的烦躁。稳住！稳住！五黑耳旁恍若又聒噪起主人的叮咛，刚才主人和老六叔他们不厌其烦地一个劲儿对着自己嘀咕这个字眼，让自己萌生老大的不耐烦，还好工作人员及时连拉带拽地劝说走了他们。这时忽地在耳旁再度响起，宛若醍醐灌顶。五黑索性半眯着眼睛，让躁动不安的心渐渐平复，眼前忽地闪现出胜男的身影，在后山的草地上，她双手作鸟儿翅膀状张开，绕着自己跑圈，哼着歌儿，麻花辫儿扬得老高，像一只蝴蝶。她哼什么来着？四黑使劲地想。那百灵鸟般的声音悠然响起：

> 让我们荡起双桨，
>
> 小船儿推开波浪。
>
> 海面倒映着美丽的白塔，
>
> 四周环绕着绿树红墙。
>
> 小船儿轻轻，
>
> 飘荡在水中，
>
> 迎面吹来了凉爽的风。
>
> ……

五黑干脆闭了眼，沉浸在歌声的悠扬里。

地面的震动让歌声戛然而止，五黑知道大牛已经来到了近前，它缓缓地睁开眼瞧向大牛，精光大盛。大牛愣了愣，眼里的一丝慌乱没逃过五黑的眼睛。五黑心里暗暗高兴，刚才自己的沉着冷静威慑住对方了。

来吧！五黑摆出架势，一提劲，浑身的肌肉疙疙瘩瘩地一块块凸现出来，蓄势待发。大牛却一动不动，身上的皮毛仍旧光溜水滑，五黑看了看它的后胯，肌肉平淡无奇，就知道大牛还没有运劲，看上去没有丝毫动手的打算。敌不动我不动，敌一动我先动，五黑不敢大意，赔着小心诧异地瞧向大牛。

大牛微微一哂："你就是五黑？久仰大名。我叫黑铁，咱们可黑到一块儿了。"

五黑愣了愣，轻笑一声："哦，是吗？我可能和你不同，我的黑是黑山的黑，你的黑是黑铁的黑，我是山，你是铁，怎么会黑到一块儿去了呢？动手吧！看看是你的铁硬，还是我的山壮。"五黑丝毫不敢放松。

"你真逗！刚才看你气定神闲，咋一下子就神经兮兮起来了，你怕我？"黑铁一脸的调侃神情。

"我干吗要怕你，我是牛，你也是牛，你有的我也有，怕你——怕你岂不成了小狗？"五黑脑子里转得飞快，把邻居家那个经常鼻涕老长的孩子的口头禅也搬了出来，暗暗在竭力揣摩这家伙葫芦里到底卖什么药。

"呵呵，你真像我的弟弟，调皮得很可爱。"黑铁重重地叹了口气。五黑从它的眼里读到了无奈，感觉到它还有后话，就没接口，静静地等它开口。

果然——黑铁喃喃道："我三岁半的时候，它一岁，我们和母亲一起拉犁，一起驾车。一有闲暇，它总是不厌其烦地围着母亲打转，烦完母亲又来烦我，用还没长角的小疙瘩头来顶我的脖子，和我顶嘴，冲我嬉皮笑脸地叫嚷，用舌头来舔我的鼻子，用小嘴来衔住我的尾巴扯着玩。我们一起发誓，就这样一辈子在一起，等到母亲老了，我们一起负责犁田耙地，让母亲休闲下来颐养天年。"

"那后来呢？"五黑看到黑铁丝毫没有动手的架势，一副拉家常的模样，就悄然卸了劲，好奇地问。

黑铁看了看五黑身上悄然隐去的肉疙瘩，微微颔首，继续说道："后来有人来到我家里，围着我左看右看，摸这摸那。我好害怕，往母亲身后躲，弟弟猛然间窜出来，用它可爱的小头去顶那人，那人只一推，就把我弟弟推了个趔趄。主人赶紧拦住弟弟，还骂了弟弟几句。那人却还没有完，又绕到母亲身后来掰我的嘴看牙。我一时气苦，一低头就把那人顶了个四脚朝天。主人抢上前来就给了我几巴掌，母亲赶紧一扭身把我拦在身后，主人仍旧怒不可遏，找来一根棍子就要招呼到我身上。谁知那人也不气恼，一骨碌站起，夺了主人的棍子，哈哈大笑，'好家伙，有力气，就要它了。'说完，拉着我的主人走到一旁嘀嘀咕咕地说了一阵，那人从怀里掏出一些花花绿绿的纸塞给主人。就这样，我被卖给了那人。"黑铁眼里湿润润的，顿了顿又说道，"临走的时候，母亲嘴唇抿得紧紧的，我知道它的牙定是咬出血来了。弟弟咬住我的尾巴，一个劲儿拽我。我死活不肯走，可在棍棒的吆喝下，我还是远走他乡。再后来那人就软硬兼施地教我斗牛，上了斗牛场，我一直都拼着命地死斗，希望有一天能得到那人的同情与怜悯，再带我回到家乡，看一看我的母亲和我那调皮的弟弟。可这样的梦想随着时间的推移，日渐成了泡影……直到今天遇到你……其实我观察你很久了，你……你真像我那可爱的弟弟。"

五黑听得出了神，心底泛起一股股的酸楚，却又说不出什么安慰的话语。

看着五黑默不作声，黑铁又继续说道："原本我最不喜欢多话的，斗牛嘛！一上场，不是你死就是我亡，谁会在乎你的叽叽歪歪？上了场能打个招呼的就算是礼遇有加的了。唉，都不知咋的，看到你，我都说不出哪儿来的亲切感。你看你那拳拳爱意的主人，我羡慕得都不知道说什么好。可是，我……我……"黑铁忽然眼泪汪汪地看着五黑，"一路上我就在边走边想，你……愿意我轻轻地叫你一声弟弟吗？"

五黑心神一荡，怔怔地看着黑铁，随即默默地走上前，转过身，轻轻地衔着黑铁的尾巴，微微地扯了扯。黑铁早已掉落两颗晶亮的泪珠，在地上摔成两朵赤红的小花……

空气霎时间凝固了。满场的嘘声，沸沸扬扬，像一锅滚开的羊汤锅。

"来吧，弟弟！"黑铁首先打破了僵局，开了口，"你听观众都发了疯地叫嚷哩，有些还朝咱们扔矿泉水瓶子、丢土疙瘩的。我看见我的新主人还扬了扬手中的赶牛棍，他们也真够可怜的，一家家都并不富裕，却舍得花大价钱来买我。"

"那……总得有个说法吧！咱们已是兄弟了呀！"五黑一抬头，眼里已是水汪汪的了。

"那我就为尊严而战吧！他们可是花了大钱来换取内心的虚荣，八万块钱的虚荣心，我若不为他们挣些面子，又怎对得起自己的良心。"黑铁一抬头长哞一声，倒很像是夜枭的悲鸣。

"那……那……我就为生活而战！"五黑眨了眨眼睛，把打转的泪花使劲挤回眼眶里，却还是留下两颗米粒大小的光华，晨露般地挂在睫毛上。

"来吧！"

"来吧！"

阳光很刺眼，没有风，两双眼睛忽地精光大盛，那些疙疙瘩瘩的肌肉顿时鼓突突地暴涨起来……

磨盘屯人物志

跛长毛

虽然只隔着一排房子，房前屋后而已，大人们却不让我们到跛长毛家场院上去玩。

跛长毛家场院的院墙虽然拆了，却独立、空旷、平整、干净、宽阔，没有猪尿、鸡屎，没有杂乱的粪堆、柴堆、草堆，场院的两边种着一行整齐的棕巴掌树，这在农村是多么诱人啊。哪像村里其他家的场院，家户之间一溜串的大通房像北方的大通铺一样，门口的场院虽说也宽敞，但是平均到每户人家就寒碜得紧了。家户之间明争暗夺，都想多占一些，加之乱堆乱放，鸡飞鸭走、猪拱狗刨，狼藉得不得了。尤其到了收割季节，家家争着打晒粮食，你挪我挤，经常为着一小块空地争得面红耳赤，更别说给我们这些娃娃提供玩耍场地了。

跛长毛家这块场院便被我们惦记上了，却因大人们呵斥得紧，也都不敢造次。另一个原因恐怕还是从我们呱呱坠地开始，每每叫嚷哭闹、撒娇撒泼，大人们难以哄乖，便虎着脸大叫一声"老背背来啰"！一边说一边假意把我们往怀外推，我们往往一激灵，便立即停止哭闹，紧紧拽住大人的衣襟，小猪拱奶一般往大人怀里偎。这个村子里也不知从啥时候约定俗成的哄小孩怪招，屡试屡灵。有一次我偷偷问母亲"老背背"是谁呀。母亲眨巴着眼睛，神秘地说："是个跛着脚的人，他背着一个大背箩，在村子里一瘸一拐地逛呀逛呀，要是哪家的小孩不听话，就被他偷走，背到很远很远的地方卖掉，再也找不到爹和娘了，你怕不怕？"我赶紧点点头，把母亲搂得更紧了。从此，我便留意起来，看有没有不听话的小伙伴突然消失，也随时随地眼观六路耳听八方，生怕"老背背"突然从哪里冒出，把我背走。传说中的"老背背"没有出现，但跛长毛的跛腿却令人害怕，他走起路来一瘸一拐。更恐怖的是，一到集市天，他就背着一个大背篓，挑着一担竹器从我家场院边走过。吓得我赶紧跑回家，从门缝里偷偷地看着他拐过墙角，直到没了身影。

村子里一直没有孩子丢失，跛长毛的大背篓里也去偷偷看过几回，只有些筛子、提篮、簸箕等竹器。我们的胆子便大了起来，一挨到集市天，看着跛长毛赶集去了，便邀约着偷偷到他家的场院上，弹弹珠、打鞋帮、掼豆腐块、抖竹簧、扯些竹枝、竹竿追逐打闹，爬棕巴掌树摘棕巴花……玩得不亦乐乎。大人们这时候往往是睁只眼闭只眼的，我们也有分寸，估摸着集市快散场了，跛长毛快回来了，便一哄而散，到别处去玩。

跛长毛回来了，总是四处看看，皱皱眉头，歇下担子，拾掇那些散落的竹枝、竹竿、柴草、竹簧，码放整齐，从屋角扛来一把大扫帚，刷刷刷地把场院仔细扫一遍……

记得有一年中秋节，刚好是个集市天，平日的伙伴们都央着大人们带他们赶集去了，我和母亲闹了别扭，便不好意思跟着去赶集。在家耍了一阵，便溜到跛长毛家场院上玩，没了伙伴，玩耍没了意思。折腾了一阵后，便爬到草堆上躺着看蓝天白云，阳光有些刺眼，看着看着眼皮子重了起来。

一觉醒来，伸了个懒腰，揉揉眼睛，眼前的棕巴掌树叶片蒲扇一样摇曳，阳光温和了许多。

"你醒了。"突然冒出的声音吓得我一骨碌爬了起来。跛长毛正坐在一旁划竹子，看到我起来，冲我呵呵一笑，"肚子饿了吧？"

我竟然睡在树下的凉席上，身上盖着一件衣裳，散发着皂角水的清香。此时也不由我多想，赶紧起身一溜烟往家跑去。

"你娘还没回来哩！这孩子。"耳边是跛长毛焦急的呼喊。我听得后边有急促的脚步声跟着，家也不敢回了，赶紧跑向去集市的路上。

在半路遇到了母亲，我一边哭一边诉说了遭遇。谁知母亲笑了笑，说没事的，长毛没有恶意。回到家里，我看到门槛上放着两个月饼。母亲愣了愣，拣了一衣兜新鲜辣椒，去了长毛家一趟。我却是再不敢跟去了。

不出所料，母亲还是兜着辣椒回来了，我再也按捺不住好奇，央着母亲说说跛长毛。

按辈分说起来，跛长毛还是我的晚辈，要叫我叔叔。他是一个孤儿，小名长毛，说是出生时为了能养活，他父亲帮他取的。咸丰同治年间"长毛"一说在当地很流行，老一辈人说事，都不时会说"长毛下坝"或是"长毛造反"那一年怎样怎样。其实"长毛"该是指那时候反抗清政府压迫的那些揭竿而起的

"造反义军"，村里人觉得"长毛"凶恶，天不怕地不怕，肯定连阎王爷都要畏惧三分，勾魂的小鬼更不必说了。为了以邪辟邪，养活孩子，所以村子里给孩子取名长毛的就有好几家。长毛的母亲生他时难产死了，接生婆接生时不小心扭伤了他的大腿骨，因此他长大后成了瘸子，加上他后来得罪了村里人，大家便不客气地叫他"跛长毛"。十多岁那年，他父亲也患痨病死了，家里的老房子被一场火灾烧个精光。在城隍庙里借住些日子后，村上把地主黄老财家闲置多年的那套房子分给他。黄老财家的房子场院虽然宽敞，可黄老财一家在土改时吊死在屋里，村里人谁都不要这种不吉利的房子。跛长毛也不说什么，简单地整饬了一下，就住进去了。

跛长毛由于腿脚不灵便，田地种不了，就将田地租借给一个本家兄弟去种，每年根据收成给点粮食就行。跛长毛双手灵活，便学着做竹器，编制些背笈、竹筐、筛子、簸箕，拿到集市上去卖，聊以维持生计。

跛长毛好整洁，见不得脏乱，屋里屋外、场前院后，总是勤收细扫，拾掇得有模有样。这样的习惯原本很好，在农村却有些得罪人。农村人，家家户户都不免养些家禽牲畜，这些个活物都是些遍地蹦跶，没个消停的主儿，难免到处弄得狼藉不堪。跛长毛什么也不养，空旷的场院倒成了村里家禽牲畜的游乐场，张家来拴牛、李家来圈羊……初始时跛长毛也不说什么，默默地自个儿打扫，到了后来就拿着棍棒追打，用土疙瘩丢，把那些趾高气扬的家禽牲畜打得仓皇而逃。再者就是栽插收割的季节，场院上总是东堆西堆的杂物。刚开始大家都还客气，找跛长毛商量一下，堆几天谷，晒几日粮，后来都不客套了，跛长毛的场院成了一个杂物场，更有甚者，把粪堆都堆到了他家门口。有一天，跛长毛挥舞着一只火把，把场院上那些谷堆、草堆、柴堆、粪堆都点燃了，一时火光冲天，差点把自个儿和周围人家的房子都烧着了。村里人挂不住脸了，发着狠，把跛长毛骂了个狗血淋头，纷纷叫嚣着和他断绝往来。

跛长毛更孤单了，村里人都不和他说话，老远看见他，拉着孩子就绕开。那些家禽牲畜被跛长毛驱赶怕了，似乎把他家周围视为禁区，走到场院边张望几下，就走开了。而跛长毛走路一瘸一拐的样子，便被一些调皮的孩子拿来模仿。孩子们跟在他的身后，嘻嘻哈哈地学着他的样子一瘸一拐，他也不生气，回过头来呵呵地笑，露出一口白生生的牙齿。捣蛋的孩子便更放肆了，拍着屁股叫道："来呀，来呀，来追我呀！"跛长毛装作要追的样子跺跺脚，孩子们知道跛长毛不会也不可能追赶得上他们，也不立即撒腿就跑，嘻嘻哈哈地蹦跳着，冲着他做鬼脸，放肆地叫着"老跛跛"。这时，便听得到跛长毛哈哈的笑声。当然，这样的时候，都是大人不在的时候，要是大人们看见了，就会跑过来一把拎住捣蛋孩子的耳朵，拉扯着骂骂咧咧地走开，间或还吐一口唾沫。看着孩子嗷嗷叫着没了影儿，跛长毛便失魂落魄地站很久很久，然后踽踽而去。

跛长毛做的竹器好，不会偷工减料，加上手艺好，编的竹器密实、耐用，在集市上很抢手。不过村里人拉不下脸来，都不直接跟跛长毛买竹器，而是悄悄地到集市上托其他人帮助购买。竹器经常用，难免会有破损。有一回，四公公挑着一担麦子经过跛长毛的场院边，换肩的时候，挑笸边忽地折断了。四公公生气地一脚踹开挑笸，赶回去找一副新的来换。等到四公公回来的时候，却惊喜地发现折断的挑笸边已经换成了新的了，四处看了看，跛长毛正坐在场院上低着头编织背笼。四公公明白了怎么回事，想说声"谢谢"，却又张不了口，后来叫娃娃送来一个熟透的南瓜，跛长毛说什么也不要，只是在娃娃的腮上亲了一个红印记。打这以后，村里人的竹器有个什么损坏，只要还能修，就偷偷地拿来放在场尾，隔天去拿，保准修理好了，不过要想答谢点什么，跛长毛却一概不要。

村里有个小学，1958年的时候砸了村西头城隍庙的塑像，把城隍庙大殿作为校舍，一直用着。年久失修的城隍庙大殿终于有一天轰然倒塌了，幸好是星期天，师生放假，没有砸到人。乡里、县里来了人，嫌城隍庙地点狭小，建议村里选址重建。选址问题就摆上了村里的议事日程，村东、村西、村南、村北都折腾了一番，都因为占用了一些家户的好田地，这些人家血红着眼珠子不同意。事情搁置了下来，孩子们只好挤在城隍庙的偏殿里。

一天，乡里、县里又来了人，径直到了跛长毛的场院上四处走走看看，点点头。事情就定下来了，跛长毛的房子拆了，新学校就建在跛长毛的场院上，这里在村子中心，地点也宽，更给孩子们上学带来了便利。

村子里沸腾起来。一打听，原来跛长毛找到乡里，主动要求把学校建在自家场院上，还送去了一大包面额大大小小的纸币、硬币，要捐给建校用。乡政府十几个人数了一上午，确切的数字是两千八百一十三元零九角两分。

1992年8月，新学校建起来了，孩子们背着书包欢天喜地地走进新校舍。跛长毛搬到城隍庙偏殿去住。就在那年秋天，一连下了二十多天的雨。一天夜里，偏殿倒了，当村里人哭喊着冒着瓢泼大雨挖出跛长毛的时候，他已经去了。我看见乡亲们用门板抬着的他，两条腿笔直地伸着。

留柱

留柱是磨盘屯最独特的单身汉。三间大瓦房，门口有宽敞的场院，八个人的田地，这些优厚的条件都没有帮助他娶上媳妇，这在我们村是最不正常的。大肚脐老二仅仅有一间破茅草房、两个人的田地，照样从后山娶了媳妇，虽说媳妇左眼里有点萝卜花，还斗鸡眼。但毕竟是有了媳妇，大肚脐老二就有家室了，走起路来是昂着头的。

留柱走路也昂着头，不像跛长毛、独眼满留等其他几个单身汉，走路都低着头，遇到人侧着身子赔着小心。他爹骂过他许多次，叫他夹着尾巴做人，他全当耳边风。

留柱兄弟三人，他行三。大哥会一手木活，走东串西，却养成了浪荡的恶习，丢下妻子和三个女儿，没了影儿，听人说是在湘西一带漂。二哥是个癞子，一出生就没有眉毛，长大后也没长出来，性情凶残，有名的老赖，村里人都叫他"癞骨尸"，娶了村西的一个矮矬缸媳妇，小眼睛，狡诈异常。俗话说得好，不是一家人，不进一家门，村里人都说这两口子是绝配，两根屎棍子凑成一双。大哥走后，原本留柱和父母、大嫂、三个侄女相依为命，母亲和大嫂到处张罗，打算为他娶个媳妇。相了不少主儿，人家一看留柱两个鼻孔朝天出气的样子，加上矮矬缸二嫂从中使坏作梗，一直没对上眼。眼看着大哥不来主持家，早已分家另过的癞骨尸和矮矬缸开始了动作，先是找着碴儿欺负大嫂和三个侄女，邀约矮矬缸后家的一帮无赖，把大嫂打回娘家。赶走了大嫂和三个侄女，癞骨尸和矮矬缸又开始向老迈的父母和留柱动手，三天两头打上门，老迈的父母相继含恨而终。老头子临死前灵光一现，召集起本家兄弟和村委会领导做证，把自己和大儿子的财产一股脑儿交给留柱，以后留柱死了，若是没有后人继承，所有财产交归村上。

癞骨尸和矮矬缸阴谋破灭，暂时也不敢对留柱动手，怕他一死，自己更是什么也没有了。

留柱游手好闲、好吃懒做，父母去世后，更是失了管教。大嫂偷偷地找了他几回，劝他脚勤手快些，让人看得起，迟早娶个媳妇，也好有个照顾的人。留柱当面应诺，过后仍旧我行我素。大嫂为他的婚事努力了几次，见他烂泥扶不上墙，只好作罢。

有偌大的家业支撑，没有管束的留柱大手大脚起来，邀约些狐朋狗友，常常聚起来吃喝玩乐。不到两年，田地荒芜了，屋里空荡荡了，那些狐朋狗友也不登门了，留柱成了名副其实的单身汉。吃了上顿没下顿的他急了，也扛着锄头去田地里转悠，终究懒性不改，又没有地道的种地经验，庄稼种得草盛禾苗稀，便干脆把田地租出去，一年收点微薄的米粮。

留柱自小肚量大，满满一锅饭只够两顿，母亲在世时曾戏称他是饿死鬼托生的。靠租地的收入根本养不活自己，留柱开始谋些生计，先是挑柴卖，可他吃不了苦，好样的块子柴挑不动，只会挑些破的枝柴，看上去一大捆，却不耐烧，渐渐地没人买了。挑柴不行，留柱又开始帮人，今天帮人挖田，明天帮人割麦。留柱干活不瓷实，挖田的时候钉耙高高举起，看似很卖力，挖下去却轻轻地。别人挖田挖得深，挖起的土垡大块大块的，他挖得浅，土垡小。浅耕浅种可是庄稼人的大忌，影响庄稼的收成。割麦的时候，人家割得干干净净，他却割得稀稀拉拉……做不好农活主人家自然不高兴，工钱就免了，只管饭。留柱也不说什么，解嘲说反正劳动就是为了填饱肚子。

虽说留柱帮人不要工钱，但村里人都不喜欢请他，并不是他一人吃三四个人的饭，主要是嗜酒。出劳力的人，晚餐时喝点酒，解解乏，这无可厚非。村里人请工做活，晚餐桌上的酒是少不了的。这么说吧，村里人干农活，尤其是请工，餐桌上饭菜可以简俗些，可是酒不能少，必须管够。主人家一般是不劝酒的，客人愿意喝就喝，喜欢喝多少就喝多少，酒不够了就是到邻居家借都要马上供应着，直到喝酒人不叫添酒了为止。当然，一般喝酒人都有自己的尺度，能喝二两不要三两，至多高兴了多喝两口，都不会喝醉。留柱则不同，一喝就没个底儿，一杯酒一箩筐废话，每次都喝醉，醉了酒就哭，一边哭还一边骂人，骂癞骨尸、骂矮矬缸、骂自个儿过世的父母、骂大哥大嫂……只要是平日里没拿正眼看他或是得罪过他的人都拿来骂，有时甚至把主人家都骂个狗血淋头。主人家这可不高兴了，便把他架到场院上，有憋不住气的还赏他几拳。

村里人不爱请留柱，留柱只好到邻村去碰运气。不久，附近十里八村都知道了留柱的恶习，到找工场请工，看着他的模样邋遢，免不得开口就问："你不会是磨盘屯的留柱吧？"只差画个头像张贴告示了。

留柱帮不了人，时常饥一顿饱一顿，肚子饿得受不了，就拼命地喝水，又懒得跑到两里开外的大井里去挑，便突发奇想地在堂屋里挖了一个深坑，居然真的出水了。村里人奚落他道："你怎会这么懒哟，家里挖个大坑，你不是自掘坟墓吗？"留柱嘿嘿笑道："哪一天我要死了，我就跳到坑里，把自己埋了算了。"因为可怜留柱的遭遇，倒把说话的人弄得鼻子酸酸的。

村里人虽说厌恶留柱的恶习，却也不忍心看着他活活饿死，周围的邻居便不时把家里的一些残羹剩饭让孩子们拿去送给他。留柱家就隔着我家一排房子，母亲总是在饭菜做好后，满满地盛好一碗，要我送过去。一看到我来，留柱总是很高兴，客气地把我让进屋里，用袖子使劲把家里仅有的一个条凳擦了又擦，让我坐下。而后接过我手里的饭碗，把饭菜倒进他的破碗里，扬起饭碗，伸着舌头啧啧有声地把碗舔个干净，那模样像只贪吃的老熊，逗得我嘻嘻地笑。留柱红着脸，嗫嚅着说："不要浪费，不要浪费。"舔完碗，留柱又赶紧舀来水，把碗仔仔细细地洗干净。我遵照母亲的嘱咐，叫他不要洗了，留柱总是着急地嚷道："要的，要的。"

后来，我到外地读书、就业、娶妻、安家，二十多年了，很少见到留柱。

再次见到留柱是在母亲弥留之际，我请假回来探看母亲。搂着日渐消瘦、枯瘦如柴的母亲，我泪如雨下。忽地听得门边的几个本家亲戚呵斥道："你又来了，快走快走，别在这里惹人心烦！"母亲示意我出去看看。留柱蜷坐在墙角下，蓬头垢面的，手里拿着个破碗，头发几乎全白了，眼角挂着几粒黄白的眼屎，眼里盈着浑浊的泪水。几个本家亲戚正要把他架走。一看到我，留柱两只昏黄的眼睛放着光，哆哆嗦嗦地站起来。我赶紧制止了本家亲戚，嘱咐他们看看饭熟了没有，熟了就给他满满地盛一碗。留柱默默地走到我面前，低声地说："飞龙……你回来了，回来……就……就好，大……嫂……大嫂好些了么，我……我是来看看她的，可这……几天，他们都……都不让我……进门……"

我征得了母亲的同意，让留柱进了屋。留柱一进门就跪下，一直跪行到母亲面前，咚咚咚地磕了几个响头，哽咽道："大嫂……你是好人哪……一定……要好起来。"

留柱走后，母亲对我说："留柱其实本性不坏，你看他已经黄土埋齐脖子的人了，却从不会去偷去抢，去干不道德的事，他只是小时候被父母宠爱多了，懒惰惯了。他也够可怜的，今后有时间要多照顾他一下。"

母亲去世后，送葬的队伍中，我隐约看到了留柱，他头上戴了孝布，挂着根竹杖，跟在队伍的最后面。

烟鬼

烟鬼的诨名原本是叫"瘪三"的，后来因为一场露天电影，村里人才知道原来"瘪三"是上海人对城市中无正当职业而以乞讨或偷窃为生的游民的称呼，便不再叫他瘪三，叫他烟鬼。

烟鬼就是烟鬼，除了抽烟还是抽烟，不会做事也做不了事。如果非要说他还是做点事情，除了吃喝拉撒和睡觉，不过就是偶尔看看家门，守守晒场上的粮食而已。但这也不安分，烟瘾一上来，他便走开了，任由鸡猪糟蹋粮食，惹得爹娘高高地扬起细竹棍，吓得烟鬼眨巴着眼睛，这时爹娘却又叹口气，默默地放下。烟鬼嗜烟，却并不乞讨，用他的话说是"要"，也不偷窃，用他的话说是"拿"，而所谓的"要"和"拿"，不过是软求硬磨地向人要根纸烟。若是遇到别人不给，他就趁着别人不注意，一把抢过烟盒，双手紧紧捂在胸前，歪着头不厌其烦地追问："到底给不给，到底给不给？"烟盒的主人往往无奈地说："你拿一根吧，只一根。"烟鬼却伸出一只手，叉开五指，嚷道："给五根！"烟盒的主人便开始怒斥："拿来，一根都不给！"烟鬼赶紧改口，缩起大拇指和小拇指："三根。"眼看烟盒的主人还是瞪着眼睛，烟鬼赶紧不说话了，从烟盒里抽出一根塞在嘴里，嚷道："再给一根。"不由分说又快速地抽出一根塞在嘴里，把烟盒交给烟盒的主人。这时，烟盒的主人往往也不好说什么，两支烟都在烟鬼嘴里了，他还故意用唾液洇湿了烟，要回了谁还放得进嘴里？烟盒的主人只好自认倒霉，把烟盒狠狠地收藏在夹衣里。烟鬼一脸狡黠样，把嘴里的烟拿一支别在耳轮上，从兜里拿出火柴，划着火，向烟盒的主人凑去，帮他点上烟，再把自己的点着了，眯着眼吞云吐雾起来。

烟鬼家在村子的后街。我们磨盘屯村子太大，有上千户人家，两条贯穿南北的大路把村子隔成三截，为了便于区分，从东到西依次叫下街、中街、后街。由于村子太大，除了亲戚朋友、家门族类、左邻右舍，大家还都很陌生，只是认识个依稀大概。烟鬼却不同，整天在村子里晃荡，这家门口坐坐，那家场上玩玩，对村里人了如指掌，张家碗大、李家盆小的事情，只要问他，总能说出个子丑寅卯来。有好事的便会问烟鬼："昨晚东边有人哭叫，咋了？""掀长毛揍媳妇了呗。""那西边的哭喊呢？""三道湾家爹病重，快没气了……"

烟鬼好烟如命，却并不吝啬。只要他的口袋里有烟盒，烟的数量不少于三根，遇到几个人坐在一起侃话，他总是主动地凑上前，掏出烟盒按照长幼的辈分一一敬烟。烟不够敬时，就会冲着没有敬到的人歉意地笑笑，从自己的耳朵上拿下别着的烟递过去问道："要不？"受敬的人赶紧摆摆手，烟鬼也不客气，把烟叼起，拿出火柴划着了给需要火的人递过去，最后才把自己的点上。

烟鬼划拉火柴很有一套，用他的话说，一百根火柴在他手里，就能亮一百次。有一次十几个人在碾场上收拾稻草，忙碌了一阵后歇下来抽烟，因为风大，加上刚下过点小雨，空气湿湿的，火柴怎么也划不着，好不容易划着了，还没等凑到烟上又熄灭了。结巴长命生气地乱骂。烟鬼刚好路过，便凑上去讨烟抽，见此情形，烟鬼说："给我一根烟，我保证帮你划着。"结巴长命赌上了气说："你能把火柴划着，帮我们几个把烟点上，我这盒烟给你了。"烟鬼笑笑，接过火柴，从衣兜里掏出一个烟屁股，看了看风向，背过风来，把火柴棒在内衣上擦了擦，撩起衣襟遮住风，嗤的一声划着火，把头埋进衣襟里，先把自己的烟屁股点上，深吸了几口，然后一个个凑上前把大家的烟对上火。结巴长命只好认输，交出自己刚买来的满满一盒烟。烟鬼嘿嘿地笑了笑，抽出五根，左右耳轮上各别上两根，一根塞进嘴里点着，把烟盒抛给结巴长命，屁颠屁颠地走了。

听人说，烟鬼嗜烟都是因为他爹。几个月大的时候，他娘有急事回娘家，因为事急路远，只好把烟鬼留在家里。他爹不会照看孩子，晚上孩子哭闹，许是有些无奈，便把口中的烟塞在他嘴里，谁知一时却哄乖了烟鬼。当时只是觉着新奇，也没太在意，谁知到了烟鬼五六岁的时候，便开始趁着他爹不注意，偷偷地偷他的烟抽，自此越发不可收拾，再也制止不了了。他的爹娘苦口婆心、棍棒交加，好话丑话说了几火车，却一直管教不下来。后来，他爹把他锁起来，只管吃饭喝水，谁知他却病倒了。奄奄一息之际，他爹的一支烟却神奇地让他又精神了起来，去看了许多医生、喝了许多药、打了许多针，可一旦不抽烟，烟鬼立即就生病。爹娘再也没办法了，只好听之任之，给他些零花钱买烟抽。

说烟鬼和我是同龄人，可能谁都不会相信，他月份上仅仅大我几个月。前不久回老家，路上遇到烟鬼，只见他骨瘦如柴，三十多岁的人了，手腕和脚腕只有婴儿一般粗细，手指细长细长的，像鸡爪子；嘴唇薄得像一张纸，乌黑乌黑的；眼窝子深陷，把眼珠子凸显了出来，活脱脱一个阎王殿前的使唤小鬼。看到我，他凑上前喊出我的名字，问我要烟抽。我说我不会抽烟，没有烟。他愣了愣，客气了几句，踽踽而去。

回城里不久，四姐来看我，说烟鬼死了。我连忙问究竟，原来，烟鬼喜欢赶集，在集市上运气好时，遇到好心人能多要几根烟，也不时能捡到些半截的烟屁股解解馋。就在他喜滋滋地低身捡起一支大半截的烟屁股时，一抬头，看见前边有个小偷正在割破一个背着娃娃的妇女的口袋，烟鬼抢上前一把抓住小偷，高声叫抓小偷。谁知小偷是个团伙，呼啦一下冲上来几个陌生人，围住烟鬼就是一顿拳打脚踢。等到民警赶到，小偷团伙跑了，烟鬼还没送进医院就咽了气。

大井

　　大井说大不大，也就两米多深，东面敞开，砌了三级石阶延伸到井里，并在井前用石板铺设了五六平方米见方的地面，南、西、北三面用条石砌起来，高出井沿两米左右，上面用一个从水碾上撤下来的废弃石磨扇盖住，整个井呈长方形，长四米多，宽三米多。说大井大，大抵是指它的出水量大吧！没安装自来水的年月里，大井一直支撑着磨盘屯下街数百户人家的生活用水。

　　每天清晨，迎着朝霞，大井迎来了络绎不绝的挑水人。大家卸下担子，凑到井沿前，放下水桶，先打上来一点水，把水桶涮洗一下，然后便彻底把水桶摁进井里，满满地打满一桶水，提上来，再打满另一桶水，用钩担把水桶挑起，便吱呀吱呀地走远了。更有些挑水带菜洗的，用筲箕端着蔬菜，打上水来挑拣洗搓，洗好了菜，打好了水，吆喝一声："他二婶，把筲箕端给我一下。"便一只手揽着筲箕夹在腰间，一只手把持着挑担，歪歪扭扭地往家里走，淅淅沥沥的水滴不仅湿了半边身子，还在地上洒出一溜银光。

　　清晨的大井大多是属于小媳妇的，男人们都上地里去了，公公婆婆操持鸡猪牛羊，她们自然偷不得懒，挑水洗菜便是一天的开始。几个小媳妇凑在一起，叽叽咕咕一阵，放肆地哈哈大笑一阵，弄得急了，抄起水桶里的水便泼向说错话的。说错话的自然吃不了亏，也立马回击，城门失火焉不能殃及池鱼？一帮人便嘻嘻哈哈乱泼一气。闹够了，便笑嘻嘻地捋捋散乱的头发，拧拧衣襟上的水，担起水嘻嘻哈哈地散去。同路的就一起赛着扭屁股，直到拐过墙角。

　　清晨有了小媳妇，自然免不了那些打着光棍的老伙子。他们总是积极地来挑几趟水，每次挑水均装作弯着身子洗桶的样子磨蹭老半天，却侧着耳朵听小媳妇们窃窃私语，间或还偷偷地瞄瞄小媳妇们那鼓胀胀的胸脯和圆滚滚的屁股。小媳妇觉察到了他们的意图，噌地直起身来，骂道："看什么看！"老光棍红了脸，赶紧打好水，挑着跑开。老鸹啄却是不怕小媳妇的呵斥的，他总是理直气壮地嚷道："你们不看我咋会知道你们看你们？"一边说还一边往小媳妇身前蹭，小媳妇赶紧红着脸败下阵来，却也要找个台阶下，啐道："你个老鸹啄，死砍头呢。"

　　大井的黄昏是大姑娘、小伙子的。吃过晚饭，大姑娘、小伙子喜欢抢着收洗碗筷，把碗筷左一遍右一遍地漂洗，大半桶水马上就见了底。大姑娘、小伙子赶紧把见了底的水桶提着，说一声："爹，娘，没水了，我去挑水。"一溜烟便到了大井边。大井边有棵高大的垂柳树，小伙子喜欢摘片柳叶，支支吾吾地吹些调子，大姑娘的桶便越洗越慢，直到停住便直起身来，把乌黑的大辫子拿在胸前抚。这样的时候，总是要等到墙角处传来母亲的吆喝："水花……水花……你这死丫头，挑铁坨坨嘎，你爹等着煨茶哩！"叫"水花"的姑娘赶紧把洗桶水倒掉，打满水，挑着一路小跑。不一会儿，拐角处水花叫道："哎哟，又掐我的手，还不是挑水的人太多，排不上队嘛。"大井边，一个小伙子便停了柳笛，默默地打满水，挑着走开，融入新铺展的月色中去了。

村里人都说，大井的水是神水，井里住着井龙王。说也奇怪，大井里的水不仅甘甜异常，还透着些神秘。井水冬暖夏凉，夏天在井边大柳树下纳凉的老翁老妪总喜欢去喝几口井水解暑，那水甜丝丝凉冰冰的。到了冬天，任你雪飞冰凝，大井里却冒着腾腾的热气，冻僵了的手只要用大井的水一冲，一股温暖立即沁人心脾。井水出水虽大，一旦水满了，便似乎不再出水，盈盈地淹到井沿，从没有见过水漫出井沿。每逢干旱的年份，村里的其他水井及其他村子的水井会干涸，大井却从未干涸过，便引来邻近村子络绎不绝的拉水人，井口排起了长龙，无数的桶七上八下。可是即使把水打干了，只要在柳树下抽袋烟，眯着眼养会儿精神，井水又迅速出满半井。

因了大井的神秘与贡献，村里人使用井水是很严格的。诸如到井里打水必须使用干净的清水桶。有一回一个从后山新娶来的媳妇没长记性，挑着猪食桶到井边来，抄着水把桶洗干净，刚想放桶下去打水，被四奶奶看见了，指着那媳妇脊梁骨一直咒骂到家里。一路上马上围上来一群人，大伙还指指点点地把新媳妇家里的也骂个遍，最后是新媳妇的丈夫当着大家面说教了她一番才息了大家的火气。洗衣服必须离井远些，娃娃的屎尿布不准拿到井边洗。井水再满，也不准任何人俯下身子直接把嘴伸到井里喝水。井里有几尾红鲤鱼，圣公说那是井龙王的手下，不准任何人捞井里的鱼儿玩，若是不小心打水时把井里的鱼儿打上来，要赶紧放回去，向井龙王祷告一番，求得原谅。

我考起师范那年八月，一天夜里下了一夜的暴风雨，一个大炸雷把大井边的大柳树拦腰劈断了。第二天，大井口聚集了上千号人。那些迷信的老头老太太抚着倒在一旁的大柳树哭天抢地。那些大姑娘、小伙子眼眶红红的。有许多人建议说砍了重新栽一棵。老头老太太却跳了起来，把建议的人大骂一通，大姑娘、小伙子便偷偷扯建议人的衣角。大柳树桩矗立在大井边的样子便时刻浮现在我的眼前。

假期回来，父亲说大柳树活了。今年立春那天，他去挑水，看到枯焦的大柳树奇迹般地发出几簇嫩芽。我一路飞奔赶去看究竟，只见那些嫩芽已经长成了柳条，迎风摇摆，像大柳树的一只只纤细的手，和人们打招呼。大井边却少了人了，村里前个月接通了自来水，人们都不爱来大井挑水了。

前年，我父亲病逝，临去的时候，要我挑点大井的水来给他喝，等我挑着满满的两桶水赶回来，父亲咽气了。听人说，虽然自来水来自后山的山泉，比大井的水好喝，但父亲一直都只喜欢喝大井的水，后来挑不动水了，就拄着拐棍，拿着瓢，每天都要去喝点大井的水。我便依稀忆起母亲说过，爷爷被抓去当兵那年，奶奶去井边挑水，刚挑起水，就腹痛起来，挣扎着挪到大柳树下，爹出生了。

今年清明节，我带着女儿回老家上坟，便顺道带着她去看看大井。井水满满的，仍旧不漫不溢。井边却多了小媳妇，大家都拿着衣服在井边浆洗，有的为了省事，还把衣服拿到井里去漂洗。女儿围着那棵大柳树嘻嘻哈哈地疯跑。大柳树又发出了许多新枝，像极了一位长须飘飘的老人。我忽然间热泪盈眶。

圣公

圣公是我的长辈，我们都叫他八公公。后来他到三圣宫里去管事，大家便尊称他圣公了。

我们村在整个果马坝子都是个特例，村子最大，人口最多，虽然有一个总体的村名磨盘屯，却又分成了后街、中街、下街，好似三个村子一样。当地人信佛信道，几乎每个上百户人家的村子里都有一个寺庙或庵堂，但绝不会超过两个。我们村却有三所寺庙，后街有个三官寺，中街有个报恩堂，下街有个三圣宫。三所寺庙中，尤以我们下街的三圣宫香火旺盛。三圣宫的大殿供奉着孚佑帝君、关圣帝君、文昌帝君。左右偏殿里还供奉着龙王、观音。据碑文记载，三圣宫建于光绪二十二年，已有一百多年的历史。

三圣宫殿阁里供奉的那些高大的佛像带给我们的是敬畏，跟着大人们烧香礼佛磕头作揖的时候，大人们都不准抬头看，偶尔抬头偷看一下，都是些不怒而威的主儿，弄得心里扑通扑通乱跳。我们便只乐于喜爱大殿两侧的石雕和天花板上、门上的壁画和雕刻。大殿前有二十多平方米的空地，居中一个大石香炉，整日香烟缭绕，透着一股仙灵之气。左右两侧是石围栏，靠外的围栏下还刻有几组浮雕，都是有故事的，什么八仙过海、目莲救母等。我们却最喜欢十二根围栏柱头上的十二生肖雕像。每个柱头上刻着一个生肖，小孩子头颅般大小，栩栩如生。我们常常根据自己的生肖找到和自己对应生肖的雕像，抱着搂着玩。那些在现实和幻想中让我们心惊胆寒的动物,诸如鼠、虎、龙、蛇,在这里都显得那么滑润可爱。大殿前的天花板上绘着许多彩绘,大殿门楣周围的板壁上也绘了许多,什么桃园结义、过五关斩六将、古城相会、初唐功臣像、西游记等。大殿的几道门上还雕刻着许多的花鸟虫鱼、福禄寿喜,浅雕、浮雕、镂空雕不一而足,都是那么栩栩如生、呼之欲出。这些圣公都能指着一一说个清楚,这许是我们这些小孩和那些虔诚的斋奶端公喜爱和敬畏圣公的主要原因吧。

我们喜欢听圣公讲故事,一有空闲便涌到三圣宫里来,缠着他进进出出。圣公常常叫我们等等,掇几只条凳放在大殿前要我们安静地坐着,不许说话不许乱动。然后他便慢条斯理地给殿阁里的佛像上香,把香灯点旺,再念念有词地磕头祷告,敲着木鱼诵一通经卷,敲一气磬,惹得我们抓耳挠腮。等到圣公出来,他的手里便多了些撤换下来的贡果点心,他也不急于给我们。我们也知道规矩,便一个个正襟危坐。圣公拿个蒲团来,打个盘腿坐下,把我们一一看一遍,清咳两声,上回说到……

圣公讲故事很吸引人,比如讲到张飞长坂坡吼死夏侯杰,先前还是摇头晃脑、细语慢言。讲到这里,他噌地站起身来,清咳两下,厉声大吼道:"我乃燕人张翼德也!谁敢与我决一死战?"顿了顿,瞪圆了眼,又吼道:"燕人张翼德在此!谁敢来决一死战?"又顿了顿,挥舞着双臂,声音提高了许多,"战又不战,退又不退,却是何故?"真是声如洪钟,胆小的孩子便被吓哭了。圣公赶紧停止了讲故事,把吓哭的孩子揽在怀里,在他嘴里塞块糕果。哄乖了孩子,八叔公又接着讲,声调立即降了一个八度。讲到关云长斩颜良诛文丑,过五关斩六将,圣公总是跳起来,嘴里学着马奔跑时嘚嘚嘚的蹄声,从大殿这头跑到那头,又从那头跑到这头,然后大吼一声"哒,鼠辈看刀",左手把花白的长胡须捋往左边,扬起右手呈刀状,手起刀落,惹得我们嘻嘻笑。讲武松醉打蒋门神、讲孙悟空三打白骨精、讲诸葛亮借东风、讲吕洞宾飞剑斩妖怪、讲目莲地府血池救母等,总是让我们惊一阵、急一阵、乐一阵、笑一阵、尖叫一阵、伤心一阵。

圣公讲故事还会突然提问。讲完关羽斩颜良诛文丑,他便忽地问道:"你们说《三国演义》里谁的武功最厉害?"有说张飞的,有说赵云的,更多的还是说关羽。见我不说话,圣公便眯笑着对我说:"你说说看。"我犹豫了一下,说是吕布。圣公继续问道:"为什么呢?"我说:"你不是说在虎牢关上,关羽、张飞、刘备三个人大战吕布吗,三个打一个才把吕布打退,吕布不是武功最厉害的吗?"圣公忽地一拍大腿,叫道:"对呀,说得好。"便塞给我一把糖果。我看到他手掌红通通的，该是刚才拍大腿那一下太用力了吧。

圣公的故事讲得更多的还是大殿里供奉的三圣帝君：孚佑帝君、关圣帝君、文昌帝君。他说，孚佑帝君是道家仙长，叫吕纯阳，也就是吕洞宾，他惩奸除恶、刚正不阿。文昌帝君是道家尊奉的掌管士人功名禄位之神，他是天上的文曲星，历朝历代投胎人间，周朝张仲，汉代张良，后秦的张亚子，都被认为是他的化身，他文采飞扬、才高八斗，主持人间文运功名。关圣帝君就是关羽关云长，他忠肝义胆，晓春秋大义。讲到关云长，圣公还常常吟诵道："精忠冲日月，义气贯乾坤，面赤心尤赤，须长义更长。"圣公还时常告诫我们，要像吕洞宾一样惩恶扬善，要像关云长一样忠肝义胆，要像文曲星一样德才兼备。说得我们连连点头，圣公便高兴地把糕果每人分一些，看着我们吃得直咂嘴。我们也要圣公吃一些，圣公总是嘴里答应着："吃呢吃呢！"我却分明看见圣公把糕果拿到嘴边，趁着我们不注意又偷偷放下。圣公曾说我是文曲星下凡，要那些小朋友向我学习，说得我一愣一愣的。圣公摇头晃脑地说："学习学习就是要一边学一边温习，知识知识，不仅要知，还要识，知是死的，前人已经总结起来的，掌握就行，识是活的，要不断去探问才能上进。飞龙就做到了这一点，你们大家要向他多学学。"后来我渐渐地明白了我的好学与圣公的励志不无关系，不过，我肯定不是文曲星下凡。

圣公喜欢我，定是因为我喜欢问东问西，问些稀奇古怪的问题。圣公讲《西游记》，我问他："干吗孙悟空师兄弟不驮着唐僧走快点？"圣公说："因为唐僧是凡人，凡人身浊体重，他们驮不动。""法术也不行吗？""当然不行。""那么那些妖精为什么一施妖法，就把唐僧卷走了呢？""因为那是妖法，孙悟空师兄弟使的是……正法，妖法掳得走，正法掳……不走。""这么说妖法比正法好了？""这……怎么可能？"圣公皱皱眉头，赶紧塞给我一把糖果。讲诸葛亮的神机妙算时，我问他："诸葛亮和庞统谁最厉害？""当然是诸葛亮了。""为什么呀？不是诸葛亮和庞统一个号卧龙，一个号凤雏，一样齐名吗？""虽然这么说，不过卧龙凤雏，卧龙在前呀，所以诸葛亮比庞统厉害一点点。""照圣公这么说，刘关张，刘备在前，肯定是刘备最厉害了？""这里的刘关张是按照年龄大小来排列的，他们兄弟三人刘备是大哥，关羽是二哥，张飞是三弟。""那么卧龙和凤雏会不会也是按照年龄大小来排列？""这……也许……可能吧。""刘关张虽说按年龄大小来排列，关羽排在第二，却是最厉害的，还被奉为关圣帝君？卧龙和凤雏却又是诸葛亮厉害些？会不会弄错了呢？""这……这……小鬼头，我也不知道。"说着，又把一把糖果往我怀里塞。不过后来圣公也不知怎么打听到的，对我说，其实该是凤雏庞统比卧龙诸葛亮年岁大些才是。

　　村里人敬重圣公，还因为圣公有着令人信服的智慧。掀长毛家盖房子的时候，头天立好柱子，根据瞧好的日子，第二天才上大梁。几天的忙活下来，大家都累得够呛，守工地也松懈了些。第二天一大早，大家准备上大梁时，发现准备好的大梁被人连夜偷走了。掀长毛怒火冲天，提着斧头就要去追，几个本家弟兄也磨刀擦枪地嚷着要追上贼把他打死。圣公刚好应邀赶来为起房上梁诵经，一见情形赶紧要大家冷静下来，他把堆放木料的地方仔细看了一番，点点头又摇摇头。然后吩咐大家分头寻找蛛丝马迹，有消息就来报告。不一会儿，打探的人回来了，说是西北方向有一串深脚印，估计盗贼是往西北方向跑了。大家赶紧拿着棍棒刀具就要去追，圣公拦住大家，跟着大伙一起去查看了脚印，锁紧眉头，叹了口气，叫大家不要追了，重新去买一根大梁来得了。掀长毛怎会咽得下这口恶气？叫嚷着定要赶去劈了盗贼，夺回大梁。圣公虎着脸呵斥住掀长毛，说道：“大家不要去追了，去了只会惹祸上身。”大家忙问究竟，圣公指着脚印问道：“你们看这脚印是几个人的？”大家细细看了看，掀长毛倒吸了一口凉气道：“这怎么可能，只有一个人的脚印，难道说盗贼就一个人？一个人扛着一根大梁跑了？”圣公斩钉截铁地说：“就是一个人。”几个本家兄弟不信，追出一段路查看了一下，还确实只有一个人的脚印。掀长毛瞪圆了眼睛：“圣公，就一个人你怕什么？难道我们几十个人还打不过他？”圣公斜睨了掀长毛一眼，说道：“你这猪脑壳。一个人扛着这么几百斤重的大梁，又担心被追到，肯定急慌慌地往家跑，就算他是个铁打的大力士，又怎会受得了？你看西北方的那些村子，最近的也有四五里地，我估计这个贼在路上就要不行了，就算他能耐大，勉强撑到家里，也肯定命不久矣。你们追过去，就算不动手打他，这人死了，不还和你们沾上关系，让你们吃上官司？一根大梁值几个钱，重新买一根不就得了，破财消灾哟，傻小子。”大伙恍然大悟。第三天，西北方的猫猫村传来消息，村里一个身强力壮、外号“黑旋风”的汉子吐血而亡了，听汉子的媳妇支支吾吾地说丈夫是去后山偷树摔的。有好事者偷偷前去打探了一番，立在黑旋风家墙角的大木头，分明就是掀长毛家那根做有记号的大梁。掀长毛听闻后，惊出一身冷汗，提着一大桶香油到三圣宫挂功德，给圣公咚咚咚地磕了几个响头。

　　有一次，我们正缠着圣公讲故事，副管事急匆匆地赶来说三圣宫这几天做大斋收到的功德钱丢了，一边说一边急得直抹泪。圣公把副管事拉到僻静处，我偷偷地跟了去，听见圣公详细地问了问情况，可这几天香客进进出出、络绎不绝，也问不出什么所以然。圣公叫副管事不要声张，就当没发生过这回事一样，每天对进出的人留些意。大斋结束后，过了半个多月，近期常来烧香的矮矬缸却发生了一件怪事。这日傍晚，矮矬缸烧完香去了趟厕所，不一会儿，厕所里传来矮矬缸的尖叫声。几个香客赶过去，只见矮矬缸右手齐肘被厕所南墙上的一个墙洞夹住了。大家七手八脚地往外拽她，她的手就像镶嵌在墙里一样，怎么也拽不动。圣公赶来了，劈口就问道："你是不是做了亏心事？"矮矬缸嚷道："怎么可能？"知道矮矬缸为人的人偷偷地笑了。圣公皱了皱眉头，捏了捏矮矬缸被夹住的手臂，摇摇头说道："我也无能为力了。"矮矬缸的丈夫癞骨尸闻讯赶来了，看了看，使出吃奶的力气帮着拔了几次，也没辙。大家建议用錾子敲开土墙算了。矮矬缸和癞骨尸赶紧嚷道："把手砸断了咋整？"圣公沉默了良久，叫来副管事，说道："准备香案吧，我念念经。"香案摆起来了，圣公一念就是一天一夜，木鱼敲得咚咚响。矮矬缸饿得前胸贴后背，也顾不得厕所里的脏臭，勉强吃下了癞骨尸送来的饭。第二天，圣公的木鱼照例敲得咚咚响，矮矬缸已经站了一天一夜，累得大汗淋漓。第三天，圣公的木鱼仍旧敲得咚咚响，矮矬缸急了，问道："圣公，你要敲几天呀？"圣公眯着眼说道："不晓得了。"第四天，圣公的木鱼声刚敲响，面色苍白的矮矬缸哭了，说道："圣公，我错了，我不该欺负大嫂，欺负小叔子，还逼死了公公婆婆，你救救我吧。"一旁的癞骨尸也赶紧跪下，磕头磕得咚咚响。圣公倏地张开双眼，精光四射，凝视着矮矬缸喝道："墙洞里是什么？你还不认错吗？"矮矬缸犹豫了良久，终于哭丧着脸老老实实交代了。原来，那天矮矬缸来奉斋，看到副管事口袋里掉出一个小布包，趁着别人不注意，矮矬缸赶紧捡起来。拿到厕所里打开一看，原来是一包钱，矮矬缸高兴极了，赶紧把布包揣进怀里。为了不使人生疑，矮矬缸勉强跟着大家奉完斋。要出大门时，矮矬缸看到副管事在门口张望，不由得心虚起来，想起在厕所里看到一个深墙洞，顿时心生一计，把布包塞进墙洞里，想着等到过了风头再偷偷来取，谁知道来取的时候手伸进去就拔不出来了。几天的惊恐让矮矬缸再也不敢隐瞒了。圣公微微一笑，对矮矬缸说："若要人不知，除非己莫为，举头三尺有神明，要救你不难，希望你从此改恶向善，能做到吗？"矮矬缸为了活命，赶紧点点头。圣公说："你试着把墙洞里握紧的拳头放开吧，放开后再试着拔拔。"矮矬缸愣了愣，依言照办，手一下子就出来了，拳头已经肿得像发酵的馒头，手臂早已乌青乌青的了。矮矬缸赶紧拉着癞骨尸给圣公跪下，磕头如捣蒜。副管事用手电筒照了照墙洞里，装钱的布包果然在里面，圣公叫副管事拿来一根铁线，弯了个钩子，取出了布包。后来，好事者问起此事，圣公说道，其实副管事跟他一说此事，他就猜测拿到钱包的人一时也不敢拿回家，肯定把钱包藏起来了。

经过多日的留意，矮矬缸多次到厕所去磨蹭，他就细细去看了，也知道矮矬缸把钱包藏在墙洞里，他不说破不过是要趁机教训一下这家村里出名的老赖。好事者问："那你怎会肯定矮矬缸的手会被墙夹住？"圣公解释说："我看过那个墙洞，只是刚刚够伸进手去，矮矬缸放钱包的时候定是用指尖推进去的，来拿的时候肯定想着放得进去就拿得出来，她的手伸进去拿钱包，定要握紧钱包才扯得出来，一旦她握成拳，手就会被夹住，出不来了。贪婪的人拿着好东西一定舍不得松手，我查看了她的手臂，硬邦邦的，定是握着钱包不舍得松手呢。我就敲着木鱼和她耗上了，矮矬缸捡钱的事癞骨尸肯定也知道，他们定会不同意砸墙，墙一砸开，不就真相大白了，他们丢不起那个脸，就只好和我耗着，结果就是我赢了。"一时间，圣公机智地教训矮矬缸的事便传为美谈。

圣公活到九十八岁高寿，依然耳聪目明，去世的时候还打着盘腿给孩子们讲故事，讲着讲着微微一笑，一额首便去了。圣公没有子嗣，听母亲说，出丧那天却人山人海，披麻戴孝的一溜串，白茫茫的一片。癞骨尸和矮矬缸也带着孩子去了，低着头走在人群的最后面。

圣公走时，我在外地读书，为着没能亲自把圣公送上山，至今仍旧耿耿于怀。

癞骨尸

磨盘屯的许多人都有一个诨名。旧时的农村人因为文化的缺陷，取个名字几近搜肠刮肚，再者村里人迷信，取名以低贱通俗为上，说是名字贱些，阴间的小鬼判官不会留意，孩子好养活，这样下来，取成重名的就多了去。就说我们下街，取名"长毛"的就有六个，原因不过就是"长毛"特指咸同年间反抗清政府压迫的那些揭竿而起的"造反义军"。有了重名，便会混淆，为了区分，村里人又给每个名字加个特指，比如下街的六个长毛分别叫做"跛长毛""掀长毛""憨长毛""瘫长毛""疯长毛""乖乖长毛"。"跛长毛"是因为脚跛而得名。"掀长毛"是因为性格暴躁，有一回和妻子闹嘴掀了一回桌子，却砸到自己的脚，捧着脚嗷嗷乱叫，这事被邻居看到，传为笑柄，便得了这么个奇怪的诨名。"憨长毛"说话做事呆板迟钝。"瘫长毛"自小得了脑瘫，是个瘫子。"疯长毛"喜欢胡言乱语，说话没个高低。"乖乖长毛"性情温顺，动不动就脸红，呈害羞状。"大肚脐老二"是无意间掀起衣服纳凉，露出比常人大、深的肚脐眼。"毛颠颠老二"是做事急躁，毛手毛脚。"独眼龙老二"是瞎了一只眼。"白铁刀老张"磨蹭惯了，属于天塌下来都不怕，相信总会有高个子顶着。"花脸狗老张"说一套做一套，出尔反尔，是那种瞬息万变的主儿。"结巴长命"说话结巴。"烂眨巴长命"有眼疾，眼角处常常挂着黄白的眼屎，引得苍蝇追逐叮咬，他只好不断眨巴着眼睛驱赶。"老鸦啄"是混球型，一个十足的无赖老光棍，之所以诨名老鸦啄是村里人对他的所作所为厌恶异常，意思是这种人死了都无人问津，只配让老鸦啄吃，尸骨无存。

在我们村，一个个诨名在一定程度上已经成为对应人的标签，若是撕下标签，还真是乱了套。有一回，一个外村人一大早就来寻亲，到处打听余文才家在哪里，问了大半个村子也没人知道。有人就提醒他想想这个余文才的小名叫什么，外村人想了好久，说依稀记得小名叫长毛。村里人又问叫什么长毛，外村人说不上来，只好沿着村里人指点，找遍了大半个村子，找了许多家有叫长毛的人家都不是。天色渐晚，好心带路的四公公邀请外村人先到他家住下算了。在路上见到掀长毛，外村人瞅了几眼，一把抓住掀长毛，叫了声老表，呜呜地哭了起来。四公公呵呵地笑："小伙子，早说掀长毛不就得了。"当然，也有好找的，只要能准确说出所找人的特点即可。比如癞骨尸，若是你问村里有没有个叫余龙开的，肯定没几个人知道，若是你说是村里最无赖的那人，马上就有人回你的话，你说下街的癞骨尸吧，进了村子第一个丁字路口右转直走，再到一个丁字路口右转直走，到第四棵电杆岔向右边那条路，走几步就看见他家的场了。末了，还小声问一声："你找他整哪样？"

"癞骨尸"所蕴含的贬义估计是无以复加的了。癞骨尸小名龙开，因为一出生就没有眉毛，十里八乡的人把无眉毛的人都叫"癞子"。龙开长大后也一直没长出眉毛，因为在家里行二，人们便叫他二癞子。二癞子还真是名副其实。一次几个人聚在一起侃大山，结巴长命散烟，散到二癞子的时候烟没了，结巴长命只好歉意地笑笑说抱歉。二癞子便趁着结巴长命不注意，扑上前就把他按倒，结结实实地就给了他几拳几脚，等到周围的人反应过来去拉开他们，二癞子早一溜烟跑没影了。后来据好事者问询，二癞子打结巴长命的原因竟是责怪结巴长命咋不先散烟给他。毛颠颠老二就更委屈了。那天，毛颠颠老二从大荒田挑着一担麦子回来，在路上遇到二癞子也挑着空竹筐去挑麦子。田间小路有些狭窄，原本轻担让重担也合乎情理，二癞子便下到田里把路让给毛颠颠老二过，谁知下去时却踩到一泡狗屎。二癞子当时没说什么。有一天二癞子看到毛颠颠老二去上厕所，便偷偷地从围墙外瞅准扔进去一个烂玻璃瓶，当时就把毛颠颠老二的背脊划开一个大口子，鲜血淋淋，后来到医院去缝了五针。毛颠颠老二的家人找上门质问，二癞子恶作剧的原委竟是指责毛颠颠老二故意找有狗屎的地儿让他让路，以至于让他踩到狗屎出了丑。

二癞子被进一步叫做"癞骨尸"是因为他上对父母的忤逆凶狠，下对兄弟的残忍欺压。二癞子家兄弟三人，大哥属于漂汤油，哪里得哪里混，不顾家，一走就多年没个影儿。三弟留柱眼高手低、好吃懒做，以至于婆不上媳妇，出了名的"光杆司令"。大哥的无影无踪、三弟的无能无助助长了二癞子和妻子矮矬缸独霸家产的贪欲。矮矬缸的后家又都是些无赖流氓、地痞闲汉，二癞子和矮矬缸的气焰更高涨了。原本早已分家另过的他们先是天天欺辱大嫂家母女四人，动不动就拳脚相加，父母实在看不过去了，出面喝止，结果却被连带咒骂。大嫂的后家及一些本家亲戚站出来说公道话，二癞子就和矮矬缸的几个后家兄弟打上人家的门，威胁人家不要多管闲事。大嫂母女四人为了活命，只好含恨回了娘家。逼走大嫂后，二癞子的拳脚又开始招呼到三弟身上。父母忍受不了虐待，被活活气死。父亲临死前找来中人，把家产一股脑儿交给留柱，若是留柱死了，便把家产自动交还村上，交归集体。二癞子阴谋破灭，便不屑欺侮留柱了。留柱遭受的悲苦加重了他的怨恨，便常常借着酒疯骂二癞子和矮矬缸。这些骂人的话传到二癞子和矮矬缸的耳中，他们气炸了肺，一看到留柱喝了酒，也不管他喝醉没喝醉，就把他捆起来，说是帮他醒酒。这些令人发指的作为令村里人咬牙切齿，却又敢怒不敢言，背地里就把他唤作癞骨尸，"癞"是癞子，"骨"是骷髅，"尸"是尸体，意思是这人已经死了，空有行尸走肉。癞骨尸也知道村里人这么叫他，他也没办法，只是若是偷听到谁在背地里喊他癞骨尸，那么喊他癞骨尸的人家半夜瓦房上就会传来噼噼啪啪的声响。爬起来一看，拳头大的石头骨碌碌从屋顶滚下来，早已砸坏了几片瓦。

我的二姐和癞骨尸的大女儿是同龄人，因为就是房前屋后，接触多，两人私底下要好得紧。20世纪80年代末，村里的年轻人掀起了到昆明打工的热潮，两人邀约着要去昆明打工。父母知道癞骨尸家的丑恶，坚决不允许二姐和他家的人走在一起。二姐是个倔脾气，两人便偷偷地瞒着家人到昆明去了。谁知，两人见少识浅，被人贩子三言两语哄骗后，竟被骗到江苏卖给人家做媳妇去了。大半年后二姐偷偷来了信，字字泣血的哭诉让母亲悲痛欲绝。癞骨尸家获悉后，竟然污蔑说是我父亲把两人卖掉的，原因就是因为我父亲闲暇时常倒腾点旱烟草到昆明卖，能到昆明卖烟草就会卖人。我家便遭遇了灭顶之灾，癞骨尸和矮矬缸三天两头打上我家的门，知道我家为人的村里人看不下去了，纷纷前来规劝。谁知癞骨尸和矮矬缸邀约着矮矬缸后家的那些痞子，谁来规劝就连带着打骂谁。事情一度闹到派出所，闹到法院，癞骨尸无理取闹进过好几回看守所。可一放回来又开始来我家纠缠打闹。后来派出所民警到了江苏，找到了我二姐和癞骨尸的大女儿，可米已成炊，当地农村人的千万般阻挠与抗法，人始终带不回来。事情早已真相大白，可癞骨尸和矮矬缸仍旧揪住不放，直到骗去我家几千元钱（20世纪90年代，对于农村家庭，这个数目已经是一笔巨款了），把原本属于我家的院子和晒场霸占了去，才慢慢不来纠缠。为此，幼小的我可没少受苦难，看着父亲和母亲受到的凌辱，我暗暗发誓，等我将来长大了，癞骨尸和矮矬缸再敢来欺负我的爹娘，我一定不会放过他们。

父母在世时，我每次回老家看望父母都暗暗揣着匕首。有一次到三圣宫看望圣公，无意间他看到了我的匕首，他问了我原委，叹了口气说："孩子，你家的遭遇我知道，可这种事你做不得。这种人迟早会遭到报应的，就像野地里跑着一条疯狗，你不去招惹它就行了，它迟早会倒毙在旮旯里。你一旦去招惹它，它临死前总会咬你一口的，这值得吗？其实你细细观察，癞骨尸已经遭到报应了。"圣公的一席话让我将信将疑。

父母去世后，每年的清明节我都会回老家祭扫，不时也看到癞骨尸和矮矬缸。癞骨尸和矮矬缸明显老了许多，听说他们的儿子和儿媳也是"豺狼"，村里人一看见他们就躲瘟神一样躲开了，更多的时候他们只是在房前屋后孤独地坐着。有几次在路上看到他们，我故意迎着他们而去，他们一看见我就低着头往僻静处躲，实在躲不开就侧着身子从我身边迅速走过。

糖公

听大人们说，糖公是外地人，具体是哪儿的谁也不知道，只知道他有一天挑着个货郎担子在羊街街头做糖人，忽然一个倒栽葱仰面倒下，手脚抽搐、口吐白沫，喉咙里呼噜呼噜直响，吓得围观的一帮小孩哇哇乱叫。正好四公公路过，赶紧把他身子放平，松开领扣，把头歪向一侧，让白沫顺着嘴角流出，轻轻地帮他按摩推拿顺气。过了一会儿，糖公清醒过来，对四公公纳头便拜。四公公连连摆手不用道谢，糖公却不依，收拾了摊子就跟在四公公身后。再后来，糖公成了四公公的上门女婿。

我记忆中的糖公其实就一年轻帅气的大小伙，二十七八岁的模样，总是笑眯眯的，很少说话，偶尔听他讲几句，却有些结结巴巴。

糖公的叫法是有来历的。糖公跟到四公公家，四公公问他姓名，糖公说他复姓公孙。四公公嚷道："公什么公，孙什么孙？又是公公又是孙子，干脆跟着我家姓算了。"糖公急了，头摇得像拨浪鼓。四公公迷信而忌讳，却对糖公的坚持没办法，黑着脸叫他别提"孙"字，人家问姓名，就说姓公得了。由于他是做糖人的，村里人便叫他糖公了。

糖公除了新街、羊街两个赶集天去集市摆摊，平日里都到学校门口摆摊。

糖公制作糖人的家私很简单，就是一个货郎担子。一头一个矮柜，柜里放着一只精致小巧的煤气炉，炉子上一口手锅，锅里熬着金黄的糖稀。另一头是一个长木柜子，木柜子放倒后，拉开特制的梭板，分成两个部分，一部分是一块镶嵌在柜上的雪白平整的大理石板，一部分是一个自制的转盘。转盘底板上画着些桃子、梅花、公鸡、小猫、小狗、老鼠、兔子等可爱的动植物，最吸引人的是四个正方位上分别画着的一条大龙、一只凤凰、一头猛虎、一只龟身蛇头的怪兽。据糖公所说，四个正方位上的是四种瑞兽，依稀记得糖公说是唤作"左青龙右白虎，前朱雀后玄武"。转盘前立着根四尺左右长的竹竿，竹竿上头扎着个草墩子，上面总是插着一条张牙舞爪的大龙，一只欲振翅高飞的凤凰，一头仰头长啸的猛虎，还有那只龟身蛇头模样的怪兽。

糖公的买卖很简单，五分钱转一次转盘，转盘的指针指着底板上的什么东西就给你做什么东西。一挨到下课，我们总是第一时间冲到摊子前，挨个付上五分钱，双手合十祷念一番，然后一划拉转盘，看着指针飞快地旋转，高喊大龙或是凤凰或是老虎或是怪兽。指针渐渐慢了下来，却总也不能得偿所愿，无非就是指着个桃子、公鸡、小猫、小狗之类的，便嘟囔着嘴，嚷着要糖公快做。糖公看一眼指针指着的东西，右手用一把精致的小勺子舀起一勺热气腾腾的糖稀，在大理石板上迅速地倾倒、旋转，左手拿着一根纤细的铁钎子或是一柄窄长的小平铲子，快速地把滴在石板上的糖稀挤、压、点、切、按、旋、绕、掐、拨、挑。我们眼花缭乱一阵子后，大理石板上便清晰地出现栩栩如生的阿猫阿狗来。糖公用一根竹棍子往做好的东西上一按，用平铲子轻轻一铲，一个金黄的糖人便立了起来，他眯笑着递给我们。我们便也顾不得没转到心仪东西的不快，指指点点各自手中的糖人，一伸舌头，没头没脑地舔舐起来，一股甜丝丝的愉悦沁人心脾。

总也转不到那四种心仪的瑞兽，我们渐渐不甘心起来，便邀约着伙伴使劲往摊子前凑，趁着指针快要停的时候制造骚乱，让指针颤颤巍巍地继续转动。说也奇怪，眼看着指针就要指向大龙了，却像活了一般忽地一激灵，又偏移了方向，指向其他的东西。有时候甚至趁着混乱快速地用手把指针转在凤凰上了，一松手，指针好像讨厌我们作弊一样，又偏移了。这时候，我看见糖公似乎很狡黠地笑笑。

虽然转不到四种瑞兽，我们却能经常得到。一挨到放学，糖公便冲我们招招手，我们聚拢来，他便摸摸我们的头，把草墩子上插着的瑞兽取下来，嘱咐我们分着吃。我们却是舍不得吃的，总要把玩够了，猜着石头剪刀布，赢了的能吃到龙头虎头，输了的就只能吃些凤尾龟足了。有一回，我和二柱猜拳吃龙头，二柱输了便耍赖，一把抢去龙头就跑，把整条大龙弄得支离破碎。伙伴们都急了，抓起石块就要去追打。刚收拾完摊子的糖公赶紧拦住大家，说道："算……了……算……算了……我重新……给……给你们做……做。"说着摆开摊子，热了热糖稀，飞龙走凤地做了起来。不大一会儿，大龙做好了，却分明比平日里大了许多。糖公把大龙递给我们，又嘱咐道："好好……吃……不要……抢……不听话的……我……我会惩罚……他……他的。"后来，二柱再往摊子前凑，糖公不让他转转盘，二柱甚至出一角、两角、五角转一次，糖公都对他板着脸不理不睬。直到有一回，我们正在摊子前玩得起劲，二柱啜嚅着找到我和伙伴们道歉，糖公才开始对他笑眯眯的。

糖公被抬回村里的时候早已断了气。据长所他们说，刺死他的凶手是外地人，他们追了一气，没追上，跑了，只好赶紧报了警。

那是个羊街的赶集天，糖公依旧在街头摆摊卖糖人。中午时分，摊子旁边来了个外地人，铺开一个街头赌摊。赌具很简单，就像糖公的转盘一样，不过底板上画的是一分五分、一角五角、一元五元、十元五十元、一百元不等的钱数，仅有的一个空白区域表示没有。赌资一次五角，转盘指针指向哪儿就赔付对应的钱数。赌摊摆下不久，就围上几个赌客，嘻嘻哈哈赌了一通，都赢了钱。路过的看客来了兴致，围了上来，其中就有我们村的长所、柱留、掀长毛等几个好耍钱的。一开始大家都有些彩头，总能偶尔押上五角得到一元五元十元不等的回报。渐渐地，指针好像中了邪，尽指向一分五分和空白处，大伙口袋里的元角纸票不一会儿都变成一分两分五分的硬币了。糖公不知什么时候停了生意，挤进人群里，拉了拉长所他们，示意不要再赌了。长所他们输红了眼，一个个都不肯离开。糖公只好小声地告诉他们这赌局是骗人的。掀长毛脾气暴躁，反而吼起糖公来："咋会是骗人哩？不可能，莫乱说！"赌摊的主人不依了，一把抓住糖公，要他给个说法。糖公一脸冷笑，央不过众人的质疑，一把掀开转盘，只见转盘下一根细绳吊着一块磁铁。原来，那指针是铁的，庄家趁人不注意随意地用磁铁控制着指针的指向。揭穿了赌局的骗人伎俩，人群突然起哄起来，先前参赌的几个外地人抢进来，假意扯着庄家闹闹嚷嚷地走出人群，忽地撒腿就跑。一帮赌客赶紧围堵他们，和外地人揪打在一起。混乱中，一个外地人拔出刀子捅了糖公几刀。看着糖公倒在血泊中，赌客们慌了神，外地人趁乱一溜烟没了影儿。

糖公死后，其老家的人也不知怎么联系，因是夭折，进不了祖坟，就胡乱地葬在祖坟一旁的乱葬岗上。每年的清明节上祖坟，我都会去看看，他的坟头默默地长满了荒草荆棘。我耳边也时常回响着他结结巴巴的一句话："算……了……算……算了。"这句话一直在我人生的旅途中让我无数次克制住心头的怒火，把攥紧的拳头默默地放开，对生活报以浅浅一笑。

五六七八斤

磨盘屯取名还有论斤两的。孩子出生，接生婆不仅要记下生辰八字，告知孩子的爹，还要拿来手称，用襁褓把孩子裹了，提起称一称，秤头旺旺的高声报个数："娃他爹，肉墩墩嘞，七斤六两，算八斤吧！""八斤好，八斤好！"孩子的爹搓着手掌，眉开眼笑。若是接生婆咳两声，低着嗓音："娃他爹，四斤三两还低低的，就满打满算五斤行了。"孩子的爹便捂住脸闷闷地哀叹一声："喃喃地道，得了，得了，五斤就五斤。这老母鸡可没少炖，咋不长肉呢？"有的家户一时想不出给孩子取啥名，斤头往往就成了孩子的乳名，伴随其一生。

我们下街有两个五斤，大家为着好区分，加了个名缀儿，一个叫五斤二，一个叫五斤六。原本水平家还有个叫五斤一的，五斤一并不是出生时有五斤一两，而仅有四斤。接生婆说："水平呀，孩子小得可怜哩，只有四斤秤杆还平平的。"水平急了："老婶，再称称，把秤砣往后抹抹。"接生婆按着要求轻轻地抹了下秤砣，一松手，秤砣直往下掉，吓得接生婆一把掌住秤杆，嚷道："水平，打不住呀，就四斤得了。"水平哭丧着脸，近乎哀求道老婶，"再掌掌，再掌掌，咋能只有四斤哩？四斤咋养得活？"接生婆看了看水平，叹了口气，使着暗劲把秤杆偷偷地提了一下，一松手又立马掌住秤杆："哟哟哟，果然四斤零八钱，算五斤了。"水平凑上脑袋，揉着眼睛仔仔细细地把秤星看了一遍，疏开紧皱的脸："哦，感谢祖宗保佑，好歹有五斤，五魁星千万保佑啊。"五斤一的五其实就是四斤冒头算五斤，一其实就是八钱算一两，把孩子实打实地加了一斤零二钱。五斤一自打出生就体弱多病，水平央着接生婆努力作弊讨来的彩头形同虚设，水平和媳妇三天两头在祖宗灵位前磕头磕得咚咚响也得不到祖宗的护佑，更别说五魁星的保佑了。五斤一三岁就夭折了。五斤二、五斤六和五斤一一样，其实就是四斤二两、四斤六两而已，至于精确到几钱几厘，有兴趣考证的人不多，那些忽略不计的小数字就烂在他们爹娘和接生婆的肚子里了。

六斤有好彩头，接生婆三下五除二地履行了手续，若是孩子有五斤冒少许的零头至七斤以下的斤头，便哆嗦着嘴发着颤音先报个斤头数目，兴奋地嚷："娃他爹，恭喜恭喜呀，就六六大顺的六斤了。"孩子的爹一激灵，赶紧把早已捂在胸口的一个红纸包塞给接生婆，一迭声道着感激涕零的话语。

村里却没有叫九斤的，倒不是出生的娃儿斤头数没有八斤以上或是九斤冒零，只是四公公摇头晃脑说过"七上八下九倒霉"的谶语，村里人都存着忌讳。四公公口中所谓的"七上"，说是逢七得以上进，当官的能升官发财；"八下"则是人生坎坷，总有这样那样的不如意，当官会丢官，有财会散财；"九倒霉"顾名思义，生活处处带着煞气，一生走霉运。当然这些只是迷信的说法，那时的人却深信不疑，现在早已摈弃。村里人大多对孩子指望不高，一生小平小安即可，便不管了什么"七上八下"，对"九倒霉"却忌讳得紧。

叫六斤、七斤的我们下街有好几个，八斤却只有一个，和我同年同月同日生。听母亲说，那天接生婆两头跑，因了仅隔着一院墙，依稀听着哭声晚了我几分钟，该是时辰上小我一点点。接生婆印证了母亲的猜测，八斤原本要在我前头落地才对，却因为个头大，多折腾了一番才落了地。不知是不是因为难产那几分钟缺氧，八斤虽然从小到大一直长得比同龄人壮实，脑袋却有些不灵光，用村里人的话说，"有些憨出出呢"。八斤的爹喜欢说大话，村里人都叫他牛×客。早已十多岁的八斤问人："叔叔、大爹，什么叫牛×客？"有人笑着说："就是喜欢吹牛×的人。"八斤说："我也要做牛×客。"有缺德的人逗他："要做牛×客就要去吹吹牛×才行，吹了牛×就能做牛×客了。"八斤便寻着老母牛后屁股跑，结果被牛尾巴刷破眼角，养了半个多月。八斤的娘问明了原委，又好气又好笑，便教他："今后谁再教你去做瞎事，你就叫他先做个示范给你看看。"果然，没有再发生牛×的事了。八斤二十八九还打着光棍，有人戏弄他，八斤呀，要讨媳妇就要骑猪跑。八斤歪着头说骗人。戏弄他的人说："你看，叔就是骑过猪，后来才讨上媳妇的。"眼看八斤还是不信，戏弄他的人又说："你没听四公公说，骑过猪的人讨媳妇那天会下雪，我讨媳妇那年大雪下得齐膝深，你见过的。"八斤便跑去找四公公问，四公公点点头。八斤这回学了乖，要戏弄他的人先示范示范。戏弄他的人为让自己的说法进一步逼真，也照做了。八斤信以为真，便一看见猪就去骑着跑，一边跑一边高叫，骑着猪讨媳妇去啰。后来，这一荒唐的举动被他爹一顿乱棍制止了。每年的下雪天，村里却多了一个倚着门楣望穿秋水的人。

八斤虽然经常被村里一些无聊的人欺负，却是我的好朋友。他做事踏实，有一身蛮力，舍得为朋友两肋插刀，尤其是我。20世纪八九十年代，各个村子经常轮流着放露天电影，村里的大喇叭一宣传某某村放电影了，一挨到黄昏时分，放映场地人山人海，也成了一些地痞无赖嚣张跋扈、耀武扬威的地儿。那天，隔壁村子放《金镖黄天霸》，散了场，肚子闹腾起来，我叫一起出来的伙伴们先走，一会儿我去追他们，便一头扎进苞谷地里去了。等我钻出来，大伙早没影了，路边田埂上却坐着八斤，他一直默默地等我，说是怕我一个人害怕，说得我心头暖暖的。我们两人便趁着银白的月光，蹦蹦跳跳地去追大伙。一路上一边说笑，一边捡些土疙瘩仿着电影里的黄天霸射飞镖，胡乱丢着玩。忽然，前边"哎哟"一声，我丢出去的土疙瘩似乎砸到了前边的人。一群人顿时围了上来，都是些斜捅着衣裳、歪叼着烟，吊儿郎当的主儿。我赶紧小心地赔着不是，问砸到谁了，我向他道歉。一个爆炸头尖叫道："砸倒是没砸着，可是吓着我们了。"我一愣，这群无赖凑拢得更紧了，混乱中，屁股不知被谁踢了一脚。我脑袋轰的一下，一想完了。突然，八斤一声暴喝："你们要干什么？"一矮身捡起两块碗大的石头高高举起："谁敢欺负我的朋友，我要他脑袋开花。"无赖们一看他怒目金刚的样子，吓了一跳，讨了几句不痛不痒的场面话，走了。

有好事者问接生婆："四婶，八斤出生时究竟有几斤？"四婶啐了一口："八斤呗，问那么多干吗？"对于八斤出生时的斤头总是三缄其口，不透露一字，据说是答应了八斤的爹娘要守口的。好事者便猜测定是有九斤，定是八斤的爹央着四婶把秤砣往前拨了又拨，不然咋会应验四公公的谶语，生了个"憨出出"哩。八斤却多了个绰号——八十，明眼人都知道，八十中间少了个九，其寓意不言而喻。自此，村里少了个八斤，多了个八十。我却一直叫着八斤，叫到了现在，也会一直叫到将来。

四公公

四公公辈分大，村子里同族叫他叔伯的人几乎没有，许多人一张口都要叫他公公、老祖、老祖祖、老太祖，甚至有些辈分小的都不知如何叫他。久而久之，大家都省了扳着手指头数辈分的烦琐，叫他四公公或是四老公公。反正能被尊称为"公"的在我们村只有两个人，一个是三圣宫的管事圣公，一个就是四公公，至于叫"糖公"的是四公公的女婿，又没有尊称的意味，则另当别论了。四公公的叫法比圣公又多了一个公，也示对他辈分的尊重。

四公公算得我们村的大文化人了，进过几年私塾，读得书，会写字。什么《百家姓》《三字经》《千字文》等倒背如流。四公公曾私底下哀怨过，要是早生几十年，他一定科举高中，榜上有名。听说村里办起小学后，起初是要请他到学校里担任教师的。四公公闻得讯息，找来一袭长衫，一顶瓜皮小帽，一副缺了一条腿的老花镜，整天介穿戴整齐，搬来把太师椅，在堂屋的正堂正襟危坐，泡一壶茶，把珍藏的几本线装书齐整地码在八仙桌上，不时抄起一本，摇头晃脑地高声朗诵一番。后来终究还是没请，原因一村人心知肚明。

四公公是个叮当先生。叮当先生是我们坝子里对那些专门从事风水穴藏、易数推演、丧葬超度、跳神驱鬼等勾当的人的称呼，许是做那档子事的时候，先生手中总是拿着个摇铃摇得叮叮当当响而得名的吧。一个神五鬼六的叮当先生，做教书育人的教师确实不妥。没当成教师，四公公悄悄收拾起家私，埋头睡了几天。

四公公做叮当先生很吃香。一来他诵经吐字清晰、字正腔圆、声如洪钟，能让人听个七七八八，受些教益。不像有些叮当先生支支吾吾，装腔作势，一场法事下来，讲的什么只有他自己清楚，弄得听者一头雾水。二来他跳神走盘有模有样，道士装束穿戴得整整齐齐，手中的勾魂铃、桃木剑、招魂幡等舞弄得有分有寸，脚步是脚步，架势是架势，舞到高兴处衣裙翻飞、飘带翩跹，颇有些仙风道骨的味道。最让人佩服的是他写得一手好颜体，横竖撇捺、银钩铁画，雄劲有力。办丧人家门楣、门面上贴的挽联，前来祭奠的亲友的祭帐、幡旗，都要巴巴地求四公公帮助挥毫。

四公公还常常被人请去写家堂。村里人信佛、敬祖，家家都有个供桌，每逢农历初一、十五，或是先祖祭日，都要到供桌上点一回香灯、插几炷高香，祷告一番，无非是些祈福纳瑞的冀望。供桌上除了供着些神仙、祖先的牌位，最醒目的就是贴在正中那一幅红纸的中堂了，正中写着"天地国亲师位"几个大字，周围用小字写着些诸如"余氏高堂"和一些祥瑞的语句，谓之家堂。四公公写家堂很讲究，一定要在主人家正堂屋里摆起八仙桌，桌子要擦了又擦，垫上干净的白布或是棉纸。接着嘱咐主人家去供桌上点上香灯，焚着高香，自个儿净了手，铺好红纸，研好墨，蘸好笔墨，闭上眼默默站立良久。然后倏地一睁眼，深吸一口气，两脚呈八字展开，半蹲着身子，宛若一个练家子摊开架势，大笔一挥，刷刷刷刷，空气中只有力透纸背的笔锋与纸的摩擦声。写完正中几个大字后，四公公直起身，长舒一口气，歪着头细细打量一番，微微一笑。围观的主人家及凑热闹者也长舒一口气，歪着头细细打量一番，颔首一笑。

四公公虽然神五鬼六，但大家对他的话很是信服。比如家堂上的"天地国亲师位"，四公公解释说，"天"是上天，他主宰着大地万物的生老病死，大家想想，要是没有太阳，没有月亮星辰，没有刮风下雨大地会怎样？我们定然无法生活，所以我们要像敬重父亲一样敬重天。"地"是大地，她给了我们衣食住行，山川河流、花草树木，大地万物都是有生命的，我们要像爱戴母亲一样爱戴她，保护她。国就是我们的国家，他把我们团结在一起，有国才有家，同时，家即是国，一个个家也是一个个小国，无数的小国才构成一个大国，故而我们要像爱护自己的家一样爱护我们的国家。"亲"就是我们的亲人，没有亲人就没有我们，没有一代代的祖先繁衍生息，也不会有我们一代代的后代延续生存，所以我们要敬老也要爱幼。"师"就是我们的师长，尊师才能重道，才能不让我们走上歧途，师让我们聪明，给我们知识，我们要像爱戴自己的长辈一样爱戴他、敬重他。孔子曰："三人行必有我师"，我们要善于发现他人所长，向他虚心求教。当然，若是听者细心些，四公公在说到师的时候声音低了些，带着些许莫名的哀伤。

因了四公公特殊的身份，总是给我透着些神秘与畏惧，平日里老远看见他，就低着头跑开了。四公公虽然给我家写过几次家堂，但我只是躲在母亲身后怯生生地看了他几回，更别说说上几句话了。真正接触四公公有些偶然，那次几个伙伴把牲畜赶到空旷的河沙坝去放牧，看着牲畜听话地吃草去了，伙伴们便一起玩耍起来。不知是谁突发奇想地说起手指头上的指纹，就箩呀撮呀地争执起来，小伙伴们都一个个张牙舞爪地显耀自己有几个箩，取笑我只是两个大拇指有箩，一来二去竟然把我气哭了。这时，四公公不知啥时候牵着我家的小青马过来了。一停下，就板着脸问道："这是谁家的马？跑到我家麦田里啃苗去了。"几个小伙伴一齐指着我嚷道："飞龙家的。"我吓得不敢哭了，低着头一言不发。四公公看了看我，把马缰绳递给我，用手轻轻拭去我腮边的泪水，问道："你就是小飞龙？"我抬了抬眼皮，又赶紧低下头。四公公绕着我走了一圈，点了点头："不错不错，听圣公说他常常被你问得说不出话来，有见地，有见地。"顿了顿，他又说道，"可我就奇怪了，一个小小男子汉，哭个啥呢？"小伙伴们嘻嘻笑了，七嘴八舌地把事情说了一遍，又连带着把我再次取笑了一回。四公公皱了皱眉头，蹲下身子，拉起我的手扳着指头看了看，忽地呵呵一笑："傻孩子，哭啥呢？你的两个箩多好，俗话说'一箩巧二箩彪三箩四箩嫁不掉，五箩飘六箩摇七箩八箩志向高。十箩差一箩，万事多折磨。双手全是撮，一生埋头做。十箩全，不下田'。你有两个箩说明你很彪悍、很坚强，将来一定是个出人头地的男子汉嘞。"一番话说得我抬起了头，嘻嘻笑了。四公公说完，把那几个小伙伴奚落了一顿，无非就是些要团结友爱之类的话语。等四公公说完，我轻轻地问道："四公公，我家的马啃了你家多少苗？回头我告诉我爹娘，收麦子时给你家补偿些。"四公公愣了愣，认真地看了看我，似笑非笑地问道："你就不怕你爹的小棍子？"我咬咬牙点点头。听得四公公喃喃自语道："圣公好眼力，是个好小子。"忽地提高嗓门，"巴掌大点苗，啃了就啃了，过几天又长出来了，哪要赔哩？"说完，哈哈大笑着走远了。晚上，母亲一回来，我也顾不得小腿上被父亲抽得火辣辣地疼，忙问母亲。母亲皱着眉头说："奇怪了，一开始四公公说没有的事，后来我说娃儿都带我们去看了，确有其事，商量下怎样赔偿为好。四公公却哈哈大笑，竟然夸你是个敢作敢为的好孩子，要我们不要打你，啃掉的那两分地的麦子就算了，不要放在心上。"

四公公后来疯了。听说是因为县里征地搞什么招商引资，乡、村干部连哄带骗把村里许多好耕地三文不值两文地弄到手，然后高价卖给开发企业，一个个弄得盆满钵满。四公公气不过，站出来为被愚弄的村民讨要说法，带着一帮汉子上了几回县里，又冒着县、乡的堵卡，冲了几回市里、省里，都没用。四公公又恼又气，一场大病后，开始胡言乱语。

去年春节，我回老家偶遇四公公，他挂着拐杖，正在村委会门口破口大骂。我赶紧停下车，迎了上去。四公公却甩开我的手，不要我搀扶，歪着头看着我，他已经认不出我了。我说我是飞龙，两个箩那个飞龙。他嘻嘻一笑，一扭头，又开始破口大骂。旁边有人告诉我，四公公疯了好几年了，他到过县里、乡里到处去骂人。又有人说，等他出门骂够了，大家好说歹说把他弄回家，嘱咐他的家人看管住，他却常常偷偷溜出来。

老鸹啄

磨盘屯的人骂人不仅难听，骂人的言词还禁得起推敲，对挨骂的主儿一针见血，直扎痛处，把小小的伤痕无限放大，宛若把一桶水扎个孔。别人可能是随便扎一下，扎哪儿算哪儿，而磨盘屯的却直扎桶底，让水飙射出来，非得把这桶水漏个精光。孩子不听话的、犯了错的，哪怕是自己的儿女亲人，骂作"小军犯"或是"老虎吃""豹子叼"。军犯，古时被充军的犯人或是军队里违反纪律被处罚的军人。意为若是不听话、做错事，小小的就把你送去充军或是迟早你要犯错误被拿去充军，军纪似乎一不小心成了家的纪律。至于"老虎吃""豹子叼"，顾名思义就是让你被老虎豹子吃掉，个中深意就是你不听话就不要你了，让你成野孩子，被老虎豹子叼去果腹。吃饭狼吞虎咽的骂作"山猫哩"（当地对狼的称呼）、"饿死鬼投胎"，让听者眼前不由得浮现出夜晚饥饿的狼和壁画上饿鬼那种绿莹莹的眼睛，后背心一阵发凉。至于"草筒槌"说人反应迟钝、行事缓慢，"山撞棒"说人行事鲁莽，都算是把刻意和恶毒的意味温和了不少。

"老鸹啄"一说却是只针对一人，既是骂人，后来也成了此人的诨号。老鸹，黑乌鸦也，在农村可是霉运与灾祸的象征，谁家院里听见老鸹叫，主人家可是要捡着石子追打，直到把老鸹赶跑，啐下几口唾沫，祷告一番才罢休的。老鸹啄是个好吃懒做的主儿，叫得久了，其真名是什么大家都不记得了。听母亲说，老鸹啄一落地，他娘就过世了，剩得父子俩相依为命。"大跃进"那几年，村里响应上头的号召搞大炼钢铁。土高炉里炼出滚烫的铁水。老鸹啄的爹有些毛颠颠的，披了一块浸湿的毛毯，自告奋勇爬上高炉去看看铁水融化的情况。谁知爬上去热浪一熏，有些头昏，嚷着要下来，却被毛毯一绊，一个倒栽葱掉进高炉里，骨头渣渣都没留下。后来村里合计了一下，把老鸹啄当作五保户报了上去。老鸹啄成了村里第一户五保户。成了五保户，生活有了着落，老鸹啄索性什么也不干了，整天游手好闲地在村里闲逛，还真是应了一句老话，"越吃越馋，越闲越懒"。原本游手好闲也就算了，村里人都同情他的遭遇，可是老鸹啄却喜欢耍嘴皮子，惹人讨厌。老鸹啄偷了村里人的鸡打牙祭，人家找上门来质问："老鸹啄，是你偷了我家的鸡？"老鸹啄一扭头，斜着眼说："你哪只眼睛看见我偷你家鸡了？"来人找了一圈，指着灶角的鸡毛说："老鸹啄，你看看，这不是我家的芦花鸡吗？"老鸹啄干脆双手抱在胸前，挑衅着说道："你说是你家的鸡，有本事把它叫答应了，我赔你一百只都行。"倒把来人噎住了。看到把来人噎住了，老鸹啄更加得意扬扬："这只鸡是我在村头看见的，我看它孤苦伶仃的，干脆把它捉回来宰了，俗话说得好，拾得当买得，我捡得的鸡你能说是我偷的？"来人气愤不过，嚷道："有本事你再去捡几只来我看看。"老鸹啄一脸诡笑："你等着，我再捡着的时候叫你来看。"说得来人头皮发麻，又可怜着他，只好自认倒霉，把自家的鸡鸭看得更紧了。

老鸹啄的嘴皮子在我们村里大家不和他计较，出了村就有苦头吃了。有一回，邻村播放露天电影，老鸹啄和那些光棍汉自然不会丢了这份热闹。电影开始了，老鸹啄伙同一帮拥趸趁着人们津津有味地看着银幕，一个劲儿在人群中乱挤，看见漂亮的女人便乘机揩揩油。电影散场了，老鸹啄发现一个女人急匆匆地往苞谷地跑，便偷偷地尾随了去。还没等他看清，女人已经方便完了拉起裤头，一扭头看见老鸹啄，尖叫起来，跑出苞谷地。等老鸹啄索然无味地走出苞谷地，女人扯着一个五大三粗的男人来了，指着老鸹啄点点头。男人问道："哪里来的？你咋会偷看我的老婆？"原本道歉几句，说是误打误撞而已，农村人不会计较那么多，大不了挨几句指责，该是小事化了的。老鸹啄却不醒水，依旧卖弄着嘴皮子，鼓摇起舌头嚷道："谁看了？谁看了？你婆娘不看我咋会知道我看她？"男人愣了愣。女人急了，骂道："就是你看的，还抵赖。"老鸹啄见似乎镇住了男人，声调提高了一个八度，指着女人叫嚣道："你说谁……"还没等他说完，男人硕大的拳头已经在老鸹啄脸上耀武扬威了起来。那些拥趸们一看风头不对，脚底上足了发条，瞬间没了影儿。

挨了一顿深刻的教训，老鸹啄似乎明白了一些道理，耍嘴皮子的时候少了，也很少看见他去凑热闹了。直到有一天，老鸹啄的邻居不时闻到一股腐鼠的味儿，到处翻找也不见死老鼠，猛地一激灵，似乎好久不见老鸹啄家有动静了。村上来了几个人，破开门，老鸹啄已经去世很久了，一直没人发现。后来，村里凑了点钱，买了一副薄棺材，把老鸹啄抬到离祖坟不远的乱葬岗上草草埋了。每年的清明节，老鸹啄的坟头和他爹娘坟头一样，总会被有心人插上些花花绿绿的挂纸。老鸹啄终究没有被老鸹啄，村里至今也再没有出现过这个骂人的词语了。

铁脖子老三

我爷爷的外号叫铁脖子老三。老三我知道，爷爷兄弟六人，他排行三，铁脖子的来历我却一直不得其解。问父亲，父亲瞪起眼睛，只差没把巴掌赏到我的脸上。问母亲，母亲摇摇头，和我一样充满疑惑。爷爷自是不敢问的了，我却喜欢缠着他说故事。

爷爷的一生充满传奇。老祖一辈是个独子，发愤图强，走南闯北，挑黑炭、贩木材，攒下一些钱财后，置了几十亩土地。后来，坝子里盛行种植大烟，那个年代，老祖的几十亩土地犁开了便都是白花花的银子。业大家大，老祖先后育得六子。谁知一代兴一代衰，老祖虽种植大烟，却不抽，可六个儿子偷偷地染上了烟瘾。老祖一怒之下，把所有种植的大烟烧了，改种粮食，却因心力交瘁，英年早逝。没了严父的管教，老太太更谈不上压制六兄弟了，直落得抹眼泪的份。没过几年，偌大的家业便成了烟枪上的袅袅青烟。抗日战争爆发，国民党到处抓兵丁，村头贴了告示，三丁抽一，五丁抽二。一个军官模样的人带着几个背枪的来到家门口，"你家六个男丁，老大要顾家，就老二、老四、老六吧！收拾一下，明早村头集合。"夜里，奶奶们含着眼泪给六个爷爷备下干粮，六人挥泪隐入夜色中去了。四爷爷一到村头就被站暗哨的发现了，一枪托打晕了过去。村里夜里枪响个不停，派了丁的人家都在逃跑。三更时分，军官模样的就挨家挨户抓人了。抓到家门口，老太太和奶奶们被叫到场院上，四爷爷被捆成个粽子扔在一旁，家里被翻了个底朝天。不见人，军官掏出盒子枪顶住老太太，让交人。老太太吓瘫在地，一帮奶奶吓得哇哇乱哭。这时，爷爷忽地走了进来，高声喊道："长官，不要为难我娘，抓我去吧。"军官和那些士兵歪着头足足看了爷爷一分钟，军官发话了："好小子，有种。"等爷爷给泪流满面的老太太咚咚咚磕了三个响头，深情地看了奶奶一眼后，爷爷和四爷爷就被带走了。爷爷说，二爷爷和五爷爷都没有逃掉，二爷爷被冷枪打中腿被抓，五爷爷躲在麦子地里，一个士兵撒尿时发现了他，听得身后士兵一拉枪栓，就跑不动了。爷爷被那个军官看中，直接带着就上了前线。另外三个爷爷留在离我们村十余里外的大营村修飞机场，二爷爷中了枪，没得到及时有效的治疗，发蛆瘟死了。五爷爷劳累过度，听说一不留神掉进石灰池里，活活被滚烫的爆石灰烫死了。四爷爷扶送五爷爷的灵柩回家时，老太太含恨去了。他守完灵，留守大营机场的部队开拔了，后来部队也没深究，没再来找他。

爷爷说，他和那个军官上前线不久，军官就阵亡了。随着阵亡的人越来越多，爷爷被另编入过好几个部队。爷爷不识字，只是听着军官叫着自己的番号编号，旁边的人推推他，赶紧答应一声。爷爷说战斗残酷至极，敌人冲上来，根本不容你去想瞄准谁，一阵乱枪打过去，一排手榴弹丢过去，只听得前沿中弹者的哀号。战斗间隙，爷爷和战友会抽几口提提神，一来过过烟瘾，二来压压惊，受伤的止止疼。有一次，爷爷正和旁边的战友对火抽烟，一阵枪炮响，爷爷丢了烟枪，抄起手边的手榴弹，反手就扔出去一颗，却没响，一愣，原来没拉弦。爷爷赶紧翻过身，端起枪就是一阵乱打。一扭头，身边的战友也死了，耳边临近的枪声越来越稀疏，只有敌方飞来的子弹咻咻地乱叫。爷爷越打越心慌，忽然，一发炮弹落在身旁，爷爷昏了过去。等到爷爷醒来，一挺身，抖落埋住自己的泥土，前方没了敌人的踪影，后边也没了自己的部队，到处都是死尸和嗡嗡飞舞的苍蝇。爷爷叫了几声，只有山野里传来的回音。爷爷慌了神，赶紧扭头就跑，依稀记得家在东北方向，便看着太阳定了方位，一鼓作气地跑。跑了一天一夜，爷爷虚脱了，看到前边有炊烟，眼前一黑，便人事不省了。爷爷被几户躲在深山的苗家猎户救了，苗家人问明了爷爷的情况，给他备了些干粮，换了身衣服，指了路径，爷爷便告辞了。爷爷说，他后来去找过那几户人家几次，却再也不认识路了，只好把对他们深刻的感激埋在心里。爷爷为了躲避军队，免得再次被抓，总是小心翼翼地在沿着山麓走，一看到有部队驻扎或是前方有关卡，就赶紧往深山里钻。有一天正在山林里走，忽地看到前边有一伙土匪在溪边休息，望哨的喽啰看到了爷爷，吼了一声一拉枪栓就是一枪打过来。爷爷扭头就跑，土匪们追了上来。爷爷一摸腰间，还好备着的两颗手榴弹还硬鼓鼓的。爷爷眼看土匪越追越近，扔了一颗手榴弹过去。依稀看到似乎炸伤了几个，又扯出另一颗握在手中。爷爷想，若是土匪再上来，就和他们同归于尽。那些土匪被手榴弹炸蒙了，呜里哇啦一阵乱嚷，跑了。爷爷说，自从遇上了土匪，他再不敢大意，随时把手榴弹握在手中，他想好了，万一遇上土匪或是部队，他就拉响手榴弹，自己解决掉算了，免得受辱。爷爷足足走了二十多天，总算看到了羊街坝子。爷爷说，他扑通跪在地上，看着磨盘屯，号啕大哭。爷爷趁着夜色摸到家里，大爷爷、四爷爷、六爷爷、一帮奶奶问清了衣衫褴褛的爷爷，一家人硬着脖子压着声音偷偷地哭了一宿。爷爷攥在手里的那颗手榴弹在我小时候还见过他把它藏在柜子底下，后来拾掇了几回，便不见了。

爷爷逃回家后，许是部队以为他战死了，也没人来追究。躲躲藏藏地过了两年，爷爷才敢在大庭广众见人。

社会就是让人捉摸不透，爷爷兄弟几人把老祖辛辛苦苦打拼下来的家业败个精光，新中国成立了。划分成分，一贫如洗的家境被划成了贫农。在那个年月，这样的划分不知含恨而终的老祖、老太太会怎么看。不过爷爷不安分，捉襟见肘、吃了上顿不见下顿的日子他不喜欢，他便开始四处做些零敲碎打的小生意，上昆明倒卖旱烟、煤球，下东川淘换针头线脑。当然，爷爷这些小生意是提着脑袋偷偷摸摸去的。每次爷爷平安回来，奶奶总要到供桌前去上几炷高香。有了爷爷的奔波，家里偷偷摸摸地有了隔夜的粮，爷爷也不时偷偷地给大爷爷、四爷爷、六爷爷和奶奶的娘家送去些救命的粮食。

爷爷的后半生一直默默无闻。奶奶操劳过度，去得早。爷爷的小生意照样做，一来赚些钱买点大烟，实在熬不过的时候躲着抽两口，二来补贴家里的生计。20世纪80年代中期，村里统计抗日战争、解放战争中的烈士，父亲要去给爷爷反映下他的事。爷爷不让父亲去，说自己大字不识，部队的番号都忘得一干二净了，打鬼子打了就打了，保家卫国，自己开心就好。再说，一个从死人堆爬出来逃回家的军人，没什么值得称道的。

爷爷活到八十岁。那天早上，爷爷坐在核桃树下和我讲故事，讲他与那个军官一起冲出战壕，和小鬼子拼刺刀。他刺穿了一个小鬼子的胸膛，一回头，那个军官被鬼子从后面穿了一刀，他冲过去用枪托砸烂了那个小鬼子的脑袋。那个军官躺在他怀里就去了，嘴里汩汩地冒着血，弥留时对他跷起了大拇指，他想哭，却怎么也哭不出声来。晚上吃饭的时候我去叫爷爷，他靠着核桃树上睡着了，怎么也叫不醒。爷爷就这样没了，那年我十岁，一连几天，我眼睛哭肿了，脖子哭得硬硬的，任母亲怎么哄也哄不乖。

三王

三王墓

"蚂蟥箐的蚂蟥，蛤蟆塘的蛤蟆，叠水箐的水声哗啦啦。"

大人们常常板着脸叮嘱我们记住这几句顺口溜，无非就是怕我们去后山放牛牧羊、割草担柴的时候不长记性，被蚂蟥叮咬肿胀得哀号，到蛤蟆塘去洗澡溺了水，去攀爬叠水箐的瀑布危崖摔了。

我们可不吃大人们的咋呼，一到后山，便成了经年的猴，把牛羊赶到山脚任其溜达吃草，吆五喝六地往深山里钻。

蚂蟥箐是不敢去的，那里的蚂蟥多如牛毛，一个个小手指大小，绿莹莹的，藏匿在水里、草里、树丛里，一不小心就钻进衣服里，吸足了血，皮肉肿胀得老高，才知道疼，吓得脱个精赤找寻。找到了它们，一个个饱胀得小拇指般，紫黑紫黑的，却拉扯不下来，一着急把它们扯碎了，黑乎乎的血溅了一身不说，还让人害病，拉痢疾、发烧打摆子。别说是人，连牛羊都不敢到蚂蟥箐吃草，被人赶得急了，血红着眼扭头就尥蹶子。

蛤蟆塘和叠水箐倒是我们的乐园。蚂蟥箐在叠水箐的左边，蛤蟆塘在叠水箐的右边。说是塘却也不太确切，其实就是一溜老箐沟，不过进箐不远有一个两亩见方的深潭，潭水绿油油的。水中多的也不是蛤蟆，是一种大抵和蛤蟆也算得上同类的石蛙，沿着潭边搬开石头，常常看到它们蜷缩在石缝里。白天就得靠眼疾手快，迅速一把抓住它们。大人们说："一抓到就要赶紧宰了它们，不能歇稍，稍一停息，它们就放了气，肉紧了、瘦了，不鲜嫩了。"宰了后，褪了皮，开膛破肚，掏去内脏，一只只白白嫩嫩的，回家后或煎炸或清炖，味道鲜美极了。我们却大多等不及拿回家，在潭边生个火，就这样烤了吃。抓石蛙最好的时候是晚上，它们大多都跳到潭边，蹲坐在草丛里、石头上，用强烈的手电筒光一照射到它们，尤其是射住它们的眼睛，它们就不动了，这时抓它们简直是手到擒来。蛤蟆塘多的是石蛙，农闲里，大人们邀约着三五成群地沿着箐沟一路抓捕，常常满载而归，是我们村的一味牙祭。除了石蛙，我们小孩子更喜欢的还是蛤蟆塘那一汪碧水，跟着牛羊奔跑了一天，玩闹了一天，一身的汗泥，痒得难受，一到潭边，便纷纷脱个精光，跳进水里，嬉戏打闹。潭水中间深不见底，汩汩地出着水，大家都不敢游到潭中心去，只敢在边上玩耍。

蛤蟆塘里洗了澡，玩闹一阵，肚子有些嘀咕起来，叠水箐就成了下一个目标。三条箐宛若一柄三股叉，叠水箐却是中间最雄奇的一股。沿着箐沟走去，一路上溪水淙唱、鸟鸣山幽。箐沟两旁密密匝匝地长着各种乔木灌丛，枝壮叶肥，最惹我们注目的还是那些山花野果，梅子、榛子、鸡嗉子、蜜桶花、酸多依、棠梨、猪栗果、米酒果、火把果、锁梅、野山楂、山核桃、杨梅等数不胜数。大家便攀树折枝，吃个肚饱身圆。

肚子不闹腾了，有了力气，我们便唆使女孩子去照看牛羊。好些时候女孩子们都扭扭捏捏不愿意去，我们使使眼色，就张牙舞爪地用大叠水的那三座荒坟吓唬她们。看着女孩子们尖叫着跑没影了，我们便嘻嘻哈哈地往箐深处走。

叠水箐并非浪得虚名，整条箐沟里有四处瀑布，当地人不叫瀑布，叫叠水，从外到内依次叫作四叠水、三叠水、二叠水、大叠水，常年水流不断。雨季水流湍急，那危崖上一股股白练直挂下来，声震幽谷，我们是不敢贸然进来的。秋冬季节，水瘦了不少，那些白练变成了银丝，断线般地垂在危崖上，危崖也露出些棱棱角角的石头，挂着些青苔绿藓，惹得我们这些喜爱冒险的男孩子比攀赛爬。四叠水、三叠水、二叠水是我们不断征服着的世界，大叠水却一直没有被我们踩在脚下过。究其缘由，不外乎两个"怕"字。一是大叠水实在太高了，站在瀑布脚下仰头看去，时常把顶上的草帽仰落，那耸立的危崖仿佛要倒下来似的；二是瀑布脚下的一处平地上矗立着三座坟堆，幽谷荒坟，说不出的诡异，直让人打寒战，早也没了攀爬大叠水的勇气，只想赶紧往回走。

因为对三座荒坟的好奇，我们也顾不得顺从大人的叮嘱，被他们瞪圆眼睛地呵斥，怎么又到叠水箐去了？甚至还从门后扯出小手指粗细的竹棍象征性地扬了扬，吓得我们眼睛眨巴眨巴的。大人呵斥过后，我们一个个便觍着脸，一个劲儿央求大人说个仔细。一番软求硬磨，大人们往往叹口气，把嘴里的叶子烟咂得叭叭响，还不忘喃喃地提醒一下自己，今年抑或明年的清明节要多准备些纸钱，到大叠水拜祭一下三王墓。三王墓里的三王便抽丝剥茧般地鲜活起来。

棋王

棋王固执得像一只卒子，只要和棋王下过棋的人都这么说。

他不仅是一只卒子，简直就是一只没过河的卒子，一股子直肠子劲。棋王的父亲更是愤愤不平。

不止一次，父亲和棋王下棋，棋王总是不许悔棋。他神情木讷，用深沉得像蛤蟆塘的潭水一样的眼神盯着父亲的一举一动，一句重复得显得有些啰唆的话语总是挂在嘴边——下棋，就是要举手无悔，落地生根，你这步棋已经走了，不许重下。父亲经常落入棋王设计的圈套里，一着不慎，常常或丢车掉马，或被将军致命一击。这样的时候，父亲总是絮絮叨叨要棋王让一步，容自己悔步棋。棋王坚决不许，一板一眼地说道："将死了就重来，我可以让你棋子，但不准你悔棋。"父亲怒了："都让掉车马炮了，还让，你干脆说让我赢了算了。"棋王挠挠头想了想，说道："那这局就算你赢得嘞。""什么？"父亲愣了半晌，哭笑不得，顿时没了脾气，嘿嘿一笑，重新摆阵，嚷道："小子，再来。"

父亲尚且如此，其他的对手可就别想在棋王眼里揉进沙子了。麻老三曾经偷着作过一次弊，趁着围观人群的一阵小骚动，笼着衣袖，把自己被棋王吃掉的一只车偷偷地重新放回棋盘。正得意间，棋王一伸手把车拿走了，麻老三急了，分辩说那是自己的车，早就布防在那里的。周遭围观的人群许多都是被棋王弄得铩羽而归的棋迷，相互挤挤眼睛，恶作剧地跟着起哄。棋王怔怔地看了麻老三几秒钟，喃喃说道："这只车早已被我吃掉了，是你偷偷放回去的。"麻老三眼看着起哄的人都有意无意地刁难棋王，就一口咬定那只车就是自己早先的布防。棋王看了看周围许多挤眉弄眼的人群，微微一笑，把整盘棋重新布阵，一边讲每一步麻老三怎么走自己怎么走，一边啪啪啪地重新把棋下过一遍。一直下到当前局面，戛然顿住，把那只早被自己吃掉的车冲麻老三扬了扬，嘿嘿一笑。麻老三和围观的人群顿时惊得瞠目结舌，作声不得。

棋王从不许对手作弊悔棋，却又是一个悔棋的主儿，不过他悔的棋是在棋局结束后。只要是下得好的棋局，结束后，对手走了，他就一个人把棋局重新下过，每一步都思量着如果对手如此这般落子，自己又该如何应对。精彩之处，甚至要揣摩着对手悔棋几十步，常常从日薄西山折腾到星斗满天。父亲倒还罢了，不时还叼着烟蹲坐在他身边，插插话打打诨，帮他出谋几步。母亲却不依了，骂骂咧咧地呵斥父子俩，有时骂得急了，一使性子把棋盘掀了，把棋子扔进火里。棋王默默不语，待母亲骂累了、气消了，又偷偷找来象棋，重新恢复棋局，继续揣摩。木刻的象棋常常被母亲烧掉，棋王找来些瓦片，一块块磨成轱辘样，在上面刻上字，就是棋子。母亲砸坏一副，他又自制一副。母亲实在没办法，就只好任由他去。

棋王自小就嗜棋。山村人家，茶余饭后没有个玩闹的去处，无非就是几个男人聚在一起开些玩笑，讲些段子找些乐子，几个女人在一起谈些家长里短的琐事。也不知从何时起，村里有人悄然下起了象棋，这种新鲜的玩意儿立刻吸引住了男人们。那些乏味的玩笑变成了三五成群的棋局，小小的楚河汉界顿时成了男人们除了征服女人和土地之外的新战场。

棋王的父亲就是个棋迷，三天不找个对手切磋几把就浑身不自在。小棋王出生的那天，父亲正和邻村的李老五杀得难解难分。母亲撕心裂肺地呐喊，接生婆三令五申地催促，父亲支支吾吾地搪塞着，一心应对着棋局，最后，李老五实在看不下去了，故意走错一着，让父亲抢了先机，赢了一局。父亲高兴得手舞足蹈，奔进内室，抱起刚巧呱呱坠地的儿子，兴奋地大叫大嚷："儿子，爹赢了，爹赢了！"棋王自小就耳濡目染，时常在父亲的棋桌旁瞪着眼睛看。七八岁的时候，就会布阵走棋，什么车走直路、马踏斜日、象飞田旮、炮打翻身、士花斜营、卒往前拱、将坐中军说得头头是道。父亲惊讶不已，也不时不厌其烦地指点他几招。有了父亲的指点和实战切磋磨炼，棋王进步神速，十二三岁就时常赢了棋艺平平之辈；十五六岁的时候，父亲和其对弈，总是十输七八；到了二十出头，棋王在村里就难逢敌手了。外村的人慕名而来，也常常铩羽而归。

棋王棋下得虽然出神入化，在棋局上征服了村里村外的人，却一直没有征服菊花的心。

棋王喜欢菊花有些偶然。一次，棋王和父亲去种苞谷，一大早就出了门。因为头天晚上父亲对输给儿子的一局棋有些不甘心，一路上父子俩还在絮絮叨叨地争论着那局棋的得失。走到村头菊花家门口，菊花的爹也去赶早活，一出门见父子俩争论不休，便问个究竟。谁知一问不打紧，三个棋迷不由自主地坐了下来，把钉耙锄头一丢，立马找来象棋推敲起来。这一推敲就没了时间，直到日上三竿，棋王的母亲送饭到地里，一瞅没了父子俩，东找西唤也没个踪影，急慌慌地一直从地里寻到村里，从村尾寻到村头，直到遇到菊花出门挑水，才知道究竟。母亲怒不可遏，冲进院里就把棋盘掀翻。父子俩自知理亏，默默地拾起锄头走出院子。母亲不依不饶，出了门就追上前，拉扯着父子俩一迭声咒骂开来。父子俩你看看我，我看看你，都不敢出声。菊花爹追出院子，喊了声"弟妹"，母亲回头一瞪眼，菊花爹气馁得紧，作声不得。这时，菊花挑水回来，一看这阵仗，赶紧拉住母亲，劝解道："他们喜欢下棋就让他们下吧，只要不误了活计就行。"母亲哪里肯依，叫骂道："这两个老虎吃豹子叼的，那地里还等着苞谷种下地哩，一大个早上呀，地里连黄灰都没有扬起一把。"菊花装作很生气的样子："婶子，你操那份闲心干吗？反正今天他们要是不把那两亩地给种了，晚上就不让他们进门得了。就像我爹一样，我和娘一早就叮嘱着哩，今天不论怎样，他都得把那半亩地给刨了，就是刨到明早公鸡打鸣，干不完就不许回家，是吧！爹。"说着冲父亲挤挤眼睛。菊花爹赶紧嗯嗯啊啊地点头附和。菊花继续说道，"你这样拉扯着他俩，地还不是种不了，是吧，婶子！"母亲将信将疑，却又心疼着那点地，一赌气，松了手，提着饭篮子扭头就走。走了几步，回过头来，冲父子俩叫道："记住，今天要是不把苞谷种完，你们就在地里陪着星星月亮睡去。"想了想，把饭篮子塞在菊花手里，走了。父子俩对菊花感激涕零，菊花不容他们多说什么，要他们赶紧种地去，饭凉了，她热热一会儿送来，并嘱咐爹也给父子俩帮帮忙。不一会儿菊花果然就把饭菜给热好送来了，还帮着三人一起做活。许是三人心虚得紧，干活分外卖力，两天的活计竟然被四个人大半天就干完了。棋王看着菊花卖力地帮着干活，心里热乎乎的，暗暗下了决心，娶媳妇就要娶菊花这样的，又勤劳又漂亮，更明白事理。

棋王喜欢菊花，菊花却不喜欢棋王，总是大哥长大哥短地招呼。棋王知道菊花喜欢药王，就把药王当作兄弟，把对菊花的深爱没头没脑地珍藏起来。棋王把对菊花的爱积攒起来，攒成他更加内向的性格。除了下棋，他不爱与人交流，可谓惜话如金，嗜棋如命。

随着棋王的年岁日渐增长，母亲有些惴惴不安，便和父亲商议给找个儿媳妇。问棋王的意思，棋王瓮声瓮气地说不要。

母亲问："有中意的了？"

棋王点点头，又使劲摇摇头。

母亲不解，问道："有还是没有？"

棋王不说话了。

母亲没法，找到了媒婆，隔三岔五地要带棋王去相姑娘，棋王不去。母亲气得捶胸口，棋王待母亲气消后又讨好地帮着母亲揉背按腰捶腿。父亲急得扬起棍子就是几下，棋王就赌气不和父亲下棋，生拉硬拽也不下。

父母都没办法，央求菊花劝劝棋王。

棋王怔怔地看着菊花："妹子，你真要我去相亲。"

菊花肯定地点点头。

棋王相亲去了，却坚决不要父母跟着去。到了姑娘家，姑娘的父亲也是个棋迷，听说是棋王来了，喜出望外，便吩咐女儿做饭去，和棋王摆开了棋局。棋局从让一车直到让掉车马炮外带五个卒子，姑娘的父亲都没赢。姑娘的父亲铁青着脸，相亲也就黄了。后来媒婆传话，"棋王真不识体面，未来的岳父都不让些情分，将来的女儿还不被肮脏着过日子？"棋王皱皱眉回敬道："父亲的棋品很差，输不起，女儿也定不是省油的灯。"弄得父母和媒婆哭笑不得。

让棋王感觉有些棋逢对手的是后来遇到的虬须汉。虬须汉到药王家治好病，没事在村里转悠的时候，看到村里人聚在一起下棋。棋王和虬须汉都和许多人一样，作壁上观。棋局难解难分处，好事者就免不了在一旁叽喳几句，处弱势者便觍着脸要棋王指点一下。棋王微微一笑，摇摇头，说道："观棋不语。"处弱势者有些愤然，知道棋王的性格，只好举棋不定。虬须汉观战良久，眼见得围观者一边倒，落井下石，只一个劲儿帮着优势者出谋，有些气愤，就指挥了弱势者走了几步，弱势者马上扭转颓势，频出奇招，赢了。棋王不免对虬须汉多看两眼，这一看，两人竟然意会，坐下来对弈起来。棋局上，两人你来我往，杀得惊心动魄，三局两胜、五局三胜、十局六胜……围观的看着棋王遇到了对手，鼓噪着要两人一局局地下完又下，这一战，两人竟然不吃不喝掌灯秉烛下了三天三夜。可不论怎么下，棋王总是略胜一筹。第四天清晨，虬须汉的伴当再也坐不住了，附在虬须汉的耳旁嘀咕了良久。虬须汉皱了皱眉头，站起身告辞。棋王挽留再三，眼看得伴当发怒了，只好作罢。

虬须汉走后，棋王瞪着眼睛躺在床上出神，破天荒地没有重演棋局。

五天后，棋王收拾好包裹，对父母说："爹，娘，我要出趟远门。"

父母简直不敢相信自己的耳朵，连忙问究竟。

棋王喃喃说道："天外有天人外有人，我要拜师去。"说完，扭头就走。

母亲连忙拽住他，歇斯底里地要父亲赶紧来帮忙。棋王被锁在房里，母亲抬个小凳子守在房门口，一边哭一边苦口婆心地劝解儿子。那天深夜，棋王悄悄地把被单撕成条，拧成一股绳子，从后窗缝下，绕到前门，对着家门磕了几个响头，没入黑暗中去了。

三个月后，棋王回来了。棋王回来后，第一件事就是把自己那些自制的以及人家送的棋用个木箱拾掇好，钉严实了，塞入床底下。从此以后他再也不下棋了，任由棋友费尽口舌都一概不赴局。许多外地慕名而来的棋迷软求硬磨，棋王总是淡淡一笑，埋头干自己的手头事去，坚决不与人下棋。就连父亲忍不住手痒，恳求与他悄悄下一局，好话说尽，棋王始终不为所动。

棋王居然不下棋了，棋友们都大失所望，流言蜚语铺天盖地。棋王不予理会，终日做完农活就晒晒太阳、睡睡懒觉。在村子里转悠的时候，听说前面有人对弈，就绕道而行，不凑上去哪怕是侧目一下。这可乐坏了母亲，又赶紧旧事重提，给棋王张罗亲事。这事棋王却不依母亲，母亲热乎了一阵子，只好由他去，心想，儿子居然连棋都不下了，娶媳妇还不是迟早的事儿。

棋王一百八十度大转变的缘由一直是人们猜测的重点。直接间接的打听纷至沓来，棋王始终守口如瓶。有时父母问得急了，他就扛起锄头到田地里去转悠。这个秘密只有菊花知道，并且也帮着棋王守着，直到棋王死后，终于真相大白。

棋王离家出走，逢人便打听下棋好手，转悠了一个多月，大多遇到些沽名钓誉之辈，便兴致索然，启程返乡。一天晚上，因错过了村店，棋王便投宿到一座庙里，夜里正在床上恍惚间，忽地闻得隔壁噼噼啪啪的下棋声，便一骨碌起来，到隔壁去看究竟。只见住持老和尚和一个道士正在对弈，便冒昧请求观战，征得同意后，棋王坐在一旁帮着掌灯作壁上观。初始不觉得两人棋路有甚奇特，看了一会儿，方才大吃一惊。只见两人有攻有守，进则若蛟龙出水，退则若苍龙入海，叫吃若猛虎扑食，防守若长蛇挡道，棋路干净利落，杀伐有致，没有丝毫拖泥带水的招式。观了几局，棋王再也按捺不住，请求一弈。两人微微一哂，棋王就逐一向二人挑战，这一战直至东方泛白，棋王也没胜二人一着半局。棋王顿时冷汗直流，赶紧拜倒在地，请求指点。两人问了来由，相视一笑。老和尚应承下来，老道飘然而去。

从此，棋王每日按老和尚吩咐，帮着寺院洒扫收拾、担水浇园，闲暇便与老和尚对弈，讨教切磋。老和尚每日悉心教诲，棋王果然棋艺大进。只是每日对弈的时候老和尚均抓来一把苞谷，每下完一局，便往一个土罐里放进一粒苞谷子。棋王有些诧异，问了一回，老和尚只是微笑不语，不置可否。棋王也不便多问，只是觉着老和尚定是记录着下棋的局数。

转眼已是一月足盈。这天，老道前来拜访，棋王喜不自胜，赶紧向老道讨教。老道摇摇头，从袍袖里拿出一样东西送给棋王。棋王接过一看，却是一个小小的土钵，里面长着一株嫩绿的苞谷苗。老和尚也从案上端起那罐满满的苞谷子递给棋王。两人嘱咐棋王认真揣摩这两样东西，待有些领悟才与之切磋棋艺。说罢，两人相携游山玩水去了。棋王只好整日左看右看地摆弄着这两件东西，看得久了，忽地冷汗直流，有些似是而非的感悟。

三天后，老和尚和老道回来了。棋王赶紧拜别二人。

老道微微一笑，问道："施主欲往何处精进去呀？"

棋王汗流浃背，答道："不再任性而为，要回家里，侍奉父母。"

老和尚和老道相视一笑，继续问道："为何不再痴迷棋局？"

棋王拿出两人赠予的东西，答道："两位老师用心良苦，点醒我这梦中之人。这土钵里的苞谷苗定是我来时道长种下的，经过道长悉心照料，此时已是生机勃勃，虽只是一粒小种，它一定会苗壮成长，结出老大的苞谷棒子。而这土罐里的苞谷子虽然满满的，却依然还是无动于衷，若无勤耕细作，终究还是一些死物。两位老师用此来告诫弟子，我虽竭心学棋，却如同这土罐里的苞谷子一样，空有满腹，却是死物。老师希望弟子以生活为重，懂得取舍，如这土钵里的苞谷苗，把生机盎然留给别人，到头来终归会有硕果满仓。不知弟子领悟得如何？"

两人呵呵一笑，拿来棋盘，邀棋王对弈。三人轮番厮杀了一天一夜，旗鼓相当，互有胜负。清晨，棋王与两人拜别，问起恩师名姓，好铭记在心。两人均推辞，说只不过是山野之人，要棋王切记不可与人提及。

一路上，棋王百感交集，暗下决心，回村后，再不与人下棋。

药王

药王本身就是一个传奇。母亲生他时难产，父亲连夜黑灯瞎火地把邻村四五个叫得上号的接生婆都请来了，可难产终究难产，母亲拼尽最后一声撕心裂肺的呐喊，瞪圆了眼睛，就再也没有闭上。如若小小的药王滴溜溜转的眼睛能把眼前的一切映入脑海，那么肯定就是惨白的母亲和一褥子乌黑的血。母亲的手是冰凉的，父亲的眼泪是冰凉的，小药王就在一个冰冷的冬夜呱呱坠地了。

母亲早逝，父亲郁郁寡欢，眼瞅着药王日渐生龙活虎地长大，日子有了些味道。父亲有了久违的笑容，便张罗着要给药王相一门亲事。其实用不了父亲的瞎折腾，药王早就和菊花心仪已久。两个青梅竹马两小无猜的伙伴，双方父母拉拉杂杂的张罗显得有些多余。

亲事定下来，菊花也不避嫌，整天介往药王家跑，忙着和药王父子一起整理房屋，拾掇筹备婚礼的一应物件。忙累了，父亲识趣地知会一声，把烟杆子往腰间一插，喜滋滋地就出门转悠去了。眼瞅着公爹没了影儿，菊花便扯着药王坐在床前，依偎在他怀里。两人你看看我，我看看你，每个毛孔都透着柔情蜜意。

月明了，星稀了，菊花趴在窗沿，歪着头笑嘻嘻地问道，你猜咱们将来生多少个娃合适。

"一个？"

菊花摇头。

"两个？"

也摇头。

"五个？"

菊花不置可否。

"难不成十个八个的，那不累着你哩！"

"谁说的？我呀，要生很多很多的娃儿，多得像天上的星星，让你数也数不清。"

"啊，那你不成月亮奶奶了。"

"嘻嘻……"

两双眼睛不约而同地望向天空，月亮竟然也笑嘻嘻看着他们。

糊了墙，刷了石灰，新房和一家人的心情一样，亮堂了起来。父亲看了看烟熏火燎的天花板，找来些草纸，打算把顶给裱起来，药王和菊花忙着抢过纸，要父亲歇一歇。两人搅了糨糊，便忙活起来。眼瞅着裱得七七八八，药王抹了一把汗，打算活动一下僵硬的脖颈，谁知眼前一黑，从凳子上天旋地转地滑落下来。

药王醒来的时候，菊花眨巴着眼睛坐在床沿上看着他。父亲蹲在床脚，紧一口慢一口地叭着旱烟，空气中弥漫着烟草淡淡的清香。看着父亲和菊花关切地看着自己，药王歉意地笑笑，挣扎着要坐起来。忽地，药王觉着自己腰身以下毫无知觉，没有一丝一点着力的感觉。药王顿了顿，又挣扎了几下，想要抬抬腿，挪挪屁股，可下半身却像没有了一样，没有丝毫能动的迹象，吓得药王魂飞魄散，招呼菊花和父亲赶紧扶自己一把。坐直了身子，药王试图用手抬一下脚，让下半身动一动，可脚沉重得像抬一根粗壮的木头。药王惊恐异常，眼眶里充了血，一扬手，两只铁锤般的拳头狠狠地砸在自己脚上，仍旧没有感觉。菊花和父亲慌了手脚，忙着又是揉又是按。最后，药王吼着要菊花拿绣花针扎他。菊花哆嗦着用绣花针一针一针地在药王的指挥下，这里扎扎，那里扎扎，扎得血肉模糊，药王还是浑然不觉疼痛。

药王瘫痪了，没有任何可供解释的理由。父亲甚至把额头磕得乌青乌青地找来县城的医生，雇了毛驴驮来前山的高僧、后山的巫师，药王的下半身仍旧

"名存实亡"地折磨着他的愤怒，折磨着父亲快速苍白的发鬓，折磨着菊花满眼滚烫的泪水。

退婚的事是药王提出来的，当时他躺在靠椅上，一屋子坐满了大大小小的亲戚，是他央着父亲张罗进堂屋里的。药王斩钉截铁的话音刚落，菊花猛地站起来，悲愤地指着药王说："你浑蛋，我恨死你了。"说完，捂着脸夺门而去。目送着菊花跑开，药王收回了刚毅的眼神，痛苦地闭上了眼睛，硬生生把一眶热泪忍回心底。之前，父亲和尚未成为真正岳父的岳父好说歹说了一箩筐话，要把婚事办了，无论将来怎样，菊花始终是药王家的媳妇。药王不许，甚至以死相逼。

菊花出嫁是在半年后。临过门的前夜，菊花来敲门，要来看看药王。药王死活不许父亲开门。菊花叹了口气，默默地走了。药王无声地哭了一夜。

第二天一大早，整个村子沉浸在喜气洋洋的氛围里。药王要父亲去送送菊花。父亲执拗不过，只好去了。

父亲走后，药王也走了。确切地说，不是走，是爬。沿着村后那条弯弯曲曲的小路一直爬，爬到了蛤蟆潭。斜躺在潭水边，一路上的砾石和荆棘早已把他折磨得血肉模糊，不成人形。药王原本打算一直爬进潭里算了，可潭水一照，看到自己人不人鬼不鬼的模样，药王欲哭无泪。眼前依稀浮现曾经和菊花打柴归来在潭边嬉戏的景象，觉着自己的死不该污了这片水潭，便决定换个地方，于是又掉头向蚂蟥箐爬去。在沟边歇息的时候，药王忽地看到荆棘丛里一株大草乌，不禁心头一亮，干脆吃下这棵剧毒药草毒死算了，免得被蚂蟥折腾，一时半会儿还死不了。费了不少气力，终于刨出了儿臂粗的一支大草乌。药王欣喜若狂，努力地爬出荆棘丛，勉强坐直身子，向着村子方向磕了几个响头，喃喃地祷告道："爹，儿子不孝了，拖累了你大半生，下辈子做牛做马也要报答你的大恩……菊花，对不起，祝福你能得到幸福，多子多孙，咱们下辈子再做夫妻吧。"祷告完，药王早已泪流满面，一跤坐倒。摸过草乌，狠狠地咬了一口，那苦若胆汁的味道差点让他呕了出来，他忙捂住嘴，强咽下去，顺势胡乱地把整只大草乌吞下肚去。不一会儿，肚子里翻江倒海地绞痛起来。药王强忍着剧痛，喃喃地安慰着自己："我要死了，我终于可以死了，我要死了……"两行清泪珍珠般挂在腮上。

药王醒来时，却躺在床上。他有些不敢相信，使劲地揉了揉眼睛，天花板上新糊的草纸清晰可见。他下意识地狠狠拧了拧自己的大腿，却疼得泪花直冒。"莫不是我已经死了，回魂来到家里。"药王忽地坐起来，一骨碌翻下床，下半身竟然能动了。"我已经死了，该是阴魂不散，回来看父亲吧！"出了屋，药王轻飘飘地走到父亲身后，凝视着父亲佝偻着瘦小的身子劈柴，心里酸酸的。父亲听得身后有动静，一回头，惊得半天合不拢嘴，连手中的斧头啪地滑落下来敲得脚趾头生疼都浑然不觉。随即抢上前，一把搂住儿子，摸摸这儿，捏捏那儿，哆哆嗦嗦地絮叨："好了，好了，这是咋回事啊？"药王有些蒙了，一低头看到阳光下自己斜长的影子紧紧地贴在脚后跟，原来自己没死。听老人们说，鬼是没有影子的，自己有影子，就肯定不是鬼了。"我还活着，我还活着！"药王喃喃自语，一把把父亲紧紧抱住，歇斯底里地号哭起来。

药王生吃了一只大草乌却没死，反而神奇般地治好下半身瘫痪的消息像一股子旋风般刮得人耳根子生疼。一个村子的人都来凑热闹，面对着又活蹦乱跳的药王啧啧称奇。父亲仿佛一下子年轻了十岁，佝偻的身躯笔直起来，神采奕奕地招呼着到访的乡里乡亲。

入夜，药王勉强舒展的眉头又紧缩了起来，熙熙攘攘的人群中没有菊花的身影。酒王倒是来了，大哥长大哥短地招呼。背着人，酒王愧疚地对药王说："大哥，你和菊花的事我是知道的，我对不起你，要不，我立马和菊花分了，她还是你的人，咱还是好兄弟。"药王沉思了良久，倏地跪下，泣不成声，数叨着自己对不起菊花，今后再不谈娶妻，只央求酒王好好地照顾菊花一生一世。酒王长叹了一声，扶起药王，想了想说道："今后菊花的第一个儿子就过继给你做儿子。"

三天后，药王从村里消失了。父亲时常愤愤地蹲在院墙下大骂："这个孽子，犟驴一条，非要鬼迷心窍地去学医，那草乌干吗不毒死他，免得碎了老子的心，唉，权当老子养了根粪草。"一边骂一边直抹眼泪。菊花不时远远地听老人絮叨完，叹着气，来给老人浆洗收拾一番，敦促男人隔三岔五送些吃的喝的来。

三年过去了，药王和出走时一样，突然出现在院门口。父亲早已哭瞎了双眼，拄着拐倚在门口，昔日的叫骂变成了叨念，他反反复复地喊着药王的乳名。菊花从里屋出来，招呼父亲回家吃饭的时候，药王不再怔怔地滚着热泪，抢前几步，扑通给父亲和菊花跪下，咚咚咚地磕了几个响头。父亲扬起愤怒的拐杖，终于啪地扔在一边，抱起儿子痛哭失声。菊花抹着泪，悄然走开了。

药王回来了，第一件事就是去后山采来些花花草草的东西，把父亲的眼睛治好了。再后来是桂平老叔突然痛得满地打滚，药王张罗着给他灌下一剂黑乎乎的药，不一会儿，桂平老叔就好了。更奇的是，药王竟然捉来蚂蟥箐那些令人毛骨悚然的蚂蟥，叮咬在二所肿得乌紫紫的脚上，治好了二所的扭伤……药王居然学成归来，父亲喜得合不拢嘴，不止一次地把全村人的疑问传达给药王，要他说说三年来的遭遇。药王笑笑，只是说有奇遇，遇到高人，学了些皮毛的东西，他答应过师父，不对外人透露师父名姓，只是秉持师父志向，悬壶济世即可。问不出个所以然来，大家也就不多问，有个病痛就找药王，药王总是悉心医治。每每痊愈，病人及家属感恩戴德，总不忘要付些诊金和物品，药王总是分文不取，大家都磨不过情面，就把一些帮衬家用的东西硬塞给他父亲。父亲婉拒了几次，为着父子俩的日常用度，也就收下了。药王原本不许，但看到父亲苍白的两鬓，且仍旧整日忙碌在田间地头，心头一酸，就不再言语了，不过一个劲儿叮嘱父亲只须象征性地收少许即可。父子俩的生活有了保障，药王腾挪出时间，经常出入山林采药。父亲也在儿子的指引下，帮着料理草药。有了药到病除的妙手，药王名声大噪，远近十里八乡的都往药王这里来看病。

一日，村里来了一竿滑轿，问了路便径直抬进药王家院子，求医者是个虬须扎眼的汉子。药王问了病因，不禁皱起眉头，原来虬须汉一日在躺椅上熟睡，忽地噩梦惊醒，一骨碌坐将起来，突觉腰部一阵刺痛，此后腰就再也伸不直了，成了个驼背，此后四处求医。有医生替他针灸按摩，可是稍稍一碰，就疼痛难受，喊天叫地，都不知求了多少医生给他开方服药，都无济于事。晚上睡觉，床上垫上几层棉絮，还是怎么也躺不瓷实，闹腾得形销骨立。

有了患者挂心，药王寝食难安，夜深了仍在房间里来来回回地踱着步，思考治病的办法。走走坐坐，坐坐走走，一不小心坐偏了椅子，但听"啪嗒"一声，一个趔趄，险些跌倒，吓出一身冷汗。这一吓，却吓出个好主意来了。药王连夜叫醒虬须汉的伴当，将自己的主意告诉了他，并要他绝对保守秘密，不准对患者走漏半点风声。伴当犹豫再三，有些不愿，药王又是作揖又是恳求，几乎给伴当跪下。伴当感动不已，点了头。

第二天，伴当按照药王的吩咐，把虬须汉一步一步地搀扶到他的住房。

当虬须汉正打算在一把椅子上坐下歇歇时，只听"扑"的一声，椅子的后腿突然断裂。虬须汉一个趔趄，眼见得仰面朝天就要跌倒。说时迟，那时快，在旁的药王左手拖牢虬须汉的右臂，右手顶住他的腰脊，顺势一按一托，说也奇怪，未听喊一声痛，他的腰板已然挺直了。虬须汉和伴当虽然吓出一身冷汗，却意外地治好了病，那高兴劲儿就甭提了。药王又特制了几副膏药，另开了些散瘀活血的方子，嘱咐父亲和伴当一起按时给患者内服外敷。不几天，虬须汉的怪病就痊愈了。

虬须汉病好后，对药王感激不已，便要和药王磕头拜帖，结为兄弟。药王察言观色，知道此人来路不善，便婉拒了。虬须汉折腾了几日，见药王态度刚毅，便告辞了。十天后，伴当带着两个汉子挑来些彩礼，说是感谢药王妙手，治好了虬须汉的怪病。礼物放下，交代了些客套话，也不容药王分说，便匆匆走了。父亲打开礼盒一看，竟是满满一箱大洋和一些珠玉绫罗，惊得张大了嘴，半天合不拢。药王吃了一惊，赶紧追出村口，那些送礼的人早没了影。对于这些没头没脑的财物，药王嘱咐父亲不可用度，秘密藏了，留待日后有机会再还给人家。

这日，药王刚采药回来，院子里闹闹嚷嚷聚了些人。见药王进了门，人群中挤出两个挎着盒子枪的军爷来，不容分说就把药王挽进里屋。药王脑海里嗡的一下，眼前尽是虬须汉送来的那些东西走马灯似地乱转。

进了屋，原本在椅子上端坐着的一个白胖男子噌地站起身来，呵斥道："谁让你们对先生不礼貌的？一边去。"两个军汉赶紧放开药王，低眉顺目地走到门口，对着院子里熙熙攘攘的人群吼道："看什么看，有什么好看的？滚蛋！"大家似乎之前被呵斥惯了，只是倏地噤了声，仍旧抻着脖子往屋里探。

药王看了看白胖的男子，一脸诧异，只见那人高举着双手，做投降状，却似乎不觉得累，却又满脸尴尬的神情。药王作了个揖，赔着小心问道："恕我冒昧，你这是？"

白胖男人稍稍收敛了脸上的尴尬，干咳了几下，说道："鄙人是县长。"吓得药王和陪在一旁的父亲赶紧跪下。县长连忙要药王起来。

站起身，县长叹了口气，说出了事情的原委。

原来，半年前，梁王山盘踞了一股土匪，县里接到上级的通告，要县里组织剿匪。县长没办法，勉强组织了县里的驻守兵士和民团百十号人进攻梁王山，谁知道被土匪打得一败涂地。这一败不要紧，土匪发了怒，反过来围攻县城，就县里的十几支破枪又怎守得住？援兵又迟迟未到，眼看着就要破城。县长没办法，试图与土匪议和，免得城破后民众惨遭屠戮。经过一番讨价还价，土匪头子要求县长带着县城的乡绅兵士出门投降，并缴纳粮饷若干。为保民生，县长只好答应了。临走时，土匪说是怕城里追击，胁迫县长做人质，要他高举双手作投降状，一直把土匪送至梁王山脚下。县长只好委曲求全，谁知送完土匪回来后，都不知是咋了，双手就放不下来了。一时便到处寻医问药，针灸按摩，良药偏方都没有用。眼看着省里派来的剿匪军不日就要赶到了，因了这病牵扯着土匪一节，这让县长羞得无地自容。闻说药王有妙手，便亲自上门求医来了。

药王听完了县长的诉求，上上下下地看了看县长的手、肘、肩，轻轻地扭了扭试试，却痛得县长直咧嘴。药王眉头拧成一把锁，在屋里来来回回地走，思量着对策。

忽地，药王心生一计，反复揣度再三后，对县长说："县长大人，我实在没有办法，请回吧！"

县长急了，几乎带着哭腔哀求道："先生一定要救我呀，不然，我怎样做人，干脆死了算了。"说着就要朝柱子撞去，吓得父亲赶紧拉住他。

看着县长的举动，药王点点头，心里的主意已经成熟了七八分，便故作忧虑地对县长说："办法倒是有一个，只是……只是怕大人怪罪……"

县长一听，顿时兴奋不已，嚷道："不论先生用什么办法，我一定不会介意。"

"真的？"

"真的！"

药王叫来门口的两个兵士，避开众人，如此这般地吩咐了一番，兵士也不知他葫芦里卖的什么药，答应照办。吩咐好了，药王便要兵士搀扶县长到茅厕去，务必让县长解一下溲。县长不内急，但迫于无奈，也没办法，只好按着吩咐去了。

解了溲，药王搀着县长来到院子里，对着院里的大伙介绍道："这位是我县的县长大人。"

大伙惊呆了，不知谁带的头，纷纷扑通扑通跪下请安。

县长尴尬不已，赶紧要大家都起来。

趁着县长不注意，药王忽地蹲下身子，哗啦一下，把县长的裤子一脱到底。县长急了，以迅雷不及掩耳之势赶紧提溜起裤子，怒眼圆睁，涨红了脸，斥道："你干什么？"

药王赶紧跪下请罪。院子里哄地笑出声来。

两个兵士惊呼道："大人，你的手？"

县长一怔，自己的手居然恢复了，还提溜着裤头哩！愣了良久，县长哈哈一笑，看了看两个兵士，系好裤腰带，搀扶起药王，称赞道："先生好医术，好手段。"

药王惶恐不安，连连请罪。

县长笑道："先生别往心里去，裤子掉了，不是还有内裤头遮着羞嘛！刚才我就奇怪，这两小子干嘛吗对内裤头左拉右扯，莫不是先生早有分寸了？"

治好了县长的手，县长非要酬谢些金银，药王坚决不受。县长没法，也不坚持了。只是过了些时日亲自送来一块大牌匾，上面亲笔手书"圣手药王"四个金光闪闪的大字。药王实在不好拂了县长的好意，就收下了。县长走后，他悄悄地把牌匾收在内屋。

有了县长的褒奖，"药王"的名号就叫开了，叫着叫着，大家都叫他药王了，药王本来的名姓倒让人说不上来了。

酒王

酒王有两绝，一是酿得一手好酒，二是酒量大得吓人。

酒王酿酒是家传的技艺，到了他的手上，更把酒酿得出神入化。酒王酿酒很有讲究，选料一定要是上乘。这么说吧，酿苞谷酒就一定要全是粒大饱满的苞谷，不掺杂任何其他粮食，把苞谷又是筛又是拣，捣弄得干干净净，一粒粒饱胀胀的，没有一点杂质灰土，抓在手里宛若抓住一把金瓜子一样喜人。他娘拾掇起那些被他拣出来的废品，骂骂咧咧地一边拿去喂鸡喂猪，一边骂他是败家子。酒王也不生气，只是"嘿嘿嘿"地挠着头一边继续干着挑挑拣拣的勾当，一边听娘数叨。

备好了料，酿酒的工序更是一丝不苟，煮、捂、糟、蒸、兑、封，酒王都是样样亲手料理。酒王的爹也是个酿酒的好手，自从儿子接了手，也只有打打下手的份儿。不过老爷子倒挺乐呵，儿子酿的酒清香醇厚，比前几辈人酿得都好喝，不仅自己夸，远近十里八乡的都跷大拇指。

酒王酿得好酒，更有好酒量。一坛五公斤的苞谷烧，抬起来就鲸吞海吸，咕咚咕咚喝得点滴不剩，歇下酒坛，除了胖胖的肚皮更加浑圆可爱之外，面不改色心不跳，照样吆五喝六地玩闹。有一回，与棋王、药王兄弟三人赌棋喝酒，一局局下来，棋王皆胜，药王早趴到一边没了知觉。酒王便与棋王赌嘴，把赌酒的杯子换成饭碗，每输一局自己喝一碗，棋王无论输赢只须陪喝牛眼大小的小酒杯半杯。棋王一看拿来的小酒杯一满杯酒也不过就一两钱，也为着自己每局总赢，得不到酒喝找了个台阶，心想赢你个一二十局，就把你搞趴下了。定了规矩，两人又开始对弈起来。不知对弈了多少时间，棋王觉得自己眼皮越来越重，拿起棋子来重若大石，棋盘摇摇晃晃，都不知道该把棋子怎样放到棋盘上了。酒王依然嘻嘻哈哈，催促着棋王赶紧走棋。终于，棋王破天荒地输了第一局，接着是第二局，一局接着一局地输。输了棋，牛眼杯自然也换成饭碗，到了最后，棋王眼前一黑，咕咚一声掉到桌子下去了，只依稀听得酒王嘻嘻地笑。

这以后，棋王每逢与酒王对弈赌酒，酒王说："陪一杯。"

"不陪。"

"陪一口。"

"不陪。"

"陪一滴。"

棋王嘻嘻一笑，表情顿然严肃起来，伸出拇指和小指掐紧，比画一下指甲间上的细缝，斩钉截铁地说："一小丝丝都不陪。"

酒王只酿三种酒，一是苞谷酒，二是荞酒，三是大麦酒。苞谷只要本地的老品种黄里红，荞子只要横河梁子的高山苦荞，大麦只要新田一带的红土地里长出的长嘴大麦。酿酒的用水只要后山车湖的高山泉水。有了这些讲究，酒王就没了空闲，时常和父亲一起赶着马车，东奔西走，收料送酒。

酒王卖酒也很有讲究。他一改祖辈传下来的惯例，在屋后的竹林下挖了一个深深的地窖，每回新出的酒不立即卖出，而是用大瓮装好封好，抬到地窖里窖藏着，最少都要窖足三年才出售。曾经有一回，说是省里来了大官，县里举行大宴，大官也不知从哪里打听到酒王家的酒好，吩咐一定要来买酒。县里派来了几个兵士，说要五十坛酒，酒王解释说酒已经卖得七七八八，只有二十几坛。兵士不信，不管酒王同意不同意，强行进入地窖。地窖里却摆着四五十瓮酒，酒王解释说这些酒窖藏时间不到，不能卖。兵士不依了，抢了几瓮就要拉走。酒王苦苦哀求，还被一个队长模样的人捣了一枪托。眼看得兵士们就要走了，酒王急了，抄起一根栗木棒子噼噼啪啪就把那几瓮酒砸了。兵士怒不可遏，一拉枪栓逼住酒王，又要去抢酒。酒王大声吼道："你们若是要强行把这些不到时候的酒拉走，干脆杀了我算了，免得毁了我家好酒的名头！"队长愣了愣，一思量，干脆把酒王绑了，抢了几瓮酒筹够数，一起拉着返回城里。大官听了事情的原委，分别打开两种酒，尝了尝，劈手就给队长一个大耳刮子，要队长给酒王道歉，并吩咐下人赏给酒王一百大洋，今后酿的好酒一定每年给他留三十坛，他自会派人来取。酒王不要赏钱，只是计算了一下损失的几瓮酒，收了本钱，便告辞回家了。

酒王的酒得到了省里大官的赞赏，更是名声大噪，供不应求。待菊花过了门，酒王权衡良久，贴出告示，每年只酿三十瓮酒，苞谷酒、荞酒、大麦酒各十瓮，计一百坛。这下每年定酒的人络绎不绝，五六年后的酒都早早就被定完了。

娶了菊花让酒王一直耿耿于怀，老觉得对不起药王。酒王和药王是精着屁股玩大的兄弟，也一直为着药王的不幸命运伤感。药王瘫痪的那阵子，酒王到处帮着寻找偏方，泡了许多的药酒，又是逼着药王喝，又是帮着药王擦，可药王就是不见好。有一回，药王看看左右没人，商量着要酒王娶了菊花。酒王怒瞪着眼，坚决不同意。药王语重心长地说："三弟，我知道你也喜欢菊花，你看我现在都这样了，难不成要误了菊花一辈子？你我都是好兄弟，你若是不答应我，好好地照顾好她，我现在就死了算了。"酒王只好应承下来。

药王奇迹般地好了，酒王兴奋不已，心中的愧疚又增添了几分。可药王不同意菊花重新回到他的怀抱，这让酒王心头堵得慌，尤其是药王终身不娶的承诺，更是让酒王懊恼不已，发着狠劲和菊花商量，一定要给药王养下个儿子。可事与愿违，两人铆足了劲头，可菊花的肚皮依旧平平无奇。酒王不迷信，偷偷地四处访医问药，弄清楚了许是自己喝酒过度，又怎能让菊花怀得了孩子。酒王找到了药王，把自己的事儿给说了个透彻，要药王无论如何也得想想办法……酒王还未说完，药王就怒发冲冠，揪住酒王就是一顿好打，兄弟俩在野地里扭成一股麻花。末了，两人气喘吁吁地平躺在野地里，看着蓝蓝的天空、白白的云朵。

药王说："别把菊花当作畜生！"

酒王说："那算了？"

药王说："算了，我就这命，你也就这命。"

酒王忽地号啕大哭起来："大哥，你的儿子呀，我的儿子呀，都怪我，好这口黄汤。"

药王站起身来，把酒王扯起来，骂道："没点出息，把菊花照顾好就行，兄弟照做。"

酒王和药王鼻青脸肿跟跟跄跄回到家，吓了菊花一大跳，忙问这问那。酒王一摆手，要她把酒窖里那几坛窖了七八年的老酒拿出来，顺便走一趟，把棋王也叫来，兄弟三人大醉一回。药王想要劝解几句，终于咬咬牙，没出声。

棋王的棋　药王的药　酒王的酒

虬须汉再次来到村里，已是另外一副模样，骑着高头大马，腰间挂着歪把子手枪，一顶深黑色的毡帽遮到眉檐。身后熙熙攘攘地簇拥着五六十号人，一个个吊儿郎当地斜扛着杂七杂八的步枪、猎枪、大刀、梭镖，一脸的狼狈相。

一行人来到药王家门口，虬须汉做了个手势，大伙都止住脚步，静静地候着。虬须汉和之前的伴当一起敲开药王家的门。药王他爹哆哆嗦嗦地探出头来，一看是虬须汉，直了眼。虬须汉进了门，邀药王父子坐下，再次向药王表达治好其怪病的谢意，见药王一脸疑惑，便开门见山地道出了实情。

虬须汉一伙正是县长所说的盘踞在梁王山的那股土匪。不久前，省里来了大队人马围剿，虬须汉一伙寡不敌众，丢下了一些弟兄的尸首，逃窜到青龙梁子一带，凭着深山密林、危崖险壑，和官兵死耗着。官兵一时也奈何不了他们，咋咋呼呼了一些时日，便返回省城去了。这次被围剿，虬须汉元气大伤，一时半会儿也没了斗志再去围攻县城，思量再三，忆起村后的叠水箐一带山势险峻，易守难攻，便打算来驻扎，休养生息，以图东山再起。

药王听出一身冷汗，心里直打鼓，村后住了土匪，村里还不翻了天。心里十二分地后悔起来，心想当初干吗要给他治病，引狼入室，却也不敢说什么，勉强地打了些哈哈。

虬须汉似乎看出了药王的心思，拽着药王的手几步抢到院子里，对着那些没精打采的手下大声喝道："这个村子有我的救命恩人，今后不论是谁，对这个村子定要秋毫无犯。"说着，拔出腰间的枪来，略一环视，看准院墙上的一片破瓦，啪的就是一枪，把那瓦片打得粉碎，随即又喊道："若有不听招呼的，老子一枪破了他吃饭的瓢瓢！"说完，放开药王的手，一纵身上了马，冲药王拱拱手，就要离去。药王忽地灵光一闪，忙叫等等，奔回屋里，把之前伴当送来的那些金银抬了出来，千万要虬须汉收回。虬须汉看了看一个个眼里倏地放了光的手下，便收下了，然后头也不回地领着一帮人走了。

闻得土匪走了，各家各户的门吱呀着开了。不一会儿，碾场上挤满了人。

药王的引狼入室是大家熙熙攘攘的焦点，大致分成埋怨的和庆幸的两伙人。一伙人对药王不分青红皂白就救人，还把土匪引到村里的行为义愤填膺，甚至破口大骂。另一伙人庆幸还好药王有救人之德，让土匪感恩戴德，答应对村子秋毫无犯，应该感激药王。无论村里人或骂或赞，药王都不发一言，蒙着头蹲在大碾砣上，心里痛如刀绞，肠子都悔青了，巴不得一头撞死一了百了。

无论村里人有什么想法，土匪终究在叠水箐扎了根，他们伐树垒石，建卡设哨。在虬须汉的约束下，土匪们果然对村子秋毫不犯，那些烧杀抢掠的勾当都远离村子去干。村里人吁了口气，渐渐地不再惧怕。只是打柴放牛、挖药打猎却始终不能再到叠水箐、蛤蟆塘去了，都绕得远远的。虬须汉不时到村子里来找棋王下棋，可棋王却始终不答应对弈。倒是虬须汉却是个酒虫，喜好上了酒王的好酒，把酒王的酒预订一空，还不时和酒王推杯换盏拼拼酒量。土匪们有个大病小伤都来找药王，药王推辞不过，也不敢推辞，只好照医。只是约好规矩，病人不论有多严重只准送到家里来医治，药王绝不到土匪窝里去看病。

土匪和村子相安了一年有余，村里人挂不住情面了。由于土匪的猖獗肆虐，周遭的村子时常遭殃。每逢村里人走亲访友，赶个乡集什么的，总被人们指指点点，说村里人和土匪是一伙的，都是坑人害人的主儿。这让一向老实巴交的村里人顿时矮人三分，抬不起头来。大家都不喜欢出门了，喜欢龟缩在村子里。男人抽抽闷烟喝喝闷酒，女人闷着头挑花绣朵，连喜欢玩耍的小孩子，也不敢过于放肆了，免得被大人虎着脸训斥："你不说话没人说你是哑巴！"

一日，药王家里进了几个戴着大檐帽的。除下帽子一看，原来是县长一行。坐下后，县长对没有彻底剿除这些土匪表达了歉意。县长说："药王，我知道你是个实心人，这些土匪因了你，没有骚扰你们村的事我也知道得很清楚，这不怪你，医者父母心嘛。可是这些人太明目张胆了，烧杀掳掠无恶不作，若是你不信我的话，你可以出村子四处去看看，也去救治一下那些可怜的人吧！"说着，县长抹了把眼泪。顿了顿，调整了一下情绪，县长继续说道，"我是尽心竭力了，向上边反映再派人马来围剿这些浑蛋，可上边却因为上次没有彻底剿灭的失利责怪我们，要我们务必摸清楚土匪的虚实再说。我悄悄地派了几拨人来侦察，可都因为不了解地形，要不就一无所获，要不就羊入虎口被杀害了。这次来，就是希望你能明大理顾大义，用你的特殊身份去土匪巢穴探清楚虚实，拜托了。"县长说完，扑通一下跪倒在地。

县长走后，药王如坐针毡。第二天一大早，背起药囊就要进山，父亲死活把他抱住，劝道："你用什么理由进山？你不是和土匪约好的，永不进山的。你这样贸贸然进去，还要打探事情，还不引起土匪生疑，把你杀了。办法总是会有的，你何必急于一时，妄自送了性命。"

药王找来兄弟三人商量，一时半会儿也没有办法。药王心里慌得紧，便打算到周围的村落走走，用自己的医术为那些受苦的乡亲尽些绵薄之力。父亲看着儿子几日下来憔悴不堪，也同意了。原本打算和儿子一起走的，可儿子坚决不许，怕土匪起疑，只好作罢。

一个多月后，药王回来了。一进门就看见县长一行刚要和父亲告辞。见药王回来，县长喜不自禁，赶紧拉着药王进了屋，稍作客气，便旧事重提起来。药王似乎胸有成竹，要县长放心，稍加些时日，便会给县长及乡亲们一个交代。县长看着药王一副大义凛然的样子，也不好说什么，客套了几句，便告辞了。

送县长走后，父亲急不可待地说："虬须汉水肿得厉害，来了几趟了，要你给他看看，还派了喽啰四处去找你，要你一回来就别顾什么规矩了赶快进山。"药王一听，顿时兴奋不已，喃喃道："机会来了，机会来了。"父亲忙问究竟，药王幽幽地看了看父亲，眼里闪过一丝忧伤，随即定了定神，要父亲不用操心，只是要父亲今后多多保重。父亲忽地心头一紧，一溜烟把酒王和棋王给找来了，叮嘱他们一定要劝说药王别干傻事。

棋王和酒王一进门，药王愣了愣，随即若无其事地左拥右抱，把两兄弟招呼坐下，说道："正要去找你们，来来来，咱兄弟三人大醉一回。老三，把你的棋也摆一摆，好久没有领教了。"棋王嘟囔着嘴，酒王赶紧冲他使使眼色，棋王看了看一旁满脸哀求的药王父亲，勉强同意了。有了酒和棋，三人又恢复了往昔的嘻嘻哈哈。酒王定了规矩，无论输赢，都得喝酒。药王高声叫好。棋王有些不愿，却也知道大哥心里藏着事，二哥定是要用酒掏出他心里的事，也附和着说好。支开了药王父亲，三人便你一局我一局，你一杯我一杯地较上了真章。没过多久，棋王就趴在桌上了。酒王只好铆着劲和药王走马换将，推杯换盏。可也奇怪得很，药王今日却酒量大得惊人，怎么也不醉。酒王眼瞅着几坛酒要见底了，便留上了心，大了舌头，待装得七八分醉的时候，含含糊糊地装着酒兴奚落起药王，说他不够兄弟，明明心里有事，却憋着不与大伙商量。说完，便一歪头打起了呼噜。

药王摇了摇兄弟俩，叫了几声，确信两人醉倒了。叹了口气，自言自语道："对不起了，兄弟，大哥做了一回假，趁着你们不注意吃了许多解酒的药。大哥自作的孽自己来扛，原本我遵着师父的意愿，悬壶救世，可我救了不该救的人。这些日子，我四处奔走，看到这些坏蛋造下了多少令人发指的恶事，我就发誓，一定要手刃恶徒。县长倒是个热心人，可又怎能信得过他们的懦弱呢？我想了一个多月了，终于想到了一个办法。我配制了一副毒药，借着给他治病，把毒下到药酒里，他一定会有所顾虑，我就自己试喝。反正这毒药费尽我不少心思，无味无色，一时半会儿也察觉不了，发作不了。待骗得他喝了毒酒，我和他同归于尽。树倒猢狲散，没了土匪头子，这些小喽啰就会散了，我也算死能瞑目了。"说完，虎目早已含泪。

"大哥说的是什么话？"酒王和棋王几乎同时噌地跳起。

"你们？"药王惊得半晌说不出话来。

"大哥，咱们兄弟有福同享有难同当，你怎么把我们二人撇下？"棋王愤愤不平。

"是呀，大哥，就算你毒死了那虬须汉，其余的那些土匪还不血洗了我们村子？"酒王啪的一拳打在桌上，震得那些车马相士帅散落了一地。

"对呀！"药王也顾不得言他，"我怎么没有想到这一层，得给县长知会一声，要他们派兵来保护我们村。"

"派啥？那些只会咋呼小百姓的主儿，一遇到土匪还不是夹着尾巴溜。"

"二弟，不会吧？"

"啥不会呀？"棋王一脸不屑，"棋盘上是卒往前拱，过河的卒子当车使。他们，哼哼，还不如一只只卒子。"

"那怎么办？难不成就让这些土匪继续鱼肉乡里？"

"大哥，我倒是有个办法。酒王看了看棋王，继续说道，不过你得让我们兄弟二人和你一起。"

药王连忙问道："什么办法？"

"先答应才说。"棋王从酒王的眼里读懂了点什么。

"好吧！说吧！"药王沉吟了良久，点点头。

第二天，山里又来了人，催促药王赶快进山。药王告诉来人，对虬须汉的水肿他已经想好了医治的方法，等两三天，他泡好药酒就上山。

三天后，药王、棋王和酒王各挑着一担酒上了山。来到山脚，哨卡拦住，只许药王进山。正中药王下怀，要两兄弟赶紧回了。酒王和棋王可不依了，好说歹说，直到虬须汉坐着担架来到山脚，看了棋王背包里的棋，酒王敲开封泥，与棋王一起舀了一瓢酒你一口我一口地喝个干净，方才准三人进山。药王一看骑虎难下，两兄弟酒都喝了，坚持也无益，便一道上了山。

土匪老巢就建盖在大叠水右边一块有些平整的密林里。一到下，虬须汉就迫不及待地邀棋王摆开棋局。药王故作慎重地看了看虬须汉肿得油亮的双腿，又走出屋外四处看看，说道："你们久居深山，又整日在水边生活，湿气太重，所以发生水肿，可能山里有这种病的人不只你一人吧？"虬须汉和棋王正杀得难解难分，也顾不上应答，只是嗯啊了一声。立在虬须汉一旁的伴当赶紧说道："是呀，是呀，只是我大哥病得最重，请先生一定要先救我大哥，再救弟兄们。"药王点点头，指着挑来的几坛酒："我闻说了病情，猜测山里定是有了困难，早就准备好了。这些都是炮制好的药酒，每人都喝上一些，就不会再出现水肿了。"

虬须汉闻言顿了顿棋局，看了看药王，又看了看身边的伴当，欲言又止。

看着虬须汉疑惑写在脸上，药王拿起木瓢，满满地舀了一瓢，仰头就喝个干净。酒王和棋王不发一言，夺过木瓢，也各喝了一瓢。虬须汉眉头一展，打了个哈哈，也不提药酒的事，招呼三人一起下棋。兄弟三人有些急了，却又怕露了马脚，前功尽弃，只好回到棋桌。转眼一个时辰过了，酒王有些不耐，叫道："大哥，看来你的一番心血白费了，人家怀疑咱们哪。走，咱们挑着药酒下山去吧！"虬须汉狡黠地一笑，看了看三人面不改色，说道："看说到哪里去了，怎会不相信你们呢？你看，你们不都好好的嘛！来人，赶快把药酒分发给弟兄们，每人一瓢，必须喝了，免得又发病。"说着，要伴当舀来一大瓢，咕嘟嘟喝个干净，连声赞道"好酒，好酒！"又喝了一瓢。看着那些土匪你争我夺地抢酒喝，兄弟三人相视一笑，邀着虬须汉继续下棋。

转眼间，五六个时辰过去了，日也西斜。药王与兄弟俩使了个眼色，起身告辞。刚站起身来，酒王噗的一下摔倒在地，随即仰面看了看药王和棋王，哈哈大笑："大哥，好药酒，好手段，小弟先走了。"说罢，他顷刻间七窍流血，不动了。虬须汉大吃一惊，忽地觉得肚腹翻江倒海般地痛将起来，口鼻里倏地流出黑血，略一思量，怒骂道："你们……你们……快杀了他们，快杀了他们！"那些土匪顿然醒悟，忙着拿刀提枪，却都一个个痛将起来，哀号倒地。

药王和棋王相视一笑，把地上早已气绝的酒王扶起来，三兄弟倚着柱子坐倒在地，不一会儿，都七窍流血，软倒气绝。

当夜，村里人在药王父亲的带领下，擎着火把，举着钉耙锄头镰刀，大呼小叫地摸进山里，只见那些土匪横七竖八地横陈在地。找到三兄弟，大家都不约而同地大放悲声。只有父亲没有哭，他默默地把儿子放平在地，喃喃道："你咋会那么傻，给我下迷药干吗？我和你们一起来不是更好吗……我早就把菊花当作自己的亲闺女了，你还有什么放心不下的……"

第二天，县里闻得报告，县长亲自来了，要把药王三兄弟厚葬，载入县志，永世铭记。父亲拦住，说三兄弟交代过，他们不图什么，就要求把他们葬在大叠水下，他们要默默地守着这片青山绿水。县长执拗不过，只好应承。

后来，听说县长因剿匪有功，调到省城去了。三王的故事，除了村里人一代代深刻铭记，再也无人提及。

十八般兵器

刀

磨盘屯疯传，余一刀十五载学艺归来，一把刀使得出神入化。

慕名而来的人络绎不绝，找余一刀比武的、切磋的、拜师的都有。可余一刀一概回绝。有人生疑，趁余一刀不备，把刀忽然丢向他。余一刀不接刀，慌忙狼狈闪躲，有几次还被丢过来的刀划破衣服，割伤手臂，砸到脚。余一刀对恶作剧的人咧着嘴笑笑，摇着头背身而去。余一刀整日早出晚息、料理农事、孝敬父母，与妻子举案齐眉，对子女悉心教导，一家人其乐融融。

渐渐地，余一刀善使刀成了个笑话。

咸丰末年，果马坝子闹匪，几股大大小小的土匪盘踞各个山头，轮番抢掠。官兵装模作样地剿了几次，匪没剿灭，官兵却匪气起来，比起土匪的劣迹有过之而无不及。不久，匪患便殃及磨盘屯。

这日，村里地保敲锣急告，说是盘踞镰刀箐的最大一股土匪铁金刚刚刚袭击了邻近的龙街子村，正向村子里杀来，要大家快躲藏。地保还没喊叫几句，土匪隆隆的马蹄已经把磨盘屯敲打得摇摇晃晃了。

土匪围了村子。一番混乱后，村里人都被赶到村头。铁金刚骑一匹踢雪乌骓马，倒拖着一把青龙偃月刀，往人群前一站，把马一提，那马攒起前蹄跃起老高，一声长嘶。铁金刚就着马势一挥手，青龙偃月刀划过一道弧光，咚的一声，刀柄入地一尺有余。几个胆小的村民顿时晕了过去。

铁金刚一声断喝："金银粮食一律拿走，有姿色的姑娘一律带走，谁敢说个不字，剁成肉酱喂狗！"

人群大乱，熙来攘往，哭声震天。铁金刚一招手，土匪们挥舞着刀枪就要掩杀过来。

余一刀忽地背着手走到人群前，往铁金刚马头前一站。

旁边的小喽啰有认识余一刀的，便和铁金刚知会了一声。铁金刚一愣，余一刀的名头他耳闻过，想不到竟是一个干干瘦瘦的农把式模样，便怒极而笑。铁金刚道："余一刀，你若舞得动老子九九八十一斤的偃月刀，老子立马就撤出磨盘屯，从此不再骚扰；若是舞不动，嘿嘿，老子血洗磨盘屯，把你的脑袋砍下来当凳子坐。"

余一刀微微一笑道："此话当真？"

话音未落，铁金刚怒吼一声，一提偃月刀，狠狠地向余一刀砸过来。

余一刀一扬手，偃月刀忽地到了手中。

铁金刚愣了愣，一低头，两手血糊糊的被刀柄蹭掉了一层皮，虎口火辣辣地痛。他"啊呀"一声，跌落马下。

余一刀一声暴喝，一挥手，那偃月刀裹着一道银光，呼啸着直劈下去。那匹踢雪乌骓马哗啦一声，从头至尾被直劈成两半，哼都没哼出一声。

土匪们看直了眼，久久才回过神来。铁金刚半瘫在地，勉强冲余一刀一抱拳，便被几个土匪搀着，如丧家之犬而去。

磨盘屯再没闹过匪。

一天夜里，余一刀举家迁走了，不知去向。

问起余一刀，磨盘屯人都跷着大拇指："余一刀学的刀那才叫学刀，他师父要他打了三年的刀；磨了三年他自己打的那些各式各样的刀，练习了三年拔刀出刀，舞了三年的刀，最后练习了三年收刀，才出的师……"

枪

牯牛山顶九天九夜的比武较量，南宫云一杆枪使得出神入化。天南地北、四海八荒的一干正邪高手纷纷败北，南宫云"天下第一枪"当之无愧。

前来南宫山庄挑战者络绎不绝，无非是些沽名钓誉之徒。南宫云一下场，轻松就解决了。再有挑战者，不胜其烦的南宫云便使唤几个徒弟下下场，打发打发就了事。

夺得"天下第一枪"的美誉之后，南宫云不再使霸王枪。平素里练功，指导弟子练武，随手一杆枪就能比画。

那杆立下赫赫战功的霸王枪横放在正堂供桌上，与堂上"天下第一枪"几个鎏金大字相得益彰。平日里的擦拭保养，几十公斤的枪，等闲人也舞弄不了。门下几个弟子心有余而力不足，都上不了手，南宫云也疏于动手。霸王枪渐渐黯然失色了。

一日，南宫云到集市玩耍，在醉香楼上喝高了，踉踉跄跄下楼来觅坐骑。店小二刚把马缰绳递给南宫云，斜对面店铺开张，噼里啪啦就点燃一挂鞭炮。那马受了惊，一蹦老高，把南宫云扯倒，尥起蹶子就往人群里跑。眼看要出事，南宫云酒也吓醒了。忽地从路边跳起一个衣衫褴褛的少年，迎面拦住马的去路，飞身抱住马脖子，一声断喝，硬生生把马扳倒在地。

南宫云大喜，一问，少年无名无姓，哑巴，是个孤儿，却天生神力。南宫云征得少年点头，便带其回山庄，从此，霸王枪有了个枪童。

自从有了枪童，霸王枪时刻被擦拭得光滑油亮。有时需要摆个场面，南宫云吩咐一声，枪童或扛着或擎着，往南宫云身旁一站，把场面撑得威风凛凛。闲暇的时候，枪童偷偷地在院里舞弄霸王枪。徒弟告到南宫云处，南宫云初时很惊诧，渐渐也不在意了，偶尔看到，还指点一二，要枪童拜自己为师，枪童头却摇得拨浪鼓一般。

一转眼，十年一届的武林大会迫在眉睫。为保住"天下第一枪"的声誉，南宫云不得不拿起霸王枪。多年的疏松荒废，加上岁月不饶人，南宫云挥舞起霸王枪来有些力不从心。他挨个审查了弟子，能把霸王枪用得得心应手的一个也没有。南宫云忽然想到枪童，再提拜师之事，枪童仍旧摇头。权衡再三，南宫云也不提拜师之事，只是把一身武艺倾囊相授，嘱咐枪童务必继承自己的武艺，传扬下去。

武林大会上，几番鏖战，当南宫云挑落漠北鲍十三的九环大砍刀后，已是气血上涌，两眼金星。当江南野鹤杜千秋提着丧门剑跃上擂台，南宫云再也提不起霸王枪来。南宫云仰天长叹一声，手一松，就要弃枪认输。忽地身旁人影一闪，手中霸王枪已被人接过，定睛一看，却是枪童。

枪童向南宫云作了个大揖道："云伯伯，你下场休息，我来吧！咱家的霸王枪怎能认输？"南宫云惊得半天说不出话来。

"天下第一枪"还是"天下第一枪"。

回到南宫山庄，枪童给南宫云扑通跪下，咚咚咚地磕了三个响头，叫了声"师父"。枪童说，自己姓项，楚霸王后人，家族一直在找祖上遗下的霸王枪，却假冒者甚多，一直无真枪下落。终于打听到真的霸王枪在此，便乔装探查。几经验证，果真是祖上的霸王枪。原本想偷了去，又怕辱没先人名声。现在为师父争得名誉，方才斗胆向师父讨回霸王枪。

南宫云倒吸了一口凉气，把霸王枪拿在手中摩挲一遍，心中一凛，道："你说这是你祖上项羽的霸王枪，有何凭证？"

枪童道："此枪相传为会稽郡天降陨石所铸造，经九天九夜终锻成，枪长一丈二尺九寸，重一百二十九斤。"南宫云立刻叫人验证，分毫不差。

南宫云立即把枪交给枪童，说道："想不到将门虎子，你竟是项羽后人，我终于明白你为什么一直不肯拜我为师。项羽，天下景仰的英雄，我偶然机会得此神兵，一用十数载不自知已是汗颜，好在没辱没霸王枪天下第一枪的威名。现在物归原主，你叫我一声师父我已经很满足了，以后你不用再叫我师父，咱们有师徒之实却不应该有师徒之名分。今后，你若有心，把我传你的武艺融入你项氏枪法，我就感激莫名了。你！走吧！"

枪童虎目含泪，背着霸王枪隐入夜幕。

霸王枪自此绝迹江湖。

剑

段金刃轻轻地抄了一把清水，洗去剑身上的磨石污渍，用棉纱拭去残水，又用干净的麂皮将剑小心翼翼地通体擦了一遍，玄灵剑顿时透出一股冷莹莹的光，寒气逼人。他习惯性地用大拇指去蚀试刃口，滋的一下，结着厚茧的大拇指已然被划破，迸出血珠。那血珠沿着刃口倏地滑落，滴答一声掉进水盆里，瞬间晕染开来，成一朵血花。剑上却不见丝毫血痕。

段金刃心中暗喜，不由自主地舞了两下，只听得哐当两声，案上那块从洗马河千挑万选的细沙磨石被拦腰剁成两截，切口豆腐一样光洁。刚刚洗剑用的木盆被切成两半，水流一地。段金刃扭头看向悬在空中的那些铁具。眼到剑到，叮的一声脆响，十几把铁具齐齐被削断，瞬间像断了线的珠串，叮咚哐啷掉落一地。

段金刃怔怔地看了良久手中的剑，忽地莫名长笑。忽又扑通跪倒在地，号啕大哭，泪如雨下，仰天嘶喊："爹！娘！小姨！姨父！玄灵剑铸成啦！我终于可以为你们报仇啦！"屋里忽地起了一股阴风，吹得烛火摇摆不定。

夜色正浓，段金刃收拾停当，目光在屋子里逡巡了一遍，这个熟悉的铁匠铺让他脖子里硬硬的。

段金刃不姓段，他姓柳名江天。二十年前，枭雄楚恨水凭借一把离魂剑，在江湖上掀起腥风血雨。柳江天的父母虽是归隐的江湖侠侣，却抵不住侠道中人苦苦哀求，重出江湖，与楚恨水在钟灵山五老峰上以拳脚、内力、兵器约战三天三夜。最后一天比试兵刃，眼看胜利在望，谁知柳江天父亲一招不慎，手中的无常剑被楚恨水削断。一旁掠阵的柳江天母亲一看情势危急，转身扑上抢救，一对鸳鸯钩也被削断，断钩余势不减，双双插在两人身上。一代侠侣殒命荒山。

　　为躲避楚恨水追杀，小姨连夜带着十岁大的柳江天出逃。几经辗转，改名换姓落脚凤梧县。后来为了生计，小姨委身嫁与铁匠段阿四。好在阿四是个实诚人，听闻一家缘由，加倍关爱扶持。小姨和姨父一来为了掩人耳目，二来为了让柳江天牢记仇恨，让柳江天随姨父姓段，名金刃，金刃合体为"剑"字，同"剑"字。"段剑"即"断剑"，要柳江天不忘父亲断剑殒命的不共戴天之仇。小姨把家传武学倾心相授，可一直寻觅不到一把好剑匹敌离魂剑。姨父一咬牙，把一身锻打技艺传给柳江天，又带着其暗暗遍访铸剑名家，学习铸剑。要柳江天立下志愿，铸成绝世好剑，再找楚恨水报仇。

　　烟火岁月，小姨和姨父积劳成疾，先后离世。为了生计，柳江天不得不操持起姨父的旧业，白天铁匠铺开张，打些农具闲刀之类的售卖。晚上铺子关门，又赶紧用各种铁料铸剑实验，习武练功，常常一忙就是通宵达旦。手有余钱，便歇业外出，遍访名师，学习铸剑。终于，在一位隐世高人的指点下，觅得上古玄铁一块。烧了九天九夜，炼化成铁水，铸了一天一夜，铸成剑雏，锻打了四十九天，磨制了六个月又六天，总算剑成。成剑前夜，柳江天梦到了父亲，要父亲为剑取名。父亲说："此剑胎为上古玄铁，锻造的过程中烧百年楠木炭，取车湖千年灵泉水，磨刃用洗马河万年细砂石，就叫玄灵剑吧！"梦中醒来，大哭一场。

　　楚恨水的离魂山庄所在位置，小姨和姨父在世时早就暗暗打听清楚了。柳江天按图索骥，来到山庄门前，激动得浑身发抖，背后长剑似乎也隐隐发出龙吟之音。

　　柳江天强行压抑住心头怒火，小姨生前千叮咛万嘱咐，高手比武争斗切忌心浮气躁。

　　门叩了很久，才吱呀打开，一个白发苍苍的门头探出脸来。一问，是离魂山庄老仆。柳江天问及楚恨水，门头抹着泪颤颤巍巍地说道："老爷……六年前……就过世了，就埋在后山。有个后人的，却是个痴傻，死去一年了。"柳江天耐着性子问离魂剑下落。老头摇摇头："离魂剑在老爷过世前，找一个铸剑师当面熔了，那坨废铁也给了那个铸剑师。后来……听说江湖上出现了一块上古玄铁，怕就是了。"

柳江天脑子里嗡的一声，胸口像被大锤猛地一击，眼前一黑……

柳江天悠悠醒来时已是傍晚，老门头端着一碗照得进人影的野菜粥，关切地递到他嘴边，问道："孩子没事吧！"柳江天茫然地点点头，站起身，走出门四处看了看，山庄里疮痍满目、萧瑟异常。一旁，老门头叹了口气，说道："唉！老爷走后，复仇的江湖人络绎不绝，亲属、家丁、丫鬟纷纷席卷而逃，不知去向。离魂山庄早没了，我孤身一人，举目无亲，就只好等在这里行将就木了。"

月余，凤梧县的阿四铁匠铺又开张了，专门打制农什家私，活好器好，颇有口碑。有人央请打制刀剑武器，铁匠不置可否，倒是门口那个晒太阳守铺子的老头冲客人连连摆手，一迭声道："我家不做刀剑，做不了刀剑的。"有细心的人发现那块铁砧，黝黑、光洁、冷硬，敲击时清脆异常，想要高价求购。铁匠仰起头，眼里射出两道寒芒，那人只得作罢。

戟

方天画戟闪出一道银光，呼啸而下，中途忽地变成直立状，只听得"咚"的一声，枪头入地尺余，直戳戳地插在白门楼前，威风凛凛。围在城门前面的一干将士"呀"的一声，不约而同地后退几步，几匹战马长嘶一声，四蹄微微颤抖。

"曹丞相明鉴，吕布匹夫已被擒拿，请丞相发落。"宋宪高喊着，和魏续一齐把五花大绑的吕布推到城墙前。吕布咬牙切齿，眉毛倒竖，破口大骂部下忘恩负义。

曹操一提缰绳，马儿踱前几步，他厉声斥道："吕奉先，你诛丁原、戮董卓，背着你的妻子，与你几个部下的妻子私通，又将如何？"

吕布垂头丧气，被斩于白门楼下。随着人头落地，方天画戟哐啷一声，横倒地上。手下将方天画戟扛到曹操面前，请问处置。

曹操凝目细看一番，暗暗称奇，说道："吕布，当世虎将也，若非侯成先盗走赤兔马，宋宪偷其方天画戟，必有一番鏖战，胜败未可预知。今吕布已死，此神兵当属何人所用啊？"

一干文武面面相觑，一言不发。

曹操左右看看，马鞭一指："典韦，你乃古之恶来，又善使戟，此物归你如何？"

典韦一扬手中大铁戟："主公，我已有铁戟趁手，多之无益。"

曹操看向许褚："仲康，你勇力绝人，乃吾之樊哙也，非有你之神力方使得此神兵，此物就归你啦。"

许褚赶紧欠身答道："主公，此物神勇，所向披靡之时造下杀戮太多，吾不能驭也。再者，我善使大刀，兵不趁手，用之不祥，恐负主公厚爱。"

曹操听得"不祥"二字，心下索然，捋着胡须，默然不语。

郭嘉谏道："主公，此神器随吕贼左右，杀戮过重，恐妨新主，今吕贼已诛，本当付之熔炉。然神兵炼成不易，毁之可惜，不若束之高阁，立于庙堂，作为仪仗器具，永不使用。一来掩其戾气，二来张扬丞相灭吕贼威仪。"

曹操大喜："依奉孝所言。"

曹彰弱冠之年，一日见父，索庙堂兀立之方天画戟。

曹操心头一凛，道："子文吾儿，要画戟何用？"

曹彰答道："前日去庙堂祭拜，观此物龙吟有声、灵气逼人。闻此物为神兵利器，乃当年吕布兵刃，随吕布冲锋陷阵，驰骋沙场，勇冠三军。孩儿亦当做个威武大将军，为父王平定天下。"

曹操道："做将军干什么呢？"曹彰回答说："披坚甲，握利器，面临危难不顾自己，身先士卒，有功必赏，有罪必罚。"曹操大笑，遂以方天画戟赐曹彰。

荀彧闻之，往谏曹操道："方天画戟为凶器，恐妨主，主公莫要忘记郭奉孝生前所言。"

曹操颇悔，心下耿耿，却也不便向曹彰索回。

建安二十三年，曹彰讨伐乌桓，平定北方，凯旋回还。

曹操召见曹彰，给予其嘉奖。曹彰大喜，不时夸耀方天画戟神威。曹操很高兴，捋着曹彰的胡子说："黄须儿居然大不简单！"对郭嘉、荀彧谏言渐渐淡忘。

建安二十五年，曹操逝世。曹丕受禅称帝，以魏代汉。

曹丕素来忌惮曹彰武勇，便心生一计。原来曹彰虽勇猛，却颇喜弈棋，曹丕投其所好，邀约弈棋。棋至中盘，曹丕吩咐丫鬟上枣。两人一边下棋，一边吃枣。曹丕早已在一些枣子中下了毒药，并暗自做了记号。曹丕专拣无毒枣吃。曹彰棋高一着，已占上风，兴奋不已，一边吃枣一边在棋局上咄咄逼人。不一会儿，曹彰只觉得头重脚轻，两眼发直，他心头一凛，怒视曹丕，却待质问，忽地一头栽倒在地。棋盘上浸染了曹彰斑斑鲜血。

方天画戟被曹丕熔解锻造，自此失传。

斧

明末清初，横河岭最大的笑话诞生于青龙寨。

青龙寨和白虎寨历来势如水火。青龙寨在岭东，白虎寨在岭西，中间亘着一条夹皮沟，蜿蜒着一条官道。官道是东川府铜矿石采冶运抵京城的必经之路。东川府古称堂琅县，从西汉时期便开始采冶铜矿石。历朝历代，东川铜锭关乎着王朝命脉。铜冶炼的勃兴，促进了商贾繁荣，官道上多了南来北往的人流。有财路，就有劫匪，青龙寨和白虎寨就在离东川府二百余里的大山里应运而生。寻常人等打运铜的主意就预示着拿九族的脑袋开玩笑，一般劫匪有自知之明，他们瞄准的是往来商贾。

利益面前，冲突不可避免。那天，两个寨子都收到探子回报，一批黄货过境，油水不少。两拨人马呼啸而来，三下五除二便收拾了商队。为了分赃，按照老规矩不得不约架一回，双方各派好手单挑，胜者拿走箱笼一只或财物一件。角斗至最后，各有胜负，箱笼或财物各得其所，剩得白玉马一对，价值不菲。

双方大当家出场了。

白虎寨寨主使一根丈二熟铁棍，青龙寨寨主使一柄开山大斧。重兵器相交，下手都狠，乒乒乓乓一通来往，青龙寨寨主略高一筹，利器占优，渐有优势。瞅个正着，青龙寨寨主一招力劈华山，呼啸而至；白虎寨寨主心下一慌，招式变乱，只得拼了命胡乱横棍一挡。一干喽啰惊呼出声，喜忧参半。

只听得咔嚓一声，白虎寨寨主奋力一挡，没挡住利斧，却恰恰迎住斧柄。那斧柄顿然折断。斧头呼啸着，擦着白虎寨寨主耳廓飞出老远，丁零当啷砸碎几块乱石，余势不减，啪的一声削断一棵碗大的松树，嵌入一棵青冈栗树上，嗡嗡作响。白虎寨寨主死里逃生，怔住了，竟忘了攻击。青龙寨寨主看着飞出去的斧头，半天说不出话来。

青龙寨寨主把手中的斧柄往地上一扔，冲白虎寨寨主一拱手，铁青着脸，招呼一声，带着喽啰一哄而走，箱笼一个都没要。身后传来了白虎寨一干匪众哄堂大笑之声。

回到山寨，青龙寨寨主三天三夜不吃不喝不眠不休。第四天，他召集喽啰，散尽山寨余钱，打发散伙。喽啰们依依不舍，意欲誓死跟随。青龙寨寨主团团作了个大揖，不发一言，裹了个包裹，背着斧头，下山去了。

青龙寨寨主按照师父生前告诫，一路打听，终于找到回龙观。见到回龙观观主，青龙寨寨主扑通跪倒，口称师叔，拿出斧头献上，说明事情原委，早已泪流满面。

师叔捋着银须，久久不语。

第二天，师叔对青龙寨寨主说："师侄，你每天到后山打柴去吧，遇到你觉着合适的树木，你就斫为斧柄，直到找到你满意的为止。"青龙寨寨主愣了愣，想起师父生前的谆谆教诲，横河岭下莫大的耻辱，不敢违逆师叔，上山去了。

每当找到觉着合适的斧柄，青龙寨寨主总是欣喜地向师叔请教。师叔也不多言，只是叫他装上斧柄，上山砍柴试试，觉着不满意再找。师叔还不时吩咐青龙寨寨主把多余的柴火担下山，送给那些饥寒人家。青龙寨寨主斫回的斧柄越来越多，师叔收拢在回龙观后，堆成小山。

一转眼，三年过去了。

一日，师叔把青龙寨寨主叫到身前，问道："师侄，满意的斧柄找到了吗？"

"师叔，还没有。这些斧柄，要不太硬，要不太软，要不太脆，要不太滑，总也找不到合适的。"

"师侄，你去把山门口那棵降龙木砍来试试。"

青龙寨寨主装上斧柄，一试，虎虎生风，欣喜若狂。

"师侄，满意的斧柄找到了，你打算去干什么？"

"砍柴呀！"青龙寨寨主挥舞着手中的斧子，不假思索地答道。

师叔点点头，说道："好好好，师侄，你我缘分已尽，你走吧！去你该去的地方，做你该做的事情。"

青龙寨寨主惶恐不已，恳求师叔怜惜收容。师叔却闭上双目，不再睁开。

半年后。白虎寨来了个樵夫，一亮手中巨斧，便镇住全寨匪众。樵夫劝诫众匪徒说："散了吧！不可再打家劫舍，危害一方。"白虎寨寨主认出了樵夫，一说破是青龙寨寨主，众匪徒哈哈大笑。

樵夫也不搭话，看向寨前一块酷似秤砣的大石，慢慢走过去。一声暴喝，一斧头下去，大石一分为二，茬口齐齐整整，像新切的豆腐一般。

众匪徒看直了眼，一哄而散。

自此，横河岭上再无劫匪盘踞，却多了几个有趣的地名：秤砣石、吊洞垭口、分赃海子、烧贼坝海子。

钺

阳山西去二百里，有昆吾山。昆吾山出产赤铜石，颜色如火，冶炼出的铜颜色青莹，制作出的兵器锋利异常，切玉如割泥。

炎帝手下猛将刑天闻之，欣然前往。屠矗蚳，食用其肉，自此心胸开阔，不再会做噩梦，酣睡如痴。刑天几经折腾，得精铜数车，锻出大钺一柄，执之风雷变色，威风凛凛。战场之上，刑天神力惊人，挥舞大钺，如虎添翼，劈、剁、刺、搂、抹、斫、撩，让人近身不得，所向披靡，万夫莫敌，勇猛异常。

炎帝看刑天虽然勇猛，却不善求变，多次告诫，嘱咐刑天多积累智慧，沙场征战，有勇有谋方得精进。刑天须发怒张、豹眼圆瞪，哈哈大笑，道："用脑的事情大王做主，冲锋陷阵的事我义不容辞。"

炎帝无奈，只得屡屡劝诫，疏导刑天性子，刑天只是唯唯。

阪泉之战，炎帝不敌黄帝，他的儿子和手下纷纷不服气，请求再战。炎帝安抚着他们，务求韬光养晦，以部族发展壮大为要。

蚩尤举兵反抗黄帝的时候，刑天也极力想去参加这场战争，多次请战，炎帝不许，坚决阻止，没有成行。刑天怏怏不快。

涿鹿大战，蚩尤失败，被黄帝擒拿处死。蚩尤部族不服，继续反抗。黄帝于是画蚩尤形象四处张贴传示，以威天下。黄帝还把蚩尤奉为"兵主"，视为"战神"来崇敬、缅怀。

天下渐渐平复。

蚩尤败亡，英雄相惜。刑天再也按捺不住愤怒，他不辞而别，偷偷地离开南方天庭，径直奔向中央天庭，去和黄帝争个高低。

刑天左手拿着大盾，右手拿着大钺，勇不可当，势若破竹，一直杀到黄帝的宫门前。黄帝见刑天杀过来，顿时大怒，拿起轩辕宝剑就和刑天搏斗起来。两人从宫内杀到宫外、从天庭杀到凡间、从平原杀到高山，直杀得天昏地暗、日月无光、鬼哭神泣，一直杀到常羊山旁。

刑天虽勇，空有一身蛮力，鏖战持久，渐落下风。黄帝念其忠勇，多次招降，刑天不允，龇牙瞪眼，奋力大战。黄帝久经沙场，对战经验丰富，他趁着刑天一个不防备，一剑砍下刑天头颅。头颅滚到常羊山脚下去了。被斩首的刑天丢下大盾，一边把大钺使得虎虎生风，一边去地上四处摸索寻找头颅。由于失去眼睛，他看不见自己的头颅。

黄帝见状，惊骇不已，担心刑天若是找到头颅后，再次恢复原身和自己交战，力所不敌。就赶紧拿起手中的宝剑向常羊山劈去。一声巨响，常羊山被劈成了两半，刑天那硕大的头颅就势滚进山谷。随后，那两半山又合二为一，把刑天的头颅埋葬在里面。

刑天头颅被埋，感觉到了周围的黑暗变化，知道黄帝已经把自己的头颅埋进山腹。他愤然起身，两个乳头幻化作眼睛，张开肚脐做嘴，大吼着，依然右手拿着大钺，左手持着大盾，向着天空胡乱挥舞，继续找黄帝搏斗，直至耗尽精力，轰然倒下。

刑天亡后，黄帝忌惮他的大钺神威，通告天下，不再让钺作为兵刃上战场。因此，钺只余两种用途。一种用作仪卫使用，彰显威仪；一种作为刑具，在执行斩首或者腰斩时行刑使用。

钩

随师父远游一趟回来，道远心绪不宁起来。打坐入定，眼前不时浮现出花花世界的绮丽，惹得自己抓耳挠腮、心猿意马。守溪道长看在眼里，暗暗叹气。

道远是守溪道长云游途中捡回来的。那年，守溪道长和竹引禅师相约出游，在一处荒郊野岭看到被遗弃的小道远坐在草丛里哇哇大哭。两人领到周围村子访其亲人，无果。央人收留，兵荒马乱的年月，自己家的孩子都养不活，乡人无不摇头。两人于心不忍，只好带了回来。

竹引禅师住持的钟灵禅寺在半山腰，香火旺盛。守溪道长的紫霞道观在山顶，清幽雅致。小道远机灵清秀的模样让人喜爱，为使其抱朴守性，两人一合计，守溪抱走道远，收作使唤弟子。

一转眼，十六年过去了，道远年方十八岁。在守溪道长和竹引禅师的精心调教下，道远内外兼修，习得一身好武艺。

五老峰上，守溪邀约竹引手谈了几局棋，下定了决心。

一日，守溪把道远叫到身前，说明了他的身世原委，递给了他一个包袱，说："道远，你入山门十六年，几乎与世隔绝，也该下山见见世面，历练历练了，若有机缘，寻寻你的父母亲人也是好的。包里有些盘缠和一对阴阳离魂钩，盘缠够你用些时日，阴阳离魂钩是师父多年傍身的兵刃，钩法平素也指点过你，你拿去防身。千万记住，兵刃为防身之用，多做行侠仗义之举，若遇宵小，点到即止。更不可逞强斗狠，遑论高低，多造杀伤。需谨记，世间万事，有因必有果，有果必有因，因果循环，报应不爽而已。"

道远连连答应，心下暗喜，一番依依惜别之后，离开了钟灵谷。

凤梧县，道远牛刀小试，阴阳离魂钩不同凡响，三下五除二便把几个惹是生非的泼皮的耳鼻钩掉几只。领头的泼皮逞狠无理，右手五个手指嗖的一声没了。

为美县，街霸徐二虎掉了一只胳膊，半天才回过神来，杀猪一般号叫。

归厚县，伪善的周大善人被卸了一条腿，看着一道远去的背影，硬忍着悲声。

......

两年后，江湖上疯传一个善使双钩的英俊后生，自称断魂钩钟离，钩下离魂，立判阴阳，杀人如麻，稳坐恶名昭著的神川帮的二当家。

竹引找上守溪，茶越喝越淡，话越说越浓。

翌日，守溪道人和竹引禅师飘然下山。

一个月后。一天清晨，益州城楼上霍然悬着两颗人头，人们凑近一看，分辨出是神川帮恶贯满盈的大当家和二当家的首级。

又过了一个月，钟灵谷山门前，端坐着竹引禅师和守溪道长。两人相对而坐，微微颔首，早已气绝。诡异的是两人一脸解脱之色，令人唏嘘。他们身前，那对阴阳离魂钩断成数节，散落地上。

又

说的是同治九年的事。"长毛"造反多年，游击地方，毁坏村舍，到处杀戮，攻打州城。

那日，一股"长毛"杀气腾腾地兵临凤梧县城下驻扎，扬言三日内要攻下县城，屠灭全城。由于清廷腐朽，国力式微，对地处西南边陲的凤梧县鞭长莫及，加之多年饷银拖欠，导致军备松弛。鲁县令一番权衡，召集文武，连夜出城逃往益州城去了，说是暂避锋芒，去搬救兵。

第二天，听闻鲁县令携一干守兵跑了，凤梧县顿时人心涣散，哀号震天。胆大的斫木磨刀，誓死一拼。胆小的终日惶惶，哭哭啼啼。

第三天，城外的"长毛"忽然退了。

等到鲁县令从州城借得府兵杀气腾腾、耀武扬威地赶回，"长毛"早已游击到别处去了。

鲁县令退敌有功，荣获朝廷嘉奖。他百思不得其解，四处使人暗暗查访。

原来，第二天夜晚，从城里出现一名壮士，拿着一把三股义，大吼一声，蛟龙入海一般，直闯"长毛"大营。一柄大叉子使得虎虎生风，一连挑翻几位凶悍头目，最骇人的时候，一叉子戳翻四个"长毛"。"长毛"人众，不过是些游民聚集，乌合之众，眼见壮士神威，大骇，连夜拔营逃走。自此不敢侧目凤梧县。

鲁县令连忙全城昭告，要找出这位壮士，给予封赏，却始终找不到。

有好事者揣测是城北打油巷的刘忆明。刘忆明祖籍江都，迁居凤梧县三代人了。平素里一家人耿直老实，深居简出。爷爷去世，父亲老迈，刘忆明子承父业，开一榨油坊，为人坦荡，寡言少语。有人在油坊常见他舞着一把大叉子，百余斤的油饼堆子，一叉子就能挑起来，甩出老远。上门求证，刘忆明哈哈大笑，连连摆手。他拿起叉油饼的大叉子解释道，一个叉子就三个股，一叉子下去，叉三个南瓜还差不多，咋能一叉子戳翻四个人，肯定不是我。看他一脸诚恳，好事者也就信了。

"戳四老爷"成了凤梧县百姓口口相传的念想。

鞭

西岐大帐，灯火辉煌。

姜子牙悠悠醒来，眼前渐渐清晰，一凝目，广成子微笑地看着自己。

"师兄。"姜子牙想欠身行礼，怎奈后背心一阵剧烈疼痛，浑身酸麻，动弹不得。杨戬连忙近前，扶定姜子牙坐直身子。

哪吒嘴快，早把姜子牙阵前被赵公明钢鞭打死、广成子用续命仙丹救活的经过，添油加醋地说了个仔细。

"多谢师兄救命之恩。"姜子牙欠身道谢。

广成子微微颔着，捋了捋银白的胡须，若有所思："想不到赵公明一条钢鞭威力如此之大。"

"是呀！我与之交战之时，但见他祭出钢鞭，那钢鞭神光闪烁如电，放出光芒万道，如擎天金杵般打将下来，让人无可躲避。我赶紧祭出打神鞭，怎奈一个措手不及，被那厮一鞭打下鞍鞯，人事不知。师兄，赵公明的钢鞭真个好生厉害，连师尊赐我的打神鞭都抵挡不了。若不是杏黄旗护体，我早被打得稀巴烂，再有师兄灵丹妙药也救不活了。"姜子牙怅怅然，耿耿于怀，心里一阵酸苦。

广成子怔了怔，道："师弟呀，打神鞭鞭长三尺六寸五分，共二十一节，虽是一木鞭，然每一节有四道符印，共八十四道符印，是师尊随身至宝，隐藏着无穷威力，神惊鬼泣。师尊赐你防身，必有深意，恐是你道行尚浅，今后多加演练，驾驭久了，威力定然展现无遗。你肩负封神大任，不可胡作他想。"

姜子牙自觉语失，赶紧岔开话题："师兄教训得是，可当下那赵公明势如猛虎，哪吒、黄天化、雷震子、杨戬一干人等全力围攻，都取胜不了，若不是杨戬机灵，暗放哮天犬咬伤他，都不知多少西岐将士要伤在他的鞭下。如此怎生是好？"

一旁的燃灯道人道："子牙不必慌张，赵公明虽勇，按理也属封神榜上之人，常言道，兵来将挡，水来土掩，想必自有能人异士治他。"

正说着，有自称陆压的道人求见，说是专为赵公明而来。

陆压进帐，见过众人，寒暄一二，道："赵公明虽神通广大，然而他逆天行事，天理难容，况且他也是封神榜上之人，我此来不过代天行罚而已。"

姜子牙大喜。

数日后，陆压做法，姜子牙配合，以"钉头七箭书"下蛊，用"桑枝弓"射杀赵公明的草人，以此巫蛊之术杀死赵公明。

……

绝龙岭上，闻仲被困。

姜子牙骑着四不像趋前劝降，道："闻太师，想当初先帝托孤之时，苦口婆心，以'文足以安邦，武足以定国'之语叮嘱纣王帝辛，视你和黄飞虎为文武双璧，要帝辛小儿励精图治，治国理政问计于你，安邦定国倚重武成王。想道兄呕心沥血、鞠躬尽瘁、忠心卫主、东征西讨，立下赫赫天功。可纣王无道，草菅人命、屠戮忠良，自毁殷商基石，方有你今日之败，不若降了吧。我们一起顺应天道，铲除昏君，救民于水火，也不枉你一世英名。"

闻仲沉吟良久，仰天长叹一声，随即怒道："姓姜的，你阐教众人，无耻至极，联络西方教众一干腌臜，不择手段，大肆欺凌侮辱杀伤我截教中人。你以为你掌封神榜、执杏黄旗、擎打神鞭就可目中无人、为所欲为、耀武扬威了吗？想想你手中打神鞭，元始老儿赐你之时，大言煌煌打遍封神榜上之人，此物一出，神魔伏首，鬼怪低头，可现在看来，不过一个滑天下之大稽的笑话。这等破鞭比不得余元道友的化血神刀，比不得大殿下的番天印、落魂钟，比不得二殿下的紫绶仙衣、阴阳宝镜，比不得王魔道友的开天珠，比不得火灵圣母的混元锤，比不得三霄道友的金蛟剪、混元金斗，就连区区土行孙的捆仙绳你也奈何不得。更别说你纠结陆压贼道用卑鄙无耻的巫蛊之术害死的赵公明道友，他一根黑虎金鞭、一枚定海神珠、一根缚龙仙索，就让尔等屁滚尿流。你想想，自打西岐起兵至今，你有何能耐破我殷商？若不是你的那些腌臜道友用些歪门邪道之法，三番五次救你性命，你早就死过千百次，坠入阿鼻轮回了。今日你虽祭打神鞭打断我的蛟龙金鞭，不过我穷途末路，被尔等阐教宵小轮番围攻，元神大伤，着了你的道。你的那根破木棍打在我身，不过挠痒痒一般。你拿的什么打神鞭，执的什么杏黄旗？不过是个唬人的摆设罢了。你的榆木脑袋想过没有，打神鞭如此圣宝，莫不是元始老儿做了手脚，威力会如烧火棍一般不堪？你真以为元始老儿给你打神鞭、杏黄旗就倚重你了么？笑话，待天下大定，神魔归位，你不过是一个拿着鸡毛当令箭的小丑罢了。姜子牙，想昔日鸿钧老祖昆仑传道言'红花白藕青莲叶，三教本是一家'。今日我截教门人纷纷应劫，无可厚非，但兔死尚且狐悲，收起你阐教一门的伪善。我闻仲顶天立地，护国卫道，怎可妄提一个降字？"

姜子牙心下戚戚不安，面红耳赤，默然不语。

云中子不由分说，立即祭出通天神火柱，将闻仲围在核心，口中念念有词，以八卦方位竖起八根擎天神柱，每一根神火柱上放出四十九条火龙，烈焰飞腾。闻仲掐着避火诀，站在烈火中央，火龙不能伤他分毫。闻仲哈哈大笑，大声对云中子说："云中子，你道术也不过如此，我不陪你玩儿了，吾去也！"说完，闻仲身体往空中一升，欲化金光，从半空遁走。就在这时，云中子拿出燃灯道人给他的紫金钵盂，一下盖在了闻仲头顶。闻仲猝不及防，被紫金钵盂重重砸中头顶，头顶三花一颤，他哎呀一声，重新跌落火龙阵。闻仲体内五气一散，来不及再掐定避火诀，被火龙团团缠绕，烧成飞灰。

……

自此，姜子牙打神鞭不再轻易示人。

铜

武德九年六月，玄武门兵变，唐高祖李渊立李世民为皇太子。是年八月，李渊传位于李世民，自称太上皇。李世民改元贞观，是为唐太宗。自此天下大定。

一日，文武齐聚朝堂，大吹大擂一回、歌功颂德一番，无非就是皇帝圣明、天下太平、黎民安生的说辞。太宗忽然叫秦琼出班，道："秦爱卿，闻你梧桐双锏重达一百三十斤，威力无比。当年父王蒙难，得你双锏之功，杀退贼子宇文成都，救下大唐。因你劳苦功高，高祖封你为护国公，赐你黄金锏，赋你'上打君不正，下打臣不忠'之责，一时威名赫赫。今日且不说你的黄金锏，单说你梧桐双锏，年岁不饶人，不知是否还能舞？"

秦琼略一思量，汗流浃背，道："陛下明鉴，今臣已老迈，气力衰竭，不堪武艺，那梧桐双锏早已闲置，不过演武场一摆设而已。"

"哦！朕正打算筹建凌烟阁，爱卿若是双锏闲置不用，不如送予朕，将来供在凌烟阁里，以彰显爱卿毕生为我大唐鞠躬尽瘁之德。再说，锏为兵器中的'善器'，素来不以利刃喋血杀人而显赫，执锏在手，威仪立现，可重击、威慑、怒斥、责罚于人，可不见血光地制服对方。善器入阁，正显我大唐宽宏威仪。然否？"

秦琼唯唯诺诺。

是夜，秦琼挥舞着梧桐双锏，恰似猛虎出笼、苍龙入海一般。一番操演，面不红心不跳。随后，坐在床榻前，摩挲着双锏，心潮起伏，彻夜难眠。

妻子关切地问道："夫君朝堂归来，何故一直如此闷闷不乐。"

秦琼顾此而言他，道："想当年，我手提双锏，奉命捉拿绿林响马，路经两肋庄岔道，一股道是去捉拿绿林好友的道，一股道却越走越远。我不假思索，带着一帮衙役走错道，导致功败垂成，后遭牵连，差点丧命。我无怨无悔。"

"高祖蒙难，我拼尽全力，持双锏大战宇文成都，打得宇文成都落荒而逃，救下高祖。

"玄武门之变，我身先士卒，一锏一个，直杀得李建成、李元吉手下将士闻风丧胆。协助皇上顺利诛杀二贼，荣登大宝。

"陛下常年东征西讨，杀戮过重，夜晚常有惊魇之症。我和尉迟敬德分立门旁，我执双锏，尉迟执双鞭，威风凛凛，让陛下高枕安卧。以致陛下让画工绘下我二人图像，张贴门庭，守安护危。

"唉！这对梧桐双锏随我征战多年，出生入死，肝胆濡沫，比我的命还重要。今日朝堂之上，陛下何故如此？"

妻子嗔怪道："提这些成年旧事干吗？皇上对我秦家不薄，高祖赐我家黄金锏，上打昏君，下打佞臣，谁不敬我家三分……"

"是呀！当年徐茂公朝堂进言，高祖赐我金锏，赐咬金金斧，赐尉迟金鞭。此种恩德，没齿难忘。可自古有云，飞鸟尽良弓藏，狡兔死走狗烹，今天下平定，你说我等功臣是否该……你看那尉迟敬德，深居简出，时常谢宾客不与通，连我等兄弟也很难相见。至于程咬金，粗人一个，虽骁勇善战，却从来没有单独作为主将领兵出战的经历，不过阵前一猛将而已，威胁不了人。今日，陛下朝堂之上如此一说，着实让我惴惴不安。"

"瞧你说得，皇上不是那样的人。不就是看着你年岁大了，让你歇一歇嘛！再说，凌烟阁里供着你的兵刃，是多大的荣幸。可别往歪处想了去。"

秦琼长叹一声，寂然不语。

翌日，秦琼包裹梧桐双铜，进献太宗。李世民大喜，道："准爱卿上朝时执父王所赐金铜，上可谏我不正之言行，下可打谗佞之臣忤逆朝廷纲纪。"

后来，秦琼经常生病，每逢病时就对人说："我戎马一生，历经大小战斗两百余阵，屡受重伤，前前后后流的血能有几斛多，怎么会不生病呢！"李世民闻之，允其称病不上朝，并时有赏赐。

秦琼的黄金铜供在正堂，始终都没有用过。

贞观十二年，秦琼病逝，临终嘱咐把黄金铜上交皇上收回。秦家后人不得再提此铜，更不得以此铜为家族显赫，招摇炫耀。

贞观十七年，秦琼被列为二十四功臣之一，画像供奉凌烟阁，供世代尊崇瞻仰。

锤

明朝初年，为美县出过一个武痴，叫余璞。

余璞祖上系元皇族后裔。元朝末年，家族受奸臣陷害，不得不改名换姓，举家潜逃，分散天涯。其中一支辗转落脚磨盘屯，融入当地百姓，过着精细的日子。从爷爷辈起，余璞家就在村子西南的军递街，经营一家铁匠铺，打制一些农具家什，聊以生计。

余璞骨瘦如柴、身轻如燕，两丈高的房檐，稍加助跑，嗖的一声就上去了。余璞看似精瘦异常，却勇力惊人。七八岁时，便挥舞着大锤，帮助父亲打铁。一轮大锤下来，使小锤的父亲累得气喘吁吁，可余璞气不喘心不跳，拄着锤柄看着父亲嘻嘻地笑，让人啧啧称奇。年逾舞勺，一日街上有牝牛发狂，冲撞行人。余璞冲上前去，一把擒住牛头，怒吼一声，一下就把奔牛掰倒在地，动弹不得。

余璞自小喜好武艺，父亲和爷爷都不懂武艺，也请不起枪棒教头，只好听之任之。余璞无师自通，时刻跳转腾挪，拳不离手，随手一根铁棒或是一把石锁都能使得有模有样、虎虎生风。余璞弱冠之年，千磨万求，央着父亲搜罗铺上废旧铁器，打制了一把八瓣梅花锤，连着铁柄，重三百八十斤。余璞随手拿起，稍加训练，使将开来，裹出一条灰龙，万夫莫敌。

军递街面上有一家飞龙镖局，听闻余璞神勇，便来高薪聘请他去当镖头。余璞问过父亲，父亲点点头，叮嘱他只可护镖，忠于职守，不可逞勇，得饶人处务必饶人。

第一次押镖，钟灵山的黑虎帮探得是一趟红货，便堵在关索岭下的驿道上，几十个匪徒耀武扬威，叫嚣着明刀明枪地抢。镖师们吓得屁滚尿流，有江湖经验的镖师便小声劝导大家逃命要紧，赶紧去附近的木密关守御千户所寻求官兵前来帮助剿匪为要。余璞微微一笑，也不答话，扛着大锤就冲了过去。那些匪徒手中的刀枪剑戟、斧钺钩叉、锐棍槊棒等一齐招呼上来，余璞不管好歹，劈头盖脸就是一锤下去。只听得一阵鬼哭狼嚎，匪徒们擦着就伤，碰着就亡。

匪徒惊恐不已，逃之夭夭。余璞也不追击，招呼伴当，继续上路。

第二次押镖，一场暴雨冲毁马过河驿道上的涵洞，十几辆镖车在荒郊野岭抓瞎。余璞叫上两个伴当，到附近的一处破庙里拆下两块门板。余璞跳下涵洞，让人把门板铺在自己肩背上，让镖车轧着门板过去。镖师们面面相觑，不敢前行，怕弄坏了他的身体。余璞怪叫一声："叫你们过就过，哪来那么多叽叽歪歪。"镖师们只得推着镖车鱼贯而过。挨到镖车过完，余璞呼啦掀掉门板，跳上岸来，依旧嘻嘻哈哈、大步流星。一众镖师惊讶不已，佩服得五体投地。

不久，余璞的勇武在江湖上传得沸沸扬扬，人送外号——赛元霸，意为他的神勇足可比拟隋唐第一高手——使一对擂鼓瓮金锤的李元霸。

不久，迤东迤西道上匪患消停不少，只要看见飞龙镖局的旗号，那些剪径匪徒无不蛰伏隐藏。

那些镖局、大户人家纷纷高薪来聘，希望余璞护持左右。余璞却不答应，只是做着飞龙镖局的大镖头。那些镖局无奈，有的就偷偷仿着余璞的八瓣梅花锤打制一个赝品大锤，每次出镖路经匪徒时常出没地段，专门用一辆镖车拉着大锤走在前面，找一个身材形貌精瘦的人坐在镖车上，装模作样地充当赛元霸；镖车上插着仿制飞龙镖局的一面大旗，倒也蒙得过匪徒，一路平安。余璞听到了，不过呵呵傻笑一番。

一日，为美县县令登门拜访，意欲举荐余璞做个都头，维护一方周全，待有名头再举荐到州衙，做个将军。余璞请示父亲，父亲婉言谢绝，背地里却让余璞跪在祖宗牌位前，发下毒誓，说，余氏一族是元朝皇族后裔，不可卑躬屈膝，永不做明朝官吏。

余璞活到七十岁。

那年深秋，余璞七十大寿，远近镖局、大户人家，磨盘屯周遭十里八村的村民、为美县的一干官吏等，就连绿林道上的一些豪杰都来祝贺。

席上，飞龙镖局少镖主嘴碎，说："余伯伯年事已高，那八瓣梅花锤都不知还有谁能舞得动了。"

余璞微微一笑，走下演武场，一把捞起大锤，直舞得滴水不漏，裹挟着地上的枯叶幻化成一颗滚动的大球，没了人影。直听得咚的一声巨响，天崩地裂一般，余璞堪堪舞完，把大锤直直砸在地上，半个锤头钉在地里。那些枯叶早碎成了烟尘。尘埃散尽，余璞直挺挺地拄着锤柄站着，脸上挂着微笑，银须飘飘，早已气绝。

戈

凤梧县城北约二十里有两个村子，一个叫大坪地，七十多户人家；一个叫小坪地，三十多户人家。两个村子坐落在打鹰山山麓，一个山南坡，一个山北坡，中间隔着一条山沟，大致弯成一把镰刀状，唤作镰刀箐。沟南是大坪地的土地，沟北是小坪地的土地。镰刀箐常年流着一条溪水，源头在打鹰山腹地的蛤蟆塘。夏秋沛水期，水流牛身子粗，冬春枯水季也有水桶粗的一股。

大坪地和小坪地的村民不知何年何月迁居此地，两个村子都指着镰刀箐的水浇灌两岸的庄稼，繁衍生息。

水流只有一股，庄稼地却是两片，尤其栽插时节，都抢节令，两村的村民互不相让，为了争水，吵吵闹闹大打出手了十几代人。大坪地人彪悍，小坪地人亡命，倒也没有出现东风压倒西风的势头。每年春耕时节，为了多堵点水流进自家的田地，两个村总有那么几次冲突，头破血流算是小儿科，打残打伤时而有之。伤残事件诉诸县衙，县官也感到头疼，只好各施五十大板，相互抚恤些费用，草草了事。

道光十二年，大旱。为了茶壶粗的水流，两个村打出连连架，各自派出青壮年守在两岸，磨刀擦枪，一个村堵水一炷香时间，稍有不如意，立即群殴。事态严重，时任林县令连忙赶赴现场安抚。谁知一个说话不慎，有偏袒大坪地之嫌，被小坪地一余姓汉子一梭镖扎伤手臂，吓得落荒而逃。林县令后来派了一群耀武扬威的衙役前来，打算捉余姓汉子问罪。可大坪地和小坪地村民忽然空前团结一致，咋咋呼呼围住一干衙役。捕头是凤梧县本地人氏，脑瓜子机灵，说了几句不痛不痒的软话就率众撤走，事态才没进一步闹大。气得林县令几天没有吃下一口饭。

道光十八年、十九年、二十年，连续三年大旱。镰刀箐的水越流越细，只有锄头把粗的水流，让两个村子的人眼里喷着火。新上任的戴县令听闻这两村的积怨，微服私访，来到镰刀箐，恰逢一场群殴在即。戴县令费尽口舌，左右劝诫，直到拍着胸脯保证三天之内合理解决两村用水问题，否则献出项上人头祭天，总算平息争斗。

话出了口，戴县令骑虎难下，只得沿着镰刀箐来来回回走了几遭，毫无头绪。戴县令和伴当无计可施，垂头丧气地坐在路旁树荫下休息。这时，戴县令看见一个牧归的孩童手中牵着水牛经过，那水牛眼巴巴地看着自己，一个劲儿抻着舌头左左右右地舔鼻孔。戴县令脑中忽然灵光一闪，计上心来。

第三天，戴县令带着几个石匠和一干衙役，拉来一块凿出双孔的大麻石。一个孔大些，一个孔小些。戴县令吩咐村民搭把手，把大麻石抬到镰刀箐上游，端端正正地放在沟的正中，孔大一边靠大坪地村，孔小一边靠小坪地村，就着大麻石筑了拦水坝。沿着麻石中央筑了分流坝，水分流出来，大的一股流向大坪地村的田里，小的一股流向小坪地村的田里。

村民狐疑，戴县令道："此为牛鼻石，大的一孔水流占七成，小的一孔水流占三成，盖以两村人丁多寡来分配，两村人不得再起争端。"两村人观察一番，思量一番，大喜。

戴县令从怀里摸出一对玉戈，分给两村各一个。要两村人摒弃前嫌，以玉戈为见证，自此化干戈为玉帛，发展生产，繁衍人丁。两村人欣然同意，呼戴县令为"戴青天"，送他万民伞。

后来，两村人果真睦邻友好、人丁兴旺。

据说，两只玉戈一直供奉在两村各自的宗族祠堂，直到"文革"时期，只有那个牛鼻石被两个不知天高地厚的家伙挥着铁榔头砸了几下，只砸出几点白印子，却被震得虎口发麻，悻悻而去。

五年前，一次乡土调研，我还看到那个牛鼻石静静地卧在干涸的河床里，被草丛埋住。弯竹箐建了水库，沟道也改直了。三面光的沟渠连着水库大坝，倒像极了一只威武的大戈。

锐

"国事千钧重，头颅一掷轻。"宇文成都仰天哈哈大笑，一激动，不禁剧烈咳嗽了几声，眉心一皱，一口甜血涌在喉头，他强忍着咽了下去。

李元霸明白了宇文成都杀身报国的决心，不禁英雄相惜、于心不忍，仍想再劝降一番，留住宇文成都性命。回头看了看阵后的兄长李世民、姐夫柴绍，两人眼里射出凌厉的光芒，驱使自己立毙宇文成都于阵前。

眼前的宇文成都，李元霸再熟悉不过了。

第一次见面是在扬州琼花大会上，隋炀帝身边威风凛凛护驾左右的人，就是宇文成都。当时自己艺成下山，师父紫阳真人千叮万嘱，若遇手持"凤翅镏金锐"的人，不可伤其性命，如若不然，必遭天谴。宇文成都号称"天下无敌"的护国大将军，一柄凤翅镏金锐重三百二十斤，正是自己一心求战的英雄。

隋炀帝杨广昏聩，竟因宇文成都时有不与己同流合污之举，便硬要宇文成都与自己比试气力，双举镀金石狮子。正值年轻气盛，杨广此举正中自己下怀，自己天生神力，一对八百斤重的擂鼓瓮金锤如提婴孩，举石狮子自然更胜一筹。果然，气力不济的宇文成都伤及内腑，当场吐血。随后下场比武，宇文成都虽英勇无双，把凤翅镏金锐使得出神入化，但李元霸隋唐第一好汉也不是浪得虚名，宇文成都终于一败涂地。杨广为收买自家李氏一门，竟要宇文成都向自己磕头酬谢不杀之恩，并将武将天下第一金牌拱手奉送自己。

随后，一干英豪多次苦劝宇文成都远离昏君、安身保命，可他念及大隋对他天高地厚之恩，不顾众将良言相劝，竭尽愚忠，仍自护驾南巡。四明山，十八路反王会兵，百万大军截杀杨广。危难关头，宇文成都挺身而出，以重伤之躯迎战雄阔海、伍云召、伍天锡三条当世好汉，以一敌三，不分胜败。老将军杨林为了振作连连失利的隋军士气，命令三军擂鼓助阵，务必让宇文成都竭心尽力，威慑反军。宇文成都不得已舍身报国，不惜同归于尽，以右腿负伤换得斩伤伍云召右臂。宇文成都撕战袍、裹枪伤，横锐立马，纵横再战。雄阔海、伍天锡双战不是宇文成都敌手，三将败北，隋军得胜，欢呼声震动天地。忽地又蹦出个隋唐第三条好汉裴元庆，裴元庆为夺武将天下第一名号，落井下石翻脸无情，欲斩宇文成都落马。宇文成都为保圣驾，扛着重伤，硬着头皮出战。裴元庆一上手就用厉害杀招"尽命三锤"。早已气尽力竭的宇文成都终于败北，勉强退上龙舟，再度呕血不止。

英雄落寞，别人不知，自己是知道的，其实自那时起，武艺天下第一的宇文成都已死，只剩下患呕血之症、苦尽愚忠的残名残躯了。

正犹豫着，宇文成都忽地一振手中的凤翅镏金镋，浩叹一声："罢，今日与你拼命也！来吧！"他一提马缰绳，乘着李元霸犹豫之际，举着镋劈头盖脸地打将过来。

李元霸心头一凛，早把师父紫阳真人的叮嘱忘得一干二净，心性顿然发作，一提擂鼓瓮金锤奋力一挥，把镋打在半边。宇文成都虎口鲜血淋漓，眼前发黑，竟提不起凤翅镏金镋来。李元霸见状，轻身扑上，一把抓住宇文成都的腰绦，提过马来，往空中一抛。待宇文成都魂飞魄散地跌将下来，李元霸赶上接住，一手捉住宇文成都一只脚，大吼一声，双手用力，宇文成都顿时气绝身亡。

见状，对峙两军鸦雀无声。隋军忽地发一声喊，哭爹喊娘地逃窜而去。

英雄孤兀，李元霸悲从心来，放下尸体，两行热泪混着鲜血淋漓而下。

空中忽地霹雳一声，顿时电闪雷鸣、乌云滚滚。李元霸心性大变，愈发不可收拾。破口大骂上天，骂得兴起，拿起铁锤就朝上空扔去。恰逢一道闪电闪耀，李元霸本能用手遮眼。铁锤呼啸落下，噗的一声砸中李元霸脑袋。

紫金山下，两个盖世英雄一时殒命。

凤翅镏金镋，擂鼓瓮金锤，再无人挥舞自若，消弭尘世。

棍

同治元年，果马坝子大旱，庄稼颗粒无收，民不聊生，盗贼匪患蜂起。

磨盘寺慧圆住持游历查看一番方圆灾情后，黯然回到寺里。不顾众僧反对，立即吩咐寺内上下节衣缩食，拿出积粮，开设粥棚，施粥赈灾。

磨盘寺历来香火旺盛，颇得大户人家布施。积年累月，山下寺产盈万亩，每年收割的稻谷堆积成山，三五年前的谷垛尚在堆积，米仓里余粮盈仓。原本做些赈济功德之事，无可厚非。所担心的，其实是土匪盗贼猖獗。年馑不好，土匪盗贼甚至连官衙、寺庙都抢。官衙有官兵把守，形式稍好。寺庙却是些吃斋念佛之人，无以为抗。就在不久前，东山的观音寺、南坡的三台寺、磨盘屯里的三圣宫、钟灵山上的钟灵寺，纷纷被土匪洗劫一空。磨盘寺香火灵验，世人都传有神佛护持，土匪盗贼才不敢惊扰。一旦施粥，饥民汇聚，无异于亮出财物示白土匪盗贼。今年大旱，寺产田亩同样颗粒无收，百十号僧众也等着坐吃山空。

慧圆以佛家"我不入地狱，谁入地狱"的大慈悲精神，力排众议，力主赈灾，僧众唯唯。

翌日，粥棚开设起来了，方圆百里饥民闻讯蜂拥而至，齐颂磨盘寺大功德。僧众虽心有余安，却始终惴惴不安。

果然，十日之后，忽然来了三百余人的一队土匪，自称是梁王山大王。领头的叫金刀杜擎天，扛着一把九子连环大砍刀，杀气腾腾。一干饥民早闻其恶名，均作鸟兽散。

杜擎天大大咧咧地吆喝着一干手下，密密麻麻围满磨盘寺大殿。那些来不及逃跑的僧众吓得瑟瑟发抖，簇拥在慧圆住持身后，低声埋怨着。

杜擎天喝道："听闻你们这里粮食充足，正好我们一干兄弟吃了上顿愁着下顿，就来借点粮。都是为了填饱肚皮，给那些穷鬼吃和给我们吃也是一样的，普度众生嘛！菩萨不会见怪的。所有粮食我们都拉走，谁若说个不字！找我的大砍刀评理去。"

慧圆大着胆子说道："大王慈悲，庙里僧侣众多，好歹给我们全寺上下留一点口粮，度过这个饥荒年。"

杜擎天一挥大砍刀，架在慧圆脖子上，叫道："你们这些秃驴不是很会讨饭化缘嘛！去要去讨呀！听说你还大慈大悲哩！赈济灾民！切！假慈悲！滚一边去，惹得老子不高兴，拿你这秃驴的葫芦头开瓢。"

一干土匪鼓噪着，就要洗劫磨盘寺。

忽然，从伙房里跳出一个烧火僧人，大吼一声："鼠辈敢尔！"手里挥舞着一根齐眉烧火棍，行云流水一般，瞬间冲到杜擎天面前。那些围着的土匪碰着就伤、擦着就倒，滚出一条道来。

杜擎天一愣，暴喝道："你是何人？胆敢坏老子好事！"

烧火僧立棍于胸，合十道："阿弥陀佛，小僧一烧火僧而已。"

慧圆视之，原来是数月前来寺里挂单的一游方僧人，闲暇无事，慧圆便同意他去伙房打打下手。

杜擎天气急，趁着烧火僧不备，使出一招力劈华山，恨不得立把烧火僧劈成两半。

只听得一声暴响，杜擎天大砍刀飞出老远，咚的一声钉在房梁上。人被烧火僧一棍子打得头破血流，趴在地上，动弹不得。

烧火僧还待补上一棍，慧圆住持颂一声佛号，道："师弟，且慢动手！"

烧火僧一愣，住了手。

慧圆点点头，道："师弟，我佛慈悲，教训即可，岂可杀伤！"

烧火僧合十诵佛，道："住持教训得是！"

杜擎天不敢再斗狠，冲慧圆和烧火僧拱拱手，引着一干匪徒鱼贯而去。

自此，方圆土匪盗贼再不敢打磨盘寺的主意。

后来，慧圆住持苦苦请求，希望烧火僧留下，协助护持寺庙。烧火僧却不答应，只是坚持教众僧一个月的棍法，一月期满，飘然而去，不知所终。

槊

唐末五代，唐王朝大厦将倾，摇摇欲坠。借助剿灭义军的由头，各路诸侯纷纷拥兵自重，尤以梁王朱温和晋王李克用两股势力最大。

晋王李克用胆略过人，兄弟、子嗣英勇，义子众多且勇猛异常，兵多将广，在剿灭黄巢军、收复长安、击败关中军阀等大小战役中立下赫赫战功，与朱温对峙争霸中更胜一筹。尤其义子李存孝，排行十三，又称"十三太保"，却是十三太保中最出名的骁将。

李存孝天生神力，武技非凡，胯下骑一匹火焰驹，奔跑起来如一团烈火流窜。手中一杆镏金槊，那槊通体浑若金成，长一丈二尺九寸，重九九八十一斤，枪杆碗口粗细，挥舞起来，龙吟虎啸一般，破铠穿甲如切菜剁瓜。每临大敌，李存孝皆身披重铠，橐强弓硬箭，提镏金宝槊，以马快、槊沉、力大、武勇应战，勇猛无敌，令敌闻风丧胆，万夫难挡。当时武功天下第二的"铁枪"王彦章在李存孝手下仅仅走了两个回合，便伏鞍而逃。

人们以"唐初李元霸，唐末李存孝，恨天无把，恨地无环""王不过项，将不过李"以其和唐初李元霸、秦末西楚霸王项羽相比。

李存孝辅助李克用南征北战，天下无敌。晋王风靡天下。

当时李存孝骁勇冠绝，晋军上下皆对他退让有加，唯独十三太保排行第四的李存信与他争功，因此两人互相厌恶对方，形同水火。李存孝性格耿直，锋芒毕露，不觉着了李存信的道儿，引起李克用猜忌，不得已反叛晋王。

乾宁元年，晋王讨伐李存孝，大军压境，因之前对阵之时，李存孝心慈手软，丧失军机，导致孤城粮草不济。李存孝登上城楼，哭着对城下的李克用道："儿蒙王的大恩，位至将相，难道愿弃父子关系而投仇敌？这是存信诬陷的缘故。希望能活着见王，说句话就死。"李克用很感伤，思虑再三，派刘氏入城慰谕劝降。刘氏带李存孝回来，他磕头请罪道："儿于晋有功而无过，之所以至此，是存信的缘故！"李克用刚愎自用，又被李存信撺掇，先入为主，喝道："你写给朱全忠、王熔的信大肆毁谤我，这也是李存信逼你干的吗？"于是将他押回太原，以车裂处死。

行刑之时，李存信监刑，他吩咐手下驱策五匹宝马用尽力量向外拉扯。李存孝的手腕脚腕竟然因为先天的反应，自然而然地生出强力，将五匹马又活活地拉扯回来！李存信又敦促换好马，连接数十次，都是如此。被车裂而不死，这在古今天下也算是仅此一人了。这时，李存孝心想，反正自己到了这般田地已是必死无疑了，苦苦挣扎，又有何益？与其这般活受罪，倒不如早解脱，来个痛快，了却一切。于是，他大声对监刑的李存信道："四哥，咱兄弟俩到了这种地步，什么也不用说了。但是你这样是弄不死我的，也没法向父王奉命。我告诉你，如果你想用车裂处死我，办法只有一个，就是挑断我的脚筋手筋，让我的手脚无法发力。打碎我的膝盖肘骨，让我四肢无法相连，再用五马之力，才有可能将我弄死。你我做了这么多年兄弟，就当看在弟弟的面上，给你个方便，赏我个痛快吧！"听李存孝这么一说，李存信心中也颇悔，眼中含着泪，点点头，并依样照做。这次，五马齐奔，一代名将，天下无双的十三太保李存孝就此含冤殒命。

其实李克用原本不想杀李存孝，希望麾下诸将为他求情，就此顺势免了他的罪。谁知气话一出，诸将都妒忌李存孝勇猛，没一个人为他求情，成骑虎难下之势。李克用为此深恨诸将，惋惜存孝。李存孝死后，李克用伤感不已，连续十多天不理政事。李存孝一死，君臣猜忌更甚，晋军兵势也逐渐转弱。天下最终落入了朱温的手中。

话说李存孝死后，"铁枪"王彦章再无敌手，一次对阵，竟然连挑晋军猛将三十六人。急得李克用哭道："假如我儿存孝还在，何至于此？"关键时刻，军师出计，派形貌酷似李存孝之人假扮李存孝出阵。假李存孝骑着火焰驹，被重铠、橐硬弓、执金槊，甫一出阵，威风凛凛，竟然真的惊走王彦章，更是将王彦章的弟弟王彦童活活吓死。

棒

元朝末年，天下大乱，民不聊生，丐者云集，义军突起。

朝廷内忧外患，顾此失彼，摇摇欲坠。元丞相王保保东征西讨，南征北战，疲于奔命。有朝臣建议，丐帮为天下第一大帮，尝试找到丐帮帮主，夺取传说中丐帮信物"打狗棒"——绿玉杖，再杀掉帮主，重新立个傀儡帮主，号令天下乞丐为朝廷所用。一来安定民众，二来增加一股对抗义军的力量。王保保深以为然，随即秘密派遣一队人马装扮为汉人，由一个心腹精细将领化名江火儿，领导隐秘行事。

丐帮帮主找到了，外号银花子。江火儿费尽心机，终于得到银花子信任，打入丐帮内部。江火儿秘密利用朝廷外援，酒色财气等齐齐上阵，使尽手段，或套近乎或收买或威逼利诱，派人接近丐帮九大长老和仁、义、礼、智、信、勇六大分舵，甚至丐帮三代以上职位的弟子。得到信息众说纷纭，却始终没有查找到打狗棒下落。对于银花子，江火儿不断旁敲侧击，打探打狗棒归属，银花子嘿嘿摇头傻笑，始终守口如瓶。

王保保不甘心，又密令江火儿策划阴谋，引起丐帮内讧。江火儿不负期望，利用丐帮青衣、污衣之争挑起事端，一场浩大的火拼过后，丐帮元气大伤，银花子身受重伤。为得到打狗棒，江火儿假意拼命救下银花子。

银花子弥留之际，召集丐帮忠心耿耿的长老、帮众，托付丐帮后事。

江火儿趁机询问打狗棒。

"哪来的丐帮信物？哪来的打狗棒？哪来的绿玉杖？"银花子哈哈大笑，"所谓的打狗棒不过是创立丐帮的第一任庄老帮主手中讨饭打狗的一根破木棒，丐帮上下一个念想而已。历经数十代传承，早朽烂成土了。"

矛

林冲忽感时辰无多，便让小沙弥速唤武松前来，交代后事。

武松闻讯，急急赶来，扶起瘫痪在榻的林冲，看着他瘦若枯柴，心下酸楚不已。

"好兄弟！谢谢你不离不弃，留下来照顾我！"林冲有气无力地倚在武松怀里。

"哥哥说哪里的话！自家兄弟，不必客气。"

"想我林冲，八十万禁军枪棒教头，昔日校场教演之时，山呼海啸，一杆丈八蛇矛，有万夫不当之勇，因生得'豹头环眼，燕颔虎须'，人称豹子头，又叫小张飞。被高俅狗贼所害，逼上梁山。与兄弟们其乐融融，大碗喝酒，大口吃肉，大称分金银。原想干出一番摧枯拉朽的大事业，谁知宋大哥一纸招安，让我等兄弟东征西讨，为腐朽朝廷卖命。兄弟们死的死，伤的伤，离的离，散的散。一百单八位兄弟，仅得二十余人生还。唉！造化弄人啊！"

"哥哥不必伤感，这些时日听长老讲经，感触颇多，这世间万物，有因必有果，何必纠缠不放？"

"武兄弟，梁山数年，我为马军头领，你是步军头领。哥哥因小人当道，以致家破人亡，心里苦闷，封闭自我，平素和你交集不多，但哥哥素来敬你是条汉子，与我那智深兄弟如出一辙，快人快语、快意恩仇。不像哥哥，瞻前顾后、外干内弱，实在有愧智深兄弟肝胆相照的兄弟之谊。"

"哥哥，鲁大哥能参悟人生，最终皈依三宝，圆寂坐化，实乃兄长幸事，不必为他伤心。"

"兄弟，你不知道，智深与我初识，我们惺惺相惜，我与他走同路、食同席、睡同榻、卧同眠。家庭变故，他舍生忘死，奋力救我，在野猪林更是一路护持，周全左右。我却无意中道出兄弟在大相国寺的踪迹。当时随口一说，谁知却导致兄弟被高俅狗贼派人追杀，害了兄弟，也殃及大相国寺上下。得知真相后，我后悔不已，又碍于情面，没有向兄弟说明，以至于在梁山数年，我和智深貌合神离、兄弟生疏。更可气的是，直到智深坐化，我也撒不下这块脸来。唉！只有死后与其阴曹一聚，我当磕头请罪。"

武松愣了愣，道："哥哥，过去的事就过去了。大家都是侠肝义胆的兄弟，不必拘泥小节，耿耿于怀。我想，鲁大哥会体谅你的。"

"但愿吧！兄弟，能否把哥哥的丈八蛇矛递给我再看一看。"

武松从床头拿过矛，递在林冲手中。

林冲扯去矛套，蛇矛寒光闪亮，映照着他皮包骨头的脸庞。

林冲翻来覆去摩挲着蛇矛，心里跌宕起伏，眼眶里红红的。

"唉！兄弟，这蛇矛伴我冲锋陷阵，勇猛异常，不知我死后谁能执此矛，再驰骋沙场、纵横威武。"

武松陪着唏嘘不已。

"哎！林施主今已至此，何有遗憾？"六和寺长老听闻消息，也连忙赶来了，一进门就一声断喝。

"林施主，你一生天佑其相了！误闯白虎堂死不了。发配途中，人使钱买通押解衙役，打不死。狱中被人使钱买管营、差拨，烧不死。至于雪压草屋，你先期沽酒，火烧草料场，你先期宿庙。每到山穷水尽之时，总有柳暗花明之举，盖古今豪杰无数，患难无数，从无如你这般凑巧，每每逢凶化吉。你还有何怨言？你一杆丈八蛇矛，百万军前卖弄有加。入了梁山后，执此长矛杀伐远近，多少亡魂哀鸿遍野。你的小家遭遇顿然可悲可叹，可在你蛇矛下的凄楚亡魂谁不是家破人亡？在自家兄弟眼里，你是英雄无敌，顶天立地。在朝廷奸党、阵前敌人面前，你又是何种腌臜身份。因果循环，何有惧哉！"

林冲一怔，顿然醍醐灌顶，奋力把手中长矛掷在床前，大笑数声，瞑目气绝。

耙

看着眼前一老一少两人低着头卖力地耙着地，李自成兴奋不已。

一路上大大小小数十战，好不容易逃脱清兵追杀，手下的将士早已被打散了，仅剩疲惫不堪的二十骑亲随亦步亦趋地跟侍左右。为避人耳目，路过村庄都不敢靠近，眼前的两人看上去应该是老实巴交的庄稼汉，正好问问路。李自成不禁心里一阵温暖。自己也是庄稼汉出身，眼前的景象恍若回到起义之初的憧憬，为受苦的百姓打下一片太平世界，自己解甲归田，种种地，年年搏个好收成。繁衍子嗣，一家人其乐融融。

侍卫明白闯王的心思，一人交了马缰绳，就要去问路。李自成摆摆手，把马交给他，自己信步走上前。

"老哥，耙地呐！"

那老头直起身来，看了看眼前的一行人，紧紧握住手中的钉耙。

"你们是？怎地来到这荒僻的牛脊岭上？"

"老哥别怕，我姓李，小字黄来儿。陕西人，过去也是庄稼汉，从军多年了。我们不是坏人，和老百姓是一家人。路过贵地，迷路了，又累又渴的，讨口水喝，顺便问问路。"

"姓李，莫不是？听保长说，有个草头皇帝，叫李闯王的，正和清兵大战。叫我们一有消息就上报……"

"大胆！"二十骑齐声暴喝，扔了马缰绳，齐刷刷地抽出腰刀，团团围住老少两人。两人丢了手中耙锄，吓得瑟瑟发抖，连呼饶命。

李自成呵斥一声："不得无礼。"

二十骑应了一声，齐刷刷刀入鞘，退到闯王身后。

李自成仰天哈哈大笑一声："老哥，你猜得不错，我就是李自成，清兵口中的闯贼。"

"原来真是大王！我姓程，村里人都叫我九伯，这是我的外甥，姓金。"

老头心头大定，一拉身边汉子，纳头便拜。

"老哥，你这是干啥？赶紧起来，折煞我也！"李自成慌忙扶起程九伯。

程九伯眼里泛着泪花，道："想不到大王落难至此。大王为天下穷苦人出了恶气，我们小百姓得谢谢你啊！人们到处唱'杀牛羊，备酒浆，开了城门迎闯王，闯王来时不纳粮'。有你做主，小老儿一家老少才有块田耕、有口饭吃。"

程九伯的话，不禁让李自成想起忠心耿耿的李岩，就是李岩苦苦劝谏，自己才提出响亮的"均田免粮""平买平卖""割富济贫"口号，得到百姓拥戴，成就大事。可是自己一进北京，就被眼前花花世界迷了心窍，排斥逆耳忠言，相信一干阿谀奉承的勾当，整天花天酒地，致使大顺军军纪涣散，忠良消湮。吴三桂勾结清军一入关，自己数倍于敌的几十万大军连吃败仗，被阿济格咬着尾巴，打得落花流水，如丧家之犬一般，逃到这荒蛮的九宫山。想着想着，李自成万念俱灰，悲从心来，忽地一把抽出闯王军刀，就往脖子上抹去。

程九伯、金姓汉子和二十骑大骇，慌忙七手八脚地抱住闯王，夺下他手里的刀。

程九伯搐胸顿足，泣道："大王何故如此？常言道，留得青山在不怕没柴烧。只要有大王在，就有穷苦百姓的念想，天下多少穷苦百姓还等着大王再举义旗，驱逐鞑虏呀！"

李自成心头一凛，仰天长叹一声，喃喃道："唉！如今到处都是清兵搜捕，就凭我和区区二十骑，怎生是好！"

程九伯看了看闯王，看了看二十骑，其中一人相貌酷似闯王，忽地心头一亮，计上心来。便向二十骑使了个眼色，众人聚到一旁，耳语一番。二十骑大喜，对程九伯纳头便拜。

二十骑团团围住闯王，扑通跪倒，齐声高叫："大王保重！"

李自成一愣。二十骑忽地跳起，不由分说，相互斩斫刺杀，顿时纷纷倒地，气绝身亡。

李自成大怒，哐啷一声抽出军刀，指着程九伯就要下手。

程九伯道："大王，为了救你，我这也是迫不得已出此下策。"

李自成怒道："你怎敢卑劣如此，害我出生入死的兄弟？"

程九伯缓缓道："大王，你今日之败，已是强弩之末，就是我指给你逃生小道，跑不出多远，也难免被清军追上。就这点人马，无异于以卵击石，徒增其辱。方才我看得卫士中有一人与你身形相貌酷似，只需剜去其一目，面容稍加毁坏，几可以假乱真。便与二十骑商议，卫士齐死，匿你踪迹。我与外甥找村里细密之人，稍加掩饰，造成你们被我等无知乡民围殴致死的假象。我与外甥再去告首，以假死骗过清兵，你只身逃走，或可有一线生机。"

李自成怔了良久，虎目含泪，仰天长啸三声，道："罢了！罢了！罢了！"抛下金印、佩刀、铠甲、衣袍，扬长而去，再不回头。

程九伯与外甥拿起钉耙、锄头，一通乱筑乱砸，把二十骑尸体弄得血肉模糊，不辨真假。而后用一根绳子把形貌酷似闯王的卫士吊在一棵弯腰树上，随即下山奔赴清军大营。

数日后，清军统帅阿济格向朝廷奏报，奏报中说："……自成窜走时，携随身步卒仅二十人，为村民所困，不得脱，遂自缢死……"

数月后，夹山寺来了个和尚，自号奉天玉大和尚，晨钟暮鼓、礼佛诵经、耙地浇园，煞是虔诚。后圆寂于夹山灵泉禅院，葬于夹山寺西坡，享年六十九岁。

地下九千尺

三鬼的榔头砸得心不在焉起来。

老疤和牛眼各背着满满一箩矿石出去了。照硐子深度估计，九千尺还有尺量的余地。老疤和牛眼出去把矿石交给炉户，再爬进来还早着哩。老疤年纪大了，那些蚂蟥伸腰长虫脱壳的技巧延缓了他的速度，加上牛眼磨蹭惯了，时间足够。只要照准后脑勺，一榔头下去，长发一定完蛋。自己再爬出去，把鬼溏处的几根撑杆砸了，硐子准塌下来，那时就天衣无缝了。若是还有顾忌，再砸几块矿石掩住长发的头，就算硐子再度打开，长发被矿石砸中，死于矿难，谁也怀疑不上自己。

"三鬼，你干吗？腰花疼嘎！咋使不上劲呀！"

长发眼看几锤下去，钎子在岩石上只錾出些白印子，一块巴掌大的矿石都没有落下来，急了。

三鬼定了定神，胳膊上鼓起几块疙瘩，榔头飞舞起来，在钎头上砸出一连串的火花。

矿面上扑啦啦掉下几块岩石。长发把钎子扔在一旁，拿过油盏子，捡起掉落的岩石，凑着火亮看了看，黑黢黢的石块中间夹杂着些晶亮亮的色彩，煞是惹眼。长发满意地点点头，把石块抛进一旁的塃筐。一屁股坐下，抻着脖子抡了几个圆圈，揉了几下酸麻的肩膀。一扭头看见三鬼站在一旁，手里紧紧地攥着榔头。长发扑哧一声笑了出来。

"累不死你，坐下歇歇，肚子打起滚雷了，吃点东西再干。"

三鬼坐了下来，右手始终握着榔头柄。

长发扯过一个黑乎乎的布袋，一阵摸索，犹豫了一下，掏出两个黑乎乎的东西，递给三鬼一个。自己那个早缺了一块，嘴里嘎嘣嘎嘣响得很有节奏。

三鬼着实饿了，也顾不得榔头了，双手捂住黑东西，一口下去，黑东西没了一半。一通乱嚼，腮帮子隆了起来，黑东西硬硬地往喉咙处钻，急切间堵得他喉咙发胀发痒，忍不住干咳了几声，黑东西差点喷出来。三鬼赶紧用手捂住嘴，呃呃呜呜地下咽着。

长发乜斜着看三鬼，眼角挂上了些讥诮的笑意。空气中只有些嘎嘣嘎嘣的声音。

"歇口气，一会儿我来抡锤，你来掌钎。"长发早消灭掉了黑东西，把手向黑布袋伸了伸，怔了怔，胡乱地把袋口拧成一团麻花，把油盏子火头调暗了些，一伸腰，重重地倒了下去，然后调整了一下姿势，把黑布袋揽在脑下当作枕头。眨眼工夫，鼻息重了起来。

三鬼总算理顺了口中肆虐的黑东西，让它们顺着脖子鱼贯而入，制止了胃里猫抓狗咬的骚乱。扭头看看长发已经有些鼾声，手心倏地起了满手的汗，一咕噜翻爬起来，摸到榔头。

"四面！四面！来，换你了。"

"什么？什么？"

四面的娃娃脸几乎凑到石头的嘴巴上。

石头索性把钻机关了，空气顿时静穆起来。

"我钻了半个多小时了，手膀子的肉都快要掉下来了，你还嘻嘻哈哈的。"

"啊哟，石头哥，钻不动就歇会儿，我还不是浑身酸麻，你才换我的嘛。谁知道狗日的灰猫死哪里去了，一会儿尿遁，一会儿屎遁，和这种人做一班真倒霉。"

"算了，歇会儿就歇会儿，待会儿这小子来，我俩谁也不换他，今天完不成掘深的任务，就把他埋在洞里得了。"石头一屁股坐倒，喘着粗气，皱着眉头，咧着嘴，看样子着实累得够呛。

长发翻了个身，脸朝着三鬼，昏暗的火光还是把他脸的轮廓勾勒了出来。这张脸是三鬼再熟悉不过的了。

三鬼是个孤儿，流浪的地方多了，连自己祖籍地也不知道了。在堂琅街头差点饿死，有好心人给他送了口吃的，随后便介绍他到矿山上去碰碰运气，起码还有些温饱。

硐长一看三鬼的样子，噗地笑了，把一口茶水喷了三鬼一脸："你看看你，脑袋像个大头鬼，身子像个排骨鬼，活脱脱一个饿死鬼，你会当得了砂丁，下得了我的硐子？吓吓其他人还差不多，来这里蹭吃喝，门儿都没有！"

尽管三鬼头磕得咚咚响，硐长就是不答应，叫来保丁就是一顿拳脚，说，"打死了就丢到山沟里喂山猫狸。"这时长发背着空塽箩路过，连忙拦住，劝说硐长，硐子里有些窄小的地方，三鬼的鬼身子钻正合适，并用自己的性命担保三鬼不会白吃白喝。眨眼工夫，围上来一大帮砂丁，大家都可怜着三鬼，为三鬼说话。硐长眼看犯不了众怒，便留下了三鬼。

面对自己的救命恩人，三鬼手心一松，榔头当啷一声掉落在地。随即软倒在地，索性仰面躺下，把手交叉枕在脑后，瞪大眼睛，心里乱成一团麻，眼前却一片明亮。

水花像一片月色镶嵌在硐顶上。

硐上有三个女人。

硐长夫人只是偶尔乘着软轿上山来，捏着兰花指，指指点点着人模鬼样的砂丁当模子，教训自己的儿子几句。一硐的砂丁忽地发现自己是男人了。虽然一个个低着头，鬼魅般快速走过，却偷偷地往夫人的身上射去有棱有角的自制暗器，一种能把夫人瞬间彻底剥个精光的暗器。

硐子人眼里，水花才是真正意义上的女人。水花是这个硐上唯一被丈夫带上山的女人，当然也是谋生计来的。她的任务就是协助老妈子做饭，更主要的是为炉户熬制米汤，把那些令砂丁垂涎的白米熬成汤水，供炉上炼出的铜冷却用。据说这办法是炼出上好铜锭的良方，用米汤冷却的铜块色泽赤红，光洁润泽，是上供朝廷的贡铜。水花的收益不过是填饱自己和儿子的肚子，没有一个子儿的工钱。水花原本是很满足的，能吃得饱肚子，丈夫下硐得来的工钱弥补了一家人的用度，略有结余。打算等钱攒到一定的时候，一家人便回到老家去，买上几亩薄田，过些安安稳稳的小日子。

三鬼上山的第二年，硐子塌陷了一回，埋了十几个人，等到刨出来，只剩一堆堆零骨碎肉，其中就有水花的丈夫。硐长叫来保丁，用几床破席子裹了，草草埋在山谷里。山谷里响了一夜山猫狸的争吵。三鬼偷偷去看过，山谷一片狼藉，骨头渣渣都没留下。过了很久，三鬼才把山谷的事偷偷告诉水花，看到水花把嘴唇咬出血。

丈夫死了，儿子才六岁。硐长勉强挤出几滴眼泪，把两吊钱丢在破席子上，要水花走人。水花拉着儿子扑通跪下，央求硐长赏口饭吃。硐长嘻嘻地笑，当夜就摸进了水花的破棚子里，天麻麻亮才走。

硐长的破事硐上的砂丁都知道，却不敢说。一天清晨，硐长出水花嫂的门时踩到一把木耙子，把脑门打破了。硐长倒吸了一口凉气。水花嫂的破棚子前少了一个蹑手蹑脚的黑影，墙角暗处却多了一个蹲着的黑影，还有许多偷偷摸摸靠近的黑影，被蹲着的黑影低沉的咳嗽声吓跑了。

三鬼知道，那个蹲着的黑影就是长发。

水花的儿子小栓半夜起来撒尿，迷迷糊糊尿了那黑影一身，那黑影待小栓尿完了，嘻嘻一笑，站起身，摸了摸小栓的头，把小栓吓哭了，妈呀鬼呀地乱叫。水花抢了出来，一把捂住小栓的嘴，招呼黑影回屋里坐坐。黑影却一溜烟走了。水花嘱咐小栓："那黑影是长发叔，是保护咱娘儿俩的，千万不要说出去。"

小栓对别人是守口如瓶，对三鬼却是言无不尽。小家伙喜欢缠着三鬼，央着他讲些天南地北的故事。三鬼常常央不过小栓的生拉硬拽，到水花的破棚子里坐坐。三鬼的流浪经历，讲些奇闻轶事，自是小菜一碟。有时水花也听得入了神，陪着两人唏嘘感叹。水花可怜三鬼，便要三鬼若不嫌弃，把破棚子当作自己家，下硐子回来就来吃口热乎的。

一来二去，三鬼便有了些别的想法。

一天晚上，小栓玩累了，随便划拉了几口就上床了。

小栓的鬼精灵三鬼是知道的。

有一回，小栓在棚子边撒尿。牛眼逗他玩说："小栓呀，你看我们正在吃饭，你却到处乱撒尿，恶心我们，小心我把你的小玩意儿切了，丢到箐沟里喂山猫狸。"小栓看了看牛眼眼角透着的笑意，说道："大眼睛大伯，你才舍不得丢呢。"牛眼诧异地问道："为啥舍不得丢呀？"小栓叫道："我还不知道你呀，你肯定馋肉了，拿去炒吃哩！"惹得大伙笑得直喷饭。

山上条件艰苦异常，只有硐长和炉户经常吃得上肉，有家室的砂丁们都要等到逢年过节回家一趟才偶尔打得上牙祭。一次，硐长正蹲在石墙上啃鸡。小栓倚在石墙边，仰着头眼巴巴地看着。硐长把啃干净的鸡骨头扔在地上，叫小栓捡起来吃。小栓咽了口唾沫，说道："那是狗啃剩的骨头，我才不要呢。"硐长半天才明白过来，小栓是绕着弯儿骂人。想要发作，一看砂丁们坐在一旁嗤嗤地笑，便也不好说什么，递给小栓一只鸡脚，悻悻地说道："这不是狗吃的了吧。"

避嫌了小栓，三鬼抑制不住内心的冲动，从破布褂子下拿出早已攥好的一个布袋子塞给水花，结结巴巴地要她无论如何都要收下。水花打开一看，是汗渍渍的一包钱。

水花急了，把钱还给三鬼，说道："三鬼呀，这是你用命换来的血汗钱，拿给我干什么？你要好好地积攒着，将来娶个厚实的媳妇，好好过日子。"

三鬼扑通跪下了，叫道："嫂子，我就娶你得了，你就做我的媳妇。"

水花窘得满面通红，赶紧扶起三鬼来，低声说道："哪能呀！傻小子，嫂子是个不干净的人，脏了你哩。"

三鬼赶紧抢过话头："我不嫌弃，就是要娶你，把小栓当儿子养。"

水花板起脸来，扭过身子，斥道："不行。"

三鬼呆了，一脸绝望，喃喃自语道，"若是嫂子不要我了，我不如去死了干净，反正我活着也是个没爹没娘、没人疼的孤儿。"

水花急了，略一思量，低声道："要不这样，这些钱嫂子帮你先积攒着，等你将来想通了再拿回去。"

三鬼心里亮堂了起来，忙不迟疑地答应了。

小栓还告诉了三鬼长发的事。

长发也把一包东西交给了水花嫂。说有一晚半夜惊醒，看见屋里坐着一个慌乱的男人，自己看得很清楚，那个男人头发长长的。娘还嘱咐得更紧，要自己不要说出去。还说，再过几年，就和小栓一起下山，去过好日子。小栓问："就我们两个，不带上三鬼叔吗？"水花没有说话，只是嗯啊了几声。

有了长发这个疙瘩，三鬼很不快活，一度赌气不去水花嫂家吃饭。

一日，三鬼发烧打摆子，硐长便放了他一天假。三鬼学着其他人的做法，向老疤讨了几叶老旱烟，憋着气塞进嘴里乱嚼一通，吞咽了下去，胃肠里火烧火燎地闹腾一番，果然好了许多。三鬼憋得慌，颤颤巍巍地到树林里解溲。一眼瞥见水花挎着竹篮往树林深处去，便来了精神，偷偷地跟了上去。

水花沿着溪边剜野菜，四下看看没人，便除了衣裳，抄些水洗身子。白生生的水花像一尊玉像。

"起来，睡得死猪一样。"长发推了几下三鬼。

三鬼睁开眼，没了水花，长发黑咕隆咚地站在面前，吓得他一骨碌爬起来，一摸榔头还在，赶紧攥在手里。

"你来掌钎，我来抡锤。"长发把油盏子拨亮了些，拾起钎子递了过来。

三鬼心头一紧，连忙大声说道："还是我抡锤，我抡锤，你掌钎，你钎掌得好。"

"撑得住？"

"撑得住，撑得住！"

"别公鸡屙屎头截硬，老牛拉稀后劲松嘎，还要砸满四堆箩。一会儿老疤、牛眼来了笑咱俩偷懒。撑不住就说，小子。"长发蹲下身来，把钎子贴上矿面。

三鬼赶紧吐了口唾沫在手心，使劲搓了几下，掩饰掉内心的慌乱。而后抡起榔头奋力砸了过去，哗啦敲下了一块。

三鬼心里嘀咕得紧。都怪自己睡得太死，都不知过了多少时辰了，老疤、牛眼会不会快来了？错过这次机会，水花还是自己的吗？

随着有节奏的砰砰声，下硐子前水花对自己说的话一字一句起来，斩钉截铁地萦绕在耳边：我想好了，小栓喜欢你，可是我对长发的好感胜过你一些，晚上下矿后我在硐口等着，你和他谁先出来，我就跟谁走，再也不回来。

这样的话，水花肯定也对长发说过。三鬼又狠狠地瞄了瞄长发的后脑勺，榔头砸的力道更大，砰砰砰，仿佛整个硐子都抖了起来。

忽然，哗啦一声响，整个硐子剧烈地摇晃了几下，一股浓烟夹杂着浓重的土腥味冲了进来。

不知过了多久，三鬼醒了过来，眼前一片漆黑，浑身忽而沉甸甸的，忽而轻飘飘的。

"长发哥，长发哥！咋回事呀？"没有人回答，三鬼急得哭了起来。奋力一挣，感觉身上压着个重物。用手一摸，软绵绵的是个人，吓得他一声怪叫。瞬即反应过来，是长发，定是他把自己护在身下的。三鬼摸出火镰，划拉了几下，总算看到歪在一旁的油盏子，赶紧点燃了。

摇晃了几下，长发还是一动不动。三鬼用手探了探他的鼻息，似乎还有些悠悠的气息，便赶紧把长发平放在地上，接着用双手奋力在他胸口上挤压。这办法是老叫花教他的。那个把他冻僵的夜晚，老叫花也是用这种方法把他从鬼门关拽了回来。老叫花也成了他的义父。

"义父，你在天之灵一定要保佑长发哥呀！"三鬼一边挤压一边祷告，大滴的眼泪掉落下来。

"呼——"长发重重地喘了口气，倏地坐直起来，醒过来了。

"长发哥，你总算醒过来了。我不和你争了，不和你争了，一会儿你先出硐子去。"三鬼一把抱住长发，号啕大哭。

"傻小子，猫尿不值钱嘎！"顿了顿，长发站起身来，抖落一身的土石，拿起油盏子四处望了望，硐子口已经被坍塌的岩石堵得严严实实了。

长毛咬牙切齿道："肯定是鬼潭那里塌了，这硐长，跟他说过无数次，鬼潭那里渗水，硐顶松动，要赶紧加固，就是不听。"

三鬼急了："那我们怎么办？"

"还能怎么办，等着吧，希望老疤和牛眼他们赶紧组织大家来救我们。"长发失魂落魄地坐倒在地，噗地吹灭了油盏，像一块静默的岩石融入黑暗。

"长发哥，你干吗把灯灭了？我怕黑。长发哥！长发哥！"

"叫啥叫，省省力气。一会儿气都不够喘了，还点什么灯。"长发好久才瓮声瓮气地回了话。

三鬼心安了不少。硐子里的砂丁说话粗野得很，嗓门大，却让砂丁很受用，这说明伙伴还骂得动人，还活得生动。

黑暗让三鬼多了些勇气："长发哥，对不起，刚才，刚才我还……"

"还想一榔头砸死我，尿样。"

"你……怎么知道？"

"你把榔头抡得乱七八糟，以为老子是草包嘎？相处了这么几年，你一撅屁股就知道要拉多粗的屎了。呵呵！"

"你不怪我？"

"怪你干什么？进硐子时我就想好了，小栓喜欢你，我插在中间算什么事？出去后你就和水花过去吧，我攒的钱加上你的足够买几亩好田地了。水花是个好女人，更是个苦命的女人，小栓一身机灵样，找个先生，将来会有出息的。好好照顾她们娘儿俩，照顾不好小心老子用榔头把你砸成肉饼。"

三鬼呜地哭了起来，在黑暗中像鬼泣。

"哭啥？弄得人毛骨悚然的。傻小子，有力气就把布袋里的东西啃几口，省着点吃，饿死了，还出去搓啥。这个牛眼，明明算好的，一人两个，一定是他多拿了一个噎脖子去了……"越往后说，长发的声音越低了些。

"长发哥，你怎么了？"三鬼嚷起来。

"别鬼叫了，你没发觉越来越喘不上气了吗？再啰唆把你的舌头割了，让你亲不了嘴，说不了话。"

三鬼忽地心头一亮，一阵摸索，摸到冰凉的钎子，又摸到一块平整的石壁，窸窸窣窣地划拉起来。

"又在乱哪样神经？"长发嚷起来。

"长发哥，我在刻几个字，万一我们出不去，留下点东西也好。"

"你还识字？"

"我义父教我的，就是我跟你们说过的那个老叫花子，他说他是个大儒来着，被朝廷充军过来的。"

"真希望刚才被你一榔头砸了，省得受这份罪。刻快点，整得人牙痒痒。"

三鬼嘻嘻地笑，却有些有气无力。

……

"长……发哥……最后……最后……问你一句……我们……还能……出去吗？"

"会的……一定……会的，水花……还等着……你哩！一定……要出去，听到……了吗？三鬼？"长发忽地发出厉声高叫，随即没了声息。

"四面，看样子灰猫拉稀了。接着干，要不进度完不成了，又要扣罚奖金。"

"石头哥，我来吧！早干完了晚上好去迪厅，就把灰猫晾在宿舍里，敢跟着去就赏他一顿耳刮子。"

"你就记挂着电厂那个红裙子。"石头板起脸来。

"你还不是一样。"四面嘻嘻地笑。

"说好了，公平竞争，谁在背后捣鬼使坏，谁不得好死。"

"你以为我会输给你。"四面拿起钻头，堵着气就给作业面狠狠地一戳。

"长……发哥……快醒醒……快醒醒……有声音……有声音……有人……有人……一定是老疤他们来了……他们来救我们了，救……命……救命！"三鬼使劲地喊，可嗓子像被黏住了一般，喊不出声来。

哗啦一声，作业面忽地坍塌下一大块，露出个大洞，吓了四面一跳。

石头跳了起来，调整着头顶的探照灯向洞里探了探，洞里黑乎乎的。一股子霉味冲入口鼻，熏得自己差点喘不过气来。

"把风扇开到最大！"石头吼道。

四面赶紧调整风扇。石头拿起钻头使劲鼓捣了几下，洞口大了许多，足够人侧身进去了。

石头招呼了四面一声，两人鱼贯钻了进去。探照灯射了过去，石壁边霍然坐着两个黑影。

"鬼呀！"四面一声怪叫，躲在石头身后。

饶是石头胆大，后背也出了一身冷汗，扯着四面哆哆嗦嗦地走上前。

果真是两个人。

石头和四面吓得失了魂，动弹不得丝毫。

"四面！石头！你们两个死那里去了，今天不干活了。风扇开得那么大，不冷嘎？"洞口传来灰猫的公鸭嗓。风扇的嗡嗡声小了许多。

忽然，一阵怪风吹过，两个人倏地不见了，空气中多了一阵弥漫的灰尘。

灰猫拍了拍四面和石头的肩膀，四面和石头回过魂来，使劲地揉了揉眼睛，眼前却什么都没有了。

灰猫似乎看到了什么，凑近一块石壁前，断断续续读了起来：

采矿至此　忽遇岩崩　困吾弟兄二人于此　苦等救赎无果　恨地狱无门焉　魂不能出硐而见亲人乎　若假日得见吾二人者　盼同怜砂丁之苦　照抚水花小栓者乎　定九泉百拜　兄长发　王　弟三鬼　张子涛　顿首　明宣德四年仲春

四面和石头惊魂未定，凑上前来把石壁上的文字仔仔细细看了一遍，惊得合不拢嘴。

灰猫嘻嘻一笑，指着两人嚷道："不好好干活，还弄些有模有样的古文吓唬我，玩穿越嘎。我不就出去一会儿吗，值得弄这种神五鬼六的东西。"

"闭嘴！"四面和石头不约而同地亮出手掌，结结实实地在灰猫的脸颊上留下两个五指红印。

四面想，我就叫张子涛。

石头想，我虽叫王泽明，可小名叫长发呀。

妮妮会说话

一

第一次看见妮妮是在一个午后。

如果那天下午你在东拓路上走过，只要留意，就会看到我。我背着我的那只用装十二个化肥、水泥、大米、饲料等乱七八糟的蛇皮袋子缝成的大袋子。袋子里装满了矿泉水瓶，还有几沓花花绿绿的广告推销纸。这可是我这三个月来收获最大的一次。你若是再仔细些，完全可以读到我沉重脚步下踢踏起的兴奋。

碧马广场今天搞着几个大型促销活动。卖汽车的有两家，卖化妆品的有三家，都搭着舞台、棚子。各家的高低音炮让我想起躲在橱窗边见过的电视里的武林高手，那高手吓我一跳，一扬手，牛毛般的针便刺瞎了一群人。我又看到他一扬手，卖电视机的秃头老板出来了，给了我一个趔趄。下一蓬针是不是奔着人的耳朵去，我没机会看见，反正我想着那群人捂了眼睛后，肯定还要捂耳朵的。今天炸雷似的音响却让我有遇到几个武林高手的感觉，他们各施绝技，那些撕心裂肺的歌声和鬼喊辣叫的招揽声，让我好几次去捡滚落在音响旁的空瓶子时都心跳加快，血脉偾张。耳朵里的金戈铁马像要把我撕裂一般。以至于还有八个空瓶子在音响旁随着隆隆声颤抖着，我实在不敢去靠近、去伸手了。一角钱两个的空瓶子一丢就丢了八个五分，我咬咬牙，忍了。

今天天气出奇地好，天空中没有一丝闲逛的云彩，任由偌大的一个太阳赤身裸体，尽情发挥火热的阳刚之气，耀武扬威。擦汗时，我仰过几回头，试图缓解一下僵硬下垂的脖子。那刺眼的光线一点也不亚于那个武林高手挥出的牛毛针，看一眼，眼前一片黑，让我几欲昏倒。

我不能倒下，几户卖家都勤快地发着水，打开一箱又一箱。一见人过，就抢上前一帮年轻水灵的姑娘，把矿泉水往人家手里怀里送，把一张张花花绿绿的宣传纸塞到人家眼前，伸展着刮去薄皮的嫩藕般的手臂，舒展开葱白般的手指，做着请的姿势，口中珍珠滚玉盘的动听说辞喋喋不休，那身段那模样那姿势那声音，把我的婆娘比到鞋底下去了。我凑上前去几次，装作漫不经心的游客，装作脚步匆匆的工薪族，装作趾高气扬的老板……在她们身边晃悠。她们手中的矿泉水却不往我手里怀里送，更别说对我做出些好看的姿势，说些悦耳的言辞了。我只好继续追踪着那些得了水，咕咚咕咚喝一气的客人。一看到他们喝光了水，把瓶子一丢，赶紧扑上去，抢在手中，塞进我的大袋子里。他们手中的花纸也是随便一瞥就丢的。我起初不敢去捡，以为那些水灵灵的姑娘还要拾回来继续发。看了一阵，人家都不去捡拾，我便偷偷地捡了几页塞到袋子里。姑娘们也不看我，只管发手中那厚厚的一沓，发完了，又去舞台后的大纸箱里抱出一沓。我大了胆，只管抢上前去捡，有几张在空中舞着旋涡的纸片，我还蹦跳着扑了几下，像小孩子在草地里抓蝴蝶那般兴奋。有的客人把没喝光的矿泉水也随手丢弃，这可便宜了我，便宜了我快冒烟的喉咙。

我不止一次地念叨，今天运气真好。感谢阳光明媚，感谢脚勤手快的姑娘们，感谢川流不息的过客。

等到我捡满了我的口袋，那几个和我一样捡垃圾的家伙才来。我用嘴角努了努我的大袋子，得意地问小四川："怎么现在才来？黄花菜都凉透了。"

小四川一脸懊恼，说是贝壳湾商场那头大开业的，去了，都是一个道上的人守在那里，狼多肉少，只弄了不多的几个。

"你看看。"小四川拎了拎他的瘪了一大半的大袋子，叹了口气。

我嘿嘿地笑。

临走时，小四川随口问了我一句："早上去的那家找到了吗？"

"没有。"我的兴奋忽地打了折扣，心阴了下来，肚子里刚喝下的矿泉水似乎结了冰，胃部有些痉挛。便懒得和他们一一打招呼，背着我的战利品走了。

我牢牢地记得下一个收购点叫德馨。小四川向小陕西打听到的，小陕西听小湖南说的，德馨的老板是个卷毛男。我有些激动，就是个卷毛。

我专拣着人行道树荫浓的地方走，偌大的袋子不时遮挡着行人，蹭到一个两个走路不专心的。人家骂骂咧咧的，我只好一个劲儿地道歉。

我试着走到自行车道上，更惹得乱骂。机动车道上就不敢去了。我只好再回到人行道上，拣着树荫稀的地方走，不痛不痒地道着歉。

行道树是些法国梧桐，虽然叶片宽大，还是遮不住多少热量。我积攒的三瓶矿泉水已经喝完了，三只空瓶子在我手中被揉成哗啦啦的水笑的声音。舌头和上颚生产着黏糊糊的东西，胶水一样，像要把我的嘴封住。嘴皮干翘翘的，像要凝固的水泥。开始还能伸出舌头舔几下，后来嘴快被黏住了，一张口就扯得嘴皮子生疼。索性不张口了，蹭到人也只是点个头哈个腰表达歉意。

越来越热，背上的大袋子越来越沉，像要压出我满肚子的委屈。脚步有些跟跄起来，被骂的次数也越来越多。有几个毛头小伙子还冲我挥了挥拳头，其中一个拍了几下被蹭了一点灰的白衬衫，要冲上前拉扯我，犹豫了一下，手缩了回去，捂着鼻子骂骂咧咧地走了。

我一低头，领口冲出一股刺鼻的汗馊味，让我一阵发昏，赶紧把袋子歇在一旁的花台上，差点压倒几簇盛开的蝴蝶花。我小心地向外挪了挪，沉重的背带又勒在我的肩上。我半蹲着，双手拄着膝头，支撑着袋子的平衡，半眯着眼假寐了一会儿。

"贼卷毛，贼婆娘。"我心里又把这句话重复了一遍。老子抓到你们，一定要剥了你们的皮。这样想着，我又觉着自己拿着一根倒挂刺棍子，赶着两个白花花的人走在马路上。那些呼啸的轿车都停靠在路旁，给我让出了宽敞的马路。人行道上挤满了人，大家鼓着掌，间或还有人吹响口哨。我一棍子下去，卷毛男和我那婆娘就跳起来，身上就扎下几根刺尖，蹦出些血珠子，像冬天的蜡梅惹眼地开放。

小四川说了，到时再在那卷毛男和贼婆娘脖子上各挂上一只破鞋才好。

歇够了气，我挪了挪姿势，打算背起袋子继续走。忽地听到哗哗的水声，我揉了揉耳朵，确是清晰的哗哗水声。扭头一看，哇！我刚才真是瞎了眼了，就在我四五米远的地方，树丛里有一个水龙头。一个小男孩正扯着他爸爸的手，拧开水龙头。小男孩把他穿着凉鞋的脚上下左右地冲刷了一遍。

"够了，凉感冒了不好！"他的父亲拧紧了水龙头，扯着小男孩走开了。

我赶紧挪了挪袋子，把它放平稳，至于它是否会压倒花台里的蝴蝶花，我也顾不得了。滑掉肩膀上的背带，我拼命地冲了过去。

嘭的一下，我和一团白色的东西撞在一起。它和我都不约而同地吓了一大跳，它尖叫了一声，转身就窜进树丛。我下意识地退后一步，左边第四根肋骨重重地顶在水龙头上，痛得我差点喘不上气来。

是一条白毛狗，它没跑远，在不远处的一棵树下停住了，伸出舌头舔了几下右脚，哈着气，像一条吐着信子的蛇，回过头来看着我。顿时，一股强烈的哀怨风刀一样砍了过来，我那一句不干净的话就硬生生地被扼杀在喉咙里。

树荫过滤过的阳光虽有些惨淡，却不失金黄的色泽，洒在它身上的更是细腻，像给它镀了几斑金粉。我忽地忆起自己肯定是踩到它了，一抬左脚，鞋底的几根白毛被风一吹，翻滚着飘向空中，像我的愧疚。

我等不及愧疚了，一把抓住水龙头。

它肯定是来喝水的。咕咚咕咚……

刚才不知是候在哪个树丛里。咕咚咕咚……

等着人开了水龙头走后，抢出来找一口地上的残水解渴。咕咚咕咚……

这是我拧开水龙头，跪下去灌水的当口的简单想法。

喝饱了，我咳嗽了几声，直起身，肚子里哐当哐当作响。我略一踯躅，故意把水拧成一股细线，冲它招招手，嘴里啧啧有声。

它把嘴唇周围团团舔了一圈，收回粉红的舌头，抿着嘴，扭头走了。颠着细小的碎步，不紧不慢，不失高雅，一直沿着我的视线消失在墙角。

它就是妮妮，一条走进我生活深处的小母狗，但我现在还不方便叫它的名字。因为我现在确实还不知道它有名字，也想不到它会走进我的生活。

二

勉强回到国安桥下，小四川们早歇了窝。打鼾的、打屁的、磨牙的、讲梦话的，此起彼伏。鼾声最大的是老广西，擂鼓一样。真想不透，这么大的鼾声每晚都折磨着喉咙的休整，第二天说话声音居然还能洪亮得像打雷。

华灯早就上了好久了，黄的白的紫的红的绿的橙的，让这个城市变得眼花缭乱。两相比较，还是桥墩下充满了夜色的安静与祥和。

我弯着腰摸到桥墩下，靠着水泥柱子坐下。胸口疼得慌，我咬紧牙，嗤的一下扯开胸衣，趁着路灯昏黄的眼神，拳头大的一块乌青卧在右胸乳头附近，像一个腌渍得过了头的剥皮咸鸭蛋。我用手摸了摸，有些硬硬的。我摸索着扯开被褥卷儿，摸出枕下的一小瓶二锅头。一个月前我请眼前这几个室友吃烧烤买的，不对，该是桥墩友才恰当。第一瓶我一口就干了，这第二瓶只喝了一口，就一直舍不得喝。现在是特殊时候，我不由细想，拧开瓶盖，喝了一口，又喝了一口。第三口犹豫了一下，没有咽下去，噗地吐在硬块上。趁着酒珠子还在犹豫着要不要滚下胸口，我赶紧用手抹了上去，搓揉了几把，钻心的痛迅速传遍全身，忍不住哼哼了两声。

"怎么样？"小四川挨着我，被惊醒了，从被窝卷里探出了头。老沈阳、小山西、小河北、老吉林等都惊醒了。老广西停止了擂鼓，点亮了他的马灯，这个马灯是他从垃圾堆里刨到的宝贝，三个多月来，一直温暖着我们几个寒冷的夜晚。

剧烈的疼痛让我顾不上说话。小四川急了，一骨碌爬起来，关切地拉着我左手小臂。

哎哟，又是一股钻心的痛。

小四川撩起我的袖口，四五条黑红黑红的条状印子像一群吸足血的蚂蟥欢快地卧在上面。我略一回想，卷毛抄起的物件好像是根拇指粗的麻花钢筋来的。

"到底怎么了？"五六张关切的脸在马灯的映照下像几尊青铜雕塑。

小四川和我混得熟，一把夺过我的二锅头。小山西、小河北帮着忙，把我赤条条地扒了，几个人一惊一乍地数落着我身上不争气的颜色。忽而这里忽而那里，噗噗的声响带着浓郁的酒气。冰冷和疼痛刺骨，我昏昏沉沉地任由他们摆布，几只温暖的手在我身上肆意地游走。手停了，我还了魂。

魂回来了，我断断续续地想起了今天的遭遇。

喝饱了水，小白狗走了，我也上路了。一路上的人来人往、车水马龙对我不再重要。我只是想着要赶紧背着废品到德馨去。那里有个卷毛老板，说不定就是他，那个贼婆娘可能还坐在桌前得意扬扬地数钱呢。这三年多来，我见过无数的废品站老板，这是第一个据说的卷毛。

菊华营村不难找，一路向东，一打听，德馨废品收购站就在眼前。

一道简单的铁栅条门，锈迹斑斑的，不情愿地悬在红砖墩上。门掩着一半，我拖着臃肿的大袋子勉强挤了进去，弄得铁门风摆柳一般咣当咣当乱响。

废品堆里冒出个五大三粗的汉子，穿着一条吊儿郎当的灰色七分短裤，赤着上身，脚下一双丁字拖，走起路来拖着鞋底啪啪地打着脚底板。汉子一脸的汗珠子，青春痘一样一直挂到下巴尖，嘴里叼着一根烟，洇湿了大半。那烟缭绕着，侵略着他的眼角，惹得他不时眨巴几下眼睛，像赶走烟雾，又像抖掉眉上的汗珠。

"交废品嘎？背到这里来。"汉子挥挥手。

我揉揉眼睛又看了一眼，头发确实卷，却不是好看的卷，乱蓬蓬的像个鸡窝子。

我犹豫了一下，血有些上冲脑门的激动。四处看了看，有个四五平方米见方的小窝棚躲在西北的角落里，一块帘布就是道门。一眼就看到有一张瘸了条腿的公文桌支在门前，那条瘸了的腿上绑着一把遮阳大红伞，大红伞的把儿就成了它的一条新腿。不过绑的位置错落了些，桌子还是瘸，歪靠着红伞。帘布是拉起来的，用一根生锈的铁线勾住。屋里一览无遗，一张杂乱的沙发床，一个角落里摆着个液化气瓶子，一台油腻腻的煤气灶，一张更瘸的方桌上胡乱摆着几个方便面盒子，几只苍蝇兴奋地起起落落。桌前没看到那婆娘，屋里也没人。场院上，那些大堆大堆的塑料瓶、废铜烂铁、废纸破书是藏不住人的。我咬咬牙，默默地把袋子歇在板秤上。

"哎，你到底称不称？"汉子见我一直看他的破屋，盯了我几秒，有些不耐烦。

我又走到那间破屋前，仔细打量一番，除了几只苍蝇欢快地飞舞，果真什么也没有了。

我不甘心，走到汉子面前："你……这里……没个婆娘……"

"找碴的？"汉子对我的举动冒了火，"背着你的垃圾快滚！老子不收你的破烂。"

我脑子里一热，汉子的恶语和急躁让我浮想联翩。我想一把揪住他，却忘了他没穿衣服，衣领没有抓到，薅了一手的汗，身子没刹住，奔到他怀里去了。

卷毛一把推开我，一只汗津津的拳头就招呼到我胸口，把我打了一个四仰八叉。

我不知哪里来的力气，噌的一个鲤鱼打挺跳了起来，又扑过去："我媳妇呐？把我媳妇还给我！"

卷毛愣了愣，骂道："疯子，你想死嘎！"

话音刚落，卷毛像一头发怒的雄狮，头上的卷毛根根竖了起来，抄起个东西就扑上来……

"你就让那奸夫白打了？"老山西一张口，一股子醋味，在浓烈的酒味中异常刺鼻。

"错了，错了！"我咧着嘴。

"什么错了？"小四川抄起一根扁担，怪叫一声，"走，找他去！"几个黑影都噌噌站起身来。马灯一阵慌乱，把几个高大的影子投射到桥墩上、桥顶上，摇摇晃晃。

我忍住痛，赶紧拦住他们。

"卷毛不是拐走我婆娘的卷毛，他的婆娘也跟人跑了。"我咧着嘴嚷道。

两条汉子抱着滚了一阵，都筋疲力尽了。卷毛也挂了彩，眼角裂开了大口子，是我的肘子的力道恰到好处，具体是左肘还是右肘的功劳，记不清了。右耳朵血糊糊的，耳朵尖还在我嘴里，我噗地吐出去，像一个小小的红玻璃球，滚出好远，嘴里咸咸的。

"讲！你是整哪样呢？"卷毛大口喘着粗气。

"你不讲义气，带着我的婆娘跑了。"我眼里几欲瞪出血来。

卷毛忽地哧哧笑起来，先是很开心的调门，笑着笑着就凄凉起来，像一匹受伤的公狼。

"我的婆娘也跟人跑了，你来找我，我找谁去？"卷毛呜呜地哭了。

原来卷毛干收废品的营生五年多了，去年的夏天，婆娘领着两岁多的儿子跑了。听人说裹走她的是经常来交废品的一个四川人。卷毛去了四川，走遍了四川的旮旮旯旯，什么都没有找到，又回来了。

两条同病相怜的汉子交出各自的隐私，惺惺相惜起来。卷毛摸了一遍裤兜，角角毛毛的丢到一边，把红票子数了数，自己留了五张，剩下的三十八张全塞给我。

卷毛噙着泪："哥们儿，我留五百看看医生，剩下的你全拿走。老子佩服你，找三年了，叫花子一样了还找。记住，找到那卷毛后帮我狠狠咬他几口，领着贼婆娘来我这里一回，老子请你喝台酒，也顺便问问女人肚子里的花花肠子。"

小四川们凸显着奇形怪状的表情。

老山西率先打破僵局："钱你拿了？"

"我没拿，都是可怜人来着。"我喃喃自语，"我把钱偷偷塞在他的被窝里。"

"唉——"老沈阳一声叹息比我心里叹的那口气还夸张。

"哥几个还有什么新线索没有？"老沈阳的叹气让我又记起了心里的事情，暂时没了疼痛。

"没了！"小四川嘴快，"打你来的这三个多月，这个城市旮旮旯旯的废品收购点都被你找遍了，哥儿们，放弃吧！"

"那……我明日走了……"

"真走？"几双眼睛瞪得铜铃样。

"走！今晚我请你们再喝台酒。"

"你的伤！"小四川眼里有几分担忧，又有几分激动。

"没事，一台酒喝完就好了。"我哈哈地笑。

三

太阳光直射到桥墩下，把眼皮子刺得火辣辣的。我睁开眼，昨天的酒精过了麻醉的期限，身上的疼痛又开始了。桥上车水马龙，桥面不时轻微地抖动几下，传递着它对超重车辆的战栗和不满。我把一瓶昨夜老山西顺道买了塞给我的云南白药倒了一大口在嘴里，囫着唾沫咽了下去。

桥墩友们都喝高了，一个个还打着鼾。我掏出夹衣袋子里深藏的钱，数了数，昨晚的一顿奢侈了些，大概用去了我在这个城市里一个月的劳碌。我哑然失笑，想了想，也不后悔，都是些心热的人，没什么值得腻味的。我也不打算吵醒他们，让他们好好地睡上一觉。这三个多月来，这是他们睡得最安逸的一觉了，一个个嘴里涎着口水，一定还在梦里回味着昨夜的奢侈。和这三年多来的动作一样，我简单地卷起铺盖卷，默默地离开了。

四

想不到，我又一次见到了它。

客运站熙来攘往。垃圾箱里冒着的几个塑料瓶子引得我几乎有些冲动，想了想，我抑制住了冲动，没去捡了。反正我要赶往下一个城市，下一个城市会有垃圾等我去捡，等着我用它们淘换填饱我的肚子，购得我的车票，去找我的贼婆娘和那个卷毛。这个城市的垃圾就交给这个城市的诸如小四川他们去讨生活吧。

在大厅里候了一会儿车，肚子有些咕咕叫，早晨的小碗米线被我的匆匆步伐消耗完了。我看了看发车时间，还早，便打算出去随便弄个什么哄哄肠胃。

一出门，就遇到一个端着一笸箕热气腾腾的粑粑叫卖的新疆人。一块钱一个，我买了一个甜的，三下五除二就下了肚子。想了想，又买了一个咸的，细细地咀嚼着，品味着被包在粑粑内部的苏子和芝麻的浓香。

前头起了哄，我围了过去，看到了它。

我暂时还是不要叫它妮妮。我是个诚实的人，"知之为知之，不知为不知"还是我坚守的底线的。

它被围在人圈里，三条腿站着，一条左腿拎着，发着抖。从头到尾，从脊背到站立着的三条腿，拎在空中的左腿也没有幸免，抖得像微澜的水面。它雪白的毛脏兮兮的，该是在地上滚了几下所致，身上还沾着几粒黑亮的苏子和白嫩的芝麻。它呜呜地呜咽着，举着可怜兮兮的一双眼睛，把团团围着它的人群一番打量。

它看到我时，忽地呜咽声大了几分。

我读到它满眼的祈求。

一个赤着胳膊的公鸡头男人挥舞着一半苏子粑粑，喷着满嘴的粑粑屑，骂骂咧咧地斥责着它："还想来咬我，踢死你这条死狗。"公鸡头又抬起他短粗短粗的穿着棕皮鞋的腿。

我拉了公鸡头一把，那一脚没有招呼到它颤颤巍巍的肚子上，转了个圈又顺利地回来，和公鸡头的另一只脚配成对儿。

公鸡头愤怒地扭过身，眼里透着狠劲。

我说："大哥，算了，不过是一条听不懂人话的狗罢了，和它一般见识，脏了你油亮亮的鞋。"这么多年的走南闯北，我待人接物的言语圆滑而有分寸，但是，对那卷毛和贼婆娘一定是例外的。

"嘿，哪里来的家伙，敢管老子的闲事！"

我的眼前黑光一闪，等我明白过来，颊上火辣辣起来。

"你怎么打人哪？"

"打的就是你！"

一声刺耳的撕裂声后，公鸡头把我今早刚换在身上的一件廉价的白色的确良衬衣扯去了。

我身上的"咸鸭蛋""血蚂蟥"倏地显露在阳光下，人群发出一声齐刷刷的惊呼。

我脖子上的青筋毕露了出来。我拍着胸脯，吼道："朝这里来，欺负一条狗算啥本事。"

公鸡头愣了愣，把我的破衬衣递给我，冲我敬了个礼，一脸歉意："大哥，对不起！对不起！"随即把手中的半个苏子粑粑扔到它的脚下，挤开人群，瞬间没了影儿。

人群散去，狗没走。

它怔怔地看着我。

我把撕坏的破衬衣胡乱地套在身上，像个滑稽的小丑。我愤怒地又把它扯下来，丢进一旁的垃圾桶里，重新从包裹里扯出一件灰T恤套上。

我背起包裹要走时，它朝我走来，努力地把左腿垫在地上走路，似乎要向我证明它的坚强。来到我身旁，它蹭了蹭我的裤腿，俯身衔起公鸡头拉扯我时我掉落在地上的小半块粑粑，三两口就吞了下去。公鸡头的那块粑粑冒着丝丝的热气，它眼皮都没去扫一下。

我再次迈步，它咬住我的裤腿，两眼泪汪汪的，楚楚可人的模样，让我的心软了下来。

我问了司机，司机一个劲儿摆手，狗不得带到车上。

我只好又回到国安桥下。

小四川们都出去了。我的疼痛隐隐地开始了，又赶紧吃下一口云南白药。顺便倒了些药末涂在它左脚红肿渗血的地方。它起初不乐意配合，嗯嗯了几声后不动了。我看见它咬着牙。

五

听到几声狗叫，我醒了过来。

小四川最先回来了，挥舞着口袋和它对峙着。我喷喷了两声，它停止了叫唤，走进我的怀里，眼里喷着火气，直勾勾地看着小四川。

"哥们儿，你咋又回来了？一大早招呼也不打一个就走，怪得很！"小四川嘟嘟囔囔地猫进来，忽地提高了音量，"车费不够嘎？早说嘛！"说着手已经往怀里掏摸。

我摇摇头，胸口有些疼痛，忍不住干咳了两声。

"噢，捡了一条狗，给我们打牙祭！要用口袋装起嘛，吓我一跳。"小四川啪地击了一下巴掌，清脆响亮，愉快的笑容已经挂满他的脸。

我激灵灵地打了个寒战。两个星期前，老吉林神神秘秘地背回个活蹦乱跳的口袋底儿。一打开，是一条呜呜呻吟的黑狗，嘴角流着血，眼里汪着泪。一问，是条没主的流浪狗，跟着老吉林走了两条街。老吉林一冲动，一口袋罩住，就着一棵粗壮的行道树摔了几个来回，扛着就回来了。几个人一合计，老广西动的刀子，把那活物弄成一锅煮，整个过程让我恶心。任他们怎么劝，狗肉我一口没沾，只是帮着跑腿买了几回酒。

"说些啥鬼话！"我忽地站起来，对小四川喷出一些唾沫星子。我也不知道我怎会激动起来，多年的流浪让我学会夹着腔子做人。它也激动了起来，立在我的身边，身子微微下蹲，喉咙里发出低沉的吠声，做即将扑咬状。

小四川退开几步，把口袋挥舞在胸前："哎哎，哥们儿，开玩笑，开玩笑。"小四川吃狗肉时狼吞虎咽得像头饿狼，看见活狗时却胆小得像只斗败的小公鸡。

我说："这狗是我捡来养的，谁胡说我和谁红脸。"

小四川歉意地点点头，指着狗。

我用抚摸制止了它的不满情绪。它似乎明白了危险的消除，卧在一旁，用舌头舔舐着受伤的腿。

华灯初上，老广西他们陆续回来了。一看见它就一脸兴奋，嘴皮子抿得有声有色。直到我和小四川费着劲儿一个个解释说明，大家眼神才黯淡了下去。

晚上，一向挨着我的小四川不声不响地把铺盖卷儿挪了位置，依着老广西躺下。老广西嘿嘿地笑，夜里鼾声出奇的大。我偷眼看见小四川把两个棉团子塞在耳朵眼里。

六

第二天，大家安慰我将养两天，都出去找生计去了。

桥洞里只有我和它了。它的脚似乎好多了，能用四条腿走路了。它忽而来来回回走着八字步，忽而静静地坐在我身旁看着我。我莫名地惊诧它神奇的自愈力。

我又吃了一回云南白药，小四川给我买了一盒阿莫西林和一瓶止疼片。我胡乱倒了几粒，吞了下去。

有了闲工夫，我又在盘算着怎样离开这个城市，到下一个城市去找那卷毛和贼婆娘。想着想着，牙帮子咬得咯吱咯吱响。

"我叫妮妮。"一个清晰的声音唬我一跳，我拉回恍惚的思绪，四处看了看，没人。

"我叫妮妮，谢谢你救了我。"声音像附体的魂。我揉揉眼睛，阳光暖暖地蹚进桥洞，旮旮旯旯都亮堂着，我又四处看了一遍，除了几堆破烂，确实没人。我看了看水里，水和平常一样黑乎乎的，散发着怪味，水面映着阳光，明晃晃的，不像能藏住人。

我头皮发麻，紧张地叫道："谁？谁？谁在说话？"

"我呀！"我感到裤腿被扯了扯。一看，它歪着头看着我，"谢谢你！你真是个好人。"它的嘴分明地翕张了几下。

我吓得一屁股坐倒在地。

"你——你——你——"

"是我，你救的狗呀！"

说实话，假如你在现场，一定看得到我无穷诡异的面部表情，一定体会得到我脑细胞的无穷惊慌失措，一定感觉得到我心脏的无穷扩张。我觉着脑袋要爆炸了，心脏要跳出来了，脉搏要飙射出血来了。

它近前几步，亲昵地用嘴蹭了蹭我的脸。说实话，我是非常非常想躲开的，可我浑身的每一个细胞都不听我的使唤，它们都惊呆了，我真正体会到呆若木鸡的滋味。我眼前伫立着安静的桥墩，我觉着我和它们是一样的。

也不知过了多久，桥面上该是发生了一起车祸，传来一声惊天动地的声响。尖叫、呻吟声、吵嚷声透过厚厚的水泥桥面砸下来。我回魂了。

它静静站在我的面前，外面的世界顿时又消失了，空气中静谧得像怀孕母亲的子宫。

"你……会说……说话……"我的声音还在微微发颤。

"嗯。"妮妮点点头。我现在不再用"它"称呼它了，它都自报了家门，它有名字，叫妮妮。现在我叫它妮妮应该顺理成章了。再说，一条有名字的狗，我再"它它它"地叫唤，有失礼仪。

"你怎么？"

"唉！"妮妮皱了皱眉头。

"我一直都在偷偷地学说人话，其实人话也不难学，只要舌头和牙齿运用得当就行。你却是第一个让我有对话冲动的人。"

"你怎么？"

"我打小就在一个高官的家里长大。高官，我的男主人，他的妻子是我的女主人，他的女儿是我的小主人，还有他家的保姆……都把我当作乖巧的宝贝。"妮妮眼里闪着幸福的泪花。

"那你怎么？"

"后来，男主人被人带走了，别墅门口停着好几辆车，听说是被请去喝咖啡。第二天，女主人也被带走了，还是那伙人。又过了几天，小主人被一个老实巴交的农民模样的人接走了。她走时哭喊着要那人连我一起带走。那人嘿嘿地冷笑，俺们老家养不起这么娇贵的死东西。还狠狠地给了我一脚，我的腹部疼了好几天。保姆没了影子，别墅被封条贴住，我再也进不去了。"

"那你？"

"我徘徊在别墅门口，等着我的主人回来。许多人从门口走过，都说着差不多一样的话。'哈，那个赃官家的爱犬。'大人们冲我吐口水，小孩们用东西丢我。那些人好多我都见过，偷偷摸摸来过主人家，平日里连对我都是点头哈腰的。那些日子，我深切地体会到世态炎凉。我实在待不下去了，只好只身流浪，去年来到这个城市。"

"那你？"

"想通了人的诡异，我再也不相信人了。流浪的路上有人想收留我，有人想欺负我，有人想吃我，我一概逃跑。"

"那你？"

"直到那天看见你。你叫我喝水，我干渴的心动了动。再后来，车站上，我只是盯了盯那个家伙手中的粑粑，因为我肚子实在太饿了……你挺身而出救了我，那么多看热闹的人，那么多人呀……"

我看见妮妮眼睫毛上的泪花密了起来。

"我决定跟定你了。你要到哪里去？听他们说你在找人。刚才看到你眼里寒光闪闪，我想，你肯定是要丢下我远行。我就忍不住脱口而出了。"

"我一定要找那个卷毛和贼婆娘。"妮妮撩拨起我的怨恨，我咬牙切齿，这句话从我嘴里一字一字地蹦出来，用了些时间。

"卷毛叫什么名字？"妮妮等我说完，试探着问。

"啊！叫……我怎么知道他叫什么名字？他不配让我记住他的名字！"说完，我狠狠地啐了一口。

"他怎么得罪你了？"

"他卷着我的贼婆娘跑了。这个贼婆娘，偷人就偷人了，还跑了，她把我当作什么？当作什么？呃？"

"那——贼婆娘叫什么名字？"妮妮怯生生的。

"啊！叫……叫什么来着？"我苦苦思索。

这三年多来，居然没有人问过我这样的问题。妮妮的提问让我一时迷茫了起来。是呀，我的贼婆娘，我朝思暮想的贼婆娘叫什么名字呢？

"她长什么样子？"妮妮一副刨根问底的神情。

是呀，她长什么样子呢？我努力思索，调动我肿胀的脑袋。三年多来遇到的女人或清晰或模糊地在脑海里放映了一遍，里面没有我的贼婆娘。我一阵慌乱，又努力把脑海里的印象往三年前搜索，一片空白，三年前的东西居然一片空白。我惊讶得张大了嘴，瞪大了眼。

我努力想让这片空白还原，找回那些让我消弭恐惧的东西，有清晰的图像、有灵动的画面。我嘭嘭嘭地敲打着自己的脑袋，可脑袋里像一部没有碟片的影碟机，除了空白还是空白，哪怕是一株眼熟的草，一块我随手丢出去的砖瓦都没有。

我一把抓住妮妮，急切地嚷道："妮妮，快再问我，问我问题！"

"你叫什么名字？"

我叫什么名字，我叫什么名字？我狠狠地左右开弓，给了自己两个响亮的耳光。我居然不知道自己叫什么名字！

"再问，妮妮，你再问！"

妮妮一脸惊讶，声音有些微微颤抖："你老家在哪里？"

"老家？我的老家。我的老家在哪儿呐？"

"你回忆一下，你老家村子里都有些什么东西？比如一棵什么树？"

……

七

一年后，我回到了老家，带着我的妮妮。

对了，忘了介绍我自己了。妮妮的不断撩拨让我终于想起了自己叫王小川，基于以往的经验，你可以叫我小云南或是小四川。因为我自己也搞不清楚我的身世和籍贯。我只知道我常住的村子叫勒格，金沙江、小江、以礼河三江的交汇点。江的这头是云南的东川、会泽、巧家，那头是四川的会东。村里人都说我们一家是外地人，我的父亲母亲至死都没说他们是哪里人。我只知道，人口普查时，云南查得紧了，我们一家跑到对岸的四川地界。四川查得紧了，我们又回到云南地界避避风头。普查人口的总算逮到我爹我娘，问我们究竟是哪里人，他们都冲着江对岸努努嘴。

村里人风传我的母亲是我的父亲裹搅着带来的，母亲的原丈夫全世界在找她，找到便要和她同归于尽。

我想起来了，我从没娶过媳妇。

听村里人说，我们村的江小桃嫁给隔壁村的李大忠那天，我喝着喝着喜酒就犯了傻，就哭，就闹，就打人。村里人就用土法子灌了我一气童子尿。那天夜里我就走了，一走就四年多。

我偷偷去隔壁村看过，李大忠看上去憨厚而老实，真是个卷毛头，天生的那种卷，很顺眼地盘在他的头上，一点也不像鸡窝子。江小桃很漂亮，让人多看几眼就会偷偷喜欢的漂亮。

我经常带着妮妮到金沙江边散步，看着浑黄的江水奔流而去。

隐隐听村里人说："王小川的疯病好了。"

又隐隐听人说："谁说王小川的疯病好了？前几天，他喝了酒，神经兮兮地对老五经说，他的狗叫妮妮，会说人话。老五经也真是的，疯人的话都听得，他居然真的和王小川一起去问那条狗话呢。"

"怎么样？怎么样？那白毛狗真的会说话？"

"说个啥？老五经还差点被那条疯狗咬掉鼻子。"

妮妮从此真是没说过话，任我怎样骂她、踢她，她只是两眼泪汪汪地看着我……

年关

顿下脚，歇口气，德友抬头看看前边。太阳已经掉下马鬃岭了，余晖在马鬃岭上萦绕，好像正在制造着一场血淋淋的杀戮。远处那些白日里青翠惹人的山头一个个暗了下去，仿若一座座大大小小的坟茔卧在那里，透着几分诡异。

从早上出门就起的北风到现在也不见有些将息，反而更加起势，挟持着些枯草烂叶、细沙碎石，裹着脚、裹着身子、裹着头，像一个孔武有力的摔跤手，要把人掀翻。

德友老汉紧走几步，靠上路边的一块大岩石，把手中的栗木棒子搂在胸前。栗木棒子是早上出门时就捡的，一直安静地陪着自己赶路。捡到的时候，它还有一层皮，一路上被德友老汉撕撕扯扯，已经没了，像一条被扒了皮的菜花蛇，光溜圆滑。黄昏的寒气带走了它的热量，拿在手里如同握住一根冰凌子。但德友老汉舍不得把它丢掉，一路上德友老汉靠着它敲敲打打，壮着胆。也多亏了它，扶正了德友老汉几个上坡下坡的趔趄。

德友老汉按了按有些兔子般上蹿下跳的羊皮帽子，扯了下帽带，紧紧地系在下巴的凹处，让它安安分分地护住头脸。又低头把衣服下摆扯了扯，裹了裹衣襟，身上暖和了许多。顺势摸了摸腰间，袋子还在，硬邦邦的。

喘了口气，德友老汉低着眉梢略一搜寻，一弯腰捡起一根小木棍，摸索着塞进大岩石下边的一个缝隙，把小棍立直，恰恰地卡在岩缝里。小小的棍子挺着腰，似乎把巨大的岩石撑住了，有些滑稽。这是山里人祖祖辈辈传下来的习俗，进山的时候若是觉着累得慌，找根小木棍，虔诚地塞到岩石下，祷告山神爷给人力量，便会得到山神爷的眷顾，腰不酸了腿不痛了。

到哪座山拜哪座庙，德友老汉一边竖小棍，一边喃喃地向杨梅山的山神爷祈祷了一番，忽地觉着腰上有了些力气，便又拄着木棒继续上路。

风忽地紧了起来，吹得光秃秃的白秧木、水冬瓜、麻栗树，毛茸茸的青松、棵松呜呜作响。四野的沟壑里、岩石后、山坡上好似躲着一个个遭遇不幸的妇人，她们端坐在暗处，呜呜咽咽地发泄悲怨。忽远忽近，一个赛着一个诉苦诉难，听得人心里毛躁躁的，无端地升起些悲凉。

德友心里充满了悲凉。

今天原本是去栗树棵村请老顺喜来杀年猪的。

谁知去到他家只见到他的老妻空着眼神坐在堂屋里。

老顺喜没了小半年了。听老妻说得了食道癌，送到县医院得了确切的诊断，老顺喜一扭身就回了。老妻哭着央求了几回，城里的儿女也回来好说歹说，甚至一家人合计把他捆起来送去医院。老顺喜比头老犟驴还犟，挥舞着杀猪刀，跳上碾子，吼妻子、儿女："老子杀了一辈子的猪，身子骨比牯牛还壮，薅百十斤的猪像拎只死耗子，谁再啰唆，老子把他像头猪一样放倒。"背着儿女，老顺喜对妻子说了心里话，死也要死得有尊严，与其在病床上哼哼唧唧，不如住在家里来得实在，让这些平日里鬼影子都不见、忘了本的不肖子孙一辈子背个包袱。后来，皮包骨头的老顺喜实在熬不住了，偷偷吞了几个生草乌。

德友陪着老妻唏嘘了一番，问："儿女怎么说？"

老妻揉着流干了泪的眼眶，哽咽着说："还不是说进城，去了几天，不怕你笑话，在儿子家里，马桶都冲不来，也没个火塘烤烤这把老骨头。儿子买了个烤火器，那东西倒也热乎，却老晃眼，不自在。家里坐不住，下了楼，一出单元楼，房子到处一个模样，就找不着回来了。只好整天窝在家里，守着电视打瞌睡，被儿媳妇不拿眼看，又回来了。"

德友叹了口气，要把手里的苞谷烧留下，老妻死活不要，说老顺喜死了，留下来没人喝。

临走，老妻一脸歉意，把老顺喜装家什的麂皮袋子给了德友。

德友去了趟老顺喜的坟头，一坛酒喝了两口就全倒在坟前，索性连酒坛子也恭恭敬敬地放在坟头上。

一路上，老顺喜挥舞着杀猪刀的影子总在眼前晃，惹得德友摸了腰间几回，确认硬邦邦的家伙还在。

夜色像台瘸脚的打包机，扯块黑布，把天与地胡乱地捆成一个巨大的包裹。这个腊月二十八的夜晚，月光灭了，几点星光明明灭灭，不成气候。周遭死寂死寂的，偶尔几声夜枭喋喋地叫唤似地狱小鬼阴森森的笑。

"远处怕水，近处怕鬼。"

德友汗毛竖了起来，后背出了一波又一波冷汗，赶紧摸出手电揿亮，四处乱射。手电的光柱像一把剑，这里砍砍，那里戳戳，闪过这头，那头又黑黢黢地瘆人。德友不由自主地把手中的棒子握紧，横在胸前。脚底飘了起来，风打着脚，一步紧赶一步。

爬上斗租坡，看到几豆灯光，德友的心暖和了起来，眼前没了幻影。

"德友大哥，德友大哥。"是德旺迎出村口了。

德友赶紧应着声，身上的汗毛舒服地顺了下去。老黑第一个冲到面前，汪汪了两声，绕着德友的身子蹭了几个来回。

"老顺喜呢？"

德旺后面瓮声瓮气的，一听就是德忠。

"回去说，回去说。"德友闪过一丝不快，不耐烦地挥挥手，把陪伴了一路的栗木棒子随手丢在道旁，棒子像一条白花蛇滑进了枯草丛。

进了屋，灶台边传来叮叮当当的炒菜声。德友心里暖洋洋的，在门口的时候赶紧拍了一身灰。那些细小的颗粒在灯光的照射下四处乱窜，有些群魔乱舞的味道。

翠珍端着菜过来，德友赶紧接过，放在桌上。

"回来了。"

"嗯。"

"老顺喜呢？"翠珍在围兜上擦擦手，向门口张了张。

"没了。"

"没来？干吗不来？"翠珍没听清，急了。

"死了。"

忙着把桌子上扣着的几个碗碟揭开的几只手停在了空中。碗碟里吐出的热气顺着灯光的照映，袅袅飘向空中，似佛像前燃起的几灶高香。

"算了。"翠珍幽幽地叹了口气，打破了僵局，"都饿了！吃饭吧！都热了三回了！"

"干吗不先吃？"德友心里一暖，含情脉脉地看了翠珍一眼。

"还不是等你们。"德忠冷冷地射过两道寒光，"早知道你这尿样请不到人，早吃早睡了。"

"早死三年，躺在棺材里还不让你睡个够。"德友没好气地嚷道。

"你说什么，再说一遍！有胆子再说一遍！"德忠脖子粗了起来。

"赶紧吃饭，赶紧吃饭。"德旺添好两碗饭，递到两人眼前。

德友和德忠都没有接，脸皮铁青了起来，两双眼睛像斗牛的铜铃眼一样充满了红血丝。

"唉，你们两个老东西。"翠珍一人身上胡乱地拍了一巴掌，嗔道，"三句话不到头就瞎嚷嚷，枉费我还弄了鸡蛋酒，爱吃不吃。拿去喂狗，狗还懂得摇摇尾巴讨个好。老黑，老黑，来来来！"

老黑蹲在门口，循着呼唤声歪着头看了看屋里，却不过来。它似乎早已经揣摩透了女主人的心思，只是习惯性地摇摇尾巴。随即把头扭向屋外，叫了两声。那声音在山谷间有气无力地回荡了几下，闷闷的，显出了苍老的疲弱。老黑已经养了十四年了，按照人的年龄的换算，应该七十多岁。

德友和德忠听出了翠珍的话音，赶紧热了脸皮，接过饭碗。德友嘿嘿地笑，德忠也笑呵呵的。

四人重新坐了下来。

鸡蛋酒清香扑鼻，德友和德忠夸张地咂着嘴，喝得嗞溜嗞溜响。德友把老顺喜的事情给大家说了一遍，大家都唏嘘了一回。翠珍撩起衣袖，抹了几回眼角。

德友从腰后解下麂皮袋子放到桌上，喃喃地道："一大个活人，就剩这东西了。弟妹说了，怕我们杀猪用得着，用后就别还回去了，免得她看到心痛。"

"怎么办？"德忠看了看翠珍，看了看德旺，犹豫了一下，又看向德友，不过是用眼角睨的。

大家都看着德友，等着他发话。

德友把一双手放在桌上，用掌根做支撑，悬空着十个青松树枝般的指头，不间断地轻轻地敲打桌面，像马蹄声。

忽地，德友叫了一声："难不成'死了张屠夫，就吃带毛猪'不成？我们自己杀得了。"

"自己杀！就我们？"德旺跳起来，留在齿缝间的一小片青菜叶随着"杀"字的高音，喷了出去，掉在对面德忠的饭碗里。一碗白饭多了一片绿色的点缀，不过大家都没有留意到。

"说瞎话嘎！"翠珍瞪大眼睛，"就我们四个加起来快三百来岁的老头老太，猪都按不翻！"

德友抿了一口酒，把目光射向德忠，带着些轻描淡写的挑衅。

"自己杀就自己杀。"德忠牙帮骨咬得咯吱咯吱响，"不就是个一百多斤的猪吗，这几年就是多了个老顺喜而已。掀猪的时候，哪次我们不出大力？"一边说，一边把轻蔑的眼神向德友回敬过去。

德友却不再看德忠，而是看着翠珍和德旺："我想好了，把猪捆起来再杀，能省去不少力气，只要杀死了，褪毛开膛，我们看了老顺喜张罗了这么多年，学着点就是了。"

"那谁动刀子？"德旺哆嗦着嘴。

"我来，杀个猪嘛，还不和割个鸡脖子一样，放了它的血，它还能蹦上天？"德友喷着酒气。

德忠意欲力争两句，犹豫了一下，还是没说话，只是闷闷地喝了一大口酒。

"还是不要了，等着柱留他哥俩回来再说。"翠珍一个劲儿摆手。

"唉，明天已经腊月二十九了，等不得了。"德友摇摇头，"再说了，已经到镇上打过几个电话了。他们都是单位上的人，上头已经发了通知了，年三十才放过年假，难不成大过年的还杀猪等着下锅？至于德忠的儿子，唉！来不来都是个未知数。"

"指望他！"德忠来了气，一巴掌拍在桌子上，一桌的碗碟兴奋地跳了一下踢踏舞，"讨个娇滴滴的小婆娘，一看见就气炸肺。老子就当和他娘生了个石头，一抛脚踢出门，滚下山箐沟里去了。"

大家都知道德忠的难处。

五年前，德忠的老伴没了，儿子回来奔丧守孝。德忠知道儿媳是城里娇惯了的人，平日里偶尔回来一趟，都是打个蘸水就走。可这次是死了亲娘，无论如何也得守灵几天，把人送上山。德忠便忍着悲痛把楼上收了又收，扫了又扫，把被褥一概换了新的。谁知只住了一夜，一大早起来，儿媳就大呼小叫，掀着孙子的衣服，指着几处被蚊虫叮咬的红疙瘩哭哭啼啼，嚷着要回城里去。惹得那些来奔丧的三亲六戚怒气冲冲，几个后家的亲戚攥紧了拳头就要发难。

儿子磨不过情面，赏了媳妇一耳光。儿媳哭闹一阵，扯着孙子前头跑了。德忠压着怒火，可又揪心着儿媳娘儿俩在大山里乱窜，万一有个闪失可不得了。便狠狠地赏了儿子两个耳光，要他滚去招呼儿媳和孙子。儿子泪流满面，在母亲灵前磕了几个响头，又给德忠磕了几个，追出门去。尔后，儿媳再没有来过村里。儿子偶尔回来一趟，带着孙子来给爷爷亲亲，塞几张钱给德忠。德忠不要，只是搂着孙子星星月亮地讨亲近。儿子劝说德忠到城里去算了，自己好尽孝。德忠却不去，他对儿媳有疙瘩。

还有一个重要的原因，德忠不说，儿子不知道，德友知道。

德友、德忠和翠珍是铁三角的关系。三人一个村里长大，打小就玩在一起。小时候，三人一起上山砍柴、打猪食，一起到迷乐河摸鱼。大了些后，都有了想法。德友和德忠都喜欢翠珍，争相献殷勤。翠珍也心知肚明，却不知道如何是好。有一回，德友和德忠为了鸡毛蒜皮的小事闹了起来，当然，全村人都知道，是闹给翠珍看的。

村口的老槐树下，德友和德忠各拿着一根棍子。

德友撩起裤腿，把右腿往石碾子上一蹬，抬起棍子往大腿上就是一下。

德忠敞开胸膛，把棍子往胸口上一落，胸口很快就变得乌青。

两人挥舞着棍子，瞪着牛牛眼，任谁也劝说不了，拉扯不开。德友娘和德忠娘哭天抢地地给翠珍跪下，要翠珍做个抉择。最后，翠珍稀里糊涂地嫁给了德法。

翠珍一生都没有生养。大前年，德法去了，娘家的子侄都搬到城里去了。翠珍为人和善，平日里挺照顾娘家人，子侄们都表示要把她接到城里，养老送终。翠珍要强，头摇得像拨浪鼓，哪儿也不去。

翠珍嫁人后，德友和德忠也很快草草结了婚，明眼人都看得出来，日子是敷衍着过的。

镰刀箐村在山里藏得深，也就二十几户人家，一条蟒蛇般的牛车路晴灰雨泞，勉强把这里与外边的世界连接。这些年，新一茬人蒲公英一样，一飞出大山就在山外边扎了根。村里百多口人，老的仙去了，年轻的拉扯着小的走了。村子里只剩下德友、德忠、德旺、翠珍四个老人了。

德旺是个单身汉，原本是出去了的。县养老院来接走了一个多月，又偷偷跑回来了。德友问他干吗有福不享，德旺一脸黯淡，说养老院里憋屈得紧，吃吃睡睡，看着人家玩些无聊的乐子，一天到晚无所事事。与其被人侍弄着等死，还不如回到村里挖墒地，侍弄着皇天后土，临了一蹬脚，痛快了事。

翠珍不走，德忠不走，德友也不走。

德友有两个儿子，一个女儿。儿女们拗不过德友，便在逢年过节、闲暇日子回来看看，凑个团圆，送些紧要的生活用品。

铁三角成了铁四角。四个老人合计了一下，吃在一起，依旧各住各家。大家日出而作、日落而息，盘弄些村前村后的土地，种些苞谷洋芋、青菜萝卜、瓜豆椒茄等易于侍弄的庄稼菜蔬。原本不养猪鸡的，可是每次看到德友的儿女嘿哟嘿哟地扛着些肉蛋油米来，累得够呛，加上平日里吃剩的饭菜倒掉可惜，便又每年盘弄个猪，养几只鸡。逢年过节宰杀后，食油肉荤也有个着落，多余的还让儿女们捎些回去，尝尝自个儿熟悉的大山味道。

德友和德忠都坚持着自己杀猪算了，翠珍知道这也是没有办法的办法，便不再坚持了。

德旺把麂皮袋子打开，三个老汉这个家伙拿拿，那个东西看看，琢磨着事情。

一大早，德友把去年挖好的锅洞拾掇了一下，升起火。唤上德旺，把大铁锅涮洗一番，支上锅洞，烧水。德忠找来磨石，蘸着水，把杀猪的一套家什逐一磨了一遍。

翠珍端了一筲箕苞谷，哄着年猪在场院上溜达。那几只鸡看到有甜头，也围拢了过来，和年猪抢吃，惹得年猪不时哼哼地发着狠。

年猪是正月末德友和德旺到集市上购回的架子猪。两人从天发白走到掌灯时分，总算盘弄回来。年猪放养带圈养，养了快一年了。白日里，房前屋后乱跑，有时在山林里一窜就一两天，混个肚饱。晚上溜达回来，吃剩的饭菜、涮洗锅碗的泔水成了它可口的点心，吃好了，往敞开的猪圈里一躺，就是一天。这家伙口头好，五谷杂粮、山茅野菜，通通一涝而食。长得也快，肩阔臀圆，四肢又粗又壮，小跑起来，壮小伙才撵得上它的脚程。德友用大手拃过，从尾巴骨到后脑，足足六大拃有余，一百四五十公斤应该绰绰有余。年猪和人亲，一把苞谷、几片菜叶，喷喷几声，就哼哼唧唧地围着人转；若是再伸手在它肚皮上、耳朵后挠挠，立马就歪倒在地，呼扇着耳朵，等着你给它挠痒痒。

今早，年猪刚从圈里出来，要去进行它一天的行程。翠珍就赶快把它哄住了。

锅里的水烧开了，咕嘟咕嘟冒着鸡蛋大的气泡，热气撩人。

太阳升起一竹竿子高了，把光和热无私地洒向院子里，把屋顶、院墙、场院、年猪、走地的鸡、四个老人等都抹了一遍金黄色的喜气。年关的气氛搞活了。

德友招呼了德忠和德旺。三人把准备好的麻绳一头拴在院角的歪脖子树上。这是计划过的，虽说三人都是农把式熬出来的，可毕竟岁月不饶人。

往年杀猪，老顺喜是主角。他孔武有力，加上多年的杀猪经验，他说他知道猪的穴位，任你活蹦乱跳的主儿，被他扣住穴道，就只有干等着挨那一刀的份儿。穴位一说让三个老头琢磨了小半夜。

拴好绳子，德友使劲扯了扯，很牢实，便拿着绳头藏在身后，冲翠珍点点头。

翠珍右眼皮子直跳，用食指蘸了唾沫抹了几回眼皮了，还是跳。翠珍心又虚了起来，把一筲箕苞谷索性都倒在地上，任由年猪大快朵颐。

翠珍走向三人，说道："还是不要杀了吧！眼皮子直跳，总觉着心里慌得很，好像有什么事情要发生。"

德友嚷道："会有什么事发生？你看你，都说好了的，明天就是大年三十了，再不杀，过年吃啥？"

"是呀！没了年猪，过年就清汤寡水地招待德友的儿女们。他们可是好娃儿呀！我早就把他们当作自己的亲生儿女了。"

德忠竟然空前地和自己意见一致，德友有些感动，敦促翠珍："杀吧，你先把猪糊弄倒地，我们三人一拥而上，把猪捆了，还不就是一刀的事儿。"

翠珍犹豫了良久，俯身捡起一片嫩菜叶，掐了一小块，在舌头上抹了唾沫，贴在突突直跳的右眼皮上。谁知左眼也跳起来，又掐了一小块贴在左眼上。

年猪吃得欢，看见女主人来了，愈发摇头甩尾，把苞谷嚼得嘎嘣嘎嘣脆响。

翠珍蹲下来，左手抚住年猪的脖颈，轻轻地在它的耳廓上摩擦，右手伸到它的肚皮下，轻轻地挠了起来。年猪许是吃得够了，仰起头，往女主人的怀里拱。哼唧哼唧地表达着幸福的味道。不一会儿，年猪前膝跪地，屁股一扭，顺势倒在地上，任由女主人起劲地挠着痒痒，渐渐地眯了眼。

德友一看时机到了，冲着德忠德旺使了个眼色。三人蹑手蹑脚地从猪的后面围了上来。

三人分工好的，德忠按住猪头，钳住前腿，德旺揪住尾巴，钳住后腿，德友压住猪腹，负责捆绑。

虽说分工明确得很，大清早又对着一截树桩演练了一番，可德友还是紧张得很，不由自主地抹了一把额头上的汗。偷眼一看，左右两人也咕咚着咽下一口唾沫，额上分明起了细密的汗珠。

"动手！"定了定神，德友大吼一声，发出信号。

三人一个虎跃，早把猪按住。

德友多年捆柴捆庄稼磨炼出的手艺派上了用场，三下五除二就把年猪的左前腿和两只后腿捆了个结实。右前腿没捆，这是老顺喜说叨的经验。杀猪要抓牢三条腿，留一条腿半抓半放，给它个挣命的余地。让它临死蹬蹬脚，它才死得瞑目，死得快，不带怨气，早死早超生。

年猪似乎才醒过劲来，拼命地倒腾着尚未捆好的脚，把地上蹬出一个深沟，尘土飞扬，发出凌厉的叫声。

三人铆足了劲，捆好猪，虚脱了，一屁股坐在地上，大口喘着粗气。

将息了一阵，三人站起身来。德旺看了看地上拼命挣扎的年猪，嘻嘻地笑。翠珍缓过来长吐了一口气，一连念了几声阿弥陀佛。

年猪折腾了一阵，许是累了，停止了乱蹬，叫声变成了哼声。

德友和德忠把准备好的八仙桌抬到年猪身旁，试着摇晃了几下，桌子稳稳当当，放了心。招呼了一声，三人在手心里吐口唾沫，揉了两把，德友拎着猪耳朵抓着前腿，德忠提着猪尾巴抓住后腿，德旺力气大，薅住猪的肚腹。德友喊声"一二三，起！"三人发出一声喊，把猪提到桌子上。

年猪好像前一阵倒腾猛了，也不过多挣扎，懒懒地躺在桌上，只是嘴里哼着。

趁着喘气的当口，德友吩咐了一番。

德忠转到猪的后面揪着尾巴拿住猪后腿，俯身压住猪后腰。德旺转到猪的前面，拿住猪前腿，压住猪肚子。德友拎着猪耳朵，提着猪头下刀子。

翠珍把一只大锑盆支在桌下，放了半盆切段的干辣椒、盐巴。这是等着接猪血旺做血辣子。血辣子或蒸或炒，大家都喜欢吃，尤其德友的小孙子，一吃就要号住半碗。

眼看都准备得差不多了，德友抄起杀猪刀，叫翠珍离远点。

翠珍犹豫了一下，凑近年猪的耳朵，喃喃说道，"猪儿呀，对不起了，你不要挣扎不要折腾，一会儿去得快一点，赶紧到阎王爷那里去报道。人家都说，这世是猪，下世就转世为人了。来世你一定会出生在一个大户人家，做个潇洒少爷或是娇贵小姐……"

德旺忍不住扑哧笑出声来："呵呵，都什么世道了，还少爷小姐，哈哈！"

年猪忽地蹬了一脚，德旺赶紧忍住笑，死死按住。翠珍瞪了德旺一眼，悻悻地走开。

德友换了下手，左手拎着猪耳朵，支起右膝，顶住猪头，右手握紧杀猪刀，招呼一声："按紧了嘎。"

一扬手，杀猪刀划过一道寒光，送进了猪脖子。这个部位德友早瞅准了，每次老顺喜杀猪都从这个部位进的刀。老顺喜说这里离心脏近，刀子伸直了，一刀进去，直达心脏，立马就给猪放血，猪越挣扎，血放得就越快，猪就去得快。

刀子进去了，却没有预见的血柱子直飙出来。德友纳闷了一下，又使了劲直捅，刀子快没柄了，血倒是出来了些，沿着刀柄卷成的孔洞淅淅沥沥地淌，不像老顺喜杀猪那样，血哗啦啦的，冲得锑盆直响。

年猪吃了痛，忽地缓过劲儿来，拼命地摇头、蹬脚、嘶吼。

德忠有些不耐，大吼一声："德友，换我来！"便松了手抢了过来。

德友怪叫一声："不要！"却来不及了。

年猪被松开后腰，来了力气，蜷起身子猛地一蹬。拇指粗的麻绳嘎嘣一声断了。年猪松了腿，一挺身忽地蹿起来。一挣身跳下桌来，向村外冲去，瞬间没了影儿。原本远远在一旁看着热闹的老黑"汪"了一声，箭一般地追了出去。

德旺来不及松手让开，被猪奋力地一撞，往后倒退了几大步，扑通一声掉进滚开的大锅里。

"啊"的一声惨叫，德旺扑腾着要爬起来，却又重重地摔倒下去。

"救人！"德友哭喊了一声，抢了过去，抓住德旺的手，也不知哪来的力气，一个后仰把德旺摔出锅外。

德旺湿淋淋的，冒着腾腾的热气，痛苦地在地上打滚，努力想脱掉厚厚的棉衣棉裤。德忠回过魂来，哭吼着扑了过来。两人也顾不得德旺的衣裤烫手，帮着拉扯衣裤。德友和德忠一边哭喊一边拉扯，等着把衣裤扯完，德旺已经没了。

德友德忠一双手早已鲜血淋漓，起着燎浆大泡。

一回头，翠珍咕咚倒在地上，晕了过去。

德友把眼光望向猪逃走的方向，一溜鲜红的血迹像一个孩子随意丢在地上的马缨花瓣。

德友大吼了一声："老天呐！"

德忠失魂落魄地把目光投向院角的歪脖子树。又起风了，歪脖子树呜咽着，摇晃着光溜溜的枝干。树梢上挂着一只鲜红的塑料袋，随风摇摆，哗啦啦地响，像一面招魂的幡……

棺材木

有栓老汉丑时就睡不着了。

昨夜商量的时候大，罐子茶也吃大了，加上心里有事，猫抓火燎般的，这小半个夜里，有栓老汉根本就没合过眼。昨晚商量好的，等夜深人静后，连夜动手。可自打沾上铺头开始，那些商量好的细节又在有栓老汉的脑海里放映。怎样动斧头，树要倒向哪个方向，树倒后怎样快速修枝断节，甚至连丈量树筒子都想了三个方案，用传统手拃，用臂展快速划拉，还是就用量好的尼龙索子扯拉？想到这里，有栓老汉啪地给了自己额头一下。那尼龙索是有弹性的，一拉一扯量得就不准确了，干吗不用麻索之类的，糊涂啊。还是用自己的手拃算了，虽说浪费些时间，可心里底气足。

一想到时间，有栓老汉再也躺不住了，一骨碌爬起来。

天空的星光稀稀疏疏，只透着些微弱的光亮，像萤火虫的屁股。这个日子是有栓老汉翻了几天老皇历选的，初三，宜祭祀、祈福、求嗣、斋醮、开光、入学、订盟、冠笄、伐木、修造、动土、起基、放水、交易、开池，几乎所有的事情都宜了。加上月黑风高，占齐了天时地利人和，办起事来指定顺当。

有栓老汉窸窸窣窣地摸到东厢房。屋里传出此起彼伏的鼾声，间或还有几声梦呓。

"这几个狗崽子。"有栓老汉低低地骂了一句。想了想，把要推开门的念头打消了。让他们多睡一会儿，养足精神才是，得叫女儿和儿媳赶紧起来弄口吃的。有栓老汉赶紧又向西厢房摸去。

到底是女人家，容易被惊醒，有栓老汉轻扣了两下门，屋里就传来大女儿的声音："爹，起来了。"

有栓老汉趁着女人们起身的工夫，摸出烟袋，卷了一支烟点上，几口惬意地下去，身上暖和了不少。

三个女儿鱼贯出了门，唤了有栓老汉一声就进厨房去了。儿媳押后了几步，嘴里嘟囔着什么。有栓老汉狠狠地瞪了她一眼，亮晶晶的目光在黑夜里却没有烟锅上的火头明亮，他又干咳了一声，再次表达了自己的不满。

老话说得好，女儿是父母贴身的小棉袄，儿媳是人家的小棉袄。有栓老汉在心头叹着气。

有栓老汉就在心里想着老伴，老伴也是自己的棉袄啊！可惜还没穿够就先去了。

厨房里亮起了蜡烛，有了声响。有栓老汉闲不住了。把顺当在门后的家什拿了出来，点了一截蜡烛，一一看了个遍，把几柄斧头拿在手里，啐着唾沫星子，试了试锋利的程度。还是不放心，又找来磨石，逐个干磨了一遍。

儿媳走向东厢房，招呼男人起床吃东西，叫了几声都没有动静，声音便大了几分。有栓老汉急了，虎着脸吼了一声："声音小点不行嘎！"

儿媳慌了一下，怔怔地看着有栓老汉。老汉一愣，随即明白自己的声音更大，赶紧闭了嘴，把想涌出的第二句狠狠地咽回了喉咙里。

三个姑爷都起来了，揉了揉惺忪的眼睛，在儿媳的引领下进了厨房。厨房马上就响起了稀里哗啦的吸面条声。

有栓老汉一看儿子还没影儿，几个大步就冲进东厢房。儿子还在捂着被头呼呼着哩。有栓老汉气不打一处来，又不敢大声呵斥，一拉被子就把儿子扯下床来。儿子惊了魂，跳起身来。随手就把床头灯打开。耀眼的灯光刺了有栓老汉一个措手不及，他忙不迟疑地用手遮住眼睛，一迭声就低低地骂开了，"你怕不招摇嘎，坏了事老子剥了你的皮！"

儿子自知理亏，赶紧熄了灯，也不等有栓老汉再骂，提着外衣就抢出门去。

每人一大海碗面条，里头还卧着四只煎蛋。有栓老汉划拉了一口，把四只煎蛋每人一只拨到四个男人碗里。男人们推辞躲闪，一看老汉虎着脸，只得接了。面条下了肚，有栓老汉冲三女儿努努嘴，吩咐道："去，把我铺头底下的那罐酒拿来。霜降节气过了，夜里冷得很，几个男的每人只准喝两盅，多了误事。女的也勉强喝几口，暖暖身子，别被寒气侵了骨头。"

酒拿来了，大家咧着嘴，都喝了。儿媳端着杯子，迟迟不肯下口。有栓老汉催促了几声，皱了眉头。

儿媳红着脸，好半天才嗫嚅着说道："爹，我怕是，怕是又有了。"

有栓老汉看向儿子。

"都三个月了，前两回不是没保住流了呗，怕这回也……所以就没给您说。"儿子声调瓮声瓮气的。

"你这龟儿子，这么大的事都不跟老子商量，差点坏了老子的孙子哟。"有栓老汉噌地站起来，一巴掌就扇在儿子的肩头上，脸上却堆上了笑，转向儿媳细声说道，"闺女，你就别去了，赶紧回去睡觉，老大、老二，赶紧送弟妹去休息。"

"爹，没事，我去帮助拿拿手电什么的也好。"

"要你去！几个大男人，一棵树嘛，还不是菜地里拔棵葱一样轻松。"有栓老汉声音低了一个八度。

大女儿和二女儿赶紧喜滋滋地拉扯着弟妹回房间去了。

三女儿要收拾碗筷，有栓老汉赶紧拦住，吆喝道："大家赶紧收拾东西，走，别误了事。"却忍不住呵呵地笑出了声来。

目的地其实不远，就在村西头洼子地的地埂边。大家蹑着脚步，踩着刚刚染起来的白霜，有桩喜事暖着心，浑身都轻快了不少。有栓老汉刚刚抽完剩下的半截叶子烟，就到了。

田野里稀稀疏疏矗立大大小小的树木，像一个个暗夜里的武士。

有栓老汉把烟锅头往腰上一别，一路小跑冲向了其中的一棵大树。

只见大树耸立云天，那些泛着微光的星星就像蹲踞在树梢的小精灵。

虽然隔三岔五都要来看看，可有栓老汉还是抑制不住内心的激动，从大女儿手中接过手电筒，绕着大树就转了几个圈。转着转着，抱着大树咿咿呜呜地哭了起来。

寻阳村千百年来传下来一个传统，一个孩子出世，他的家人就要在自家的田间地头种下一棵树，唤作棺材木。这棵树在家人的精心照料下伴着孩子成长，直到孩子老了，数十年的时间，树木已经长大成材，适当的时候，就把这棵树伐了，做成棺材，为老人仙去后入土送终。

这样的习俗伴着寻阳村人一代又一代地传承下来。最近几年，忽地冒出来个护林养林、禁止乱砍滥伐的政策。寻阳村里那些大大小小的树木就被相关部门盯上了，隔三岔五到村里张贴告示，召开村民大会。把村里的大小头头唤到乡里、县里，左叮嘱右勒令。就是一句话，种树不反对，多多益善，砍树就不行。村子里的墙面上，到处都是用石灰浆刷的诸如"栽树就是修水库""谁砍树谁坐牢"等标语。

寻阳村的人傻眼了，没了棺材木咋办了？

就在大家心里没了底的时候，村长九十六岁高龄的爹忽地卧床不起了，村长家葛根塘地边的大松树一天夜里忽然不见了。等到老人出殡那天，新做的棺材散发着松木的清香。等到相关部门闻讯赶来，村长说树是被人偷了。无凭无据的，相关部门草草罚了村长一百元钱，罚村长家种二十棵树，事情就过去了。

有了先例，那些大树便偷偷地没了影儿。

有栓老汉今年七十有二了，上个月刚过了生日，用农村人的计算方法，已经年满七十二，吃着七十三的饭了。俗话说"七十三（丧）八十四（死）"，村里的人和儿孙们虽都说有栓老汉有硬朗朗的身子，活个一百岁还有零头，可有栓老汉心里不踏实，担心那些说不清道不明的迷信谶语。大前年没了的栓柱老汉七十三岁，歇一背篓苞谷，蹲下去就再没有站起来。由于事先没有准备，花了大价钱从别人家买了一副棺材，好歹还是亲戚，人家还有八九分的不乐意。

偷着砍树是个公开的秘密，有栓老汉偷偷问了几个知心的人，人家只是嘿嘿地笑，说那事只能自己掂量，聪明人装糊涂就行。怎样操办？人家不说，问急了，拍拍屁股就走。有栓老汉知道大家的顾忌，这些年人心不古，谁愿意给人留下口实。

就着过生日的当口，有栓老汉把几个女儿、姑爷和儿子、儿媳叫在一起，把事儿就定了。偷偷把树砍了，偷偷把寿材备下，计划不如变化快，免得夜长梦多。

三个女儿贴上前来，好说歹说，劝住了父亲的悲声。

有栓老汉定了定神，四处看看听听，确定除了风声就没了其他异常迹象，便一一做了分工。儿子瘦小，先爬上树拴绳子，方便一会儿拉拽树的倒向。三个姑爷和自己分两班砍树，轮休下来的两人望望风。三个女儿打手电，打打下手。

静寂的夜晚开始紧张起来，斧头创造着有节奏的声响。刚开始，砍几下歇一会儿，查查周围动静，到了后来胆子大了起来，便一个个嘿哟嘿哟地出着夯力。

歇口气的机会，有栓老汉又把周围仔细地看了一遍。白天装作漫不经心松过的地，应该是能消减树倒下的声响。小心驶得万年船，虽说偷偷砍树村里人睁只眼闭只眼。可村子离乡镇也就四五公里，乡里林业站的人兴头上来时还是会来偷偷蹲点。一个月前，长命家半夜砍树就被逮了个正着，几个喷着酒气的汉子还把长命的儿子打了一顿，罚款两千元。事后才听人疯传，几个林业站的家伙打了半宿麻将，吃了回消夜，不知是谁提的建议，说出来遛遛酒气，稀里糊涂地都把车开到寻阳村村头。长命家的树刚砍了七七八八，树倒的声音把人给引来了。撞在枪口上的兔子还会得到什么好的？

有栓老汉一边想着一边走远了些，周围还是只有风声，心里惬意了起来。胡乱地尿了一气，不由得激灵灵地打了个寒战。

回来时，儿子已经拴好绳子，从树上下来了，帮着砍树。女儿心疼着要父亲歇一歇。有栓老汉也不推辞，卷了一只叶子烟点上，左左右右地散转着，指挥砍树。

村里传来了一声鸡啼，已经寅时了。有栓老汉有些急了，拎着斧头支开儿子，木头渣片四散飞溅起来。

"爹，可以了。"儿子低声道，"我们一起拽拽试试。"

有栓老汉扔了斧头，叫着大家牵着绳头使劲拽了几下，大树还是纹丝不动。几人轮番上前，又砍了一气。

眼看粘连不多了，有栓老汉招呼大家扯着绳子又折腾了一回，大树似乎晃了几晃，还是没有倒的意思。泄了气，有栓老汉皱了皱眉头，骂道："这还硬邦得很。"转头对儿子说，"等到咱孙子出世，种棵柏树得了，这松树绵得很。"顿了顿，叹了口气，又道，"唉，你和老子一样，中年才得子，也不知以后的树能不能长成材。"

儿子应了一声，闷闷的。

有栓老汉四处看了看砍口，粘连确实不多了，吩咐道："你们拽着绳子，我再来几下。"

大女儿有些担心，说道："爹，还是让他们年轻人来吧，万一一个不慎，树倒了，他们灵活些，闪得快。"

"没事的。"有栓老汉抹了一把汗水，仰着头看了看大树，喃喃自语道，"和我较上劲了，我倒要看看，它的骨头硬还是我的斧头硬。"

"你们拉扯着，让树往西边倒才好，砸在松软的泡地里声响也小些，要注意避让嘎，小心那些树枝。"说完，有栓老汉抡起斧头狠狠地劈了下去。

忽地，平地起了一阵风，只听得嚓嚓几声爆响。大树轰的一声，倾金山倒玉柱似的砸了下来。有栓老汉感觉头顶风紧，赶紧着地一滚，却被田埂一挡，没有滚开，顿觉眼前一黑……

"咯咯——咯——"村里传来了第二遍鸡啼……

183

日食

　　凌晨时分，长山憋不住了，一咕噜起来，急匆匆地撞进茅房。随着粪池里那飞流直下才弄得出的声响渐渐小去，胀得有些隐隐作痛的小腹舒服了不少。长山莫名地笑了，拾掇好裤头，看了看四周，仍然黑黢黢的，吹着飕飕的风。

　　回到屋里，长山不情愿地扒着门楣又看了看天空，天上的星星依旧亮得耀眼，丝毫没有隐退的样子，远处传来几声犬吠。长山侧着耳朵听了听，应该是老黑，便嘿嘿一笑，自言自语道："这狗中气十足，门倒是把守得实在。"

　　今天答应帮水莲割谷子，可黑咕隆咚的也不好就去叫门。想了想，长山决定再躺一会儿，刚才那一泡尿弄得都有些虚脱了，得养养精神，今天可是帮水莲，得要加倍的干劲才行。

　　回到床上，长山披了披被子，把头枕在脑后，一闭上眼，水莲就浮现了。水莲白皙得紧，与这个高天厚土的云贵高原上的小山村有些格格不入。山里女人，整天风里雨里，加上与太阳离得近些的缘故，一个个晒得或暗红或黝黑，跟土地的颜色差不了多少。水莲可不同，用她男人的话说，水莲抹下一把汗都是白生生的。可惜男人无福消受。一次，犁地的牛发了疯，犁头把男人犁成了两半，遗言都没有留下半句。水莲便拉扯着幼小的儿子和婆婆相依为命了。

　　那头肇事的畜生被村里人乱棍打死了。长山忽然觉得自己就是水莲的牛了。想到这，长山忽地睁开眼，嘻嘻地笑。

　　水莲粉嫩的脸羞答答地抬起来，长山四处看了看，刚要凑上嘴去，忽地从田埂下冒出来一个黑影，扬起镰刀刈了过来。长山啊的一声怪叫，直挺挺地坐了起来，出了一身冷汗。

　　长山定了定神，听得门口传来咚咚咚的敲门声，水莲好听的声音从门缝里挤了进来。长山赶紧翻爬起来，胡乱拉扯好裤头，应着声开了门。

　　门一开，初起的阳光绣花针样地扎来，刺得长山睁不开眼，他赶紧用袖口遮住眉骨。依稀看到水莲一脸的嗔怪，赶紧道歉："起迟了，起迟了。"

水莲拧了下眉头，关切地道："长山哥，你莫不是生病了，咋的一脸红通通的？要不推迟一天再割吧。反正也不在乎早一天晚一天的。"

"没……没事……睡的……睡的。"长山感觉额头出了汗，赶紧用袖口顺势抹了一下。

"真的没事？"水莲扑哧一笑，"看你急的！"

田里已经插了些人，看到长山来了，都扯着嗓子打招呼。

"长山啊，今天帮水莲家呀！"

"嗯哪。"

"哪日帮我家打两天谷子？"

"快啰，快啰！"

"长山，你可是几天前就答过我家的话的嘎……"

"忘不了，忘不了。"

"还有我家哩，大后天，掰保保桃树的那片苞谷，早就把酒都给你打好了的哟。"

"是呢，是呢！"

……

长山应着声，手上可没闲着，"嗦嗦嗦"就摞倒了一趟。水莲赶紧跟上，捆好谷把，谷茬朝下团着一顺，谷把子便直立着叉开，整整齐齐地摊晒开来。

"嗦嗦——嗦嗦——"

镰刀在长山的手里飞快地划拉着银光。水莲左一把右一把地甩着侵略到眼窝前的汗水，那些抹不及的就顺着衣领溜了进去，像一群顽皮的虫子在爬，痒酥酥的。水莲只好趁着长山不注意，胡乱挠几把。

不一会儿，田里已经立起来一溜串谷把。

"难得的好天。"长山直起身，使劲捶了几下腰，抹了一把汗，眯着眼看了看太阳。太阳已经四五根竹竿子高了。

"是呀，谷把晒到傍晚，也恹恹的了。长山哥，歇会儿，喝口水。"水莲随手拾了两个谷把往田埂上一横，当作凳子，招呼长山坐下歇歇。

给长山递过一块毛巾，水莲便扭身去埂边拎水壶。

长山把毛巾印到脸上，有些湿润润的，透着淡淡的体香，该是浸着水莲的汗液。他慌得赶紧拿下来，捏在手里。

水莲拿过水壶，倒了满满一杯水，递给长山。长山接在手中，眼睛的余光不经意地扫了水莲一下，只见水莲已湿透了衣服，浅色的衬衫掩不住多少秘密，该凸该凹的地方便有棱有角了。长山顿时臊了个大红脸，赶紧把目光游离开来，扬起罐头瓶子，装作喝水，咕咚咕咚下了一气。还好罐头瓶子是个装过樱桃的，红红的标签贴纸还没有撕去，倒还掩映了脸上的气氛。

水莲夺过毛巾，嗔道："看你累的，汗也不擦擦。"也不由分说，一股脑儿就把长山的脸和脖子抹了一遍，抹得长山低着头嘿嘿地笑。

水莲愣了愣，脸上泛起了红晕，心里涌起些心事来。

长山是个孤儿，孤苦伶仃的那种，不仅没有父母，连身世也没有。村里集体土地下放那年，村南头的水碾房角落里蜷缩着一个嘤嘤抽泣的孩子，把半夜里巡查碾坊的村长吓得怪叫。

村里人几经盘问，孩子除了胆怯地缩作一团，就只会摇头。村长也不敢在那年代里托大，立刻汇报到乡里，乡里汇报到县里。最后来了几拨人，问不出个所以然，县里指示就地解决，随便安置在村里得了。

土地包产到户，牲口也到了各家各户的房檐下。村里的牲口房空了，村长做主，孩子就住了进去，有了个户口。

孩子后来就叫了长山，身世一直成谜。只是有一年，村里逮住了个小偷，闲散多年的民兵队队长二胡子兴高采烈地用纸片糊了套牛鬼蛇神的行头，伙同几个闲汉押着小偷游街。长山看到后，浑身发抖，当场就昏厥过去，躺了几天。

长山象征性地分得几块薄田地，小时候种不来，就给别人种，自己饥一顿饱一顿地讨嘴，吃着百家饭、穿着百家衣长大。身子骨有些样子了，土地收了回来，学着拾掇，慢慢就侍弄得顺溜了。

一人吃饱全家不饿的长山长成农村里的好把式，又舍得出力，自家的几块小土地随便几个来回就弄完了，便开始感恩，张王李赵，只要吆喝一声，不冲突，立马就应承了，出些夯力，顺便也弄个肚饱。

随着长山年龄的增大，看在眼里的好心人便偷偷帮着央了几回媒婆子，女方一来，虽然人是没话说，可看看破屋烂椽，还是摇头而去。一来二去，时间的河流把长山从毛头小伙子洗刷成三十好几的老光棍了。

长山也断了念想，倒是越发助人为乐了。

水莲从远村嫁过来时，长山跟着去迎的亲。那天宴席上打赌，长山一口气吃了八碗泛着油光的红烧肉。水莲的男人无话可说，垂头丧气地看着水莲，苦着脸笑。一帮亲朋好友瞎起着哄，推推搡搡地要长山亲水莲一口。长山急了，红着脸奋力钻出人堆，嚷道："哪能呢！哪能呢！玩笑着哩！"

长山的想法冒了头却是在水莲的男人死后。

那天傍晚，长山像往常一样和老黑在河埂上溜达。老黑忽地对着苞谷地里乱吠了几声，长山走近一看，河边散乱着一堆衣物，便唆使着老黑往苞谷地里冲了进去。在一片压倒的苞谷秆上，水莲扯着上衣嘤嘤呜呜地哭。老黑顺着噼里啪啦乱响的苞谷窠追去，不一会儿，扯着一块血淋淋的裤腿折回来。

水莲没有说是谁，只是哀求长山不要把这事说出去，免得婆婆担心，也省去村里人说闲话。

长山知道寡妇门前的是非像一盆越洗越脏的水，便把事儿沤在了肚子里。事后，长山两天三夜睡不着觉，一闭眼就是水莲。再后来，长山一咬牙，把相依为命的老黑送给水莲家。老黑死活不肯，长山就天天夜里牵着老黑蹲在水莲家墙脚下，直到老黑接纳了水莲一家……

"水莲——水莲——长山娃儿——长山——"婆婆老远的叫唤把两个人的心事惊醒。

水莲赶紧应着声，一抬头，婆婆拄着拐杖拎着个提篮踽踽而来。老黑在前面开路，早一溜烟冲到长山面前，一个虎跃，没头没脑地舔了长山一脸的黏液。

"娘，您咋来了？"

"大妈，您咋来了？"

水莲和长山几乎同时叫出声来，都不约而同心里一紧，水莲赶紧接过提篮，把婆婆扶坐在田埂上。

婆婆四处看看，叹了口气："唉，你们两个娃儿呀！一个早就割了那么多！都日上几个三竿了，也不回去填填肚子。这点谷子今天割不完明天割，累坏了咋办哩？我在家做好饭左等右等，人家其他家都回家歇工喝茶了，可就是不见你们回来，只好自己送来了。水莲哟，你咋能把长山当牛使唤？"

"娘，苦着您了。"水莲一边说，一边赶紧添好饭菜递给长山，歉意地笑笑。

闻到饭菜香，长山才觉着确实饿极了。跟婆婆客气不了几句，稀里哗啦就下肚了三大碗饭。

吃好了饭，婆婆要帮助捆谷把，水莲和长山赶紧好说歹说把婆婆劝走了，嘱咐她赶紧回家照看孙子。

肚子里少了吵闹，长山来了干劲。那些回去吃饭的还没影儿，一大片黄澄

187

澄的稻田里除了偶尔有鸟儿撒着欢的一两声鸣叫，就只有一把镰刀"嚓嚓嚓"的声响了。

天空忽地暗了下来。

长山和水莲都不约而同地直起身来看了看天空。太阳像被一大块煎饼贴住，顿时面对面不见人影。

"长山哥，咋了？"

"二郎神的哮天犬吃吃月亮就行了，咋太阳也咬？"

"长山哥，你在哪儿，我怕！"

"不怕，我在你身边哩。"长山扔了镰刀，顺手摸了过去。

水莲一个趔趄，扑倒在长山怀里。脚下谷把一绊，两人滚倒在地。

四野黑得瘆人，长山紧紧地搂着水莲，瑟瑟发抖。远远地传来敲锣打鼓的吵闹声，是村里人在用古老的方法驱赶天狗。

时间飞快，天空忽地有了亮色。稍许，太阳出来了，那团黑乎乎的面饼不知被甩到哪里去了。

长山回过神来，轻轻地扶起水莲。好一会儿，水莲才缓过劲来。

水莲看上去还心有余悸，喃喃地道："长山哥，咱们回去吧，今天邪门得很，剩下的明天再割也不迟。"

长山想了想，点点头。

两人收拾了家什，一低头，看到对方的身上都糊上了许多的烂泥，都红了脸，略一踟蹰，便默默地帮着鼓捣了几下。

忽地，田埂头蹦出个人来，一迭声嚷了起来："你们两个干的好事！"

一抬头，二胡子一副暴跳如雷的样子。

"干……干啥好事？"长山怒吼了一声。

"长山哥，别跟这种人一般见识。咱们走！"水莲狠狠地剜了二胡子一眼，扯了扯长山，扭头就走。长山略一踟蹰，脑海里闪过早上的怪梦，闷哼了一声，拔脚就走。

"你们等着，两个不知廉耻的东西。"

长山急了，几个箭步冲到二胡子面前，抬手就给了他两记狠的，叫道，"你骂谁不知廉耻？"

二胡子瘪了嘴皮。周围也不知什么时候来了几个拎着镰刀的赶活计的，大家纷纷连说带劝，把扭在一起的两人拉拽开来。

二胡子见来了人，嘴皮又鼓了起来，嚷道："大家给评评理，我晦气得很，不小心撞见两个人干的好事，还不得了，想杀人灭口哩。"

大家都知道二胡子的劣行，哂笑了起来。二胡子急了，叫道："你们看看，两人在田里乱滚，那一身泥还在呢！"

水莲气急了："你……你血口喷人……"话音刚落，就晕了过去。

长山赶紧扶住水莲，瞪圆了眼，吼道："我们清清白白，只是刚才……刚才……黑咕隆咚的时候，不小心摔倒了。"

"摔倒了，滚在一起了吧！"二胡子左顾右盼，得意地眨着眼皮。

看着大家似信非信的眼神，长山急了，抡起拳头就冲了过去。

二胡子赶紧躲在别人身后。

村里人都看着长山长大，见状都劝住他，表示不会听二胡子乱嚼牙巴骨。

二胡子骨碌了几下眼珠，故作神秘地说道："若要人不知，除非己莫为。那一回，河埂边，苞谷地里——"

"你说什么？"幽幽醒来的水莲怪叫起来，"明明是你这个无赖，却要冤枉……"长山冲破人群，硕大的拳头结结实实地砸在二胡子眼眶上，一个乒乓球大小的东西掉了出来……

"长山被派出所带走了，我和你的老祖母去看他。他只见过我们一面，就再不肯见我们了。我知道，他怕村里人说我的闲话。他后来被判了几年，出狱后就再没有踪影。

"二胡子瞎了一只眼，有一天夜里掉进了自家的厕所里。捞起来的时候已经硬了，喉咙处似乎被什么东西咬了几个血窟窿。而从那以后，老黑就不见了，我找遍了周围十里八村，都没见到它。

"你的祖母临死前嘱咐我，长山是个好娃儿，一定要找到长山，找不到就等，等他回来，好好伺候他。可他一直没有回来。"

奶奶似乎累了，叹息着缓缓地闭上眼睛。眼看着奶奶已到弥留之际的宁静，我们隐忍着悲声，怕吵醒她的安详。

忽地，奶奶又睁大眼睛，直勾勾地看着我们，急切地说道："你们说，老黑是不是二郎神的哮天犬呀，故意吞的那日头。"说着，自己也忍俊不禁，泛出一脸的笑意。

奶奶含着笑，慢慢地闭上了眼睛，再也没有醒来。

偷水

一

"婆婆，我去了。小美和小丽已经哄睡了，您留神些，听着点动静，小丽半夜要起来尿的……要不，您去和她们一起睡？"

"知道啦。"婆婆的应答瓮声瓮气，有些不耐烦。

水花听到婆婆翻身，重重的，把木板床弄得嘭嘭地响，定是狠狠地抬起腔子，狠狠地落下去。床板和床脚发出不耐烦的咯吱咯吱的声响。

水花有些担忧婆婆有着多年老风湿的身子骨，想问候一声。

"你快去你的，放不好田水，就别回来了……"

婆婆的话低沉尖锐，水花只好忍住话头，眼里一热，脖子有些发硬，眼前又闪现出婆婆白天苦着脸指桑骂槐的样子。

白天，水花顶着大太阳锄了一晌的苞谷地。太阳辣，杂草晒得勤，翻过土皮稍许，杂草就蔫了。一墒苞谷还未锄到头，前边薅锄出来的杂草就干翘翘的了，用手一抖，脆断了的都占一大半，省去了运出地头的脏苦活，总算歇了个早工回来。浑身黏糊糊的，便烧了一锅水，好歹把身子擦了一遍。水花的男人在工地干活，只在栽插时节回来七天。水花理解男人，工地上辛苦，都是要出大力的。男人一滴汗就是一枚镍币，一家人就指望着这些汗换来更多的镍币。等房子盖起来了，不差钱了，就不让男人出去了，像从前一样。

擦了澡，水花不敢往深处想，便赶紧把饭煮上，摘了菜。又把锄地间隙找回的猪草剁好煮上，圈里的几个猪仔都哼唧着了。水花侧耳听了一回，猪仔们呼吸均匀。只是天气热得有些过分，气息喘得有些粗重，大耳朵扑扇得没有章法，啪啪啪乱响，叫声也多了些矫情。

院里一阵喧哗，照例来了婆婆的几个老姐妹。水花皱皱眉头，把手在围裙上擦了又擦，赔着笑脸迎了出去，一一打了招呼。有需要甜水的，都满满倒了一杯加足白糖的水。有需要茶水的，或浓或淡应着客人的要求泡好。一转身，婆婆便神神秘秘地和姐妹们头碰头了，像一群商量着重大秘事的党派头脑。院子里两个大人才合围得了的老核桃树耷拉着翠绿的叶子，像无数只乖巧的耳朵，似乎也对老人们的悄悄话来了兴致。

　　"人家水莲守了三天三夜，田水放得满满当当。人家竹花一歇下碗，就往田里跑，人家的田就没干过……想想自己哟，两个贴钱的小货，加上一个不管天不管地只管嘴的。枉了我苦命的儿，在外头一把汗一把灰地死命挣钱，家里的天都快塌了。天老爷，祖宗哎，谁来管管哟。"

　　"水花不是很好的姑娘嘛，勤快孝顺，要知足了，老姐姐——"

　　"知足！要不是我老婆子的眼睛不得力，会是拎着个锄头出去瞎转悠大半天，就用还没轮到给自家的田放水胡乱敷衍几句的主儿吗？"

　　"是呀！是呀！"多了几声附和。

　　水花知道，无非就是几个老婆子凑一起说些碗大碗小的事情。可婆婆装着低声却又有意无意地要说给自己听见的高音，只差指名道姓的数落像暗器一样穿过窗棂、门楣和厨房的门帘，重重地招呼在自己身上。心里不由得一阵酸楚，哇地呕了一口，口中泛起一股苦涩的味道。想了想，到底没吐出来，把一口苦水重新咽回肚子里。

　　水花索性揪了两个棉球，把耳朵堵上，心情好了起来。一低头，乖乖地坐在灶前剥豆的小美和小丽歪着头，看着自己嘻嘻地笑。水花怜爱地俯下身，一人脸上亲了一口。

　　"婆婆，吃饭了。"张罗好饭菜，把猪喂上了，水花掏掉耳朵里的棉球，婆婆依旧和一帮老姐妹眉飞色舞地侃，没有歇的意思。水花只好硬着头皮走到院子里。

　　"三姑六婆七姨八婶。"水花觍着笑脸，再次和众人一一打过招呼，热情地邀请她们进屋吃饭。大家的屁股恋恋不舍地离了板凳，堆着笑，说着客气话，推辞着退出院子，走了。

　　水花收拾了小桌上的杯盏，一看婆婆没有起身的意思，便伸手去扶。婆婆甩了一下手："我会走，眼睛不好使，还没瞎，心里还明白亮堂着哩。"说罢，自个儿拿起倚在膝上的拐杖拄着，摇摇晃晃地站起来，颠着小碎步进了屋。水花赶紧抢上去，把椅子给婆婆支好。

　　小美和小丽把手背在身后，懂事地坐在桌前，瞪着大眼睛看着奶奶的一举一动。

看得出来，跨门槛的时候，婆婆费了些劲力，进了门，倚着门楣喘了几口粗重的气。水花知趣地迎了上去，尽管婆婆仍然有些生硬的动作，表达出的都是不满的情绪，总算没有甩手的意思了。水花小心地挽住婆婆的手臂，把她扶到桌前。婆婆的腿和腰有严重的风湿，坐下站起都要有个依靠才行。盛好饭，添好婆婆爱吃的菜，递在婆婆手里，水花才招呼小美和小丽动筷。

"说过多少回了，吃饭不要吧唧嘴，你就是不听！"婆婆忽然扬起手中的筷子，重重地敲在小丽的头上。

小丽愣了愣，哇地哭了起来。

"还哭。"婆婆把手中的筷子一抖，成了个八字，细眼一看，似乎有意无意地一支筷子指着小丽，一支筷子指着水花。水花看着婆婆虎着脸不满的样子，隐忍着心痛。她知道，自从自己第一胎生了小美，第二胎生了小丽，婆婆的眼神就黯淡了下去，说话便没高没低起来。水花也计较不了那么多，只是把委屈忍在心底。

·小丽一边哭一边揉着眼睛看母亲。水花招招手，小丽听话地离了凳子，依到母亲怀里。水花亲了亲小丽，把小丽挂在腮上的眼泪轻轻吻去。小丽哽咽着歇了哭声。小美不知什么时候也挪到母亲的身边。水花一只手搂着一个女儿，眼眶里热了一回，红红的，倒也没有水分。

婆婆哼了一声，低低地骂了一句："倒会惯纵。"收起筷子，一低头，扒了几口饭菜在口中，努力嚅动着瘪了二分之一的嘴。

插曲过后，小美和小丽看懂了母亲的眼色，匆匆地扒干净碗里的饭，就到院子里玩去了。

水花耐心地陪着婆婆吃饭。婆婆吃饭慢，还不时发些莫名的火气，一顿饭要吃出人家两三顿的时间来，水花习惯了。

吃着吃着，婆婆又扯出旧事来："你看着我干什么？有那点闲工夫，拎着锄头去田里转转，想想办法，我们吃饱喝足了，庄稼还干渴着呢嘛。"

水花愣了一下，配合着点点头。

婆婆越说越来劲："庄稼干死了，下一年吃什么？农村人，庄稼就是我们的命根子。没了庄稼，喝西北风去。"

水花默默地听着，她已经习惯了婆婆的絮絮叨叨，习惯了婆婆透着衣裳扎绣花针的犀利话。

"人家水莲、人家竹花、人家四丫、人家存仙，你就不去问问，她们能守到水，你咋的守不到？"

"婆婆，我问过，人家都不说，我只是隐隐听说是偷偷地偷水。偷鸡摸狗的事情，您知道的，我……我……我打小就是做不来的。"

"你还有理了，人家能偷，你为什么不能偷？不就是八十守水吗！他人是庙里的菩萨嘎，还不会打个盹什么的。偷个水嘛，又不是叫你去偷人。我的庄稼命根子哟。"

婆婆上了火气，把手中的碗筷狠狠地放在桌上，谁知手脚重了些，那碗激动得跳了起来，打了个趔趄，跌跌撞撞地滚出桌沿。水泥地狞笑着把那只充满委屈的碗接纳了，着着实实地将它蹂躏成一堆碎片。

"哎哟，败家的……"婆婆心疼起那只碗来，要骂出声，又感觉和儿媳没有关系，是自己的错，右手赶紧捂了右边的腮帮子，直叫牙槽子疼。

"我擦黑再去，趁黑看能不能也偷……偷点水……"水花赶紧缓和气氛，给了婆婆一个圆场的台阶。

婆婆闷闷地哼了一声，索性连左边的腮帮子也捂住了，也不要水花搀扶了，一按椅背，弹簧似的跳起来，进自个儿房里去了。

夜色被婆婆重重的关门声一吓，来得异常的快。

二

水花亲了亲熟睡的姐妹俩，小心地掩好房门、院门，抱着蓑衣，提着锄头，把手电的拴绳套在脖子上，隐入夜色中去了。

水花本来想邀约个姐妹的，可一想万一真弄到水了，先浇灌谁家的都不好。现在这种时候，水才是命根子，搞不好好姐妹红了脸就更麻烦了。再说了，婆婆列举的一干人等，其中不乏自己的好姐妹，人家去放水都不邀约自己，偷偷地去了，自己去邀约人家，就不像是个事儿。

水花抬头看了看天，月亮像一只丹凤的眼睛，慵慵懒懒地向上翘着，在村头的老榆树梢磨蹭着，颇有不想升上天的倦怠。星星却活跃得很，都竞相向黑夜献着媚，把村庄的轮廓、路途照出个依稀来。子夜时分了，四周死寂死寂的，不时起点风，把树叶吹得哗啦哗啦响，像一群躲在暗处的小鬼拍着巴掌。偶尔一两声猫头鹰的尖叫，鬼哭一般，惹得水花提心吊胆的，又惊又怖，忍不住想哭。

水花想起了男人，想起了前几年那些男主外女主内的甜蜜日子。这样黑黢黢的夜晚，哪轮得到自己出场呢？

栽插刚过，男人又出去了。男人数票子给自己的兴奋劲，随着男人们嘻嘻哈哈地拐过山梁，转瞬即逝。男人交代过的，庄稼能种多少就种多少，猪鸡能养多少就养多少，照顾好老娘和女儿就行。

"说得好听。"水花忍不住嚷出声来。那些红票子自有红票子的用处。水莲家已经盖起两层的小洋楼，四喜子家说是今年收割结束就动工了。家里的柴米油盐不从田缝缝里来，不从畜圈旮旯里来，从哪里来？想到这，水花心里一阵甜蜜，和男人数过几回压在床底下的红票子，再是一两年，自己也可以趾高气扬地对姐妹们说打算动土盖房的事了。像四喜子的样儿，嘴角挂着蜂蜜一般。

男人们前脚刚走，干旱后脚就来了。

三十多天了，天空硬是晴得没有一缕云彩丝儿。

前天清晨，东南方响了几声闷雷，惹得一村的人聚在碾场上，有几个忙得快的，光着脚底板就来了。老村长一声令下，大家凑了份子，宰了八十的一头大羯羊，几个主持祭祀的老头老太跳了一上午的大神。傍晚时分，下了几滴历历可数的雨点，八十的筷头戳着一只煮烂的羊眼睛，指着天嘻嘻地笑："老天爷，你滴猫尿嘎。"老村长原本是要发火的，可张张口又忍住了，只是把脸板得像一块青石板，把一只羊腿儿啃得惊心动魄。那几个跳大神的倒是指指点点地戳了几回八十的脊梁骨，虚妄着含蓄地传达了老天爷对八十的奚落。他们的牙口不好，只是喝了几碗羊肉汤，象征性地用筷头点点碗里的羊肉，咽了口水，说这东西塞牙得很。

水花知道，老村长顾忌八十是村里唯一算得上男人的男人了。

有点劳动力的男人都出去打工了，村里只剩一帮妇孺、老头。那跑几公里引来的一股水壶盖粗的救命水，还要靠八十的脚力和健硕的身体。

八十命硬。父母早亡，连着讨了三个媳妇都死得年轻，没留下一男半女。村里自诩懂得阴阳风水的烂眼张半仙说，八十这样命硬的人，前世定是个杀人不眨眼的魔王，谁把女儿给他，就是往火坑里推。这一说，远近十里八村便没了八十的第四个媳妇的下落。

八十不出去打工，用他的话说，自己就是自己的肩头扛着自己的脑袋而已，盘弄好田地，随便放养几只羊换点盐巴裤头钱，足够自己逍遥了，费那些挣大钱的闲心干啥。说得急了，一瞪眼："我苦些钱做甚？垫铺头嫌硬了些。"

干旱让人心烦意乱，但是大家也没办法，只有祷告老天爷睁眼，村里忽地多了木鱼的声响，是张半仙屋里的。雨没有被清脆的木鱼声引来，却又次第响起一些木鱼声，都是些老头老太虔诚的祷告，比那些有气无力的蝉鸣更扰人心烦。

忽地有一天，八十自告奋勇地说去找水。去了四五天，竟然真弄来一股清亮亮的山水。不过额头上却卧了一个鸡蛋大的包，身上也青青紫紫着几块。

八十一边撩衣服给老村长们看，一边嚷道："那几个人跟他们分点水，还和老子狠，自然要让他们见见颜色。好歹弄了几顿好拳脚，商量好了，几个村子都旱，一村分一股。我们村还算多了，水壶盖粗。蛤蟆塘最少，镰刀把粗的一股。嘿嘿！"

八十比画镰刀把的动作有些下作粗鲁，几个老妇不约而同地各自啐了一口，几个老汉跟着老村长一起嘿嘿地笑。

来了水，也是个难事，那么多干涸的稻田，又是谷子分蘖发棵的关键时期，先给哪家浇灌都不好。大碾场上吵吵嚷嚷了一回，先把八十的浇灌了，其他的拈阄决定。拈阄结果，先从田上头灌起。灌了几日，又嚷了一回，从下头灌起。水花家可吃了亏，田在中间，从哪头都没得好。有几次，水花还愤愤地想，婆婆不是一向牙尖嘴利吗，咋不吵闹一番，从中间灌起呢……

一路走一路想，水花心里酸酸的。蓑衣不知什么时候散开了，稀稀拉拉地垂在地上，差点把自己绊个趔趄。

这样的天，蓑衣是起不了遮风挡雨的作用的。起初水花也不想拿着做累赘，可一想，要守水的，有蓑衣坐坐也好，困了也可躺躺，打打马虎眼。

犹豫了一下，水花把手中的蓑衣披上，领口系了个蝴蝶结，把锄头荷在肩上。

夜色显出不浓不淡的样子。

水花加快了步伐。

三

一出村子，就进入田的范畴。

田里都种着谷子，黑黝黝的一片，清晰可见一层一层向上攀登，一直到依稀可见的山腰，向下又一台一台地蜿蜒，一直延伸到山脚的暗处。暗处是河谷，河谷是条有水的河的，由于持续的干旱，断流许久了，像一条巨大的死蛇白瘆瘆地翻着肚皮，僵卧在那里。

远处是聒噪的蛙鸣，仔细一听，都在山腰和山脚，该是蛙们都聚居在这几日放过水的稻田里，一派得过且过的瞎高兴劲。山顶捧着几点星光，让水花的胆子渐渐大了起来。

原本是要揿亮手电的，想了想，水花又忍住了。反正田埂依稀可见，倒是不必让手电光惹人。

水花辨了辨方向，摸上田埂，深一脚浅一脚地迈开步。

走着走着，忽然，咚的一声响，吓了水花一跳，差点惊叫起来。一凝神，原来前边一只青蛙跳下田埂去了。田里有着一汪汪水迹，映着星光，煞是惹眼。水花看了一遍，确认这是水莲家的田。

婆婆说水莲守了三天三夜，放满了田水，果然是真的。

水花叹了口气，不由得嫉妒起水莲来。水莲和自己是发小，一起长大，一起从弯竹箐村嫁到这里来。论起姿色，自己还比水莲略胜一筹。现在，人家水莲儿子也生了，房子也盖起来了，水莲的婆婆笑得合不拢嘴。放个田水，水莲竟也能偷偷放到水。

"唉，这就是命。"水花心里喃喃了一句，继续往前走。

田埂上又跳下去几只青蛙，还不时迸发出几声蛙鸣，虽有些零零星星，没有山腰和山脚的密集和雄壮，却也给水莲家的田增添了几分活力，像是唱给这块有水的田的赞歌。

过了水莲家的田，中间隔了一条沟，对面就是自己家的了。

沟里淌着一股清亮亮的水。水花不用看，也知道水流有水壶盖粗细。一直顺着沟道嘻嘻哈哈地向下流去。

山脚的田已经浇了六天六夜了。水花去看过几回，一台一台的梯田喝饱了水，喝到自家的这一摆田，估计还要一个星期左右。

守着放水的是八十，老村长任的命。确实，放水的苦差事交给其他人也不切实际。八十不仅要守着一摆田一摆田地把水放足，隔三岔五还要沿着上游巡视一番，疏通疏通沟道，看看有没有人偷水。这样的差事没日没夜的，要体力，要胆识，要得罪得起人。

一想到"偷水"二字，水花就臊了个大红脸，不过夜色之中只有自己感觉得到脸在发烧而已。

水花想起刚引来水的第二天，八十就和留仙老太嚷起来。老太太趁着夜黑，也不知是咋地摸到田里，偷偷扒了水口，把水堵到自己的田里。八十巡视时看到，不由分说挖了老太太堵的坝，抢白了老太太几句。留仙老太气不过，搬出家谱来，说八十没有良心，论辈分自己是八十的奶奶辈，八十出生时若是没有自己，早就在娘肚子里捂死了。八十不甘示弱，犯起了愣头青的毛病，没大没小地骂了起来，还把老太太的锄头扔到谷棵里去了。

吵闹惹来了老村长，一番义正词严，最终以留仙老太理亏，嘟嘟囔囔地离开了事。

事后，老村长黑着脸下了通牒，以后谁再偷水，任由八十咒骂，动手教训都行，打伤了人就自认倒霉。

水花蹲在沟旁，转着头四处看了看，四周没有一个人，守水的八十也不知道到哪里去了。

但愿八十回家睡懒觉去了。水花默默地祷告着。

沟里哗哗的流水声，像一群嬉笑玩闹的小孩。水花犹豫了一下，抢起锄头，刚要落下去，想了想又住了手。

她脱了鞋，想了想又穿上了，哑然一笑。干旱已经让谷田里开了裂，土地板结起来，踩下去脚印都不会留一个，下田还用脱鞋？辨认着谷棵，她跨进谷田里，转过锄头，用锄头把朝田埂上使劲捅。自家的稻田比水沟低了两拳头的位置，和水沟就隔着一道埂子，捅开个洞，水自然就流进田里，神不知鬼不觉的。

水花忽地脸一阵臊红，捅洞的方法还是八十教的。

前年也是这一季，雨水足，谷子长得快，肥也施得勤，可自己的田往往一追完肥，第二天田里的水却空了，白白浪费了自家的化肥。自己绕着田埂四处查看，也不见埂子倒塌或是有缺口。那天正在纳闷，迎面走来了八十。听了原委，八十嘻嘻地笑，叫水花把田水放满。田水放满了，八十领着水花专门检查下埂。走了一个来回，八十指着几处打着小小旋涡的地方叫水花仔细检查。水花左看右看也看不出什么来。八十跳到下埂翠芝家田里，撩起田埂上的水草，只见水花家田里汩汩地向下埂冒水。水花一脸诧异，说自己耙田时是好好地筑了硬泥修了田埂子的，咋还漏水。

八十诡异地一笑，折了一根细棍子，在翠芝家和水花家的隔埂上一捅，捅破了，扯出棍子，只见一股细小的水流便直冲了出去。

水花猛然醒悟，低低地咒了翠芝几句。事后，婆婆知道了事情的原委，又去翠芝家院子外来来回回踱着碎步，指桑骂槐了一番。以后就再没出过这样的事情了。

水花记得最清楚的是当时八十一边帮着自己找漏洞补，一边把眼往自己身上瞟。还说了一句让自己愤慨的话来："水花呀，你也真是的，坑头上晕乎过头了吧，这些小伎俩都发现不了。"

水花狠命地啐了八十一口，便发誓不再理他。虽然她也知道，八十有口无心，不过喜欢开些玩笑罢了。

使劲捅了几下，埂子便被捅破了一个洞，抽出锄头把，一股水流哗哗地流进田里。水花赶紧跳上田埂。看着哗哗的水像炼开一锅碎银子，四散着倾倒进田里，不禁会心地一笑，捋了捋有些散乱的头发，抹去额上一层细密的汗珠。

水进了田，照这样的速度，一夜就能让田里的庄稼喝饱了。水花兴奋起来。明天早上给婆婆说说，若是她不信，就扶着她来看看田里的水，免得她老一脸不是一脸地奚落人。

站起身，收拾好家什，往回走了几步，水花犹豫了一下，打消了回家的念头。这样回去，婆婆一定又说自己在敷衍她了。叹了口气，水花解开蓑衣，铺在田埂上，坐着发呆。不一会儿，男人闪现在了眼前。

男人睡得好吗？也在工棚里发呆吗？他想我吗？

起了一阵清风，水花的刘海被吹乱了，遮住了眼，打断了她的胡思乱想。

水花抬头看了看天空，天边不知什么时候飘过几片云彩，几颗星星立即调皮地和它们捉迷藏去了。

水花看了看田里，水已经流满了一小半田了，田里那些龟裂的裂缝被水浸润饱了，慢慢地挤合了起来。谷子肯定在咕咚咕咚地喝着水。有几只青蛙已经扑通扑通地跳进了自己的田里，鼓起了蛙鸣。这些家伙一定会把藏在谷棵里的害虫吃光光的。水花越想越兴奋。

蛙鸣声渐浓，由远及近，由近及远，又由远及近，水花眼皮子重了起来。

四

水花梦见了男人，男人真的回来了，又交给自己一叠红票子，自己数了一遍又一遍。索性把床下的也拿了出来，花花绿绿地铺满了床。两人数呀数呀，唾沫都数干了。一边数一边计划，该开挖地基了，该镶砌石头了，该拉砖运料了……

水花扑通掉进了水田里，惊醒了。

"你看你……"模糊中，一只大手把自己搀上田埂。水花揉了揉眼睛，面前分明坐着八十。

"啊！"水花一声惊叫，一个退步，又一次跌入田中。

"我又不是鬼，你瞎叫唤什么？"八十跳下田埂，把水花搀上来。一俯身，扶起一片倒了的谷棵。

"你怎么会在这里？"水花一矮身，抓到一旁卧着的锄头，紧紧攥住。

"看你紧张的，我守着放水呀，我不在这里谁在这里？"八十跳上田埂，一双鞋想是来不及脱，早湿透了。他拄着锄头把，做着金鸡独立的样子，交换着双脚空鞋里的水，稀里哗啦一阵忙乱。

"我在下边放水，眼看着水流小了，便上来看看，却见你睡在田埂上。"

水花惊魂稍定，低声说道："你都看到了。"

"看到了什么？你在偷水？"八十嘿嘿地笑。

"我赶紧堵起来，我不再偷水了。"水花心里慌乱起来，赶紧拎着锄头，低着头找到漏水口，从沟底刮起一团泥，掩了上去。亮银银的水霎时起了一团浑浊，水里的星星月亮什么的闪没了。

一回头，八十默默地站着一旁。

"我……回去了……今晚……的事……你大人大量……饶我一回吧！"水花结结巴巴地说道。

"你现在就回去？"八十一副似笑非笑的样子，还是没掩映在黑暗里，被水花瞅了个结实。

月亮已经升到中天，睡醒一个好觉般，精神抖擞的样子。那些星星也不甘示弱，竞相眨着眼睛，像要看一出好戏一般。黑黝黝的庄稼多了一层白纱。

水花心里打起鼓，碎敲碎打的节奏。

"不怕你婆婆的咒骂？"八十皱着眉头。

"可是……可是……"

"你家水田的水还没放满的，你回去还不是被一顿臭骂。"八十走近水花，把锄头伸进沟里，一番扯拉，水又亮银银地流进水花家田里。

"你……"水花想说很多话，可又一时说不出来。

"唉，你们这些女人呀！"

八十解下披着的蓑衣，铺在田埂上，说道："来，坐下吧，等水放满了，你再回去！老太太犟得很，你一回去，保不准她就要摸黑扯着你到田里看看。"

水花心里一紧，寻回自己的蓑衣，离着八十一锄头的距离，坐了下来。锄头把始终紧紧地被她握在手中。

八十怔了怔，良久，站起身来，把自己垫坐的蓑衣拎起来抖了抖。走到水花面前，给她披上："你看看你，都湿透了，不冷吗？"

水花这才感觉到寒意，瑟瑟地抖了几下，心里一硬，牙关一咬，便不再发抖了。身上也暖了起来。叫道："离我远点。"

八十赶紧走开一锄头的距离。

忽然，八十嘻嘻地笑出声来。

八十一笑，水花心就慌："你笑什么？"

"你倒聪明！水莲她们几个一动手就要挖开埂子，恨不得把一沟的水引到自家田里去。她们这样做，还不露了马脚。你别看村里那些老家伙平日里一副老好样，来巡沟时，可是一步一低头，生怕哪里有新挖开的土，做旧了的坝，肥了谁家，亏了大家。他们就要怒发冲冠的。也不说这水是谁拼了命弄来的。唉！"

"那水莲家田里咋就有水，她的水从哪里守来的？"水花渐渐放开戒心。

"跟我来！"八十一扭身跳过沟去。

水花翻身起来，也跟着跳过沟去。蓑衣一抖，差点掉落，水花连忙用手攥住，紧了紧，裹住身子，顿时暖意洋洋起来。

八十带着水花沿着水莲家的田埂转了一个来回，指了指几处淅淅沥沥滴着水线的地方。水花顿时就明白了，却又忍不住问道："那老村长们来巡沟，就看不见这些漏水的地方？"八十嘿嘿地笑，站在一处漏水的地方跺了几脚，那水线由快到慢，最后不再滴水了。

水花恍然大悟，却又有了疑团，忍不住进出口来："你会同意她们偷水？留仙老太那么大年纪了，你还不放她一马？水莲她们给了你好处？买烟啦还是买酒啦？"

八十忽地直勾勾地看着水花嘿嘿地笑，笑得水花心里发毛。

五

重新跳过沟来，水花把自己的蓑衣让了让，八十也挨着坐了下来。

八十没有回答水花的问题，水花也不好再问。

水流稀里哗啦地往田里赶，像一群唱着歌的调皮小孩。

八十率先打破僵局："水花，你觉着现在村子咋样？"

"什么咋样？还不是老样子？"

"你喜欢这样的村子吗？"

"什么喜欢不喜欢的？等家家户户赚够了钱，盖了房，不就慢慢富裕起来了嘛。也不比城里差到哪里去。那时候，男人们也都回来了……"水花一边说一边憧憬着未来。

"你的男人还好吗？"八十声音忽地轻飘飘起来。

"你说些什么？我的男人不好，难道你好？"话一出口水花就有些后悔，荒郊野外，孤男寡女，说话的分寸还是要注意的。她赶紧站起身，装作去看水的样子，沿着田埂走了一圈。八十捅开的洞很大，水流急，已经淹了一大半稻田。凌晨时分应该就灌得满稻田了。

绕了一圈，磨蹭了一番，水花只好硬着头皮回到铺蓑衣处。八十点着一支烟，轻一口重一口地吸着，烟头明明灭灭，像一团跳动的火焰。

"对了，八十，你咋会让我偷水的？"水花犹豫了一会儿，还是坐了下来，"我可没有好东西给你，说实话，一直以来我还恨着你哩。你……说话……说话不知……轻重……没高没低的。"

"嘿嘿……"

"你笑什么？"

"我笑水莲她们一个个起初和你一个样，后来，咳咳……"八十把烟头弹了出去，那豆大的火画着弧线，像一粒流星，飞到沟里去了，嗤地叫喊了一声。

水花等着这个过程结束，还是没忍住好奇："后来什么？"

"你真的觉着你的男人一直好？"

"当然好！"

"那就好，那就好！"八十喃喃自语，"可我听说……听说……"

"听说什么？"水花有些心慌起来。

"唉，直说吧！水花，你不要生气，都是过来人，说对说错你不要见怪，我才说。"

"你……你说。"水花心里有些迫不及待的冲动，像小兔要挣脱胸怀一般。

"这次栽插，男人们聚在一起拔秧，说了些荤段子，说起兴处，村里的男人们在外边原来挺坏的。"

"坏什么？什么挺坏的？"水花急了。

"他们在外面找女人。"

水花脑袋里轰的一下，浑浑噩噩的，眼前有些黑压压的绿头苍蝇飞过一般。

"说是那些女人。工地附近多了去了。说得我心痒痒的，却又舍不得我的几个羊。我都想过了，过了今年，我把羊卖了，也和他们一去出去闯一闯，找找刺激才好。"

水花忽然心里刀刺一般地痛，呆呆的，像死了一般，眼里汩出两股清泉，在月光下闪闪发亮。

"唉！"八十一声轻叹，朝着水花靠了靠，水花一动不动……

风忽地大了起来，天边不知什么时候堆起一堆堆乌云，像一群张牙舞爪的怪兽，星星们忽地都没了踪影。

月亮被一堆墨云遮住了。

天边忽地扯起一道闪电，亮银银的，像是要下雨的前奏。

保护单位

"齐老幺，我给你说。一年五千块，十年五万块，一百年五十万，一千年五百万，一万年那可就是五千万呐。那得是多少钱呀！你得腾间大屋子才装得下。你还不乐意！"

村支书眼是眼，眉是眉，极大限度地夸张着表情。口中喷喷有声，把右手的五个手指头叉开，手心手背翻来覆去地比画了几下。略显做作的惊异之色在脸上幸福地荡漾开来，瞪着的眼睛渐渐收成一条缝，眼角向上弯去，仿佛已经看到空中飞舞着的钱票子，声调像爆豆一般脆响。话音落了，左手把烟杆子慢条斯理地往左嘴角送，直到嘬住烟锅嘴，使劲地吧嗒了几口，又滑到右嘴角，一股白烟从左嘴角启开的一丝缝隙处惬意地缓慢飘出，袅袅地弥漫开来。

齐老幺怔怔地看着村支书，眼神忽而亮堂忽而黯淡忽而愤怒忽而忧伤。他把烟锅紧紧地攥在右手中，标杆一般直挺挺地立着。手心里攥出汗来，滑溜得有些拿捏不住，忍不住交到左手，把汗津津的手掌在大腿上磨蹭了几下，洇了汗液的浅蓝色涤卡裤忽地颜色深了许多。烟早已经抽完，红亮的烟头渐渐淡去，只剩烟锅头里一颗惨白的灰粒。

看着村支书吐出的那股白烟终于消散尽了，齐老幺开口了。

"支书，你说的这些也太玄乎了。听不懂哩！"原本齐老幺想续上一句"和当初说得一模一样，我就是一时糊涂，才上了当的。"可又怕他发急，闹得后面不好张口，便打住了。

"嗳，往你手心里塞钱呢。你不会装作哑巴吃汤圆吧？心里有数没数你会不懂？再说了，有什么玄乎的？嗯？政府一年补助你家的修缮费还没在我手心里捏热乎哩，赶紧就一分一厘都转交到你手里，你吐着唾沫星子数得清清楚楚的。那些票子，你左看右看、左捻右搓的，没有一个角角是假的吧！"村支书的眼睛越瞪越大，铜铃一般。

"那是！那是！支书的恩情都记着的，记着的。"齐老幺赶紧赔上笑，脸上堆满了皱纹，破布条一般，交错纠结。

支书哼了一声，把眼神平移四十度，看向正对堂屋的那棵樱桃树。清明已过，樱桃树挂满了果，成熟了，挨挨挤挤地占满了枝头，阳光一照，更是红了一院子。

齐老幺顺着村支书的目光看了一回，又讨好地看了支书几眼，村支书没有搭理自己的意思。齐老幺机警地明白气氛的尴尬，心底涌起一阵悲凉，屁股暗暗地弹了下椅子，差一点就有噌地站起来走人的冲动。转念一想，这样做有违自己来的初衷，赶紧低着头，使劲地闭上眼又睁开眼，眼圈红热了几回。好容易定了心神，儿子的交代顿时萦绕在耳旁。

咽了口唾沫，把喉头暗涌的一股苦涩味强咽下去，齐老幺像抿了一口老酒，鼓足了勇气。

"支书，我今年都七十二了，老辈人说得好，'七十三（丧）八十四（死）'，难保明年不打个盹，阎王就叫小鬼来勾魂了。唉！双全一家难道就守着那点破屋烂瓦过一辈子？"

看着村支书眼皮都不眨一下，不应话。齐老幺愣了愣，声调低了些，有些喃喃自语的味道。

"都怪我当时糊涂啊！村里那么多比我家的破屋子还齐整的院子，人家都不乐意，我偏偏要……"齐老幺叹着气，重重地低下头，霜打过的茄子一般。

多云的天气让阳光在院子里彷徨得有些过头，阴晴转换让跳跃的红色大胆热烈，让村支书眼睛有些倦意。他揉了下发胀的双眼，回过头，看了看齐老幺。刚好把齐老幺的喃喃自语听了个仔细。

"齐老哥，你是怪我了？"

"哪能呢！我没有那个意思……你也是……一番好意嘛！咳！"齐老幺听出支书的不悦，慌忙解释，嘴皮子哆嗦了起来。

"是呀！怎么说呢？当初白纸黑字的事情。嗳！你可是把大拇指蘸了油泥，红艳艳地按上纸屁股的。我没说错吧？"

"嗯！是呢，是呢！"

"再说了，和你打交道的人又不是我，可是县里的大官，我一个跑腿的而已。你有几张嘴几个胆，不怕光着头皮钻刺窠，你找上头说道去呀。"

"可……"

"老哥，不是我不帮你说道。我一个芝麻绿豆大的小小村支书，说的话算得了数吗？再说了，你这是文物保护单位，县里层层报批的，挂了牌的，全村就你家和满仓家有这么个殊荣。天上掉馅饼的事情……"

村支书说得激动起来，索性把烟嘴儿拔出，刚要提高声调，忽地觉着喉咙里痒痒，干咳了两声，一口浓痰在喉咙里呼噜噜响。四处找了一下，没看见吐痰的家什，便欠起身走到门口，扒着门楣噗的一声吐到院子里。一只老母鸡从樱桃树下飞奔了过来，歪着头看了几眼，随即扑上去，笃笃笃地啄得水泥地板几声脆响，那黄白之物瞬间没了影儿。一只小公鸡闻讯赶来，没捞到便宜，心里有些不甘，歪着头看着主人，却不见主人再吐出什么来，有些扫兴，一路小跑，又到樱桃树下撒气般地一番乱刨，把几个熟透了掉在地上的樱桃啄得鲜血淋淋。

齐老幺目送着村支书吐完痰，坐回圈椅上，抬起藤桌上的一杯酽茶咕咚咕咚喝了一气。

喝了茶，村支书看了看齐老幺，倒又一时接不上话来。

齐老幺被村支书的饕餮气势撩起了喉咙里的干渴，忍不住看了看桌上靠近自己的那杯茶水，一进门村支书就给自个儿泡的。那些茶叶已经被泡开，舒展着姿态，横七竖八地挤满了小半个杯子。据村支书介绍，这是他儿子从省城带回来的雨前毛尖。果然不同于自己平日里喝的那些大叶子茶，一经泡开，张牙舞爪，放进嘴里，粗糙扎口，和嚼草叶一般，嚼不出多少茶味。这杯里的茶虽泡开了，却都是些嫩绿的茶尖，一个个小人一样，水灵灵的，在水里或站或倚或卧。齐老幺真想捞一叶出来掐掐，看掐得出水不。右手的五个指头不由得齐齐大动，隐隐地张了张，成了握杯的手形，朝着准确的方向伸了伸。心口却堵得慌，又把张开的五指收回来，捏成拳放在膝上，使着暗劲，把大腿压出重锤碾过的感觉。

"老哥，喝茶呀！一会儿凉了就不好喝了。"村支书似乎发现了齐老幺的心思，做了个让茶的手势，招呼了一声。

"嗳！咳！喝呢，喝呢！"齐老幺赶紧把心思收敛起来，不看那杯茶。心里一灵光，赶紧把刚才涌到嘴边的话和盘托出。

"支书，你说的这些我都知道。就说满仓家，他家的老宅也是县文物保护单位，可五年前，村里把老碾场的地批给他家，盖了小洋楼。那老宅子就是挂把将军锁，逢着县里有人来看，顺便开个门，应付着就过去了。"

"我家呢？"见支书不接话茬，齐老幺立马就觉着自己这个质问的语气似乎不妥，赶紧接上话，"从土改把老宅分给我家，几十年了，好不容易生活好起来了，眼瞅着村里家家都拆了老房子，盖起小洋楼，最不济的几家也削了老土墙，盖起砖木房，都敞亮着哩！我家的老房子黑咕隆咚的，儿子急了几回，儿媳也话里带着刺。老伴在世，也还回敬几句，现在我老头子大气都不敢喘几下，只能打落牙齿往肚里吞。真恨不得早早把脚一蹬，两眼一闭，找老伴去算了。"

"老哥啊！瞎想啥呢！你就不想想，你这老宅是文物呀。人家县里来的专家领导说了，宅子是古典的四合五天井建筑，叫什么……一颗印。据说是清朝时期咱村大户人家的豪宅。没有党来解放全中国，解放咱们这些苦哈哈，你就是进个门瞅瞅都不可能，还能住进去？一两百年历史的老宅子了，打着灯笼也没处找的宝贝呀！你还嫌弃……"

支书的这番话，齐老幺从那些来参观的大大小小领导专家口中听过不下数十遍了，听着听着不由得有些气苦，闷声闷气地打断了村支书的话："专家领导喜欢，也不见得说和我家对换对换，我们搬去住他们城里的别墅，他们搬来住我们这宝贝疙瘩。这样的话，他们喜欢怎么折腾就怎么折腾……"

"你！你！你胡说，人家专家领导能来住你这破屋子？"

村支书喝住了齐老幺，却又觉着自己似乎是该规劝的，怎么也话里带了刺，尤其"破屋子"三个字，还不给齐老幺心口捅上一刀。想要打个圆场，却又一时找不到活络的话来。索性只好把烟嘴儿狠狠地插进嘴里，吧嗒吧嗒地抽烟，腮帮子一鼓一鼓的。鼻孔里呼呼地喘着粗气，两股烟雾从这里冲出来，像两把白刃剑一般。

齐老幺看着村支书发了火，顿时虚了大半截，不敢继续张口。可眼前恍惚又出现了儿媳红眉毛绿眼睛的样子，不由得心里一颤，激灵灵地打了个寒战。

知子莫若父，齐老幺知道儿子的难处。儿子也不是非要和老子杠上的主儿。儿媳有时尖酸刻薄地指桑骂槐，儿子总是及时站在自己一方，帮着自己说话，血浓于水莫过于此。

这些年，村里守着几亩薄田的人不多了。儿子儿媳都外出打工，省吃俭用，一年存折上都能添上几万块。村里人富了，家家户户都竞相把老房子拆了，盖起宽敞明亮的二三层砖混洋房。有几家门路多的，也仿着城里人盖起了洋别墅。齐老幺到几个老伙计家串门，人家有现代化的厨房、卫生间、卧室、客厅，地板贼亮、墙面贼白，往哪里看都贼顺眼。再看看自己家，灰瓦黑墙，岁月把烟熏火燎的印记在屋里屋外发挥得淋漓尽致。上个厕所也要黑灯瞎火地摸到院角。小孙女有一次还一不小心掉进了茅坑，若不是恰逢刚掏了粪水，人就没了。新中国成立后，党的政策越来越好，虽说自己是从苦日子里泡大的，但自己也一步登天，从糠箩箩直接就跳到了米箩箩。知足常乐，几十年了，自己对这些早就习以为常。可儿子和儿媳都是新时代的产物，观念不同了。尤其一对孙男孙女，家里的电视不比别人家的小，沙发家具不比别人家的差，可小家伙就喜欢往邻居家跑，自己想搂着亲近一下都捉不到。家里常常只剩自己一个老头守着电视打盹，守着小孙孙回家的门。

齐老幺知道，儿子和儿媳逢年过节回来都是蹑着脚手的。一回到家没有紧要事情，不轻易出去串门。别看村里人当面说得多好听："你家的房子是文物，是国宝哩！价值连城哩，要好好保护。"可背地里人家都在当笑话，指指点点自家的脊梁骨。

这次又来找村支书前，儿子和儿媳拿出家里的存折给齐老幺看，存折上清清楚楚打印着398765.27元。儿子和儿媳一个鼻孔出气："爹呀，存折就交给您了，这是这些年咱家省吃俭用积攒的钱。您给支书说说，这两年的那些什么拆老房子建新房的白给两万元补助，六万元无息贷款等政策什么的，我们都不要。这五六年每年政府补助的那五千元修缮费，咱们算算，一五一十地退给政府。只要让把老房子拆了，咱家也盖起新房子。不为别的，也得为您的小孙孙着想啊，我们人前人后抬不起头来不要紧，难道他们也要一辈子招人笑话吗？"

两个小孙孙一边一个搂着齐老幺，"爷爷，爷爷"地叫，叫得齐老幺心都碎了。

村支书终于理顺了思路，看了看齐老幺一脸的委屈，一言不发的样子，心软了下来，恻隐之心油然而生。

"老哥，你年长我几岁，咱们都是一个村里蹦跶着长大的。我懂你的难处，可你这老宅是县里挂号的文物保护单位，怎能由着你的性子来？文物呀，有法律保护的，要保持原貌，修缮都要小心，你还想拆了？你想和双全侄子一起坐牢去吗？"

齐老幺哆嗦了一下，右手不自觉地找到左手，双手紧紧地握住烟锅杆，微微颤抖。那粒早就等得不耐烦的烟灰终于无声地掉落下来，在光滑的地板上开出一朵小白花。

支书把目光从小白花移到齐老幺脸上的时候，一丝不快已隐忍掉了，表情有些复杂，干咳了两声。

咳嗽起了作用，齐老幺回魂一般，重重地叹了口气。

"支书啊，都是乡里乡亲的兄弟，实在不行，干脆给我家也在村尾批块地。我家跳出去盖房得了，像满仓家一样。老宅嘛，我们一定会该照管就照管，保护得好好的。"

村支书怔怔地看了齐老幺良久，心里五味杂陈。

齐老幺的说法一点也不过分，支书也曾和上头反映过。这个建议在齐老幺提出前，自己就说到过。村里好几家嫌弃老宅狭窄的，都重新批了新地盖了新房。可村支书提到齐老幺，就被上头训了一顿。

满仓家空了的老宅，短短几年光景便虫蛀椽塌，几堵老墙摇摇欲坠。支书也勒令满仓修缮了几回，可收效甚微。老宅需要的是人间烟火，有人住着，烟熏火燎，没有虫豸来打扰，哪里漏个雨，赶紧补上，哪里进个风，赶紧塞住。老宅没了人气，便成了迟暮的老人一般，保不准哪天就轰然倒下了。

县文物管理部门的领导来视察，对齐老幺家老宅倒是一口一个好。到了满仓家，便一脸不是一脸。那语气，好像每年的五千元修缮费被村支书伙同村干部塞了腰包一般。县里这样，乡里的领导就更不用说了，有几次看似斥责满仓，实则眼神瞅着几个村干部，尤其看村支书的眼神，直扎人心。

满仓倒是无所谓，背地里放出话来，老宅倒了才好，去了一块心病。几个村干部却被上头盯得紧，除了好话说尽，呵着哄着满仓，还不时出工出料，帮着修缮几下，应对一二。

村支书懊恼极了，当初鬼使神差地答应了满仓，给他批了地。如果有双透视眼，看得透人体，支书感觉自己肠子肯定悔青了。他不止一次地和老婆抱怨，后悔当初被满仓挤眉弄眼地弄几杯黄汤下肚，几条好烟揣在怀里，就被猪油蒙了心。

上头训斥村支书不无道理，有了前车之鉴，齐老幺想批宅基地的诉求是万万不能松口的。

"老哥，这地，咳！是不能乱批的。"

"为哪样？"

"老哥呀，你看……你看……是这样的，村里批了新地的人家都是老宅狭小才批的。你家的老宅且不说什么文物保护单位的事情，一个四合院，占地多少？人家新批的地也没你家老宅占地多。怎样批给你？报到乡里、县里，还不被臭骂一顿！"

"那满仓家？"

"别提满仓了，事情已经过去多年了。那些年管理松，他钻了空子。这些年你看过电视，多少知道点，现在国家对土地的管理非常严格。再说满仓平日里日鼓冒天的，你没看见上级领导一来检查，哈巴狗一样。唉！老哥，人家走在空子里了，你计算晚了，要是你早几年说，就好了。"

村支书看着齐老幺欲言又止的样子，知道自己的劝说起了作用，心里落了一块石头。

齐老幺的性情村支书知道，一辈子老实巴交的，跟别人红个脸的时候都鲜见。唯一的一次跳起八丈高，还是在村头闲侃。几个后生嘻嘻哈哈，说着说着就讲世道人心。齐老幺当即就暴跳如雷，将他们训斥了一顿。

　　当时若不是支书等几个老汉死死地拽住齐老幺，他肯定要和几个后生拼命去了。直到几个后生骂骂咧咧地走远，齐老幺还骂不绝口，脚底装了弹簧一般，几次蹦起老高。

　　"支书，要不这样，你和上头说说，他们要是喜欢，把我这老宅收回去得了，我们不要政府一分钱。这样我们家就没有房子，身无片瓦，宅基地不就批得下来了吗？政府收回去了，喜欢怎么保护就怎么保护，不是更好吗？"

　　齐老幺忽地想起有一次儿媳和儿子拌嘴，儿媳不阴不阳地有这么一说，灵机一动，便原模原样地照搬了出来。

　　"这个……"村支书锁紧眉头，这样的话自己也是和上头说过的，仍旧是一通训斥。

　　领导最后还补了一句："要收你去收，收回来你去照管。不要说一处老宅上头给五千，乡里再多加一千，给你六千，你有本事就捧住这个火烧洋芋。"噎得他回家的路上脸一直火辣辣的。

　　"老哥啊，全国有多少这样的文物保护单位，大的政府能顾及得过来的肯定会收回保护，像咱们村这两处小的，全国多了去了。据我所知，就我们乡九个村委会，三十七个自然村，像你家这样的老宅挂了牌的上百处，政府哪能收得了那么多？再说……"村支书原本还要说"收回来谁去照管"。一想漏了上头的意思，赶紧打住。

　　"可是，难不成我就该自认倒霉？"齐老幺眼神紧张了一下，随即又黯淡下去。

　　"哪能呢？你看政府不是还每年补助五千块吗，一年五千，十年五万，一百年五十……"村支书一看齐老幺脸色铁青了起来，知道捅到了他的痛处，赶紧识趣地闭了嘴。

　　果然，齐老幺忽地脖子上青筋毕露，蚂蟥一样盘着，眼里像要滴出血来，低吼道："我有命计算这些天文数字，有命去花吗？嗳！把我家上上下下祖宗十八代加起来，也活不了一千岁。哄鬼嘎！"

　　"咳！咳！"村支书尴尬地抬起桌上的杯子。一扬脖子，杯子已经没了水，茶叶滚滚而下，像一场小型塌方，瞬间就堵在嘴边。茶叶缝隙里好不容易滤出几滴，支书一咂摸，哧溜哧溜响。

　　好歹润了喉，也遮掩了尴尬。村支书想了想，说："老哥啊，这些年政策好了。就说你吧，七十岁刚过，乡里村里马上就考虑了。一年虽说不多的一点养老钱，逢年过节的慰问，米呀油呀被褥呀，我知道那点小东西您老看不上眼，但总是政府的一点心意嘛。党关心着咱老百姓，咋也不能忘本吧！这事……迟早会有个说法的，你老别急。"

齐老幺眼里可怕的颜色渐渐淡去，村支书放下心来。

"老哥……"村支书想岔个话题，用些鸡毛蒜皮碗大碗小的事情宽慰下齐老幺。这一招，以前自己做齐老幺的工作时屡试不爽。

齐老幺忽地站起身，把村支书吓了一跳，也慌忙站起来。

"支书，我也不为难你了。儿媳说过，实在不行，干脆他们到县城买一套单元房，一家人搬到城里去住得了。唉！我这把老骨头是不去了，让他们去吧！我就守着老宅，估摸着要走了，堂屋里挖个坑，自己把自己埋了算了。"说完，端起桌上的水杯连着茶叶一口气喝了个干净，"咚"地把杯子放在桌上。一嘴的茶叶，齐老幺嚼出满嘴的苦涩。

"老哥，可不许说浑话！"村支书感觉额头有些痒痒，伸手一摸，竟一手的细汗。

齐老幺也不搭话，冲村支书拱拱手，算是告辞，而后大步跨出门外，背抄着手，扬长而去。那空了的烟锅头像个小小的问号，在屁股后嘬着小嘴般一颤一颤的。

第二天，村支书在村头碰见双全媳妇。那媳妇顶着块花头巾，把脸遮得只剩小半张，低着头，有些咿咿呜呜的悲声，背着个大包袱，一手扯着一个娃儿，一路小跑。村支书和她打招呼，头也不抬。村支书正纳闷，拐角处和满头大汗的双全撞了个满怀。双全口中骂骂咧咧的，拎着把斧头。村支书意识到不妙，赶紧大呼小叫地拦住双全。双全眼里喷着火，村支书和几个凑来看热闹的好说歹说，夺下了斧头。

村支书嘱咐了两个脚快嘴快的妇人追双全媳妇去了。几个后生帮助村支书生拉硬拽地把双全劝回家。

齐老幺坐在天井里的一把竹椅上，两眼空洞得像两口枯井，直愣愣地看着天空，嘴里絮絮叨叨地重复着一句话："七十三，八十四，阎王不叫自己去。"一束阳光从云层中漏了下来，刚好照着齐老幺的面颊，惨白惨白的。

村支书后背心一阵发凉。

第一百零一个问题

　　我自然醒来，四周一片漆黑。看了看窗口的方向，没有亮光穿过窗帘的缝隙照进来。

　　难道时间还早？两片窗帘的中间，我特意留了一个笔记本厚的缝隙，便于早上起床的时候判断一下天气情况。多年的经验让我都不用大众化地哗啦一下拉开窗帘，世俗化地叫一声，哇，今天是个好天气！抑或叹息一声，唉，又天阴了！缝隙里透进来的一束光亮，让我已经能准确地判断出今天天气的好坏。光线亮而明，外头肯定是个大太阳。光线亮而昏，定是多云天气。光线昏暗，天是阴了。若要判断是否刮风下雨，只需竖着耳朵仔细听一听。窗台上檐装了雨棚，根据声音的急骤与稀疏可以判断雨点的大与小、雨脚的密与疏、风刮得大不大。至于扯闪打雷之类的，就不用我饶舌了。有了这条缝隙透露着天机，我的揣测一般八九不离十了。每天该从衣柜里扯出什么衣服套装，该加减多少衣服，心里有着数，我的着装和外头的气候亦是相得益彰了。

　　定了神，想了几秒钟，我有些质疑。难道是我醒早了？这不可能呀。

　　我的生物钟早已经固定了，每天七点半雷打不动地醒过来。这么说吧，二十几年了，我就从没在床头放过什么闹钟、手表之类的醒时玩意儿。我计较过，不论头天熬了夜，醉了酒，第二天早上七点半我都会准时睁开眼，若要精确到分秒，我想出入仅仅只会介于三五秒之间。就算是休养生息的双休日，我照样准时醒，醒几分钟后，继续和被窝纠缠，睡个回笼觉。

　　难道大清早发生了日食？我对自己的奇思妙想露了一个微笑，伸了个懒腰，侧过身子，伸出手向床头柜摸去。手机在柜头左上角，那个固定的位置是我的手机现在的夜晚栖息地。自从一年前离了婚，妻子带着女儿走了，我就有把手机放在那里的习惯，全天候开机。

　　伸出去的右手折了回来，挠了挠头，我离婚了吗？听了听身畔没有均匀的呼吸声，那肯定是离了。妻子睡觉的呼吸声我最熟悉了，细微而均匀，和我女儿的一样，都是无邪稚嫩的。通俗点说，就是那种没心没肺地睡着了才会有的闲适而生动的呼吸。要不然我把手机放在床头柜干吗？我不需要报时，更讨厌打搅。一直以来，我的手机也和我的生活一样，是有规律的。早上我洗漱完毕，八点钟从电视柜右侧的第二个平台上拿起它，开机。晚上我洗漱完毕，十点钟关机，把它放在电视柜右侧的第二个平台上，端端正正。虽然只是目测过，没有用卡尺量过，但手机的东南西北和长方形平台的边线肯定平行，和妻子的手机也是并排平行而卧的。我还不止一次地纠正了妻子没放规整的手机位置，看着小小的两个手机并驾齐驱，我的觉才睡得踏实。

我把手机放在床头柜，就是为了等着妻子的电话。

和妻子的离婚让我沮丧。我们从认识、相知、相信、相爱、结婚，诞下可爱的女儿，一直相濡以沫，从未因为争执红过脸，从未因为琐事拌过一句嘴。我尊重妻子，像妻子尊重我一样。古代所谓的举案齐眉大抵也不过如我们尔尔。就在我憧憬着白头偕老的未来，一年前，她突然提出离婚。我仅仅愣了几分钟就点点头。她说女儿归她，我也仅仅愣了几分钟就同意了。这婚离得莫名其妙，也简简单单，就是两口子一言不发地前后脚踏进民政局办事大厅，签个字。民政局的同志还苦口婆心地劝我们俩冷静想想。我问妻子，"决定了？"妻子点点头。我便拿起笔，一板一眼地在右下角写上自己的名字，按上手印。妻子带着女儿回了娘家，完了。

我躺在床上，自省了三天。当然，这三天我也是晚上十点半准时闭上眼，早上七点半准时睁开眼。所不同的是这三天我没有洗过脸，没有刷过牙，没有脱下衣裤折叠得整整齐齐地放进衣柜最下层。没有早餐一杯牛奶，一个鸡蛋，一片面包。没有把一张纸巾一边擦干净嘴、擦掉鼻涕，一边整整齐齐地折成豆腐块，放进垃圾篓。没有早餐，自然午餐、晚餐也没有了，反正这三天我不吃不喝，连拉屎撒尿的事儿都没有做过。

三天的反省，我扪心自问没做错什么。要是觉得唯一做错的一件事，就是这三天手机在电视柜右侧的第二个平台上，一直端端正正地放着。要命的是，电视柜在客厅，与卧室隔着一堵隔音墙。更要命的是，手机一直处于关机状态。

这样的失误让我自责不已。若是按照平均一分钟拨打一个电话计算，从早上八点到晚上十点，那是十四个六十分钟可以拨打八百四十个电话的时间。三天？那是两千五百二十个电话，更是两千五百二十个解释、两千五百二十个道歉。两千五百二十个原谅、两千五百二十个和好。结婚是个纸头，离婚是个纸头，复婚不也是个纸头吗？

我的手机便摆在了床头柜上，一摆就是一年零八天，二十四小时开机。半夜骚扰电话接到过不少，打错电话的不在少数，连开假发票的都接到过几回，但都不是妻子的。

我的右手又伸了出去，我得看看手机，确定我的生物钟没有问题，昨夜没接到过骚扰电话。自从我一接到骚扰电话就破口大骂，半夜骚扰电话也越来越少，连打错电话的主儿也很少了。手机上有时间，我要确定外面若没发生日食，黑漆漆伸手不见五指是咋回事。莫不是我在做梦？

伸出去的右手又不由自主地折了回来，在左手背上拧了一把。火辣辣的痛。没做梦就好。

右手第三次是快速折回来，着实吓了我一大跳。

固定的位置没有固定的手机，纯粹连床头柜都没有，右手摸到的是一片虚无。

我吓得一骨碌跳爬起来。这一跳，更把我吓得魂飞魄散。我居然丝毫没有着力点的感觉，也没有爬起来，也没有跳起来。定了定心神，我手足并用，四处摸了摸，越摸越心惊肉跳。没有床，没有铺单，没有被子，没有衣柜……我的周围什么都没有，我在虚无的处所，是卧是立都不知道，不能走、不能跳、不能跑，只有四肢能动。如果看得清自己，我一定是张牙舞爪地动，像一只翻倒在水泥地上的乌龟，做徒劳无功的挣扎。不，乌龟还有硬邦邦的水泥地做支撑，我却什么都没有，毫无意义地动，不知所措地动。周遭只有无尽的黑，黑得瘆人，让人毛发倒竖、肝胆俱裂。

还好，我摸到我的身上穿着衣服，是睡衣。是我的睡衣没错，从上数，第二粒纽扣掉了，前几天刚掉的，还没找到针头线脑来缝补。自从妻子和女儿走后，许多东西都变着戏法一样找不到了。左边的衣角有个小小的洞，这是淘气的女儿偷着擦火柴玩儿烙的。我当时只是作势要呵她的胳肢窝，算作对她的惩戒。摸到这个小小的洞，我的鼻子酸酸的。我还穿着衣服，我自己的衣服，这让我微微有些心安，有衣蔽体总好过赤身裸体。想想又哑然而笑，这样黑漆漆的境遇，赤身裸体和穿着衣服有区别吗？

肯定是做噩梦了，我扬起左手，啪地给了自己左脸一下，火辣辣的痛。四下一摸，还是一样，我还是穿着我的睡衣，比一只四脚朝天的乌龟还可怜。我又扬起右手。右脸肯定红肿了，这一次力量奇大，眼前都冒出些星星。星星闪过，还是黑漆漆的。

我被歹徒绑架了？关在一个黑漆漆的房间里？吊在半空中？我又惊又慌，

本能地叫了几声救命。空落落的黑，没有回音。吓得我赶紧又浑身摸了一遍，后背够不到的地方，我都使劲抻着手企及了一通，看看有没有电影拍摄中吊威亚抑或魔术表演中的细丝。没有绳子，没有钢丝，没有细丝，没有任何捆绑的迹象。不禁苦笑了一下，哪有歹徒绑架人质还用得着像拍电影一样折腾。再说了，我一个普普通通的人，有份勉强糊口的工作，业余写点小文字，没权、没钱、没势、没地位、没名头。绑架我，连空头支票都开不出一张，没有用。

排除了绑架，折腾出的一身细汗干得很快。

完了，我莫不是无声无息地死了，被小鬼扔进阿鼻地狱了？我浑身汗毛立即又竖了起来。仔细一想，不对呀，看了许多神呀怪呀的东西，书上描写的地狱确实让人毛骨悚然。但地狱不是应该凄风苦雨、哀鸿遍野，孤魂野鬼游荡、夜叉发嗔、小鬼龇牙、牛头马面暴呲、黑白无常阴笑的吗？地狱不是应该充斥着刀山、火海、血池、棺材，什么断头台、绞肉机、鞭影杖痕的吗？最起码，地狱再怎么样阴风惨惨，冷酷的光亮应该有些许吧，就是一双两双带着狞笑亮着恐怖的眼睛应该有吧。

不对，这不应该是地狱，这里只有无穷无尽的黑。我只有徒劳无功地挣扎。

这是被外星人绑架了？

非常像。我有些自负地肯定。

看了许多好莱坞科幻大片，只有在外太空的失重状态下，才会让人上不着天下不着地，有力使不出。想到这，我又验证了一遍自己的想法，拼命地向前后左右手足并用地想移动一点，除了挣扎还是挣扎。我移动不了分毫。

我顿然产生了绝望的念头。被外星人绑架了，岂还有生还的念头？庆幸的是，我摸了一遍全身，没有刀疤，没有被开膛破肚的感觉。使劲地呼吸了几口，呼吸正常，口腔、咽喉、肺部没有不适。切了下脉搏，探了探心跳，一切正常，我相信，就是这黑黢黢的状态，我身体里流淌的仍然是鲜红的血。这让我放心。

死就死吧。反正妻子走了，女儿走了，岳父岳母家境还算殷实，妻子有工作，女儿听话，无非就是一些不在一起的牵挂，心头那一个纠结了一年零十一天的解不开的死结。父亲和母亲早几年就仙去了，他们的后事我和兄弟姐妹们一起料理得妥妥当当、风光体面。我的兄弟姐妹都有家室，家庭和睦，身体健康。我还有什么放不下的呢？

唉，想那么多干吗！谁又来救救我。

忽然很想最后看一眼生我养我的地方。我可爱的地球，她的蔚蓝，她的圆润，她的被无知和野蛮伤害的憔悴面容。啊！地球，我的母亲。

什么都没有。我已经把眼睛瞪得生疼，期望着哪怕看到一抹太阳的红，一缕地球的蓝，一星月亮的白。只有无边无垠、无际无涯、无穷无尽的黑。没有月亮，没有地球，没有太阳，更别提眨着眼睛闪呀闪的星星了。女儿扑闪的眼睛真像两颗星星呀，可惜我也看不到了。

我向着绝望的深渊越陷越深。"外星人，你们来吧！"我声嘶力竭地吼。没有回音，没有动静，我像个小丑一样，在寂静的黑夜里上演着自己的悲剧。直到累了，累得一塌糊涂。我想躺下，睡个好觉，一睡不醒也行。可我怎么躺下？我到现在都没有弄明白我是竖着还是横着。我应该躺在哪里，哪里有我身体蜷缩躺倒的地方。

索性闭上了眼睛，感觉我的灵魂搂着我的躯壳渐渐死去，安眠在无尽的黑暗里，无声无息。

……

"你想走出这黑暗吗？"

我忽地惊醒。

"你想走出这黑暗吗？"

声音若隐若现、时远时近，生硬而威严。我赶紧挥舞着双手向四处乱抓，希望抓到一个东西，哪怕是一根羽毛……

"你想走出这黑暗吗？"

"想！想！想！你是谁？救救我！救救我呀！求求你了——救救我，救救我……"

"我救不了你的，你只有自己救自己。"

"我怎样救自己？我努力了，我挣扎了。我被外星人绑架到太空了……"

"什么外星人？胡扯！你就是你！你的臆想也太稀奇古怪了吧！"

"啊！那我怎会如此？你快告诉我，我怎样出去，走出这可怕的黑暗。我要我的床、我的被子、我的手机，我要第一时间给我的妻子打个电话，无论谁对谁错，我都认错。我要抱抱我的女儿，我要亲亲她。我想她们，我想她们。"我痛哭流涕起来。这么久的黑暗，我竟然第一次痛哭失声，落下了眼泪。从记事起，我记得我只是流过三次眼泪，一次是母亲去世，一次是父亲去世，我看着他（她）安详地躺在棺材里，想着今后我再也看不见他们音容笑貌了，眼泪便掉了下来，冰凉冰凉的。第三次是女儿出世，她黑黝黝的眼睛骨碌碌地看着我，心头一热，两眼满是滚烫的热泪。这次是第四次流泪，眼泪是热的，流到脸颊上也是热的，挂在下巴上还是热的。

"这到底是哪儿呀？你是谁？细听着你的声音很耳熟，似曾相识。你快救救我呀！你怎么不说话了？"

"我一直都在听你说话呀！这个地方是你最熟悉的，只是你从没有来过，也不想来而已。至于我嘛，走出这里，你就会知道我是谁了。刚才就告诉过你，我救不了你的，你只有自己救自己。"

"这地方我熟悉……先生，我都从没有来过这里，这上不巴天下不巴地的黑暗地狱我咋会熟悉？好人，你别逗我了，你不告诉我你是谁不要紧。你说……我自己……能救自己，怎样救呀？你快告诉我。我一定感谢你的大恩，我是个知恩图报的人。"

"呵呵，其实救自己很简单。"

"你快说，你快说！"

"你只需要自己想好一百个问题问一下自己，这些问题不能重复，而且你必须诚实回答，理直气壮地说：是！每回答对一个问题，你就会向上飞升一截。每回答错一个问题，你又会下坠十倍的距离。出口就在上面，怎样出去取决于你的诚实、你心中的疑惑。"

"就那么简单？"

"你大可以试试。反正你被困在这里，问自己几个问题，无伤大雅。但我提醒你，提问题一定要谨慎，回答问题一定要诚实。要不然一百个问题问完了，你离出口还差那么一截，任谁也救不了你。你就在这无尽的黑暗里折腾算了。"

我将信将疑，但又不得不考虑这个似曾相识的陌生声音带给我的生机。反正死马当作活马医了。第一个问题不假思索就出来了。

"我是不是个男人？是。"

忽然，我感觉身子飘了起来，呼呼呼往上飞，耳边尽是飕飕的风声。我止不住内心的狂喜，大叫起来："我要脱困了，谢谢你，好人！"

飞升忽然停止了。

"唉……"那个声音似乎在我耳边叹了口气。我不由自主地伸手去抓，却什么也没有抓到。

"你呀！平日里不是一个很按部就班、诚实严谨的人吗？才稍有转机就得意忘形啦？"

"不是，不是，我只是一时兴奋，黑暗让我绝望，忽然有了你的点拨指引，情不自禁而已。"

"算了，你慢慢提问题，慢慢回答吧！我到出口处等你。记住我的话，诚实、谨慎、机智、心静、平和、果毅是你逃出黑暗的关键。相信你自己的感觉，相信你自己内心的真实。"

"别走，别走。和我说说话，黑暗让我恐惧。我害怕，我害怕……"

那声音再没有回应，他许是真的走了。

我不得不重新审视我的处境。周遭的黑暗仍然是无穷无尽的，唯一逃出生天的办法就是陌生人点拨的自问自答，第一个问题虽然问得草率了些，但是我的回答没有错，我离脱困更近了一步。以后的问题我得深思熟虑，陌生人说得对，诚实、谨慎、机智、心静、平和、果毅是我逃出黑暗的关键。我得珍惜这样的机会，万一一个不慎，将万劫不复。

"我是不是爱我的母亲，深深怀念着她？是。

"我是不是爱我的父亲，深深怀念着他？是。

"我是不是爱我的兄弟姐妹，默默关心支持着他们？是。"

"嗖嗖嗖"，每回答一个问题，我都像坐着上升的火箭一样。飞速地上升。忽然我有些后悔第四个问题问得马虎大意，我有五个兄弟姐妹，干吗不逐个喊着名字问一遍，那样一个问题就变成了五个问题了。问到这里，我也不敢贸贸然去重复问一遍五个兄弟姐妹了。陌生人说过，问题不能重复。到现在为止，陌生人所说的一字一句都得斟酌。兄弟姐妹一词涵盖了五人，冒那样的险不值得。虽然有些懊恼，但还是要感谢我的父亲、母亲，我的兄弟姐妹，你们是我摆脱困顿的坚实台阶。

"我是不是深爱着我的妻子？是。

"我是不是深爱着我的女儿？是。

"我的妻子是不是善解人意？是。

"我的女儿是不是乖巧听话？是。

"我的妻子是不是喜欢黄颜色衣服？是。

"我的女儿是不是喜欢粉红色衣服？是。

"我的妻子是不是勤劳贤惠？是。

"我的妻子是不是对我体贴入微？是。

"我的女儿是不是聪明机灵？是。

"我的女儿是不是我的开心果？是。

"……

"我的妻子是不是喜欢蜷在我的怀里睡觉？是。

"我的女儿是不是喜欢我亲亲她、抱抱她？是。

"……

"我的妻子是不是喜欢嗑瓜子？是。

"我的女儿是不是喜欢吃洋芋？是。

"……"

我一边想着我的妻子、女儿，一边一口气自问自答了五十五个问题，都是些生活中琐碎的点点滴滴，这么多年和妻子的相濡以沫历历在目，和女儿的开心快乐宛若眼前。谢谢我贤良的妻子，谢谢我可爱的女儿，让我飞升得那么快、那么远。我真想赶紧打个电话，向我的妻子道歉，在电话里听听女儿银铃般的笑声。我仰头看看，出口还不知在哪里，四周依旧是黑黢黢的，我只能从感官上感觉到我腮上的泪痕干了又湿，湿了又干。

"我是不是一个正直的人？是。

"我是不是一个有良知的人？是。

"我是不是一个有正义感的人？是。

"我是不是一个光明磊落的人？是。

"我是不是一个不懂得蝇营狗苟、投机取巧的人？是。

"……

"我是不是一个虽然默默无闻，却时刻关心着我的祖国当下和未来的人？是。

"我是不是一个一旦国家有难，甩开笔杆子拎起枪杆子就冲锋在前的人？是。"

这一波提问我扪心自问，问了自己三十八个问题。说实话，有几个问题提出来了，心虚虚的，就怕一不小心，自己没有掂量准确自己的内心，再一次掉下深渊。还好，我口读我心，我对自己的了解还是把握得恰如其分的，这一路飞升坦坦荡荡，有惊无险。我算了算，还差三个问题就足一百个问题了。最后的三个问题着实让我一番挣扎。该问的问题已经问得差不多了，有种江郎才尽的感觉。一些滑到嘴边的问题不敢脱口而出，因为心里对它们惴惴不安，不敢理直气壮地做肯定的回答。忽然忆起陌生人的话，相信你自己的感觉，相信你自己内心的真实。是呀，我的妻子，我的女儿，我能相信你们吗？

"我的女儿是不是一直都深爱着我？是。"

飞升。我似乎已经听到出口的动静，有回声了，出口就在不远处了。

"我的妻子是不是一直都深爱着我？是。"

我虽然理直气壮地回答，但是我都不敢睁开眼睛。直到感觉到耳畔是飕飕的风声，我在飞升而不是下落。我激动得睁开眼睛一看，上方虽然还是一片漆黑，但回声隆隆。

我大声地问道："我们一家人的心是不是一直都彼此牵挂、相亲相爱？"

我嘶哑的声音高声答道："是！"

飞升。头顶上方有一个模糊的圆圆的亮点。亮点越来越清晰，越来越刺眼，越来越大，是个巨大的洞口，已经可以看见洞口上空的蓝天白云，阳光明媚。我幸福地闭上了双眼，沉浸在莫大的喜悦中。

我的飞升突然停了。睁眼一看，离洞口十米左右，我使劲地蹬腿，双手做划水动作。无济于事，我又一次悬在空中。我急了，赶紧对着洞口大喊："好心人，好心人，你在哪儿呀？你不是说先在洞口等我吗？我已经理直气壮地自问自答了一百个问题了，咋还脱不了困境呢？"

"呵呵，你真行，一百个问题居然没有出现一次差错。"那个陌生的声音仍然忽隐忽现，冷峻的语气倒是没变。

"那我怎么还是脱不了困呢？"原本还想说一句"你不会耍我的吧"。黑暗的经历让我懂得冷静，不确定的话不乱说，没有根据猜测不乱讲。陌生人指点我从黑暗找到光明，已经是善莫大焉了。

陌生人嘿嘿一笑："不抱怨我就行。记得你的第一个问题吗？"

"记得，记得。"我赶紧点头。"我问的是，我是不是个男人？我肯定地回答说是，马上飞升了起来。"

"你飞着飞着戛然而止了，记得吗？"

"记得，那是一时因为有了脱困的希望，欣喜若狂、得意忘形了一些。不会……和这有关系吧？"

"就差那么一点点，你就顿悟了。"

"好心人，我错了。现在能补救吗？我重新自问自答几个问题，行吗？"

"一百个就是一百个，现在你再说一千个也没用了。"

"那怎么办呢？你得好人做到底，再帮帮我。"

"唉，好吧。我再帮你一次，谁叫我和你休戚与共呢。你最后回答一个问题，这个问题有三问，你回答对了，兴许就脱困了。"

我迫不及待地催促："你快问，你快问。"

这个问题很简单："我是谁？是谁绑架了我？我该怎么办？"

陌生的声音叮嘱道："好好回答哟，用你诚实和机智。"说完了，嘻嘻一笑，像朝着蓝天白云飞升飘去，又像朝着我脚下的无底深渊落去。

我连忙问道："好心人，你究竟是谁？谢谢你救了我。"

声音飘远，依稀听见："我就是你自己呀！"

啊！怪不得声音那么熟悉。

我该怎么回答呢……

"老公老公，醒醒，醒醒。"我猛然睁开眼睛，忽地坐直身子，浑身汗流浃背。妻子正坐在我旁边，焦急地把我推醒。

"你怎么了？做噩梦啦？又是蹬又是叫又是哭的。"妻子关切的神情让我久久回不过神来。

"你不是一年前和我离了婚，带着女儿回家了吗？"

"你说什么？"妻子瞪大眼睛，一脸嗔怒，泪珠儿在眼眶里打转，"你疯了，谁跟你离婚了？嗳！难不成你看不上我这个黄脸婆了，到外边乱去了！"

"没有，没有！"我一把抱住妻子，眼眶里红热了起来，"做梦，做梦！"

"真的没有？"妻子破涕为笑。打了个长长的呵欠，倒头睡去。

我披上衣服，走进女儿的小卧室。她睡得正香，鼻息轻盈。右手大拇指不安分地塞在嘴里，不时吧唧几下，许是梦到什么馋嘴的好东西了。我轻轻地把她的手指拉出来，在她的两腮上各亲了一下，退了出来。

我踱到客厅里，没有开灯，窗外的月亮正明，依稀照得物景分明。电视柜右侧的第二个平台上，我的手机和妻子的手机并排卧着。拿起自己的手机，关着机呢。我忽然想看一下现在的时间。打开手机，已经是半夜三点。我忽然想起那个有三个问的问题。手机突然闹了起来。我怕吵醒妻子和女儿，赶紧掐响听筒。

"喂，哪位？"

电话那头嘻嘻一笑，声音是那样熟悉："你脱困了吗？记得回答第一百零一个问题哟。"

母亲的病

母亲的病越来越重。

从城里回来后，她的身体一天不如一天。刚回来时，她能走能逛，时常到村子里转悠，找老亲戚老姐妹，说说家长里短。就在前些日子，我扶她一把，也能蹒跚着跨出门槛，在院子里走几个来回。她还不时停下来，仰着头看看天空，说那些各种颜色的云像什么。看看院子里的核桃树，侧着耳朵倾听树丛里的鸟叫虫鸣，一一数叨一番，像个调皮的孩子。十多天前，她就走不动了，脚肿得厉害，我只好抱她坐在轮椅上，推着她在院子里溜达。她絮絮叨叨的劲儿倒是没改变，一会儿说天，一会儿说地，一会儿说爷爷、奶奶和父亲。我最怕的是她说村里那些我叫不上名字、喊不出辈分的人；她却不厌其烦地指点着每个人的特征，住在哪里，家里有些什么人，要我一一记住他们，要我路头路脑遇到要客气地和他们打打招呼，寒暄一二。我尽力敷衍着，装作很认真地听、很仔细地记，不敢让母亲有一丝不快，因为母亲的病让我内疚不已。

我离开老家已经二十四年了。十五岁那年，我考入Q城某师范学校。母亲送我出的村口，她的身后是一村人的目光与叮咛。这一走，我与老家的联系就时断时续了。毕业后我被分配在X城，成为一名教师。随后娶妻生子，有了自己的孩子，母亲便在我的极力恳求下，一把铁将军锁了门，来到X城帮我照料孩子，照顾我们一家的生活起居，任劳任怨十多年。买房、购车、孩子就学，母亲一直默默地在我身边支持着我，分担着我的艰辛。忽然有一天，母亲倒下了，到医院一检查，胃癌晚期。

天瞬间塌了下来，我和妻子顿时成了热锅上的蚂蚁。

母亲趁着我们四处筹钱的时候，偷偷找了医生，把病情问了个仔细，之后把我和妻子叫到身边："儿呀，几十万的治疗费用无底洞一样。治得好治不好医生还支支吾吾的。我一个老太太了，黄土埋到脖子的人了，费那个闲心做啥？"

我说："妈，您不要瞎想。钱嘛，就是个数字而已，我四处找找，没事的。"

母亲平静地看着我："你们的艰辛有多大我又不是不知道，日子才刚刚有点起色，你们两口子的工资有多少我是知道的，也就勉强能过过日子。借钱不用还呀？再说，几十万呀，卖车？卖房？你让我的好孙女睡大街上呀……"

母亲一语中的，让我和妻子有些慌乱。这几日，我和妻子四处奔波，也只凑了十多万而已，经过商量，我和妻子已经偷偷把车子和房产在中介公司挂牌了。

母亲好像看出了端倪，一挺身跳下床。

"你，你真的要卖房子？"

妻子赶紧打圆场："妈，没……没有的事。"

母亲狐疑地看看妻子，看看我，叹了口气，泪眼婆娑起来："我那么大的年纪，上了手术台，一刀下去，还起得来吗？我想多有些日子，多看看我的儿，陪陪我的孙女。"

"妈！"我和妻子泣不成声。

"要叫我妈，赶紧给我办出院手续去。要不然，我一头撞死在医院里。"母亲的话硬邦邦的，作势就要扑向墙去。

我连忙一把抱住母亲。

那一天，母亲用死要挟着我和医生。无奈之下，我只得给母亲办了出院手续。

随后我的努力都是白费的。出了院，母亲就亦步亦趋地跟着我，逼着我把中介处的车子和房子资料要回来，压在她的枕头底下，每天检查一遍。盯着我把借来的钱一一还给亲戚朋友。母亲不要任何医生给她看病，家里来个陌生人对她多看几眼，她都怀疑是我找来的医生。母亲仅仅要我给她开些消炎止疼的廉价药。有几回，我开的药换了厂家，包装不一样了。母亲左问右问，我和妻子左解释右解释，指着药品说明书一字一句地读给她听。母亲将信将疑，她不识字，背着我们拿着药盒偷偷去了几家药店，问了别人，确定了不是什么昂贵的药，才没有大动肝火。

这样的日子僵持了一个多月，我经常从梦里哭醒。母亲倒像个没事人一样，稍稍好转，便开始操持家务，我与妻子和她争执了几回、辩驳了几回，母亲总有办法和说辞让我们不敢要强。我只能悄悄地求告医生，开些治病的好药，偷偷地扯去包装，把那些廉价的止疼药换掉。看着母亲背着我们皱着眉头，隐忍着疼痛，我的心在滴血。

母亲突然要回老家是我们始料不及的。那天正在看电视，女儿依在母亲的怀里，给她讲在学校里的趣事。母亲微笑着一边听，一边有一搭没一搭地看新闻。母亲出院后，我和妻子、女儿心有灵犀，常常用各种办法让母亲少做家务。这天女儿特意缠住母亲，我和妻子抢着收拾碗筷。

碗还没洗完，母亲走到厨房里："龙儿，明天陪着我回老家。"

我一愣："妈，没事回老家干吗？"

"叫你陪我回去就陪我回去。"母亲使上了性子。

我赶紧允诺："好好好，明天一定陪妈回家一趟。趁着假期，我陪你在老家多转些天，走走亲戚也好。"

"我不是回去一趟，是回老家就不来了。"母亲一脸认真。

"啊？"我赶紧歇下手，拉着母亲到客厅坐下。

"妈，这是怎么了？谁惹您不高兴？"我看了看女儿，女儿偷偷地摇摇头。

母亲脸色黯淡，眼神里却又好像有满腹的心思："龙儿，我是该回去了。这么多年，就是老家的亲戚有个大事小务，偶尔回去打个蘸水，应酬一下。妈老了，叶落总是要归根的。"

"妈，老家早就破败了。多少年不管不顾的，咋住人呐，之前不是已经说好了，您就在城里，我们一定为您养老送终的嘛。"

"不行，我就是要回去。你跟不跟我回去？"母亲斩钉截铁的语气让我心惊。

"妈，您看回去几天就是了。虽是暑假，但琳儿上初三了，都和老师说好了要补习补习，过两天就去，一下子也走不开呀！"妻子收拾停当，走了过来。

"琳琳你照看就是了，我只要龙儿陪我回去就行。"母亲爱怜地把琳儿搂在怀里，"好孙女，你读你的书，补习完了，回老家来看奶奶，奶奶给你做好吃的。"

"妈——"

"奶奶——"

"别再说了。我收拾东西去，明早就走。"母亲说完，一头扎进自己的卧室翻箱倒柜去了。

我和妻子互看了一眼，叹了口气。妻子只好拉着女儿帮母亲收拾东西。

回老家的路虽蜿蜒曲折，倒也硬化了，一路都是水泥路面。车子开到家门口，也没沾上一星儿泥泞。母亲一路走，一路指指点点，和女儿说东说西，感叹着乡村的变化。我和妻子虽担着心，看到母亲一脸的欣喜，倒也宽慰了不少。

老屋的破败是意料中的事情。我放眼看去，村子里都齐整着砖房，就我家还是老式的土木房子。院子里蒿草丛生，木篱笆的栅栏早朽没了，只有四五根腐烂的篱笆桩还歪歪斜斜地站着，上面缠了几株牵牛花，密密麻麻地开着花，有些恶作剧般的欢迎气氛。院西角的那棵老核桃树倒是枝繁叶茂，挂着许许多多的青果，沉甸甸的，好歹让人心里有了几分踏实。

母亲翻了几层口袋，摸出一把钥匙。我费了些工夫，总算把钥匙捅进锁孔里，却怎么也拧不开那把锁了。

邻居的大爷闻得声响，拄着拐踱了过来。母亲赶紧叫我喊"四叔公"，我和妻子连忙打了招呼。女儿不知该怎样称呼，红着脸尴尬地拉着母亲的袖子。四叔公呵呵一笑："叫老祖得了。"四叔公找来一把斧头，我好歹敲坏了锁，门终于打开了。

屋顶漏雨，霉味刺鼻，蛛网密布，厚厚的尘土能清晰烙下手印脚印。妻子和女儿傻眼了，都忘了把车上的东西搬下来。

村子不大，院子里不一会儿就站满了闻讯而来的人。大多是些老头老太，小媳妇小孩子。年轻的小伙子、与我年龄相仿的中年男子较少。大家围着母亲嘘寒问暖。母亲满面红光，和乡亲们打着招呼，拿出我们带回的糖果、糕点、香烟、水果招待大家。拉着我和妻子，和乡亲们见礼，叫着该有的辈分。我的头被长辈们摸来摸去，我的肩膀和后背被同辈们拍来拍去，我的手被小辈们拉来拉去……我和妻子堆着笑，作着揖，气氛尴尬着尴尬着，嘻嘻哈哈地便热闹了起来。女儿攀着门楣嘻嘻地笑。

乡亲们来了，老屋的难题迎刃而解了。

搬来桌凳的，抬来长梯的，拿来斧锯的，拎来热水瓶的，提来茶杯的，端来瓜子零食的……

有人上了屋顶，有人捅了烟囱，有人修了门扣，有人扫了堂屋，有人铲了院子，有人烧了垃圾……

母亲被几个老姐妹拉着闲聊。我和妻子想帮个忙，却怎么也插不上手脚，只有端茶递水的份儿。一回头，女儿已经被几个同龄人拉着跑远了。

有人要给修修篱笆，母亲拦住了，说："不养鸡，不养猪，围着干吗？全铲了干净。"

一连几天，张家请，李家叫，我们都在村子里打转。喝酒、吃肉、侃大山，妻子开始抱怨起我微微隆起的肚子了。女儿补课在即，妻子只好陪着走了。

我和母亲就这样在老家住下了。

消停下来，母亲事儿就多了起来。她要我摒弃液化灶和电磁炉，烧起灶头，用柴火做饭。我和她争执了一回，母亲竟然不吃我做的饭菜，搞绝食。我没办法，只得把液化灶和电磁炉收起来，烧起了灶头。还好，拾掇老屋的时候，拆下的坏椽子和篱笆桩还能对付着。老屋的烟火气浓了起来，母亲看着我劈柴、烧火，眼里多了几分温暖。我想，母亲只是一时的兴头，一下子怀念起烟熏火燎的岁月，过去了就好了。

一天，母亲指着灶角说："龙儿，柴快没了，你得像小时候一样，去山里找些柴火来。记得小时候，你和你爹挑的柴火可是把核桃树下都堆满了的。两三年前的柴火都堆在底层抽不出来，烧不到呢。"

我皱起了眉头，看来母亲的兴头不是一时的。这是哪年哪月陈芝麻烂谷子的事儿了，也拿来挤对我。这些天的走动，村子里谁家还用柴火呀，不是用电就是用液化气。母亲是不是哪根筋出了问题了？我却不敢直接辩驳，我说："妈，现在封山育林了，要保护环境，山林里不准砍伐树木了。再说了，别说烧柴火，就是煤炭也很少用了。现在社会发展了，小家小户都用上了电和液化气等清洁能源，既方便又环保。就说咱们村里吧，谁家还烧柴火做饭呢……"

母亲不等我话说完，脸色变了，我赶紧打住。

"你不去找柴火，我去！"母亲说着，"噌"地站起身。

我吓得赶紧拉住母亲："妈，您别生气。我去，我去！"

我们的村子，房前屋后就是大山。许是因为这些年封山育林管理严格，大家都习惯了不烧柴火了，遍地都是好柴火。那些枯死倒伏的树干，脆断掉在地下的树枝，随便收拾一下，一大堆。柴火找好了，怎样拿回去是个大问题。我努力地回忆着小时候怎样扯根老藤，砍根什么柔软的树枝，拧几根条子，捆好柴，斫根直溜的大树杈做扦担，一头扦一捆，挑着就走。我在树林里不断地折腾，不断地尝试，却怎么也捆不起柴挑子来。

身后有人喝道："你干什么呢？封山育林了，不准砍柴。"

我一哆嗦，回头一看："呀！四喜。"

四喜是我小学同学，论辈分还是我的侄儿。前几天他请吃饭，刚在一起喝了一晚上的烈酒，聊了一晚的辛酸。村里年轻人都外出打工去了，四喜大小是个村干部，家里又老老小小的，媳妇有痨病，只得硕果仅存地留守在村里，还担着村子周围山林的护林员，每个月多了几百块钱的补助。

四喜愣住了："龙叔……你……这是……"

我尴尬极了，赶紧解释："唉，四喜，你奶奶就是要吃柴火饭菜，怎么也劝不住。这不……让你为难了。"

四喜笑了："龙叔，说什么外人话呀？真难为你了，不砍树就行，找点干柴火而已。你到城里那么多年了，哪还会干这个？我来吧！"

四喜张罗了一阵，总算捆好了柴火挑子。他挑了一担大的，给我留了一担小的。虽是小的，我也累得够呛，走了一段，肩头生猛地疼。四喜干脆把我的也接了过去，一个肩挑着一担，弄得我脸红红的。进了村里，我实在窘得慌，好说歹说把自己的柴挑子接了过来。一路上和遇到的乡亲打招呼，为了不让四喜为难，我忙不迟疑地解释。谁知乡亲们嘻嘻地笑，几乎众口一词："飞龙呀，你母亲喜欢干啥，就顺着她一点心意。"原想让长辈们劝劝我执拗的母亲，看来是不行了。

四喜卸下柴火，帮着我堆放好，招呼道："龙叔，烧完了再叫我，我给你挑去。"

母亲闻讯出来，要留四喜吃饭。四喜推辞着，一溜烟走了。不一会儿工夫，四喜的小儿子拎着一只宰完拾掇好的大献鸡，说他爹要他送来让我煮柴火鸡给母亲补补身子。

小家伙拿了母亲硬塞的一把糖果，抽出身跑了。

母亲目送小家伙跑远，一回头，板起了脸："龙儿，叫你自己挑柴，你咋会让人家四喜帮你呢？"

我解释了一通，母亲还是不乐意，我拉下衣服，把红紫紫的肩头给她看，她才作罢。做饭的工夫，母亲帮我往灶里添柴，就着火光，我偷偷地看见母亲红扑扑的笑脸。

陪着母亲的日子越来越难熬。

平素里，她和村里人热热闹闹地闲聊。一旦闲暇下来，她便计划好的一般，要我盘弄屋后的闲置菜地，撒上小菜，种上韭菜茴香，栽上辣椒茄子……要我学着不用自来水，挑山泉水来做饭，要我学着沤肥肥地，要我学着制作菜油灯照明，要我买来鸡鹅学着饲养……我一不乐意，她就挣扎着要做示范。

为着母亲的病，我忍。

妻子和女儿利用空隙来看我们，送些母亲的常用药和必需的生活用品。妻子背地里偷偷取笑我，快返璞归真，成山精林怪了。女儿更是说我像动画电影《摩登原始人》的主角。说得我哭笑不得，没了脾气。

我天天想着法儿顺着母亲的意思，让母亲开心。母亲的病却越来越重，直到有一天，她已经下不了床了，头也浮肿了起来。

探病的亲戚和乡亲多了起来，我越来越着急。几个长辈私底下偷偷对我说："娃儿呀，你母亲还有什么未了的心愿，赶紧满足她吧！"我急得眼泪都掉了出来，说着好话、软话，期盼能得到长辈的一些指导，哪怕说些谎话蒙我，让我心里得些安慰。长辈们摇着头："老话说'女怕头大，男怕脚肿'，你的母亲，唉，时间恐怕不多了。"

"女怕头大，男怕脚肿。"我忽然想起我的父亲，他去的时候脚肿得厉害，像发胀的油饼。我用手摸过他的双脚，肿胀得油亮油亮的。我的指甲不小心划破了他的皮，里面居然流出像水又像油的液体。那年我十二岁，母亲抱着我一个劲儿地哭。

我彻夜难眠了，偶尔打个盹，便梦见我抚摸母亲的脸，一不小心，我的手指甲划破了母亲的脸皮……

我赶紧打电话叫妻子请假，也给女儿请假，到乡下来一起照顾母亲，多陪陪母亲。

妻子和女儿的到来让母亲心情果真舒畅了不少。她要我把她抱进轮椅里，要她的孙女推着她在院子里吹吹风，和她有一搭没一搭地说话。

初秋有了些许凉意，微风吹动了母亲的白发。我记得母亲的白发从父亲离世后，就一年比一年添得多，现在已经满头银丝了。女儿叽叽喳喳地逗奶奶开心。一老一小嘻嘻哈哈的，让院子里充满了活力。

一只老鸦在山谷里空鸣，声音远远地送了上来。我看见母亲拧了拧眉头，我心里酸酸的。真想马上变作一只恶鹰，飞去把那只老鸦撕得粉碎。

女儿玩累了，回屋帮着妻子做饭。我推着母亲看着夕阳掉下树梢。母亲忽然说道："龙儿，记得你爸也是在这个时节去的。那时候家里没粮，恰好春小麦收了，就煮了几锅洋芋，做了一顿手擀面，就把你爸送上山了。"母亲一边说，一边两眼湿漉漉的，"多好的乡亲们呀，一碗手擀面就打发了。"

母亲的话让我眼眶也湿漉漉的。

"妈，您想吃手擀面？"

"现在哪里还有地道的麦子、麦面。超市里的麦面看着精细得很，做出来的面条却不是过去那个老味道了。唉，记得小时候教你做手擀面，你的心地灵泛着呢！一教就会，比妈做的还好吃。"母亲呵呵地笑。

"妈，我来想办法。"我不假思索地赶紧顺上母亲的心思。

母亲看看我，点点头，我分明看见她嘴角一抹诡异的笑。母亲怎么会那样笑？她是高兴她的儿子要亲手给她做手擀面，还是……是不是我多心了？

当天夜里，我走遍了村子，总算在六婶家觅得大半袋麦子。六婶是种来喂鸡的。要给钱，六婶死活不要。

母亲看到麦子有了，喜得合不拢嘴。第二天，她挣扎着一定要在院子里监督，要我挑来山泉水，把麦子淘洗了两遍，洗滤掉沙子土粒。妻子和女儿在母亲的指导下忙里忙外，帮着摊晒麦子。路过的乡亲们看到久违的稀奇事，纷纷驻足流连，几个长辈已经吧嗒着嘴小声说怀念母亲做的手擀面了。

麦子晒好了，怎样变成面成了难题。原来周围的几家加工麦面的作坊要么关张了，要么改行只碾米了。我开着车拉着麦子转了大半天回来，麦子还是麦子。母亲目光黯淡了下来，我急得直冒冷汗。

还是四喜有办法，他家里有一盘已经砌了猪圈的石磨。他推倒了猪圈，叫上几个年轻的小伙把磨盘涮洗一通，支好。虽原始了些，还真派上了用场。我和几个年轻人轮流上阵推磨，辛苦了一早，面粉总算磨好了。一个长辈左找右找，居然翻出一个筛面的箩筛。一番细筛，去掉了糠皮，总算有了做手擀面的地道原料了。

乡亲们听说母亲要我做地道的手擀面，稀奇起来，家里院子里又来了不少人。几个长辈添油加醋地说母亲的手擀面如何的地道一流，说得大家嘴里都汪了一包口水。

几个脚勤手快的小媳妇也帮着打下手。母亲的状态却不容乐观，她大口地喘着粗气，我劝她躺下休息。她却不依，坚持要看着我做面。她一边指导着和面、擀面、切面、下锅、准备作料，一边偷偷地用袖子擦额头上的冷汗。

第一碗面煮好了，我特意做得长长的，赶紧端给母亲。母亲却有气无力地摇摇头，指着要我端给辈分最大的六祖公，六祖公推辞不过，只得接了，吃了一口，嚷嚷着好吃。第二碗我让妻子端给母亲，母亲不要，指给四祖婆。第三碗我让女儿端给母亲，母亲还是不要，要我端给齐大爹。第四碗母亲不要，第五碗母亲不要……

当我端起最后一碗，环顾一圈，人人都吃上了，女儿吃得正香，还嫌不够，嚷嚷着从妻子的碗里扒拉面条呢。我赶紧端给母亲，母亲费力地睁开眼睛，看看四周，最后看着我，勉强地笑了笑："龙儿……好孩子……你……吃……吃吧！我……我总算……是……放心了……"说完，垂下头，再也没有直起来……

料理完后事，我回到了城市。

数月了，我一直解不开心里的一个结。母亲突然要回老家，我理解定是老人叶落归根的念想。回到老家后，母亲为什么要我做那些反常的事情呢？我回忆起那天母亲突然的举动，便问女儿那天母亲有没有什么奇怪的举动。女儿想了想，说，那天母亲和她一起看着电视，看完国际新闻，就问她："×国又想要挑起战争了？"女儿随口就说："应该不会吧！"母亲忽然自言自语起来"千万别打仗，一旦打起仗来，现在这种城市里断水断电，指不定还断粮，可怎么好？"母亲就进厨房找我去了。

哦！我的母亲呀！

牛市

"牙叔，您来啦？来烘下火。老一套吗？"

"嗯。哎，对了，老蔫，凉片不要了。今天霜降节气，早上贼冷，僵牙哩，怕伤了胃。唔，改两只羊脚吧，热热地煮烫了。酒也热热。"

"诶！"

应着声，那头已经揭开锅盖，热气顿时腾腾升起，一股羊肉香味立即弥漫了过来。

张牙咕咚咽下一口口水，第二口又在舌下汇聚。怕老蔫看见，索性装作漫不经心地四处打量，趁机又咽下一口。

今天是乡街子，自然少不得羊汤锅棚子。凤梧县的各个乡街子都有羊汤锅，布局大同小异。几根撑竿，一大块帆布或塑料布，四个角钉上桩，撑竿一搭，布一扯一盖，一个人字形的羊汤锅棚子便成了。棚里摆放着几个条凳，几张条桌，说不上井然有序，也还错落有致。棚前一个案板上，摆着切肉的家私。一堆煮好的羊肉用纱布盖好，案边都是些葱、姜、薄荷、辣椒、花椒、酱油等调料。旁边摆开两口大锅，一锅零肉碎骨羊排煮成的清炖，一锅肠肚心肺头蹄煮成的杂碎，都在旺旺的炉火上咕嘟咕嘟地欢腾着，还有些回煮一下即可食用的羊血、羊脚，构成了羊汤锅的主要内容。

张牙南北看了看，一溜串下去，约莫着怕有二十多家羊汤锅棚子。火都已经升旺了，满街的香味儿。斜东南是卖衣物的摊位，摊主们跺着脚，忙不迟疑地抖开衣物，用衣架套好，往架子上挂。不一会儿，薄雾已经被染得五颜六色了。对面是几家小吃摊子，无非就是米线、凉粉、卷粉、汤圆之类。摊主倒也不急，离晌午还早，就把家什摆放得慢条斯理。张牙不由得笑笑，今儿寒气重，太阳出来还得折腾一阵，晌午时分也不见得就热火朝天，这些卖凉货的摊主估计得收个晚市了。斜西北是菜市，摊主次第摆开了菜品，搓着手东张西望，用目光和吆喝拉拢主顾。赶早市的稀稀拉拉有了些。开饭馆的、家里使着工的，和菜主斤斤计较着块儿八毛，倒又是大清早最热闹的一部分。

老蔫堆着笑，先上了二两酒，已经烫得热乎乎的。张牙酒虫正在肚里闹腾，端起杯，嘬溜一声，冒尖的钢化杯浅了一个指节有余。一碗杂碎、一碗清炖、一碗羊血、两只羊腿、一碟蘸水，眨眼工夫上了桌。张牙习惯性地冲着凉粉摊子张了张嘴，欲言又止。今早天冷，吃凉粉还不合适。张牙还好一口凉粉就酒，有时羊汤锅索性不吃了，一碗凉粉、二两酒也能凑合一顿。看看天边，太阳没露脸，被云层裹着，像一个母腹里孕育着的红球。朝霞色彩明艳，挂满了天际。

"老蔫，坐下喝一盅。"张牙咂咂嘴，曝着牙招呼。一大口热酒下去，嘴里、喉咙里、胃里火辣辣的，像升起一盆旺旺的栗炭火，四肢百骸都暖了起来。

"好的，一会儿我来敬您一杯。"老蔫堆着笑，冲媳妇眨了眨眼睛。媳妇心领神会，赶紧在一堆煮熟的凉肉里捯饬，掰出两个羊腰子，三两下切成片，用个盘子盛了。老蔫赶紧端到张牙面前。

"好东西哟，送您补补！"老蔫嘿嘿地笑。

"你看你，老这样，我都老家伙老东西了，补那玩意儿干啥？"张牙呵呵地笑，也不客气，夹起两片滚了蘸水就往嘴里送。

"您看我，糊涂了，要不烫一烫？今早上了霜，冷。"

"不费精神了。哎，你的酒呢？快倒上！"张牙拿过酒壶。

老蔫摸索了一阵，左手一个高杯，右手一个瓷盅。

"今儿拿什么盅，七八钱酒，洗个眼睛都不够。天冷，拿杯，咱俩好好喝一个。"

老蔫嗫嚅了一下，回头看了媳妇一眼，媳妇眼神里嗔了一下。老蔫赶紧把盅递给张牙，把杯子往桌底下藏："牙叔，要做事，要做事！"

"唉，怕侄媳呐！"张牙看向老蔫媳妇。那媳妇窘了脸，低着头把盖肉的纱布拉开，把肉重新整整齐齐地码了一遍。

邻近的几个肉摊主看着老蔫这里大清早就有了开张生意，把锅碗瓢盆弄得叮当乱响，往这边乱瞅。

媳妇脸上泛起红光，嘻嘻一笑，嚷道："牙叔，就倒一杯，多了可不饶他。"

老蔫赶紧缩回右手，把桌下的杯子端起来。

张牙之所以喜欢做老蔫这里的老主顾，很大程度就是老蔫愿意陪着自己喝一口，唠上几句话。蚂蟥塘这个乡街子上的羊汤锅，张牙几乎都吃了个遍。除了人情往来有几分热闹，张牙大多是自酌自饮喝个寡酒，没趣得很。直到认识了老蔫。老蔫好一口，若不是媳妇管得严，估计自家羊汤锅上第一个醉倒的就是自个儿。张牙喝酒有分寸，大清早二两，晌午二两，晚上二两。不闹醉，不发酒疯。老蔫人瓷实，自从认识了张牙，摊位总是最起早的一个，也往往是摆到最后的一个。别人家的火还没升起，老蔫的汤锅早就热气腾腾了。张牙是老蔫汤锅上的第一个客，也是汤锅上的最后一个客。老蔫早上备着肉，备着酒，晚上留着肉，留着酒，就是为张牙的。张牙好口早酒，八点左右，准时品上。晚上六点，牛市散了场，才来。平素里，老蔫早上陪着张牙慢慢喝一盅。中午客人多，只陪着张牙急急地一口闷上一盅。晚上还闷一盅，就忙着一边说些散话一边收拾摊位家什。

今早的一大杯破了天荒。张牙和老蔫说着话，越喝越兴奋。老蔫趁着媳妇不注意，用身子遮掩着，又偷偷给自己加了半杯。要给张牙加，张牙摆摆手。

两人正唠着，走过来一个黑脸汉子，国字脸，一件羊皮褂子油亮油亮的。

媳妇看着来了生意，赶紧招呼。老蔫也连忙站起身来。

汉子笑笑，不搭老蔫的口，犹豫了一下，径直走向张牙，直勾勾地看着他。

张牙抬头看了看汉子。看穿着，像是后山的人。自揣与后山的人家没有亲戚交往，面孔陌生得很，不认识，心想许是认错了人。自个儿又嘬了一口酒，顺手拎起一只羊脚，啃得惊心动魄。

汉子腮帮子动了几下，像是下了巨大的决心，结结巴巴地道："牙……牙叔……找您帮我买头牛……"

张牙停了咀嚼，仰着头看着汉子，一脸狐疑。

汉子见张牙不应答，急了，倒又不结巴了："有人介绍我来的，我想买头牛。"

"来，坐下。"张牙脸上有了笑意，"老蔫，拿套碗筷，倒杯酒来。"

"牙叔，不了，我等您。喝好了，我把账给结了，咱就走？"

张牙愣了愣："结啥账？走哪儿呀？快坐下。"站了起来，硬拉着汉子坐了下来，"牛市还早。"

"牙叔，不早了，我刚刚去过一回，有好几个牛主在晃悠了。"

"晃悠啥呀！都是附近的牛贩子，来得早，号地盘的，你找他们买牛？不怕着了道。"

"啊！我看……不都是些老实巴交的庄稼人嘛。"

"啥眼神？你看看我，老实巴交不？"张牙眯着眼睛，眼缝里透着笑意。

汉子认真地看了一回，又结巴了起来："老……老实……牙叔开……玩笑了……"

"啥开玩笑，我干什么的？一个靠耍嘴皮子的牛牙子，我还老实？笑话。"张牙瞪大眼睛。

老蔫坐了下来，给汉子倒了一杯酒，呵呵地笑："老弟，牙叔什么人？听说过差官的腿，媒婆的嘴吗？牙叔虽没有媒婆的道行，在牛市上却比媒婆的嘴还厉害百倍。你买牛先找上他，算你磕头遇到庙门了。这回，合着该那卖牛的倒霉了。"

张牙嗔了老蔫一眼："老蔫，别乱吹。吃这碗饭久了，有点门道而已。"

汉子一脸不信："牙叔，买卖不是趁早不趁晚吗？耽搁一会儿再去，好牛都给人买去了。"

"急啥？好牛还没来呢。"张牙呷了一口酒。

"我刚才看到有两头就很好。"汉子语气里透着一股子倔强。

"那你咋不买呢？"张牙眯着眼看着汉子。

"这……这不等着您给掌掌眼么吗？规矩我懂，规矩我懂。"汉子有些心乱，往怀里掏摸了一会儿，扯出一张百元钞，就往张牙面前让。

"愣头青一个。"张牙也不接，左手大拇指和食指弯成个钳状，往嘴深处掏。塞了牙了。

老蔫赶紧拿来一盒牙签，抽了一根递给张牙。

汉子涨红了脸，缩回手，钱在手心里攥成一条，闷着头，坐不安分了。

张牙好歹把塞在牙缝里的肉剔了出来，在嘴里咂摸几下，咽进肚里，乜斜了汉子一眼。

"你叫啥名？家是哪里的？"

"栓柱。镰刀箐的。"汉子瓮声瓮气。

"镰刀箐。不算远呀。你今早坐啥来赶街的？"

"赶着马车来的。"

"几点出的家门？"

"天蒙蒙亮。问这干啥？"汉子有些来气。

"刚到街上还是来一阵了？"张牙不理汉子闹情绪，不慌不忙地继续问。

"刚到下一会儿，去牛市转了一转，打电话问了个亲戚，说你买牛看得准，就找你来了。"汉子有些不耐烦了，语气硬邦邦的。

"你的马车赶得快不快？"

"肯定快呀，赶着买牛哩。牙叔呀，你到底会不会看牛呀？"汉子噌地站起身。

"如果我没有估计错误，你从家里来到集市上，大约走了两个多小时。"张牙答非所问。

汉子索性抱着手，不吱声了。

"不算远的路，一辆快马车到集市上要那么长时间。若是换作吆着一头牛，紧几步慢几步地赶。老蔫，你说，现在这个时候，能把牛吆到集市上了吗？"张牙看向老蔫。

老蔫肯定地摇摇头："今早这么冷的天，怕是能赶到半路就不错了吧。"

汉子愣了良久，赶紧重新坐下来。

张牙笑了笑，继续看着老蔫："老蔫呀，若你的牛是买去犁田耙地，你喜欢买山里的牛还是坝子里的牛？"

"当然山里的牛了，天天翻山越岭，自有一股子劲。"

"从山里把牛吆到集市上，就算半夜就出门，也得要日上三竿才勉强赶得到牛市吧。"

"对呀！"汉子忽地啪地给了自己大腿一巴掌，一脸喜色，叫了老蔫媳妇，"切半斤凉片，热好了端上来。"端起酒杯就和张牙碰杯，来了个底儿朝天。张牙抿了一口陪着。汉子憨厚地挠挠头，呵呵地笑。

汉子的酒量也不含糊，稀里哗啦，三大杯就下肚了。

太阳升起老高了。桌上一片狼藉，汉子要抢着付账，张牙死活拦住了。说得急了，对汉子说："你若有心，给你找了好牛，买卖成了，中午还是这里，你一道结了，我不拦你。"回头对老蔫招呼，"记着账，晚上一起结算。少不了你的。"

老蔫一脸的笑加了几分嗔怪："你看，牙叔说外人话了，啥时结都行。"

汉子又从怀里掏钱，看到张牙板着脸，只得作罢。

牛市已经热闹了。买的，卖的，牛牙子，看热闹的，杂七杂八，闹闹哄哄。

张牙一进牛市，立即围上了一拨人，有熟悉的，有陌生的。打了招呼，有要张牙帮着卖牛的，有要张牙帮着买牛的。张牙笑了笑，指着亦步亦趋的栓柱："已经有主了，帮他买了再说。"

识趣的就走开了，身后却尾住了几个，卖主买主都有，都是等着张牙做完栓柱这一单，好着落自己那一单。脸熟的是几个牛牙子。张牙知道他们想跟着自己长些见识，早已习惯了。同行如仇敌，张牙不计较这个，也不生气，跟着就跟着了。

张牙拉着栓柱见缝插针地走了一圈，这头拉着看看，那头摸着瞅瞅，好牛倒有几头。张牙胸有成竹，也不着急，一一指给栓柱，嘱咐看上眼了的，说一声，自己就下手。

栓柱一眼看中了场中央一条高大的黑色黄牛牯子。

张牙看了看，摇摇头。

栓柱一脸讶然。张牙小声告诉栓柱："那牛买不得，牛贩子贩来的，手脚多，容易看走眼。"

栓柱不相信，说："那牛高大威猛，一看就是出得了气力的。"

张牙让栓柱去看看那牛的牙齿。栓柱将信将疑，去看了一遭，回来说："牛好呀，牙齿大颗大颗，齐齐整整，白生生的，肯定嚼口好。好养。"

张牙嘿嘿地笑："傻小子，那牙是被刷过的，漂白过的。你看那牛，身架高大，早就齐口了。牛没有上牙，一般来说，一生只有八颗下牙。牛的乳牙有八颗，犊牛出生后半个月左右，第一对乳门牙长出；四到五个月时，四对乳牙依次长齐。乳牙小而洁白，牙齿间隙较大。长齐了乳牙，直至换牙前的牛，就叫圆口。这时的牛就算作小牛，出不了大力。所谓的'圆口皮鞋'就是指用小牛皮做的皮鞋，皮质柔软。以后牛的牙齿逐渐因为磨损变短。水牛三岁左右，黄牛两岁左右，第一对乳门齿脱落，长出第一对永久牙齿，又叫对牙。以后每年脱落更新一对，逐渐由'四牙''六牙'到'八牙'。八牙换过，牛就齐口了。一般来说，水牛齐口六岁左右，黄牛齐口五岁左右。重新换过的永久牙大而厚，色微黄，排列整齐，彼此紧密相靠。开始换牙的牛就步入青壮年，出得了力。你看那牛的牙齿整整齐齐，明显就是换过的牙，为了让人误以为牛还小，故意漂白牛的牙齿。不诚实的牛贩子故意为之，看都不用看，估计那牛已经老了。"说得栓柱和一帮偷艺的牛牙子啧啧称奇。

栓柱又指指一头犄角大水牛。张牙走近牛，牛主是个巴实的老汉，赶紧堆上笑。

"老哥，哪儿的牛？"

"大海哨的。"

"路远哟，老哥今早受累了。"

"是呀，早上五点起的床，一路都是马牙霜，冷得直打摆子。要不是急着钱用，谁来遭这份罪？还好牛赶得急，好歹赶了个早市。"老汉似乎还心有余悸，搓着手瑟瑟发抖。

"牛多大了？"

"你看看。牙叔，集市上的人都说你牛看得准，我也不敢乱说话。找你一会儿了，谁知被人捷足先登。若看得上眼，价格合适，买卖成了，我不说别的，也按规矩谢你一百，当我找的你了。"

"老哥，那哪成，一码归一码，哪能两头拿。栓柱，你看得上这牛？"

栓柱点点头。

张牙把牛鼻绳往上捋顺了，伸出左手，大拇指和中指捏住牛鼻子，食指蜷起来，指节压住牛鼻绳。右手哧溜一下，从牛嘴巴侧边伸了进去，攥住牛舌头，牛嘴自然张了开来。左手一提，牛仰起头。张牙仔细看了一圈牛牙齿。只见除了两颗门牙微黄整齐外，六颗牙齿白生生的，也不稀疏，也不紧密。张牙皱了皱眉头，放开了牛，绕着牛走了一圈，点点头。

这当口，栓柱把牙齿看了个仔细，琢磨着张牙的话，牛刚刚换了第一对牙，正值青壮年，出得上力，心下暗喜。

张牙却客气地对老汉说："老哥，我们再往别处看看。"扯着栓柱就要走，栓柱十二分地不情愿。

老汉皱了眉头，拉着张牙要说个究竟。

张牙笑了笑："老哥，不怕你多心，你这牛天生圆口。怕年纪也不小了吧。"

老汉脸红了红，扭过一边去了。

被张牙拽着走到一旁，栓柱急了："那老头的牛挺好的，干吗不谈谈价钱呢？"

张牙微微一笑："那牛天生圆口。啥叫天生圆口？也就是说这种牛几乎一生都不换牙，换到两颗门牙以后就不再换牙了，到死只换过两颗门牙。这种牛不好。牛为食草动物，牙齿在吃草料，特别是粗硬的秸秆时，由于咀嚼而磨损严重。换了牙的牛都禁不住磨损而加速牙齿老化，何况不换牙的天生圆口牛。这牛现在看起来体形大、膘肥厚，确实不错，可你注意看，两颗门牙牙面已经呈正方形了，六颗乳牙更是磨损严重，牙面三角形、圆球形的都有。过不了两年，牙不行了，吃草料都有困难，嚼不好，消化不好，咋会壮实，出得上气力？"

尾着的一帮人一脸敬佩。

这时，一个红脸汉子牵着一条大水牛牯子凑了上来。

"牙叔，给介绍介绍。娃儿娘病了，在医院等着动手术的钱。"红脸汉子眼眶红红的，把牛让到面前。

栓柱眼前一亮。

张牙也不推辞，掰开牛嘴就看了一遍。一帮牛牙子看牙叔不藏着掖着，赶紧也凑近了端详，指指点点。

张牙索性来了劲，撒了手，手把手教一个牛牙子用自己的方法掰开牛嘴，指点着说道："从牙齿的更换和磨损，一般就可以大致地判断牛的年龄。说不上百分百准确，七七八八还是差不离的。牛齐口以后，永久牙齿开始顺次磨损，磨损面逐渐由长方形、正方形花纹变成三角形，最后呈黑色椭圆形，牙齿的间隙逐渐扩大，牙齿稀疏，直至齿根露出乃至脱落。牙面出现的长方形、正方形花纹我们行话称为'印'。水牛七岁左右，黄牛六岁上下，即出现'二印'，也就是两颗门牙，以后依次逐年磨损一对，直至'八印'。牛的'八印'齐了，这时水牛一般在十岁左右，黄牛则在九岁上下。牙面出现的黑色椭圆形花纹，行话称之为'珠'。水牛十一岁左右、黄牛十岁左右出现门牙'二珠'，依此类推直至'八珠'。'八珠'又叫满珠，还叫老口。水牛十四岁左右、黄牛十三岁一般就满珠了。到了老口的时候，牛已经像耄耋老人一样，基本丧失了劳动力。"顿了顿，张牙继续说道，"概括起来讲，看牛看牙齿，二、三、四、五岁看牙换，六、七、八、九岁看磨面，十、十一、十二、十三岁以后看珠点。"

一帮牛牙子啧啧称奇，只差没有当即跪下，口称师父了。

栓柱依着张牙的经验，看红脸汉子的牛正是刚过齐口，膀宽膘厚、蹄大腰圆，正中下怀，便偷偷扯了扯张牙的袖子，央着讨价买下。

张牙绕着牛走了一圈，问了红脸汉子一些不痛不痒的问题，也心仪了。单独问了栓柱和红脸汉子心里的价位，出入不大，正要帮着栓柱讨价还价，博些彩头。

忽然，牛市东北角起了哄，还隐约带着哭腔。

张牙向红脸汉子抱歉了一句，也随着几个牛牙子迎了过去。

人群围了个大圈，中间一条大黄牛，一个老汉和一个老婆子牵着，看样子是两口子。和老汉两口争执的是个外号插头的屠户。老汉死活不把牛交给插头，只是哆哆嗦嗦地要把一叠钱退给插头。

"牙叔，您也来看热闹，想个办法给老头解解围。"张牙一回头，身后挤过来马刀。张牙不免有些厌恶，马刀也是个屠户。

张牙不喜欢宰牛卖肉的屠户，也从不和屠户打交道。有时，牛市上游荡的屠户要张牙给相中的牛掌掌眼，张牙扭头就走。用张牙的话说，牛是人的忠实好友，不偷奸耍滑，一辈子勤勤恳恳地干活，壮了，老了，还要交出肉、交出皮、交出骨，这种缺德的事想想都恶心。张牙自打做了牛牙子，从不给屠户买卖穿针引线，给再多的中介酬劳也不干。张牙也从来不吃牛肉。

马刀和他开玩笑，说："牙叔，您不吃牛肉，羊肉您又吃？猪肉您又吃？"

张牙撇撇嘴，发着狠道："羊做着什么，除了让人赶着漫山遍野地跑，什么忙也帮不上人。猪更不用说了，就是好吃懒做等着挨刀子的主儿。牛是什么？啊！马刀，不说了。你多积点德。"

说实话，牛市上能和张牙说得上几句的屠户也就只有马刀了。马刀有几分仗义，对人是，对牛亦是。马刀单是从来不宰母牛这一条规矩，就让张牙多了几分好感。

"咋回事？吵什么呢？插头又干什么缺德事？"

"怎么说呢，插头这家伙看上老头的牛。牛牙子上了，谈好价了。老太婆一问是要拉去屠宰，一把鼻涕一把泪就哭了，死活不卖了。老头也一时气苦，说了几句难听的气话。插头一根筋了，不依不饶起来。牛牙子一看不对劲，说上厕所，溜了。"

"嗳，马刀，你平日里不是挺横的吗？咋不劝劝插头，这种缺德事，干了折寿。"

"劝了。牙叔，您又不是不知道，插头一根筋起来，谁插嘴跟谁急。就看看您这老资格，说得上说不上话了。"

张牙看了看那头牛，想了想，拽着栓柱走出人群。

看看没人注意，张牙对栓柱说："栓柱，我看那头母牛很好，你买下，包你两赚。"

"牙叔，您不是说笑吧？不是刚和红脸汉子谈得好好的，咋突然变卦了？再说了，我是要买耕地的牯子牛，母牛不要。"栓柱一脸不高兴。

"栓柱，你听我说，那头母牛有了犊了。我看它的样子，一开春，保准给你下个壮壮实实的小牛犊子。再说，我看了那母牛，身架子好，腿粗蹄圆，正值壮年。下了牛犊子，休息个把月就能下地了。肯定使得出好劳力。你就放心吧。"

栓柱将信将疑，不甘心地看了看不远处红脸汉子的那头大牯子牛。

"栓柱，相不相信叔？"张牙摇了摇栓柱，栓柱方才回过神来。

"可是，叔，那牛已经被人买了呀。看那买牛的主儿一脸横肉，不是个好惹的主儿。"

"你放心，只要你信叔，叔自有办法。"张牙凑近栓柱，耳语了一番。

栓柱一脸诧异："真行？"

"出了事我包着。"张牙拍了拍胸脯。

两人一前一后向人群挤去。

"插头，你咋趁我解个手的工夫撬我墙角呀？"张牙挤进人群就大声招呼。

插头抬头一看，是张牙，愣了愣，眼里的戾气去了不少："牙叔，哪能呢？您相中哪头牛了？我绝不瞅上一眼。"

"喏，远在天边，近在眼前。"张牙冲母牛努努嘴，"我刚给这个主儿相中的，说出去解个手，顺便去银行把钱凑齐了，一回来，你就撬我的台，行有行规，这不对吧。"说着，把栓柱推了出来，挤挤眼。

栓柱赶紧点点头，从怀里掏出一叠钱，递给张牙。

"牙叔，您是老牛牙子了，规矩您是懂的。咱这是一锤子买卖，您别无事生非，来消遣我。这老头老太是您什么人？"插头眼里的戾气又集聚了起来。

"什么人也不是。这牛确实是我先看上的，若不信，你问问老头老太。"

老头老太狐疑地看着张牙和栓柱，互看了一眼，嗫嚅着，牛绳攥得紧紧的，一句话也说不出来。

张牙赶紧拉住老头的手："老哥，好好想想，我和这个大侄儿是不是先来看的牛？我还仔仔细细地把牛相了个遍。说好了价钱，大侄子说钱有些不够，我们去银行取款。当时还特地嘱咐你，把牛留着，你咋忘了？这不对呀！"一边说，一边试着暗劲捏老头的手。

老头终于开了窍，一拍脑门："哎呀，大兄弟，你看我这记性，是呀，是呀！说好了的事，一回头就忘了。唉，都是被我那出了车祸的儿子的烂事给搅和的，心里着急，啥事都糊涂了。"

张牙心里暗暗捏了把汗。一回头，插头恶狠狠地看看自己，看看栓柱，又看看老头老太，终于冷笑两声，说："牙叔，你别给我弄这些七不搭八的玩意儿。老头老太被你的眼色收买了。你糊弄我是三岁小孩呀！"

"插头，看热闹的这些人，老熟人很多，我张牙子一口唾沫一个钉，是个什么样的人，你清楚得很。你说说，要怎样才相信我没糊弄你？"张牙似笑非笑。

插头拧着眉头想了想，恶狠狠地说道："张牙子，你说你看过牛。行有行规，只要你不接触牛，张口就把牛的情况说翔实了，老子就服了，拍拍屁股就走。要不然，嘿嘿，别怪我翻脸不认人。"说着，摸了摸腰后。张牙知道，插头一个二杆子，宰牛刀时刻别在腰间。

身旁的栓柱早已瑟瑟发抖，他看到了宰牛刀的把儿，硬邦邦地把插头的后衣摆撑了起来。

张牙哈哈一笑，对插头说道："就这样？一言为定。"

"就这样！一言为定。"插头双手抱在胸前，满脸的横肉抖了抖，一脸不屑。

张牙冲着人群团团作了个揖，高声叫道："请大伙给做个见证。"一回头，老头偷偷抓住他的衣角，小声说："大兄弟，算了，算了……"

张牙不慌不忙地冲老头老太点点头，要他们放心。

张牙看了牛一眼，吩咐插头自己动手也行，或是找个懂牛的牙子也行，验证自己的说法。插头使了个眼色，人群中顿时走出两三个牛牙子。

张牙侃侃而谈起来："这黄母牛六岁上下，齐了口，两颗门牙已经出现二印。"

牛牙子赶紧掰开牛嘴，插头也凑上前，仔细看了一番，确是齐口的牛，微黄的八颗牙整整齐齐。两颗门牙面上出现了细微的长方形印子。

插头额头出现细密的汗珠，冲张牙拱拱手，扭头就要走。

"插头，我还没说完呢！"张牙不慌不忙地伸出右手，蜷起中指、无名指、小指，伸直了大拇指和食指，呈个八字，"这牛约莫怀胎八个月，应该是在清明前后配的种。"

老头瞪大眼睛，直愣愣地看着张牙："大兄弟，你真是神了，清明的第二天，邻村的二狗牵着他的大牦牛来村里吆喝，就在那天配的种。"

插头已是满头大汗，低着头挤开人群，霎时没了影儿。

老头老太已是热泪盈眶。

老头哽咽着说："若不是儿子不争气，开车轧伤了人，自己从小盘弄到大的牛咋会舍得卖哩！眼瞅着就要下犊子了，指望找个巴实的庄稼人，好歹照顾好牛，也算找些心安。可是瞎了眼的插头，被跑了的牛牙子忽悠，以为是牛壮实哩。死活要买牛，也怪自己没有说明，事后没压住火气，说了几句浑话，插头倒不依不饶起来。差点造了孽了。"

张牙中间说道了一番，价钱公道，老头老太千恩万谢地走了。栓柱早已牵了牛，喜不自禁地左摸摸右看看。那牛似乎通了人性，冲着张牙不住点头，两眼湿润润的。

张牙对栓柱说："好好照顾牛，黄牛一般十个月就产牛犊子了。说不好，年前就产下犊子，新年给你家凑凑喜气。产后好好调养，收了年，母牛就可下地了。"说得栓柱眉开眼笑，忙不迟疑地要塞谢仪。

张牙呵呵一笑，推辞道："栓柱呀，这次破个例，中介费就不要了。你安顿好牛，先去准备准备，中午请我吃顿羊汤锅就行。"

栓柱不依，硬把两百元的中介费往张牙口袋里塞："羊汤锅我马上去准备，十二点准时，咱叔侄俩好好拼回酒。"

张牙推却不过，拿出一百元，一迭声叫道："坏规矩了，坏规矩了，实在要给，一百就行。多了，多了。"一抬眼，栓柱早没影儿了。身后几个买主卖主纷纷拽住张牙。

张牙冲大伙道了个歉，摇摇头，一转身朝红脸汉子走去。

百啼鸡

一声鸡啼，老汉一咕噜翻爬起来，定了定神，揿亮手机屏幕，六点整。

推了老伴一把，老伴翻了个身，莫名其妙地嘟囔几声，没有搭理的意思，呼吸均匀细微，睡得熟着哩。老汉皱皱眉，昨夜自己有一搭没一搭地攀着瞎唠，老伴肯定没睡好。

老汉打了个长长的呵欠，犹豫了一下，没有开灯，摸着黑起身，套了裤子，趿了鞋，披了衣服，轻轻掩上门。

仲春的清晨，有些寒意。老汉把披着的衣服紧了紧，套进袖子，扣了纽扣。交换着脚，把趿着的鞋提了后跟，穿好。人也齐整了不少。

天边有了鱼肚白，亮意多了起来，四周仍然昏黑，看东西要凝着目，才能看得七七八八。那些刚吐了嫩芽的灌木乔木缺少厚重的外衣，山风吹来，哗啦哗啦，像无数个瑟瑟发抖的乞丐，伸着干瘦的手掌胡乱地朝天空抓。大黑从墙角旮旯冲了出来，吠了两声，算是和老汉打了招呼。摇着尾巴留恋在老汉前后左右。老汉蹲下身，爱怜地摸摸了大黑的头和脖子。大黑尾巴摇得更欢了，挤着擦着老汉，喉咙里呜呜地哼着，一脸惬意。

老汉正逗着狗，鸡舍那边又传来一声高亢的鸡啼。老汉乐了，这小子，还上劲儿了。

院里的景物越发清晰。老汉咳嗽了一声，大黑识趣地跟在身后。走到鸡舍旁，一窝鸡早就活跃了，听得脚步声，咯咯叫得更欢，有几只扑腾着翅膀从鸡栅空隙探出头来，一脸兴奋地看着老汉。老汉重点看的是阿辉。阿辉挺着胸，高昂着脖子，来回踱了几个八字步，歪着头看着老汉。

阿辉是老汉的宝贝疙瘩，已经养了四年多了。火红平顺的翅羽、粗壮黝黑的脚杆、炯炯有神的黑玛瑙一般的眼睛，尤其头上高昂的冠和下巴垂着的胡，厚厚的，红得像要滴血一般，算得上鸡中的俊男。走起路来踱着八字步，鸡冠颤颤巍巍，像一顶礼帽，鸡胡晃晃荡荡，像舞动的短裙，煞是惹眼。那架势，古代的帝王将相的排场也不过如此。鸡舍里的母鸡、小鸡、公鸡养了一茬又一茬。任是初出茅庐的、桀骜不驯的、傲慢无礼的、拖沓无赖的，一个个在阿辉的面前都俯首称臣，服服帖帖。阿辉啼叫一声，吆喝鸡群往东，没有一只敢朝西多走两步。阿辉徘徊着小碎步，鸡胡充着血，朝哪只母鸡低叫几声，那只母鸡赶紧低眉顺目地蹲下身子。有着阿辉的出色管理，老汉家的母鸡下的蛋又大又多，孵出的小鸡又健康又强壮，好养活。村子里许多要孵小鸡的都来老汉家买蛋，或是抱着漂亮的小母鸡来老汉家院子里借种。

阿辉更出色的还是打鸣，像个定时钟。每天二十四个小时，掐着点一样，一小时一次啼鸣，对着表，出入不会超过两分钟。更奇怪的是，每天早上六点至七点，每隔十五分钟左右啼叫一次，共叫四次，拨好的闹钟一般，比其他时段叫的声音高亢、嘹亮、清脆，好像是有意催人早起。有了阿辉，老汉的早起规律得很，从不耽误农事。十几户人家的小村子有了阿辉响彻云天的鸣叫，勤耕细耘，一村人都充满感激。几个老倌在一起闲聊，一致给大公鸡取名阿辉，给小山村带来光辉之意。

天边越来越亮，鱼肚白成了浅黄、橘黄、金黄、淡红、粉红、橘红，又从橘红变成粉红、淡红、金黄、橘黄、浅黄，直到一轮红彤彤、金灿灿的太阳跳出山巅，天亮了。

林子里热闹了起来，鸟鸣此起彼伏。阿辉看看老汉没有拉开鸡栅的意思，抻长脖子引吭高歌了一回，顿时把林子里的嘈杂势头压了下去。老汉知道六点半了，鸡舍躁动得慌。平素里，鸡舍已经空了，阿辉早就领着"三妻四妾""孝子贤孙"四处打逛觅食去了。

今天的鸡舍要延些时候开。几天前儿子打电话来，说他们单位办公室的一帮同事邀约着要来山村里野营。老汉和老伴愣了半天。儿子解释说，现在的城里人都喜欢往乡下走，听闻小山村山环水抱，是个景色宜人的地方，叫着嚷着要利用周末来野营一回。

老汉弄清了儿子们的意图，怪起儿子来："来就来嘛，野什么营？让客人们天寒地冻地在野外打地铺，像个什么话。收拾收拾老屋，十多二十人还是住得下的。"儿子一个劲儿地解释不用操持，城里人就是找乐子的。准备些山茅野菜、劈柴炭火的就行。

老汉拗不过儿子，只得和老伴张罗了一回。

鸡舍里自家的大献鸡活蹦乱跳着八九个，随便薅一只，就够馋人的。这些走地的鸡白天里都放不得，一放出去就捉不住了。追得急了，扑着翅膀往树林里一飞，荆棘丛里一钻，让人只有干瞪眼的份。趁着鸡未出舍，得先留下三只。掐着指头算，今天就是周六，儿子昨夜已经来过电话了，中午就到，男男女女十五六个人。除了几个同事，主管领导两口子也来了。儿子吞吞吐吐地还说有两个单身女同事也来。问得急了，儿子便在电话那头不耐烦，惹得老汉和老伴激动了大半宿。

儿子是老汉一家的光荣，小学、初中、高中、大学、找工作，一路勤奋上进，学习上、工作上都没让老汉和老伴操过心。老汉和老伴逢人便说，养了这么好的儿子，这么多年吃的苦受的累都值当了。儿子工作的单位老汉去过一回，一幢大高楼。老汉留着个心眼，大楼是周遭最高的一幢。回到家，和老伴、乡邻们添油加醋地一说，大家羡慕之情溢于言表。

这次儿子领着一拨城里人要来小山村游玩，一村人都跟着激动。大家帮衬着老汉，把山上水里，能想到的美味都找了个遍。溪里的石头鱼、青尾虾，溪边的折耳根、水芹，山上的野山药、小黑药、野葛根、蕨菜、棠梨花、刺脑苞，屋后新发的香椿、花椒尖，地里的新洋芋、早玉米、韭菜、早蚕豆、早豌豆。原本秋来老倌叫嚷着要把他养的大羯羊宰倒一只。老汉问了儿子，儿子扑哧一笑，说那怎么行，婉言拒绝了。

鸡是必不可少的了。儿子说宰一只炖个汤就行。老汉自作主张宰三只，一只炖汤，一只黄焖，一只清蒸白斩。

老汉瞅准了三只肥大的，把鸡栅拉开一条缝，一一捉住了，用细绳趵住了脚。打开鸡栅门，阿辉带头，一窝鸡蜂拥而出。阿辉瞅瞅地上扑腾的三只大献鸡，又看看老汉，似乎明白了什么。叫唤几声，领着一窝鸡朝屋后走去。不一会儿，便消失在溪水的拐弯处了。

老汉升了灶火，烧上水。老伴闻声起来了，嗔怪了几句。老汉装作没听见，到又让老伴急了一回。

老汉和老伴洗了把脸，水也烧开了。

老汉吩咐了一回，老伴拿了只大碗，舀了碗凉水，放了点盐巴搅了搅，想想不放心，要用手指蘸点盐水尝尝盐味清淡。一抬眼看见老汉瞪了自己一眼，嘻嘻一笑，折回灶间，拿根筷子蘸着尝了尝，点点头，又蘸给老汉尝了尝。老汉犹豫了一下，又加进一小撮盐。鸡血是好东西，接在冷盐水里，稍稍放置一阵，便会淀成形，果冻一般。打几个花刀，就着鸡汤煮几个翻滚，一块块豆腐一般，滑嫩爽口。

宰鸡、拾掇鸡是个技术活，老汉有自个儿的一套娴熟动作。他揪过鸡来，左手钳住两只翅膀根，把鸡头顺进翅膀中间一并夹住。约莫着离鸡头一指处，三下两下摘去鸡毛，露出鸡脖。右手擎刀，趁着鸡的悲啼，快速地横着划拉两刀，飙射出殷红的血。鸡越挣命地叫，血飙射得越猛烈。快速放下刀，腾出右手，一提鸡脚，把鸡拎成倒栽葱状，让血流进准备好的盐水里。血流得七七八八，鸡也叫不出声了。放开鸡脚，这时鸡会挣命地蹬捯几下，随即一命呜呼。俗话说"鸡死也要捯捯脚"。老汉运用得恰如其分。趁着鸡咽气，老汉也会顺嘴嘟嘟囔囔地念上几句，一只鸡在他手里，也就一两分钟就了账完事。

宰好鸡，烫洗、脱毛、开剥，老汉在老伴的配合下驾轻就熟。日头两竹竿子高，三只鸡已经被拾掇好了。老汉亲自下厨，或蒸或煮或炒，不一会儿，屋里屋外弥漫着鸡肉的浓香。老汉侧着耳朵听了一回，阿辉今早没怎么叫，指定闹着情绪哩。老汉知道阿辉，每一次宰鸡，它都极力回避。两三个小时内的鸣叫总是没精打采、慌乱低沉，甚至不叫。今天一口气宰了三只，阿辉的情绪肯定闹大了。老汉叹了口气。

两张八仙桌上，变着戏法一般，碗碗盏盏地排得齐整拥挤。老汉一一检查了一遍。清汤鸡、白斩鸡、黄焖鸡、炒火腿、老猪脚煮花豆、土鸡蛋花椒尖煎饼、煎小鱼、炸虾米、鸡汤煮小黑药、排骨炖山药、凉拌折耳根、凉拌香椿……肉菜素菜相得益彰，老汉满意地点点头。寻思着再打个电话问问儿子。刚才电话里说马上就到，碗筷已经拿好，就等开席了。

刚拿起电话，院门口忽地响了几声笛。出门一看，四辆轿车咯吱着依次停成一溜。老汉和老伴赶紧迎了上去。车后尾随着四五个屁颠屁颠的小孩，都是村里的懵懂娃儿，看稀奇哩。邻近的几户门扉都虚掩了一条缝，有眼睛从缝里往外看。老汉对老伴使了个眼色，老伴撩开围裙，摸出一把糖果。哄了一回，尾着的几个小孩得了糖果，跑远了。

儿子一一介绍来客。老汉和老伴堆着笑，心思却不在儿子着重介绍的领导两口子身上，目光一个劲儿在两个年轻姑娘身上逡巡。看得两个姑娘红着脸，直往人群后躲。儿子暗暗拉了两人一把，老汉和老伴方才回过神来，赶紧把客人往屋里让。

时间刚刚好，饭点到了。一番寒暄，客套了几句，客人依次入座。难得的野味珍馐，光是听听名字，就让客人们讶然不已，嘴里汪了一包口水。一来二去，熟络了，客人们也不再忸怩了，推杯换盏，吃得嘻嘻哈哈。

饭后收拾残羹剩饭。两个姑娘忙着帮老两口拾掇，乐得两人从心底笑到眉梢。老汉和老伴好说歹说，客人们不依，背了帐篷，就在屋后溪边的一块草地上张罗了起来。老汉和老伴无奈，只得前前后后地帮着准备烧烤的物什，把电灯拉到营地去。

营地搭好了，篝火烧起来了。老汉和老伴抽空拉住儿子，问两个姑娘的来历。儿子偷眼看了看两个姑娘，红着脸，扭捏着发嗔，只是不说，弄得老两口心里火烧火燎一般。

阿辉是入夜时分才回来的，一回来就朝营地处歪着头出了一会儿神。老汉打开鸡栅，叫唤几声，阿辉带着一帮鸡顺从地钻了进去。

是夜，繁星满天，篝火旺盛。村里人围着看热闹，都是些老人孩子。和客人攀谈了一会儿，就不陌生了。孩子们偷偷朝帐篷里钻，吵嚷着稀奇。闹一阵，烤一阵，吃一阵。儿子好说歹说，把父母劝离两个姑娘的周遭，让他们回家休息。乡亲们也识趣地散去。儿子不放心，把父母拉回家后，又嘱咐了一番，直到父母点头了，才跟着一帮客人玩乐去了。

老汉和老伴顾及儿子的感受，只得在家里抓耳挠腮，偷偷摸到墙角看了几回，看一帮年轻人开着玩笑，跳呀闹呀。直到篝火弱了，一帮人打着哈欠，钻进帐篷。两人才恋恋不舍地回屋。

辗转反侧，夜长也无梦。老汉和老伴窃窃私语，交换着看法，把两个姑娘一一数叨对比。一颦一笑、一言一行，大到身高体重，小到眉目眼神，一人帮衬着数叨一个，谁的手勤，谁的脚勤。两人说得急了，还啐上几口，嗔怪几句。越说越喜欢，巴不得儿子把两个姑娘都一起娶了。

屋里闹腾，鸡舍的阿辉也没闲着，尽职尽责地打鸣。宁静的夜晚，嘹亮的啼鸣，细细一听，似乎带着几分淡淡的哀伤。

一大早，不等阿辉的定点打鸣，老汉和老伴竞相着起床。其实老两口这一夜压根儿就没合过眼。两人巴巴地隐在墙角，看着营地的动静。大黑也过来凑热闹，想要象征性地吠叫几声。吓得老汉赶紧抱住大黑的脖子，低声训斥一番，要它安静。儿子嘱咐得紧，老两口不敢靠近营地，怕打搅到客人，儿子脸皮尴尬。一起床，两人就打了赌，都凝着目光，死死地盯着一个橘红色的帐篷，橘红色的帐篷是两个姑娘住的。两人一夜也没争执出个结果来，就等着看哪个姑娘先钻出帐篷，就顺应天意，撮合给儿子。

阿辉啼叫了一声，七点整了。橘红色帐篷还是没动静，反倒是儿子最先钻出帐篷。老汉和老伴虽有些失落，却也喜出望外。赶紧朝儿子招手。

儿子犹豫了一下，似乎下了莫大的决心，总算走了过来，眉头却锁得很紧，眼窝乌青，像是一夜没合眼。老汉看看老伴，心里一慌，涌到嘴边的话没有冒出来，硬生生地咽回肚里。

"咋了，玩得不好？"老伴急慌慌地问。

儿子低下头，摇了摇。

"我们……可没去打搅你们。按你嘱咐的，把你们年轻人的世界给了你们了。真的。"老汉眉头皱了皱，瞧了老伴一眼，难不成自己和老伴躲着看热闹被发现了？

儿子摇摇头。

老汉心里释然了不少。

"睡得不好？莫不是冷病了？叫你们不要在野外睡不相信，夜深露水重，寒人哩。"老伴赶紧伸出手，朝儿子额头上抚去。

儿子挡住母亲的手，还是摇头。

看着儿子不说话，老汉急了："你倒是说话呀！难不成和……两个姑娘……闹别扭啦？"

老伴一激灵，赶紧拉过儿子的手，紧紧攥住，一脸茫然。

儿子终于仰起头，嗫嚅着说："没有，我们好着呢。就是……就是……昨夜阿辉叫得勤，把领导吵醒了，半夜就叫醒我了。绕山绕水说了我一通，拐着弯儿说想吃阿辉的鸡腰子。"

老汉一脸诧异，问道："啥？为啥？昨天的献鸡不好吃？"

"献鸡比公鸡肥嫩多了。城里人真不识货。傻！"老伴愤愤不平。

"妈，不是的。领导两口子结婚多年了，想要个孩子，看过多少医生，吃掉多少好东西，没用。"儿子吞吞吐吐。

老汉乐了，嘿嘿一笑："这还不简单？等我和劁鸡陆打个电话，别说两个鸡腰子，十个、百个还不是简单得很。就是要猪腰子、羊腰子，一个电话，要多少有多少。出点小钱而已，傻儿子，你发什么愁嘛。"

儿子说："我也和领导这样说了，他说就看上阿辉，他说阿辉是只神奇的鸡，雄壮威武，仅打鸣一项绝对万里挑一，鸡中极品。他说这叫百啼鸡，也不知他从哪里听得一个偏方，用百啼鸡的腰子做药引有用。他费尽心思，找了多年，总算误打误撞找到了阿辉。他说出一万块钱给您买……"

老汉越听脸色越铁青。

儿子慌了神，哭丧着脸："爹，您别生气，我知道阿辉的要紧。我也没答应他。要不，我一会儿坚决拒绝，要是实在尴尬，我回去后就辞职，重新找个单位。"

老汉痛苦地摇摇头，看了看老伴，胡乱抹了一把脸，噌地站起身，朝鸡舍走去。

大黑紧随其后，仰头看见老汉冷飕飕的眼神，一哆嗦，从头至尾打了寒战，抖出一身狗毛，轻飘飘地在空中飞舞。

阿辉刚好抻长了脖子，昂首挺胸，扯着嗓，长长地啼叫了一声……

土地深红

花八爷死了。

死在村东头的牛屎冲坡。一棵枯死的麻栗树桩似乎是他最后的救命稻草。他弓着身子，紧紧地抱住树桩，像一只煮熟的虾米。死相很难看，龇牙咧嘴，一脸的剐蹭伤痕，结着血垢，深红泛黑。大张的嘴里啃着一嘴泥，泥土原本就是红的，和着嘴里的血沫子，颜色更加瘆人，已经干透，像红砖窑里一坨烧坏的硬疙瘩。最致命的伤在肚皮上，麻栗树桩根部一枝横生的硬枝直穿了他的肚子。人们七手八脚地把花八爷从树桩上掰下来，他已经僵硬，身子仍旧蜷成虾米状，掰不直了。人们把他扶成仰面状，他的四肢直戳戳地指向天空，瞪着眼，一脸扭曲的痛苦，有些骇人，又只好把他扶成侧卧，一副睡熟的样子。他的一件背心、一件长袖T恤、两件色彩斑斓的麻布小褂都被刺穿了。那件原本灰白的羊皮大褂像刚从染缸里捞起来一样，触目惊心的红。

第一个发现花八爷的是张一钱。

张一钱赶个早，打算到牛屎冲坡捡拾牛屎马粪、狗屎羊蛋沤肥。他的草烟地打理得勤，长势喜人，去年攒下的熟粪施得所剩无几了，得赶紧备些生肥沤着。这些年，还在用农家肥盘弄庄稼的人家不多了。养着畜禽的，牛栏、马厩、猪圈、鸡舍一律都是水泥地面，不再用老式的秸秆、蒿草垫圈沤粪了。畜禽出来，那些个屎尿，用个铲子、粪桶，收收扫扫即可，老远地堆在村外的荒地里，孤零零的像一座座低矮的荒坟，嫌臭哩。哪像过去，庄稼地里收回的秸秆、田间地头割回的蒿草都要先放进畜禽圈里，合着畜禽粪便沤得黑烂黑烂的，挑到房前屋后，堆得山头一样，再除一趟厕所，用屎尿把粪堆浇个透，外面糊上一层稀泥，让它自然发酵。肥沤熟了，一翻开，黑黑的、细细的、油油的，还冒着腾腾的热气。"庄稼一枝花，全靠粪当家"，这样的肥料施到田地里，肥力绵长，田地松软易耕种。庄稼长得好，蔬菜肥厚嫩实，入口清脆甘甜，粮食籽粒饱满，味道可口香糯。现在，各种化肥让人目不暇接，一两袋化肥就可施一两亩田地，一下子把人们从车载马驮施农家肥的繁重活中解放了出来。化肥取代农家肥，庄稼照样长势良好，籽实饱满。虽然田地逐年板结，耕种困难，种出的蔬菜粮食从味道上也打了折扣，可谁在乎呢！现代化的机械耕作大量取代人工，土地板结，机械油门轰大些照样耕种。蔬菜粮食味道不好，也能填饱肚子。过去的蔬菜粮食味道是好，可不出种，年成不好的时候还闹饥荒呢。有着这样省时省事的耕种方式，谁还愿意回归原始劳作，劳心劳力。

张一钱却不这么认为。他鄙夷那些随便弄些化肥、农药、除草剂就坐享收成的农家人。他常绑着几句话在嘴上："化什么肥，我十多车农家肥才施一亩地，它一口袋就算施完了，庄稼够吃够喝了吗？肯定不够呀！庄稼不也是嗷嗷待哺的娃吗，那么多张嘴，能吃一桶饭，你给它一碗，天父地母是那么好糊弄的吗？那些农药、除草剂连虫呀草呀都杀得死，毒药呀！庄稼天天和这些毒药在一起，能不中毒？中毒的庄稼能吃吗？人吃下去能扛得住？"他一直固执地坚持用农家肥种地，不用化肥农药。儿子儿媳不乐意了。人家家家户户背个背箩甩打着双手就种地，自己家老是车拉马驮弄得筋疲力尽，看着庄稼长势收成，大同小异。闹过几回，张一钱固执己见。早几年，儿子分家另立门户了。

张一钱的坚持一直饱受诟病。农家肥和化肥的肥力倒是小事，自己的庄稼长势不错，一般都高着周遭一个头有余。头疼的是病虫害，自家田地周围都用上农药，自己不用，自己田地自然就成了病虫害的温床。那些被农药弄得病恹恹的主儿，一蹦跶到张一钱的田地里就生龙活虎。张一钱和老伴用手捉，用水浇，拉着家里的鸡到地里帮忙除虫。虫越除越多，倒把家里的鸡仔药死了。老伴旧事重提，要张一钱随波逐流，和大家一起用农药化肥。张一钱坚决不同意。老伴一生气，卷巴起铺盖捎着跑儿子家去了。张一钱执拗的脾气丝毫不减，只好独自一人过活，一人吃饱，全家不饿，倒也自在。

几番摸索，张一钱发现种植传统的旱烟不招害虫。旱烟性烈，病虫害轻易不敢招惹。据说旱烟能驱百虫。田地里干活，累了田间地头抽一锅旱烟，和衣而卧，虫蚁蛇蝎都会绕着走。有人侃起旱烟的烈性，逮到蛇，不管有毒没毒，捏着七寸，抽着旱烟，冲蛇口一口烟喷下去，蛇立即骨酥筋麻；两口烟喷下去，蛇便软趴趴地直了；三口烟喷下去，蛇便活不成了。三口烟弄死蛇我没见过，几口烟弄跑癞蛤蟆倒是见过。有一年雨季天，家里不知咋的来了只癞蛤蟆，母亲用扫帚连扫带赶都赶不出去，赶得急了，癞蛤蟆鼓着眼，朝人扑跳，昂昂昂地叫。吓得母亲和我们兄妹哇哇直叫。爷爷看到了，卷上一只旱烟，起劲地抽了几口，冲着癞蛤蟆喷了几口烟。癞蛤蟆撒腿就跑，出门槛一连翻了几个白肚皮。爷爷摇摇头，这家伙，活不长了。至于这只癞蛤蟆活得长不长，不敢追出去看，恶心。

不知何时起，本地大面积种植烤烟。烤烟进了卷烟厂被切成烟丝，卷巴卷巴，变成一支支的纸烟，还配有精美的过滤嘴。商店里随处可买各种各样的纸烟，叼一根在嘴，点上火，洋气，上档次。那种叼个烟锅嘴，手工卷制的传统旱烟没落了。没落归没落，老一辈人却忘不了这一口。旱烟味道浓郁，抽起来口感绵密浑厚，劲头十足，一般人抽不上口。抽旱烟上瘾的人，却说旱烟回甘有味，味美价廉，纸烟不仅价格高，味道还淡寡，禁不住抽。乡街子上，总能在某个僻静的角落看到这样的场景：几个老倌摊开一捆一捆的旱烟贩卖。也不时稀稀拉拉地围上一群老倌，掏出烟锅子，卖主让上旱烟，卷上一只，抽个不亦乐乎。味道对口，价钱合适，一捆一捆地买走，慢慢抽。

张一钱好抽旱烟，也种得一手好烟。其他的庄稼种不成器，旱烟又有点市场。张一钱找到了耕种的门路。

张一钱种的旱烟农家肥施得勤，土壤调理得肥沃，种出旱烟的烟叶圆润厚实，油味足，抽起来滋滋响，口感浓郁，在市场上很抢手。靠着种植旱烟，张一钱的日子过得有滋有味。

张一钱赶早捡粪是有原因的。早些时候，畜禽粪便没人要。张一钱不用赶早，有闲暇，晃晃悠悠地村前村后转转，就能拾到好多。三年前，花八爷和刘三斤眼看张一钱种植旱烟有收益，也凑起了热闹，开始种植旱烟。起初，两人不学张一钱用农家肥，用省工省力的化肥。化肥一施，烟叶照样长得好。拿到集市上卖，却无人问津。烟叶卖相是好，味道口感却很差。那些买烟的老倌随便抽两口，吐着唾沫便把大半截卷烟扔了。两人鼻子上碰了灰，虚心起来，也学着张一钱用农家肥。村子里原本搞养殖的就不多，曾经随处可见的畜禽粪便紧俏起来。为了盘侍土地，种出好烟，三人都较着劲儿捡粪沤肥。还好，两年前，年满八十岁的花八爷意外地找到了另一行当，自得其乐去了。村里唯一和张一钱较劲的就只有刘三斤了。

养畜禽的家户越来越少，粪便自然不够多。张一钱越起越早，往往天边鱼肚白就出门了。

牛屎冲坡是粪便最多的一处。这条乡村便道七岔八岔，四通八达，邻近几个村的牛羊放牧都要经过这里，然后进山。晚上牧归，还经过这里。

张一钱天蒙蒙亮就到了牛屎冲坡。牛羊还未出牧，捡不到粪便，张一钱就到村口的一棵老树下蹲着，点上一锅烟，起劲地抽了几口，那些绕着人纠缠的蚊虫小虻瞬间就跑远了。张一钱对自己烟叶的劲道还是得意的，把烟锅头上一个暗红的火种抽出明明灭灭的快节奏。半支烟工夫，天边的鱼肚白变青，转黄，泛红，天已大亮。一低头，模糊看到坡下树桩前一坨灰白，以为是风刮来的蛇皮口袋，张一钱心里一喜，正好捡回去裁成长幅包裹旱烟。张一钱赶紧站起身，拍拍屁股，喜滋滋地赶下去，看清了，却是僵卧的花八爷，叫了几声没动静，一探鼻息，没气了。张一钱吓得哇哇乱叫，脚下一软，瘫坐地上。回过神来，连滚带爬地冲到村口，哆嗦着嘴，又哭又喊："花……八爷死了，八爷……死了！"

花八爷的死是至关重要大事。

棵松村在乌蒙山脉的一个夹皮沟头。山高地远，也就三四十户人家。平素死个人，一嗓子吆喝，有亲没亲、有怨没怨的都会赶拢来，帮着主家料理后事。

花八爷死得惨烈。更何况，花八爷是个名人了，名人咋能死得不清不楚的？

花八爷成为名人很偶然。

云贵高原上，海拔落差很大，温润多雨的地方很多，许多地方在高温多雨的条件下，土壤里的铁质经过氧化慢慢沉积下来，逐渐形成了炫目的红色，发育成红色土壤，人们叫作红土地。云贵高原的红土地随处可见，颜色艳丽，规模宏大的却不多。滇东北的东川、寻甸一线，从东川的红土地镇，连接着寻甸的金源乡，一直延伸至寻甸的六哨乡，方圆近百里，被誉为云南红土高原上最集中、最典型、最具特色、色彩最鲜艳夺目的红土地。那是怎样的一种红啊！像仙女织就的红锦，摊开着、起伏着、笼罩着，给山梁子缝上了一条红裙；像无数人举火把欢呼，跳跃着、奔走着、耀眼着，让山梁子火龙一般扭动起来；像顽童在脸上施重了的胭脂，这里一块，那里一块，红得惊心动魄、红得忍俊不禁、红得莞尔调皮；像身着独特大红衣裳的姑娘飘逸翻飞，端庄贤淑、含蓄委婉……

红土地艳丽多彩的色泽、大气磅礴的气势，被越来越多的摄影爱好者所青睐。那些纵横在山梁子上的土地依着山形地貌，被叫出了许多响亮的名字：锦绣园、落霞沟、螺蛳湾、七彩坡、乐谱凹、打马坎、花石头、大垭口、多依树、月亮田、老龙树、多情谷等。

国内外无数摄影爱好者慕名而来，只为定格灿烂的一帧风景。有的为了拍摄满意的场景，在周遭的村落一住数月，扛着相机，跑遍方圆百里的旮旮旯旯。附近这些隐藏在大山深处的村寨忽地热闹了起来。经常有人在村里游走，问询饮食起居住所。一开始，淳朴的山里人好客异常，有人来家，盛情邀请，不嫌弃居住环境的客人随便住，添个碗，加双筷，跟着主人家随便吃。渐渐地，村寨里多起了农家乐，挑着旗的，打着广告牌的，从简易的窝铺到像样的宾馆，粗糙的家常便饭到精细的美食馆子，村寨俨然成了一个个的旅游小镇一般。

两年前的一天黄昏，花八爷牵着狗从地里回来。晚霞的余晖映照在花八爷的脸上，暖暖的。花八爷叭着烟锅，一脸惬意，在村口遇到一个老外扛着相机迎面而来。老外盯着花八爷左看右看，忽然拦住花八爷，说着一口听不懂的外语，比画着手势，意思是要给花八爷留个影。这些照相的花八爷见得多了。村子里常常碰到他们举着相机，照那些奇形怪状的山梁子和红土地，还经常对着村子里的人、房子、牲畜照个不停。花八爷见怪不怪，一想是个外国友人，得对人家客气些，便整理整理羊皮大褂，把口里噙着的烟锅头扶正，唤着狗依偎在自己身边，给了镜头一个爽朗灿烂的笑，口中一颗硕果仅存的门牙都差点笑崩了。老外拍完照，跷起大拇指，一个劲儿地说"good！ good"！花八爷听不懂，误以为老外叫自己"姑爹！"，连忙摆着手辩解。后来，老外拿出一张百元大钞要塞给花八爷。花八爷生气了，推开老外的手，一扭头回家了。

回到家，花八爷说起这事儿，惹得老伴儿子儿媳孙子们哈哈大笑。孙子费了好大劲，好歹解释清楚"good"是老外说"好"的意思，倒又让花八爷不好意思起来，急慌慌地出门找老外去。老外早没影了，老伴嗔怪了一回花八爷没礼貌。

事情过了就过了，不过多了出笑话。

有一天，花八爷正在地里盘侍旱烟。忽然来了一个扛着长枪短炮摄影器材的小伙子点着头，哈着腰，一迭声大爷长大爷短地打招呼。二话不说，就硬塞给花八爷一张百元大钞。花八爷愣了，一问，原来，小伙子是慕名而来的，想让花八爷给他做一回摄影模特。花八爷赶紧把钱还给小伙子，说："小伙子，喜欢怎么拍就怎么拍，我配合你。"小伙子一脸惊喜，赶紧举起相机。

随后的日子里，找花八爷摄影的人就没个消停。摸到家里的、找到地头的，有时还在厕所里痛快，外边就一迭声叫唤起来。弄得花八爷应接不暇。

儿子多了个心眼，上网一查。哎哟，不得了，花八爷在网上出大名了。一张署着一个外国摄影师名字的图片，红遍了大大小小的图片网站。照片上花八爷左手托着个烟锅头，一脸爽朗的笑容，眼神看着远方，身上一席油亮的羊皮褂，右手抚摸着一条依在身旁的黄毛狗，背景是艳丽的红土地。晚霞的余晖映照在花八爷身上，暖暖的，整幅照片是那么温馨、暖人。一看图片下方的统计，点击率超高，点赞声一片。许多人在照片后留言，夸奖花八爷形象好，气质好，有机会一定要亲自一睹风采。

儿子心里一合计，马上开了个家庭会。全家人一商量，与其让花八爷辛辛苦苦地盘弄土地，不如就拾掇拾掇，给那些摄影人做模特算了。费用嘛，摆拍少则三十五十，多则一百两百随便给，合影一律十元一张。

起初，花八爷不乐意，觉得拍个照嘛，做做样子，收人家的钱不好意思。可禁不起家里人的撺掇，一来二去，摄影人塞给花八爷的钱，花八爷也心安理得地收下了。虽然没有明码标价，那些摄影人也心中有数。这样，旱涝保收一般，花八爷应着一些摄影人的建议，准备了一身行头，唤着那条形影不离的瘸了一条腿的黄毛狗，每天拎着个折叠凳，在村口转悠，等着生意上门。别说，花八爷每天随随便便收入个几百元，稀松平常。旱烟自是不种了。

花八爷死得莫名其妙。一干家人守在牛屎冲坡哭得昏天黑地。儿子愤恨地扛来斧头，与几个本家兄弟把那棵肇事的麻栗树桩砍倒，还不解气，又发了一通狠，剁得粉碎。

花八爷死去的消息不胫而走，围观的人越来越多，各种猜测开始蔓延。有说花八爷的死是意外，有说花八爷的死是预谋。有几个摄影人一边惋惜，一边出主意叫赶紧报警，把事儿弄个水落石出。儿子止住悲声，赶紧拨打了报警电话。

警察来了，哄开人群，拉着皮尺这里量量那里看看，照了些现场照片，找了些人做笔录。儿子眼睛瞪得牛铃铛大，问侦查结果。警察摇摇头，说现场乱糟糟的，已经被严重破坏了，一时半会儿查不出个所以然。等着细细排查，先把人抬回去入土为安。警察的敷衍话让一家人不高兴了，儿子更是跳起八丈高，叫嚣道：“你们没本事查，老子自己查。我爹身子骨硬朗得很，上山下坡大气都不喘几口，哪会是意外呢？肯定是被人害死的，找到那个人，我一斧子劈了他。”几个本家兄弟扬了扬手中的利斧，跟着瞎起哄。警察急了，吼了一通，亮出了手铐，才把一家人的无理取闹镇住。

花八爷好歹被抬回家，停好丧。搭好灵堂，村里的长者聚拢来，打算帮着治丧。儿子不同意，拎着斧头守在灵前，愤愤地叫嚷着一定要查个水落石出，给父亲报仇。家人和一帮至亲也不同意入葬。警察也管不了家务事，叮嘱了一番，走了。

花八爷就停在堂屋中央。老伴一边哭，一边和几个本家亲人把花八爷浑身擦洗干净了，一身血污污的行头胡乱卷作一团，收在院子的一个角落里。几个亲友帮忙，搬弄得骨头喀嚓喀嚓响，好歹把花八爷的身子掰直了，换上干净的殓衣，套上殓鞋。花八爷的眼睛瞪得老大，老伴和儿子伸手抚了几次，一直不能瞑目，只得哭喊着弄了一块黑布蒙着。儿子捶胸顿足："爹死不瞑目呀！"惹得一帮亲戚友人哭天抢地。

花八爷一时不下葬。村里人窃窃私语，猜测着花八爷不同的猝死版本，自然散去。屋里只剩下家人和一帮至亲，大家七嘴八舌，数排着各自的怨恨与质疑。

"第一嫌疑人肯定是张一钱。张一钱第一个发现爹，贼喊捉贼。再说，张一钱种旱烟有收入，花八爷跟着种，夺了他的生意，定是怀恨在心。"儿媳哽咽声戛然而止，公公的死确实让她悲从心来，花八爷这两年的收入一回家就交给自己，家里盖得起小洋楼，花八爷功不可没。花八爷走了，一条广阔的财路断了，她哭得最是伤心欲绝。村里的老人们私下议论，多孝顺的儿媳呀！自己没了，要是得到儿媳的这哭声，心满意足了。老人们不知不觉又扯些婆媳之间的陈年旧事，捯饬些怨言出来，却又惹得那些小媳妇翻起白眼，赶紧住嘴。

"对对对！"一个本家老妇人叫起来，"有一回我看见张一钱和八哥因为捡一泡牛屎还争吵过一回呢！"

有人开头嚷嚷，各种零碎就被搬上台面来。张一钱的诸多陈年旧事被热热闹闹地议论了一回，和花八爷的交往过节更是被演绎的有声有色。甚至张一钱许多和花八爷扯不上半毛钱关系的事儿也被编排一通。矛头所向似乎就是张一钱了，就在大家一致要找张一钱来问的时候，花八爷的老伴停止了抽泣，叫出声来。

"哪能呀！"花八爷的老伴总算插上嘴，数叨道，"张兄弟是个好人，那年秋雨连连，你爹腰疼病犯了，起不得身，我又奶着孩子。生产队分粮食，眼瞅着粮食分得七七八八了，要不是你张叔主动找队长理论，把粮食给咱家挑回来，你们怕都饿死了。再说了，你爹种旱烟那会儿，人家还手把手教你爹施肥，集市上帮着你爹算账。你爹早就不种旱烟了，人家会忌恨什么呢？你爹逢此大难，人家不怕嫌疑，第一个赶来报丧。张兄弟是个实诚的人，你们别瞎嚼舌根了。"老伴说到伤心处，一边说，一边直抹泪花子。

"老姐姐哟！你说到我心坎里去了。"门口忽地传来张一钱的声音。

张一钱三步并作两步走，一进门就跪在老伴的面前。一把鼻涕一把泪地道："老姐姐呀，我就是担心自己的好心遭到侄儿们的猜忌，一直躲在门外偷听。我咋会做这种肮脏事呢？老哥哥死得惨呀，我也很难过。老哥哥是个实诚人，事情总会水落石出的。"

儿子瞪了儿媳一眼，一把揪住儿媳，走到张一钱面前，扑通跪倒，磕了三个响头，说了一番自责的话，又说了一些感激的话。张一钱赶紧站起来，扶起儿子儿媳，抹了把泪道："难得你们相信我，还说什么见外的话，希望你们查个清楚，为老哥哥讨个公道。我是外人，就不敢打搅了。"说完，冲着花八爷的灵堂作了个大揖，婉拒了儿子们的客套挽留，挺直着腰板，大踏步走了出去。

"不是张叔，又会是谁呢？"儿媳揉了揉胸口，刚才被儿子的一把抓痛了。说着，暗地里用右手狠狠地掐了身旁的老公一把。老公龇牙咧嘴，差点叫出声来，瞪了一眼媳妇，没吱声，挠着头皮苦思着。

"刘三斤！"儿子忽地叫嚷起来。

"对呀！今天好像压根就没见着他。"儿媳若有所思。

"肯定是他，心虚躲起来了。"会场的气氛瞬间高亢起来。

花八爷成了名人，村里躁动起来。好几个老头老太也学着花八爷，准备一身行头，在村头村尾转悠。可那些摄影人看不上眼，一进村就找花八爷。老头老太们讨了没趣，散了。

有个人却不依不饶，就是刘三斤。

花八爷虽然置办的一身行头，说白了，就是一个老实巴交的老汉形象。广袤的红土地上，犁锄兴旺地居住着各个民族，炫丽各种服饰鲜艳夺目，点缀在崇山峻岭间，自是一番风景。尤其那些服饰艳丽夺目，是那些摄影人争抢的镜头。花八爷头上的一顶羊毡帽戴了四五十年了，被汗渍浸得油黑锃亮，隆起了密密麻麻的羊粪蛋一样的凸起，古董一般。一件羊皮大褂松松垮垮地掩在身上，内衬着一件两件小褂，颜色艳丽鲜亮。下身倒是一般的老年人四大幅裤子，宽松得很，走起路来扇得起风。脚蹬一双解放牌力士鞋。加上他稀疏花白的山羊胡子和头发、古铜色的皮肤、沟壑纵横的面庞、口里硕果仅存的一颗门牙、不离手的一根三尺有余的烂银烟锅，活脱脱一个饱经风霜、有着沧桑故事的长者。花八爷最让摄影人喜欢的，还是他的笑容。几番磨炼，花八爷已经掌握了各种各样的表情塑造，需要沉思、需要落寞、需要温情、需要微笑、需要严肃，都能充分调动眼耳口鼻，手势动作，做出十足的韵味。尤其大笑的时候，一个爽朗的笑容可以凝固在脸上两三分钟，让摄影人转换不同的角度进行取景拍照。

那些赶来打算分一杯羹的老头老太行头虽然光鲜，但是神韵上与花八爷的差距还是很大。从形象上就打了折扣，自然得不到摄影人的青睐。

刘三斤不同，他有自己的独特神韵，身材和花八爷差不多，形貌有自己独特的气质。从形象上看，欠缺的不过是花八爷的须发。花八爷须发欺霜赛雪，刘三斤却因为小了十多岁，须发白的程度没有花八爷的壮观。但刘三斤有个明显的优势，一只红通通的酒糟鼻，又大又红，红得像夏秋的指天椒，透亮坚挺。其实，刘三斤原名不叫刘三斤，这个名号却来得名副其实。年轻时，几个二愣子在一起喝酒，打了赌。刘三斤夸下海口，酒肉饭，每食一斤。合着年轻气盛，几个二愣子真的嚷嚷着拿来手称，足斤足两，刘三斤一涝而食。面不红心不跳的他，能走能跳，能跑能叫，让一帮人咋舌不已。自此，"刘三斤"便叫开了。就在前年，刘三斤六十有八，一次宴席上，几个愣头青硬要和刘三斤较个真章。刘三斤微微一笑，让人用秤约着斤两，一袋烟工夫，喝酒一斤，吃肉一斤，吃饭一斤。把几个愣头青弄了个大花脸。有人戏称刘三斤的酒糟鼻怕也有一斤。刘三斤呵呵地笑："割去称称看，差不离吧！"

刘三斤沉默寡言，做事在心里，学着和张一钱种旱烟，或多或少有些竞争意识。有人给他出主意，旱烟没张一钱的好卖，每去集市的时候，约着张一钱蹲回馆子，一钱酒下去，张一钱就真成了张一钱了，谁还和你竞争。刘三斤嘿嘿地笑："你去呀。"村里便偷偷流行两句歇后语：水桶掉底了不说掉底，说刘三斤的酒——没底。说某人喝酒不行，戏称张一钱端酒碗——一钱倒。

刘三斤为了走花八爷路线，不惜偷偷模仿花八爷的一言一行。花八爷走路外八字，刘三斤硬生生把自己的罗圈腿撇成外八字。花八爷喜欢捋羊胡子，刘三斤照葫芦画瓢。花八爷笑声爽朗，透着豪迈。刘三斤一改平日里呵呵的笑声，也哈哈哈笑出些气韵。

为了模仿花八爷，最离谱的两件事刘三斤都做了。花八爷有条黄毛狗，是马路上捡来的流浪狗。不知被哪个司机缺德地开车轧了，右脚骨头碎裂，血糊糊的。花八爷捡回家，不知遭了儿媳多少白眼。花八爷找了草药，竟然奇迹般地把狗脚给治好了。只是碎裂的骨头接不回去了，狗腿短了一截，走路一瘸一拐的。狗从此和花八爷形影不离。花八爷出名了，狗也成了花八爷有力的陪衬，召之即来挥之即去。需要摆个什么姿势，花八爷一个眼色、一句话、一个手势，黄毛狗一一做得活灵活现。让那些摄影人赞叹不已。找一条同模同样的狗是不可能的。刘三斤养着条白毛小母狗，一狠心，一锤子砸了小母狗的右脚。刘三斤身边也多了条一瘸一拐的狗了。

有摄影人说，花八爷的那颗牙是宝贝，在镜头里很有力度。有钱了，花八爷原本要补上假牙的，被人这么一说，加上家人的反对，就打了退堂鼓。刘三斤咬咬牙，用根麻线拴了一颗门牙，麻线一头拴上门扣，叫孙子猛然一关门，拔下一颗来，嘴里血糊糊的。拔到第三颗，刘三斤实在吃不住痛，又被老伴发现了，一通臭骂，方才作罢。刘三斤叮嘱老伴和孙子不得把这丑事说出去，人家问起，就说不小心摔的。孙子嘴岔，终于还是传了出去。气得刘三斤三天没吃饭。

刘三斤的特点还是被不少摄影人所挖掘到。他的酒糟鼻在镜头里异常凸显，与红土地有相得益彰的效果，也上了不少镜头，得到了一些零碎的闲钱。可花八爷毕竟是名人了，刘三斤又怎能比得了花八爷。刘三斤不气馁，一有闲暇，也整理自己和花八爷一套差不多的行头，在村口村尾转悠。村里风言，等花八爷老回去了，刘三斤指定是接班的主儿。

刘三斤和花八爷虽说没有公开地闹过红脸黑脸，路上遇见彼此几乎扯不上闲话，可眼睛里都长着刺儿。

"肯定是刘三斤了。"儿子斩钉截铁，"爹死了那么长时间，压根儿就不见他的身影，连他的家人似乎都没见着，一定躲起来了。"

大家七嘴八舌地数落了一回刘三斤的种种不是，一时间纷纷达成了共识。

一番起哄。大家摩拳擦掌，就冲刘三斤家去了。老伴心慌得紧，想了一会儿也没什么头绪，只是攀着灵堂哀哀地哭。

一干人气势汹汹，骂骂咧咧地朝刘三斤家走去。到了刘三斤家也不敲门，几个奔在前头的，稀里哗啦就推开刘三斤家的门。

院子里，刘三斤一家人在忙着杀鸡宰羊，一派喜气洋洋的样子。花八爷儿子四处张望了下，刚才的猜测似乎坐实了，立即发作，挥舞着手中的镰刀，大叫大嚷起来。一干人鼓噪着、叫嚣着，就要动手。院里几个玩得正欢的小孩子吓得哇哇大哭，被各自的母亲哄着躲回屋里。

刘三斤四个儿子愣了愣，倏地聚拢了，手中拿着宰羊剁肉的家伙。花八爷的儿子是棵独苗，又叫嚷着冲在最前，气焰顿时矮了半截。儿媳一看情势，哭叫着拿出泼辣女人的伎俩，就要撕扯过去。

刘三斤从堂屋里冲了出来，脸色铁青："大侄子，你这是要干什么？"

花八爷的儿子嚷道："你害了我爹，还装什么！"

"你说什么？"刘三斤气得浑身发抖，"你爹的死我听说了，咋把脏水往我身上泼哩？"

"你自己做了什么自己知道！"花八爷的儿媳披头散发，厉声高叫，"天杀的，为我爹偿命！"

"爹。别跟这帮人一般见识。他们就是来找碴的，我们四兄弟不是软柿子，谁想捏就捏着玩。来呀！"刘三斤的大儿子一脸横肉，把手中的尖刀挥了挥，寒光闪闪。

花八爷的儿子这边虽说人多势众，咋呼得紧，却不是打虎亲兄弟的料。几个心虚的把手中的棍棒垂了下来，叫嚣声低了许多。

花八爷的儿子也有些心虚，却有股气撑着："你为了夺我爹的行当，什么缺德事都敢做，这回下阴招害了他，还嘴硬。看看你们一家，高兴得过早了吧！又是杀鸡，又是宰羊。我爹还没下土呢，你就要吃肉喝酒庆祝了。今天不给个说法，我们不走！"。又人声鼎沸了起来。

刘三斤气得浑身直哆嗦，好歹喘上一口气来，指着花八爷儿子的鼻头吼道："你说什么？老子七十大寿，聚齐了一家人，弄点酒席碍你事了？你这二愣子，好歹不分，来我家胡闹一场，到底想干什么？"

啊！花八爷儿子忽地脑海里一片空白，呆若木鸡。那些个亲友和刘三斤也都是些抬头不见低头见的乡亲，头脑一热，闹了刘三斤的寿宴，一个个恨不得想找个地缝钻进去。花八爷儿媳脑袋活络，赶紧一扑爬跪下，咚咚咚地冲刘三斤磕头赔罪。

对刘三斤的猜测成了闹剧。一干人灰溜溜的，中途几个不是很铁的亲戚拐过墙角就没影了。

日子一晃眼过去七天了，儿子和一干亲友把花八爷一辈子得罪的没得罪的人全捋了个遍，毫无头绪。警察来过几回，案件就一直悬着，没个说法。

村里人劝解了几回让花八爷先入土为安，儿子脾气犟，村里几个长者纷纷一跺脚，都不登门张罗了。天气炎热，花八爷虽然装了棺，塞了棉，仍然尸臭恶心。不得已，花八爷的儿子和儿媳寻着村里的长者，一家家上门磕头，央求帮衬料理后事。

好歹治了丧，花八爷入了土。出殡那天，一向团结帮扶的棵松村破天荒地一半家户不参加送葬。

人入了土，盖棺论定，花八爷半夜起来上厕所，不小心滑下土坡，没了。

花八爷的儿子儿媳在村里得罪了不少人，不得不一家一户去道歉说软话。

村里照样来了许多的摄影人，打探着花八爷。问到刘三斤，刘三斤瓮声瓮气地说："死了。"摄影人要刘三斤给他们当模特，刘三斤一脸暴怒，翻着白眼球轰人走。

张一钱不种旱烟了，卷巴起铺盖上儿子家去了，却再也不起早了，常常日上三竿才出门。他和老伴背着化肥去盘弄土地。老伴揶揄他说，这回轻松了吧！张一钱摇摇头，再点点头，又摇摇头。不久，张一钱居然好上了酒，原来一钱下去就醉，渐渐地，二两三两地喝也没事。

老伴收拾花八爷的遗物，惊异地发现老羊皮褂上有两个破洞，像是狗牙齿撕开的。忽然想起家里的黄毛狗从花八爷死时，一直就不见踪影。一打听，刘三斤的白毛小母狗也从那天就杳无踪迹。

村里风传了一个花八爷死因的诡异故事：花八爷半夜起来撒尿，形影不离的黄毛狗奋力一扑，把他扑倒，滚下去的时候被麻栗树桩扎死了。黄毛狗和白毛狗逃走了，迟早还会回来的，说不定会带回一窝凶狠的大狗，刘三斤造的孽得有个结果。

　　刘三斤深居简出。有人说，偶尔看到刘三斤。一段时间不见，刘三斤目光呆滞，头发胡子雪一样白，比花八爷的还白。

　　花八爷的儿子和刘三斤的几个儿子拎着棍棒去邻近十里八乡找两条狗，却一直没有找到。只有漫山遍野红土地的红，红得让人眼慌，心也慌。

铁皮篷

女人被玻璃里的影子迷了一下。

女人被迷的那一瞬，不由自主地想抚摸一下玻璃里清秀可人的自己。她把右手里的磁刷交给左手，交接仪式有些粗放，磁刷随着女人生硬的动作不情不愿地离开玻璃一瞬，只一瞬就足够，足够磁铁玻璃清洁器失控。贴在外窗的一片磁刷愤然脱离了磁场的吸引，毫不犹豫地直线降落，比一架失事的战斗机降落得干脆。它身手敏捷，咚——哐——啪——响了三声，第一声是它给铁皮篷制造的，第二声是铁皮篷回敬给它的，第三声是防盗笼顺势接住它发出的。啪的一声后，它再也发不出第四声。它鬼使神差精准地卡在三根螺纹钢筋的接头处。接头处一个"匸"字形的结构像个陷阱，它似一只被捕兽夹夹住要害的小兽，动弹不得。

一阵快风吹过，失去螺栓控制的那一角铁皮篷兴奋了起来。啪啪敲击着防盗笼，声音清脆、彻底，节奏感十足。快风过得贼快，稍纵即逝。铁皮篷又安静地卧在防盗笼上，比一个沉浸在暧昧的贴面舞音乐里的资深舞女还要服服帖帖。清晨慵懒的阳光不得不放下身段，照在它的身上。

女人愣住，左手里的一片磁刷被紧紧握住，惊呼都省了。女人从窗口俯出大半个身子，手忙脚乱地拉拽着另一头，把连接两片磁刷的尼龙线拉得笔直，若有好事的伸手去弹一下，准会发出低沉的弦乐声响。下面的一片磁刷卡得很瓷实，当然这和磁刷的磁性不无关系。女人试着松了松尼龙绳，想让下面卡着磁刷的防盗笼手下留情，松开一下。没用，铁和磁铁的完美结合牢不可破，像两个久违的情人紧紧拥抱在一起，尼龙绳近乎虚脱的样子没让被卡紧吸牢的磁刷有松动的迹象。女人扯紧了放松，放松了扯紧，如是几次，磁刷始终不为所动。

楼下几个高谈阔论的人发现了女人的徒劳无功，戴着棒球帽的高大男子仰着头观察了一会儿，叫道："没用的，卡死了，你得下来二楼，让二楼的人家给你开个门，从窗台上取下磁刷。"

眼角始终透着笑意的男人率先附和了棒球帽的提议。几个人仰着头，七嘴八舌地劝谏女人，主意却是一致的。

女人露着尴尬的笑容，又徒劳地试了几次，只好放弃，解开手头磁刷的线头，抛下尼龙绳。

女人有些懊恼，自责自己的分心。从开始擦玻璃起，女人就注意到楼下的几个人。这幢老旧住宅楼的三楼和在二楼高得有些寒碜，听路上的动静差不了几个分贝。几个人谈论积极，语速平稳，声调高亢。起初，她以为这几个人和她平时素昧的人一样，不过是几个趁会间隙或是游玩空隙聚在一起百无聊赖大吹大擂的人。听着听着，她才隐约听出是几个作家在谈论文学话题。这让她有些激动，想起学生时代，老师时不时把她写的作文当堂念给同学们听，惹得一道道羡慕的目光齐刷刷地看向自己，心底的优越感让她脸颊火热热的。

女人一边细致地擦着玻璃，一边根据风向调整着耳朵的方位，小心地听着楼下的谈话。

擦玻璃是最后一道工序。客厅、主卧、客房、厨房、卫生间她都精心打理过了。对这种两室一厅60多平方米的小型住宅，她半年多勤奋好学的家政业务经验可不是白积累的。

女主人草草交代完，扭着腰肢得得得地下楼去后，一进门，她就麻利套上脚套，拿着扫帚走了一趟客厅、客房、厨房、卫生间，主卧没有明显的垃圾。这家人像是个会过日子的家庭，垃圾不多，一个大号塑料袋就装得完。女人心底小小地感激着女主人平素的收拾，与她从头到脚一身精致的衣着打扮匹配。女人收拾完垃圾拎到屋外楼梯口，一会儿临走的时候带走，丢到第一个看到的垃圾桶，就预示着完成了这一家的家政工作。接下来就等着回访电话，等着老板娘眉开眼笑的表情，偶尔给自己的大号玻璃杯续上一些滚烫的开水。

下一个环节，从高到低，从里到外擦拭一遍屋里可供擦拭的东西。三桶水，一桶加了洗洁精，一桶拧脏毛巾用，一桶盛干净水，拧干净毛巾。女人懂得水的金贵，在老家，挑一担水来回半个小时。第三桶水换了两次，女人就干干净净地像给女儿洗脸一样解决了吊灯、衣柜、梳妆柜、电视柜、冰箱顶、沙发、床头、杂物柜，还顺带解决了卫生间隐秘角落里一只细小的蜘蛛和它空荡荡的网。蜘蛛虽小，她却不敢用手拿，用一张卫生纸突然袭击，包住后，从窗台上放生出去。看着小蜘蛛屁股上放出一根细丝，在风中摇摇晃晃地飘到连黑点都不是，她才放下心来。

放生蜘蛛的时候，女人看到二楼铁皮篷的吊诡之处。铁皮篷是老式白铁皮压制的那种，有点铝制彩钢瓦的味道。其实，一进小区，女人就上上下下看了看，这栋计六层的小高层家家都安装了防盗笼，防盗笼的形制以及上面覆盖的铁皮篷的材质是一致的，应该是出自同一家装修公司。铁皮篷用螺栓固定，一个横面三颗螺栓，两端各一颗，中间一颗。二楼靠东北角的铁皮篷螺栓掉了，靠外的一颗螺栓不知去向。铁皮调皮地噘着嘴，微微上翘。风吹大一些，铁皮就起起伏伏撞击着防盗笼，动作单一，力度随着风力大小有所变化，声音也一样。你别说，这样的声响，偶尔吓吓不是轻车熟路的小偷，估计还管用一回两回。不时的声响女人早就听到了，她有些诧异，还在房子里转着圈找了一回，甚至把卧室床上拉抻整齐的被子撩起来看了看。

搞清楚了声音的来源，女人甚至有些冲动地想跑下楼去，敲开二楼的门，叮嘱房主找个小号螺栓拧紧就好，举手之劳而已。

擦洗厨房费了些时间，抽油烟机的油腻藏在暗处，有些顽固。灶台上的油渍、洗菜盆里积攒的污垢，几副碗筷勺子上凝固着油腻的食物残渣，这让她小心翼翼地加了两回洗洁精。

拖洗地板的时候，外面又起风了，还不小。

女人从主卧开始拖起，拖着拖着，忽然觉着这家人有些怪怪的。好像从一进门到现在，女人都没看到过一张照片，合影的、单人的，哪怕是以风景为主、人物为辅的，都没有。女人觉得是不是自己疏忽了，眼生没看到，干脆歇下拖把，把主卧、客厅、客房，甚至卫生间、厨房都里里外外看了一遍，真的没有一张照片。女主人那么漂亮，一袭粉红色的旗袍，乳白色的高跟鞋，手臂白嫩、脸色红润，身上有淡淡的香水味，发梢里散出苹果味的洗发水气息。如果不是盘问女人所在家政公司有些琐碎，检查女人工作证和身份证有些拖沓，看女人的眼光有朝上45°角的嫌疑，交代女人打扫完成后锁门有些不屑和迫不及待，口红的颜色有些轻佻，女人是很乐意给这样的人家做家政的。爱屋及乌，爱美及物，男人女人都一样，心境愉悦，让女人的收拾打扫工作得心应手。这样的女主人会不喜欢用相框装住自己的靓丽？女人觉着自己多心多肝了。

多心多肝不是好事，闺蜜不止一次告诫过女人。女人由衷感激着闺蜜。

半年前，女人听进了公公婆婆的劝，决定把四岁的女儿交给公公婆婆照管。让家里的田地能长庄稼的长庄稼，长不好庄稼的长草也随便了。鸡猪能肥就肥，不能肥的瘦点就瘦点了。年岁不饶公公婆婆，过多指望就是不孝，女人不是一个不懂体贴的人。

男人两年没回家了，寄回来的钱数越来越少，电话里支支吾吾，一直说新工作忙。半年前，电话也打不通了，熟悉的号码拨打过去，只听到甜生生地回应"您拨打的电话已停机"。女人慌了，男人是不是出大事了？村里的版本风行了起来：被车撞了，从脚手架上摔下来了……尤其田间地头豁然出现，色眯眯地往女人身上放眼珠子的村小组组长说得更玄乎：被城里的富婆包养了。一边说一边装作帮助女人的样子，靠紧女人，手不老实。女人总是巧妙地躲开，走远，四下没人处，啐了几口，发发狠，把涌到舌面上的苦水咽到肚子里。女人田里地里耕种得勤，时常会想男人，想了两年，却只想自己的男人。

半年的煎熬让女人时常会发脾气，公公婆婆一个劲儿劝，要她去找找，疫情稳定下来了，敞敞亮亮地出门不是个事儿。家里大大小小他们还支撑得了一阵子，天塌不下来。

临行前，公公从贴身夹袄里摸出一叠钱，说："孩子，这里有两千块钱，是我和你妈牙缝里省出来的，你拿着，出门在外，举目无亲，有点钱傍身，心里踏实。找到这个忤逆种，帮我家老两口狠狠地扇他两巴掌。"

女人不要公公的钱，公公婆婆死活不依。女人硬着脖子拿了一千元，余下的坚决不要。为让老人们放心，她摸出一叠零钱在他们面前摇了摇，说："我身上有钱，单只是零钱就好几百的。"

女人对公公婆婆说："我一定找到他，弄清楚状况后马上回来。"女儿不安起来，哇哇直哭。女人亲吻着女儿的脸颊，悄悄擦去她脸上咸咸的泪花。直到安慰乖巧了，女儿又回到奶奶怀里。

女人第一次出远门，只身来到省城。

女人进了省城就傻眼了。高楼林立，车水马龙，人潮人海。女人见过最繁华的地儿就是镇上的乡街子，和省城比起来，连个指甲盖大的角落都不如。

一下车，女人就后悔起来。男人在哪里打工，工地在哪条路哪条街、哪个方位，自己压根儿就不知道。女人恨不得给自己几个大嘴巴，自己平常都不会问个枕边话。

女人六神无主时，忽然想到村小组组长，前几年他和男人一起在省城打过工。女人犹豫了良久，终究拨通了电话。

女人战战兢兢地说明了原委。

"你求我啦！我若告诉你，你怎么报答我呀？"那头坏坏地笑声让女人毛骨悚然。

"我……我不……知道。"女人快哭出声来。

"好吧，长长的日子大大的天。"那头的声音温存了一些，"我们以前经常在北市区打工，那边拆迁动静很大，有好多工地，你去看看，鼻子底下通北京，赔着笑脸多问问。"

"好的，谢谢——谢谢！"女人心里闪过一丝温暖。

"记住啦！回来后对我好点。"

那头肆意的笑声让女人像活见鬼一样，赶紧掐断电话。

女人在北市区游荡了一个多星期，她不知道自个儿有没有把所有的工地都找遍，她一天最多时跑了四五个工地。她找了一家偏僻破旧且昏暗潮湿的叫小雅的旅馆住下，一晚上60块的住宿费让她心疼，女人对比了无数家旅馆，这里是最便宜的了。她牢牢地记住小旅馆所在的路口、街道，旅馆名字、门口的样子。有时候走远了，她左问右问摸黑才走回来。有时候问到不怀好意的男人，用比村小组组长还粗野的话撩她，吓得她呼哧呼哧跑错几条街。后来学机灵了，问路就问警察，问扫地的环卫工大妈，问小卖部的老板娘。她拎着个手提袋，里面有凉开水和从小雅旅馆旁边一家包子铺买来的包子。水喝完了，接水管里的自来水，偶尔走进一些小馆子囫囵要一碗米线、面条、水饺，喝得汤水不剩一滴。

数着口袋里的钱越来越少，女人慌了。她开始找工作。

这天，她看到一个门口装修得很暧昧的发廊在招洗头工，就鬼使神差地走进去问。浓妆艳抹的老板娘看了看她的身份证，不痛不痒地问了几句闲话，绕着她看了两圈。女人敏感地意识到老板娘在细致地看她的脸蛋、胸脯和屁股。

女人瞬间全明白了，愤怒地夺门而出，迎头和一个女人撞了个满怀。女人赶紧向那人赔礼道歉。

"啊！是你！"

"你！"

女人第二眼终于认出来眼前十多年没见的闺蜜。一把抱住闺蜜，痛哭失声。

在一个小花园的石凳上，女人把一肚子苦水倒给闺蜜。闺蜜抹着眼泪，陪着她哭了一个下午。

闺蜜在一个叫奇洁的家政公司打工，男人在乡下守持家务，逢年过节聚一聚。

闺蜜带着女人找到自己上班的公司，和老板娘说明了原委。老板娘是个好人，陪着唏嘘了一回，劝谏女人道："你别急，一边打工一边找，公司员工很多，我叫大家都帮帮你，做工间隙四处打听，什么医院、社区、工地，总会有机缘的，歌里不是唱得好嘛！有缘千里来相会，无缘对面手难牵。"女人被逗乐了，使劲点头，眼里泛着泪花。

在闺蜜诚挚的邀请下，女人收拾了小雅旅馆的行李，和闺蜜等几个同一公司的员工合租了一套三室一厅的城中村旧屋，高低床与闺蜜挤在一间小屋里。

男人宛若石沉大海，女人越找越淡定下来。给村小组组长打过四回电话，两回是转交给公公婆婆接听的，报了平安，听到女儿甜甜脆脆地叫妈妈，女人心里多了几分甜蜜。间隔的两回是存了点钱在他的卡上，委托他取现给家里用度。

村小组组长的话越来越粗俗，女人左耳朵进右耳朵出。等找到男人，还怕他？女人幸福的想法甚至在梦里实践过几回。

女人分心也是楼下几个人的谈话撩拨出来的。

那个眼角始终带着笑意的男人对旁边一个青年人说："你哪年的？"

"七七年。"

女人听得一惊，大我一轮，属蛇的。心想，咋还看着那么年轻？

"属蛇的？"棒球帽问。

"是的。"

眼角带笑的男人笑道："咋你七七年的年轻人，写出来的小说像七十七岁的老头写的一样？"

楼下扑哧发出爽朗的大笑，笑声乱作一团。

女人也被楼下的气氛感染了，莞尔一笑。

一笑之时，女人忽然看到擦净的玻璃里映出自己的影子。

影子莞尔一笑，不改清纯的颜色。女人被迷了一下，磁铁玻璃清洁器顿然失控。

女人打开门，别上小锁，轻轻掩上。女主人没给钥匙。她得小心，一旦门被碰上锁，她就算顺利拿到磁刷也无济于事了，只会徒增更大的麻烦。

二楼门上挂着一幅"福"字，这让女人信心倍增。楼下几个闲聊人的建议是唯一的好主意，只有敲开二楼的门，她才能拿到那片磁刷。磁刷不值几个钱，大不了说明原委，老板娘从她薪水里扣除。但是她的玻璃还有半扇没擦，她即使冒着危险爬上窗台，用抹布也够不到擦，即使够得到，她也担心楼下的几个作家看到她的笑话。女人也不知怎么了，心底由衷生发出对几个作家的敬仰之情，像对读书时念她作文的老师一样，充满敬意。

二楼有没有人在家还不知道，她得去碰碰运气。为了找男人，她把大半个省城工地的运气都碰过了，一道门而已。若主人家在，多赔几个不是，拿到磁刷，再大胆建议给那翘起的铁皮加个螺栓。若是主人家有现成的螺栓，女人自己动手帮帮这样的小忙，也未尝不可。

女人定了定神，敲了敲门。

"不好意思，打扰一下，有人在家吗？"

没回应。稍待一会儿，女人提高了声调，又敲了敲门。

"不好意思，打扰一下，有人在家吗？"

女人把耳朵贴在门上，屋里没有动静。女人有些不甘心，打算最后再敲一次，若是没有人应声，只好冒一冒险，让楼下的作家见笑了。女人不愿意让自己的家政工作有瑕疵，这是她和闺蜜半年来经常被业主指名道姓去服务的资本。

"不好意思，打扰一下，有人在家吗？"

门忽地吱呀一声打开了一条缝，一只布满血丝的眼睛瞄着外面，吓了女人一跳。

"你谁呀？"

"不好意思，打扰一下，我是楼上的。"

"哪楼？"

"三楼。"

"啊！"那只眼睛倏地缩了回去，有个小小的声音细若游丝在飘。女人没听清，磁刷是她现在最关心的事情。

门打开半个身位的缝隙。探出男人光秃秃的头，和上半个身子，赤裸着，一身白肉，一股子汗味，似乎经过了剧烈的健身运动。男人朝女人身后上下看了看，舒了口气。

"什么事？"

女人朝右侧着脸，躲开不看男人的赤裸，有些犹豫。

"问你什么事？"

女人不得不回头诚恳地看着秃头男，男人眼里有些微妙的异样，这是只有细腻的女人才捕捉得到的。

"对不起，我在楼上做家政，擦玻璃时不小心把磁刷弄掉下来，卡在您家防盗笼上。我想打扰一下，把它拿下来。"

"哦！怪不得刚才叮当咣啷地响。"

门打开了。秃头男站到门侧，伸手做了个富含深意的请进手势。

"进来吧，快点，拿到就走。我还要忙着睡觉呢。"

还好，秃头男只是光着头和上半身，下半身穿着一条红黄条纹夸张交错的短裤。女人暗暗吁了口气。

女人赶紧径直走进去，穿过客厅，走到窗台前，磁刷就卡在眼前的防盗笼上，触手可及。

忽然又起了风，那铁皮篷啪啪作响。

"大哥，您家这铁皮篷掉了一颗螺栓，找一颗拧紧就好了。"女人扭头说道。秃头男不知什么时候悄悄站在身后，眼睛直勾勾地看着女人。

女人赶紧把磁刷拿在胸口，三下两下把尼龙绳胡乱扯在手里。

"我知道掉螺栓了，响声不是更好听嘛！我喜欢听。"

秃头男舔了舔嘴皮，嘿嘿地笑，目光肆意地从女人胸前往下游走。

女人赶紧说了声"谢谢"，扭头朝外就走。一瞥眼，看见沙发上一袭粉红色的旗袍凌乱地躺在沙发上，两只乳白色的高跟皮靴，一只横躺在沙发前，一只孤傲地站在茶几上。

啊！衣服好眼熟，似曾相识。女人心里扑通扑通跳得更厉害了。

女人冲出门，随手帮助主人家把门带上，头也不敢回。耳听得屋内有一扇门被迫不及待打开的咯吱声音。

女人三步并作两步跑上楼，推开门，反手关上。放开小锁，门咔嗒锁上了，把女人的慌张锁在门外。眼前不断闪过那一袭粉红色旗袍的躺姿，让女人更加心慌意乱。

女人赶紧重新换上一副新鞋套，走到窗前，深吸了几口气，按捺住快让她喘不上气来的剧烈心跳，朝窗外看了看，楼下的几个作家不见了。

擦完剩下的半扇窗子，女人仰着脸贴着玻璃端详了一番，和预期的一样，一尘不染。

铁皮篷又响了起来。

女人的眼皮忽然兴奋地跳了几下，先是左眼皮，然后是右眼皮。她想，左眼皮跳财，右眼皮跳灾，两边都跳，怎么回事？女人很委屈地走进厨房，灶台上除了一个电磁炉、一个佐料架，一副刀架上插着三柄安分守己的菜刀，洗菜盆里摞着几副沥水的碗筷勺子，什么也没有。女人有些自嘲，灶台不是自己一寸一寸抹洗过的嘛，还找什么。打开冰箱，一眼就看到在中间保鲜格里一棵鲜灵的圆白菜、一小把蔫瘪的韭菜、几根散放着的芫荽、四个西红柿。女人犹豫了一下，掐了一片指甲盖大小的白菜叶，小心撕成两半，蘸了唾沫，分别贴在眼睑上，把散乱的芫荽收拢了一下。看了看上部台面上的几个碗碟，装着些残羹剩饭。关上冰箱，夹带起的一阵微风，差点吹掉了右眼皮上的菜叶，女人索性取下来，多蘸了点唾沫，重新贴上，轻轻地按了按，右边完成了，又把左边的也操作了一遍。母亲在世的时候常常这样止住眼皮的不安分，只不过母亲时常一边贴，一边嘟嘟囔囔数叨一番，有时还骂骂咧咧地啐下几口唾沫。有一回，女人分明听见母亲反反复复数叨着一句话："让你看，看了不该看的东西，眼皮生偷针，生了像鸡嗉子皮一样，密密麻麻，恶心死你。"想到母亲，女人心里没由来的一阵酸楚，有些悲凉。冰箱的凉爽过继给菜叶，冰凉的菜叶在她眼皮上发生了意想不到的作用。眼皮不跳了。

女人走到客厅，拿起收拾好的包裹，挎在右肩上，左手拎起三只叠在一起的塑料桶。她心里有数，带来的一应卫生工具，一件不落。

走到门口，踩上浅蓝色的脚垫，女人习惯性地四处又看了一遍，从窗子到沙发，从茶几到电视柜，从天花板上吊着的一盏弧形灯到地面，再到门旁的鞋柜、衣帽架，没有遗漏，都干干净净。

女人弯下腰，交换着脚的起落，褪下深蓝色的脚套，套在一起，塞进包里。直起身，捋了捋垂到眼前的刘海，左手朝后顺了一下头发。女人会心一笑，想体面地走出屋子，做上这份工作后，一直都是这样。善于劳动的人永远都是光荣的，闺蜜的这句话给了她足够的自豪感。

女人满意地拧动门把手，拉开门。她已经计划迫不及待地拎起那袋垃圾。

门口豁然站着一个人。

男人。

男人正低着头，拿着一串钥匙翻动，数钱一般在找合适的一把。

男人抬起头，一看见她，堆在脸上的微笑忽然凝固成复杂的尴尬。

"你？"

"你！"

啊！男人！

这个男人不就是自己的男人嘛，自己苦苦找寻的男人呀。

鸡事

嗤的一声爆响，吓了张罗一跳，扭头一看，压力锅上气了。

老婆到园子里去了，说去找些水灵的白菜、青菜、豆角、苞谷、嫩瓜之类的，临走前再三嘱咐："看着灶上的压力锅，炖上鸡了。从上气开始计算，十分钟就赶紧撤火，就着余温焖到自然烂熟，别把鸡炖过火了，过火了的话，肥嫩的小母鸡炖稀烂，一包汤招呼不了人。记住，十分钟嘎，十分钟，嗳！"

张罗蹲在门口闷着头吸烟筒，嗯嗯应着。老婆看他听话的态度模棱两可，又重复了一遍。张罗不耐烦了，把头深深地埋进烟筒里，憋着气狠狠地吸了两口，抬起头虚无缥缈地看了老婆一眼，算是用眼神招呼过了。老婆端着筲箕，嘟嘟囔囔地往园子方向走去。张罗哼了一声，鼻孔里喷出两股烟，嘴角边挤出一溜烟，烟筒口窜出一团烟，烟雾缭绕得欢，萦萦袅袅着，像一群柔弱的舞者，攀着晨曦的光线，次第消散在温润的空气中。

早上一锅烟，这一口雷打不动，依稀记得是从当上村干部开始就好上这一口。张罗原本不吸烟，当上村干部以后，整天上和领导打交道，下和群众坐一条凳，免不得让烟让酒，酒量没练出来，一两就上脸，二两就滑桌，三两便人事不省了。烟瘾倒是有上了，一大早不吸上一气，浑身没劲。老婆讨厌他嘴里烟臭味，骂骂咧咧了两三年，骂不动了，看他戒不了，也就习惯了。张罗有时事急，顾事忙忘吸烟了，走进走出瞎闹心。老婆一愣眼，"烟筒不是在门背后哩嘛，狗屎记性。"张罗立刻想到了早烟没抽上，堆上笑，咯吱拉开门脸，从门后的角落里捧圣物一般抱出烟筒。一溜烟到院角阴沟旁，抱着烟筒哐当哐当上下左右前后一通摇晃，就着隔日的烟水，算是把烟筒清洗了一番。一扬烟筒底，倾出浑黄黏稠的烟水，顺便干咳两声，咳出一口浓痰，噗的一声，那黄白之物混着烟水朝着涵洞里流走。重新换上清水，张罗一抹嘴，从腰间摸出烟盒打开，团着拇指、食指、中指撮出一撮烟丝，捏严实了，塞到烟嘴上，凑着打

269

火机火苗子，咕咚咕咚便吸开了。吸好了，便收了火机、烟盒、烟筒，长长地伸个懒腰，一脸惬意。

张罗吸烟有个怪癖。别人吸烟眼看抽得差不多了，便往烟筒里一鼓气，把烟蒂吹出来，弹落地上，重新续上烟，点火接着吸，为点火方便，有的还喜欢燃上一炷青香，续火用。张罗却一个火星吸到底，吸掉一撮，就着火星续上另一撮，吸足了，把烟烬吸进烟筒肚，再咕咚咕咚两声空响，打扫战场一般，抹把嘴，抹一把烟筒口。细眼一看，烟筒嘴上、口上、地上干干净净。这一手唬住了全村几十号人。

凭着吸烟筒这一手，张罗到村里做工作，和男主人对上火，一人一只烟筒。几兜烟工夫，烟雾缭绕间，话题缠缠绵绵，烟吸够了，烟雾散尽，事情妥妥帖帖。事情拣理得踏实，张罗得好，也就这样。张罗原本的大名张兴亮，却被人忽略了，"张罗"叫得名副其实，只差再取个外号"拣得顺"了。

今早的烟吸得有些紧张，确切地说，一边吸一边心里想事，好几次把烟火吸灭了，不得不重新点上。

压力锅嗤嗤的爆响之际，正是张罗梳理思维的混乱不堪之时。

张罗赶紧冲到压力锅前，一伸手要关火，好歹一激灵，想起老婆的叮嘱。几分钟来着？五分钟，十分钟，还是二十分钟？张罗挠了挠后脑勺，却怎么也想不起老婆说的具体数字。管她的，怕是十五分钟，一只鸡多多少少也要五分钟吧，三只鸡，三五一五，就十五分钟吧！掏出手机掐亮屏幕，九点整。

记上时，张罗踱回门边，抱起烟筒，火又灭了。重新撮上烟，他心里堵得慌，索性火也不点了，一吸气，囫囵把烟吸进烟筒肚里。把烟筒往门楣边一立，把手交在膝头，腰顶在门槛上靠着，一副倦怠的样子，看着远处发愣。

那只口径9厘米的大号烟筒，小钢炮一样孤零零地立在那里，慢悠悠地散发出淡淡的青烟，似乎满腹的心事比张罗差不了多少。

昨天，村委会李主任来电话，市里R单位和草子村结对挂钩，帮助草子村脱贫致富。今天R单位的领导干部一行要来村里拜访，牵上线，方便今后开展挂包帮工作。要张罗务必做实做好村民工作，不得给领导添堵，并要张罗准备些家常便饭，招呼好客人。李主任说"家常便饭"四个字时一字一顿，拖着语气，颇有深意。张罗自然心领神会。

草子村地处大山深处，扳着手指头都数得出十几户人家房檐高矮，几十个人口姓甚名谁。靠着面朝黄土背朝天的祖辈耕耘，草子村人勉强有个囫囵的日子。这些年，在县、乡党委政府的不懈努力下，通了路、架了电，把山泉水接到村子里，哗啦啦的自来水欢笑着结束了祖祖辈辈从大山沟里挑水过日子的生活。

　　硬的东西解决了，软的东西跟不上，县、乡、村委三级领导不断地给张罗使压力，给村民做工作，鼓励大家走出大山，去打工、去开眼、去挣钱。可守惯了大山的村民烟筒吸得咕咚咕咚响，挪不了步更挪不了心。张罗多多少少走出大山几次，有些见识，看着村里人不紧不慢不温不火的日子，也急，抱着烟筒挨家挨户去做工作。烟是吸香了，话却不甜：什么事都好商量，走出大山挣钱免谈。村里人守着祖辈的几亩山地，混个肚饱身暖即可。动员得急眼了，烟筒嘴瓮声瓮气地蹦出一句："日子是我自己的，要人瞎操心，皇上不急太监急。"

　　村民抱残守缺的态度让张罗没了主意。村里祖辈开垦的几个山头箐谷，出些洋芋、苞谷、荞子、青稞、萝卜、蔓菁，形不成规模，也打不开销路。各家各户侍弄的鸡、猪、羊，也仅仅为了拣几个蛋，逢年过节有些油水而已。引领大家致富一说，说多了成了一句套话、空话、闲话。

　　县、乡、村委的领导没少往草子村跑，磨破了嘴皮，总停留在纸上谈兵的层面。俗话说"人挪活，树挪死"，人不挪，只能半死不活，总也找不到吹糠见米促进村民增收的途径。工作做不通，僵着，反正该解决的基础生产生活条件都解决了，各级领导干部也只得陪太子读书一般，隔三岔五应付些差事。这一跑，倒是发现了草子村的好东西。水灵灵的萝卜、蔓菁甜脆爽口，有时下乡的干部看见村民在地里捯饬，免不得讨个解渴。村民往往不会介意，一伸手就薅出几个，大大方方地递过来。干部欣喜若狂，如获至宝，赶紧削皮剥壳，大快朵颐，不经意间听到村民嘀咕：看看这些城里人，不就是个萝卜、蔓菁嘛，就养着喂猪的东西，随便拿就是了，也值得张口。言者无心，听者有意，闹出些个大红脸来。除了生态美味的萝卜、蔓菁，最让人垂涎欲滴的就是走地的土鸡。

　　草子村人养鸡一直保持着原始饲养方法，公鸡打鸣，母鸡下蛋，有蛋花的鸡蛋又让母鸡孵化，都是地地道道的土鸡，见天在院头村尾、树林山间里蹦跶。这些鸡肉质紧实滑嫩，味道鲜香。单是一锅鸡汤的香浓气味就足以让人垂涎欲滴。上头的领导干部来了，工作做完了，就挪不了步，好歹等着张罗逛巡村子一周，买上一两只小母鸡或是小公鸡，弄得好还买上一两只肥壮的大献鸡，鼓捣一锅鸡，配上些地道的小菜，无非就是一些青椒腊肉、老火腿炖红豆、腊排骨炖萝卜，时令小菜或煮或炒弄一盆，就着浊酒，吆五喝六，解馋的同时，解气。当然，领导干部有自己的分寸，给饭菜钱，张罗死活不要。领导就用各种方式给村子里找些名正言顺的补助、捐赠，薄膜、化肥、籽种等。上头的领导干部感着张罗的情，张罗和村民们感着领导干部的恩。无非就是张罗一家多了些手脚上的辛苦活。

R单位的领导干部要到村子里来，张罗自然不敢怠慢，赶紧和老婆商量一通，昨夜就让老婆把隔年的老火腿锯开。今天一大早，张罗把自家的鸡舍看了一遍，三只老母鸡都各自领着一窝小鸡，刚劁掉的几只骟鸡还不肥，领头的大红公鸡要踩蛋。只得走了村子一圈，看到麻六家的一窝小母鸡刚红了脸，开始下蛋，说明了原委，麻六很干脆，卖了三只给张罗。张罗把三只小母鸡收拾进锅里时，太阳已经照着门槛了。

阳光有些刺眼，张罗眯着眼还是觉得眼里湿润润的，把手搭在眉梢，想看看老婆回来了没。腰间的手机闹了起来，张罗摸出手机一看，村委会李主任的，他噌地站起身，赶紧接通。那头李主任说，市里R单位一行已经到了县里，县里重要领导陪着已经出发了，估摸着绕山绕水赶到草子村得两三个小时，他和乡里的领导已经在乡政府等着，等大家一起到了的时候就是饭点，问准备得怎么样了。张罗说三只小母鸡炖着了，那头放心地笑了。张罗汇报了自己已经挨家挨户做了思想工作，村民都很纯善，不会给领导添堵的，就是心里紧张，不知道领导来了问自己村里脱贫的事情自己该说些什么。李主任告诫张罗，不用紧张，鼓捣好午饭就行，汇报工作的时候，县、乡、村委会领导都会圆场的。李主任特别交代，饭菜越土越好，最好弄些山茅野菜、生态时鲜，现在的人们吃腻了大鱼大肉，受够了各种早熟催长的东西，乡野味道最好，云云。

挂了电话，张罗心里放下了一块大石头。一回头，老婆霍然立在身旁，吓了张罗一跳。

老婆一脸嗔怪："鸡煮了多少时间了？"

张罗一看手机，九时十三分，对老婆笑笑："上气十三分钟了，还差两分钟。"

老婆一迭声叫了起来，把手中的筲箕一丢，赶紧跑到灶台上，把嗞嗞正欢的压力锅端了下来，舀起一瓢水照着压力锅没头没脑地浇了一遍。降了温，气撤了，打开盖子，锅里还在咕嘟咕嘟地涨。老婆用筷子夹起一块看了看，张罗凑到近前。老婆闹着气，顺势把滚烫的鸡肉塞进张罗嘴里，张罗咧着嘴，哈着气，一边嚼一边含混地叫嚷着："烫烫烫！"好歹把鸡肉嚼烂咽进肚里，眼角亦滚出两粒生眼泪来。

老婆看着张罗的丑态，嘻嘻地笑："怎么样，嚼劲还在不？"

"感觉……刚刚好，太烫……没尝出来，再来一块尝尝。"张罗觍着脸，嘴里汪了一包口水。

"死相，慢回来几分钟，被你煮成一包汤了。"老婆说着，翻动了几下，捞起一块大的，张罗赶紧用手接了，吹着气，没头没脑地啃。

"你也尝尝，你也尝尝。"张罗嘿嘿地笑。

"我没你那么馋。"老婆嘴上说着，捞起一块小的，吹了几口，估摸着凉了，塞进嘴里。

问了情况，老婆皱了眉头。早知道来得晚，就不用压力锅了，小火慢炖更香。叹了口气，女儿要在家多好，她喜欢喝汤，这么一大锅，管够。张罗唯唯诺诺地应着老婆，想了一会在外地上大学的女儿。

张罗又要一块，老婆啐了一口，把盖子轻轻合上："就知道吃，赶紧出脚手，拿个篮子，再到园子周围转转，弄些折耳根、刺五加、灰条菜、蛤蟆叶、苦刺花等来，人家领导不是喜欢山茅野菜吗？我们给好好鼓捣鼓捣。"

张罗应了声，觅个提篮拎着，找把镰刀别在腰间。想了想，又扛了把锄头，朝后山走去。

一出村口，遇到三喜吆着羊出牧。三喜斜披着羊皮褂，拎着一只蛇皮袋，沉甸甸的。张罗知道，蛇皮袋里是洋芋。羊到了山上四处觅食，三喜就会生一堆火，烧洋芋做午饭。

三喜是小辈，忙不迭地叫张罗："叔。"

张罗皱了皱眉，三喜是一个不知高低的愣头青，自己不得不叮嘱一番："三喜呀，今天把羊吆喝远一些，升火躲着一点，火升旺些，少弄出烟子，别让领导看到烟雾缭绕的。今年虽然雨水多，地上湿，也要小心火种，别把山林点着了，要坐牢的。把山点着了，你这些羊挨个放血都不够赔。"

"欸！叔说得是，叔说得是。"三喜点着头，赔着小心。一弯腰用羊铲子抄起一大块土疙瘩朝羊群丢去，"叭"地在头羊屁股上炸开一朵灰云。头羊"咩"的一声，跑了起来，群羊立即加快了步子，一路小跑着拐过山脚。

"这家伙。"张罗看着三喜走远，忽地心头冒出个想法。动员全村养羊，不失为一个增收致富的门路。随即一念闪过，家家都养羊，羊多了，山林草地怕禁不起折腾。再说，谁吃饱了撑的远巴巴跑这里来买羊。张罗摇摇头，继续朝前走。一抬头，一蓬苦刺花就在眼前，刚好骨朵初绽。张罗赶紧凑上前，扔下锄头，采摘起来。一边采，一边四处张望，不远处，一蓬刺五加绿油油的，那些嫩绿的芽尖迎风舒展。张罗的心情也舒展开来，忍不住哼出几句平素挂在嘴边的小调："一条大路宽又宽，我是掼完左边掼右边；人人说我吃酒醉，我是想起阿妹脚杆酸……"

张罗气喘吁吁赶到家的时候，已近十一点了。十多分钟前，李主任来电话，领导到乡上了，已经往草子村的路上赶，四十多分钟就到了。

张罗的操心是多余的，老婆动作麻利，煎炸煮炒熘，桌上都摆满了。看着老婆忙前忙后，张罗打心眼里生发出许多言语表达不了的小感激，不禁看着老婆忙碌的身影发愣。老婆一回头看见了，嗔怪道："还不赶快些！"

张罗赶紧应着声，把摘回的野菜拾掇好了，交给老婆。一寻思，酒瓮就在阁楼上，得用上六年前就封了口的那坛，蚂蟥塘的老李送的。老李说是自酿的青稞酒，味足。张罗一直舍不得搬出来喝，一咬牙，自言自语道："今天就用它了。先倒上两壶，两壶怕是不够，整三壶。"

一切筹备停当。张罗挨个检查了一遍，两张桌子，二十二个凳子。李主任说R单位有七个领导，县里四个、乡里五个、李主任两个、四个驾驶员。对了，李主任和刘文书开一辆车，多算了一个驾驶员，可以除去一个，加上自己，计算无误，一共二十二人。一桌各十一人，稍微有点促，还好桌子大，挤得下。老婆负责招呼添菜盛饭，缓后再吃。桌上主菜两个，一盆鸡，一盆火腿脚炖萝卜。另有硬菜三个，青椒炒火腿心、排骨炖山药、腊肉墩子，其余都是家常时鲜、山茅野菜，满满当当一大桌。张罗数了数，肉菜五个，串荤两个，素菜九道，共计十六道菜，是个吉利的数字。不禁喝了老婆一声彩。"嘿，这婆娘，弄个菜都弄出个讲究的彩头，六六大顺。"老婆在一旁扯着围裙擦手，嘻嘻地笑。

张罗满意地点点头，电话又闹了起来，李主任的。车到村口了。张罗赶紧脚赶脚地冲了出去。

张罗刚赶到，车子恰恰在村子中心的大槐树下停了，前头领路的一辆是李主任的老桑塔纳，紧跟着的一辆商务车肯定是R单位的。后面紧跟着县里、乡里的两辆，都是眼熟的车牌。这里宽敞，是村里议事唠嗑的集中地，张罗家的场院上不好停车，李主任是知道的。听得有动静，附近几户人家的门嘎吱一声响，探出些头张望。张罗干咳了几声，那些门又嘎吱一声响，头缩了回去。张罗很满意，自己的工作做得很到位。

车门开了，次第下人。张罗迎了上去，乡里的、村委的领导赔着笑，闪在道旁。胡县长向R单位的领导介绍张罗。张罗见过胡县长两回，在自个家里吃过一回饭。领导的简介一长串，张罗压根儿就没听明白领导的名头，只是激动得手心直冒汗，脸上堆着笑，不停地点着头，腰杆不由自主地弯了直、直了弯。R单位的领导伸过手来的时候，吓得张罗赶紧把手在衣角上使劲擦了几下，才握上去。张罗感觉领导的手很温暖、有力。

寒暄了一番。胡县长让张罗前头带路，到家里座谈。

在门口，一个领导好奇地指着门边的烟筒问张罗是什么。李主任赶紧说那是烟筒，吸烟用的。

把客人让进屋，张罗连忙引导着领导就座。R单位带队的领导皱了眉头，指着饭桌朝张罗质疑："张村长，你这是？"

"家常便饭。"胡县长赶紧打圆场。

"是呀！是呀！都到饭点了，折回乡里或是县里用餐都不妥当，领导将就一下了。"县里许副县长插上话。

"不！不！不！我们下村调研，是来扶贫的，事先不是和县里打过招呼嘛，不搞接待，我们的食宿自己解决，不能拖累地方。"带队领导一脸严肃。

"是的！领导！是的！是的！"胡县长赶紧接过话头，"您们初来乍到，人生地不熟的，一下子也找不到合适的吃饭处。所以就安排些家常便饭，填饱肚子就行。"

"胡县长，不行，不行，我们来时早有准备，带着师傅来的，你们不用招呼我们。"

张罗心里一紧。刚才一路走来，自己暗暗地清点了一番人数，二十二人，难不成还有人？便开始盘算着加座位了。

胡县长一头雾水，不禁问道："领导，后面还有……领导……"

带队领导哈哈一笑，吆喝一声站在人群最后的驾驶员："小王，赶紧的，把车后的那箱康师傅抱过来。张村长，劳烦你一下，给弄些开水就行。随便解决一下肚皮问题，劳烦你带着我们到村里转转。"

张罗傻眼了，求助地四处看向县乡领导。县乡的一干领导心里生出十二分的惊讶，面面相觑，一个个压抑住内心的慌张，好歹沉住气。

"领导，哪能呀！这不是打我们的脸嘛！"胡县长赶紧打破尴尬。

"是呀！领导，地主之谊，地主之谊。"乡书记赶紧凑上前。

"张村长，胡县长，真的，不用招待我们。我们原本就是来扶贫的，不能给地方带来困难。"带队领导冲小王挥挥手，"小王，赶紧的。"

小王一转身就要出院子。旁边的邱乡长和李主任赶紧左右拽住，刘文书急了，抢前一步，又开手挡住门口。

"领导，这样吧！"胡县长干咳了两声。"兴亮村长忙活了一早，也是份心意，将就着吃点，就当联络一下感情，保证下不为例。是吧，张村长？"

"是，是，是！"张罗赶紧把绞得生疼的手指松开，手心湿透了。

带队领导朝着R单位的几位看了看，点点头，却又伸出一根手指，干咳一声，慢慢说道："但是，张村长啊，你得答应我们一个条件，饭后，我们得给饭钱，不然，我们不下筷子。"

张罗一脸愕然，看向胡县长。

胡县长沉吟了一下，点点头："领导，那好吧！竟然领导发话，大家照办。"说完，冲乡书记使了个眼色，乡书记心领神会，装作若无其事地捏捏胸口，皮夹子硬邦邦的。

让了座，大家依次坐下。

老婆赶紧一一揭开盖碗，瞬间香气弥漫。R单位的领导抽着鼻子，食指大动。

让了几巡酒，紧张的气氛轻松起来。大家大块吃肉，大碗喝汤，大口喝酒。

兴头上来了，R单位的领导就让张罗介绍一下村子的贫困情况。胡县长下了决心，提前招呼了两句，要张罗无所顾忌，真真实实地汇报村子的情况。得到领导的鼓励，张罗竹筒里倒豆子——直来直去，把草子村人口情况、生产生活情况、基础建设、村民意识形态、脱贫工作推进困难等，毫无保留地说了一通。说到心酸处，喉头哽咽。

R单位的领导们一边听，一边私下里小声交流。小王早就划拉了两大碗饭，坐在一旁打着饱嗝，摸出个小本，默默地记录着什么。

乡、村委会的领导不时委婉地插着张罗的话，拼拼凑凑着，把草子村的贫困现状讲解透彻了。

张罗停了话音，饭局瞬间静寂了。张罗忽然想吸一口烟，又不便起身，找了一遭老婆。老婆没按原计划延后吃饭，被领导下了命令，挤挤一起用餐。也不便叫唤，只好强行咽下一口唾沫。

胡县长率先打破僵局："领导，草子村的发展任重道远，先把饭吃好了，我们一起到村子里走走，挨家挨户实际实地看看。"说着，用筷子指点着饭桌中央的一盆鸡，招呼道，"这鸡好，正宗的山地土鸡。我没猜错吧，兴亮村长，应该是刚红脸下蛋的小母鸡吧！趁热乎，大家赶紧动筷！动筷！"

"对呀！"带队领导一拍大腿，吓了大家一跳，几双举起的筷子又放下了。

"张村长，刚才进你家，看到跑着几窝鸡，是你家养的？"

"是的，是的，都是些土得掉渣的货。"张罗的心一下子提了起来。

"现在我们吃着的鸡肉，就是你家的？"带队领导指着那盆鸡。胡县长不由得把手中的筷子也放下了。

"不，不是！麻六家买……匀来的，麻六听说领导们要来我们这穷乡僻壤，主动送来的。"

带队领导不接张罗话尾："这鸡是怎么养的？是纯种土鸡吗？"

张罗心里有些发毛，赶紧朝身边的李主任求助。李主任不敢说话，努努嘴，用眼神把话题又抛给张罗。

"是土鸡，祖祖辈辈就那样，鸡生蛋，蛋孵鸡，养……反正我也说不上来，招呼鸡猪，我婆娘在行，让她说。"张罗额头生了豆大的汗，难不成鸡的味道不对口，领导不高兴了？

"对头！"带队领导又是一拍大腿。张罗都有些想尿的感觉，不自觉地把双腿夹紧，微微颤抖。

"各位啊！"带队领导环视一圈，和大家对上一回眼神，"刚才听张村长说村民思想保守，走不出大山，脱贫困难，找不到门路。这就是一条门路呀！养鸡——养正正宗宗、地地道道的土鸡。"一指鸡肉，"这鸡味道怎么样？好吧！"大家纷纷点头。又一指苦刺花鸡蛋煎饼，"这鸡蛋怎么样？好吃吧！"大家赶紧点头。

"领导，可这鸡不好养。"老婆不知什么时候掇了凳子坐在张罗身后，怯生生地说道。

"好的，嫂子你说，你是养鸡的内行。你说说这鸡咋不好养。"

老婆看了看张罗，张罗板着脸，不禁嘴一哆嗦，说不出话来。

"不怕，想到什么就说什么。"胡县长似乎有些灵光在脑海中闪现，脸上显出一丝不易觉察的兴奋。

老婆又看了看张罗，张罗不置可否。老婆咽了口唾沫，似乎鼓起了莫大的勇气。

"土鸡虽说好吃，养起来难。就说下的蛋，非得要公鸡踩过，有了蛋花，才孵得出小鸡。孵蛋要有经验的老母鸡才行，孵一窝蛋十多个，能正常孵出小鸡来的也就七八只。若是老母鸡不负责任，蹲不住，白瞎了一窝蛋。刚孵出的小鸡体弱，不注意的时候有被老母鸡踩伤踩死的、生病死的、摔死的，七八只小鸡又只剩四五只了。土鸡老闹鸡瘟，大前年村里还闹过一回，十之八九都没了。"

带队领导一边听，一边若有所思，小声地交代小王仔细记录。

"再说了，村里人养鸡，就为了逢年过节自己应个节气，宰来吃。捡的鸡蛋也就家常便饭地做做菜，谁也不会拿去卖。就算鸡养出来了，谁来买？谁会往大山沟里跑一遭，就为买几只鸡，几个蛋？"老婆忽地觉得自己话说多了，脸红扑扑的，用手抚摸了一把，滚烫滚烫的，赶紧住嘴，心里七上八下的，偷偷看向张罗，张罗板着的脸有了些笑意。

"嫂子说得好。"带队领导一脸赞许。扭头对着旁边一人说，"小徐啊，记得你的大学专业就是动物防疫知识，这鸡瘟鸡病能有办法吗？还有这孵小鸡，有门道没有？"

"领导，我有这方面的知识积累，虽然多年不用了，但是重新研究学习一下还是可以的。我还有好几个大学要好的同学，他们自己创业就搞养殖，指定能帮忙。放心吧。"

"好嘞！嫂子。还有你担心的第二个销路问题，我忽然想到，我们市里的机关食堂就缺少这种好吃的土鸡、土鸡蛋，可以长期合作。我还可以向那些大的餐饮单位、农贸超市推荐。"

"对呀！"胡县长也兴奋地叫起来，"只要能养得出来，县里各单位机关食堂需求量大着哩。许副，我们也谋划谋划，向超市、农贸市场、餐馆推一推土鸡，价格嘛，可以比市场上那些饲料鸡、肉鸡高一些，货真价实嘛。"许副县长赶紧点头允诺。

张罗心头亮堂了起来。

"张村长，你看，一会儿吃完饭，你把村民们集中起来，咱们议一议。我看可以尝试搞个集体养鸡场，我们和县里投入些前期资金，也动员村民们入股分红，没钱入股的可以用鸡入股，甚至可以用苞谷等鸡食料入股也可以。我看你们村后有大片的树林，圈出地盘，搭上鸡舍，养在山里，养出的鸡更美味。咱们走不出大山，就尝试用大山的资源来致富。小徐呀，单位正合计着派驻村工作队队员，就你来啦，帮着村里把养鸡场搞起来。"

张罗一激动，端起杯中的酒，噌地站起身，结结巴巴地说道："感……感谢……各位领导，想不到一直困惑我们村脱贫的路子，给找……找着了……领……领导干杯……我随意。"说着，一仰脖子清了杯底。

李主任听出了话里不对，赶紧扯了扯张罗的衣角。

"好的，既然张村长这样说了，我们也干杯。"带队领导呿喝道，杯中有酒的纷纷一饮而尽。

喝了酒，大家哈哈地笑了。张罗才醒悟自己说错话了，脸红得像只兴奋的公鸡。

开了村民大会，领导们走了。老婆急匆匆赶到大槐树下，手里捏着两叠钱，是收拾屋里的时候发现的，压在窗台上。张罗连忙打电话问李主任，李主任说是R单位和县、乡领导交上的饭钱。他偷偷看见了，想要告诉张罗，可胡县长扯了他的衣袖，叫他不要张扬。张罗忽地眼底涌出一汪热泪，差点掉落下来。

……

　　一个月后，草子村后山建成了生态养鸡场。养鸡场挂了牌，叫瑞福养鸡场，名字是胡县长取的。养鸡场落成那天，放了一挂长鞭炮，R单位的带队领导点的炮，噼里啪啦，声震山谷。那些村民入股让集体圈养的大大小小的鸡，惊得扑腾着翅膀四处乱飞乱跳，像极了一场狂欢的舞会。

竹林深深

眼前的一张脸是现在的德留老汉最不愿意看到的。

这张脸不再是那些年细皮嫩肉的样子了，已经是彻头彻尾的农村人的脸，沧桑、黝黑、刚毅、轮廓分明，却也掩映不了固有的亲和力。让德留所不能容忍的是这张脸左下巴上的那颗黑痣，黑痣很大，黄豆粒一般，上面还长着一根长毛，两三厘米长，像一只巨大的黑虱子卧着，不过虱子长了长尾巴而已。

德留宁可觉得黑痣上的长毛是诡异的虱子尾巴，也不认同鼠须的说法。

上周三，德留去马街子赶集，歇了个早市，顺道从打油巷过，鬼使神差地又走到了张铁嘴隐蔽的算命摊前。德留竹筒里倒豆子，说了一通苦衷，开始质疑张铁嘴之前说得丝毫不准，长黑痣的人并没有像他说的那样成龙上天，光宗耀祖，而是成蛇钻了草窠。虽然说不得是那种不成器的赖皮蛇，但是充其量也就和自家竹林里的青竹标蛇一样，最高不过飞上竹梢而已。张铁嘴嘴里嘟囔着，仰着空洞的眼窝看了一会儿小巷里巴掌大的天空，右手的大拇指飞快地在另四个手指的指节上掐来掐去。忽然怪叫一声，空洞洞地盯着德留嚷道："坏了，你说的人原本是吃遍四方的，可惜他自甘堕落，蜗居山野小村，成了困龙了。他黑痣上的龙须蜕化成鼠须了。"德留对张铁嘴一惊一乍早已司空见惯，狠狠地瞪了他一眼。一想，这家伙又看不见，瞪了也白瞪。德留叹了口气，起身离开，占卜的钱也懒得给了，张铁嘴居然也没讨要。

回来的路上，德留一个劲儿自怨自艾，对张铁嘴龙须变鼠须一说很是愤慨，咋这么多年自己会相信一个眼睛都看不见的人的胡说八道。

以前，德留老汉是不讨厌这颗黑痣的，眼前这个家伙的这颗黑痣是打娘胎里带来的。出生时，德留在场，接生的三姊颠着小脚碎步跑出里屋，抱着啼声如洪钟的小家伙，眉开眼笑，一迭声叫嚷："哎哎哎，是个大胖小子，是个大胖小子，恭喜恭喜。"德留赶紧掏出喜钱。村里疯着一句话："爹疼娘爱是珍爱，舅舅疼姑姑爱是福爱。"舅舅给的喜钱，吉利。

德留清楚地记得，喜钱用红纸包着。他准备了两个红纸包，一个包着一元六角六分，一个包着六元六角六分，整整相差了五元钱。五元钱呐！那是德留赶一两个月的乡街子还不一定挣得到的数目。德留把六元六角六分的红包一把塞给三姊，夹手就抱过襁褓，端详着眼前虎头虎脑的小家伙，鼻子是鼻子、嘴巴是嘴巴、眼睛是眼睛，百看不厌。弄得这个孩子的亲爹——自己的大舅子，以及孩子的爷爷奶奶在一旁巴巴地抻着脸瞧。

大舅子咦了一声，摸了摸小家伙的下巴，一脸诧异："哥，这孩子咋还长个胎记呀？"

德留仔细看了看，也轻轻地摸了一下，果然，有颗小小的黑痣。

奶奶在一旁撇了一下嘴。

妻子冲德留使了个眼色，说道："有胎记好呀，好记好找，认亲的标志性记号，打着灯笼都找不来的。"

德留赶紧说道："是呀，是呀，好福痣呀！这小子一出生就带着富贵荣华来的。"

爷爷奶奶扑哧笑出声来。

后来，德留真的偷偷去找了几个端公神婆问了外甥下巴上的黑痣，都说得吉利异常。

德留高兴极了，时常以这颗黑痣跟外甥打趣。

"你是长大痣的人，将来长大了当大官噶！"

"听舅舅的。"

"那竹青呢？"

"表哥和我一样当大官。"

德留就嘿嘿地笑。

大舅子抓着后脑勺，道："哥，给取个名字吧！"

德留不由自主地又摸了摸孩子下巴上的黑痣："嗯，那就叫黑柱吧！将来长大了，成顶天立地的顶梁柱。小妹，好不好？"德留冲着里屋叫了一声。

"好！好！好！"里屋还没应声，大舅子叫嚷着，代替了妻子的回答。一把夺过襁褓，把嘴就凑上了孩子的脸颊。

眼前这张脸就是黑柱的。

货真价实的黑柱，德留的亲外甥，小时候不止一次在德留脖子上骑马，骑着骑着胡乱撒尿的亲外甥。

黑柱是弯竹箐的村支书。

一提起黑柱当村支书，德留就来气。妹妹、妹夫含辛茹苦地把他抚养长大，村里第二个名牌大学的毕业生。一毕业，背着铺盖卷就回来了，居然回来就在村里当起了村干部，当时就把妹妹、妹夫气得生病住院。黑柱回村就死活不走了，一干就是三年，前年当选村委会主任，一上任就这样项目那样措施的，把村里鼓捣得稀里哗啦。虽说看着有些毛毛躁躁，可村里确实发生了翻天覆地的变化。电线杆子重新置换成新的水泥杆子，电压稳定了，家家户户亮堂的。村里破天荒地装了几盏太阳能路灯，也学着城里，夜晚明晃晃的，成了不夜村。自来水接到了各家各户家门口，一拧龙头，哗哗的山泉水来了。村里的泥泞路变成了水泥路，进进出出干净了。村里外出打工的年轻人多了，悄然矗立起来的小洋楼多了。村头村尾大片的闲置土地流转了出去，有了合理的租地收入。外地人来了，又是种花又是种菜，村里那些平日里游手好闲的人在家门口也能打个零工，赚点小钱……

德留打小就看着黑柱长大，知道这家伙脑瓜子灵泛，左手拈着"龙须"沉吟一会儿，立马就有头头是道的主意。更有一股子闯劲，认准了的理儿、事儿，南墙撞个窟窿也在所不惜。黑柱回村创业，一开始自己也不理解，后来被他软求硬磨，道理说得一套一套的，一想人各有志，平安顺遂就是福气，自己就释然不少，还帮着做通了妹妹、妹夫的思想工作。

谁知就在前几天，黑柱忽然找到自己，说要修路，要拓宽改直进村的土路，全部修成水泥路。修路是好事呀，李大耳朵的高腰围墙上不是刷白了，写着斗大的"要致富先修路"的标语吗？人心所向，道理就在那里摆着，无可辩驳。就修呗，德留举双手赞成。黑柱唛嚅着，绕山绕水说了半天，才讲清楚要从德留的竹林中间打通道路，把进村的路改直。

德留当时就黑了脸。

竹林是德留的命根子。

德留家住在村口，门口过去是一片荒滩，乱石旮旯、泥淖沼泽、丘壑纵横，村里人说得更绝，这是一片死地。老辈人修进村的路，都嫌弃这片荒滩，绕了个大弯才进的村。土地下放那会儿，家家户户抓阄选地。德留有了想法，就找到老村长，说村里的好田好地自己一分一厘都不要，就要这百十亩荒滩。老村长是个至亲的本家长辈，德留的爹娘死得早，兄妹俩相依为命，没少得到这个长辈的帮衬。老村长瞪圆了眼睛，一伸手劈头盖脸就给了德留几巴掌，吼道："你再说一遍！"德留咬咬牙，又重复了一遍。村长铁青着脸，当时就提溜着德留的衣服后领，老鹰捉小鸡一般拉扯到村子中央的碾场上，"当——当——当"，狠命地敲响了挂在老槐树上的半截铁轨，召集全村人到场。

村长鼓着腮帮子，咬着后槽牙，须发倒竖，指着德留，狠声说道："德留！这个土贼！他说村里的土地他一分一厘都不要，就要村口那块荒滩。老子就把那块荒滩分给他。请大家做个见证，省得今后说我们全村人欺负他。"

看着大伙面面相觑，村长吐着唾沫星子，高声叫道："德留，你个憨杂种，你大声再给全村人说一遍，是不是就要那块荒滩？"

德留看了看大伙，看了看一旁泣不成声的妹妹，大声说道："是的，村里的好田好地留着分给大家，我家就要那片荒滩！"

随后，德留带着妹妹，在村里人的唏嘘非议下饥一顿饱一顿，大体平整了荒滩，全部种上了竹子。竹子成林了，德留就砍来成竹，自学成才做起了篾活，把竹器挑到市场上，块儿八毛地积累，日子渐渐滋润了起来。

渐渐地，老村长和村里人明白了德留心中的端倪，原谅了他。德留懂得感恩，村里人家有个大事小务，偶尔需要几棵竹子，从来不需要打招呼，自己去砍就是。若是忙不过来亲自来砍，只要和德留说一声，德留便砍好了送上门。村里人的竹制器具有破损的，送到德留院里，小件的一袋烟工夫就好，大件物什一两天后去拿，一准结结实实地修好，分文不要。

有竹林的回馈，德留娶了贤惠漂亮的妻子，养育了听话懂事的儿子，风风光光地把妹妹嫁了人。

黑柱，自己的亲外甥，居然要动竹林，还是从中间动，这是想挖出德留的心肝来，一剖两半。

看见舅舅回来了，黑柱赶紧从石碾子上跳下来，毕恭毕敬地凑上前："阿舅，您回来了。"伸手想要帮着接住竹捆子。

德留哼了一声，耷拉下眼皮，让过一旁，把肩上的竹捆子重重地摔在地上。一顺手，从腰间扯出砍刀，重重地丢了出去，噗的一声，那弯刀狠狠地插进地里一尺有余，露在地面上锋利的一截白刃映着清晨的阳光，冷冷的。

德留连身上的灰尘都懒得拍，背抄着手，扭头就朝屋里走去。

"阿舅，您不能老扭头就走呀！"黑柱亦步亦趋地追了上去，嘻嘻地笑道，"阿舅，您说话呀！好舅舅，别生我的气了，好不好？"

德留喜欢容忍这个外甥在自己跟前嬉皮笑脸，绷不住嘴了，呵斥道："说什么？臭小子，千算计万算计，算计到老子头上来了。早就跟你说了，要修路就修你的路，老子双手赞成。想要图懒便宜，从我竹林中间走，就不行，没门！"

"不是，阿舅，今天我不说修路的事。县扶贫办的领导要来，想来看看您。"

"看我干什么？我又不是马王爷，长三只眼，有什么好看的？再说了，我一没什么亲戚领导，二又不是贫困户。你小子那点花花肠子，糊弄鬼去。"

"真的，阿舅。领导听说您的竹器做得好，想来看看，了解一下，看能不能做成一个产业，带动村里一拨人致富。"

"胡说八道，几片破竹篾织点筛子簸箕背篓挑筐的，这些年用的人越来越少，拿到街上也值不了几个钱了！"

"不是的，阿舅，您说的那些只是平常的生产生活用具。您忘了，您织得一手好篾活，什么蝈蝈笼、小背篓、小提篮、小竹椅、小竹马、竹公鸡等之类的。小时候，我和表哥可没少玩您织的那些小玩意儿。那些小玩意儿现在是时尚的工艺品，精致美观，城里人可喜欢了。"

"你吃饱了撑的，想去捯饬那些玩意儿？庄稼人不种地、不生产，喝西北风去？别以为你这两年胡搞瞎搞，把村里弄出点小名堂，就让我和你爹你娘刮目相看。那些种花的种菜的，别看着花花绿绿，一旦遇到饥荒年，吃稀泥巴去。你小子打一出生，捧在手心怕掉了，含在嘴里怕化了，没吃过苦。我和你娘打小吃过的苦头几背篓都装不完。有本事到城里去，像你表哥一样，体体面面地工作、生活，把你爹你娘也接到城里享享清福。"对这个外甥，德留心里再埋了莫大的怨气，还是生不起多少恨来。

"阿舅，您看您，又扯闲篇。我在村里不是好好的嘛，看着村里慢慢富起来，我高兴啊！"

"你最好别高兴，一高兴，就惦记起我的竹林来了，有你这样坑亲人的吗？我不是你舅舅，以后你也不要和我来往了。看见你就闹心。"

"阿舅，您说哪里的话？您永远是我的好舅舅，和爹妈一样的亲人。修路的事情，我知道您一时转不过弯来。慢慢您会想明白的。对了，还有个好消息，表哥打电话告诉我，他今天会回来一趟，叫我转告您。"

"竹青要回来？你没骗我，"德留乜斜了黑柱一眼，眼里有了光亮。

"是呀！阿舅，我什么时候骗过您呀！"

"真的？"

"当然是真的！表哥说了，他还打算带个朋友回来给阿舅看看。"

"什么朋友？你该不会是撮合着竹青玩什么诡计吧？你家老表两个，打小就喜欢一个鼻孔出气。别以为我好糊弄。"德留看着外甥一副嬉皮笑脸的神情，心里泛起狐疑。

"阿舅，您说什么呀！表哥偷偷告诉我，谈了个女朋友，想带回来让您看看，掌掌眼。"

"啊！你家老表两个浑蛋，这么大的事情，现在才告诉我。等他回来，看我不抽他两竹鞭。"德留一脸嗔怪，"掌眼？现在怎么办？你个小混球，家里乱七八糟的，还不赶紧收拾。竹青他们什么时候到？我得赶紧去换身干净衣服，老槐树下找老五斤割点新鲜肉去。"

"阿舅，看你急的，我爹我娘早准备了，他们收拾一下就过来了。表哥说了，家里什么样还是什么样，人家是个很实诚的姑娘。"

德留嘿嘿地笑，随即一板脸，嚷道："还不快去把院子扫扫，收拾收拾。事情搞砸了，看我不拿竹片子抽你。"

黑柱一哆嗦，吐着舌头做了个鬼脸，一转身跳到院子里去了。

看着黑柱收拾院子去了，德留心里乐开了花。怪不得今早去竹林，那只布谷鸟叫得欢实："老倌好过——老倌好过——"还以为自己听错了，平日里那布谷鸟不是"布谷布谷"地叫吗，今天居然改调了。老伴在儿子大学二年级时，突发脑溢血去了。顺遂老伴的心愿，就葬在竹林中央。这里竹林深深，幽静清新，是老伴喜欢的地儿。每次去砍竹子，德留都要到坟头去祭奠一番，聊聊话。

今天还聊到了儿子。德留知道老伴爱听，不厌其烦地又和老伴重复了一遍：儿子很争气，村里第一个考上名牌大学的学生，大学一毕业就考取公务员，在市政府的一个行政部门上班，平日里很忙，逢年过节或是公休假期才回来，一回家就帮着自己东忙西忙，农家子弟的品性丝毫不变。儿子听话孝顺，省吃俭用，除了每月非要固定给自己打一千块生活费。他也艰苦奋斗，听说写些什么网文，也有额外收入，在城里按揭了一套房子和一辆车。自己要把家里的积蓄给儿子添补一二，儿子死活不要。儿子说了好多次了，要把老屋锁了，把自己接到城里养老。可自己舍不得老伴，舍不得这片竹林，舍不得村里抬头不见低头见的老一辈人，去了儿子那里几次了，不超过一个星期就又跑回来了。儿子给自己买了手机，存了电话费，可自己不喜欢那玩意儿，打当面锣，不敲背后鼓，用那不着边际的东西，不习惯，手机一转手被自己送给妹妹了。儿子存的生活费自己一直都没动过。自己身子骨还硬朗，能吃能喝、能走能跑，织点竹器，虽然生意大不如从前，也还糊口有余，自己也偷偷存着钱，留着以后给儿子娶媳妇、养孙子用。儿子老大不小了，也该找个媳妇了……

德留兴奋得有些无所适从了。他忽然想再跑一趟竹林，去老伴坟头，把这个好消息告诉老伴一声。

他兴冲冲地冲出门，和迎面赶来的妹妹撞了个满怀。

"哥，你要干吗去呀？"

"我……我去竹林里找点新鲜竹笋。竹青不是今天要回来嘛,他喜欢吃火腿炒鲜笋。"

"找什么呀,你今早不是才从竹林里回来嘛!刚刚我都看到了,黑柱翻出你挖的笋了,还找?嫂子那里等竹青回来了,父子俩一起去汇报不是更好?看你高兴的傻样,八字才写了一撇,就乱了阵脚了。你看看你,一身灰扑扑的,衣服扣子还扣错亲家啦!还不赶紧换身干净衣服,把脏衣服放盆里,一会儿我得空一把水给洗了。"

德留一拍脑门,自责了一声。把德秀和喜旺让进屋,德秀直奔灶台去了。

喜旺放下手里杂七杂八的东西,把肉和菜分好类,放好,笑着说:"哥,要不我们俩去大垭口迎迎?每次竹青回来,进村的路又窄弯又急,车子都进不来,停在大垭口的荒地那里。今天回来了,带着女朋友,东西指定多,怕提不回来。"

德留眉头锁了一下,嘱咐了德秀一声,招呼喜旺就要出门。

"哥,你看看,鬼慌实乱的,先换衣服。"

换好了衣服,德留还特意把儿子今年过年时给自己买的新皮鞋穿上,才和喜旺一前一后往大垭口而去。

临出门,喜旺冲院子里的黑柱眨眨眼。黑柱心领神会,瞅着他们走远,赶紧掏出手机,拨通了竹青的电话。

一路上,喜旺有一搭没一搭地和德留说话。

"哥,这几年村里变化大呀!"

"嗯!"

"哥,黑柱的不争气给你添麻烦了。不过细细一想,这小子也自有他的道理。只要肯吃苦,在农村也能干出一番事业。"

"嗯!"

"哥,这路也该修修了,七弯八扭的。村里倒是建亮堂了,就这路还不得劲。"

"嗯!"

"哥,你说这路要是修好了,多好啊。就不是一般的小农用车鼓捣着勉强进得来,小轿车、大汽车都进得来。竹青的小轿车嘎吱一声停在你家院子里,多方便多好。再把村子后山那些撂荒的地都承包出去,种上些大洋芋、大萝卜,听说这些土得掉渣的农产品城里人老喜欢了。"

"嗯!"

"哥,你说我说得在理不?"

"嗯！"

"唉，哥呀！当年嫂子突发脑溢血，要是外边赶来的急救车进得来，留柱的农用车能开得快一些，颠簸少一点，也许嫂子就不会……"

德留忽然停下脚步，猛地一回头，眼里射出针尖麦芒一般，直勾勾地看着喜旺。吓得喜旺心里扑通扑通跳得厉害，像打鼓一样。

"哎，我说喜旺，平日里你三锤打不出两个屁，今天你咋嘴里一套一套的？黑柱给你洗脑了？"

"没，没，哥，我只是顺嘴一说。"

"赶紧的，前头走！"

喜旺偷偷伸了伸舌头，紧走几步，和德旺并排而行。

德留心头咀嚼着喜旺的话，眉头越锁越紧，脚步变得重重的，每一步，都踢踏起一抹灰尘。

进村的路其实就绕着竹林而走。黑柱找德留商量修路的时候，德留说得很干脆，就沿着老路修，占用点竹林没关系，随便砍，随便占。但是从竹林中间辟开一条道，把偌大的竹林一分为二，德留接受不了。

七绕八绕，总算绕过竹林，老远就看见大哑口刚好有两辆小轿车拐过山头，飞驰过来，车后扬着灰尘，像两条追逐打闹的黄龙。德留皱起了眉头，有了心事：灰头土脸的乡下，儿子的女朋友会待见吗？

喜旺眼尖，嚷道："哥吔！快看快看，前头一辆白色的车就是竹青的。"

德留心中的疑虑一闪即过，抑制不住心头的狂喜，脚步快了起来。忽然右脚脚下一松一紧，崴脚了。痛得德留一蹦老高，脚上的鞋甩出一米开外，随即顺势一屁股坐在路边的地埂上，龇牙咧嘴。

"哥，没事吧！"喜旺赶紧搀住德留，拉过德留的脚看了看，脚踝处肿了一块。喜旺吐了口唾沫在手心里搓热了，使劲帮着德留拉扯揉捏脚踝。

一番剧痛过后，德留感觉痛感轻缓了许多。凝目一看，两辆车已经停在大垭口，黄龙散去，隐隐约约从车上下来几个人。

"喜旺，别折腾了，扶我起来，我们赶紧去帮竹青拎东西去。"

"哥，你崴脚了，都青了，要不你坐这歇会儿，我去吧。"

"没事，好多了，扶我起来。"

喜旺执拗不过，只得扶起德留。德留尝试着活动了一下脚踝，攀着喜旺的手臂，慢慢踮着脚尖走了两步，好多了。喜旺赶紧把德留的鞋拾过来让他趿上，前前后后给德留拍去身上的尘土。

德留一弯腰，把鞋套好，抹了一把鞋上的灰尘。一看手也脏了，赶紧交叉着手掌使劲搓了几下，搓下几条泥垢。瞅见旁边有条小溪汩着水，凑上前洗了一回手，抹了一把脸，就着湿手，捋了捋被风吹乱的头发。

"喜旺，你说得对，这该死的路七弯八拐的，是该修修了。"

喜旺也洗了一回手，扶着德留慢慢地朝大垭口走去。

"爹，你咋来了？咋一瘸一拐的？姑爹，我爹咋了嘛？"竹青放下手上的东西，一路小跑着迎了过来。

"没事没事，刚才走得急，崴了一下。竹青，你这臭……咋不年不节的，还忙回来干吗？回来也不提前几天说一声。"

德留嘿嘿地笑，一边和儿子说着话，一边看向儿子身后的姑娘。姑娘不错，面容清秀端庄，一笑起来，显出两个浅浅的小酒窝。看到德留打量自己，姑娘红着脸低下了头。

竹青扶着德留走过去，介绍道："爹，这是张梅，我新……刚认识的朋友，她自主创业，开了一家乡村工艺品加工销售公司，听我说起您编制的竹工艺品不错，她……她想和我一起来看……看看。梅……张梅，这是我爹。"

张梅大方地伸出手，握住德留，红着脸问候了一声："大叔好。"

德留脸唰地红到耳根子，说话结结巴巴起来："好……好……好……来就好……"

竹青扶着德留走到旁边几个人前，介绍道："爹，这几个是县扶贫办的领导，说是挂钩帮扶我们村的，刚才在路口偶遇，说是特意来找您的，我就带着他们一路过来了。"

德留道："听黑柱说了，来了好，来了好。不是修路吗？修呗，把路往直了修，要砍我的竹林，尽管砍，多砍宽一点，把路修宽些才好。"

喜旺怔怔地看着德留，呆了，德留一百八十度的大转弯让他始料不及。

县扶贫办的几个领导和竹青、张梅一脸诧异，相互交换了一下眼神，随即高兴异常。其中一个领导一把拽住德留的手，兴奋地说道："大叔，谢谢您。我们合计过了，砍了您的竹子，不论竹子大小，一律按照市场价格补偿给您。占用的地，我们县、乡、村三级商量过了，把村子南面退耕还林的五百多亩山地交给您管理，您带着村里的大伙都给种上竹子，竹子的品种我们一起商议，多种点经济价值高的。下一步我们和张梅董事长商量一下，引来技术人员做指导，创办一个竹艺加工厂。您老多辛苦一下，把您宝贵的编织技艺教给村里留守的人们，带动大家勤劳致富，产品由张董事长负责销售，收益少不了大家的。大叔啊！我代表贫困户谢谢您。"

一席话惊得德留半天说不出话来，看了看一旁的儿子，儿子点点头。

"好啊！你这臭小子，原来你们早有计划，就把我一人蒙在鼓里。黑柱这臭小子也是整天云里雾里，也不说个清楚明白，这么好的事我咋会不支持呢？补偿什么的就算了，一点点竹子而已，几场春雨，立马就密密麻麻地长出来了，不用补偿。实在要补偿，就把补偿的钱拿去修路去。"

"哥吔！你真的想通了？"喜旺总算缓过神来，兴奋地嚷道。

"你这闷葫芦，哪壶不开提哪壶，我哪能想不通呢！"

正说着，一阵山风吹来，眼前的竹林哗啦哗啦地摇曳起来。竹林里飞出那只布谷鸟，欢快地叫着，声音深邃悠远，在竹林深处回荡，久久不散。

德留偷偷地扯了扯喜旺的衣袖："喜旺，那只布谷鸟怎么叫？"

喜旺侧着耳朵听了一遍，说道："哥，不就是'布谷布谷'地叫吗，怎么了？"

德留咬着喜旺的耳朵，小声说道："我怎么听着像是在叫'老倌好过'呢！"

"啊！"喜旺又仔细听了一遍，小声说，"哥！还真是这样叫呢！难不成那只布谷鸟被你的竹林养成精怪了？"

声音虽小，还是被众人听见了，大家哄的一声笑了。

德留偷眼看见张梅含情脉脉地看着儿子，心里忽地浸泡过蜂蜜一样地甜起来。

凤梧二巷

打狗巷

凤梧县人实在，灶上有一锅，见者有一碗。这样的良善让20世纪七八十年代多地大闹饥荒的年月里，县城里丐者云集。大街小巷，拖家带口的丐者随处可见。一到饭点，门前就多了乞讨的，走马灯串流水席一般。伶牙俐齿的，唱个道情，讲个吉利。嘴笨拙点的，只会说："行行好，给点吃的吧！"再不济，话也说不出口的，腆红着黄皮寡瘦的面皮，点个头，鞠个躬，作个揖。主人家若是有富余的饭菜，给一口。没了富余饭菜的大多拿只碗，舀一碗半碗的米或是苞谷、麦面、荞面，又或是捧出几个洋芋、萝卜，一棵两棵青白苦菜之类的打发一二。丐者千恩万谢，乞得差不多了，呹五喝六，隐入僻静街巷或是荒郊破庙生个火，解决五脏庙之急。解决后，就地席天幕地将就些艰苦岁月。也有靠出些力气做些零工的，琢磨点手艺，糊弄个肚饱身暖的，另当别论。

许是因了凤梧人的纯善，丐者不好意思造次。道听途说的那些某某地丐者偷抢盗、坑蒙骗风行，此地没有发生。十字街被揪去大河桥农场蹲了马棚，劳动改造后不敢再鼓捣风水术数的老韩头偷偷地说："世道轮回，天下父母身，都不容易呀，谁会有吃有穿有喝的去做乞丐？生活所迫呐，任谁也不愿意走到那一步，能帮衬就帮衬吧，积德积善，泽被后世呀。"听者唯唯。

丐者多了，也有了老鼠屎的主儿，偷鸡摸狗的事偶有发生。那些熬不住清汤寡水的丐者便盯上了落单的鸡，走野的狗。偷鸡到底有些顾忌，毕竟吃人嘴软拿人手短，于心不安。那些走野的狗，好多都是邻近乡下贸贸然来到县城的，背井离乡，有主也当没主。丐者自有一套办法。摸清楚了街上溜达的狗是外来货色，便三五成群嘀嘀咕咕一番，使足眼色，各自主离去。街上，瞅着行人稀少，几个丐者便动了手，分工堵住路口，敲敲打打，把狗往县城东北角的一个巷子里驱赶。狗张皇着，不知不觉入了圈套，夺巷而逃。

这巷子不长，八百米许。诡异的是巷子的形制笔直，没有岔巷，巷子尽头便是旷野。巷子走到头，甫然就变窄了，原本两三米宽的巷道突然变成一米多点，像个啤酒瓶的剖面，勉强够个挑箩筐的壮汉仄身而过。那狗拼了命地逃窜，顺风顺水一般，好歹就要跑出巷口，看到巷口外一马平川，狠命向前。忽然巷口窜出一个乞丐，轮着木棒，一棒子敲在头上，狗便倒下了。狗儿这时确定是着了道儿了，龇牙瞪眼地看着眼前面目狰狞的人。乞丐看着狗龇着牙呜咽着，还有悠悠气，又补上几棒子。不一会儿，丐众聚了来，拿个麻布口袋装了，欢呼雀跃，夹道而去。晚上，某个县郊的破庙或是弃屋里，便弥漫着歌声和肉香。

老韩头听闻丐者利用巷子诱捕打狗的事情，叹了口气，皱着眉头，表情复杂，喃喃自语："这打狗巷，造孽呀，造孽呀！"

说者无心，听者有意，打狗巷便有了名字，叫开了。

那天，老韩头拄着拐来到打狗巷，艰苦卓绝的劳动改造让他瘸了一条腿。

巷子越往深处走，风越紧，像有人拎着鞋底打着屁股催促前行一般，让人忍不住想打个趔趄，甚至生发出小跑起来的冲动。

巷口有两户人家，左边姓田，右边姓桂。房子是后盖的，分别在各自的自留地上建房起屋。立柱上梁的时候，老韩头来做的法事。原本巷子留的路是一致的，能通车马。两户人家也和睦，房子前后脚建好后，围墙都没砌，敞着院子，还经常相互借用晒场。那一年收割季，连日阴雨，收回家的谷子眼瞅着要发芽了，家家户户急红了眼。天可怜见，忽然放晴了一回。田姓人家多几口人，包产到户的田地也多些，自然多打了些粮食，便央着桂姓人家商量，借块晒场。桂姓人家也急，打算广铺薄晒，赶紧颗粒归仓，委婉着不愿意借。田家人也明白事理，没说什么，自个儿摊厚了晒，勤着些翻，勉强应付。第三天上午，天气照例放晴。摊晒完毕，桂姓人家田地里有些尾活，便和平日里一样，叮嘱了孩子看着点场院，不要让鸡猪糟蹋粮食。临走时，看到田姓人家正在勤翻细晒，便顺了句嘴，和田姓人家商量，自个儿孩子小又贪玩，让田姓人家帮助看着点，得空的话帮助翻晒一二。田姓人家答应了。

天气说变就变，好好的天忽然就大雨倾盆。等到桂姓人家连滚带爬地赶到家里，场院上一片狼藉。粮食被水冲泥裹，折了大半。孩子坐在门口，哭爹喊娘地哇哇大哭。桂姓人家看了看对面的田姓人家恰恰收拾妥当，冒着雨跑过来，一迭声说帮着赶紧收拾。桂姓人家气苦，恶出一句："猫哭耗子假慈悲。"田姓人家不高兴了，难不成自个儿的不要了，打肿脸充胖子帮你家收？话不投机，两家人吵了起来，两家婆娘还互挠了对方头发。后来，两家人不再来往，路头遇到，不是横眉毛就是竖眼睛。田家人往场尾倒垃圾，桂家人往场尾堆粪堆。桂家人在院边种塘南瓜，田家人便在院边搭棚洋瓜……

直到有一天，田家人量了量地面，紧挨着自个儿先前的地埂砌了挡墙。桂家人也不示弱，擦着自个儿先前的地埂立起围墙。两堵围墙成了打狗巷碍眼的风景，邻居们出面了。田桂两家人油盐不进，说，我在自个儿地里砌墙，不占谁家的，有本事让对面那家让出路来，我立即跟着让，绝不含糊。话说绝了，红白了脸，就没招了。

老韩头先去田家。

"老六呀，想想吧！怄了那么多年的气，也该消气了。田家行六，唤田老六。"

"四爷，我不是犟驴，只要他桂老五先让，他一动撬棍，我立马扒墙，绝无二话。"

老韩头去了桂家。

桂老五叫四爷叫得一般亲切，可话头话尾与田家如出一辙。

老韩头没辙了，失魂落魄地拄着拐立在巷里，许久说不出话来，风急一阵缓一阵地吹乱他花白的胡须。

老韩头忽然灵机一动，高声嚷道："老五老六，赶紧出来看看，那些偷狗的贼又来了。"

桂老五田老六都蹦出门来。桂老五手里拎着门闩，田老六抓着一根扁担，咬牙切齿、瞪眼鼓腮，一副恨不能把天捅个窟窿的模样。

两人前后左右地一看，巷里没狗，更没人。两人互瞪了对方一眼，对老韩头说："四爷呀，您老一把年纪了还开玩笑，捉弄我们。"

老韩头捋着胡须，微微一笑："谁开你们玩笑了，看看你们，眼珠子都快瞪出来了，看来你们对那些偷狗的乞丐也是深恶痛绝的。想想看，若是巷道宽了，哪能那么容易捉到狗呢。再说，打狗害命呀，那些可怜的狗儿还都在你们家门口咽的气。狗儿是这天底下最有灵性的动物，它们死不瞑目、阴魂不散哪。你们就为了针鼻子眼大的怨恨，害命不成？"

桂老五田老六看了看对方，低了头，各自闷不作声地回去。不一会儿，叮叮当当地响起了拆墙声。

打狗巷变宽了，那些乞丐也不来这里打狗了。灾荒年份过去，丐者大都拖儿携女回故土去了。

后来，田老六家就着屋后汩汩甘洌的山泉水，开了间加工米线的作坊，生意不错。桂老五家张罗着建起了榨油坊，榨的香油货真价实，远近的乡亲都愿意来这里打油。

打狗巷渐渐喊成了打油巷，叫唤至今。

梭坡巷

云台中学还没建成的时候，梭坡巷就存在了。

20世纪80年代初期，凤梧县架构了一套不占平坝水田、向西沿山发展的县城建设思路，掀起了新中国成立后凤梧县城建设的一个发展小高潮。历时数年，建成了南北走向的新大街，南与老城区衔接，北沿山麓平整土地、大兴土木，各单位各部门办公楼雨后春笋般矗立在新大街东西两侧。随后，位于新大街中段西山东麓的云台中学也于80年代末期建成招生。

云台中学的大门斜对着梭坡巷。

梭坡巷原本是连接山脚村子与西山的便道之一。巷子周遭的村里人上西山踏个青，找个柴火，盘弄山地，不用绕远路。梭坡巷与西山的连接处较为陡峭，呈五十度左右的仰角，简单地被村民挖出些坎，算是台阶。每逢下雨，湿漉漉的，硬滑硬滑的，踩上去，鞋底像抹了油，一不小心一跤跌倒，时常坐着屁股蹲儿一梭到底，摔个稀里哗啦。过去西山上林深树密，有成群结队的野猴栖息。有村民曾看见猴儿们来村子周边菜园里偷苞谷、摘桃李，你扯着我，我扯着你，吱吱唧唧，一溜串滑下来。便也戏谑地让这一段陡坡有了一个称谓，名曰猴梭坡。

新大街建成后，为便于出行，地方对几条便道进行整饬，砌了石阶。梭坡巷连接新大街的陡坡计有六十二级台阶，两个缓冲坡度的小平台。一时间，一些顽皮的小孩，喜欢来这里跳台阶，做游戏。更调皮的主儿，吊儿郎当地立在平台上，叉着手，装作剪径的李鬼之流，欺负弱小孩童的半截冰棍、一口酸梅粉。被大人看见，家人知晓，免不了提溜着耳朵一番训斥。甚至一顿小棍子抽得哭爹喊娘、跳脚簸手，本地有个好听的叫法，请吃一顿"跳脚挂面"。时光荏苒，游戏玩具纷繁上档次，加上有了就学的硬性要求，空闲少了，那些获得感、满足感、趣味感较低的游戏鲜有人玩闹了。

云台中学是所高中，收的大多是凤梧县域人，十六岁到二十岁左右的少男少女。当下的教育体制，小学初中普及了义务教育，初中毕业后以成绩的优劣淘汰掉学业荒废的学子，步入高中。高中是座独木桥，是升入大学、实现鲤鱼跳龙门的必经之路。知道这个理儿、家教严密一些的学子，自然勤学苦练，废寝忘食地钻研求学。也有一些疏于管教、对学习心不在焉的走读生心理早熟，生理懵懂，开始偷偷恋爱了。学校里管理严密，三省学子，抽烟、喝酒、化妆尚且不许，更别说男女恋爱之事了。

梭坡巷虽是便捷的道路，却有些陡峭，大多人懒得攀爬。挨近猴梭坡一段，只有一户人家在巷左，依着新大街高大的挡墙建房。门前偌大的一片菜园，砌着近两米高的围墙。右边是某个单位四米多高的围墙，院里种了绿萝、爬山虎等善于繁衍攀爬的植物，把一长溜高墙密密麻麻地染绿了。行人稀少，高墙遮阴，小巷再僻静不过了。

云台中学讲究人性化管理，走读学生下晚自习分两个时段。晚上十点，若是感觉学习力不从心的，就下自习了；若是还能坚持多下些工夫的，可以延伸一节自习，教师守着，不懂就问，十点五十分才下学。勤奋好学的，自然愿意多有些时间聆听老师教诲。学习不求上进的学子，有的便偷偷瞒着家长，说是十点五十分才下学，其实自个儿十点就出校门了。走出校门口，觅处无人监督的地儿，去附近的烧烤摊烤点肉串之类的大快朵颐。

猴梭坡旁这户人家姓姜，儿女都出息了，到更大更好的城市去工作生活了，一年难得回来几趟。老伴死了几年了，剩下姜老汉一个人过活。老汉有退休金，吃穿不愁。白天到县城的公园里打打牌、遛遛弯、侃侃大山，日子不紧不慢；晚上独守空屋，看看电视，打打瞌睡。门口经常有小男小女踱到这里散步，老汉是知道的。

老汉咸吃萝卜淡操心，为这些懵懵懂懂的娃儿急。那么好的时代，那么好的学习环境，不好好学，追求远大抱负，却起了别的心思，荒废学业，忒傻。

老汉就找学校反映，学校派老师偷偷来抓过几回，训诫过几对。没用，铁打的学校流水的学生，抓了一届典型，下一届又会有相同情况出现。再说，有的抓到了，让家长来处理，个别家长素质不敢恭维，对孩子学业不成埋着怨气，不找自身原因、孩子问题，倒是把一盆盆脏水哗啦啦泼到老师、学校身上。老师照顾不过来，学校也确实无奈，学生在学校里一定加倍严厉督查，一出校门，鞭长莫及，只能睁只眼闭只眼。

学校无法面面俱到，老汉无奈，估摸着时段，自个儿贴着大门听动静。听得外面窸窸窣窣，猛地拉开门，大吼一声，"整些哪样？不好好读书，干些什么鬼名堂？"往往把少男少女吓得哇哇怪叫，一溜烟跑了。这也不是事儿呀！老汉思忖自己又不是地狱里的牛头马面、鬼面恶煞，老用这样的方式，万一把娃儿吓出个三长两短，吓破了胆跑摔了咋办？自个儿的好心兴许还被家长当作驴肝肺，指不定还摊上大事。

老汉领养了一条貌似凶猛的柴犬，用根铁链拴在门内的门把手上，用张红纸写了句"内有恶犬，请勿靠近"。柴犬果然凶猛，一听得外面有动静，汪汪汪地忠职尽责猛叫，用爪子扒门，用头撞门，透过门下尺高的门缝探出獠牙狂吠。这一招果然吓住了那些胆小的学子。可这巷子虽然僻静，也还不时有人经过，那狗才不管不顾经过的是遛弯的还是散步的，一通猛咬。那天，村里的李姑婆打这里经过，被狗一吓，丢了拐杖就跑，滑了一跤，摔破了额头，躺地上哼唧了半天。李姑婆的家人不乐意了，找上门来阴阳怪气地吵闹。姜老汉自知理亏，赔了几百块汤药费。柴犬也不便再养了，送给了家住农村的远亲。

没了狗吓人，梭坡巷又渐次有了动静。老汉无奈，逢人便说："这些娃儿呀，不会珍惜大好时光，将来指定后悔。"

那天，姜老汉和一帮老倌在西门街唠闲嗑，弯腰树有个遛鸟的老倌给出了个主意。

老汉七找八寻，买来一只快成年的八哥，整天教八哥说话。半年后，果然大功告成，教会八哥两句话，一句是"好好学习，免得后悔"，一句是"认不得害羞，认不得害羞"。估摸着下自习的时段，老汉把八哥挂在门头上。那厮不负老汉期许，一看到门外有人，就把两句话反反复复地聒噪。大多到这里的学子到底有些顿悟，再不来这里浪费时间了。偶有路过的行路人凝耳听了八哥的叫声，会心一笑。

老汉活到八十九，过世了。

据说，那只八哥有人出高价向老汉的子女购买。等到人们去捉它，它却挣脱牢笼飞走了，不知去向。

踩生

于故乡，我像一个逃犯。

这是农历庚子年腊月三十，2021年2月11日，星期四，除夕夜，肖江生脑海里突然生出莫名的惊慌。

妻子在厨房准备着年夜饭。她脸红扑扑的，系着棉布质地缀着粉红碎花的肥大围裙，戴着一项过时的宽檐帽，说是最后用一次，遮挡油烟落在头发上，用完就丢了。这样的话肖江生前年就听过，今年妻子却又像去年一样，变戏法地戴在头上。油烟其实基本被新换的大功率油烟机抽走了，沿着小区预制的排气管道去向它该去的地方。肖江生曾经饶有兴致地观察过十一层高的屋顶上有排气烟囱的，红砖砌的，粉了水泥浆，四四方方，上面带了盖，一看就充满烟火气息。应该是预留排油烟的，猜想有烟气上来，形成肖江生预期的哪怕薄薄的炊烟。可惜肖江生猜错了。

明亮的仿大理石灶台上，一个电磁炉，一个电陶炉。妻子左右开弓，蒸煮煎炸炒，每有一盘菜出锅，便一脸满足的悦色。女儿打着下手，在厨房和饭厅间来回穿梭，忽而端菜上桌，忽而递碗递盘子，忽而偷个吃。

肖江生几次走进厨房，想去插上手脚，她们不许。

肖江生百无聊赖，只好站在落地窗前，看着城市里灯火辉煌，霓虹闪烁。

庚子年，不平凡的一年，除夕的烟花爆竹早就憋得够呛了。今年燃放的烟花爆竹似乎比往年多了一个层次，远近高低，不断在城市的水泥地上、灰蒙蒙的天空中炸响。噼噼啪啪、哗哗咚咚、咻咻哐哐。看着，看着，肖江生心头忽地像被一只面目狰狞的老鼠挠了一下，毛茸茸地慌乱起来，大脑里被一些场景和词语轮番攻击、纠缠、警觉。肖江生拍着额头，努力想让这些混乱沉淀下来，直到眼前忽然跳出开头的这句话。它像设置了慢动作播放的电子广告屏里的广告词一般，一个字一个字地游走在肖江生眼前，颤颤巍巍、凄苦悲凉，最后成了一个山间独行的模糊身影。红色的小路，黄色的身影。哦，不，对不起，肖江生眼睛被每日上班路上诸多电子广告屏麻木定式了，是灰白的小路、黑色的身影彷徨着。

那是肖江生的身影吗？还是爷爷的？父亲的？母亲的？或者是——

肖江生心里忽地紧张起来。那个名字像凿刻在石碑上意义深邃的墓志铭一样，铭刻在肖江生心底深处。此刻，它忽然就清清楚楚地浮现在肖江生眼前。先是一个名字，然后是一个人：一个蓬头垢面、鹑衣百结，眼睛昏黄失神，说话结结巴巴，走路一瘸一拐的人。

他叫长命。

他突然就出现了，沿着对面一栋楼的玻璃幕墙一步一步爬着，如履平地，还背着一个高脚背篓。他爬到顶楼，转过身来，似笑非笑地看着肖江生，然后一跃身，冲肖江生他们这栋楼跳过来，瞬间没了影子。肖江生惊恐万分，却又哑然失声，惊叫不出来，赶紧贴着玻璃往上下看，没看见他。定睛一瞧，他又倏地在对面，从一楼开始爬，爬到顶楼，纵身一跃……如此反复不息。肖江生惊慌失措，使劲眨眼睛，玻璃幕墙上，他的身影越来越清晰，跳跃的一瞬，肖江生甚至看到他亲和的笑容，背篓里背着一筐腐殖土，插着一把秃头秃脑的竹枝扫把，挂着几枝鲜艳浪漫的映山红。莫不是见鬼了，肖江生心跳加速，今天可是大年三十，这个年尾最重要的日子，漂泊再远的游子也是要赶着回家去和家人团聚的，谁还游荡在市面上吓人？他莫不是……

肖江生的父亲、母亲十多年前相继去世了。兄弟姐妹为了各自的工作生活各奔东西，没有父母的箍笼，渐渐生分起来。肖江生很少回故乡了。父母若在，此身尚有来路；父母没了，此身何有归处。除了每年的清明节去父母坟前磕几个头，挂几串纸钱，寄托一番哀思。站在山顶遥望生养自己的小山村，空落落地矗立在山坡上。肖江生和故乡的交集感近乎淡漠。当然，长命新垒的坟头，肖江生也祭奠出该有的礼数，哀思却是生发不出来几丝几缕的。

肖江生双手使劲揉了揉眼睛，他没了。对面的玻璃幕墙闪着灯光，依稀看得到一层层楼里面的人家正在客厅欢聚着，嘻嘻哈哈，觥筹交错，听得到电视机里春晚节目喜庆喧闹，迎合气氛。不时炸响的烟花把缤纷的色彩投在幕墙上，欢快的色彩拟着丰富的形状，闪亮一下，灭了，又闪亮一下，灭了。

"爸！吃饭了。"女儿摇了摇肖江生的手臂。

肖江生怅然若失，魂归肉身，心底里自我哂笑了一下。

桌子上一桌丰盛的美食色香味形，各个夺目，让人食指大动。女儿抢着开了一瓶十年份的白葡萄酒，精细地倒了三杯。香气弥漫，琥珀色的液体在高脚杯里摇曳。说完甜蜜的祝词，肖江生一家三口举着杯碰了一下，"叮"的一声，悠扬清脆，像绵密的祝福。

肖江生忽然想到了规矩，赶紧叫停女儿迫不及待伸出的筷子，起身拿了一个干净的碗，在女儿的目光中，把每样菜品挑了一箸，倒了一口酒在里面。

妻子瞬间明白了，道："一会儿我去小区外面公园的空地上泼碗水饭。"女儿眨巴了几下眼睛，表示认同，这样的仪式见惯不怪，每年清明、端午、中秋、春节都有的举动。

肖江生点点头，犹豫了一下，强调说："尤其是长命，多念叨几遍，就叫长命——干爹吧。"

欢快的晚餐没有在肖江生突如其来的忧郁中失了分寸，失了其乐融融。酒足饭饱，收拾妥当，肖江生也积极融入了电视里的播放的节目中。妻子泼了一趟水饭回来，门响了两次，自己都没有察觉。

守岁守到十一点半，妻子和女儿都熬不住了，次第睡去。肖江生得等会儿，守岁得过子夜十二点，老辈人传下的规矩。

肖江生关上灯，调低了电视音量，仰面躺在沙发上，枕着手臂，电视里的喜庆在他忧郁的脸上模糊斑斓。

肖江生忽然生出一个念头：是不是该动动笔记录一下长命？小说也好，散文也罢，再不济写首诗，怀念一下自己一直不情愿认的干爹。可是，他似乎没有什么打动我呀！甚至不如他家破墙角的那棵石榴树调动得了我童年的胃口。和他交集的碎片记忆，都没有一部令人厌恶的肥皂剧完整。他的一生似乎没有任何意义，他活过，他死了。他活着，还不如悬崖上的一株龙胆草有价值；他死了，又怎会有村口枯死的那棵弯腰树让人怀念。肖江生甚至觉得，他卑微如草芥，如寒号鸟，如尖刀草尖上不禁晒的露珠，如金沙江边一块可有可无的卵石。肖江生记录下他没有意义，没有价值。

"是吗？"

"是的。"

"到底是不是呀？"

"肯定是的。"

"……"

"是的。"

肖江生这样无厘头地安慰自己，心底竟然生发出些小小的释然。

不用电视里一惊一乍的倒计时，窗外骤然下了一场爆竹雨，远近高低，噼里啪啦，声震长空。肖江生知道，这是持守传统的人们在接天地灶王，拜祭祖先，更预示着新的一年到来。这样的仪式较为集中，窗外一刻钟的喧闹立马归于宁静。肖江生侧着耳朵听了听动静，两个卧室里都没有动静，许是妻子和女儿累得够呛，偌大的喧闹都没惊扰到她们。肖江生又侧着耳朵听了一回外面的动静，静悄悄的。子夜都过了，辞旧迎新、人心团聚、美梦圆满，谁会闲得还在外面溜达。发酒疯的，耍流氓的，夜生活丰富的，今夜都阖家团圆去了。

肖江生始终睡不着，睁着眼闭着眼脑子里都浮现出长命的面孔：衣衫褴褛，面部沟壑纵横，脏兮兮的，眼睛昏黄浑浊，牙齿黄黑，胡子打结，头发乱蓬蓬的，乍眼一看，像一块雪地里冻得僵硬的脏抹布。他却亲和地看着肖江生，似笑非笑，他要干什么，难不成他要肖江生脆生生地叫他一声："干爹？"

于故乡，我像一个逃犯。

这句话忽然又涌动在肖江生的脑海，它甚至肆无忌惮地红底黄字广告屏一般出现在天花板上，像昼伏夜出流窜躲藏多年的逃犯，趁着夜色出来透透气。

"我没逃，我只是选择性离开。"肖江生对着空气嚷了一句。客厅里空荡荡的，没有回音。

"娃呀，长命不容易，父母死得早，没兄弟姐妹，没妻室儿女，孤零零地生，孤零零地活，孤零零地死，他是活生生的一个人，不是一根苦蒿。"这句话是四大爹说的。

肖江生胸口一热，坐直身子，趿上拖鞋，走进书房，拧亮台灯，打开电脑，新建个空白文档，迫不及待地敲下了两个字"踩生"。

时间追溯287天——对这个数字之所以这样略加思索就能快速计算清楚，那是五一劳动节，4月30日接到通知，放假三天。难得的假期，莫大的恩赐，肖江生计划把半年的觉补回来。身体是革命的本钱，肖江生只想饱饱地睡觉，天塌下来，让高个子去顶一会儿。

早上十一时许，床头柜上的手机忽然响起来了。肖江生闭着眼，一阵摸索，不耐烦地拿过手机，惺忪着眼看了看，陌生号码。断然掐断，继续睡。过了几秒钟，手机又响了，肖江生生气地抓过来，看了看，还是刚刚那个陌生号码。掐断，低低地骂了句粗话，继续睡。过了一两分钟，手机又响了。还是那个陌生号码，肖江生愤怒得差点一蹦老高，把手机砸了。妻子闻声走进睡房，说："你接一下吧！万一是什么紧要的人紧要的事情，今年全天下都紧紧张张的。"

肖江生按捺住性子，掐通了电话。

"喂！小留仓噶！"

肖江生一愣，"留仓"这个称呼似曾相识。哦！这是肖江生的乳名，十多年没人叫唤过了，骤然听到，惊得肖江生噌地坐直身子，半天说不出话来。

"喂！格是留仓！"

肖江生哆嗦着嘴，不由自主地结巴起来："是的，是的，您……您哪位呀？

"哎哟，我还以为我打错了。我是你四大爹呀！大坪子的四大爹。大坪子村，你老家呀。"

"哪……哪……哪个四大爹呀？"

"大坪子的四大爹呀！你家后排房子的四大爹。格记得我的呀！你爹你妈的白事头上都是我来主持，掌盘操办的，格想起来了？"

肖江生眼前倏地走起马灯来，十多年前，父母相继去世的时候，那些前来帮忙的三亲六戚、家门族类、朋友帮闲幻灯片一样刷刷刷地掠过。忽地，定格了一帧在眼前，一个一脸果敢坚毅，走路挺直着腰板，戴着一顶灰色羊毡帽，穿着一身鸭屎绿衣服的老汉跃然出现。哎呀，这是家门的肖大爹，行四，编得一手好竹艺，小时候可没少去他家场院上玩，抖着他给的篾簧，装作手执蟒蛇长鞭，扮演武功盖世的大侠。

"哦，四大爹，想起来了。您老……身体好吗？"

"老啰老啰。留仓，大爹抄的电话本也不见了，左问右问，才问着你的电话。大爹告诉你个不幸的事情，老长命昨晚过世了。"

"老长命？哪个老长命呀！"

"咦！结巴长命呀，讲话结结巴巴，他家就在一进村的弯腰树旁边。你小时候还拜祭他的，你老干爹呀！"

肖江生脑袋里轰的一声暴响，像千军万马在呐喊厮杀，张飞杀岳飞，秦琼战关公的画面都好像闪过，大脑一片乌七八糟。

"谁……谁？"

"这娃儿，小时候他给你踩生的呀，你干爹——长命——结巴长命。"

小时候听母亲说过一回，肖江生是有过这么一个干爹的，但是，印象中肖江生没把他当干爹，也没叫过他一声干爹——等等，好像叫过一回，就一回。天地良心，从记事起，肖江生和这个所谓的长命说过的话，若是记录下来，用四号宋体字、单倍行间距打印，一面A4纸都绰绰有余。

"留仓，听大爹说，娃呀，长命不容易，父母死得早，没兄弟姐妹，没老婆儿女，孤零零地生，孤零零地活，孤零零地死，他是活生生的一个人，不是一根苦蒿。别怪大爹多嘴，你可能都不记得他了，可大爹是瞧在眼里的，长命一直偷偷把你当作亲儿子一样，悄悄呵护着你的，只是你不知道，或是没看到。"

电话那头顿了顿，咳嗽了两声，似乎在极力平复冲动的喉咙。

"长命死得干脆，没病没灾，昨天黄昏，我们几个老家伙坐在村子中心的大榕树下晒太阳。一向寡言少语的长命忽然不再结结巴巴了，你说怪不怪？他一板一眼地说：'我的留仓娃儿不知道过得好不好，怪想他的。'我们几个老汉都知道底细，还取笑他，他也咧着嘴笑，笑着笑着歪了头，靠着身旁你长毛大爹的肩膀，脸上挂着笑，人就没了。"

"嗯！怪……可怜的。"

"留仓娃儿呀！大爹给你打电话是左想右想的，大爹有个不情之请。长命孤苦伶仃了一辈子，除了人邋遢了些，也是良善的人，他无儿无女，那些三亲六戚的也都没来往，无依无靠，人死如灯灭。大爹和村里仅有的几个老哥老嫂商量过了，也上报了村委会，他这种无儿无女的孤寡老人，民政部门会负责火化安葬的。只是觉着长命就这么没了，连个披麻戴孝的人都没有，没人给他守灵，出殡的财罐没人端，哭丧棒没人杵，封坟土没人捧，上坟石没人背，太可怜了。大爹说了你别置气，你是他干儿子，不管你认不认，这都是事实，一村子的老一辈人都知道，只不过没挂在嘴上。你是咱们村出去的最大的文化人，有品性的人，大爹从小看在眼里，你无论如何得来一趟，尽尽孝，让可怜的长命入土为安吧！"

电话那头四大爹的声音越说越细微，有些梗着脖子硬撑的味道。

肖江生愣了许久，说不出话来。

"娃呀！大爹的话你听进去了吗？不要你出一分一厘，你只要来尽尽孝就行，也让村里仅剩的几把老骨头心里有些暖和。今天……今天村委会的干部来看了，说了，他们负责联系民政部门来拉去火化，火化后送回村里。大后天是个好日子，定在大后天下葬。你还听着吗？喂！"

"大爹，容我想想，想想，想好了，一会儿答复你。"

"喂！喂！喂喂！留仓！娃儿！大后天噶，大后天！二道坪的先生看的日子。大后天是个好日子……"

手机从肖江生手里无声地滑落。

46年前。肖江生在大坪村出生。

大坪村名字虽然带个大字，却不大，在一个山垴包上，村里挨挨挤挤地住着二三十户人家，拢总百十口人。在绵亘纵横的乌蒙大山里，这样的村子和人口规模，算大村了。大到什么程度，肖江生记事起，几个小伙伴拿着几根玉米秆子玩"战斗冲锋游戏"。三盏茶的工夫，中间还在村子中心的大榕树下打个"埋伏"，从村尾的小龙潭石板上到村头的弯腰树下，伙伴们大呼小叫，跌三四个跟头能到。

记得村头的结巴长命看到肖江生叫着口号冲在前面，唬得赶紧跑出院子，张着双手做阻拦状，结结巴巴地嚷："背……背……背时儿子……刹……脚……刹脚……冲到山箐……沟里，喂……喂江鱼……吃……"

肖江生却没让他有机会揽到自己，白了他一眼，骂了一声"死结巴"，招呼一帮小伙伴换地方玩去了。结巴长命一脸尴尬，挠着头，站在弯腰树下傻傻地笑。

肖江生出生在一个初冬的黄昏。

母亲说，肖江生的出生有福气，有吃口。全村人紧张地忙碌了几个月，生产队的粮食收拢了，分配给生产队的公粮数目盘到县里的粮管所缴清了，余粮数目也留足了斤头，整整齐齐地用麻布口袋盛放在保管室里。是个丰收年，剩下的粮食堆在生产队公房里，全村人都喜上眉梢，等着分口粮。母亲和哥哥姐姐们等着爹和几位叔伯把苞谷、洋芋按照工分多少分到各家各户。等村里人都笑逐颜开地走完了，一家人也大大小小齐上阵，背的背、挑的挑、抱的抱，从公房回来。走到半路，母亲羊水破了。爹吓得把肩上的粮食撂了，抱起母亲就朝家跑。一进家门，肖江生的脑袋就出来了。隔壁的老二嫂闻讯赶紧端来热水、毛巾、剪刀。久病卧床的爷爷挣扎着下床，招呼吓得哇哇大哭年仅两岁半的四姐，忙不迭把灶台上的煤油灯拨了又拨。

一声啼哭划破了夜空。

父亲找了块红布，挂在门头上，冲着门外磕了三个响头，向天地、向神佛、向人间、向祖先、向全村人告诉家里有新生命的诞生。

一家人沉浸在添丁的喜悦里，忘记了半年的口粮还散落在路上。肖江生听过父亲有一回喝多了苞谷烧，自言自语地深深自责自己昏了头：我顺利出生了，就得立即招呼哥哥姐姐去把口粮挑回来，我的干爹就会另有他人。

那夜，忽然起了风，上了阴云，从谷底的金沙江升起来的风和云铺天盖地，像明火执仗的强盗擎着钢刀，在树枝上、石头上、山坡上、屋顶上、墙角里、缝隙里，呐喊、咆哮、刮、剔、砍、削。刮得天昏地暗，刮得黑灯瞎火。

四姐停止了哭闹，母亲把父亲摸索着煮的一碗添了猪油的糖鸡蛋喂了她半个，堵住了她的恐惧。

门吱呀一声忽然打开了，确切地说是撞开了，一个人跌跌撞撞地冲了进来。那人一进门，一跤跌倒在堂屋里，大口喘着粗气。他肩上的挑箩重重地砸在地上，倾倒一旁，那些苞谷洋芋像惊慌失措的老鼠一样滚得到处都是。

"长……长山……大哥……咋咋……咋……粮食也不要了？滚……得到处都……是，我……我……给你……收拾……回来了……一趟……赶……赶紧……去……去收拾，别……被……被人捡了……去……"

父亲雕塑一样愣住了，火塘里升起的火苗，把他的影子不由分说重重地摁在墙上，动弹不得。他的脸色难看至极，猪肝色，瞬间又变成白色，暗了下去，最后成了铁青色，腮帮骨蠕动着，给他嘴里喂进去一把干蚕豆，也会被瞬间咬得粉碎。

父亲忽地一把揪起虚脱在地上的人，像拎起一条癞皮的狗。吼道："憨长命！你！你！你这狗杂种，谁让你进门的。"

"我……我……"

记得母亲告诉肖江生，原本自己很认真地吸着奶的，忽然放开了奶头，一叠声哭了起来，声若洪钟，完全盖过了屋外呼啸的长风。长命似乎明白了什么，呆若木鸡，直挺挺地让父亲揪着。忽然挣脱了父亲粗粝大手的掌控，夺命一般逃走了。

那夜，屋里静默得可怕。父亲抱着头蹲在角落里，和黑漆漆的墙壁融为一体。哥哥姐姐们一言不发，团坐在斜倚着一领蓑衣的母亲身旁，肚子不时发出迫切呼唤食物的咕噜噜声响。爷爷抱着四姐，依着灶台。四姐甜甜睡去，偶尔咂吮两下嘴巴。她的嘴里散发着浓郁的糖鸡蛋的香甜，让哥哥姐姐们偷偷舔着嘴皮咽着唾沫。火塘里明明灭灭的水冬瓜树疙瘩，燃烧得有气无力。母亲用温润甘甜的乳头哄住肖江生的歇斯底里，把还有些许鸡蛋残渣的半碗糖水递给大哥。大哥怔了怔，看了看母亲，母亲点点头。大哥赶紧递给几个弟妹，每人无声地嗫了一口。母亲看了看父亲，什么也没说，低头爱怜地看着肖江生卖力地吮吸着乳汁。

爷爷就着一声实在隐忍不住的咳嗽打破僵局。爷爷一身痨病，偶尔咳出几口黑血，一抹开，触目惊心的红。肖江生看见过，他偷偷藏在手心里，抹在鞋底上，在地上摩擦几下，就融在泥土里，成泥丸了。肖江生问爷爷："那黑红黑红的是什么呀？"爷爷笑着说："爷爷嚼干蚕豆硌了牙，嚼不动，吐掉了。"肖江生六岁那年，爷爷走了。

"长山啊！算了吧，娃儿命当如此。长命也不是故意的，他也是一番好意。踩了就踩了，天意如此，不强求了啊！孩子们还饿着肚子的。"

"春杏、麦杏，你们姊妹俩赶紧收拾一屋子到处都是的粮食，糟蹋不得呀，再洗几个洋芋圆圆煮一煮，大家还没吃饭的。

"江峰、江涛，赶紧拿着手电，背个背篓，带着弟弟妹妹去多转几趟，把你长命叔收拾漏掉的粮食捡回来。"

爷爷话音刚落，大姐、二姐、大哥、二哥都招呼着弟妹忙活去了。

"他爹！"母亲看向角落。

父亲从黑黢黢的墙面上剥离下来，拿过二哥手里的背篓，摸摸三姐、三哥的头："你们俩别去了。"父亲拉开门，大哥、二哥亦步亦趋地跟着。黑暗肆无忌惮地涌进屋里，被灯光火光一驱赶，躲向角落里，瑟瑟发抖。大哥掐亮手电筒，一道明亮的光束劈开黑夜。

母亲看着三个男人走远了，看了看爷爷。

"爹！那明天？"

"还能怎么办呢！该有的礼数一样不能少。长命也算个实诚人，就是命苦了些。你别说，长命命硬着哩，娃儿拜祭了他，说不好还是福气。"

母亲眼里透着无奈和黯淡。

"嗯！晚上我和长山说说。"

二姐抱着火筒使劲朝火塘吹气，火光更加亮了。爷爷一只手搂着四姐，腾出一只手在身后的角落里摸索了一阵，抓出一把干柴草，添在火上，屋里光亮陡增，黑暗顺着楼梯跑到楼上去了。

肖江生听爷爷隐隐约约说过，第二天，父亲铁青着脸，抱着熟睡的自己去了结巴长命家。结巴长命门扣上插着根潦草的苞谷秆子，溜没影了。父亲强压住火气，瞪着眼绕着村子走了一圈，也没找到他。想冲着村子周遭叫唤几声，终于还是没开口。最终无奈之下，只得抱着肖江生在他家门口磕了三个响头，算是代替肖江生认下了干爹，然后把一丈二尺藏青布、一包红糖从围墙外扔到院子里，怒气冲冲回家了事。第三天一大早，大姐出门挑水，一打开门，看到门槛上摆着一只新碗一双新筷子。告诉母亲，母亲默默地收拾回家。后来，村子有知情者问父亲详细，父亲瓮声瓮气地回一个字："滚。"那时候，父亲是生产队队长，吐口唾沫在地上，都像钉颗威风凛凛的钉子。结巴长命踩生肖江生的事情像峡谷里升起的晨雾一般，浓了一阵子就淡了，直至没了，村里再无人提及。

四大爹没再打电话来，许是气恼肖江生不清不楚的语气。四大爹的牛犟和傲气，肖江生在父母的白事上见识过。他负责主事，精准到每个人的能力性格，安排得妥妥的，谁干什么吩咐得一清二楚。谁有怨言，他一条声就吼起来："干得了干，干不了滚一边去，我叫人来抵你干。但是，今后别在我面前戳眼睛。"听者立马唯唯诺诺，赶紧忙活自己的。肖江生也没敢回电话，回了说什么？明确去还是明确不去？

肖江生5月1日、2日都在失眠。

肖江生把四大爹打电话来的事情告诉妻子。妻子一脸惊讶："原来你还有个踩生的干爹呀。"她努力地回忆了一番，说，"哦！原来就是我们回老家时，经常遇到的那个老人呀！看着他孤苦伶仃怪可怜的。现在回想起来，怪不得每次遇到他，他偷偷看我们的眼神是那样复杂、温暖。你干吗不早说。都既成事实了，在他在世的时候，我们尽些孝道也是应该的呀。"

看着妻子一脸认真的样子，肖江生隐隐感觉屁股上开始一横一竖地疼。刚开始是屁股，后来是屁股连着脊背，网格化地蔓延着的痛感越来越火辣辣的，火辣辣地疼。

入夜，肖江生努力回忆第一次也是唯一叫结巴长命"干爹"的事情。

结巴长命家院子里有一棵水桶粗细的石榴树。每年五六月份开花，九十月份成熟。且不说成熟的石榴皮薄粒大汁多，酸甜可口，让人垂涎欲滴。就在开花时节，满树挂满的钟形的石榴花星星点点，红通通的。油绿清亮的石榴叶与红花交相辉映，让人恋恋不舍。有心潮澎湃的路人扬手摘下一枚叶子，含在口中，信口吹出尖锐细嫩的近乎唢呐和小号的"木叶"，音色明亮清震，沁人心脾。村里人戏说道："吹木叶要趁叶子青，谈恋爱要趁年纪轻。几时吹得木叶声响，讨媳妇只用树叶不用请媒人。"

这样的时候，忽然就冒出平日里对上眼的青年男女，一迭声唱开了：

> 石榴开花叶子青，
> 不见阿哥（妹）好伤心。
> 几日不见天天想，
> 想得皮黄脸发青。

> 石榴开花叶子青，
> 妹（哥）有情来哥（妹）有心。
> 石榴树下好躲雨，
> 媒婆脚下好提亲。

也有借唱山歌开荤荤素素玩笑的：

> （男）石榴花开叶子青，
> 小妹你是哪点人？

小妹你家住哪里？

山高水远认不清。

（女）石榴开花叶子青，

打小挨哥门对门。

当年发誓娶小妹，

害妹苦等到如今。

……

这是大山里许多成年人喜欢的调调，小时候的肖江生和一帮小伙伴不喜欢，他们惦记的是石榴果实。一过六月份，石榴花渐次凋谢，石榴开始长成球状。每天路过结巴长命家，肖江生和小伙伴们都会不由自主地仰头看看石榴长大了多少，张顾四下无人，觅个石块丢上去，打下一个两个，抱着就跑。躲到僻静处，几个小伙伴掰开就尝，又苦又涩的味道让人作呕。这棵石榴树待到成熟前，有一半果实是被肖江生他们尝掉的。

石榴熟透了，一个个炸开皮，咧着嘴笑，露出玛瑙般的石榴籽。肖江生和小伙伴坐不住了，逮到结巴长命外出的机会，几个人攀着围墙，搭着人梯，叠罗汉爬上围墙，再爬上树，兴奋地摘起来。

那一天，结巴长命出村头走远了，忽地折返回来，看到一堆人在自家围墙上摘石榴，老远就大吼了一声。几个胆小的玩伴，兜着石榴撒腿就跑。肖江生慌乱着要下树，却被两枝石榴树杈卡住了，越慌乱卡得越紧实，挣脱不得。两个铁杆玩伴大着胆子在围墙下接应，看着肖江生陷入困境，远处结巴长命大呼小叫地跑来，也候不住了，撒开脚丫子跑了。

长命追到围墙下，冲着小孩们跑远的方向骂了几句。一仰头，看见卡在树杈上的肖江生，愣了愣，忽然笑嘻嘻地拍手叫好。肖江生窘得满脸通红，浑身像被毛辣子虫四下乱爬。无奈之下，只得冲长命求饶："长命叔，饶了我这一次，下次不敢了，你把我弄下来吧，我以后叫他们也不敢来摘了。"

长命绷着一脸的笑，诡异的笑容让肖江生头皮发麻。长命赶紧打开门，扛来梯子，找准合适的树杈架好，爬上树来。

长命伸出手，叉住肖江生的腋窝，打算把他拔出树杈。忽又犹豫了一下，松了手劲，脸上堆着笑，结结巴巴地说："小……江生……江生啊，叫……叫我一声……干爹……干爹……我就拉……你出……来，再给……你……摘……几个……大……石榴。"

肖江生愣了愣，把头扭向一边。

"江……生啊……我真……就是……你……你干爹，叫我……一……声……不……不吃亏。"

肖江生不耐烦地怪叫道："走开走开，大骗子！大坏人！老结巴！"

长命脸上泛起了猪肝色，眼眶里红了，嵌着泪水，手上一用劲，把肖江生提了起来，抱紧，脱离困境。

"孩子……我……我和你……闹着玩的，刚才的话……别……告诉……你爹……啊……记住……"

肖江生一阵心慌意乱，他知道父亲的手段。二哥和几个玩伴经常去谷底的金沙江里洗澡，爹劝说了好几次，说不安全，上游一旦骤然降雨，江水会忽然暴涨，过去冲走过人的，尸骨都找不到。二哥不听。有一次被父亲在江边逮到了，用小野毛竹一步一棍从江边抽到家里，毛竹打断了四五根。打得母亲、哥哥姐姐们跪地求饶，才饶了二哥。打那次以后，二哥再也不敢去金沙江游泳了。自己和小伙伴们惦记长命家石榴的事情，父亲是知道的，他黑着脸训过几回的，说："等到石榴上市，会多买点回来，不许去长命家门口玩，离长命远点……"

肖江生赶紧挣脱长命的怀抱，要自己下楼梯。下了几步，仰着头嗫嚅着对长命说："长命叔，我摘你家石榴的事千万不准告诉我爹噶，以后我一定不来摘了。"

长命一脸严肃地点点头，随即诡异地轻笑了一声："好……好……好的，可你得……叫我一声……干……干……干爹，我才……才不……说。"

肖江生一脸恼怒，犹豫再三，咬咬牙，轻声细语地叫了声"干爹"。

长命手舞足蹈地欢喜起来，差点从树上掉下来。

走出长命家院子，肖江生撒腿就跑，不料，耳朵一紧，被一只大手拎着，一头扎进父亲怀里，只听得耳旁炸雷一般："小子，说了你不听嘎！"

肖江生扭头看见两个铁杆玩伴，吓傻了，癞蛤蟆被鸡啄了一般呆在一旁。很长一段时间，肖江生视他俩为仇敌。后来才知道，他们俩原本一番好心，看到肖江生被长命逮住了，父亲是生产队长，在村子里是说一不二的大人物，指定能救人，就火急火燎地跑去找来救肖江生，却弄巧成拙了。

父亲扯着肖江生就朝家里拽，长命闻声赶出来，却不敢靠近，保持着一竹竿的距离，挥舞着手，扯着嗓子嘶哑着喊："长山大哥，长山大哥，怪我，怪我，我的错，小孩子不懂事，别怪他，别打他！"肖江生听出他几欲喊出哭腔来。后来才回过味，长命嘶哑的叫喊没有结结巴巴。

父亲忽地站住，扭过头看向长命，肖江生看到父亲脸色像抹了锅底灰，黑

307

铁铁的，眼中快滴出血来。结巴长命"唉"的一声，无力地倚在路边的围墙上，像午后蜕皮的菜花蛇一样瘫软坐下。

回到家里，父亲左逡右巡，找了整个院子，似乎没找到合适的棍子。忽然看到篱笆上的蔷薇，伸手就扯下一根，那带着倒钩的蔷薇把他布满老茧的手挂得鲜血淋漓。

蔷薇枝条青竹标蛇一样飞蹿到肖江生小腿肚上，嘶，咬了一口，又咬了一口。然后是屁股上、背脊上。无数条青竹标蛇、秤杆蛇、菜花蛇、鸡冠蛇、草花蛇、乌梢蛇……在肖江生身上咬来咬去。肖江生哀号着，跌倒了又爬起来，爬起来又跌倒了。蔷薇枝条断了一根父亲又扯来一根。直到母亲哭天抢地地扑进来，扑在肖江生身上，陪着挨了十几下。歇斯底里地叫道："你连我也打死算了！"父亲才住手，扔了棍子，血糊糊一双手捂住脸，嗷嗷地哭了起来。

母亲后来偷偷告诉肖江生，是长命叔哭着喊着去地里把她叫回来的。

从那天起，直到父亲过世，肖江生一看到父亲脸色不对，小腿肚、屁股、脊背就发冷。肖江生和结巴长命远远看到，就相互躲，像二哥躲金沙江边，肖江生躲石榴树。懂事早的肖江生清楚地记得，母亲一边给自己挑脚上、屁股上、背脊上的蔷薇刺，一边说："你爹这个二百五，打在你身上的刺看着血糊糊的，一挑就出刺。他手掌上的，深得挑都挑不出来，造孽哟，缝被子的针都挑断两根。"

5月2日，肖江生持续失眠。妻子也陪着他一起失眠。

妻子说："你说咱爹、咱妈咋就磨不开心结，长命叔不就不小心踩了你的生嘛，他又不是故意的。你爹不是都代你磕了头，心里都认下了，咋还那么死犟着，互不相认？"

肖江生想了想，道："听爷爷说，踩生的人会影响孩子一生的命运。踩生的人如果是贵人、善人，那么孩子的一生就会大富大贵，一生平安顺遂。反之，孩子则不会有什么大的作为，一生碌碌无为，甚至带来厄运。应该是为人父母，对自己孩子未来的过分担忧吧。长命叔你见过的，活脱脱就是让人担惊受怕的样子。怪不得父亲。"

妻子笑道："迷信害死人，你看你、长命叔，不，还是叫长命干爹吧！他一生孤苦伶仃，你呢？不是还有妻有女，有才有德嘛。"

肖江生叹了口气："谁说不是呢，可怜的干爹。四大爹一提醒，回想起来，干爹或许真的一直都在默默地偷偷地关心着我哩。"

妻子眨了眨眼睛，说："心结解开了，睡吧。等到明天，还是去一趟吧，去送送葬。"

"我再想想，还是明天再说吧。"

妻子愣了愣，舒了口气，睡下了。

肖江生闭上眼睛，努力放松大脑皮层，却怎么也睡不着。

睁开眼睛，眼前浮现出进村的小路，弯弯扭扭，一旁是悬崖峭壁，一边是深邃山谷，金沙江在谷底安静地流着。小路上不时有梭脚石滑下来，一不小心踩上去滑倒，就是一生的遗憾。

肖江生不明白，自己的祖先怎么会选择在这样一个贫瘠偏僻的深山里居住。村子在山头平地上，田地绕着村子一盘一盘地延伸到谷底，陡峭高远。乌蒙大山的奇迹莫过于山有多高，水有多高。从旁边高山上流下来的山泉水，润泽着村子和同心圆一样的梯田梯地。田地虽多，却都是从石头旯旮里抠出来的，贫瘠，不出种。大坪村人出门有个习惯，无论出山赶集还是走亲串戚，都会背着个高脚背笭。路头路脑、山间谷地，一有机遇，就收拾一背腐殖土背着回来，积攒到田地里做肥料。可每年一遇到大暴雨，田地里的肥沃土壤又被冲刷走，流到金沙江里去了。这样的田地，周而复始地耕种，劳累异常。村里人养头猪，用背笭从集市上背回小猪，待猪长大了，若要买到外面去，还得宰杀了，分块背到外面去卖。村里除了翻山越岭能力出众的山羊能呹出去，牛马这样的大牲畜，打小一背进村，就得老死在村里。那些年交公余粮，村里不多的缴纳数目全靠壮劳力肩挑背驮，运到十几公里外的竹园村，才能雇上马车牛车，拉到县里粮管所。

肖江生和父亲、母亲赶过两次集后，插在高脚背笭里，趴在父亲背上，搂着父亲的脖子发誓，要走出大山，走出赶趟集来回要走十多个小时山路的鬼地方。父亲脸上露出难得的笑意，却又不无忧伤看着眼前弯曲的小路，说："好好读书，读不好书，我拿棍子抽你。"肖江生在父亲有生之年，就被父亲打过那唯一的一次。

走出大山后，每次回老家，肖江生最常见到的是长命孤身一人背着个高脚背笭，形单影只地走在山路上，往村里背腐殖土、肥土的画面。一遇到肖江天，长命总是快速抬起头看一眼，脸上面无表情，眼神里却洋溢着滚烫目光，然后低着头，迅捷地闪在一旁，把小路最好走的一侧让给他，然后急匆匆地走开。读书时，工作时，带妻子、女儿回乡时，都是这样。

肖江生忽然心头一紧，他清晰地记得，长命背笭里或是手上，时常有一把秃头秃脑的竹枝扫把，不时看到他低着头，扫掉小路上的梭脚石、散落的枯草。莫不是为自己扫的？肖江生不敢往深处想。他只敢想，长命肯定是乐于听街头巷尾那些神神道道的端公、司娘胡说八道，像鲁迅笔下的祥林嫂捐门槛一般，他用扫路行善，寻找心理安慰，祈求来世福报。

肖江生努力不让自己再想了，时常回乡看望亲人、出村返程都会遇到长命背着背篓、拿着扫把的样子。此刻，这样的情境让他顿然像胸口压上一块大青石一般，唉声叹气。他想闭上眼睛睡了，哪怕闭目养神也好。这可是难得的三天休息日啊！

一闭上眼睛，门口有几个又红又大的石榴，父亲把它扔了，母亲把它偷偷捡回来。

一闭上眼睛，肖江生倒在地头的一小背篓腐殖土第二天多了一半，哥哥姐姐嚷起来："你咋那么厉害，背回那么多？"

一闭上眼睛，肖江生和几个玩伴在江边踩水捡石头玩，一回头看见长命在不远处紧张兮兮地看着。

一闭上眼睛，似乎自己找的柴火都比小伙伴们的粗大、干爽。

一闭上眼睛，父亲送出自己十几里地折返了，不见影儿了，自己却隐约看到上坡上有一双眼睛远远地看着自己。

一闭上眼睛，父亲、母亲的白事上，有个人分明很难过地忙进忙出，烧火、劈柴，收拾桌椅板凳。

一闭上眼睛，每次清明节回乡上坟，总能感觉到有亲切的目光在树林边缘看看自己一家人，然后默默离开。

……

闭上眼睛是那么心惊肉跳，干脆睁开眼睛。睁着睁着，还是闭上了。这两天，肖江生没有睡得这么安稳，还起了细微的鼾声。

5月3日。七点半，一起床，肖江生立即决定回村里一趟。妻子立马赞成，放假休息的女儿虽然有些惺忪着眼，听说要回老家，也兴奋了起来。

回乡的路现在已经不用担惊受怕了，这几年的扶贫攻坚，村村通工程，一条崭新的水泥路一直连通到村里，这两年清明节回乡，车子一直开到村口的大榕树下。

从县城回乡的路上，开着车，不过两个小时的车程，肖江生说不出的轻快。临行前，他给四大爹打了电话，四大爹高兴异常，说早上十一点二十分起棺，开车慢点，回来赶早饭，完全来得及。村里的几把老骨头还张罗得动，坟山钎井做好了，抬棺就是抬个纸扎的棺材和一坛骨灰，不重，还没有一背篓肥土重。计划抬棺的八个老骨头还是找得齐的。开路先生已经准备好一应的物品了，到时候就是配合着做个仪式而已。

一路上山明水秀，山花烂漫，鸟声啾啾。久在樊笼，学海行舟的女儿很是开心。

　　拐过前面的鹰嘴岩，就是五道梁子村，离大坪村就三公里许。为了绕过原先进村的悬崖峭壁，重新规划了一条进村的路，从侧边的五道梁子开路，少了许多弯弯拐拐。从大坪村又一路修下去，连接了二道坪、羊坪子、弯竹箐、野牛坪、蚂蟥箐、龙潭凹、干田坝等村落，一直延伸下去四五十公里后，并入G245国道，从皎平渡大桥跨过金沙江，进入四川的会东县、会理县。肖江生看了看车上的多媒体屏幕，时间还早，才九点过三分。

　　肖江生指给妻子和女儿看，清晨的鹰嘴岩被阳光照着，像一只凝目张望的金鹰，正准备展翅高飞。

　　前面忽然停着几辆车挡住了道路。肖江生赶紧踩停车子，下车一看，堵车了。

　　肖江生心头一紧，把车歇了火，快步上前查看。一辆拉砂子的大货车横翻在路中间，车子和砂石料把道路严严实实地堵住了。遇到一个路过的村民，说凌晨就翻了，还好司机没事，已经打了道路救援电话，交警也来看了，把吓得不轻的司机接走送医。说是等着从县里派清障车来处理疏通，怕是要折腾几个小时才弄得好，好多路过的车子等不及，都折返了。

　　排在肖江生前头几辆车的司机问明了情况，都掉头折返了。

　　看着肖江生锁紧眉头折回来说了情况，妻子急了，问能不能绕过去。肖江生对这一带熟悉，想了想，摇摇头。

　　"那怎么办？"

　　肖江生顿了顿，说："一时半会儿也没办法了，干脆把车停在这里，我们爬过砂石堆，走路过去吧，也就三四公里的路了，三四十分钟就走到了。"妻子犹豫了一下，点点头。

　　肖江生把车尽量挪到路边，隔着横翻大车百米开外，锁好车门，正要朝前走。忽然从沙石堆上爬过来三个人，一边翻越，一边叫嚷："救人呀，救命呀！"

　　一转眼，三人冲到肖江生面前。一个男的，两个女的。男的应是个丈夫，女的一个是妻子，一个是婆婆。丈夫和婆婆搀着妻子，妻子披头散发，满头大汗，虚软无力，面如金纸。宽大的休闲裤洇着复杂的颜色，湿润润的。

　　一到下，男的焦急地央求道："大哥，救救我媳妇，她快要生了，我们的车被堵在那边了，那个送我们的司机说情况不妙，让我们赶快过来求救。"婆婆扑通一声就跪下了："求求你，送我儿媳妇去一趟县医院吧，她羊水破了，孙子等不及要生出来了。"

肖江生慌了手脚，赶紧搀扶起地上的婆婆。

"这可如何是好？不瞒你们说，我是要赶去大坪子做孝子的，今早就发丧了。时间来不及呀！要不，你们再等等，说不好一会儿就有车过来了。"

丈夫扑通跪下来："大哥，大哥，救救我们，救救我们！"

婆婆搀着有些昏迷的妻子瘫坐在地上，号啕大哭。妻子和女儿赶紧帮忙扶着，把孕妇滑落的大衣覆在她身上，她又高一声低一声地呻吟起来。

肖江生想了想，拿出车钥匙，递给丈夫，说："兄弟，我真有要紧事，你开着我的车去吧。过后我来县医院找你取车。"

丈夫泪眼婆娑："大哥，我不会开车呀。"

"那你赶紧打电话，让送你的司机来开。"

"我不知道他的电话呀，我们是弯竹箐的，本来前次去县医院检查，医生说预产期还有两个星期的，今天是计划再去检查一下。我们在村口拦的过路车……"

过路车！肖江生赶紧冲过去，爬上砂石堆，对面空荡荡的，一辆车也没有，那个司机折返走了。

丈夫追着过来，看了看，茫然无助地拉着肖江生的手，又要跪下。

肖江生赶紧一把把他扯起了。

回到车边，妻子和女儿眼巴巴地看着肖江生。

那个孕妇已经昏迷不醒，瘫在婆婆的怀里，一动不动。

肖江生狠命地跺了几下脚，打开车门，大吼道："上车吧！快！"

趁着那一家三口张罗着上车，肖江生把妻子拉到一旁，吩咐她带着女儿去大坪村，依着老辈人的礼数，把干爹送上山。他把他们一家送进医院，就立马赶回来。

妻子和女儿慌乱地点点头。

肖江生火急火燎地赶回大坪村，长命已经下葬了，按照预期礼数，一切顺利。四大爹拉着肖江生的手，握得他生疼，一个劲儿地说："好小子，好小子。那些大爹大妈们竖着大拇指说，长命这老家伙，有你留仓这个干儿子，值了。"

送那一家三口去医院的事情，肖江生轻描淡写地说一切顺利，生了个大胖小子，母子平安。肖江生不敢告诉他们，刚到医院大门，甫一下车，孩子就生在车旁。那小子也不哭，滴溜溜的眼睛打量着眼前的世界，大拇指和食指就朝眼睛里揉去。眼疾手快的肖江生赶紧伸手拉了一下，那小子瞪着眼看着自己，眼睛清澈得像一干二净的乌蒙山的天空。孩子的父亲喜极而泣，咚咚咚就对肖江生磕了三个响头，说依着老家的规矩，代他儿子认下好心的干爹。

肖江生不置可否，直到医生闻讯赶来，剪断脐带，倒拎着那孩子，拍了他的屁股一巴掌，那小家伙哇的一声惊天动地地哭出声来，报世界以平安顺遂。肖江生这才急匆匆离开。

小说写到这里，天也亮了。肖江生伸了个懒腰，站起身，走到窗前，拉开窗帘，打开窗，透透气。大年初一的阳光漫过窗台，涌了进来，有一股淡淡的硫黄味，流动的金粉般缓缓地铺在客厅仿大理石地板上，有些耀眼。

睡衣口袋里的电话忽然响了起来，肖江生拿出一看，弯竹箐的亲家打来的。接通了，那边有个咿咿呀呀的声音，稚嫩饱满。干儿子快满八个月了吧，不安分了。

亲家说，明天大年初二，在农村是回娘家的日子，打算带小家伙来看看他干爹，拜个年。

肖江生笑道："我不是他娘，我是他干爹。早上就来，家里做好早饭等着。"又赶紧强调了一句，"人来就行，不要大包小包的。"

亲家憨厚地笑道："该有的礼数怎能落下……"

妻子蹑手蹑脚地走了过来，她冲肖江生挤挤眼睛。肖江生知道，给干儿子的礼物早就买好了……

挂断电话，肖江生嘴里忽地泛起一股苦涩的生石榴味道。走回书房，信手翻了翻桌上的老黄历，停在第六页，是2021年4月4日，农历辛丑年二月廿三，清明节。

肖江生微微一笑，决定了，这一天回一趟老家，不仅仅回去上坟。一瞥眼，看到电脑屏幕上的文字，光标在最后一行闪烁不停。他舒缓了一下眉头，点击保存，跳出保存文本的界面。存在哪个文件夹呢？这让他犹豫了一下。

观察，倾听，写作

——《昆明作家》访谈录（节选）

蔡丽VS余文飞

蔡　丽：你是怎样走上文学道路的？第一次发表作品是什么时候？

余文飞：我从学生时代开始就喜欢文学，小学读《少年文艺》《儿童文学》，读课本上李白、杜甫、白居易等人的诗作；初中读四大名著、《三言二拍》，金庸、梁羽生、古龙的武侠小说，席慕蓉、汪国真的诗等；师范、师专读《战争与和平》《红与黑》《悲惨世界》《飘》，读鲁迅、沈从文、泰戈尔、波特莱尔、普希金等人的作品。有些阅读是一个时代的烙印，有些阅读是一个自我的探索与寻找。学生时代，我写作文很认真、用心，我的作文经常被老师当作范文在作文课上读，被拿去学校宣传橱窗里、校报上展示，也一直热衷鼓捣文学。临近毕业，学校安排去曲靖市区的北关小学实习，遇到一个老师，姓熊，她不知哪里打听到我写诗的事，就让我把自己写的诗找几首给她，她拿给她爱人看看。我是后来才知道，熊老师的爱人就是《珠江源》的编辑——唐似亮老师。记得当时整理了6首诗给她，打印稿，毕恭毕敬地递给熊老师转交，后来就忘记了。随后毕业回家，分配工作，入职某小学开展教育教学。教学工作紧张，一直到年末寒假回家才见到样刊，以及一张稿费单，稿费是一百多还是两百多，忘了。翻看着带着油墨清香的杂志，我忽然意识到，我真正意义的文学之路开始了。

第一次发表文学作品是1998年，即上述的小插曲，在曲靖市文联办的内部刊物《珠江源》上，1998年第6期，发了4首诗。2000年，第一次公开发表作品，是在南京市文联主办的文学刊物《青春》上，2000年第11期，发了一首诗，46行。

蔡　丽：对你影响最大的作家是谁，他（她）给你带来了怎样的影响？

余文飞：对我影响最大的作家是鲁迅。最早认识鲁迅是在课本里。小学时的《少年闰土》，初中时的《从百草园到三味书屋》《社戏》《故乡》《孔乙己》《论雷峰塔的倒掉》《藤野先生》，再后来的《呐喊》《祝福》《药》《阿Q正传》《在酒楼上》《狂人日记》《铸剑》《补天》等。当然，现在的教材里，听说有些文章被删除了。我记得小学语文老师在讲《少年闰土》的时候，叫学生轮流上讲台模仿闰土刺猹的场景。我表演闰土，我的同桌蜷缩在讲桌下表演逃跑的猹，教室里的一根分叉的竹扫把棍充当钢叉。当我屏着呼吸，高举"钢叉"，大喊着"呀"的一声刺下去，竹枝头紧贴着扭头看我同桌的头发，把他吓得嗷嗷直叫，教室里哄笑着掌声雷动。我当时就想，鲁迅先生怎会把这样的场景描绘得如此生动传神，让人恍若身临其境？之后，我更加关注鲁迅的作品，他也影响着我对文学的思考、理解。

鲁迅的文学作品中，我喜欢他的小说、散文。撕掉任何标签，鲁迅在中国文学史上的泰斗地位是不可撼动的。鲁迅是他们那个年代里真正把文学当作自己终身职业的人。他的文学作品、文学观念、文学精神，都独异而令我崇敬。我读鲁迅的小说，读到严肃，却不枯燥；读鲁迅的散文，读到现实，却不乏味。他作品里发散开来的人性的血和人世的肉，生动、饱满、贴切。鲁迅文学中的反抗与战斗，被许多人拿去言说其他层面的东西，我却愿意把它拿来理解文学意义的反抗与战斗。文学不是需要创新与发展吗？缺乏必要的反抗与战斗、质疑与变通、冲破与突围，中国文学估计就只有三板斧、同质化、假嗓音的未来了。

蔡　丽：近两年你有什么作品发表？发在哪些刊物上？你认为你近两年的写作和之前的写作有些什么变化？

余文飞：近两年主要是读书、思考、学习，写得较少，陆续在《滇池》《短篇小说》《北方作家》《金田》《今古传奇》《微型小说选刊》《检察文学》《东方文学》《大理文化》《教师报》《都市时报》等杂志和报纸上发表了一部中篇小说《十八般兵器》，几篇短篇小说《铁皮篷》《踩生》《竹林深深》等，另发了几篇散文，还有一些诗歌。部分作品收录进几个优秀选本。

近两年的写作，动笔前思考多了些，没有过去那种想写就写的冲动。比如近期完成的近两万字的纪实散文《果马河》，若在过去，凭借着回忆和臆想，三下五除二就搞定。现在不断尝试朝着精品化方向努力，抽空就跑几趟，多看、多了解、多探索，让思考的节奏感、饱满度不断得到印证和充实。诸如此例，我近些年的写作得益于张庆国、胡性能、存文学、陈鹏等老师的提点，得益于阅读经典文学所生发的理解和思考，在努力提升自我创作的高度、深度、广度。但大方向没变，创作中的乡土意识仍然浓郁。

　　蔡　丽：你认为小说家最重要的品质是什么？

　　余文飞：不流于世俗的骨气，敢于剖析时代的勇气，直面生活的意志力和抑制力。

　　蔡　丽：你有固定的写作时间和规律吗？例如每天在同一时间写作，并规定写作字数？

　　余文飞：2007年的时候制定过一个写作的自律贴条。那时候我刚刚借调到寻甸县民族文化研究会（该协会与寻甸县文联合署办公，已经在2019年注销），和几位德高望重的寻甸文艺前辈一起，编辑出版新创刊《寻甸民族文化》和操持寻甸文学艺术事业的发展。我们共有四个人，两位是年近七十高龄的文化长者，一位是五十多的文联主席。办公室是一幢三层的简陋红砖小屋，我们在三楼，有三个逼仄的房间，堆杂志都成问题。冬冷夏热，走在上面，楼板颤颤巍巍，感觉随时不堪重负就要坍塌。工作环境的窘迫并不影响我们彼此相互尊重、怜惜，取长补短，一心一意为本土文学艺术事业做奉献。办公室、私下交流谈得最多的是基层文学艺术事业的布局谋划、繁荣发展，经常联系作者来改稿、交流。可以这样说，那是寻甸文学艺术发展繁荣的黄金期。那时我除了编杂志的小说、散文栏目，统筹杂志整体的出版发行，参与策划一些文学艺术活动、文艺书籍编辑出版，杂事不多，时间颇显宽裕。我就给自己立了一个写作律条：每天写两千字以上文本，或二十行以上诗歌。我下载了一个不记得叫啥名字的电脑提示小助手，一打开电脑，这句话就跳到电脑桌面的右下角，一直悬挂保持着。单位八点半上班，我七点多就进办公室，坚持一个小时左右的潜心思考，完成这个任务，完成了才把提示关了。当天被其他工作打搅搁置了，那我第二天就赶紧补上窟窿。直至2014年，由于种种原因，我们四个人解散了，我回学校，两个老领导卸甲回家，文联主席2015年正式退休，含饴弄孙去了。这个习惯坚持了七八年，我出版的小说集《马过河》《牛抬头》，诗集《闲适的浪花》，大多就是在那个时候创作完成的。现在不行了，工作原因，我一个人负责一本刊物的编辑、出版、发行等事务和其他一些杂事。想找回之前的那种感觉，体力、脑力吃不消了。但是一有空闲我还是坚持静下心来读读书，写写东西，做些文学思考。

蔡　丽：最近有什么新的创作计划吗？对你来说，写作意味着什么？

余文飞：也说不上新的计划。过去几年，我写下了二十多个小说的题目和关键词。写了几个，其他的都还搁置着，都是得益于坚持工作生活中观察思考的忽然撩拨。合适的时间，但愿能一个个完成。

对我来说，写作是我生命里重要的一部分。平素在县城，经常有人一惊一乍地说，哇，这是个作家，然后就要找些溢美之词张罗一番。我淡然一笑，赶紧让其打住，解释道，别吹牛，我就是一个文学爱好者，偶尔写点东西。表达得轻描淡写，却意味着我对生活的态度，写作让我对生活持轻描淡写的态度，如此而已。高看自己的内心，低看自己的外行，就像读经典文学作品一样，要善于看到作品中深层的宏博沉静，比看到表象的诡谲光鲜，更能生发深邃的思考。我感觉写作给了我这样的启迪，所以我喜欢写作、坚持写作。

蔡　丽：在写作中，你有什么激发灵感的方法或癖好吗？

余文飞：观察，倾听。我每天上下班以及平素闲逛，走路也好，开车也好，总会不由自主地观察着周遭的世界，人、动物、植物、街道等。遇到有趣的，多看几眼。这样的习惯，让我写下了《妮妮会说话》《狗王》《牛抬头》《牛市》《铁皮篷》《没有证据的证据》等作品。在交际场合，我喜欢做个倾听者，认真听人家讲故事、讲笑话、讲鸡毛蒜皮，然后思考，这样的习惯让我写下了《年关》《偷牛》《地下九千尺》《磨盘屯人物志》等作品。

我写作讲究一气呵成，感觉来了，静下心来，一天、一天一夜、两天、三天。写作这段时间脑细胞高度运作，一旦被什么事情打断了、耽误了，完了，写不出来了。前面说到那七八年的自律写作，其实有时候，说是完成两千字，其实一坐下来就刹不住车了，约七八千字、万把字的小说应运而生。哈哈，我一旦一天完成个七八千字的小说，之后的三四天我就关掉小提示，偷个"小懒"。我的同事知道我的习惯，看我在电脑面前头也不抬地噼里啪啦，他们不到万不得已，轻易不打搅我，走路都是轻手轻脚的，啥时候给我的茶杯续上水的，我都不知道。

蔡　丽：你认为应该怎样处理现实经验和写作的关系？

余文飞：处理现实经验和写作，须得有多元的格局观。要善于思考出现、存在的合理性。现实为何如此，不能简单地推诿或经验性地朝某个方向靠拢，要善于深度发掘背后积攒起来的点滴。躬身（或躬心）入局比冷眼旁观更有说服力。

蔡　丽：你认为文学有标准吗？请简述你的观点。

余文飞：文学应该有标准，它应该生动清楚地表现人的内心情感和再现一定时期与一定地域的社会生活状况。

好的文学作品，我觉着应该有这几个特质：语言富有张力、亲和力，表达明晰、节奏感强，结构合理、饱满，情感干净利落、不拖泥带水，能构建作者自己和读者无声交流与传递的桥梁。

——原载《昆明作家》2022 年卷

（蔡丽，云南大学文学院副教授、博士。近年来关注云南当下文学批评和研究，发表论文几十篇，著有《当代云南文学批评论集》）